Dämon

3

Absolution

Alfred Broi

Bibliografische Information der Deutschen Nationalbibliothek: Die Deutsche Nationalbibliothek verzeichnet diese Publikation in der Deutschen Nationalbibliografie; detaillierte bibliografische Daten sind im Internet über www.dnb.de abrufbar.

© 2012 + 2016 by Alfred Broi

Umschlaggestaltung:

Idee: Kevin Broi, Dominik Broi, Carmen Broi
Gestaltung: Alfred Broi

Das hier vorliegende Werk einschließlich aller seiner Teile ist urheberrechtlich geschützt. Es ist nicht gestattet, Texte dieses Buches zu digitalisieren, auf PCs, CDs oder andere Datenträger zu speichern oder auf Computern zu verändern oder einzeln oder zusammen mit anderen Texten wiederzugeben (original oder in manipulierter Form), es sei denn mit schriftlicher Genehmigung des Autors
Alle Rechte vorbehalten
Printed in Germany

Herstellung und Verlag:
BoD – Books on Demand, Norderstedt

ISBN: 978-3-7431-7692-8

If you believe in hell,
Wenn du an die Hölle glaubst,

you have to believe in endless distracting pain.
Dann musst du auch an endlosen, wahnsinnigen Schmerz glauben.

If you believe in the darkest doom,
Wenn du an die dunkelste Finsternis glaubst,

you have to believe in the glariest light.
dann musst du auch an das strahlendste Licht glauben.

So, if you believe in the devil,
Wenn du also an den Teufel glaubst,

then you have to believe… in God !
dann musst du auch an Gott glauben…

Father Z
Exorcist
Convento di Gandolfo, Venosa

Was bisher geschah...

(1) Vor acht Jahren wütete in *New York* der *Henker des Teufels,* den jeder für den wohl grausamsten Massenmörder hielt, den die Welt je gesehen hatte. Doch das ist er nicht...

Er ist ein Dämon, der seine Opfer wie ein Parasit befällt, um in der Welt der Menschen überleben zu können, und er kommt direkt aus der Hölle.

Nur Silvia kennt seine wahre Existenz - und ihr Großvater Francesco, der diese furchterregende Kreatur vor mehr als fünfzig Jahren, wenn auch unbeabsichtigt, aus seinem ewigen Gefängnis befreit hatte.

Als die beiden Polizisten Christopher Jeremiah Freeman und Douglas Maroon ihn nach einer nervenaufreibenden Verfolgungsjagd letztlich zur Strecke bringen können, ahnen sie hiervon jedoch (noch) nichts.
Ganz besonders Christopher nicht, der auf geradezu schicksalshafte Weise mit dieser Bestie in Menschengestalt verbunden ist.

Das Zusammentraffen mit Silvia während der anschließenden Gerichtsverhandlung ist dann auch kein Zufall.
Dennoch verlieben sich beide ineinander.

Als der *Henker des Teufels* sieben Jahre später aus dem Hochsicherheitstrakt ausbrechen kann. machen sich Christopher und Douglas erneut auf die Jagd nach ihm.
Hierbei muss dann speziell Christoppher erkennen, dass Silvia weitaus enger mit der Bestie verbunden ist, als er je befürchten konnte - und auch er.

Während sich der Dämon auf die Suche nach dem *Tor zur Hölle* macht, einem uralten Artefakt, mit dem er in die Hölle zurückkehren kann, schließen sich noch andere Personen, unter ihnen der FBI-Agent Eric Thomson, der Jagd nach ihm an.

Der Kampf gegen den Dämon zieht eine Spur der Verwüstung durch ganz *New York*, fordert Opfer (u. a. auch Francesco und Eric) und findet schließlich seinen letzten Showdown auf den Dächern des *World Trade Centers*, während sich am Boden das *Tor zur Hölle* öffnet.
Letztlich kann der Dämon getötet werden. Es gelingt ihm jedoch, Silvia als letztes Opfer mit sich in die Finsternis zu reißen.
Douglas bringt den schwerverletzten Christopher an einen sicheren Ort. Während der Genesung jedoch verzweifelt dieser ein ums andere Mal am Verlust seiner geliebten Silvia.

Letztlich beschließt er *New York* für immer zu verlassen.

(2) Ein Jahr später sucht Douglas seinen ehemaligen Partner in San Francisco auf und verkündet ihm, dass die Dinge in New York nicht so waren, wie sie erschienen.
Silvia ist nicht tot und Douglas im Besitz des Höllentors.
Zusammen mit neuen Verbündeten (Douglas Frau Cynthia, Erics Frau Talea, Francescos Frau Francesca und sein Sohn Alfredo) wollen sie es erneut öffnen, damit Christopher hindurchgehen und Silvia erretten kann.
Hierzu aber ist noch das *Tor zur Erde* notwendig, um den Weg zurück in die Welt der Menschen zu finden.
Während Christopher durch das *Tor zur Hölle* geht, macht sich Douglas auf die Suche nach dem *Tor zur Erde*. Er findet es jedoch nicht, dafür aber weitere Verbündete.
Um Christopher in der Hölle beizustehen, geht Douglas ebenfalls durch das Tor.

Dort hat Christopher Silvia mittlerweile gefunden, muss aber erkennen, dass die Hölle sie sehr verändert hat.
Als ihm klar wird, dass er sich umsonst auf die gefahrvolle Reise in die Finsternis gemacht hat, rennt er davon und wird prompt von Dämonen gestellt und entführt, jedoch nicht getötet!

Den Grund hierfür weiß Francesco, der als Engel in der Hölle erscheint und Douglas und seinen Freunden zur Hilfe eilt.
Während auch Eric, ebenfalls als Engel seiner Frau Talea, Francesca und Peter in der Welt der Menschen im Kampf gegen Dämonen beisteht, um das *Tor zur Hölle* zu schützen, wird dort allen klar, dass sie Christopher aus den Fängen der Dämonen befreien müssen
Denn er besitzt etwas, das die Welt, wie wir sie kennen, für immer in ein blutiges Chaos stürzen könnte…

Prolog

Das dritte Tor

Howard Freeman erinnerte sich.
Und wie immer, wenn er es tat, geschah dies in Form eines furchtbaren, grauenhaften Alptraums.
Allerdings kam das nicht besonders häufig vor, denn Howard wusste, dass er Alpträume haben würde, sobald er die Augen schloss und einschlief – also mied er den Schlaf wie ein Vampir das Tageslicht, so oft es ihm sein Organismus nur ermöglichte, trieb seinen Wachzustand bis an die Grenzen seiner Kräfte und schloss erst dann seine Augen, wenn sein Körper seinen Dienst zu verweigern drohte.
Wie immer, wenn dieser Zusammenbruch nahte, suchte er sich eine billige Unterkunft, legte sich auf das Bett, atmete einmal tief durch und schloss seine Augen in dem absoluten Wissen, dass die Bilder der Finsternis sogleich wieder nach ihm greifen würden.

So auch dieses Mal:

Fünf Tage war er nun schon schlaflos in den zerklüfteten Berghängen des mexikanischen Zentralmassivs unterwegs gewesen, bevor er sich in der kleinen, grauen Stadt San Adres ein Zimmer im einzigen Hotel – man konnte es allerdings kaum so nennen – nahm, während einer kurzen, faden Mahlzeit in seinen mittlerweile schon sehr umfangreichen Unterlagen blätterte, bevor er seine Augen nicht mehr länger offen halten konnte und er sich auf das Bett legte. Ein langer, tiefer Atemzug, dann schloss er seine Augen und wartete förmlich darauf, dass das Grauen ihn wieder erfassen würde.
Doch dieses Mal schien die Erschöpfung deutlich größer zu sein, als zuvor, denn es gelang ihm tatsächlich fast zwei Stunden traumlos und tief zu schlafen. Sicherlich sorgten das feuchte, warme Klima und die vielen steilen Pfade an den üppig bewachsenen Berghängen des zentralen mexikanischen Hochlands dafür, dass er auch körperlich und nicht nur – wie so oft – nur geistig ausgepumpt war.
Doch nach zwei Stunden erholsamen Schlaf wurde dem ein jähes Ende gesetzt und die Alpträume setzen wuchtig ein.
Zunächst war da jedoch nichts als eine totale Finsternis, die ihn umgab, wenngleich er ein leises, tiefes Brummen aus unbestimmter Richtung vernahm, dass einen langsamen Rhythmus annahm und ihn beinahe einzulullen drohte.
Dann jedoch – schlagartig – blitzte Helligkeit vor ihm auf, so kurz und so grell aber, dass er sie nicht zu erkennen vermochte. Dann wieder Dunkelheit und

nach wenigen Sekunden wieder das Licht, dieses Mal etwas länger, jedoch nicht mehr ganz so grell. Zusätzlich wurden die unterschwelligen Geräusche lauter, heller, klangen aber auch hektischer und abgehackt.
Howard schien es, als würde er in einem Zug sitzen, der beständig durch kurze Tunnel fuhr. Immer wieder wurde die tiefe Dunkelheit durch ein grelles Licht zerrissen und eine Art schriller Schrei durchzuckte seinen Körper, dann verschwand das Licht so abrupt, wie es gekommen war. Während es anfangs parallele waagerechte Linien in der nachfolgenden Dunkelheit zeichnete, gewann die Finsternis jedoch sehr schnell wieder die Oberhand und ließ das Licht letztlich völlig verblassen. Dann war da für einen Moment wieder tiefstes Schwarz, bevor das grelle Licht erneut aufblitzte.
Howard spürte eine deutlich aufkommende Unruhe in sich, die seinen Herzschlag spürbar erhöhte und eine Hitzewelle durch seinen Körper trieb.
Allmählich wurden die hellen Phasen immer länger, wobei sich die Intensität des Lichtes verminderte und er erste Konturen darin erkennen konnte. Wenige Augenblicke später wusste er bereits, wo er sich befand.
Die Dunkelheit – es waren Tunnelwände und das Licht kam von einer größeren Kammer, die sich rechts vor ihm auftat.
Oh ja, er erkannte dieses Bild aus seiner Vergangenheit sofort, denn es war am schlimmsten Tag seines Lebens entstanden. Der Tag, an dem er morgens mit großem Tatendrang erwacht und in einen seither nicht mehr enden wollenden Alptraum geraten war. Der Tag, an dem er mit Steve und Matsumoto zwei seiner besten Freunde auf so unendlich grausame Weise verloren hatte. Der Tag, an dem seine Zeitrechnung endete und es für ihn nur noch eines gab: Die Jagd nach einem wahrhaftigen Dämon aus den tiefsten Tiefen der Hölle.
Monatelang, Jahrelang – nunmehr fast schon zwei ganze, quälend lange Jahrzehnte! Doch noch immer ohne Erfolg und schon seit viel zu langer Zeit ohne ein weiteres Zeichen seines einzigen, hoffentlich noch immer lebenden Freundes Francesco, der sich ebenso wie er, den Rest seines Lebens auf die Suche und die Vernichtung des Dämons verschrieben hatte, um die Schuld, die furchtbare Schuld an ihren beiden anderen Freunden und so vielen folgender Opfern zu sühnen, obwohl sie tief in ihrem Inneren bereits wussten, dass diese Schuld unsühnbar war.
All dies hatte vor so langer Zeit im peruanischen Hochland seinen Anfang genommen, als sie auf der blauäugigen Suche nach einem sagenumwobenen Schatz das Gebiet von Machu Picchu entehrt und eine geheime, unterirdische Kammer geöffnet hatten, die ihnen einen gewaltigen, pyramidenähnlichen Komplex offenbarte.
Matsumotos - Motos Aufzeichnungen schienen korrekt zu sein und sie konnten den Reichtum schon förmlich riechen, doch das, was sich am allermeisten bewahrheitete, war die Warnung in den uralten Zeilen, die Mächte der Finsternis in ihrem jahrtausendealten Gefängnis nicht zu stören.
Und genau diese Bilder erschienen nun vor Howards innerem Auge:
Er betrat die Kammer, die das Gefängnis eines Dämons war. Die Kammer, in der diese furchtbare Kreatur in einem Behältnis in Form eines Sarkophags durch

uralte und magische Kräfte wie von Zauberhand gehalten in der Luft schwebte. Die Kammer, in der er jetzt die beiden Gegenstände erkennen konnte, die den Dämon auf ewig in seinem Gefängnis zu bannen vermochten: Zwei Pyramiden, von denen er damals noch nicht erahnen konnte, dass sie das Tor zur Hölle und das Tor zur Erde darstellten.

Unter dem Sarg schwebte über einem konzentrierten schwarz-roten Lichtstrahl, der aus dem Boden der Höhle trat und senkrecht in die Höhe schoss, das Tor zur Hölle. Die Grundfläche der Pyramide absorbierte den Lichtstrahl, nahm ihn komplett in sich auf, er durchfloss sie. Dann schoss er in weiter gebündelter Form aus ihrer Spitze wenige Zentimeter in die Höhe, bevor er sich zu einer Art waagerechten Scheibe von mindestens drei Metern Durchmesser, aber nur wenigen Millimetern Stärke ausdehnte.

Deutlich war auf der Unterseite der Scheibe das schwarz-rote Licht zu erkennen, dass vom Mittelpunkt nach außen zu den Rändern floss, über sie hinweg und auf der Oberseite zurück zum Mittelpunkt.

Hier jedoch änderte sich sehr schnell die Farbe des Lichts und aus dem düsteren, schmutzigen Rotschwarz wurde zunächst ein dunkles Blau, dann ein tiefes Grün, bis es immer heller wurde und sich im Mittelpunkt der Scheibe zu einem wahrlich reinen, gleißenden Weiß verändert hatte.

Dort bündelte sich der Lichtstrahl erneut und schoss – wieder nur wenige Zentimeter – senkrecht in die Höhe und traf dann auf die Spitze einer umgedrehten zweiten Pyramide – dem Tor zur Erde.

Aus der nach oben gerichteten Grundfläche schoss der gleißende Lichtstrahl schließlich wieder heraus, dass es in den Augen schmerzte und er einem beinahe den Blick raubte, während er sich zu einem großen Lichtkegel öffnete, der letztlich breit genug war, um den mattschwarzen Sarkophag, der die doppelte Größe eines normalen Sarges besaß, komplett zu umschließen. Dabei schien das Licht an seinen Außenseiten in die Höhe zu fließen und riss immer wieder dunkelrote Stellen mit sich, die sich auf dem Sarkophag beständig bildeten, wie Salbe, die eine eiternde Wunde reinigte, um sie nur einen Wimpernschlag später vollends zu vertilgen.

Dabei verlor das Licht deutlich an Strahlungskraft und Intensität und war direkt unter der Höhlendecke nicht mehr, als ein schwacher Schein.

Damals - wie alle anderen auch, die in diesem Moment die Kammer betraten – war er im höchsten Maße fasziniert von den Farben, ihrer pulsierenden, beinahe lebendigen Kraft, der Anordnung ihm unbekannter, aber ganz offensichtlich uralter und ohne Zweifel magischer Gegenstände und ihrem unsichtbaren Einfluss auf die Gedanken und das Handeln der Menschen.

Wie auch sollte er wissen, dass all dies nur die furchtbarste Ausgeburt der Hölle bannte, die er sich zu diesem Zeitpunkt selbst in seinen kühnsten und finstersten Träumen niemals auch nur annähernd so furchterregend und grausam hätte vorstellen können, weil ihre Existenz schlicht jegliche Vorstellungskraft sprengte.

Heute wusste er all dies nur zu genau, doch konnte er das Geschehene nicht ungeschehen machen, die Toten nicht wieder lebendig und den Fluch nicht mehr rückgängig.
So sehr er sich das in jeder einzelnen Sekunde seines von Gott Höchstselbst verdammten Seins auch noch so wünschte.
Für seine Taten musste er büßen und ein Teil dieser Buße waren diese schrecklichen Alpträume, sobald er in Schlaf fiel, worin er immer und immer wieder die Geschehnisse dieser grauenvollen Nacht in einer derart schockierend realen Art und Weise durchlebte, als würden sie sich tatsächlich gerade jetzt erst abspielen – nur mit dem einen, aber entscheidenden Unterschied, dass er jetzt bereits wusste, was geschehen würde und den Schmerz und den Schrecken schon spüren konnte, lange bevor er gewahr wurde.
So wie seit jener Nacht unzählige Male – so wie auch heute.

Und doch – irgendetwas schien diesmal anders zu sein!

Obwohl alles so ablief wie immer - urplötzlich zuckten kleine rot-schwarze Lichtfetzen aus dem Lichtstrahl unterhalb des Tors zur Hölle. Sofort schossen sie auf den Kopf des Indios zu, der ihn und seine Freunde hierherbegleitet hatte und der vollkommen eingenommen war von den wundersamen Geschehnissen rund um die beiden Pyramiden, und umhüllten ihn innerhalb weniger Sekunden – schien es Howard dieses Mal so, als würde er alles wie durch einen Schleier sehen, der die Konturen leicht verwischte. Auch hörte er die Stimmen und Geräusche, die sonst so klar und schonungslos direkt in sein Gehirn hämmerten nur gedämpft und unnatürlich verzogen. Außerdem – und das war das Außergewöhnlichste von Allem – verspürte er dieses Mal keinen so furchtbar allumfassenden Schmerz bei diesen Geschehnissen, dass es ihm regelmäßig das Herz zerriss, sondern nur ein taubes Druckgefühl auf seiner Brust, das ihm das Atmen erschwerte, aber den Schrecken deutlich abmilderte.
Fast schien es ihm, als wäre er dieses Mal nur ein unbeteiligter Beobachter einer über alle Maßen grauenhafte Szene.
Einen Augenblick später wusste Howard, dass er Recht hatte, denn als sich der Indio wie von Geisterhand getrieben auf die Pyramiden zu bewegte und sich das unheimliche Licht um seinen Kopf auch auf seinen rechten Arm ausdehnte, wurde auch Howards Blick dieses Mal wie magisch angezogen – doch nicht von den Aktionen des Indio, sondern vom Zentrum der Lichtscheibe!
Und was er da sah, konnte er kaum glauben.

In all den Jahren, in denen er immer und immer wieder ein und denselben Alptraum von den Geschehnissen hier in dieser Nacht und sich dabei niemals auch nur die geringste Kleinigkeit je geändert hatte, sah er jetzt im Zentrum der Lichtscheibe die zwischen den beiden Pyramiden schwebte etwas, was ihm dort noch niemals zuvor aufgefallen war: Eine unglaublich kleine Kugel, kaum größer als ein Stecknadelkopf und doch von einer derartigen Strahlungskraft, das

Howard das Gefühl hatte, als würde in ihrem winzigen Inneren ein unglaublicher Feuersturm aus purem Licht toben.

Im nächsten Moment aber zweifelte er schon: Er hatte diese Szene bereits so unfassbar oft gesehen und niemals war ihm etwas Derartiges an dieser Stelle aufgefallen. *Wie auch sollte er eine so winzige Kugel dort überhaupt erkennen können, wenn überall drum herum nur intensives Licht vorhanden war? Und wie konnte etwas derart Kleines ein derart gleißendes Licht verströmen?* Nein, er musste sich ganz sicher täuschen!

Im nächsten Moment hatte der Indio das Tor zur Erde nur eine Winzigkeit von seinem ursprünglichen Platz verschoben und Howard spürte, wie ihm in Erwartung der nachfolgenden Ereignisse fröstelte. Doch bevor das Grauen seinen Lauf nahm, erschrak er beinahe, denn für einen winzigen Augenblick konnte er sehen, wie die Spitze der oberen Pyramide, wie das Tor zur Erde, durch die Berührung des Indios nicht nur seitlich verschoben wurde, sondern auch einen kleines Stück in die Tiefe sackte und dabei genau auf die winzige Kugel traf, die Howard schon zuvor zum ersten Mal bemerkt hatte. Ein winziger Blitz zuckte auf, ein Knistern war zu hören, dann quoll das rot-schwarze Licht aus der unteren Pyramide auf die Oberseite der Lichtscheibe und nahm sie komplett ein. Und genau in dem Moment, da es auf die winzige Kugel traf, deren reines, klares Licht rasend schnell erlosch, erschütterte eine gewaltige Explosion die Kammer und den gesamten unterirdischen Komplex, in Folge derer das Gefängnis um den Sarkophag zerstört wurde und sich der Dämon von seinem Bann befreien konnte.

Howard spürte, wie er von der Druckwelle von den Füßen gerissen und gegen eine Felswand geschleudert wurde. Für einen Moment wurde ihm schwarz vor Augen.

Als er sie wieder öffnete, mochten nur Sekunden vergangen sein. Er konnte den entsetzlich zugerichteten Körper des Indios in der Mitte der Kammer entdecken, sein Blut, sein Fleisch, seine toten, in größter Panik weit hervorgetretenen Augen, die ihn in einem stummen Schrei anstarrten. Im nächsten Moment hörte er direkt neben sich schwere, dumpfe Schritte, die sich von ihm entfernten und konnte gerade noch den mächtigen Schatten des Dämons erkennen, der die Kammer in seiner unendlichen Blutgier verließ.

Moto, Steve, Francesco! – schoss es ihm durch den Kopf. Er musste ihnen helfen, obwohl er doch schon wusste, dass es vollkommen sinnlos war, zu glauben, es könne ihm jemals gelingen. Dennoch drückte er sich ungeachtet großer Schmerzen in die Höhe und hätte die Kammer sicherlich verlassen, wenn ihn nicht eine kleine, unscheinbare Bewegung zurückgehalten hätte. Als er seinen Kopf dorthin drehte, konnte er im ersten Moment jedoch nicht mehr als unzählige Trümmer aus Felsgestein vor seinen Füßen erkennen, doch dann sah er die kleine, winzige Kugel, kaum größer als einen Stecknadelkopf, über den Boden auf ihn zurollen. Howard erschrak augenblicklich und starrte wie gebannt in ihre Richtung. Die Kugel schimmerte jetzt in einem matten Grau, jegliches

Feuer in ihrem Inneren schien erloschen zu sein. Dann stoppte sie etwa einen halben Meter vor ihm ab und blieb reglos liegen.
Howard verharrte zunächst unschlüssig, dann beugte er sich aus seiner Hockposition in ihre Richtung, streckte schließlich seine rechte Hand nach ihr aus und versuchte sie zu ergreifen. Das gelang ihm jedoch nicht, denn sie war viel zu klein, um sie mit seinen Fingern zu fassen, aber sie lag auf einem dünnen Holzsplitter und den konnte Howard sehr wohl ergreifen. Obwohl er am Ende des Ganges die Schreie seiner Freunde und das bösartige Grollen des Dämons hören konnte, nahm er das Stück Holz mit zittrigen Händen beinahe behutsam auf und hob es direkt vor seine Augen.
Die Kugel war so winzig, dass er sie anfangs kaum mit seinen Augen erfassen konnte. Ihre Außenhülle zeigte ein stumpfes Grau, von ihrer immensen Strahlungskraft war nichts mehr zu sehen, doch Howard glaubte eine Art Wellenbewegung auf ihr zu erkennen, die ihm zeigte, dass dieser winzige, unscheinbare Gegenstand mehr in sich trug, als er nach außen hin zeigte.
Howard war derart fasziniert davon, dass er die Welt um sich herum zu vergessen schien – und auch das tiefe Grollen nicht vernahm, dass sich ihm schnell näherte. Erst, als sich ein dunkler Schatten über ihn legte, kehrte er zurück in die Wirklichkeit. Doch da war es für eine auch nur irgendwie geartete Reaktion schon zu spät.
Howard konnte gerade noch seinen Kopf anheben und sein Herz setzte aus, als er in die grausame und furchterregende Fratze des Dämons blickte, dessen feuerrote Augen ihn direkt anstarrten. Nur einen Augenblick später schloss sich die gewaltige Pranke der Kreatur auch schon um seinen Kopf und riss ihn mühelos in die Höhe.
Sofort erfasste ihn eine unglaubliche Panik, die seinen gesamten Körper erzittern ließ. In all den Jahren, all den unzähligen Nächten, in denen ihn die Alpträume erschütterten, hatte es jedoch niemals eine Szene wie diese gegeben. Er hatte den Indio sterben sehen – obwohl er ja zu diesem Zeitpunkt niemals selbst in der Kammer zugegen war, er jedoch annahm, dass der Herrgott ihm diese Bilder als zusätzliche Strafe aufgebürdet hatte – er hatte Moto sterben sehen und letztlich auch Steve, doch niemals war ihm der Dämon direkt gegenübergetreten, geschweige denn hatte er ihn angegriffen.
Die Tatsache, dass es heute anders war, das Gefühl, dass die Pranke dieser Kreatur wie ein Schraubstock seinen Kopf umfasste, der Blick in böse, gnadenlose Augen, in das furchterregendste Maul aller Zeiten, der widerwärtige Gestank nach Blut, Exkrementen und Verwesung, all das brachte ihn augenblicklich an den Rand des Wahnsinns.
Immer größer wurde der Druck des Dämons auf seinen Kopf und Howard spürte, wie er ob der Schmerzen zu schreien begann und jeden Moment damit rechnete, dass er zerplatzen und sein Gehirn in alle Richtungen spritzen würde.
Doch genau das geschah nicht und als Howard spürte, wie die andere Pranke des Dämons seinen Nacken umfasste und seinen Körper blitzschnell herumdrehte, sodass er jetzt mit dem Rücken zu der Kreatur stand, wusste er,

dass seine Befürchtung töricht war, da er doch mehr als genau wusste, wie dieses Monstrum zu töten pflegte.
Während der Griff der Bestie in seinem Nacken immer fester wurde, raubte ihm der widerwärtige Gestank aus dem Maul der Kreatur schier den Atem, als sie ihren Schädel neben seinen Kopf schob. Dann hörte Howard das tiefe, hasserfüllte Grollen und spürte zeitgleich die rasiermesserscharfen Krallenenden der anderen Pranke in seinem Rücken. Sein Herzschlag hämmerte in einem nie gekannten Rhythmus gegen seine Schädeldecke und schien seinen ganzen Körper in Schwingungen zu versetzen. In seinen Ohren begann es zu rauschen, Schweiß drang ihm aus jeder Pore. Doch weit mehr als all das, verspürte er eine derart allumfassende Angst in sich, dass er kaum bei Besinnung zu bleiben vermochte.
Unzählige Leichen hatte er bisher gesehen, die diese grausame, tödliche Wunde besaßen, vierzehn Menschen hatte er mit eigenen Augen sterben sehen – seine Freunde Matsumoto und Steve eingeschlossen – während ihre grauenhaften Schmerzensschreie tiefe Furchen in sein Herz und seinen Verstand trieben.
Und jedes Mal war er sich mehr als sicher, dass er niemals und unter keinen Umständen auf diese grausame Art und Weise sterben wollte – jetzt aber war dieser Moment doch gekommen und er war weitaus schlimmer, als er ihn sich je vorgestellt hatte.
Howard wollte schreien, doch ihm fehlte ganz einfach die Luft hierzu, sodass ihm nicht mehr als ein heiseres Röcheln entfuhr. Im nächsten Moment riss der Dämon sein Maul weit auf, sein Kopf zuckte zurück, gleichsam wie die Pranke in Howards Rücken, dann brüllte er irrsinnig laut auf und im selben Moment durchstieß die Pranke wuchtig die Haut in seinem Rücken und rasiermesserscharfe Krallen drangen in sein Fleisch ein, umschlossen schließlich seine Wirbelsäule, nur um sie einen Wimperschlag später ruckartig aus seinem Körper zu reißen.
Howards Innerstes explodierte dabei in einem furchtbaren Stakkato aus Angst, Schmerz, Wahnsinn und Tod.

In der Realität riss ihn die Hölle seines Alptraums ruckartig aus dem Schlaf und er schrie so laut, dass sogar Personen auf dem Gang darauf aufmerksam wurden, für einen Moment verdutzt, aber auch erwartungsvoll auf die geschlossene Tür seines Zimmers starrten, nur um sich dann leise murmelnd oder einfach nur stumm wieder abzuwenden.
In seinem durch eine schmutzige Deckenlampe kaum mehr als mäßig beleuchteten Zimmer saß Howard schweratmend und schweißüberströmt auf seinem Bett und starrte mit weit aufgerissenen Augen auf ein unbestimmtes Ziel vor seinem inneren Auge. Immer wieder entfuhr ihm dabei gequältes Stöhnen und jammerndes Schluchzen, während er versuchte, Herzschlag und Puls wieder auf ein Normalmaß zu drosseln. Das schien ihm nach einigen Sekunden auch zu gelingen, denn er atmete etwas ruhiger und sein Blick wurde deutlich klarer, doch dann stöhnte er fast brüllend auf, warf sich zur Seite und erbrach

seinen gesamten Mageninhalt wuchtig auf den schäbigen Fliesenboden des Hotelzimmers.
Hiernach brauchte er einige weitere Minuten, um wieder soweit klar zu werden, dass er sich auf die Bettkante setzen konnte. Dabei musste er allerdings seine Ellbogen auf die Oberschenkel stützen und seinen Kopf in die Hände legen. Mit geschlossenen Augen versuchte er, sich weiter zu beruhigen. Dieses Mal gelang ihm das auch, zumindest bis zu dem Moment, da er erneut diverse Bilder seines Alptraums vor sich aufblitzen sah und dabei fast ausschließlich die kleine, winzige Kugel, die eine so immense Leuchtkraft besessen hatte.
Er öffnete seine Augen wieder und wandte seinen Kopf mit einem tiefen Stöhnen zur anderen Zimmerseite um, wo ein kleiner, wackeliger Tisch stand, auf dem sich seine lederne Umhängetasche befand. Sie beinhaltete alles, was er in über neunzehn Jahren über den Dämon und den Fluch, der ihn gebannt hatte, in Erfahrung bringen konnte. Außerdem gab es haufenweise Zeichnungen, Fotos und Berichte, die seine Jagd nach der Ausgeburt der Hölle lückenlos dokumentierten.
Howard wusste, dass sich unter all diesen Unterlagen auch eine Zeichnung befand, die er von dem magischen Gefängnis des Dämons aus seinen Erinnerungen aus den unzähligen Alpträumen gemacht hatte. Er erhob sich, trat an den Tisch, durchwühlte kurz die Papiere und fand schließlich, was er suchte: Eine Bleistiftzeichnung im DIN-A 4 Format, die das Gefängnis der Höllenkreatur mit den beiden Pyramiden, der Lichtscheibe und dem Sarkophag zeigte. Howard betrachtete sie eine ganze Weile, doch vermochte die Zeichnung nicht wie erhofft ein in seinem Unterbewusstsein verborgenes Bild der winzigen Kugel im Zentrum der Lichtscheibe hervorzubringen.
Im ersten Moment war er daher sicher, dass er sich all dies nur eingebildet hatte, doch schon einen Augenblick später hatte er erneut Zweifel daran. Warum sollte er sich in seinem Alptraum etwas einbilden, was vollkommen belanglos war und keinerlei Sinn und Zweck zu haben schien? Ob mit oder ohne diese Kugel, das Grauen nahm immer wieder den gleichen furchtbaren Verlauf. *Warum dann aber dieser neue Blickwinkel?*
Howard wusste es nicht, doch plötzlich schoss ihm etwas anderes durch den Kopf: *Die Pyramiden!* Sie waren es, die den Dämon in seinem Gefängnis bannten. Erst nachdem der Indio ihre Konstellation geändert hatte, konnte der Dämon ausbrechen. Bisher war er immer davon ausgegangen, dass sie durch die nachfolgende Explosion zerstört worden waren. *Was aber, wenn nicht? Was, wenn sie noch immer dort in dieser Kammer zu finden waren? Mit ihnen wäre dann doch vielleicht…*
Howard zwang sich förmlich, diesen Gedankengang sofort zu beenden, doch schon im nächsten Augenblick wusste er mehr denn je, was er zu tun hatte.
Wenige Minuten später hatte er das Hotel ungesehen durch den Hinterausgang verlassen und war auf Direktkurs nach *Machu Picchu!*

*

Howard musste all seine Kraft aufbringen, um den Weg durch den unterirdischen Komplex zu meistern, doch konnte er nicht verhindern, dass er unglaublich nervös war. Je näher er der Kammer kam, desto mehr begannen seine Hände zu zittern und seine Knie wurden gummiweich. Das flaue Gefühl im Magen wurde immer stärker und trieb ihm bittere Magensäure in die Speiseröhre. Er bekam Kopfschmerzen und ihm wurde leicht übel. Dennoch zwang er sich, weiter zu gehen, auch wenn sein Herz wie wahnsinnig in seinem Brustkorb hämmerte.

Dann hatte er die Höhle erreicht, an deren Ende ein kurzer schmaler Gang in die Kammer führte, die einst das Gefängnis des Dämons war. Auch hier hatte die Explosion für schwere Schäden gesorgt, doch konnte Howard auf dem Boden verstreut menschliche Knochen erkennen. Als ihm bewusst wurde, dass sie auch zu Matsumoto gehören mochten, kroch eine eiskalte Gänsehaut seinen Rücken hinauf.

Trotzdem ging er weiter, denn nichts, was er je tun könnte, würde den Tod seines geliebten Freundes ungeschehen machen, achtete jedoch darauf, wo er hintrat. Er durchquerte den Raum und den anschließenden Gang, wobei er immer langsamer wurde und auf jedes noch so kleine Geräusch lauschte. Einen Schritt bevor er die Kammer betreten konnte, stoppte er ab. Schweiß rann ihm über die Stirn, sein Herz pochte noch immer wie wild. Das Rauschen in seinen Ohren wurde lauter. Seine Augen waren weit geöffnet und zuckten nervös hin und her. So verharrte er stockfsteif.

Der Gang führte in einer Ecke in die Kammer, von seinem Standpunkt aus, konnte er nicht mehr erkennen, als ein fahles Zwielicht und einige Felsentrümmer, der ehemalige Standort der Pyramiden blieb ihm noch verborgen.

Howard zögerte noch immer. Fast schien es so, als würde er einen Grund suchen, um die nächsten Schritte nicht machen zu müssen. Doch dann konnte er sich überwinden.

Obwohl in der Kammer nichts war, worüber man erschrecken konnte, tat er doch genau das und stand erneut einen Moment wie erstarrt, bevor ihm die Realität klar wurde.

Die Kammer war nahezu vollständig zerstört. Die Rückwand war förmlich herausgerissen worden und gab den Blick auf eine weitere, jedoch leere Höhle frei. Auch die Decke war weggesprengt worden, doch gab es dort nichts außer tiefer Dunkelheit. Der Boden jedoch war nicht etwa übersät mit Trümmerteilen, die die gewaltige Explosion erzeugt hatte, sondern mit einer zentimeterdicken Staubschicht. Sie wirkte vollkommen glatt, wie die Wasseroberfläche eines Sees bei völliger Windstille.

Howard stutze für einen Augenblick, dann wurde ihm klar, dass der Grund, warum hier keine Trümmer zu finden waren, der war, dass die Explosion derart gewaltig gewesen war, dass sie alles zu Staub zerfetzt hatte. Und damit natürlich auch die beiden Pyramiden. Howard befiel eine traurige Stimmung.

Plötzlich aber stutzte er. Waren da nicht Fußspuren zu sehen? Dort hinten an der gegenüberliegenden Wand?
Er drehte den Lichtkegel seiner Taschenlampe in diese Richtung und wusste augenblicklich, dass er Recht hatte. Ja, dort waren tatsächlich Fußabdrücke zu sehen. Sie verliefen etwa drei Meter in die Mitte des hinteren Drittels der Kammer, dort schienen sie mehrfach so ziemlich auf der Stelle getreten zu sein, bevor sie wieder in die andere Richtung verschwanden.
Howard überlegte. *Wer mochte das wohl gewesen sein? Francesco?* Sein Herzschlag nahm erneut zu. *Hatte er die gleiche Idee gehabt? Oder waren es einfach nur Fremde gewesen, die diesen Ort mehr zufällig gefunden hatten? Oder...?*
Howard erschrak ein weiteres Mal und er wünschte sich sofort, dass ihm dieser Gedanke nicht gekommen wäre. Doch ließ er sich natürlich nicht verdrängen und er wusste, dass es nur eine Möglichkeit gab, es festzustellen. Vorsichtig setzte er einen Fuß vor den anderen, hielt sich dabei dicht an der Felswand und machte erst im letzten Moment den Schlenker in die Mitte. Ihm war es, als würde er hier erneut unberührtes Terrain betreten und er war sich nicht sicher, ob es vielleicht besser unberührt bleiben sollte. Beim letzten Mal zogen ihre Handlungen schließlich nicht weniger als eine Katastrophe nach sich.
Dennoch ging Howard weiter. Als er die Fußspuren erreicht hatte, blieb er unschlüssig stehen. Sie waren nicht klar genug, um von ihnen Rückschlüsse auf den Verursacher zu erhalten. Es schienen menschliche Abdrücke zu sein, doch es konnten ebenso gut auch...
Plötzlich wurde Howard aus seinen Gedanken geholt, als er vor sich einen deutlich quadratischen Abdruck sah, der etwas größer als eine Handfläche war. Sofort wusste er, was diesen Abdruck erzeugt hatte: *Die Grundfläche einer Pyramide!* Deutlich waren direkt davor Fußabdrücke. Jemand musste sie an sich genommen haben. Und noch viel wichtiger: *Sie war bei der Explosion offensichtlich nicht zerstört worden!* Augenblicklich ließ er seinen Blick noch einmal kreisen und tatsächlich: Etwa fünf Meter entfernt traf er auf einen ähnlichen Abdruck. Er ging darauf zu und sah eine verwischte, aber dennoch deutlich dreieckige Vertiefung im Staub: Die Seitenfläche einer Pyramide – *der zweiten Pyramide!* Auch hier gab es direkt davor Fußabdrücke.
Howard spürte Erregung in sich. Beide Pyramiden hatten die Explosion offensichtlich überstanden, waren jetzt jedoch verschwunden. Wieder dachte er hoffnungsvoll zuerst an Francesco, dann an Fremde, schließlich an den Dämon.
Für einen langen Moment stand er reglos da und überlegte mit ernster Miene, was er jetzt tun konnte, bis ihm klar wurde, dass seine einzige Option die war Francesco zu suchen, um in Erfahrung zu bringen, ob er die beiden Objekte an sich genommen hatte oder er wusste, wer es gewesen sein mochte.
Daraufhin atmete er einmal tief durch, blickte sich nochmals um, ob er nicht vielleicht noch etwas übersehen hatte, konnte das schließlich verneinen und wollte sich schon auf den Weg zurück an die Oberfläche machen, als er urplötzlich ein kurzes, aber durchaus helles Aufblitzen in der Staubschicht vor sich erkennen konnte.

Irritiert wandte er sich um und starrte auf die Stelle, an der er den Lichtblitz bemerkt hatte, doch konnte er dort im ersten Moment nichts erkennen. Unsicher machte er zwei Schritte darauf zu, als er ein schwaches Schimmern in der Staubschicht bemerkte, das heller und deutlicher wurde, je näher er kam. Als er schließlich direkt davor stand, pulsierte das Licht in einem langsamen Rhythmus. Howard beugte sich herab und schob den Staub beiseite. Das Licht wurde immer heller, doch schien es irgendwie nicht von einem bestimmten Punkt auszugehen, sondern der gesamte Bereich dort schien zu glühen. Als Howard jedoch noch ein wenig tiefer grub, stockte ihm plötzlich der Atem, denn als das Licht jetzt wieder für einen kurzen Moment erlosch, zog es sich auf einen winzig kleinen Punkt in der Staubschicht zurück.

„Oh mein Gott!" stieß er leise hervor, denn er erinnerte sich sofort an seinen Traum, der ihn letztlich erst hierhergeführt hatte. Behutsam streckte er seine Hand aus, schob sie in die Staubschicht und hob sie wieder an. Als er sie vor seine Augen führte, erstrahlte das Licht bereits wieder so grell, dass er zunächst nichts erkennen konnte. Erst als es wieder erlosch, sah er die winzige, stecknadelgroße Kugel, die genauso so aussah, wie die in seinem Alptraum.

„Aber, das ist doch…nicht möglich!" Howard Stimme war kaum mehr als ein Flüstern und sein Gesicht zeigte pures Erstaunen und völlige Ratlosigkeit, während sein Gehirn fieberhaft nach einer Erklärung für die Existenz dieser winzigen Kugel suchte.

Für eine Sekunde war es totenstill in der unterirdischen Kammer, als urplötzlich ein Geräusch in der Ferne zu hören war. Es klang dunkel und rau. Wie ein… Howard erschrak und eine eiskalte Gänsehaut zuckte über seinen Körper. Es klang wie das Grollen einer bösartigen Kreatur!

Bevor ihn die Angst einnehmen und seine Bewegungen lähmen konnte, handelte Howard überraschend schnell und konsequent. Er fischte einen Lederbeutel aus seiner Umhängetasche, schüttete den Inhalt achtlos zu Boden und füllte ihn schließlich mit dem Staub in seiner Hand. Bevor er den Beutel wieder schloss, vergewisserte er sich, dass die leuchtende Kugel darin lag. Dann stopfte er ihn zurück in seine Tasche, drehte sich um und machte sich mit schnellen Schritten auf den Rückweg. Obwohl sein Herz wild pochte und einen lauten Rhythmus in seine Ohren trieb, glaubte er immer wieder das bösartige Grollen zu hören, das zwar weiterhin nur leise oder weit entfernt schien, ihn aber eindeutig verfolgte.

Als er zurück an der Oberfläche war, war er völlig außer Atem und musste erst einmal mehrfach tief durchatmen. Doch schon wenige Augenblicke später wurde er erneut aufgeschreckt, weil ein tiefer, wütender und hasserfüllter Schrei hinter ihm ertönte, der um ein Vielfaches näher zu sein schien, als alle anderen Geräusche zuvor.

Sofort streckte Howard seinen Körper durch, nahm einen letzten tiefen Atemzug und rannte, was das Zeug hielt und er hörte erst auf, als sein Körper derart ausgepowert war, dass er ohnmächtig zu Boden sank.

*

Als er wieder erwachte, war um ihn herum alles still. Während er weiterging, aß und trank er etwas. Anfangs noch sehr nervös und schreckhaft, wurde er schon bald etwas ruhiger, als keine weiteren Geräusche mehr, die auf den Dämon schließen ließen, zu hören waren.

Er verließ schließlich den Dschungel und kehrte zurück in die Staaten. Dort machte er sich mit Nachdruck auf die Suche nach Francesco. Es sollte jedoch weitere vier Monate dauern, bis er ihn in Ägypten ausfindig machen konnte.

Ihr erstes Zusammentreffen seit mehr als drei Jahren fand in einer heißen, stürmischen Nacht auf einem alten Fabrikgelände etwas außerhalb von Alexandria statt.

Nachdem sie sich für einige Momente stumm gegenüber standen, tauschten sie wenige Worte der Begrüßung aus, wobei man jedem ansah, dass er über den Anblick des anderen mehr als erfreut, aber auch deutlich geschockt war. Die Jagd nach dem Dämon hatte sie nicht nur innerlich sehr verändert, die schier endlosen Jahre der Suche hatten auch in ihren Gesichtern tiefe, unauslöschliche Narben hinterlassen.

Dann konnte Howard nicht mehr an sich halten. Er holte den Beutel aus seiner Tasche, öffnete ihn und offenbarte Francesco sein Geheimnis. „Sieh Francesco...!" sagte er. „Sieh, was ich in *Machu Picchu* gefunden habe!"

Sein Freund betrachtete die winzige Kugel mit großem Erstaunen, doch Howard erkannte nach wenigen Augenblicken auch tiefe Erkenntnis darin. „Großer Gott, Howard!" sagte Francesco atemlos. „Du hast es gefunden!"

Howard war sichtlich irritiert. „Ich habe *was* gefunden, Francesco?"

Sein Freund sah ihn in mit einem traurigen Lächeln an. „Ich habe gesucht, so wie du. Nach Worten, Schriftstücken, Belegen, die Auskunft über das geben konnten, was wir gesehen und erlebt haben. Ich bin an vielen Orten fündig geworden, ebenso wie du. Und wir haben viel in Erfahrung bringen können: Wir wissen, wer unser Gegner ist. Wir wissen um die Existenz der beiden Pyramiden, die weit mehr sind, als sie zu sein scheinen...!"

„Das Tor zur Hölle. Das Tor zur Erde!" Howard atmete tief durch und nickte. Francesco tat es ihm gleich, dann schaute er seinen Freund direkt an. „Hast du dich denn nie gefragt?"

„Mich *was* gefragt?"

„Ob es noch ein...*drittes* Tor geben würde!"

Howard zog seine Augenbrauen in die Höhe. „Ein...*drittes* Tor?"

Francesco nickte. „Die Hölle, die Erde...!" Er wartete, bis Howard ihn ansah, dann deutete er in die Höhe. „...der Himmel!"

Howard verstand sofort und sog abrupt die Luft in die Lungen. „Du meinst?"

Wieder nickte Francesco und deutete auf den kleinen Beutel, in dem die winzige Kugel ihr ungebrochen grelles Licht ausstrahlte. „Das Tor zum Himmel!"

„Das...?" Howard zog die Augenbrauen zusammen und starrte den Beutel beinahe ehrfürchtig an. „Du meinst...dieses unscheinbare Ding, diese winzige Kugel ist...?"

Francesco nickte wortlos.
Howard blies die Luft in die Wangen. „Unfassbar!"
Francesco lächelte müde. „Und doch ist es so! Ich habe es in alten Schriften gelesen, die ich in Spanien gefunden habe. Der Sarkophag des Dämons wurde erst durch das Tor zum Himmel zu einem Gefängnis, das für ihn undurchdringlich war. Erinnere dich an die Konstellation! Das konzentrierte Böse trat aus dem Boden und traf auf das Tor zur Hölle. Von dort wurde die Lichtscheibe zwischen den beiden Pyramiden gespeist. Doch erst das Tor zum Himmel im Zentrum dieser Scheibe kehrte das Böse in pures, reines Licht um, mit dem wiederrum das Tor zur Erde gespeist wurde, sodass der Sarkophag damit umhüllt und somit in seinem irdischen Gefängnis gebannt werden konnte. Keine Kraft auf Erden ist stark genug, um dieses furchtbare Geschöpf der Finsternis zu bannen, erst das Tor zum Himmel machte es möglich!"
„Aber...!" Howard war noch immer total verwirrt. „Es ist so viel kleiner und...unscheinbarer, als die beiden anderen Tore!"
Wieder nickte Francesco mit einem müden Lächeln. „Aber es ist das Mächtigste von ihnen. Mächtiger als alles, was du dir je vorstellen könntest!"
Einen Moment entstand eine tiefe Stille, die nur durch den pfeifenden Wind unterbrochen wurde und in der beide Männer auf den Lederbeutel blickten.
„Wow!" meinte Howard dann echt beeindruckt. „Und was jetzt? Ich meine, können wir damit...?" Er deutete mit dem Kopf in Richtung Kugel.
Francesco Gesicht wirkte sofort gequält. „Nur alle drei zusammen vermögen den Dämon wieder hier auf Erden zu bannen!"
„Dann...müssen wir die beiden anderen suchen!" Howard schaute seinen Freund erwartungsvoll an.
„Ja, das müssen wir!" Francesco nickte, doch klang seine Stimme müde und sein Gesicht zeigte keine Zuversicht. „Und zwar, bevor...!"
Howard zog die Augenbrauen zusammen. „Bevor *was*?"
Francesco hob seinen Kopf. „Bevor *er* sie findet!"
„*Er*?" Wieder war Howard sichtlich überrascht. „Du meinst, *er* sucht ebenfalls danach?"
Francesco nickte. „Alle drei Tore sind machtvolle Relikte. Doch genauso, wie sie uns helfen könnten, ihn zu bannen, würden sie auch ihm Kräfte verleihen, deren Auswirkungen wir uns wohl nicht vorzustellen vermögen!" Der Italiener schaute Howard direkt an, doch sein Freund blieb stumm, musste offensichtlich erst verdauen, was er soeben gehört hatte. „Mit dem Tor zum Himmel hast du...!" Francesco hielt inne und sein Kopf zuckte nach links. *Hatte er dort eben nicht ein schabendes Geräusch gehört?* Er lauschte für einen Augenblick, doch als es still blieb, wandte er sich wieder seinem Freund zu. „...ein machtvolles Instrument im Kampf gegen den Dämon gefunden, aber...!" Wieder hielt er abrupt inne und sein Kopf zuckte erneut nach links. Dabei war er sich sofort sicher: *Ja, da war ein schabendes Geräusch und auch...ein bösartiges Knurren!*
„...du bist auch in großer Gefahr!" Sein Kopf wirbelte herum und er schaute Howard direkt in die Augen. Seine Stimme klang eindringlich. „*Er ist hier!*"

Jetzt hatte es auch der Amerikaner erkannt und er starrte in die Richtung, aus der das Knurren kam.
„Lauf!" sagte Francesco, griff gleichzeitig in seinen Rücken, wo er ein automatisches Schnellfeuergewehr befestigt hatte und zog es in einer flüssigen Bewegung vor den Körper.
Howard jedoch rührte sich nicht und wollte seinerseits bereits eine Waffe ziehen, doch Francesco hielt ihn zurück. „Nein! Ich werde ihn aufhalten!" Etwa zehn Meter vor ihnen ertönte ein hasserfülltes Grollen und es schepperte in den alten, rostigen Fabrikaufbauten. „Das Tor ist zu wichtig. Wir dürfen es nicht mehr verlieren!" Er drehte sich zu seinem Freund, umfasste seinen rechten Unterarm und wartete, bis Howard ihn ansah. „Du musst es beschützen und einen Platz dafür finden, wo er es nicht finden kann!"
Howard nickte, doch sein Gesicht zeigte große Verwirrung. „Wie? Wo?" fragte er dann auch.
„Das Tor muss an einen reinen Ort. Nur dort wird es nicht mehr strahlen!"
Ein lautes Brüllen übertönte das Pfeifen des Windes und im selben Moment schob sich ein Schatten aus dem Halbdunkel eines Silos. Es war eine junge Frau, schlank, mit feinen Zügen, ausgesprochen hübsch. Doch ihre rot leuchtenden Augen zeigten deutlich, dass dies nur ihre äußere Hülle war und sich in ihrem Inneren ein Monstrum befand. Schon öffnete sie ihren Mund und stieß ein zorniges Fauchen aus.
„Lass mich dir helfen!" rief Howard. „Gemeinsam...!"
„Nein!" brüllte Francesco jedoch beinahe wütend. „Du musst dich um das Tor kümmern. Verstehst du? Es ist einfach zu wichtig!" Er wartete, bis Howard ihn ansah. „Geh und blicke nicht zurück!" Er schaute Howard flehend an, dann lächelte er. „Wünsch mir Glück!"
Howard sah man an, dass ihn die Entscheidung zu gehen, fast zerriss, dass er aber auch wusste, dass Francesco Recht hatte. Der Dämon war mächtig und bösartig, doch wenn es ihm gelänge, die Tore an sich zu bringen, wäre gar nicht auszudenken, was geschehen konnte. Deshalb war klar, dass er gehen musste. Je früher, desto besser. Francesco musste den Dämon schließlich nicht töten – das wäre ihm ohnehin nicht gelungen – nur eben lange genug aufhalten, damit sein Freund entkommen konnte.
Howard wollte noch etwas sagen, doch er konnte ihm nur zunicken.
Francesco erwiderte die Geste mit einem sanften Lächeln, dann atmete er tief durch und machte ein paar Schritte auf den Dämon zu.
Howard schaute seinem Freund noch einen Augenblick hinterher, wobei ihm nicht entging, dass die Augen der jungen Frau ausschließlich auf ihn gerichtet waren und sie Francesco überhaupt nicht wahrzunehmen schien. Dann wandte er sich ab und rannte in die Richtung, in der das Auto stand, mit dem er hierhergekommen war. Hinter sich nahm er lautes Brüllen und Fauchen des Dämons wahr, sowie Wortfetzen seines Freundes. Als er sich nochmals umblickte, konnte er sehen, dass die junge Frau ihm folgen wollte, dass sich ihr Francesco jedoch in den Weg gestellt hatte. Schon im nächsten Moment drückte sein Freund den Abzug und erste Schüsse donnerten in den Körper der Bestie.

Davon ließ sie sich natürlich nicht lange aufhalten, doch als sie sich anschickte loszurennen, warf Francesco eine Handgranate nach ihr. Die Explosion riss sie von den Füßen und schleuderte sie wieder zurück in die Aufbauten, aus denen sie gekommen war.
Bevor Francesco ihr folgte, drehte er sich nochmals zu Howard herum. „Worauf wartest du? Nun mach endlich, dass du wegkommst!" rief er ihm zu und sein Blick war ernst und konzentriert. Dann verschwand er hinter dem Silo.
Howard zögerte noch eine Sekunde, dann wandte er sich ebenfalls ab und rannte, so schnell er konnte.
Als er mit Vollgas den Hügel zur Stadt hinab raste, konnte er im Rückspiegel die Flammenfaust einer weiteren Explosion erkennen. Sein Herz schmerze in diesem Moment und fast wäre er doch noch umgekehrt. Doch er wusste, er durfte es nicht tun. Während er Alexandria erreichte, waren seine Gedanken und Hoffnungen bei seinem Freund im Kampf gegen die furchtbarste Kreatur der Finsternis.
Er hoffte inständig, dass er Francesco heute nicht zum letzen Mal gesehen hatte.

*

Doch es kam alles ganz anders:

Francesco gelang es, den Dämon lange genug aufzuhalten, damit Howard fliehen konnte. Als die Bestie erkannt hatte, was geschehen war, stürmte sie davon, ohne dass Francesco sie verfolgen konnte. Ihm blieb in diesem Moment nur die Hoffnung, dass Howard ihn verstanden hatte und es ihm gelingen mochte, das Tor zum Himmel an einen sicheren Ort zu bringen.
Natürlich versuchte er, Howard so schnell es nur ging, ausfindig zu machen, doch war ihm fast klar, dass sein Freund nun beständig auf der Flucht vor der Ausgeburt der Hölle war – zumindest so lange, bis die kleine unscheinbare Kugel in Sicherheit war.
Doch mit jedem neuen Tag, an dem Francesco vergeblich nach Howard suchte, schwand seine Hoffnung immer mehr.
Dann – vollkommen unerwartet – erhielt er von Howard einen Telefonanruf. Sein Freund war hörbar außer Atem. Seine Stimme klang gehetzt, rau und sehr erschöpft. „Ich habe es geschafft, alter Freund. Der reine Ort. Ich habe ihn gefunden. Das Tor zum Himmel ist in Sicherheit!"
Francescos Herz schien vor Freude überquellen zu wollen. Das Tor in Sicherheit, sein Freund noch am Leben. Nach so unendlich langer Zeit, lächelte er - wenn auch nur ganz leicht. „Das ist eine wunderbare Nachricht, alter Freund!" erwiderte er. „Das hast du wirklich gut gemacht!"
„Nein...!" Howards Stimme klang leise, vollkommen hoffnungslos und derart schmerzvoll, dass Francesco eine eiskalte Gänsehaut über den Rücken kroch. „Das habe ich nicht! Um den reinen Ort zu finden, habe ich die, die ich liebe,

verraten und einen weiteren Fluch auf mich geladen. Damit ist mein Leben endgültig verwirkt!"
Francesco spürte tiefe Angst in sich aufkommen. „Oh Gott, Howard, was hat du getan?"
Am anderen Ende der Leitung blieb es einen Moment lang still, dass Francesco schon befürchtete, Howard wäre einfach weggegangen, doch dann hörte er den tiefen Atemzug. „Ich habe...!"
Und dann erzählte ihm Howard, was er aus purer Verzweiflung, doch in der Hoffnung, das Richtige zu tun, getan hatte.
Am Ende wusste Francesco, dass er selbst kaum anders gehandelt hätte und das Tor zum Himmel fürs Erste in Sicherheit war, dass aber eine Zeit kommen mochte, in der dieser Entschluss seines Freundes seine eigene Familie in höchste Gefahr bringen würde.
Deshalb vermochte Francesco in diesem Moment keine Worte zu finden, die ausdrücken konnten, was er empfand.
Dann sprach Howard wieder und die Worte, die er jetzt sagte, sollte Francesco nie wieder vergessen. „Ich werde mich jetzt dem Dämon stellen. Dann heißt es, er oder ich. Möge Gott mir meine Sünden vergeben oder mich für meine Verfehlungen in die Hölle schicken! Hier auf Erden habe ich das Recht zu leben verwirkt! Leb wohl, Francesco!"
„Was?" Francesco schien, es würde man ihm den Boden unter den Füßen wegziehen. „Nein!" brüllte er in den Hörer. „Großer Gott, Howard, nein, bitte. Tu das nicht! Nein, nein, um Himmels Willen, Howard, hör mir zu. Howard? Geh nicht..." Doch die Leitung wurde gekappt.

Zwei Stunden später war Howard Freeman tot...

(K)ein Plan

„*Das* hat sein Großvater getan?" Cynthia stoppte ab, drehte sich zu Francesco, zog ihre Augenbrauen in die Höhe und schaute ihn mit großen Augen an.
Während sein Blick weiterhin auf das riesige burgähnliche Gebäude auf dem Berghang etwa fünfhundert Meter vor ihnen gerichtet war, nickte Francesco ihr zu. „Deshalb werden sie verstehen, warum es so wichtig ist, dass wir umgehend eingreifen!" Seine Augen zuckten immer wieder zu jeder Seite, um die Dämonen, die zu Dutzenden um sie herumschwirrten, im Blick zu behalten.
„*Wer* hat *was* getan?" Das war Heaven, die an ihnen vorbeiging. Auch sie beobachtete die Dämonen, doch schien sie vollkommen unaufgeregt und relaxt zu sein. Eine Antwort wollte sie jedoch offensichtlich gar nicht haben, denn sie ging einfach weiter, bis sie Razor erreicht hatte, der im Moment zusammen mit Bim und den beiden Brüdern Horror und Terror die Vorhut der Gruppe bildete.
Stattdessen aber war – natürlich – Douglas ebenfalls stehen geblieben und schaute jetzt den Italiener mit großen Augen an. „Oh Mann, wenn Chris das erfährt, bringt er den Alten glatt um!"
Augenblicklich verdunkelte sich Cynthias Gesichtsausdruck. „Doug?"
„Ja, Schatz?" erwiderte er mit einem sanften Lächeln.
„Chris Großvater *ist* schon lange tot!" Ihre Stimme klang genervt und ihr Blick zeigte deutlich, dass sie allmählich am Geisteszustand ihres Mannes zweifelte.
Douglas erkannte augenblicklich seinen Fehler und wurde ernst. „Oh verdammt! Du hast Recht!" Er verzog sein Gesicht zu einer gequälten Grimasse. „Dann lässt er das wieder an mir aus!"
Cynthias Blick verdunkelte sich nochmals. „Warum sollte er dich für die Taten seines Großvaters verantwortlich machen?"
Jetzt schaute sie Douglas etwas irritiert an. „Weil ich grundsätzlich an allem Schuld bin?"
Sofort zog Cynthia ihre Augenbrauen in die Höhe. „Stimmt!" Sie lächelte. „Na dann bin ich mal gespannt, wie du aus der Nummer wieder rauskommst?" Dabei grinste sie kurz.
„Na danke auch!" grummelte ihr Mann zurück und verzog die Mundwinkel.
Bevor er jedoch mehr sagen konnte, rief Bim von vorn in einem mahnenden Tonfall „Leute!?" und alle drehten sich zu ihm.
Dabei bemerkte Cynthia Silvia neben sich und das sanfte Lächeln auf ihren Lippen. „Was lachst du?" fragte sie.
Ihre so lange tot geglaubte Freundin, für deren Befreiung sie alle den Trip in die Hölle erst auf sich genommen hatten, meinte. „Ihr beide seid süß! Ich habe immer gehofft, ich könnte mit Chris genauso sein!"
„Süß?" Cynthias Blick zeigte deutliche Zweifel. „Wenn mich dieser große, dicke Bär zur Weißglut bringt, könnte ich ihn glatt umbringen!"

Silvia lachte leise auf. „Aber ihr liebt euch. Das sieht man in jedem Moment. Keiner kann ohne den anderen. Das finde ich total toll!" Sie schaute ihre Freundin direkt an und ihr Blick wurde wehmütig. „Bewahrt euch das, so lange ihr könnt!" Damit ging Silvia zu den anderen.
Cynthia wollte ihr etwas nachrufen, doch sie blieb stumm. Den Grund für Silvias Worte konnte sie absolut verstehen. Es war beinahe ein wahres Drama gewesen, bis die beiden – Silvia und Christopher – endlich zusammengefunden hatten. Doch nur Silvia hatte in den darauffolgenden Jahren immer und immer wieder gezeigt, dass sie ihren Partner wirklich liebte. Christopher – dieser damals über alle Maßen not- und dauergeile Bock – verlegte sein Rohr wie Stahlbauer ihre im Akkord und trampelte damit eigentlich viel zu oft auf Silvias Gefühlen herum. Warum sie Chris nicht schon längst verlassen hatte, hatte Cynthia nie verstehen können, bis ihr klar wurde, dass Silvia ihn halt schlicht und einfach nur wirklich liebte. Christopher schien dies lange Zeit aber kaum zu interessieren, bis zu dem Moment, da Silvias Leben durch den Dämon in akute Gefahr geriet. Erst da begriff er ganz allmählich, wie viel ihm diese Frau wirklich bedeutete und was es hieß, ehrlich zu lieben und diese Liebe auch zu geben und nicht nur zu empfangen. Doch in dem Moment, da er das endlich verinnerlicht hatte, verlor er Silvia scheinbar für immer, als sie beim Eintritt in das Tor zur Hölle starb.
Das nachfolgende Jahr war für ihn dann weitaus schlimmer, als die Hölle es wohl je hätte sein können. Erst als Douglas und Francesca ihm offenbarten, dass Silvia entgegen aller Annahmen und entgegen aller Logik, doch nicht tot war, sondern sich noch immer lebend in der Hölle befand, ließen ihn wieder Hoffnung schöpfen.
Mit dem Durchgang durch das Tor zur Hölle riskierte er sein Leben für sie, nur um dann hier zu erkennen, dass die Zeit an diesem schlimmsten aller denkbaren Orte Silvia entscheidend und dauerhaft verändert hatte. Jetzt war er es, dessen Liebe nicht so erwidert wurde, wie sie es verdient gehabt hätte. Cynthia glaubte jedoch nicht, dass Silvia sich wirklich von ihm abgewandt hatte – selbst ein Jahr an diesem verdammten Ort konnte diese tiefen, ehrlichen und reinen Gefühle zu ihm nicht vollkommen zerstören – und die Tatsache mit welcher Leidenschaft Silvia sich der Rettung Christophers aus den Fängen der Dämonen verschrieben hatte, gab wirklich Grund zur Hoffnung. Dennoch war Cynthia sich bewusst, dass die beiden noch einen langen – *sehr langen* - Weg vor sich haben mochten, bevor ihr beider Traum – den nur sie beide erfüllen konnten, dem aber auch nur einzig sie selbst im Weg standen - wahr werden würde.

Cynthia war klar, dass sie helfen würde, wo sie konnte – und dass das am Ende auch für ihren Mann Douglas galt – doch natürlich würden die beiden das meiste selbst und allein erledigen müssen.
Mit diesen Gedanken etwas gestärkt, schloss sie schließlich zu den anderen auf. Dabei schaute sie hinauf zu dem gewaltigen Gebäudekomplex in düsterem Grau und glänzendem Schwarz, der an eine riesige Burg erinnerte und plötzlich wurde ihr bewusst, dass sie eigentlich vollkommen wahnsinnig sein musste, diese Art

von Gedanken zu haben, wo doch die Chancen, dass Christopher längst tot war oder aber innerhalb der nächsten Minuten sterben würde, sowas von genial gut standen, dass ihr schon im nächsten Moment spürbar übel wurde und sie tief durchatmen musste, um das flaue Gefühl im Magen wenigstens ein wenig zu überlagern.

Razors Kommentar, den er wohl auf eine Bemerkung Francescos hin abgab, führte ihr das sofort nochmals deutlich vor Augen. „Das sieht mir jetzt aber nicht wie ein Plan aus!"

Francesco lachte leise auf, doch sein Gesicht zeigte, dass er ein wenig ungehalten war. „Ich bin erst seit ein paar Minuten hier, junger Mann. Woher zum Geier sollte ich da einen Plan haben?" Er brummte missmutig.

„Das ist jetzt nicht ihr Ernst, oder?" Bim war sichtlich geschockt, was bei dem riesigen Bär von einem Mann wie ihm irgendwie niedlich aussah.

„Doch!" Francesco nickte und ein sanftes Lächeln huschte über seine Lippen. „Aber den brauchen wir auch nicht. Das schaffen wir auch so!"

„Na dann...!" Das war Horror, dem die Abneigung sichtlich ins Gesicht geschrieben stand. „...ist ja alles erste Sahne. Solange *sie* noch zuversichtlich sind!" Er funkelte den Alten mit verzogenen Mundwinkeln an.

„Mann, unsere Gegner sind Dämonen und Schlimmeres!" erklärte Francesco wieder leicht genervt. „Denen können sie nicht mit Logik begegnen!"

Horror brummte genervt, doch bevor er etwas erwidern konnte, trat Heaven zwischen ihnen. „Was meinen sie denn mit *Schlimmeren*?"

Francesco sah die junge Frau direkt an. „Dämonen agieren nicht vorausschauend. Das sollten sie wissen. Sie töten, fressen...!" Er zuckte mit den Schultern. „...scheißen!"

„Echt?" Das war Terror, der beinahe geschockt schien. „Die kacken wie wir?"

Alle in der Gruppe sahen ihn für einen Moment teils verständnislos, teils genervt an, doch keiner sagte etwas.

„Das beantwortet nicht meine Frage!" meinte dann Heaven mit ernstem Gesicht und deutlich gereizt.

„Wenn es nur Dämonen wären, die Christopher gefangen genommen hätten, wäre er jetzt bereits tot!" erwiderte Francesco. Er schaute in die Runde und als er das schmerzvolle Gesicht seiner Enkelin sah, verspürte er einen deutlichen Stich im Inneren.

„Also?" Das war jetzt Cynthia, die natürlich erkannt hatte, worauf dieses Gespräch hinauslaufen würde.

„Sie haben ihn dorthin gebracht!" Francesco deutete mit einem Nicken auf die Burg vor ihnen.

„Ach was?" raunte Heaven, da diese Tatsache ja bereits mehr als offensichtlich war. „Und wer ist da?"

„Ihr Boss!"

„Ihr...*Boss*?" Douglas Gesicht zeigte eine Mischung aus Überraschung und böser Vorahnung.

Francesco nickte. „Der Boss aller Dämonen!" Wieder schaute er in die Runde und konnte jetzt ausnahmslos geschockte Gesichter erkennen.

„Und wer wäre das?" fragte Silvia. Ihre Stimme klang schwach und ängstlich.
„Er hat viele Namen, denn er ist so alt wie die Zeit selbst. Doch mir gefällt...*Samael, der Gefallene*...am besten!"
„Gefallen?" fragte Heaven. „Woraus?"
„Aus dem...!"
„Grandpa?"
„...Himmel!" endete Francesco noch seinen Satz, dann wandte er sich an seine Enkeltochter. Als er ihr Gesicht sah, wusste er bereits, was sie von ihm wollte. „Ja meine Sonne?"
Als Silvia den Kosenamen hörte, den ihr Großvater früher immer gebraucht hatte, konnte sie ein kurzes Lächeln nicht verhindern, doch wurde sie sofort wieder ernst. „Können wir uns...*bitte*...um Chris kümmern?"
Da wurde Francesco bewusst, dass sie schon eine geraume Zeit beinahe getrödelt hatten. „Aber natürlich, Conchita. Du hast vollkommen Recht!" Er wandte sich an die Gruppe, speziell aber an die, die mit ihm diskutiert hatten. „Wir sollten aufhören zu reden und uns auf unsere Aufgabe konzentrieren!"
„Und wie bitte schön sollen wir das jetzt anstellen?" raunte Horror. „Ich meine reingehen und höflich fragen ist ja wohl schon mal nicht, oder?"
Francesco konnte sich ein kurzes Grinsen nicht verkneifen. „Natürlich nicht. Wir müssen uns schon was einfallen lassen!"
„Aber...!" Das war Alfredo, der bisher still geblieben war. „...du sagtest doch, du hättest keinen...!"
Francesco wandte sich zu ihm. „Sohn!" Er sah Alfredo direkt und mit ernster Miene an. „Habe ich schon jemals etwas ohne Plan gemacht?"
„Dann haben sie also doch einen?" rief Heaven erstaunt.
Francesco sah die junge Frau an und musste grinsen. „Aber natürlich habe ich einen!" Und dann zwinkerte er ihr verschwörerisch zu.

Wege zur Hölle

Die Hölle!
Der Schlimmste aller vorstellbaren Orte…
…und sie alle mittendrin!

Wer hätte je geglaubt, dass es möglich wäre? Wer hätte je gedacht, dass man etwas derart Unvorstellbares sogar überleben könnte?
Und doch war ihre Existenz hier auf dieser kargen, staubigen Ebene mitten in den tiefsten Tiefen der Finsternis real!
Ihr Weg hierher hätte unterschiedlicher jedoch kaum sein können:

Da gab es Heaven, Razor, Bim und die Brüder Horror und Terror. Sie waren auf dem *üblichen* Weg hierhergekommen. Durch Mord, Verrat und ähnlichem. Dinge, die alle unweigerlich zum Tode geführt hatten. Doch mehr als alles andere war es die Sünde, der Frevel, die Schuld, die sie dabei auf sich geladen hatten, die sie letztlich an diesen Ort gebracht hatte. Die Hölle, der Ort an dem sie für ihre begangenen Sünden durch immerwährende Qualen büßen mussten. Sie *gehörten* hierher. Es war ihr Weg, ihre Strafe - ihr *Schicksal*. Und sie alle hatten es angenommen.

Dann gab es da Silvia, Christopher, Cynthia, Douglas und Alfredo. Sie waren auf dem *unüblichen* Weg hierhergekommen. Durch Mut und Liebe, die letzten drei aber vor allem doch auch durch eine gehörige Portion Irrsinn. Sie *gehörten eindeutig nicht* hierher, doch standen die Chancen, diesen Ort wieder verlassen zu können nicht gut und die Gefahr, hier für immer gestrandet zu sein war sehr hoch.

Und da gab es Francesco. Er war auf dem wohl *unüblichsten* Weg hierhergekommen, den man sich nur vorstellen mochte. Einzig durch Liebe. Er *gehörte am allerwenigsten* hierher und seine Anwesenheit blieb alles andere als verborgen!

Auf der weitläufigen Ebene waren Dutzende, wenn nicht gar Hunderte von Dämonen zu sehen. Sie alle starrten Francesco an und in ihren Augen war der reine Hass, aber auch die reine Gier zu sehen.
Dennoch kam niemand von ihnen näher als zehn Meter an die Gruppe heran, obwohl man jedem von ihnen ansah, dass er nichts lieber als das getan hätte. Doch sie konnten es nicht tun.
Was von den anderen Niemand wusste, die Dämonen aber mehr als deutlich spürten, war eine unsichtbare Aura, die Francesco um seine Freunde aufgebaut hatte, die ein Eindringen der Bestien verhinderte.

Obwohl einige wie etwa Heaven, Razor und sein Trupp, aber auch Cynthia und wohl auch Silvia etwas erahnten, sagte niemand von ihnen ein Wort, sondern nahmen den Umstand dankbar, wenn auch stumm entgegen, denn einen Kampf gegen diese gewaltige Übermacht hätten sie niemals gewinnen können und sie alle wussten das nur zu genau.

Als sie den Fuß des Hügels erreicht hatten, zogen dunkle Wolkenberge am Himmel auf und eine aufgehende, blutrote Sonne tauchte alles in ein unwirtliches Spiel aus Licht und Schatten.
„Das ist ihr Plan?" fragte Razor sichtlich wenig begeistert.
Francesco nickte nur voller Zuversicht.
„Da wäre garkeiner vielleicht aber doch besser gewesen!" meinte Bim ohne jegliche Emotionen.
„Ach Unsinn!" erwiderte Francesco etwas gereizt. „Der Plan ist so simpel, wie brillant. Sie werden sehen, er gelingt!"
„Ihr Optimismus ist echt zum Kotzen!" erwiderte Heaven mit säuerlicher Miene.
Daraufhin musste Francesco breit grinsen. „Sie werden es sehen!"
„Okay!" hob Razor an. „Dann tun sie, was sie nicht lassen können. Währenddessen gehen wir in Stellung. Wenn sie uns brauchen, werden wir da sein!"
Francesco nickte zufrieden.
„Und wer wird uns beschützen, wenn sie weg sind?" fragte Horror mit zweifelnder Miene. Dabei blickte er zu der Masse an Dämonen in Schlagweite.
Francesco wusste, dass die Frage des Mannes berechtigt war, doch konnte er nur lächeln. „Ich werde bei ihnen sein, auch wenn sie mich nicht sehen können!"
Im nächsten Moment brummte Heaven verächtlich. „Nun gehen sie schon, alter Mann!" Ihr Gesicht war eine finstere Maske. „Sonst kotze ich gleich wirklich noch!"
Francesco sah sie an, grinste wieder und nickte. Bevor er sich jedoch umdrehte, trat er direkt vor Razor und wartete, bis der ihn ansah. „Wenn meine Enkeltochter schreit, brauche ich ein Feuerwerk von ihnen!" flüsterte er ihm zu.
Razor zog die Augenbrauen zusammen. „Wie meinen sie das?"
Francesco lächelte geheimnisvoll. „Das werden sie schon sehen!" Dann wandte er sich ab und beschleunigte seine Schritte in Richtung einer Rampe, die in einem geschwungenen Bogen hinauf zum gewaltigen Burgtor führte.

Die unmögliche Hoffnung

Die Welt um sie herum stand still und ihr Herz setzte für einen einzigen, aber langen Schlag einfach aus.
Doch in ihrem Inneren tobte ein unfassbarer Sturm, wie Talea es noch niemals zuvor gespürt hatte und trieb ihren Verstand bis weit über die Grenzen der Vernunft hinaus, dass sie absolut nicht sicher war, ob sie jemals wieder zurückfinden würde.
Dann begann ihr Herz wieder zu schlagen, so wild, so kraftvoll, so aufgeregt, dass sie fühlen konnte, wie ihr Blut in ihren Adern pulsierte und hören, wie es in ihren Ohren rauschte. Sie war der Ohnmacht näher, als dem Bewusstsein. Ihr ganzer Körper erzitterte, ein heißkalter Schauer nach dem anderen durchzuckte ihn.
Und doch änderte sich das Bild vor ihren Augen nicht. Wurde teilweise unscharf, weil ihr Organismus kurz davor war umzukippen, aber immer noch *so* klar, dass *ihr* klar war, dass sie eigentlich nur träumen konnte.

Alles hatte mit dem Brief begonnen, den sie eines Tages auf ihrem Kopfkissen vorfand und in dem ihr Eric mit knappen, aber sehr emotionalen Worten erklärte, dass er im Begriff war, etwas furchtbar Gefährliches zu tun, er es aber tun müsse, weil andernfalls die Konsequenzen weitreichend und absolut katastrophal wären. Er machte zwar nur Andeutungen, doch die reichten bereits aus, um ihre eine eiskalte Gänsehaut nach der anderen zu bereiten. Ganz besonderen Wert legte er darauf, dass er zwar nicht den Auftrag ausführte, für den er vom FBI eigentlich eingeplant gewesen war, dass jedoch niemand, ganz besonders aber nicht sein Arbeitgeber jemals davon erfahren durfte, was er wirklich tat.
Talea machte sich sofort unglaubliche Sorgen, denn dieser Brief war so vollkommen anders, als alles, was in ihrer Ehe sonst vorherrschte: Liebe und Vertrauen.
Natürlich war ihr bewusst, dass Eric durchaus einen gefährlichen Job hatte. Er arbeitete schließlich beim FBI und auch wenn er nur selten im direkten Außeneinsatz war, so besaß er doch eine Schusswaffe und hatte es eben auch manchmal mit gewalttätigen Verbrechern zu tun. Doch natürlich verdrängte sie diesen Gedanken stets, denn ansonsten wäre eine Ehe oder gar die Gründung einer Familie vollkommen undenkbar gewesen. Eric selbst war der wunderbarste Mann, den sie je kennengelernt hatte und sich in ihn zu verlieben war daher quasi nur ein Klacks gewesen. Er war gebildet, sanft, sah absolut umwerfend aus, war sehr fantasievoll in vielen Dingen, verantwortungsbewusst und stark, sowohl in körperlicher, als auch in mentaler Hinsicht. Jeden Tag gab er ihr das Gefühl, dass Beste zu sein, was ihm je passieren konnte und ein ganz

besonderer und wertvoller Mensch. Und zu ihren beiden Kindern war er ungeheuer liebevoll und ein echter Vater, wie man ihn sich wahrlich wünschte.
Taleas Leben war schlichtweg wundervoll zu nennen gewesen, der Schatten einer möglicherweise drohenden Katastrophe praktisch nicht vorhanden.
Jetzt aber war diese absolut greifbar und schon am nächsten Tag, als ein schwarzer Buick vor ihr Haus gefahren kam und ihm zwei Männer in schwarzen Anzügen, Sonnenbrillen und steinharten Gesichtszügen entstiegen, real. Denn noch während sie sich dem Haus näherten, wusste sie bereits, was sie ihr sagen würden. Sie begann zu zittern, ihre Knie wurden butterweich, sie spürte, wie die Dunkelheit einer Ohnmacht nach ihr griff. Es gelang ihr, sich noch zur Haustür zu schleppen, sie zu öffnen und wie durch einen Schleier zu hören, was ihr der ältere Mann mit versteinerter Miene zu sagen hatte. Zumindest bis zu dem entscheidenden Wort, dann umgab sie nur noch tiefste Schwärze. Dass sie zusammengesackte, bekam sie schon nicht mehr mit.

Im Krankenhaus dann realisierte sie erst richtig, was geschehen war. Laut FBI war Eric *nur* verschollen, doch sie wusste ja, dass dies nicht stimmte, dies aber gleichzeitig nur heißen konnte, dass er tot war. Es begann eine unendlich lange und unendlich qualvolle Zeit des Schmerzes und der Trauer, die sie jedoch tagsüber mit aller Macht unterdrückte, da sie natürlich für ihre Kinder stark sein musste und kein Abbild des Elends sein durfte. Nachts hingegen, wenn die beiden schliefen, durchlebte sie die absolute emotionale Hölle.
Vollkommen überraschend und zu einem Zeitpunkt, an dem sie allmählich lernte, mit dem Schmerz zu leben oder besser zumindest nicht mehr daran zu zerbrechen, kam dann der Anruf eines Mannes namens Douglas Maroon, der behauptete, ihren Mann gekannt zu haben und er einen Freund habe, der mit ihr reden wollte.
Obwohl sie ablehnen wollte, erkannte sie eine ehrliche, echte Traurigkeit in der Stimme des Mannes, die sie berührte und letztlich zustimmen ließ, sich mit ihm zu treffen.
Es sollte ein Treffen werden, dass sie niemals je wieder vergessen konnte und ihre Sicht der Dinge auf so furchtbare Art und Weise radikal veränderte.
Bevor sie aber wirklich verstand, was ihr da ein über aller Maßen trauriger und illusionsloser, vor allem aber gebrochener Mann namens Christopher Freeman mit dem wohl schmerzvollsten Blick, den sie je gesehen hatte, erzählte, durchlebte sie eine irrsinnige Achterbahnfahrt der Gefühle.
Danach war ihr klar, wie Eric wirklich gestorben war, aber auch, dass jede Spekulation über ein mögliches Überleben zerstört war. Und obwohl sie wusste, dass Eric für eine unglaublich ehrenvolle Sache gestorben war, spendete es ihr keinerlei Trost und der Schmerz und die Trauer blieben in voller Härte vorhanden.
Doch während Christopher Freeman New York verließ, blieben Douglas und ganz besonders seine Frau Cynthia immer in ihrer Nähe und wurden alsbald zu sehr guten Freunden.

Treffen jedoch mussten anfangs noch heimlich stattfinden, denn Douglas wurde wegen der Geschehnisse rund um das WTC noch immer von allen möglichen Organisationen unter die Lupe genommen.

Als es dann aber ruhiger um ihn und die Sache wurde, verabredeten sich Talea und Cynthia eines Abends zum Essen. Talea versprach ihre Freundin abzuholen und kam, nachdem sie ihre Kinder zu ihren Schwiegereltern gebracht hatte, nur wenige Minuten zu spät. Obwohl Cynthia Pünktlichkeit sehr schätzte, stand sie noch nicht wartend am Straßenrand und kam auch nach zwei Minuten noch nicht aus dem Haus. Talea beschloss daher, bei ihrer Freundin zu klingeln. Cynthia öffnete auch sofort, doch fand sie ihre Freundin in einer höchst erregten, ja fast aufgelösten Verfassung vor. Offensichtlich stritt sie mit Douglas, der ebenfalls anwesend war.
Talea wollte eigentlich sofort wieder gehen, doch Cynthia forderte sie auf zu bleiben und erzählte ihr auch ohne Umschweife, was der Grund für den Disput mit ihrem Mann war.
Eine Minute später war Talea wie vor den Kopf gestoßen, doch spürte sie in ihrem Inneren eine lang nicht mehr gekannte Erregung, die auf sie beinahe wie eine Droge wirkte.
Douglas hatte Cynthia gebeichtet, dass er sie – und auch Talea - die ganze Zeit über angelogen hatte. Das Tor zur Hölle war in jener Nacht nicht zerstört worden, sondern Douglas hatte es in einer reinen Bauchentscheidung an sich genommen und an einen sicheren Ort gebracht. Die nächsten Monate war er dann ständig überwacht worden, sodass er keine Gelegenheit hatte, sich mit ihm zu beschäftigen. Niemandem etwas von seiner Existenz zu verraten empfand er als absolut notwendigen Selbstschutz für sie alle.
Als aber die Überwachungen nachließen, tat Douglas das, von dem er sich geschworen hatte, es als Erstes zu tun: Er kontaktierte Francesco del Pieros Frau Francesca in Italien. Die erklärte ihm sofort geradeheraus, er könne getrost Tacheles mit ihr reden, weil sie vollkommen mit der *Arbeit* ihres Mannes vertraut war. Sie wusste um den Henker des Teufels und um seine wahre Existenz. Ihre Stimme klang traurig, doch als Douglas ihr den Grund für seinen Anruf mitteilte, wurde sie schlagartig nervös und sagte, sie würde den nächsten Flieger nach New York nehmen. Das war vor zwei Tagen gewesen.
Heute nun hatte er sich mit Francesca in einem abgelegenen Lokal in Queens getroffen. Douglas wollte gerade anfangen zu erzählen, da hob sie einfach nur abwehrend die Hand, schaute ihn direkt an und stellte ihm eine, nur eine einzige Frage: „Wissen sie, ob Silvia an jenem Abend ein violett schimmerndes Armband getragen hat?" Douglas war verblüfft und sich nicht sicher, doch die Alte ließ nicht locker und tatsächlich glaubte er, dass es so war. Im nächsten Moment jedoch war er sich schon wieder sicher, dass er sich irrte. Am Ende musste er resigniert feststellen, dass er ihr die gewünschte Auskunft nicht mit Sicherheit geben konnte, dass es dafür eigentlich nur einen gab: *Christopher!*
Daraufhin forderte die Alte sofort, ihn zu sprechen.

Douglas war total geschockt, versprach sich darum zu kümmern und verließ Francesca wieder.

Sein Weg führte ihn direkt nach Hause, wo er sich in seiner Hilflosigkeit, die eine Art Verzweiflung verursachte, nunmehr Cynthia offenbarte, die natürlich komplett entsetzt war und ihm erst einmal einiges an verbalen Unzulänglichkeiten um die Ohren haute – doch auch das nur, weil sie ebenso geschockt und hilflos war, was jetzt zu tun sei, wie er selbst.

Als Talea all das gehört hatte, atmete sie einmal tief durch, schaute ihre beiden Freunde direkt an und sagte dann mit klarer Stimme: „Wir müssen Christopher finden!"

Cynthia und Douglas starrten sie beinahe entgeistert an, obwohl man ihnen bereits ansah, dass sie den gleichen Gedanken gehabt hatten, ihn nur nicht auszusprechen wagten.

Und es war Talea, als hätte ihr Jemand in diesem Moment eine neue Dosis Lebenswillen verabreicht, denn von diesem Augenblick an arbeitete sie unermüdlich daran, Silvia aus der Hölle zurück zu holen.

In dieser grauenvollen Nacht waren weiß Gott mehr als genug gute und aufrechte Menschen gestorben, weil sie sich trotz aller Gefahren und des schier übermächtigen Gegners dem Bösen entgegengestellt hatten, ohne auf die Konsequenzen zu achten – und das zum Wohle aller Menschen.

Für Talea waren sie alle, aber natürlich besonders die, die diese Nacht nicht überlebt hatten, wahre Helden, deren Mut, Hingabe und Glaube so unglaublich groß waren, wie sie ihn niemals zuvor erlebt hatte.

Und Eric, ihr geliebter Eric war einer von ihnen gewesen.

Je mehr sie von jener Nacht erfuhr, je tiefer sie in die Materie eindrang, umso mehr verstand sie Erics Beweggründe und verspürte am Ende doch den Stolz, der ihr anfangs versagt geblieben war. Und sie wusste mit einer so glasklaren Sicherheit, dass, wenn Eric überlebt hätte und es jetzt die Chance gab, Silvia aus der Hölle zu befreien, er alles daran gesetzt hätte, dabei mitzuhelfen. Nun, Eric konnte es nicht mehr tun, doch natürlich konnte sie es tun. Und sie tat es, mit all ihrer Kraft. In Erics Sinne, in seinem Angedenken.

Als Talea alles plötzlich in diesem Licht sah, fühlte sie sich richtig gut und von da an schöpfte sie Kraft aus einem schier unerschöpflichen Brunnen. Sie arbeitete unermüdlich, baute auf, suchte nach Lösungen, eliminierte Schwierigkeiten und Hindernisse, motivierte, trieb an – zum Teufel, sie, einszweiundsechzig groß und ganze 58 Kilo schwer - lernte sogar gewaltige Kranfahrzeuge zu fahren.

Aber natürlich – es wäre wohl auch ein echtes Wunder gewesen, wenn es nicht so gewesen wäre – stellte sie sich manchmal – aber wirklich nur in sehr seltenen, unbeobachteten Momenten – vor, wie es wäre, wenn sie all dies nicht – zumindest nicht nur – für Silvia tun würde, sondern auch für Eric. Natürlich war ihr mehr als bewusst, dass dies nicht möglich war, denn im Gegensatz zu Silvia, die durch den *Custos* beim Durchgang in die Hölle geschützt worden war und somit durchaus noch leben konnte, war ihr Mann ganz einfach *nur* gestorben und somit für immer verloren. Aber natürlich hoffte sie insgeheim darauf, dass es einen Gott gab, der erkannte, welch unglaublich heroische Tat ihr Mann

zusammen mit den anderen vollbracht hatte, und ihr deshalb zumindest einen einzigen weiteren Moment mit ihm schenkte, damit sie ihm all das sagen konnte, was ihr noch auf dem Herzen lag.
Ihre Liebe zu ihm, ihre Sehnsucht und ihr Verlangen nach ihm waren doch noch immer ungebrochen und so unendlich groß, dass sie diese unmögliche Hoffnung niemals ganz verdrängen konnte.

Und jetzt – urplötzlich, vollkommen unerwartet, in einem Augenblick der totalen Panik - war dieser unmögliche Moment tatsächlich eingetreten.
„Ich bin...!" Er stockte, doch dann trat er einen halben Schritt nach vorn und stand jetzt direkt vor Talea, die er um fast einen ganzen Kopf überragte und im selben Moment wich das grelle Licht von seinem Körper und sein Gesicht kam zum Vorschein. „...Jemand, der dich mehr liebt, als Worte es je ausdrücken könnten!" Dabei umspielte seine Mundwinkel ein Lächeln, das teils strahlend, teils aber auch sehr traurig war.
„Oh mein Gott!" rief Talea und innerhalb eines Wimpernschlages entglitten ihr alle Gesichtszüge. Augenblicklich begannen ihre Beine zu zittern und gaben unter ihr nach, sodass sie auf die Knie sackte. Eric folgte ihr mit besorgter Miene. „Eric!" stieß sie hervor. Und dann schossen ihr auch schon die Tränen ins Gesicht, während sie mit bebenden Lippen ihre zitternden Hände anhob, um ihn zu berühren. „Ich...!" begann sie, doch ihre Stimme brach ab.
Einen Augenblick später schoss Erics Kopf nach vorn und schon berührten sich ihre Lippen. Sie waren weich und warm, so wie immer, doch durchzuckte Talea ein solch wuchtiger Schauer, dass sie wieder erzitterte und kurz aufschrie. Ein tiefes Stöhnen brach all ihre Schmerzen auf und ein unglaubliches Verlangen jagte nach außen. Sie schob ihre Zunge nach vorn und erkannte, dass Eric es geschehen ließ, ebenfalls aufstöhnte, während sie beide ihre Körper aufrichteten. Talea, als auch Eric streichelten mit ihren Händen über die Wangen ihres Gegenübers und nutzen auch diesen Sinn, um den anderen zu spüren.
Es sollte ein langer, leidenschaftlicher, unfassbar erregender Kuss werden, der all die Sehnsucht, all das Verlangen und all die Liebe widerspiegelte, die sie stets umgeben hatte.

Francesca und Peter standen einige Meter von ihnen entfernt und hatten ihre Blicke auf sie gerichtet.
Doch während Peter eher noch immer erstaunt und beeindruckt zu sein schien, strahlte Francesca ein ehrliches, offenes Lächeln mit tränenfeuchten Augen.
Ja, sie empfand große Freude bei diesem Anblick, beinahe hätte sie aufgelacht, denn auch ihr war nicht entgangen, mit welch unbändiger Kraft und Konsequenz diese junge, zierliche Frau an ihrem Vorhaben zur Rettung Silvias gearbeitet hatte. Ihr Anteil daran war erheblich gewesen und sie alle standen tief in ihrer Schuld. Natürlich war auch Francesca klar gewesen, dass Talea all dies mit einer gewissen Hoffnung verbunden hatte, die sie zwar niemals offen ausgesprochen hatte, die ihr jedoch alle von ganzem Herzen gegönnt hatten.

Dass diese Hoffnung jetzt tatsächlich Realität geworden war, war umso erfreulicher, doch zeigte es einmal mehr, dass hier Dinge abliefen, die so jenseits jeder Vorstellungskraft waren, dass es schwierig war, dabei nicht den Verstand zu verlieren.
In diesem Moment aber empfand Francesca einfach nur große Freude für eine echte, ehrliche und aufrechte Freundin.
Doch nur für wenige Augenblicke, dann mischte sich auch ein wenig Traurigkeit dazu, denn natürlich vermisste auch sie den liebsten Menschen, den sie kannte, wahnsinnig doll.

Talea hatte nicht vor, jemals damit aufzuhören. Zu schön, zu wunderbar war dieses Gefühl, Eric auf diese erregende Weise wieder spüren zu dürfen. Seine Lippen – weich und warm, seine Zunge – heiß und fordernd, sein Gesicht - so altvertraut und doch so neu, so wunderschön und attraktiv, seine Arme – so kräftig und beruhigend. Niemals würde sie all dies wieder hergeben. Doch schon im nächsten Moment schob sie Eric sanft von sich. Talea erschrak und öffnete ihre Augen. Sie sah in die über alle Maßen traurigen Augen ihres Mannes und die Realität holte sie viel zu schnell und unglaublich hart wieder ein.
„Das war ein Fehler!" meinte Eric und er blickte sehr schuldbewusst.
„Nein!" erwiderte Talea sofort und wartete, bis er sie wieder ansah. „Das war einfach nur...wundervoll!"
„Aber ich kann nicht bleiben!" Eric schüttelte den Kopf.
Talea versuchte zu lächeln und trotz ihrer Empfindungen gelang es ihr beinahe auch. „Ich weiß! Aber wenn ich mich entscheiden müsste, dich gehen zu lassen oder dich zu küssen *und dann* gehen zu lassen, ich würde *immer*...den Kuss wählen!"
Jetzt musste Eric tatsächlich lächeln. „Du bist unglaublich!"
Taleas Blick wurde plötzlich aber sehr ängstlich. „Musst du *jetzt* schon wieder gehen?"
Eric sah sie einen Moment ausdruckslos an, dann huschte ein Lächeln über seine Lippen. „Nein!" Er schüttelte den Kopf und schloss sie kurz in seine Arme. „Ich kann noch nicht!" Schon im nächsten Moment wurde sein Blick sehr ernst und hart. „Ihr seid noch immer in größter Gefahr!" Er wartete, bis er in Taleas Augen Erkenntnis sehen konnte, dann wandte er sich an Peter und Francesca. „Wer hat das Tor zur Hölle?"
Francesca reagierte nicht sofort, denn sie war in Gedanken sehr weit weg.
„Francesca?" fragte Peter.
Die Stimme ihres Nebenmannes holte sie zurück. Sie erschrak mit einem leisen Aufschrei und blinzelte etwas verlegen. „Ich! Ich habe es!" Sie spürte, dass sie die Pyramide tatsächlich in ihrer linken Hand hielt und hob sie an.
Eric nickte, dann blickte er auf den Hubschrauber und schließlich zu Peter. „Fliegt der noch?"
Peter verzog das Gesicht. „Ich denke schon. Aber sicher nicht mehr lange!"
„Das muss reichen!" Eric zog Talea sanft mit sich zu den anderen und schaute dabei mit besorgtem Blick zum Himmel. „Los geht's!" Als er sah, dass ihn alle

aber nur fragend anschauten, anstatt sich zu bewegen, fügte er hinzu. „Wir müssen zuerst einmal von hier weg. Alles Weitere gibt es während des Fluges!" Wieder blickte er zum Himmel und es schien, als würde er finsterer werden. Ohne zu zögern, schob er Talea in das Innere der Maschine und setzte sich neben sie.
Peter schaute ihn einen Moment etwas überrascht an, doch dann nickte er der Alten zu, die daraufhin neben ihm Platz nahm. Peter startete die Maschine, die nur würgend und ächzend ansprang, dann jedoch schnell auf Touren kam, wenngleich sie sehr laut blieb und irgendwie blubberte. Als Peter das Höhenruder aktivierte, verzog sich sein Gesicht wieder zu einer gequälten Grimasse, doch letztlich war er ein viel zu guter Pilot, als dass er es nicht schaffte, den Helikopter in die Luft zu bekommen. Dass er jedoch beständig mit dem Heck hin und her torkelte, eine deutliche Schlagseite nach links besaß und teilweise dichter Qualm aus dem Motorblock waberte, konnte er natürlich nicht verhindern.
„Wohin?" rief er dann nach hinten, als er sich einigermaßen an die maroden Flugeigenschaften gewöhnt hatte.
Francesca drehte ihren Kopf zurück und sah Eric mit großen Augen an. Auch Talea blickte zu ihm.
„Wo ist das nächste Kühlhaus?"
„Kühlhaus?" Francesca zog ihre Augenbrauen zusammen.
Doch Eric nickte nur. „Wir müssen das Tor in Sicherheit bringen!"
„In Sicherheit?" Peter musste einmal verächtlich lachen. „Ja klar!"
„Wie sollen wir das denn machen?" Talea schaute ihren Mann direkt an. „Das verdammte Ding zieht diese Biester an, wie Mücken das Licht. Egal, wo wir sind!" Ihre Stimme und ihr Gesichtsausdruck zeigten Hoffnungslosigkeit.
Doch Eric musste sich ein Lächeln verkneifen. „Nicht ganz!" Alle starrten ihn an. „Wenn man die Pyramide herunter kühlt, werden ihre Signale schwächer!" Er schaute Talea wehmütig an. „Aber du hast Recht. Gänzlich ausschalten kann man es nicht!"
Für einen Moment trat Stille ein, dann meinte Peter. „Ein Kühlhaus also!" Er verzog säuerlich die Lippen, betätigte jedoch sofort sein Headset und stellte eine Verbindung zu Mainstream her. „Ja, Peter hier!" sagte er und lauschte kurz. „Ja, alles okay. Aber auch reichlich...!" Er blickte zurück zu Eric. „...irrsinnig!" Er lauschte nochmals, dann brummte er. „Ja, peil mein Signal an und dann such mir das nächste Kühlhaus heraus!" Er verstummte, dann hob er genervt an. „Was weiß denn ich? In einem....!" Sein Gesicht zeigte Unsicherheit. „...einem...!"
„Schlachthof!" rief Talea unvermittelt und alle starrten sie überrascht an. Dann aber nickten sie anerkennend.
„Genau!" Peter war sichtlich zufrieden. „In einem Schlachthof! Also los, Kleine, mach schon! Wir haben echt nicht viel Zeit!"
„Falsch!" Das war Francesca und sie deutete mit finsterer Miene links aus dem Helikopter heraus in den Himmel. Die Blicke der anderen folgten ihr und als auch

sie die drei dunklen Körper erkannten, die ihnen folgten und immer näher kamen, war klar, was sie meinte. „Unsere Zeit ist abgelaufen!"
Im nächsten Moment wandte sich Peter wieder dem Headset zu. „Ja? Okay, prima!" Er nickte und schaute dann auf den Radarschirm, wo nur einen Augenblick später ein rotes Signal auftauchte. „Ja, es ist auf dem Schirm! Super!" Er nickte nochmals. „Danke und Ende!" Er kappte die Verbindung.
„Wie weit ist das?" fragte Talea sofort.
„Etwa zehn Meilen!" erwiderte Peter mit gequälter Miene. Dabei warf er Eric einen verstohlenen Blick zu.
„Okay!" Der Schwarze erhob sich sofort. „Ich kümmere mich um die Dämonen, ihr fliegt zum Schlachthof!"
„Aber...!" Talea fuhr entsetzt herum. „...nein, das...!" Sie verstummte mit trauriger Miene.
Eric lächelte aufmunternd. „Hey Baby! Er wartete, bis seine Frau ihn ansah. „Ich bin ein Engel!" Er grinste. „Engel sterben nicht!" Er küsste sie kurz, aber heftig, dann schob er sich an ihr vorbei zur Außenseite des Hubschraubers. Dort stand er direkt hinter Peter, der ihn mit ernster Miene ansah.
„Stimmt das?" fragte er leise.
Eric schüttelte kaum merklich den Kopf. „Aber kein Wort zu...!"
Jetzt nickte Peter. „Keine Sorge!" Er versuchte ein Lächeln, das ihm aber kaum gelang. „Viel Glück!"
„Euch auch!" Und damit stieß sich Eric ab und rauschte in bester Superman-Manier direkt auf ihre Verfolger zu.
Während sich Peter wieder auf die Kontrolle des Helikopters konzentrierte, womit er mehr als genug zu tun hatte, beugte sich Talea bedrohlich weit aus der Maschine, um so lange wie möglich ihren Mann im Blick zu behalten. Leider mussten sie gerade in dem Moment einen Hügel überfliegen, als er auf die Dämonen traf. Es blitzte mehrmals grell auf, dann verschwand das Geschehen hinter den Felsen.
Talea wandte sich ab und setzte sich wieder auf die Rücksitzbank. In ihren Augen waren Tränen und ihr Gesicht zeigte große Sorge und noch mehr Zweifel, denn natürlich wusste sie, dass Eric nicht die Wahrheit gesagt hatte.

Schmerzen

Er wurde genau in dem Moment wieder wach, als er rüde und knallhart der Länge nach zu Boden schlug. Ob ihn der Schmerz darüber zurück in die Wirklichkeit holte oder er seine Augen schon eine halbe Sekunde vorher geöffnet hatte, vermochte er nicht zu sagen – es spielte am Ende auch überhaupt keine Rolle.

Allein wichtig war, dass Christopher innerhalb eines Wimpernschlags wieder hellwach war und sein ganzer Körper ein einziger, schierer Schmerz. Vor dem Aufschlag war nur tiefste Dunkelheit gewesen, doch jetzt, da er jeden Knochen im Leib spürte, wusste er auch wieder, was davor gewesen war.

Unter sich konnte er einen harten Untergrund spüren, vielleicht aus Beton. Er war glatt, aber mit einer dünnen Staubschicht überzogen, die jetzt an seinem schweißnassen Gesicht klebte und ihm einen gespenstischen Ausdruck verlieh und sich mit dem Speichel vermischte, der ihm aus dem Mund lief. Tiefe, schwere Atemzüge sollten ihm dabei helfen, den Schmerz besser zu verkraften und schneller wieder klar zu werden. Das Bild vor seinen Augen war anfangs etwas verschwommen. Er konnte zunächst nur den dunklen Untergrund erkennen und einige verzerrte Lichter, wenn er zur Seite blickte. In seinen Ohren war ein dumpfes Hämmern in einem schnellen Rhythmus zu hören und Christopher brauchte ein paar Sekunden, bis er erkannte, dass es sein eigener, wilder Herzschlag war.

Christopher nahm seine Kraft zusammen und drückte sich soweit in die Höhe, dass er sich auf seine Unterschenkel setzen konnte. Nach ein paar weiteren tiefen Atemzügen schärften sich die Bilder vor seinen Augen endlich und er konnte seine Umgebung erkennen.

Er befand sich in einer riesigen, rechteckigen Halle. Die Breite schätze er auf rund zwanzig Metern, die Länge auf etwa einhundert. Die Höhe vermochte er nicht zu bestimmen, denn die vermeintliche Decke war ein einziges blutrotes Etwas, dass pulsierte, wie Wolken im einem heftigen Sturm, sodass er nicht sicher war, ob er nicht wirklich direkt in den Himmel sah und dieser Raum am Ende gar keine Decke besaß.

Auf der rechten Wandseite konnte er nur wenige Meter von sich entfernt mehrere monströse Gestalten ausmachen, die er sofort als Dämonen klassifizierte, wenngleich sie etwas anders aussahen, als die, gegen die er noch vor wenigen Minuten gekämpft hatte. Zusammen mit seinen Freunden (alten – Gott, Douglas und Cynthia waren tatsächlich auch hier! und neuen – Bim, Horror, Terror und...*Heaven*...) und zusammen mit...*Moonlight – Silvia –* seiner über alles geliebten Silvia. Doch wenn er jetzt an sie dachte, sah er sie auf diesem gottverdammten Razor sitzen, um sich von ihm nach allen Regeln der Kunst durchvögeln zu lassen. Zorn stieg in ihm auf, aber auch tiefer Schmerz, denn ihm war klar, dass Silvias Verhalten nur die Konsequenz seines

langjährigen Betrugs an ihr war, er es sich also mehr als alles andere selbst zuzuschreiben hatte. Deshalb durfte er Silvia jetzt auch nicht böse sein, sondern musste ihr Verhalten als das akzeptieren, was es war: Das Resultat seiner Schuld.
Augenblicklich verspürte Christopher das große Verlangen, sofort zu ihr zu gehen, um ihr genau das zu sagen, doch in dem Moment, da er sich aufrichten wollte, bekam er einen knüppelharten Schlag ins Kreuz und er sackte mit einem Stöhnen nach vorn, wo er sich gerade noch auf seine Arme abstützen konnte, bevor er erneut unliebsamen Kontakt mit dem Boden gemacht hätte. Als er aufschaute, sah er einen weiteren Dämon schräg hinter sich stehen, der ihn hasserfüllt anfunkelte und bösartig grollte, ihn jedoch nicht anfiel.
Sofort war Christopher zurück in der Realität. *Gottverdammt, sie hatten gegen diese Bestien gekämpft und er war dabei überwältigt worden. Daher seine Ohnmacht. Warum zum Teufel aber lebte er überhaupt noch? Wenn er von Dämonen gefangen genommen wurde, warum feierten sie jetzt nicht mit seinem Rückenmark eine Orgie? Warum stand diese furchtbare Kreatur nur ein halben Schritt von ihm entfernt und griff ihn dennoch nicht an, obwohl er im Gesicht der Bestie ihre Blutgier mehr als deutlich erkennen konnte?*
Christophers Gehirn arbeitete auf Hochtouren, doch so sehr er sich auch bemühte, eine Erklärung hierfür zu finden, gelang ihm genau das nicht.

...weil ich es so befohlen habe!
Christopher erstarrte und seine Augen zuckten nervös umher. Die Stimme war unglaublich tief und schien sowohl die komplette Halle, als auch seinen Körper vollkommen einzunehmen und ihn zum Vibrieren zu bringen. Doch den Verursacher dieser Worte auszumachen, vermochte er nicht. Er blickte sich um und konnte erkennen, dass die Blicke der anderen Dämonen nach vorn zum Ende der Halle gerichtet waren. Christopher folgte ihnen, konnte dort jedoch keine Gestalt erkennen, lediglich ein ähnlich pulsierendes Licht, das deutlich dunkler war, als das an der Decke, jedoch auch irgendwie intensiver und kräftiger.
Du suchst mich... Die unendlich kraftvolle Stimme klang ein wenig belustigt. *Die Richtung stimmt!* Christopher blickte wieder an das Ende der Halle und bemerkte, dass das Licht dort, für einen Augenblick ein wenig heller geworden war. *Aber du wirst mich nicht finden. Nur...* Das Licht am Ende der Halle blitzte kurz auf, dann schoss ein armdicker, tiefschwarzer Strahl aus dichtem Rauch blitzschnell auf Christopher zu, senkte sich zu Boden, stoppte nur wenige Zentimeter abrupt vor ihm ab, schoss soweit in die Höhe, dass er direkt vor seinem Gesicht zum Stehen kam und quoll dann zu einer Art Blase auf, die ungefähr doppelte Kopfgröße besaß. Der ganze Vorgang dauerte keine Sekunde und Christopher hatte überhaupt keine Chance, zu reagieren. Er erschrak und versteifte sich, doch konnte er sich – selbst, wenn er es gewollt hätte – nicht einen Millimeter bewegen, weil er das Gefühl hatte, sein ganzer Körper wäre wie aus Fels gemeißelt.

Aber fühlen konnte er und das erste, was er empfand, war ein widerlich faulig verwesender Geruch, den die Rauchblase verströmte. Dann quollen feuriggleißende Flammen wie flüssige Lava aus dem Inneren der Blase und Christopher spürte deutlich die enorme, trockene Hitze auf seinem Gesicht, die den Schweiß darauf innerhalb weniger Augenblicke verdampfte.

Währenddessen kristallisierte sich aus den Flammen immer klarer der unförmige, furchterregende Schädel eines wahren Monsters heraus, das ihn aus toten, schwarzen Augen fixierte. Gewaltige, Reptilien-ähnliche Kiefer, an denen sich fingerlange, rasiermesserscharfe Reißzähne entlang schoben, öffneten sich und näherten sich ihm immer weiter. Fast glaubte Christopher, es wolle ihm den Kopf abbeißen, was ihm wohl auch ohne Probleme gelungen wäre, und er es hätte hilflos geschehen lassen müssen, da er sich noch immer absolut nicht bewegen konnte. Doch im letzten Moment zuckte die Fratze zurück und ein fast diebisches Grinsen legte sich auf die widerlich fleischigen Lippen und entblößte ein furchterregendes Gebiss. *...wenn ich es will!* Die dröhnenden Worte waren dieses Mal beinahe sanft gesprochen, obwohl sich der Mund der Bestie dabei nicht bewegte.

Für einen Moment entstand eine erwartungsvolle Stille, in der der Schädel weiterhin grinste, Christophers Gesicht jedoch seinen verschreckten Ausdruck verlor, weil er mittlerweile seine Angst wieder unter Kontrolle hatte. „Du bist...!" Er blickte äußerst angewidert. „...so hässlich!"

Blitzschnell verschwand das Grinsen auf der Fratze und für einen Augenblick funkelten ihn die toten Augen zornig an, doch dann kehrte das Lächeln dorthin zurück. *Findest du? Und ich dachte immer, dieses Antlitz würde euch Menschen erschrecken und Angst einjagen. Bei vielen vor dir hat es prima funktioniert.*

Christopher lachte einmal heiser auf. „Ja, ich hab schon als Kind in der Geisterbahn immer nur gelacht!"

Die schwarzen Augen sahen ihn einen Moment lang ausdruckslos und kalt an. *Dein Lachen wird dir vergehen, sei unbesorgt.* Die Selbstsicherheit, mit der die Stimme sprach, ließ Christopher frösteln. *Aber du scheinst wirklich etwas Besonderes zu sein. Das gefällt mir. Nicht ängstlich und schwach, wie all die anderen, die ihr Leben ausgehaucht haben. Du bist stark und mutig. Woher kommt das?* Die Stimme sprach jetzt beinahe in einem freundschaftlichen Plauderton.

„Ich kann euch Kackfressen einfach nur nicht leiden. Vielleicht liegt es daran!?"

Die toten Augen fixierten ihn. Es war totenstill in der Halle. Dann – urplötzlich – zuckten zwei weitere Rauchsäulen nach unten aus der Blase, schossen auf seine Arme zu und umschlossen sie, dass Christopher sofort das Gefühl hatte, sie wären in hydraulische Schraubzwingen geraten. Nur mit Mühe konnte er seinen Schmerz zumindest soweit unterdrücken, dass er stöhnte und nicht schrie.

Ruckartig wurde er zu der Fratze gerissen, dabei verloren seine Beine Bodenkontakt und sie baumelten hilflos in der Luft. Sein Gesicht befand sich jetzt nur noch wenige Zentimeter von der Bestie entfernt und der furchtbare Gestank raubte ihm zusätzlich den Atem.

Wie steht es mit ein bisschen Schmerz? Die Stimme klang, als wolle sie ihm noch ein weiteres Stück Kuchen zu einem Tässchen Kaffee anbieten. Christopher fehlte die Luft zum antworten. Er konnte nur hilflos mit ansehen, wie sich eine dritte Rauchsäule aus der Blase löste und sich langsam auf seinen Bauch legte. Diese Säule jedoch war feuerrot und hatte leuchtend gelbe Punkte. Als sie Christopher berührte hatte er das Gefühl, als würden ihm brennende Pfeile durch den Körper schießen. Wieder hatte er größte Mühe, nicht zu schreien, obwohl er sich vor Schmerz krümmte. Während die Säule seinen Körper abzutasten begann und sich dabei zunächst auf die Vorderseite konzentrierte, hatte er das Gefühl, als würde dieses Abtasten keineswegs nur oberflächlich geschehen, sondern als würden glühend heiße Finger einer Hand auch in seinem Inneren forschen.
Christopher musste immer mehr Kraft aufbringen, um nicht zu schreien, der Dämon aber genoss seine Qual sichtlich.
Dann ließ er von der Vorderseite seines Opfers ab und wandte sich seiner Rückseite zu. Und es dauerte nur wenige Augenblicke, da verharrte die Säule abrupt und ein überraschtes, aber auch irgendwie lustvolles, kehliges Stöhnen war zu hören. Christopher spürte, wie die glühend heißen Finger in diesem Bereich durch sein Innerstes fuhren, als würden sie auf den Tasten eines Klaviers spielen. Anfangs war er etwas verwundert, doch dann war ihm klar: Es war sein Rückenmark, das den Dämon so verzückte...was denn auch sonst? Plötzlich war ein zufriedenes Brummen zu hören und die Rauchsäule zuckte aus seinem Rücken. Christopher atmete sofort erleichtert aus und holte mehrmals hektisch Luft.
Das hat wehgetan?
Christopher rang nach Atem. Noch immer konnte er sich kaum bewegen, seine Arme befanden sich nach wie vor in den Schraubstöcken der beiden anderer Rauchsäulen und seine Beine hingen in der Luft. Dennoch erwiderte er gepresst „Überhaupt nicht! Ich fühle mich sogar etwas lockerer im Rücken. Ich glaube, der Mist hat meine Verspannungen gelöst!"
Jetzt zeigte sich wieder ein breites Grinsen auf dem Gesicht der Bestie. *Doch hat es! Aber weißt du was?*
„Was?" stieß Christopher gequält hervor, obwohl er schon ahnte, was die Stimme als nächstes sagen würde.
Das war erst der Anfang. Wenn ich mit dir fertig bin, wird Schmerz eine gänzlich neue Dimension für dich haben. Und wenn du das erkannt hast, werde ich von vorn beginnen. Und weil du dann weißt, was dir bevorsteht, wird es noch viel schlimmer werden. Ich bin gespannt, wie lange es dauert, bis du den Verstand verlierst.
„Verdammter Bastard!" raunte Christopher. „Warum bringst du mich nicht einfach um und nimmst dir mein verdammtes Knochenmark? Du sabberst doch schon vor Gier nach ihm!"
Die Fratze begann zu lachen und die Stimme dröhnte gewaltig dabei. *Dich töten? Oh nein, ich werde dich nicht töten. Ich werde mir nur nehmen, was ich*

brauche und dich dann immer und immer wieder quälen. Unendliches Leid. Das hier ist die Hölle, mein Freund. Schon vergessen?
Christopher starrte die Bestie an. Ihre letzten Worte hatte er nicht mehr wahrgenommen. Etwas anderes hatte ihn stutzig gemacht. „Was meinst du mit: *Du nimmst dir, was du brauchst*? Du willst dich doch wohl nicht unsittlich an mir vergehen, oder?"
Die Fratze schaute ihn einen Moment stumm, aber lächelnd an, dann lachte sie heiser auf. *Du hast keine Ahnung, warum du hier bist!?* Diese Erkenntnis schien die Stimme ehrlich zu erstaunen.
„Ihr braucht noch einen dritten Mann zum Skatspielen!?" Christopher hatte keinen blassen Schimmer, was der Dämon meinen könnte.
Nein! Jetzt grinste die Bestie beinahe diebisch. Zeitgleich zuckte die feuerrote Rauchsäule wieder in seinen Rücken und drang dort zwischen den Schulterblättern direkt an der Wirbelsäule in seinen Körper ein. Es war die gleiche Stelle, wo der Dämon zuvor Halt gemacht hatte. *Wegen dem hier!* Die Stimme klang fast ehrfürchtig. Im nächsten Moment drangen die glühenden Finger tiefer in Christophers Körper und urplötzlich war es ihm, als würde sein gesamtes Innerstes im gleichen Atemzug gekocht, gegrillt, verbrannt und verdampft werden. Er schrie wie am Spieß aus voller Kehle und seine Schreie hallten in dem riesigen Raum hart wieder, während sein Körper wild und unkontrolliert umher zuckte, um den glühenden Fingern und dem Schmerz zu entgehen, was jedoch angesichts der Schraubzwingen an seinen Oberarmen ein sinnloses Unterfangen war. Sein Kopf lief puterrot an, seine Augen quollen hervor, Schweiß trat aus jeder Pore, als würde man einen gefüllten Schwamm ausdrücken, Speichel floss ihm aus Mund und Nase. Christophers Gehirn war wie leergefegt und wieder gefüllt mit einem derart tiefen, allumfassenden und furchtbaren Schmerz, wie er ihn noch niemals zuvor in seinem Leben gespürt hatte. Es schien ihm, als würde er eine Achterbahnfahrt in einem Hochgeschwindigkeitszug geradewegs in den Wahnsinn machen.
Die ganze Tortur dauerte nur wenige Augenblicke, doch für Christopher wirkten sie beinahe endlos. Dann riss der Dämon die feuerrote Rauchsäule ruckartig wieder aus seinem Körper. Obwohl die Schmerzen daraufhin fast abrupt endeten, registrierte Christopher diesen Umstand erst Sekunden später und dann auch nur wie durch einen dichten Nebelschleier aus taubem Schmerz.
Als er zumindest wieder halbwegs klar denken und blicken konnte, sah er in die breit grinsende Fratze des Dämons, der sich an seinem Schmerz – wie auch nicht anders zu erwarten – köstlich weidete. Obwohl Christopher klar war, dass er wohl kaum noch einen Nachschlag würde verkraften können, bäumte sich sein Ego nochmals auf und er wollte der Bestie ihren Triumph nicht gönnen.
„Woher weißt du, wo mein G-Punkt liegt, Alter?" stöhnte er abgehackt. „Noch ein bisschen mehr davon und ich krieg echt einen Steifen!"
Das Grinsen verschwand aus dem Antlitz des Dämons und die toten Augen funkelten verärgert. Daraufhin musste Christopher lächeln, weil er sah und spürte dass seine Worte Wirkung zeigten.

Die Strafe in Form von weiteren furchtbaren Schmerzen folgte auf dem Fuße und während er wieder aus Leibeskräften schrie, wusste er absolut nicht, ob es nicht vielleicht das letzte Mal in seinem Leben war.

Der reine Ort

Er konnte niemanden sehen, doch Francesco war mehr als klar, dass wachsame Augen seine Schritte beobachteten.
Der Weg zur Burg war eine steinerne Rampe, die in einer sanften Rechtskurve stetig bergauf führte und damit lang genug war, damit dem Alten genügend Zweifel kommen konnten, ob er wirklich das hatte, was alle anderen von ihm erhofften: Einen Plan zur Errettung Christophers.

Aber wie sollte er auch?
Er war schließlich vollkommen unvorbereitet hierhergekommen.

Als er vor nicht ganz einem Jahr auf dem Dach des WTC gestorben war und die ihm bekannte Welt verlassen musste, tat er das beinahe mit einem Lächeln auf den Lippen, weil er glaubte…nein, *weil er mehr als sicher war*, dass er seine Schuld, die so viele Jahre auf ihm gelastet hatte, vor und mit seinem Tode noch sühnen konnte.
Noch während er den Sog spürte, der ihn fortzog, sah er den Dämon tödlich verletzt in die Tiefe und in das geöffnete Tor zur Hölle stürzen. Letztlich war der Kreatur zwar die Rückkehr in das Reich der Finsternis geglückt, doch hatte sie dafür mit dem Leben bezahlt.
Dann wurde um ihn herum alles gleißend hell und er hatte das Gefühl, irrsinnig schnell durch pures Licht zu rasen. Sein Gehirn wurde dabei vollkommen leergefegt. Wie lange dieser Zustand andauerte, vermochte er am Ende nicht zu sagen, doch irgendwann endete das Licht und er nahm wieder bewusst etwas wahr.
Und er war mehr als überrascht, als er feststellen musste, dass er offensichtlich in den Himmel aufgestiegen war. Dabei verspürte er eine gewisse Genugtuung, dass seine fast lebenslange Jagd nach dem Dämon somit geglückt war und dieser Umstand entsprechend gewürdigt wurde.
Tatsächlich musste er ab diesem Moment keinen Mangel mehr erleiden. Weder körperlich, noch geistig, doch dass er im Himmel gelandet war, stimmte nicht – zumindest nicht ganz.
Denn Francesco konnte die Menschen auf der Erde sehen. Nicht alle, aber doch die, die ihm in seinem irdischen Leben etwas bedeutet hatten – allen voran natürlich seine Frau Francesca. Er sah sie in ihrem Haus in Italien, auf der Terrasse im Licht der untergehenden Sonne, ein Glas Rotwein und etwas Bruschetta auf knusprigem Weißbrot neben sich auf dem Tisch, ihr Strickzeug auf dem Schoss, als sie plötzlich inne hielt, ihren Kopf anhob, auf einen unbestimmten Punkt in der Ferne starrte, ihr Gesichtsausdruck dabei immer trauriger und schmerzvoller wurde, bis plötzlich ihre Augen zu glänzen begannen und erste Tränen über ihre Wangen liefen.

Francesco sah es, als würde er direkt vor ihr stehen. Unendliche Sehnsucht nach dieser Frau, die er mehr liebte, als alles andere, befiel ihn. Doch schon im nächsten Moment verspürte er wahnsinnige Trauer, großen Schmerz und große Angst…über seinen eigenen Tod. Im ersten Augenblick ziemlich überrascht, erkannte er sehr schnell, dass es nicht seine eigenen Empfindungen waren, die er fühlte, sondern die seiner Frau.
Er konnte sie offensichtlich nicht nur sehen, sondern auch fühlen, was sie fühlte. Und da war ihm klar, dass er wohl keineswegs im Himmel gelandet war, sondern allenfalls in einer Vorstufe davon – eine Art von Fegefeuer vielleicht - und die nachfolgende Zeit sollte zeigen, dass er recht damit hatte.
Sich körperlich jung und kraftvoll und geistig erfrischt fühlend, durchlebte er seelisch echte Qualen, als er die Trauer und den Schmerz seiner Frau um seinen Tod quasi hautnah miterleben musste.
Wobei er sehr schnell auch total überrascht war, als er erkennen musste, dass seine Frau, vor der er in seinem Leben nichts, nur eben die Tatsache um die Geschehnisse mit dem Dämon, verheimlicht hatte, so gut wie alles über diesen furchtbaren Fluch zu wissen schien. Er konnte zwar nur erahnen, wie sie das angestellt hatte, nahm aber an, dass er irgendwann im Schlaf geredet haben musste, sodass sie darauf aufmerksam geworden war und in seinen Unterlagen nachgeforscht hatte, als er wieder einmal auf der Jagd gewesen war. Diese Erkenntnis traf ihn hart und er brauchte ein wenig, um das zu verdauen.
Der nächste Schock aber stand ihm schon wenig später bevor, als seiner Frau von Douglas Maroon offenbart wurde, dass auch seine geliebte Enkeltochter Silvia beim Kampf gegen den Dämon den Tod gefunden hatte. Die Tatsache, dass es genau im Anschluss an seine letzten Bilder, die er noch von dieser Welt im Kopf hatte, geschehen war, bestürzte ihn zutiefst.
Aber als er dann hörte, wie sie gestorben war, wusste er, dass alles ganz anders war, als Douglas und auch Francesca es gerade sahen. Denn jetzt wusste er, dass Silvia eben nicht tot, sondern *nur* in die Hölle gegangen war. Nicht tot, sondern als lebendes Individuum.
Irgendwie hatte er geahnt, ja fast gewusst, dass Silvia bei der Jagd nach dem Dämon in tödliche Gefahr geraten würde. Deshalb hatte er ihr im Mount-Sinai-Krankenhaus den Custos angelegt. Er hatte die Macht, sie zu beschützen, genau für den Fall, der letztlich auch eingetreten war. Er hätte ihren Tod in dieser Welt nicht verhindern können, wohl aber den beim Übergang in die Hölle und ihrem Dasein dort.
Francesco war so froh, dass Silvia nicht tot war, doch schon im nächsten Moment erlitt er den größten Schock von allen: *Er* wusste es, aber *nicht* seine Frau und auch nicht Douglas. *Sie* dachten, Silvia wäre tot und taten daher nichts, außer zu trauern, anstatt zu versuchen, sie zu befreien.
Francesco wurde fast wahnsinnig, als er sehen und fühlen konnte, was vor sich ging, aber nicht einzugreifen vermochte.
Dann aber kam der Moment, da er Douglas allein sah, wie er in einen dunklen Keller ging und dort einen versteckten, alten, mit Blei massiv verkleideten Tresor

öffnete. Und als Francesco sah, was sich dort im Inneren befand, wäre er beinahe ausgerastet vor Aufregung.
Großer Gott, das war die Pyramide, das Tor zur Hölle! Francesco hatte seit seinem Tod keinen einzigen Gedanken daran verschwendet, sie schlichtweg vergessen. Schon im nächsten Moment wurde er total nervös, weil er sich ausmalte, was mit diesem Artefakt alles möglich war. Silvia, sie konnte gerettet werden, zumindest konnte Jemand zu ihr gehen und ihr sagen, dass das überhaupt möglich war. Der Custos beschützte sie in der Hölle vor dem Tod, doch war dieser Ort sicherlich kein Platz, an dem man auch mit dieser Gewissheit je sein wollte.
Um Silvia jedoch zu retten, brauchte man die zweite Pyramide – das Tor zur Erde. Aber gerade als Francesco über die Tatsache, dass *er* das wusste, *nicht* aber die anderen, erneut wahnsinnig zu werden drohte, erklärte Francesca Douglas, seiner Frau Cynthia und Erics Frau Talea (die beide mittlerweile dazugekommen waren), dass sie das Tor zur Erde würden suchen und finden müssen, bevor sie Christopher mit einbezogen, um dann das Tor zur Hölle zu öffnen und machte Francesco damit aufgrund ihres fundierten Wissens erneut sprachlos.
Von nun an aber begannen die Dinge in seinem Sinne ins Rollen zu geraten und die Seelenqualen ließen deutlich nach. Ja, Francesco verspürte sogar so etwas wie Erregung und Freude, wenn er sah, was Francesca und ihre Freunde anstellten, um Silvia zu retten. So machten sie Christopher ausfindig und auch das Tor zur Erde. Dass es ausgerechnet Matsumotos Enkel besaß, überraschte ihn sehr, denn er hätte seinem eher schüchternen und zurückhaltenden Freund nicht zugetraut, dass er überhaupt schon Sex gehabt hatte. Mit einem ehrlichen, erfreuten Lächeln musste er erkennen, dass er sich wohl in ihm getäuscht hatte und Matsumotos Wasser offensichtlich sehr tief gewesen waren.
Dann war die Zeit der Vorbereitungen vorbei. Douglas hatte Christopher gefunden und sie alle trafen zusammen. Silvias Freund, von dem Francesco wusste, dass sie ihn trotz all seiner Eskapaden mehr als alles auf der Welt liebte, erklärte sich nach vielem Hin und Her schließlich bereit, durch das Tor zur Hölle zu gehen, während Douglas versuchen wollte, das Tor zur Erde an sich zu bringen.
Ersteres gelang, Letzteres scheiterte – und Francesco erkannte sofort, dass all die Dinge nicht so liefen, wie sie sollten, was ihm auf eine äußerst unangenehme Weise sofort sowas von bekannt vorkam, dass es beinahe wehtat. Dass er aber weiterhin zur Untätigkeit verdammt war, machte ihn erneut total wahnsinnig. Hilflos musste er mit ansehen, was geschah und durchlebte wahre Höllenqualen. Der Durchgang durch das Tor zur Hölle gelang Christopher, auch konnte er Silvia finden. Die aber hatte sich vollkommen verändert und Francesco wurde schmerzhaft klar, wie sehr sie in der Zeit in der Finsternis gelitten hatte. So kam es, wie es kommen musste. Silvias Liebe zu Christopher war merklich abgekühlt und ein anderer an seine Stelle getreten. Und natürlich musste Christopher sie dabei erwischen, wie sie sich mit Razor vergnügte.

Er sah Christopher das sichere Versteck verlassen, konnte seinen Schmerz fühlen, doch plötzlich gab es einen grellen Blitz und Francesco fand sich an einem vollkommen anderen Ort wieder.

Im ersten Moment wusste er nicht, wo er war. Das Zimmer, in dem er sich befand, kannte er nicht, aber nachdem er sich umgeschaut hatte, glaubte er zu erkennen, dass es sich um das Dienstzimmer eines Arztes handeln musste. Schon nahm er Geräusche hinter der verschlossenen Tür wahr, die eindeutig darauf schließen ließen, dass es sich um einen Flur handeln musste, in dem Betrieb herrschte und seine Annahme bestätigten. Einen Augenblick später wurde die Tür geöffnet und zwei Personen traten ein.
Eine von ihnen – sie trug einen Arztkittel mit der Aufschrift Dr. Palmer - war ihm vollkommen unbekannt, die andere aber kannte er nur zu genau: Es war Howard Freeman!
Francesco erschrak bei seinem Anblick beinahe, denn er hatte nicht damit gerechnet, ausgerechnet jetzt ein Bild aus der Vergangenheit seines Freundes zu sehen, doch als er die äußerst angespannten und ernsten Gesichter der beiden Männer sah, überkam ihn eine dunkle Vorahnung.
„Herrgott Howard...!" hob der Arzt an, nachdem er hinter Freeman die Tür geschlossen hatte. Sein Gesicht zeigte einen sehr gequälten und unglücklichen Ausdruck und er schwitzte sichtbar. „...ich weiß verdammt nochmal noch sehr genau, was du für meine Familie getan hast. Ohne dich wären sie jetzt tot, hingerichtet von diesem Monstrum in Menschengestalt, dass ich mit eigenen Augen gesehen habe. Und ich weiß auch, dass ich dir dafür mehr als einen Gefallen schuldig bin. Aber...!" Seine Stimme versagte, er schüttelte den Kopf und schaute Howard flehend an.
„Aber was?" Howards Stimme klang hart und kraftvoll. „Ich bitte dich nur, mir zu helfen, dem Dämon nicht noch mehr Macht zu verleihen. Ich habe dir erklärt, was geschehen würde, wenn er in seinen Besitz kommen würde!"
Francesco spürte, wie er innerlich verkrampfte. Sein Gefühl hatte ihn nicht getäuscht. Es ging um das Tor zum Himmel.
„Ja, ja...!" Palmer war nervös und zerfahren. „ „Das weiß ich ja alles, aber...warum der Junge?"
Francesco erstarrte.
Howards Blick blieb ausdruckslos. „Auch das habe ich dir erklärt. Das Tor muss an einen reinen Ort gebracht werden. Nur dort ist es vor dem Dämon sicher. Und der Herrgott ist mein Zeuge, ich habe überall nach einem solchen Ort gesucht, aber nirgendwo in dieser verschissenen, verdammten Welt einen finden können. Bis mir klar wurde, dass es keinen reineren Ort geben kann, als ein neugeborenes Kind!"
„Aber...!" Palmer war sichtlich nicht überzeugt. „...er ist dein Enkelsohn!"
Francesco hielt den Atem an.
Jetzt wurde Howards Blick schlagartig sehr traurig. „Ja, ich weiß das! Aber sag mir Will, sollte ich ein fremdes Kind dafür nehmen?" Howard schüttelte den Kopf. „Nein, er ist die einzige Möglichkeit, die ich habe. Entweder er...oder wir alle

haben verloren. Früher oder später wird der Dämon das Tor finden...!" Jetzt schaute er den Doktor mit flehendem Blick an. Doch Palmer reagierte nicht und blieb stumm. Daher hob Howard nochmals an. „Der Junge muss doch ohnehin operiert werden...!"
„Ja, aber das ist ein reiner Routineeingriff, eine reine Vorbeugungsmaßnahme. Was du aber verlangst, ist...!"
„Blödsinn!" widersprach Howard sofort. „Alles, was du tun sollst, ist ihm das Tor dabei einzupflanzen! Ich bin mir sicher, dass ist überhaupt keine Sache für dich. Und für den Jungen auch nicht gefährlich!"
„Mag sein, aber...!" Palmer sah Freeman direkt an. „Warum da?"
„Das Tor muss so platziert werden, dass es ihn töten würde, wenn man es entfernen wollte. Nur so ist sein Leben geschützt. Wenn er mit dem Tor in seinem Inneren sterben würde, würde es für immer zerstört sein!"
Palmer wollte im ersten Moment etwas erwidern, doch dann blieb er stumm und atmete nur tief durch. Dabei schaute er Howard direkt an. „Okay, ich mache es!" sagte er schließlich, doch während Howard mit einem erleichterten Lächeln ein sichtbarer Stein vom Herzen fiel, blieb die Miene des Arztes ernst. „Aber damit ist meine Schuld getilgt, okay?"
Jetzt grinste Howard fast im Kreis. „Ja, natürlich, das ist sie!"

Plötzlich flammte ein greller Blitz auf und als er erlosch, fand sich Francescos Geist in der Ebene wieder, auf der Christopher verbittert in die Nacht hinein rannte.
Während er sein schmerzverzerrtes Gesicht sehen konnte, versuchte Francesco die Dimension dessen zu begreifen, was ihm dieser unerwartete Gedankenblitz gezeigt hatte: Howard hatte das Tor zum Himmel in den Körper seines Enkels Christopher einpflanzen lassen und damit tatsächlich jenen reinen Ort gefunden, an dem das uralte Artefakt sicher verbleiben konnte, ohne seine Eigenstrahlung abzugeben, die wie ein Magnet auf den Dämon wirkte.
Für eine kurze Sekunde bewunderte Francesco seinen alten Freund für dessen Weitsichtigkeit, sofort danach aber war ihm klar, in welch unendlich großer Gefahr Christopher in diesem Moment schwebte.
Schon umringten ihn rund zwei Dutzend Dämonen, doch Francesco konnte es sofort erkennen: Etwas stimmte nicht. Sie griffen ihn nicht an, um ihn zu töten, sie griffen ihn an,...um ihn gefangen zu nehmen. Und er konnte es fühlen: Sie taten das, weil...*Jemand* wusste, was er in sich trug. Ja, Francesco spürte es ganz deutlich: *Jemand* wusste um das Tor zum Himmel in Christophers Körper und wollte es an sich nehmen. *Konnte es möglich sein, dass er in der Lage war, es zu nutzen?* Christopher war ganz bestimmt das Paradebeispiel für einen sündhaften Menschen, sein Körper jetzt gerade wohl noch so rein, wie ein New Yorker Bahnhofsklo. *Konnte der Schutz mittlerweile nachgelassen haben – so sehr, dass es gelingen konnte, das Tor zu entfernen?*
Plötzlich wurde Francesco alles klar: Christopher, nein...sie alle schwebten in einer weitaus größeren Gefahr, als er das bisher vermutet hatte. Wenn es den

Dämonen gelingen würde, Christopher gefangen zu nehmen, würden die Konsequenzen alles sprengen, was er sich jemals hätte ausmalen können.
Und von den anderen wusste in diesem Moment niemand, um was es hier wirklich ging. Und allein war Christopher vollkommen machtlos gegen diese Bestien, die schon dabei waren, ihn zu überwältigen.
Wenn nicht irgendetwas geschehen würde, würde die Katastrophe nicht mehr aufzuhalten sein. Oh, Francesco erfasste eine derart widerliche Nervosität, dass er förmlich spüren konnte, wie er den Verstand verlor. Jemand musste Christopher helfen, musste die Katastrophe verhindern, die sich hier unzweifelhaft anbahnte.
Urplötzlich flammte ein weiteres grelles Licht vor ihm auf und nahm seinen ganzen Verstand für einen Augenblick vollkommen ein. Als sich das Bild wieder klärte, fand er sich in seinem eigenen Körper in der weitläufigen Ebene mitten in der Hölle wieder, die Dämonen, die Christopher mittlerweile überwältigt hatten und mit sich schleppten, direkt voraus und seine Verbündeten nur wenige Meter entfernt, totales Erstaunen in ihren Augen.
Doch hier und jetzt war nicht die Zeit für lange Erklärungen. Ein Name hallte in seinem Inneren wider: *Samael, der Gefallene.* Dazu ein Bild, das an Grausamkeit wohl kaum zu überbieten war. Obwohl Francesco noch niemals zuvor von dieser Kreatur gehört hatte, wusste er in einem einzigen Augenblick alles über ihn. Er war die rechte Hand des Teufels und er war unbeschreiblich mächtig.
Dies würde sein Gegner werden, denn dass er hierhergeschickt worden war, um sich ihm entgegenzustellen, um Christopher zu erretten, auch das wusste er innerhalb eines Wimpernschlages.
Also tötete er die Dämonen, die ihn angriffen und verschaffte sich und den anderen Luft, um zu reagieren. Wie er zu kämpfen hatte, wie er seine Enkeltochter, ihre Freunde und die anderen Verbündeten durch eine Art Hülle schützen konnte, wie groß seine eigenen Kräfte waren, was er tun musste, um sie einzusetzen – auch all das wusste er innerhalb eines Augenblicks. Es war, als würde ihn eine unsichtbare Kraft begleiten. Francesco spürte es und er hatte eine vage Ahnung, wer es sein könnte, doch war allein die Vorstellung davon derart unfassbar, dass er sich zwang, nicht darüber nachzudenken, sondern so zu handeln, wie er es in seinem Inneren als richtig verspürte.
Und damit war klar, dass er an seinem Plan festhalten musste, da es keine Alternative hierzu gab.
Oh, er wusste genau, dass der Junge dort im Inneren der Burg war und er wusste auch, wer mit ihm dort war. *Eine direkte Konfrontation schien unvermeidlich, doch wie stellte man sich gegen einen Gegner, dessen Macht unbeschreiblich war? Sein Vorhaben erschien Francesco schier unmöglich. Was hatte er zu bieten, was sein Gegner nicht schon kannte?*
Nein, er musste etwas tun, was das Gefüge aus dem Gleichgewicht brachte – auch wenn Niemand es verstehen würde.

Trumpf-As

Razor traute Francesco für keine fünf Cent.
Wie auch, schließlich war er ihm bis vor zehn Minuten vollkommen unbekannt gewesen? Zwar war da die Tatsache, dass er Moonlights Großvater war, die ihn hätte milde stimmen können, doch offensichtlich kam der Alte direkt aus dem verdammten Himmel und allein das machte ihn unsympathisch und wenig vertrauensselig. Razor allein und wohl auch seine Freunde wären also nicht mit ihm gegangen. Nur Moonlight zuliebe taten sie es, denn der Alte wollte Christopher befreien und Razor konnte in ihren Augen deutlich erkennen, dass sie diesen Typen noch immer liebte.
Keine halbe Stunde zuvor hatte er geglaubt, sie hätte sich für ihn entschieden - *endlich*. Moonlight war eine atemberaubend schöne Frau und sie hatte ihm vom ersten Moment an, da er sie gesehen hatte, sehr gefallen. Natürlich hatte er sich um sie bemüht, ehrlich, offen, aber nicht fordernd, doch Moonlight hatte keine Zweifel daran gelassen, dass sie kein Interesse hatte. Er brauchte ein paar Wochen, bis er erkannte, dass diese Ablehnung jedoch weder körperlicher, noch geistiger oder gar seelischer Natur war, sondern darin begründet lag, dass Moonlight noch immer Christopher im Herzen trug.
Doch Moonlight war, wie alle anderen auch, jeden Tag dem Grauen dieses fruchtbaren Ortes ausgesetzt; und auch wenn sie nicht auf dem *normalen* Weg hierhergekommen war, so musste sie sich trotzdem damit auseinandersetzen. Früher oder später – bei Moonlight waren es etwa drei Monate – veränderte dieser Ort den Menschen und aus der zarten, femininen und gutgläubigen jungen Frau wurde eine harte, gnadenlose und zunehmend verbitterte Kämpferin mit dem Herzen einer Löwin, dass es selbst Razor manchmal glatt den Atem verschlug.
Der Zufall wollte es, dass sie immer mal wieder aufeinandertrafen und Razor hatte jedes Mal das Gefühl, Moonlight würde sich ihm immer mehr nähern wollen. Er beschloss jedoch, sich ruhig zu verhalten, um sie nicht zu verschrecken.
Als dann ihr Typ auftauchte, war Razor klar, dass alles, was womöglich zwischen ihnen gewachsen war, vorbei war, doch es war deutlich zu spüren, dass das Verhältnis zwischen Moonlight und Christopher, wenn es denn einmal gut gewesen sein mochte, jetzt nicht mehr war. Und von Liebe konnte definitiv keine Rede mehr sein.
Dennoch war er mehr als überrascht, als Moonlight plötzlich in seinem Zimmer stand. Im ersten Moment mochte er es dann vielleicht noch verhindert haben wollen, doch spätestens als er Moonlights Lippen und ihre fordernde Zunge spüren und ihre harten Brustwarzen fühlen konnte, hatte er dem nichts mehr entgegen zu setzen. Er sollte es auch nicht bereuen: Moonlight war eng, feucht, gelenkig und tabulos und es wurde einer der besten Ritte seines Lebens.

Die Ernüchterung jedoch folgte auf dem Fuße, als ihr Typ sie beim Vögeln erwischte und einen mimosen Nervenzusammenbruch dabei erlitt, der ihm offensichtlich den Verstand nahm, da er nichts Besseres zu tun hatte, als schutzlos heulend aus dem Bunker ins Freie zu rennen. Und während er nach seiner Mama schluchzte, zog er die Dämonen an, wie ein Magnet.
Er selbst hätte diesen Schwachkopf seinem Schicksal überlassen, doch in Moonlights Augen konnte er von einer Sekunde zur anderen all das sehen, wovon sie zu Anfang immer geredet hatte: Die Liebe zu *ihrem* Christopher.
Und da wusste Razor sofort, dass er mit ihr gehen musste. Obwohl es so etwas wie Liebe hier in der Hölle nicht gab – alles, was er sich von Moonlight erhofft hatte, war guter Sex sooft es ging, bevor einer von ihnen getötet wurde – war er wohl doch noch nicht lange genug hier, um diese Empfindung nicht mehr zu kennen. Nein, er wusste noch sehr genau, wie sich dieses Gefühl anfühlte und er musste überrascht feststellen, das Moonlight ihm zumindest so viel bedeutete, dass er ihr helfen wollte, es zurückzubekommen.
Deshalb folgte er ihr. Als sie Christopher jedoch erreichten, war es schon zu spät – eigentlich, denn dann kam der Alte urplötzlich mit einem gleißenden Blitz buchstäblich aus dem Himmel gefahren und verkündete, dass sie Christopher um jeden Preis würden retten müssen. Er faselte etwas von einem Tor zum Himmel, vom Ende der Welt und von einem Kerl namens Samael. Razor versuchte ihm zu glauben, doch fiel ihm das echt schwer. Einzig die Tatsache, dass er Moonlights Typen offensichtlich wirklich retten wollte, hielt ihn bei der Stange.
Überrascht musste er dann feststellen, dass der Alte tatsächlich diverse Kräfte zu besitzen schien, die ihnen die Dämonen vom Hals hielten. Näher als zehn Meter kam keiner mehr an sie heran. Auch als sie sich trennten, blieb das so.
Während er dem Alten hinterher schaute, wie er die Rampe zum großen Tor der Burg hinaufging, hoffte er, dass er wusste, was er tat.
Dann wandte er sich ab und betrachtete die Burg vor ihnen. Der Alte wollte Unterstützung und Razor wollte sie ihm geben. Da sie scheinbar unbehelligt von angreifenden Dämonen agieren konnten, wusste er auch schon wie.
Mit einem kurzen Handzeichen deutete er den anderen an, ihm zu folgen.

*

Als er um die letzte Biegung herum war, konnte er das Tor erkennen und davor zwei mächtige Dämonen, die offensichtlich als Wachtposten fungieren sollten.
Francesco zögerte für einen kurzen Moment, weil er nicht sicher war, was er tun sollte, doch dann hielt er einfach weiter auf sie zu.
Natürlich wurden die beiden Kreaturen auf ihn aufmerksam. Für einen kurzen Augenblick waren sie sichtlich überrascht, einen einfachen Menschen – wenngleich auch von einer merkwürdig schimmernden Aura umgeben – hier zu sehen, dann aber siegte ihre Gier und sie gingen zum Angriff über. Zumindest wollten sie das. Doch als sie sich dem Alten näherten, spürten sie, dass etwas nicht stimmte. Die Aura um ihn herum weitete sich und als sie auf ihre Körper

traf und pures Licht sie umgab, schien es ihnen, als würde eine unerträgliche Hitze versuchen, sie zu verbrennen. Mit unsicherem Fauchen und Knurren, in das sich schmerzvolles Stöhnen mischte, wichen sie zurück. Der Mensch jedoch ging unbeirrt weiter und so mussten sie schließlich das Tor freimachen und ihn passieren lassen.

Überraschenderweise schloss sich kein Burghof an, sondern das Tor führte direkt in einen langen Flur, an dessen Ende sich auf der rechten Seite eine gewaltige Halle anschloss. Während er sich mit festen, forschen Schritten weiter darauf zu bewegte, konnte Francesco neben einem intensiven, tiefen und bösartigen Knurren eindeutig die qualvollen Schmerzensschreie eines Menschen hören. Er war sofort sicher, dass es sich dabei um Christopher handelte. Damit war klar, dass er keine Zeit verlieren durfte.

*

Er musste einfach schreien. Es gab Nichts, was er diesem unglaublichem Schmerz, der seinen gesamten Körper einnahm, auch nur andeutungsweise entgegen zu setzen hatte. Normalerweise, das wusste er, hätte er längst ohnmächtig sein müssen. Doch diese Schutzfunktion seines Körpers war ganz offensichtlich ausgesetzt worden und Christopher war klar, dass dies nur sein Gegenüber getan haben konnte.

Dabei wäre Christopher in diesem Moment nicht einmal in der Lage gewesen, den Schmerz zu beschreiben, weil er noch niemals zuvor etwas Derartiges gespürt hatte. Anfangs war es ein irrsinniges Brennen gewesen, als sich die feuerrote Rauchsäule auf seinen Rücken gelegt hatte und sich glühend heiße Finger in sein Innerstes gegraben hatten. Das war gerade noch so auszuhalten gewesen. Dann aber, Christopher konnte gar nicht mehr sagen, was eigentlich passiert war – schwoll dieses Brennen schlagartig um ein Vielfaches an. Es war, als würde eine Kugel aus flüssigem Metall, die direkt an seiner Wirbelsäule saß, sich sekündlich immer weiter aufblähen und dabei sein Innerstes kochen und dann verdampfen. Das dabei entstehende Druckgefühl schien seine Haut zerreißen zu wollen. Christopher wurde beinahe wahnsinnig dabei. Instinktiv versuchte er dem Schmerz auszuweichen, doch die stahlharten Klammern um seine Oberarme gaben um keinen Deut nach. Eine Schmerzwelle nach der anderen ergoss sich in seinen Körper, schien sich am Ende zu einer einzigen nie enden wollenden Qual aufzutürmen, die schließlich sein Gehirn erreichte und komplett einnahm, dass ihn bereits erste Wellen puren Wahnsinns erfassten und die Realität vor seinen Augen verschwamm.

Seine eigenen Schreie nahm er nur noch wie durch einen dichten Schleier dumpf und verzerrt war. Sie klangen dennoch schrill und erbärmlich. Christopher war sich plötzlich ziemlich sicher, dass er seine Blase und womöglich auch seinen Darm entleert haben musste und er spürte ein gewisses Schamgefühl, was ihn jedoch gleichzeitig irgendwie belustigte, weil er sich in diesen grauenvollen Momenten darum sorgte, dass er sich in die Hose gepisst und vielleicht auch geschissen haben könnte.

Einen Augenblick später durchschnitt ein tiefer, kraftvoller, offensichtlich verärgerter Schrei den Schleier um sein Gehirn. Er klang so vollkommen anders, wie all seine Schreie zuvor und irgendwie schien er auch gar nicht aus ihm zu kommen. Doch bevor er sich darüber wundern konnte, spürte er eine kurzen Luftzug und einen stechenden Schmerz in seinen Knien. Gleichzeitig ließ der furchtbare Schmerz in seinem Rücken schlagartig nach. Christopher öffnete überrascht seine Augen und musste feststellen, dass er auf seine Knie gefallen war und die eisenharten Klammern an seinen Oberarmen verschwunden waren.
Im nächsten Moment hörte er erneut dieses tiefe, verärgerte, aber auch irgendwie überraschte Brüllen direkt vor sich. Christopher zwang sich, seinen Kopf anzuheben. Über ihm schwebte noch immer die Fratze des Dämons in der nebellösen Blase. Ihre Augen starrten ihn direkt an.
Was ist das?
Christopher hatte nicht die geringste Ahnung, was sie damit meinte, konnte sich jedoch nicht mehr länger aufrecht halten, weil sein Oberkörper zusammenzuckte und vornüber fiel, wo er gerade noch seine Hände zum Abstützen zwischen sich und dem Boden bringen konnte, bevor er sich wuchtig und krampfhaft erbrach.
Während er glaubte, dass sein Kopf zerspringen wollte, weil so unglaublich harte Kopfschmerzen gegen seine Innenwände donnerten, dass sein Blick verschwamm, hörte er über sich das Brüllen der Bestie, dass deutlich an Verärgerung und Zorn zunahm.
Was ist das?
Die Worte waren so laut, so tief und so intensiv gesprochen, dass sie in der Halle widerhallten, wie der Schlag einer großen Glocke.
Christopher spürte eine immense Hitze, die sich wie eine Decke über seinen Körper legte und sofort unangenehm war und eine innere Stimme sagte ihm, dass sein Leiden, dass ihn bereits jetzt an den Rand des Wahnsinns getrieben hatte, doch gerade erst begonnen hatte.

*

„Nimm deine verdammten Drecksfinger von ihm!" Francescos Stimme donnerte durch die Halle und sofort hatte er alle Aufmerksamkeit auf sich.
Er stand schon seit einigen Sekunden am Eingang und hatte das Szenario vor ihm betrachtet. So sehr ihm Christopher auch leid tat, er musste erst die Lage sondieren, bevor er agieren konnte. Das aber war einfacher, als er erwartet hatte. Er konnte etwa zwei Dutzend Dämonen an der rechten Seitenwand ausmachen, die Christopher in der Mitte der Halle unverhohlen anstarrten. Sie, ebenso wie der Dämon der schräg hinter Christopher stand, waren keine Gefahr für ihn. Mit ihnen würde er leicht fertig werden. Sein Problem war Samael. Francesco konnte die Rauchwolke direkt vor Christopher erkennen, doch wusste er sofort, dass dies nicht der eigentliche Dämon war, sondern nur ein Bild, das dieser dem Menschen suggerierte. Die eigentliche Kreatur befand sich am Ende der Halle hinter einer undurchsichtig wabernden Nebelwand.

Natürlich war Christopher kein Gegner für ihn, daher brauchte er sich nicht selbst zu bemühen. Die furchtbaren Schmerzensschreie des jungen Mannes zeigten deutlich, wie Recht er damit hatte. Dennoch musste Francesco sehr vorsichtig agieren, doch als er sehen und hören konnte, was Samael offensichtlich zu tun versuchte und wie sehr ihn sein Scheitern erzürnte, wusste er, dass er eine bessere Gelegenheit als diese nicht bekommen würde.
Also sprach er seine Worte so laut, dass er sicher sein konnte, dass alle ihn hören würden. Zeitgleich machte er einen Schritt nach vorn und setzte dabei seine ihm innewohnenden Fähigkeiten ein. Innerhalb eines Wimpernschlages überbrückte sein Körper die Entfernung zu Christopher und schoss quer durch die Halle direkt hinter den Dämon hinter ihm. Seine Silhouette wurde dabei extrem verzerrt und ein kurzes Zischen war zu hören. Dann stand der Alte direkt hinter dem Dämon, der nicht einmal ansatzweise wusste, was gerade geschah, formte seine rechte Hand zu einer Kralle und hämmerte sie der Bestie in ihren Rücken. Der Dämon stöhnte mehr erschrocken, als alles andere auf, doch als Francesco seine Hand spielend leicht schloss und seine Finger dabei die dicke, knorpelige Wirbelsäule umfassten, wurde daraus echter Schmerz, den die Kreatur quiekend hinausschrie. Der Alte aber war gnadenlos, drückte seine linke Hand gegen den Rücken und riss die rechte dann mit einem kurzen Ruck beinahe mühelos zu sich. Ein ekelhaftes Reißen ertönte, ein letzter Schrei des Dämons, dann sackte er seitlich weg und klatschte als unförmiger Fleischberg zu Boden. Hinter ihm stand Francesco und hatte seine feuchte, von grünem Blut triefende Wirbelsäule, samt kleineren Fleischbrocken in der Hand und blickte ausdruckslos auf den Toten.
Im nächsten Moment ertönte ein höchst überraschtes und bösartiges Fauchen und als Francesco seinen Blick wieder anhob, erkannte er, dass es von der Fratze in der Rauchblase kam. Der Anflug eines Lächelns huschte über seine Lippen, dass aber sogleich einem angeekelten Gesichtsausdruck wich. „Verschwinde!" zischte der Alte und riss seine Unterarme in die Höhe und nach außen, wie ein Exhibitionist, der ruckartig seinen Mantel öffnete. Doch hier kam kein nacktes Fleisch zum Vorschein, sondern die Luft vor Francescos Körper wurde wie bei einer kugelförmigen Druckwelle von ihm geschleudert. Als sie auf die Fratze traf, zerstob die Rauchblase augenblicklich und wurde bis zur Nebelwand am Ende der Halle zerfetzt.
Während von dort ein tiefes, zorniges Brüllen zu hören war und der Nebel sichtbar in Wallung geriet, ließ Francesco die Wirbelsäule des Dämons achtlos zu Boden fallen, machte einen Schritt auf Christopher zu und riss den jungen Mann, der von den jüngsten Geschehnissen kaum etwas mitbekommen hatte, weil er noch immer vordringlich um seine Besinnung kämpfte, zurück auf dessen wackelige Beine. Francesco warf einen kurzen Seitenblick auf ihn und obwohl er ein absolut erbärmliches, bemitleidenswertes Bild abgab, verzog der Alte keine Miene. Ganz im Gegenteil. „Halten sie sich senkrecht, Mann!" raunte er ihm zu und während Christopher ihn total planlos anschaute zog Francesco ihn mit einem weiteren kräftigen Ruck so vor sich, dass sein Körper ihn schützte. Dabei schaute er sich kurz um. Die Dämonen an der rechten Seite waren stinksauer,

doch vermochten auch sie seine Aura nicht zu durchbrechen und mussten zwangsläufig Abstand halten, wenngleich sie begannen, ihn zu umkreisen. Dann hob er seinen Blick an und schaute hinauf zur Decke. Als er erkannte, was er dort zu sehen hoffte, wandte er sich zufrieden wieder nach vorn.

*

Douglas hatte sich anfangs gefühlt, als würde er durch eine nicht wirklich reale Welt schweben, weil allein schon die Tatsache, dass er sich in der Hölle befand, in seinem Gehirn wohl als derart irrsinnig eingestuft wurde, dass es sich irgendwie zu weigern schien, es als Realität zu akzeptieren.
Wenn er seine Frau Cynthia ansah, dann konnte er eigentlich nur den Kopf schütteln, denn im Gegensatz zu ihm, schien sie voll auf der Höhe, sehr entschlossen und extrem energiegeladen zu sein; ja, es schien ihm fast so, als würde sie ihren Aufenthalt hier gar genießen!
Weil er selbst sich jedoch noch nicht richtig auf diese extreme Situation einstellen konnte, überließ er zunächst anderen die Führung.
Allmählich aber änderte sich seine Einstellung und ihm wurde bewusst, was vor sich ging. Er erkannte, was mit Christopher geschehen war und ihm war klar, dass sie ihn retten mussten.
Die Sache mit Francesco war dabei echt krass und verrückt, aber er wäre ein wahrer Narr gewesen, wenn er sich hier noch über irgendetwas gewundert hätte.
Der Trupp um Razor schien schon länger an diesem idyllischen Ort des Grauens zu sein und obwohl er den Schwarzen nicht besonders mochte (weil er mit Silvia gebumst und damit Christopher ja eigentlich erst in diese vertrackte Situation gebracht hatte – *eigentlich*), vertraute er darauf, dass er wusste, was er tat und folgte ihm stumm.
Schnell erkannte er dabei, dass der Schwarze sich auf die rechte Seite der Burg schlug. Sie hetzten die teilweise sehr steile Bergflanke hinauf und standen dann vor der Längsseite einer ziemlich gewaltigen Halle. Am linken Ende erhob sich der Berg bis an ihr Dach und Razor flitzte ohne zu zögern dort hinauf.
Als sie ihr Ziel erreicht hatten, hatte Douglas das Gefühl, seine Lungen würden gleich platzen und er musste, wie alle anderen aber auch, erst einmal heftig verschnaufen. Dabei jedoch erkannte er sehr schnell, dass Razor für sie einen beinahe perfekten Platz gefunden hatte. Das Dach der Halle war nämlich kein gewöhnliches Dach, sondern schien eine undefinierbare Masse aus einem matt glänzendem schwarz-rotem Material zu sein, das halb durchsichtig war und einen ganz ordentlichen Blick auf das Innere des Gebäudes freigab.
Dort konnte er sofort Christopher ausmachen, der gerade vornüberkippte und sich heftig erbrach. Irgendeine Art Rauchsäule befand sich direkt vor ihm und er konnte eine mächtige, dröhnende Stimme hören. Ziemlich direkt unter ihnen saßen um die zwanzig Dämonen. An der Stirnwand waberte wie dicke Rauschwaden auf ihrer gesamten Fläche ein dichter blutrot-schwarzer Nebel. Douglas war sich nicht sicher, ob er sich *vor* der eigentlichen Wand befand oder aber die Wand *selber* war.

Plötzlich vernahm er die Stimme Francescos und schon einen Augenblick später war der Alte – wie auch immer – mit einer deutlichen Leuchtspur direkt hinter den Dämon *gewuscht*, der wiederum direkt hinter Christopher stand. Einen Augenblick später tötete er die Bestie, wie diese sonst Menschen töten und wieder nur eine Sekunde später schoss eine deutlich sichtbare Druckwelle von dem Alten quer durch die Halle und zerstob die Rauchsäule vor Christopher bis an die wabernde Nebelwand.

Douglas war irgendwie beeindruckt und fasziniert. Schon konnte er sehen, wie Francesco Christopher mit einem Ruck auf die Füße brachte, sich dann hinter ihn stellte, seinen Blick zu ihnen anhob, sie offensichtlich erkannte und sich dann mit einem sanften Lächeln wieder umwandte.

Douglas fiel mit einem Male ein, dass er gar nicht wirklich wusste, was der Alte nun vorhatte, um seinen Freund zu befreien, doch angesichts der eben gezeigten Kräfte war er fast guten Mutes und beschloss, sich überraschen zu lassen.

*

Francesco wartete und er musste nicht lange warten.

Der Nebel an der Stirnwand verdunkelte sich zusehends und wallte immer mehr auf. Dem Alten war klar, dass gleich etwas geschehen würde.

Tatsächlich zuckte nur einen Augenblick später eine riesige Qualmhand mit vier dicken, wulstigen Fingern aus dem Nebel hervor, schoss quer durch die Halle und wollte die beiden Personen dort ergreifen, doch rund drei Meter bevor sie sie erreicht hatte, stieß sie gegen eine scheinbar unsichtbare Wand und kam nicht weiter.

Bei genauerem Hinsehen war es jedoch keine Wand, sondern eine in einem sanften, schwachen Gelb schimmernde Kugel, die Francesco um sich und Christopher als Schutzhülle aufgebaut hatte.

Ein überraschtes, missgelauntes Brummen war zu hören und die Hand versuchte noch einmal, vorwärtszukommen. Als auch dieser Versuch misslang, wurde aus dem Brummen ein bereits äußerst zorniges Brüllen, die Hand wurde zur Faust geballt, sie zuckte noch weiter nach vorn und dann krachte sie mit schier unbändiger Wucht von oben auf die Schutzhülle um Francesco und Christopher. Die Kugel erzitterte sichtlich, ihre schwache gelbe Färbung wechselte in deutlicheres Rot. Schon donnerte die Faust ein zweites Mal, ein drittes Mal darauf. Schwarze Linien zuckten wie Blitze auf der Außenhülle der Kugel entlang, die von einem harten Knistern begleitet wurden, die Färbung der Schutzhülle wurde nochmals dunkler und kräftiger. Doch noch hielt sie der brutalen Wucht der Schläge Stand.

„Hör auf!" rief Francesco. Er stand noch immer aufrecht und zuckte trotz der wilden Schläge der Qualmfaust keinen Millimeter zusammen, als wäre er sich seiner Sache sehr sicher. Nur in seinen Augen flackerten erste Zweifel auf. „Das hat keinen Sinn. Du kannst diese Hülle nicht zerstören!"

Ein wütendes Brüllen ertönte, dann schien es, als wolle die Nebelwand an der Stirnseite explodieren, stattdessen aber schälte sich eine monströse Gestalt daraus hervor und kam mit gewaltigen Schritten näher. Vier Arme waren zu sehen, zwei davon mit Pranken mit je vier Finger, die beiden anderen mit langgezogenen, gekrümmten Klauen. Zwei mächtige Beine, deren Oberschenkelknochen offensichtlich der Länge nach zweigeteilt waren und soweit auseinanderlagen, dass zwischen ihnen ein deutliches Loch zu erkennen war. Die Füße lang gezogen und mit einem deutlichen Knorpelfortsatz im Hackenbereich, der beim Gehen den Boden wie der Absatz eines Damenschuhs berührte. Auf dem Rücken war ein unförmiges Gewirr von Knochen und Knorpeln zu sehen; sowie zwei lederartige Aufsätze, die wirkten wie Segel. Das alles aber war nichts im Vergleich zu dem mächtigen Schädel. Er besaß sehr tiefliegende, tiefschwarze Augen, hohe scharfkantige Wangenknochen, eine faltige, hervorschießende Stirn, mehrere knöcherne Hörner in unterschiedlichen Größen, Formen und Ausrichtungen aus dem Kopf und ein breites Maul mit fleischigen Lippen, mehreren Reißzähnen in Ober- und Unterkiefer und rasiermesserscharfen Zahnreihen. Das alles war zu erkennen, obwohl die gesamte Kreatur noch immer von feinen Rauchschwaden umgeben war, die ihre Konturen immer wieder mehr oder weniger verwischten. Das Monstrum dahinter aber war klar auszumachen und ließ keinen Zweifel an der Kraft, der Gnadenlosigkeit und der Macht, die es besaß und die so viel größer war, als alles, was sie alle bisher gesehen und erlebt hatten. *Wer bist du?* Die Worte dröhnten durch die Halle, ließen sie erzittern, doch noch immer bewegte sich der Mund der Bestie dabei nicht.

„Mein Name ist unwichtig!" rief Francesco, während er die Kreatur keine Sekunde aus den Augen ließ. „Wichtig ist nur, dass *ER* mich geschickt hat!"

Kaum hatte der Alte das eine Wort gesagt, richtete sich die Bestie blitzschnell mit einem wütenden Aufschrei zu ihrer vollen Größe auf. *ER?* Die Kreatur machte einen Schritt nach vorn, ballte ihre Hände wieder zu Fäusten. *ER?* Das Brüllen wurde noch lauter, noch dröhnender, noch intensiver. Dann hämmerte der Dämon wild und wie von Sinnen auf die Schutzhülle ein und nahm dabei auch seine messerscharfen Klauen zu Hilfe.

Die Kugel ächzte erbärmlich, wurde teilweise eingedrückt, die Blitze zuckten so vielzahlig über die Außenhaut, dass sie fast schwarz wirkte, das Knistern war ohrenbetäubend.

„Hör auf!" brüllte Francesco, so laut er nur konnte. Angesichts des Spektakels vor ihm zeigte er jetzt echten Mut, dass er noch immer nicht wankte. „Hör auf!"

Plötzlich hielt das Monstrum tatsächlich inne. *Warum schickt ER dich?* Ein weiterer rüder Schlag mit einer Faust. Der Knall donnerte in der großen Halle laut wider. *Was willst du hier?* Ein neuerlicher Schlag *Warum mischt ER sich hier ein?* Wieder ein Schlag. *Verschwinde von hier. Du hast hier nichts verloren!*

*

Christopher war wirklich nur noch einen Hauch davon entfernt, einfach aufzuhören zu atmen, weil ihn all das, was mit ihm und um ihn herum geschah dermaßen gegen den Strich ging, dass er schlicht keine Lust und auch keine Kraft mehr hatte, dem Ganzen auch nur noch eine Minute länger beizuwohnen.
Nachdem er sich herzhaft, aber widerlich sauer übergeben hatte, wäre er am liebsten liegengeblieben, doch nach nur wenigen Augenblicken wurde er schon wieder auf die Beine gerissen. Durch den nebelösen Schleier aus taubem, pochendem Ganzkörperschmerz, Kraftlosigkeit und Übelkeit, glaubte er Francesco zu erkennen, doch war das ja wohl kaum wirklich möglich, schließlich war der Alte vor einem Jahr auf dem Dach des WTC vor seinen Augen gestorben.
Dann sah er die monströse, in dunkle Rauchschwaden gehüllte Kreatur aus dem Nebel an der Stirnwand schießen, nur damit sie jetzt wie wild auf einer Art unsichtbaren Kugel herum hämmern konnte.
Und das war dann einfach zu viel für Christopher. Diese Kräfte, die er in den letzten Minuten erleben und spüren musste, die irrsinnige Wucht, mit der sie agierten, all das zeigte ihm mehr als deutlich, dass hier Mächte am Werk waren, die seinen Verstand, ja sein ganzes Sein schlichtweg meilenweit überstiegen und er besser daran täte, vor ihnen zu kapitulieren und zu sterben.
Oh wie gern hätte er einfach nur aufgehört zu atmen, doch war es ihm trotz all der Schmerzen, die er hatte und all der Kraftlosigkeit, die es ihm so unendlich schwer machte, sich überhaupt auf den Beinen zu halten, nicht möglich, diese verdammte Stimme in seinem Kopf zum Verstummen zu bringen, die ihn immer und immer und immer wieder anschrie, jetzt nicht aufzugeben, sondern sich im Gegenteil zusammenzureißen, sich aufzurichten und für das, was ihm wichtig war zu kämpfen.
Was war er doch für ein nervendes Arschloch tief in seinem Inneren!
Dennoch konnte er nicht verhindern, dass diese Stimme die Oberhand über sein Handeln gewann. „Fuck!" stieß er deshalb unvermittelt hervor. Francesco wandte sich überrascht zu ihm um und konnte in Christophers Gesicht eine Mischung aus Schmerz, Frust und Entsetzen erkennen, als würde er eigentlich gar nicht reden wollen, es aber irgendwie nicht verhindern können. „Alter...!" Er sprach dieses Wort etwas lang gezogen aus. „...nun komm mal wieder runter, Mann!" Christopher schaute den mächtigen Dämon direkt an. Komischerweise hielt die Kreatur tatsächlich inne, weil sie sichtlich überrascht war, ihn sprechen zu hören. „Der Mann hier...!" Er deutete auf Francesco und musste sofort seine Augenbrauen zusammenziehen, weil ihm die Ähnlichkeit dieser Person mit Silvias Großvater erneut total verblüffte. „...sieht doch nun wirklich so aus, als könne man mit ihm reden!" Er grinste den Alten kurz an, dann wandte er sich wieder an die Bestie. „Da muss man doch nicht so rumschreien, verdammt!"

*

Francesco war sichtlich perplex, als er Christophers Worte hörte und auch über die Art und Weise, wie er sie aussprach. Keine Spur von Angst. Genau so, wie er den jungen Mann auch kennengelernt hatte. Unerschrocken, geradlinig, mutig und extrem gefährlich in allem, was er tat. Nicht umsonst hatte der erste Dämon so große Probleme gehabt, sich ihm vom Hals zu halten.
Eigentlich passte er ganz hervorragend zu seiner Enkeltochter, wenn er nur endlich mal seinen Schwanz unter Kontrolle halten konnte und Rumvögeln nicht zu seiner ersten Leidenschaft machen musste. *Verdammter Hurensohn, aber vor allem verdammter Idiot.*
Doch jetzt hatte Christopher absolut Recht und der Alte nutzte die Gelegenheit sofort aus. „Ich bin hier, um dir einen Deal vorzuschlagen!" sagte er mit lauter Stimme.
Samael, der verstummt war und Christopher noch immer ziemlich überrascht anschaute, reagierte erst nach einer Sekunde auf seine Worte. *Was für einer Deal könntest du mir schon anbieten, du Wurm?*
Francescos rechtes Auge verengte sich für einen kurzen Moment und sein Gesicht wurde sehr ernst. Innerlich jedoch musste er grinsen, denn die Tatsache, dass der Dämon Kraftausdrücke wie *du Wurm* gebrauchte, zeigte, dass er, wenn auch nur ganz leicht, verunsichert war. „Mein Leben gegen das dieses Menschen!"
„Was?" Das war Christopher und jetzt stand echte Überraschung in seinem Gesicht geschrieben. Sein Schmerz und alles andere waren wie weggeblasen.

*

„Was?" Cynthia zog ihre Augenbrauen zusammen. *Hatte sie eben richtig gehört?* Sie blickte zu ihrem Mann. Douglas hatte seine Augenbrauen weit in die Höhe gezogen. Damit war klar, dass sie sich nicht getäuscht hatte.
„Was?" Neben Douglas saß Silvia. Als sie die Worte ihres Großvaters hörte, wich sofort alle Farbe aus ihrem Gesicht und sie war absolut geschockt.
„Aber der Alte ist doch schon tot!" merkte Horror sofort an.
Daraufhin strafte ihn Heaven mit einem vernichtenden Blick. „Halt bloß die Klappe, Horror!""
„Er ist ein verdammter Engel, Mann!" raunte ihm auch Bim zu. „Weißt du, was das heißt?"
Horror sank förmlich in sich zusammen und man sah ihm deutlich an, dass er sich für seine Worte schämte.
Doch bevor er etwas sagen konnte, meinte Razor. „Trotzdem…!" Er schaute Moonlight direkt an. „…ich denke, der Alte führt was im Schilde!"

Dein Leben für seines? Der Dämon starrte ihn mit seinen schwarzen, toten Augen an.
Francesco nickte. „Genau!" Er lächelte fast schon zufrieden.
Das wäre kein guter Tausch! Die Stimme klang fast höhnisch.
Francesco verlor augenblicklich sein Lächeln.
„Augenblick mal...!" hob Christopher an und seine Stimme klang leicht verärgert. Doch der Alte deutete ihm mit einem Kopfschütteln an, den Mund zu halten. „Du weißt aber schon, was ich bin?" meinte er dann.
Der Dämon lachte heiser auf, seine Stimme dröhnte kurz durch die Halle. *Natürlich! Aber ich bin mir sicher, du weißt auch, wer er ist!*
„Er?" Francesco lachte beinahe verächtlich auf und warf Christopher einen abschätzigen Seitenblick zu. „Er ist ein räudiger Bastard, der sein Gehirn im Schwanz herumträgt! Vollkommen unwichtig und nutzlos!"
„Hallo?" Christopher war sichtlich geschockt und sah den Alten mit großen Augen an. „Sag mal geht's noch?" Doch Niemand reagierte auf ihn.
Samael lachte heiser. *Ich sehe etwas anderes in ihm!*
Jetzt lachte auch Francesco auf. „Ich weiß, aber...!" Sein Blick wurde urplötzlich sehr ernst. „....es wird dir nicht gelingen, es an dich zu bringen!"
Für einen kurzen Moment schwand das Leuchten aus den Augen der Kreatur, dann aber lächelte sie wieder. *Ich denke doch!*
„Ich konnte sehen, dass du es bereits versucht hast,...!" Der Alte fixierte den Blick des Dämons. „...vergeblich!" Als Antwort erhielt er ein mürrisches Brummen. „Das Tor ist perfekt in ihm platziert...!" Francesco merkte, wie Christophers Blick sich verfinsterte. „Du kannst es nicht an dich nehmen, ohne ihn zu töten!"
„Tor?" Christopher war sichtlich total verwirrt, aber auch wenig geduldig. „Platziert? Häh?"
„Und damit ist es nutzlos für dich!" fuhr Francesco fort.
„Kann mir einer sagen, was hier los ist?" Christopher starrte die beiden mit ärgerlicher Miene an. „Wovon redet ihr da, verdammt?"
Samael blieb einen Moment stumm, dann lächelte er wieder sanft und selbstsicher, was ihn nur noch bedrohlicher wirken ließ. *Das werden wir sehen. Ich habe alle Zeit der Welt. Irgendwann werde ich schon einen Weg finden!*
Francescos Gesicht verzog sich zu einer gequälten Grimasse. „Das dachte ich mir!" Seine Stimme klang etwas geschafft und er atmete tief durch.
„Was dachten sie sich?" fragte Christopher, der noch immer total verwirrt war. Wenn er sich nicht so schwach gefühlt hätte, hätte er sich den Alten schon vorgeknöpft, so aber hatte er nicht die Kraft dazu.
„Und deshalb...!" Francesco warf Christopher einen fast mitleidigen Blick zu, den dieser überhaupt nicht einordnen konnte. „...werde ich...!" Der Alte schniefte kurz durch die Nase. In den Augenwinkeln konnte Christopher sehen, wie seine rechte Hand aus einer Seitentasche in seinem Umhang hervorkam. Für einen

Wimpernschlag glaubte er, etwas Metallisches aufblitzen zu sehen. „....das Trumpf-As aus dem Spiel nehmen!" endete Francesco seinen Satz.

Sowohl Christopher als auch Samael schauten ihn überrascht an.

Was willst du? fragte der Dämon abschätzig.

„Ich werde *ihn* töten!" Und in einer flüssigen Bewegung riss er ein verdammt großes Messer in die Höhe und rammte es Christopher schräg unterhalb des rechten Schulterblattes bis zum Anschlag in den Körper.

Feuerwerk

Wenn meine Enkeltochter schreit, brauche ich ein Feuerwerk von ihnen!
Razor hatte den Sinn dieser Worte des Alten zunächst nicht verstanden. Nachdem sie ihren Platz am Rande des Hallendaches eingenommen hatten und das Geschehen im Inneren des Gebäudes verfolgen konnten, spürte er immer deutlicher, dass Francesco auf Etwas hinzuarbeiten schien, um Moonlights Kerl aus der Bredouille zu holen. Was das jedoch sein würde, konnte er nicht genau sagen.
Als Francesco dann aber dieses Mordsding von einem Scheißmesser aus seinem Gewand zauberte und ohne zu Zögern in Christophers Rücken rammte und Moonlight ein furchtbar schmerzhafter und über alle Maßen entsetzter Aufschrei aus ihrer Kehle entfuhr, da erinnerte er sich wieder der Worte des Alten – und handelte sofort.
Mit einer ruckartigen Bewegung schulterte er die Panzerfaust, die er bereits griffbereit neben sich liegen hatte. Während der riesige Dämon unten ihnen einen Augenblick brauchte, um zu realisieren, dass der Alte tatsächlich das getan hatte, was er getan hatte und Christopher in sich zusammensackte und Moonlight neben ihm einem Nervenzusammenbruch äußerst nahe war, visierte er den hinteren Teil der Halle an. Einen Augenblick später drückte er den Auslöser und das Projektil zischte quer durch den Raum in die Nebelwand, durch sie hindurch und detonierte schließlich mit unbändiger Wucht an der dahinterliegenden Wand.

*

Silvia war die ganze Zeit über eigentlich nur eine Mitläuferin gewesen, denn alles lief in einem derart hohen Tempo vor ihr ab, dass sie einfach nicht die Zeit dazu gehabt hatte, irgendetwas von dem, was gerade um sie herum geschah, wirklich zu realisieren.
Als sie zu Razor gegangen war, schien ihr alles so klar und eindeutig zu sein. Sie hatte ein ganzes Jahr an diesem furchtbaren Ort verbracht und sie war nur deshalb hier, weil sie ihr Leben geopfert hatte, um das von Christopher zu erretten - aus wahrer, reiner Liebe heraus. Das hatte sie auch geschafft und obwohl sie in den ewig langen Sekunden, bevor sie die Handschellen, die sie miteinander verbanden, zerstören konnte, endlich zu sehen glaubte, was sie stets erhofft hatte - nämlich die wahre Liebe auch in Christophers Augen, klar, ehrlich und offen – verblasste dieses Gefühl hier in der Hölle so furchtbar schnell, dass sie sich jetzt kaum noch daran erinnern konnte. Jeden Tag musste man hier ums Überleben kämpfen, von Sonnenaufgang bis Sonnenuntergang, unablässig. So etwas wie Liebe gab es hier nicht. Freundschaften sollte man besser nicht eingehen, denn jeden Tag starben hier unzählige Menschen und es

war verdammt besser, zu keinem von ihnen eine zu enge Bindung zu haben. Hier gab es auch keine Ehre oder Mitleid oder Rücksicht oder irgendetwas, das menschlichem Empfinden auch nur nahe kam. Kaum, dass sie registriert hatte, wo sie gelandet war, hatte sie innerhalb von vierundzwanzig Stunden mehr Blut und Tod gesehen, als in ihrem ganzen Leben zuvor. Kinder, junge Menschen, Mütter, Väter, schwangere Frauen – es war an Härte, Gnadenlosigkeit, Grauen und Brutalität nicht zu überbieten gewesen und Silvia dachte ernsthaft, sie würde vollkommen wahnsinnig werden.

Doch genau das geschah nicht und der Grund hierfür war einzig Razor gewesen. Er hatte sich – obwohl er doch so viel besser hätte wissen müssen, dass es ein Fehler war – ihrer angenommen und ihr gezeigt, wie man hier überleben konnte, wofür auch immer das am Ende gut sein sollte.

Silvia erkannte schnell, dass hierzu jedoch nicht nur Razors Lehrstunden in Kampfkunst aller Art, sondern auch eine radikale Veränderung ihrer Selbst erforderlich war. Da sie nicht sterben wollte, tat sie, was sie tun musste und vergas allmählich, aus welchem Grunde sie hier war, nicht aber, warum sie hier war. Ja, da gab es in der Tat einen Unterschied. Sie war hier, weil sie ihr Leben gegeben hatte, damit Christopher seines nicht geben musste. Das war es, warum sie hier war. Und das vergas sie nie, ganz im Gegenteil, mit jedem neuen Tag kamen die Erinnerungen an jene Nacht immer bitterer in ihr auf, sodass sie sie irgendwann hasste – und unbewusst wohl auch den Mann, dessen Leben sie auf diese Weise gerettet hatte.

Der Grund, der ihr Handeln in jener Nacht jedoch bestimmte – nämlich ihre Liebe zu Christopher – der verblasste mit jedem neuen Tag und war irgendwann nur noch so schwach, so weit weg und so irreal, dass sie ihn einfach vergas. Zumindest dachte sie das.

Stattdessen wurde sie zu einer brillanten Kämpferin, die lernte, hier an diesem grausamten aller nur vorstellbaren Orte zu leben und zu überleben, doch von der Silvia, die einst aus Liebe hierhergekommen war, war nichts mehr übrig geblieben – *eigentlich*.

Dass es überhaupt eine Möglichkeit für Christopher und die anderen geben würde, ihr in die Hölle zu folgen und dass sie dies auch versuchen und am Ende sogar tun würden, dieser Gedanke war ihr nie gekommen und so war sie in dem Moment, da sie Christopher gegenüberstand mehr überrascht, als alles andere. Ein Gefühl, das sich auch nur annähernd mit Liebe beschreiben ließ, empfand sie dabei aber nicht – *eigentlich*.

Da die Hölle auch mit Christopher funktionierte wie immer, verliefen die nachfolgenden Stunden in der gewohnten Hektik und Härte. Erst als sie den Schutzraum erreicht hatten, so hatte sie zumindest gehofft, würde etwas Ruhe einkehren und sie konnte sich mit Christopher unterhalten.

Doch genau dem war nicht so. Christopher hatte ganz offensichtlich große Mühe, sich in der Hölle zurechtzufinden und wäre sicherlich sehr schnell getötet worden, wenn ihn nicht Razor ein ums andere Mal beschützt hätte.

Und als sie schließlich den Schutzraum erreicht hatten, da fühlte sie sich eben nicht zu Christopher hingezogen, sondern zu Razor. Dem Mann, der schon von ihrer ersten Begegnung an keinen Hehl daraus gemacht hatte, dass er sie attraktiv und anziehend fand, der sich aber niemals aufgedrängt hatte, der derjenige war, dem sie ihr Überleben hier an diesem finsteren Ort überhaupt zu verdanken hatte, weil er ihr früh ihre Illusionen genommen und ihr die Realität vor Augen geführt hatte, der ihr gezeigt hatte, wie man erfolgreich für das Überleben kämpfte. Und der letztlich sogar sein eigenes Leben aufs Spiel gesetzt hatte, um Christopher zu retten, weil er annahm, dass Silvia ihn immer noch liebte.

All das waberte in ihrem Kopf umher, als sie den Schutzraum erreicht hatten. Auch sie hatte Razor sofort attraktiv gefunden, doch kam für sie natürlich niemals ein Betrug an Christopher in Frage. Erst die Zeit hier hatte die Verhältnisse geändert. Und deshalb war sie zu Razor in sein Zimmer gegangen. In ihrem Kopf rotierten die Gefühle für ihn und für Christopher und bauten dabei einen Druck auf, dem sie nicht mehr gewachsen war und der ein verdammtes Ventil brauchte. Und dieses Ventil war harter, feuchter, geiler Sex mit Razor, der ihn sich mit ihr mehr als verdient hatte.

Dabei spielten Gefühle eigentlich nur eine nebensächliche Rolle und Silvia war selbst sehr überrascht, wie sehr sie jede Berührung, jeden Kuss und jeden Stoß genoss.

Für wenige Minuten war sie in einer vollkommen anderen Welt, in der es keinen Kampf, keinen Krampf und keinen Tod gab, sondern nur Wärme, Licht und erregenden Rhythmus.

Bis sie merkte, wie Razor abrupt erstarrte. Erst wusste sie nicht, warum, doch als sie es erkannte, brach plötzlich alles über ihr zusammen.

Großer Gott, was hatte sie getan? Jahrelang war sie stets verletzt gewesen, wenn Christopher sie betrogen hatte und jetzt tat sie genau das Gleiche und auch noch direkt vor seinen Augen.

Schlagartig begriff sie: Christopher hatte erkannt, was er ihr all die Jahre angetan hatte. Die Jagd nach dem Dämon, die Sorge um sie, hatte ihm die Augen endlich geöffnet und ihm seine wahren Gefühle offenbart. In den so unendlich schmerzhaften Minuten, bevor sie durch das Tor zur Hölle gegangen war, hatte er es ihr gestanden und sie es klar in seinen Augen gesehen. Dann aber war Silvia nicht mehr da und für ihn musste sie gestorben sein. Nach fast einem Jahr jedoch, wurde ihm offenbart, dass es eben nicht so war und das Erste und Einzige, was er daraufhin tat, war, das Tor zur Hölle erneut zu aktivieren, um zu ihr zu kommen und bei ihr zu sein, ohne zu wissen, was folgen würde. Und dieses Verhalten war doch genau sowas von Liebe, wie es nur sein konnte.

Jetzt war Christopher es, der dieses Gefühl empfand und sie diejenige, die es mit Füßen trat.

Doch das wollte sie nicht, denn urplötzlich, da waren all diese Momente aus jener Nacht in New York, all die Gefühle, all die Liebe für ihn schlagartig wieder da.

Razor erkannte das sofort, doch er ließ sie nicht einfach nur gehen, sondern folgte ihr, um Christopher wiederzufinden, nur um feststellen zu müssen, dass

alles sehr viel komplizierter war, als sie alle es sich jemals hätten träumen lassen.
Als Christopher von den Dämonen verschleppt und überwältigt wurde, glaubte sie, ihn für immer verloren zu haben, doch dann erschien ihr Großvater und alles änderte sich wieder. Hoffnung keimte in ihr auf und der Wunsch, nein das Versprechen, alles zu geben, was in ihr steckte, um Christopher zu retten und nie wieder loszulassen.
Doch als sie das Messer in der Hand ihres Großvaters sah und wie er es so unfassbar eiskalt in Christopher Herz rammte, da explodierte in ihr alles, woran sie je geglaubt hatte. „Nein!" Der unendliche Schmerz musste hinaus, bevor er sie erstickte. Das Wort klang so entsetzt, so gequält, so schmerzhaft, dass alle anderen eine Gänsehaut überkam. Doch Silvias Welt brach endgültig ineinander. Ihr Großvater, den sie stets geliebt hatte, dem sie stets vertraut hatte, ihr eigen Fleisch und Blut, hatte gerade den Mann getötet, den sie mehr als alles in dieser und jener Welt liebte und sie spürte deutlich, wie ihr Verstand für immer aus ihr zu weichen drohte.

*

Ihr Aufschrei vermischte sich mit dem Zischen des Projektils aus der Panzerfaust und wurde schließlich übertönt von der wuchtigen Explosion hinter der Nebelwand auf der anderen Seite der Halle. Während die Flammenfaust hervorquoll, war das Brüllen des Dämons zu hören und es schien nicht nur zornig zu sein, sondern auch überrascht, doch vor allem auch irgendwie schmerzhaft. In dem gleichen Maße, wie die Flammen den Nebel verzehrten, begannen die Konturen der Kreatur zu verschwimmen und sich schließlich aufzulösen.
Razor war zufrieden mit seiner Aktion, doch nickte er Horror kurz zu, als dieser zwei Handgranaten hervorholte. Mit einem diebischen Grinsen löste der Zwilling zeitgleich beide Splinte und ließ sie dann locker über die Brüstung in die Tiefe fallen, wohlwissend, dass sich dort das gut eine Dutzend anderer, normaler Dämonen befand.
Einen Augenblick später wurde die Halle von zwei Detonationen erschüttert, die weitaus wuchtiger und wilder waren, als zu erhoffen war. Neben den schmerzhaften Schreien der Untiere, war mehrfaches Krachen zu hören, als das Inventar dort zerlegt wurde. Eine überraschend große und dicke Qualmwolke stieg auf und verteilte sich in der Halle. Als sie das Dach erreichte, mussten sie alle für eine Sekunde in Deckung gehen, bevor sie sich wieder einigermaßen verzogen hatte.
Als dann ihre Köpfe zurück zuckten, war ein ohrenbetäubendes Brüllen zu hören, doch es kam dieses Mal eindeutig vom anderen Ende der Halle, wo noch immer Flammen zuckten und sich mit dem Nebel vermischten. Aus dem Brüllen wurde ein tiefes Grollen und die Intensität ließ keinen Zweifel an der Größe seines Verursachers. Nur einen Wimpernschlag später durchstieß der mächtige

Schädel einer furchterregenden Kreatur die Mischung aus Flammen und Nebel und verharrte, als würde ihr die Hitze nichts anhaben können.
Es war Samael – der richtige, der echte Dämon. Ein Abbild der Bestie, die noch vor wenigen Augenblicken in der Mitte der Halle gestanden hatte, doch nicht mehr von waberndem Rauch umgeben, sondern kristallklar zu erkennen. Die dunkle Haut in einer Mischung aus Schwarz, Rot und einigen gelben Flecken schimmerte seltsam feucht. Erst bei genauerem Hinsehen, konnte man erkennen, dass seine Haut an vielerlei Stellen auf dem gesamten Körper aufgeplatzt war und die gelben und jetzt teilweise auch weißen Bereiche gaben einen Blick in sein Innerstes preis. Es schien fast so, als wäre die Kreatur mit flüssiger Lava gefüllt. Als der Dämon sein Maul zu einem weiteren Schrei weit aufriss, begann die Luft ob seines heißen Atems zu flirren und ein brodelndes Knistern war zu hören. Seine tiefschwarzen Augen funkelten und es war unverkennbar, dass Samael stinksauer war.
Mit wenigen, mächtigen Schritten schob er sich vollständig in die Halle hinein und überall dort, wo seine gewaltigen Pranken den Boden berührten, verätzte er ihn und ein versengendes Zischen war zu hören.
Razor und der Rest des Trupps war fasziniert und angewidert zugleich. Ein kurzer Seitenblick verriet dem Schwarzen, dass Moonlight vollkommen abgeschaltet hatte und hier nichts mehr mitbekam. Cynthia kümmerte sich um sie, ebenso Heaven, die jedoch mit einem Auge das Geschehen sorgsam im Blick behielt. Moonlights Augen waren tränenfeucht, ihr Blick starr nach vorn gerichtet. Für einen Moment tat sie ihm furchtbar leid, dann aber wurde ihm klar, dass ihre Reaktion nur bestätigte, was er eigentlich doch längst schon wusste:
Er hatte Moonlight für immer verloren.
Ein zorniges Brüllen riss ihn zurück in die Wirklichkeit und er drehte seinen Kopf wieder herum. Samael hatte die Mitte der Halle erreicht, der Rauch, der durch die Handgranaten entstanden war, schwand jetzt sehr schnell.
Als er den Blick auf Francesco und den toten Christopher wieder freigab, erstarrte das gesamte Szenario für eine volle Sekunde in absoluter Stille. Dann brüllte der Dämon unfassbar wütend und laut auf und Razor sog scharf die Luft ein. Mehr als alles andere aber waren sie allesamt total überrascht, denn die Beiden waren nicht mehr da!

Samael riss seinen Kopf in die Höhe und ebenso wie Razor und die anderen starrten sie zum Ausgang der Halle, durch den sie gerade noch einen großen Schatten entschwinden sehen konnten.
„Lauft!" sagte Razor mit einer unglaublichen Ruhe in seiner Stimme. Er warf Bim und Terror einen entsprechenden Blick zu und seine Freunde taten, was er von ihnen verlangte. Während der Dämon sich Richtung Ausgang in Bewegung setzte, nahm Razor Bim dessen Granatwerfer ab und lud ihn sofort durch. Heaven und Cynthia nahmen Moonlight in ihre Mitte und zogen sie mit sich. Die Gruppe gewann schnell an Geschwindigkeit.
Razor richtete sich auf, stemmte die Waffe in seine Hüfte, visierte kurz den Dämon an und feuerte dann das gesamte Magazin von sechs Projektilen auf ihn

ab. Alles, was man jedoch zunächst vernahm, war das Spuckgeräusch, als die Granaten aus ihren Vorrichtungen zuckten.

Davon wurde auch Samael aufmerksam und er warf seinen Kopf hinauf zu Razor. Mit hasserfüllten Augen starrte er den Schwarzen an, knurrte wütend auf und schon zuckte eine Flammenfaust aus einer seiner Pranken in seine Richtung. In allerletzter Sekunde konnte Razor sich zur Seite werfen, da krachte sie auch schon gegen die Hallenwand und zerfetzte auch ein Stück des Daches. Razor nahm seinen Schwung mit und rollte den Abhang hinab, doch konnte er nur gerade so den herab sausenden Trümmern entkommen.

Dann ertönte im Inneren der Halle die Explosion der ersten Granate und dann jede halbe Sekunde eine Weitere. Der gesamte Berg schien unter ihrer Wucht zu erzittern. Die Statik der Burg gab nach und große Teile donnerten mit gewaltigem Getöse in sich zusammen. In diesen Lärm mischte sich das wütende, aber auch entsetzte Brüllen einer riesigen Bestie.

Ein würdiges Ende

Den toten Körper Christophers über der linken Schulter hängend rannte Francesco, was das Zeug hielt. Glücklicherweise verspürte er keinerlei der Handicaps, die er in diesem Moment in seinem richtigen Leben verspürt hätte. Dort wäre er jetzt sicherlich am Rande eines Herzinfarktes zusammengebrochen und hätte übelst gekotzt, ach was, zum Teufel, er hätte Christopher ja nicht einmal hochheben können. Hier aber war das anders: Er schwitzte nicht, kam nicht außer Atem, verlor nicht an Kraft und Ausdauer. Mit einer geradezu erfrischenden Leichtigkeit hastete er durch den langen Gang, erreichte den Ausgang der Burg und flitzte den Weg den Berg hinab.
Dabei empfand er ein großes Gefühl von Dankbarkeit für Razor. Ihm allein hatte es der Alte zu verdanken, dass er überhaupt die Chance zu dieser überraschenden Flucht bekommen hatte. Der Schwarze hatte ihm zugehört und offensichtlich auch verstanden. Er verspürte großen Respekt vor dem Anführer der Gruppe.
Noch mehr, als er die vielfachen Geräusche hinter sich hören konnte, denn neben den zornigen und wütenden Schreien Samaels, die ihm zeigten, dass ihn der Dämon verfolgte, waren mehrfache Detonationen zu hören, die ihm auch zeigten, dass Razor und sein Trupp ihm weitere Schützenhilfe gaben.
Hoffentlich aber vergaßen sie dabei nicht, sich selbst in Sicherheit zu bringen, denn eines war jetzt mal klar: Die Hölle würde gleich noch viel heißer werden.

*

Razor spürte all seine Knochen, als er am Fuß der Bergflanke angekommen war und er konnte nur mit Mühe einen schmerzhaften Aufschrei verhindern. Ein Gutes aber hatte seine unfreiwillige Rutschpartie gehabt: Er hatte beinahe zu der Gruppe vor ihm aufgeschlossen.
Ohne zu zögern und auf seine Schmerzen zu achten, sprang Razor auf und rannte hinter den anderen her. Dabei erkannte er das Problem sofort: Moonlights anfängliche Lethargie war gewichen und an ihre Stelle Angst und Verzweiflung getreten. Mit aller Kraft, die diese zierliche Frau besaß – und Razor wusste nur zu genau, dass sie davon in den letzten Monaten mächtig zugelegt hatte – stemmte sie sich schreiend und um sich schlagend gegen Heaven und Cynthia. Selbst Douglas, der zur Hilfe geeilt war, war nicht in der Lage, sie zu bändigen. Der ganze Trupp geriet ins Stocken.
Razor erkannte, dass er handeln musste. Er beschleunigte seine Schritte und hatte die Gruppe nach wenigen Sekunden erreicht. Er hielt direkt auf Moonlight zu, die ihn jedoch scheinbar nicht wahrnahm. „Hey!" rief er deshalb. Moonlights Augen zuckten kurz zu ihm, doch kämpfte sie jetzt fast noch stärker gegen die anderen an. „Sieh mal, Christopher!" Razor streckte seinen linken Arm aus und

deutete nach links. Für einen winzigen Augenblick zuckte auch sein Kopf in diese Richtung. Moonlight zeigte die erhoffte Reaktion und folgte seinem Blick. Das reichte ihm aus, um ihr einen kurzen, aber harten Kinnhaken zu verpassen, der ihr sofort die Besinnung raubte. Ihr Körper sackte augenblicklich mit einem Stöhnen in sich zusammen.
„Was zum Teufel tun sie da?" rief Douglas ziemlich sauer.
„Wir haben keine Zeit für solche Spielchen!" erwiderte Razor ungerührt und gab Bim ein Zeichen, zu ihm zu kommen.
„Aber...!" Cynthia Stimme klang vorwurfsvoll, aber auch schmerzhaft. „...sie haben doch gesehen, was passiert ist!"
Razor nickte. „Ja, habe ich!" Bim trat neben ihn. „Trotzdem!" Er blickte zu dem Riesen. „Nimm du sie!" Bim nickte und legte sich Moonlight mit spielender Leichtigkeit über die Schulter. Dann wandte sich der Schwarze wieder an Cynthia und Douglas. „Ich bin für die ganze Gruppe verantwortlich. Ihr Schmerz in Ehren, aber...!" Wie auf Kommando ertönte aus den Trümmern der Burg ein bösartiges Brüllen und erste Gesteinsbrocken flogen wild durch die Luft. Außerdem war vermehrte Bewegung um sie herum zu erkennen. Die Anzahl der Dämonen nahm deutlich zu. „...er wird uns noch alle umbringen!"
Douglas wollte etwas erwidern, doch auch er konnte sehen, was um sie herum geschah und so nickte er nur mit traurigem Blick. „Es ist nur, weil er auch mein Freund war!"
Razor lächelte müde, dann klopfte er seinem Gegenüber auf die Schulter. „Willkommen in der Hölle, Mann!"

*

Als Francesco den Berg hinter sich gelassen hatte und auf die Ebene hinauslief, konnte er den Trupp um Razor etwa fünfzig Meter links von sich erkennen. Sofort änderte er seine Laufrichtung und hielt direkt auf sie zu.
Zwanzig Sekunden später hatte er sie erreicht.
„Sie...!" brüllte Douglas wütend auf. „...Bastard!" Er sprang den Alten förmlich an und wollte ihm eindeutig an die Kehle. Auch Cynthia trat mit hasserfülltem Blick zu ihm. Horror und Terror hatten Mühe, die Beiden im Zaum zu halten.
Francesco rümpfte nur die Nase und schaute Bim an. „Was ist mit meiner Enkeltochter?"
„Das fragen sie jetzt nicht wirklich, oder?" raunte Heaven.
Der Alte schien tatsächlich verwirrt, als alle ihn anstarrten. „Was ist denn?"
„Was los ist?" rief Cynthia. „Sie haben Christopher getötet!"
„Von allen anderen hätte ich das ja fast erwartet...!" meinte Bim. „....aber von ihnen? Sie sind doch ein Engel, verdammt nochmal!"
„Das ist kein Engel!" erwiderte Heaven und funkelte den Alten böse an. „Das ist ein Arschloch!"
„Ach das meint ihr?" Er warf einen kurzen Blick auf den Körper auf seiner Schulter, dann lachte er einmal auf. „Halb so wild!"

„Was?" Douglas explodiert förmlich und hätte sich beinahe losreißen können. „Wie können sie nur so ...!"
Weiter kam er nicht, denn Francesco hob abwehrend seine Hand. „Beruhigen sie sich!" Er wartete, bis Douglas ihn ansah. „Der Schein trügt!"
Für einen Augenblick starrten ihn erneut alle an, nur dieses Mal aus totaler Verblüffung.
„Wollen sie damit etwa sagen...?" begann Cynthia.
„Nein!" fuhr Francesco dazwischen und schüttelte mit ernster Miene den Kopf. „Christopher ist tot! Samael lässt sich nicht täuschen, ich hatte daher keine andere Wahl!" Der Alte verstummte und schaute in die Runde. Trauer und Schmerz hatte sich wieder in ihre Gesichter geschlichen. „Aber...!" hob er dann an und ein sanftes Lächeln huschte über seine Lippen.
Heaven schaute ihn forschend an und ihr rechtes Auge verengte sich zu einem Schlitz. „Aber was?"
„Wir können ihn noch erretten!"
„Erretten?" Horror Blick verfinsterte sich. „Was soll das heißen? Tot ist tot, oder?"
Jetzt wurde Francescos Lächeln etwas breiter. „Der Tod ist relativ!" Er atmete kurz durch und wurde dann von dem zunehmenden Lärm aus Richtung Burgruine abgelenkt. Schon im nächsten Moment war die mächtige Gestalt Samaels zu erkennen, die auf direktem Wege zu ihnen war. „Aber wir müssen uns beeilen!" Francesco schaute in die Runde. „Fasst euch an den Händen!"
„Wieso?" fragte Terror säuerlich. „Wollen sie jetzt Polonäse tanzen, oder was?"
"Terror!" Razor rief ihn mit ernstem Blick zur Ordnung und schüttelte gleichzeitig den Kopf. „Tut, was er sagt!" Er deutete mit besorgter Miene auf Samael. „Nun macht schon!"
Dieses Mal folgten alle der Aufforderung.
„Und jetzt?" fragte Heaven schließlich.
Francesco trat einen Schritt zu ihr und ergriff mit einem verschwörerischen Zwinkern ihren linken Unterarm. „Schon mal geflogen?"
Doch bevor Heaven oder auch einer der anderen etwas darauf erwidern konnte, frischte urplötzlich der Wind extrem auf. Innerhalb weniger Sekunden war ein enormer Luftwirbel um sie herum entstanden, der den Blick nach außen immer mehr erschwerte. Samael, die anderen Dämonen, die Welt um sie herum verwischte zu kreiselnden Lichtfetzen. Es war, als befänden sie sich im Inneren eines gewaltigen Wirbelsturms. Zunächst erfuhren sie selbst jedoch davon keine Veränderungen, dann aber fiel der Sturm über ihnen zusammen und sie wurden von dem irrsinnigen Sog mitgerissen.

*

Als Samael die Gruppe Menschen in der Ebene erblickte, empfand er abgrundtiefen Hass, aber auch die Genugtuung, dass sie ihm letztlich nicht entkommen konnten.

Doch als er sich ihnen näherte, spürte er, wie der Boden unter seinen Pranken zu vibrieren begann. Gleichzeitig veränderte sich die Luft um sie herum und schon nach wenigen Sekunden umgab sie ein immenser Luftstrom, der ihre Konturen verwischte.

Samael aber würde sich nicht aufhalten lassen und beschleunigte seine Schritte. Gerade jedoch, als er den Luftwirbel erreicht hatte, gab es einen lauten Knall und der Sturm fiel in sich zusammen, nur um sofort danach als Ellipsen-förmiger Körper direkt in den Himmel zu schießen. Da Samael bereits zu dicht daneben stand, wurde er von dem Sog einen Augenblick mitgerissen, bevor er im hohen Bogen durch die Luft flog und schließlich hart zu Boden schlug, wo er sich mehrmals überschlug.

Die umstehenden Dämonen hatten das ganze Szenario natürlich genau beobachtet und als sie Samael zu Boden stürzen sahen, ging ein Aufschrei durch ihre Reihen, der zu einem nervösen, ja fast ängstlichem Wimmern wurde, als sie die Wut in den Augen des gewaltigen Dämons erblicken konnten, nachdem er sich mühsam wieder aufgerichtet hatte.

Samaels Zorn zeigte sich sogleich in einem irrsinnig donnernden Brüllen, das über die Ebene hinwegfegte, wie eine sichtbare Schallwelle. Dabei breitete er seine vier Arme aus und in seinem Gesicht stand tiefster Hass. So verharrte er und während die Schallwelle verklang, schien die Luft in einem größeren Bereich um ihn herum nach wie vor zu flirren. Die Dämonen, die innerhalb dieses Radius standen, begannen plötzlich wild und unkontrolliert zu zucken, während sich auf ihrer Haut unzählige Blasen bildeten, als würde sie kochen. Die Blicke der Kreaturen und ihre Ausrufe zeigten nackte Angst, doch hatten sie nicht die geringste Chance, sich dagegen zu wehren oder dem zu entkommen. Schon platzten die Blasen auf und ihr eigenes Blut quoll heraus, ihre Haut brach an immer mehr Stellen auf, begann, sich selbst zu verflüssigen. Die Schreie der Kreaturen wurden immer grauenvoller, bis schließlich ihre gesamtem Körper innerhalb weniger Augenblicke in sich zusammenfielen, wie Wachs auf einer heißen Herdplatte und nur noch ein ekelhaftes Zischen und grauenhaftes Gurgeln zu hören war.

Die Luft vibrierte noch einige Sekunden länger, dann erst senkte Samael seine Arme und entspannte sich ein wenig. Zumindest äußerlich, denn innerlich schäumte er noch immer vor Wut. Und das auch, weil er wusste, dass er einen Fehler begangen hatte, der ihm letztlich sogar sein eigenes Leben kosten konnte.

Denn als ihm bewusst wurde, dass das Himmelstor, das bisher nur als Mythos galt, nicht nur tatsächlich existierte, sondern sich auch in seiner unmittelbaren Umgebung befand, hatte er eine derartige Nervosität und Vorfreude in sich wahrgenommen, wie er sie noch nie zuvor gespürt hatte. Sein umgehendes Handeln war dann vorbildlich gewesen, doch schließlich hatte er einen Fehler gemacht: Er hatte den Menschen, in dessen Körper sich das Himmelstor eindeutig befand, zu sich bringen lassen, anstatt ihn auf direktem Wege zum Schreienden Berg zu schaffen, damit *der Gebieter* es in seine widerlichen Finger bekam.

Hätte er so gehandelt, hätte ihm das sicherlich großen Ruhm und Ehre und Vergünstigungen eingebracht, sicherlich sogar einen Platz in *seiner* Nähe, so aber hatte er nicht nur den Menschen wieder verloren, der es in sich trug, sondern dessen Tod hatte das Tor selbst zerstört. Alles in allem also ein totaler Fehlschlag, der ihm das Leben auf so unfassbar grausame und furchtbare Weise kosten würde, wie es sich Menschen niemals je würden vorstellen können.
Doch genau darauf hatte Samael überhaupt keine Lust. Nicht etwa Angst davor, obwohl er wusste, wie schmerzhaft es sein würde, nur eben kein Interesse daran, wie ein gewöhnlicher Versager behandelt zu werden.
Er war schließlich ein Dämon des obersten Ranges und als solcher würde er sich nicht wie gewöhnliches Vieh bestrafen lassen.
Dass sein Ende besiegelt war, konnte er jedoch nicht mehr verhindern, doch er wollte, dass es ein Ende werden sollte, an das man sich noch lange erinnern würde.
Und als er sich umdrehte, um zurück zur Burg zu gehen – oder besser zu dem kümmerlichen Rest, der von ihr übriggeblieben war – schaute er zufällig den Berg hinauf und als er dort auf dem Plateau nahe dem Gipfel Bewegung sehen konnte, machte sich schlagartig ein breites, fröhliches, aber gleichzeitig auch extrem widerwärtiges Grinsen in seinem Gesicht breit, weil ihm klar wurde, dass er ein brillantes Werkzeug besaß, um dieses Ende seiner würdig werden zu lassen.

Am Schlachthof

Der Schlachthof lag etwas abseits der Stadt hinter einem niedrigen Tafelberg in einer weitläufigen Senke.
Als Peter ihr Ziel endlich sehen konnte, war er heilfroh, denn wie er es geschafft hatte, den maroden Helikopter jemals bis hierher zu schaffen, war ihm ein echtes Rätsel. Er hatte keine Ahnung, was diese Kiste noch in der Luft hielt, aber er war sehr dankbar dafür, dass es so war.
Für seine Probleme schien sich jedoch niemand wirklich zu interessieren. Francesca neben ihm auf dem Copilotensitz hatte die ganze Zeit über kein Wort gesagt und sich auch nicht gerührt. Bei einem ersten Seitenblick hatte Peter erkannt, dass sie mit ernster, angespannter Miene starr geradeaus blickte. Beim zweiten Mal glaubte er, auch eine Art wachsende Trauer in ihrem Gesicht zu erkennen. Als er nach ein paar Minuten beschloss, sie doch darauf anzusprechen und ein letztes Mal zu ihr schaute, hatte sie ihre Augen geschlossen und er gab sein Vorhaben wieder auf.
Eigentlich hatte er von der Alten auch gar keinen Beistand erwartet – wohl aber von Talea.
Doch die junge Frau schien in einer vollkommen anderen Welt zu sein, seitdem sie ihren toten Mann Eric wiedergesehen hatte und obwohl Peter das durchaus verstehen konnte, hätte er sich doch über ein wenig Anteilnahme an seinem Job gefreut. Stattdessen aber saß Talea eine ganze Zeitlang, nachdem Eric sie wieder verlassen hatte, zusammengesunken und total mitgenommen auf der Rückbank, bevor sie sich mit einem tiefen Atemzug wieder aufgerichtet hatte und sich seither beständig aus dem Helikopter beugte, um zu erkennen, was hinter ihnen vor sich ging und mit sichtbar wachsender Ungeduld auf die Rückkehr ihres Mannes wartete.
Vergeblich – zumindest bisher, denn Eric blieb verschollen.
Zwar glaubte Peter ab und an beim Blick in den Rückspiegeln am Horizont Blitze zu erkennen, doch war er sich absolut nicht sicher, ob sie tatsächlich real waren oder ihm sein arg geschundener Geist nur Streiche spielte.
Mit dem Überfliegen eines letzten Hügels und dem Anblick des vor ihnen liegenden Schlachthofes jedoch waren all diese Gedanken sofort vergessen.

Das Areal des Betriebes war beträchtlich – offensichtlich musste es sich um eine ziemlich große Anlage handeln. Peter konnte ein halbes Dutzend größere Silos auf der rechten Seite erkennen. Direkt vor ihnen lagen drei riesige, flache, rechteckige Bauten, in denen Peter die Produktionsanlagen vermutete. Linkerhand gab es noch einige kleinere und auch mehrstöckige Gebäude, sowie einige Lagerflächen. Das gesamte Gelände war sehr gut ausgeleuchtet und von einem meterhohen, stabilen Stahlzaun umgeben. Der Haupteingang bestand aus einem großen, massiven Tor mit einem Wärterhäuschen davor. Peter

konnte dort zwei Wachmänner erkennen; ebenso auf dem Gelände diverse Herren mit Wachhunden.
Seine – wenn auch nur sehr geringe – Hoffnung, sie würden eine nachts verlassene Fabrik vorfinden, wurde damit endgültig zerschlagen. Peter reagierte sofort und lenkte den Helikopter in einem weiten Bogen um das Gelände herum, sodass er sicher sein konnte, dass man sie vielleicht hören, aber kaum sehen konnte. Im Westen tat sich direkt hinter dem Begrenzungszaun ein weiterer Hügel auf, den Peter überflog. Direkt dahinter setzte er zur Landung an und schaltete auch sofort den Motor aus, der jedoch nicht sauber auslief, sondern mächtig knatterte und ächzte, bevor er mit einem lauten Knall – sicherlich für immer – verstummte.
In dieser Zeit war Peter schon aus der Maschine gesprungen und trieb die beiden Frauen zur Eile. Talea folgte seiner Aufforderung auch umgehend, doch galt ihr Blick erneut nur dem Nachthimmel im Osten.
„Talea!" rief er daher und schüttelte sie am Oberarm. Als sie nicht reagierte, tat er es erneut und dieses Mal etwas unsanfter. „Talea!" Das zeigte Wirkung. Sie wandte ihren Kopf und schaute ihn – im ersten Moment jedoch eher unbeteiligt – an. „Wir müssen uns beeilen!" Peters Blick war eindringlich und er konnte erkennen, dass seine Freundin zurück in die Wirklichkeit kehrte. „Damit helfen wir Eric am allerbesten!" Er wartete, bis Talea nickte. „Kümmere dich um Francesca!" Bevor Talea darauf reagieren konnte, war er auch schon herumgefahren, beugte sich in den Innenraum des Helikopters und holte dort eine schwarze Tasche aus einem Fach unter dem Pilotensitz hervor.
Talea verfolgte seine Aktion, während sie auf die andere Seite der Maschine ging und Francesca, die gerade ausstieg, in Empfang nahm. "Okay?" fragte sie und die Alte nickte. Gemeinsam gingen sie zu Peter, der hinter dem Heck auf sie wartete und sie dann schnell von dem Hubschrauber wegführte. Er wollte kein Risiko eingehen. Der Motor war zwar ausgeschaltet, doch brummte, zischte und knisterte es immer noch überall. Die Gefahr einer Explosion war weiterhin akut.

Sie umrundeten den Hügel schnell und machten erst Stopp, als sie das Gelände des Schlachthofes vor sich erkennen konnten. Der Zaun lag etwa zwanzig Meter vor ihnen und war zum größten Teil durch Scheinwerfer beleuchtet. Nur hier und da gab es schmale Bereiche, in denen ein trübes Halbdunkel herrschte. Von ihrem Platz aus hatten sie einen erhöhten Blick auf das Innere des Geländes und konnten sehr gut die beiden Wachtposten erkennen, die zusammen mit je einem deutschen Schäferhund ihre Runden drehten. Zuzüglich der beiden Männer am Tor machten das vier Wachleute, was Peter für absolut erforderlich für dieses große Areal hielt, ihnen aber beschissene Probleme bei ihrem Vorhaben machen würde.
Doch sie waren nicht hier, um zu jammern.
Während er die Bewegungen auf dem Gelände sehr genau beobachtete, öffnete er die Tasche aus dem Hubschrauber, entnahm ihr zunächst eine MP, die er Talea reichte, die sie wortlos an sich nahm und eine weitere, die er neben sich

auf den Boden legte. Dann warf er einen kurzen Blick in die Tasche und schien zumindest nicht unzufrieden, als er wieder nach vorn schaute.

„Hast du eine Ahnung, wie wir da reinkommen sollen?" fragte Talea mit besorgter Miene. Man sah ihr deutlich an, dass sie sich zusammenriss, um sich auf die Sache hier zu konzentrieren. „Einfach anklopfen ist ja wohl nicht!?"

Francesca verzog die Mundwinkel. „Doch wohl nicht nur das! Oder weiß einer von euch, wo genau da ein Kühlhaus ist?"

Peter schaute die beiden Frauen einen Moment ausdruckslos an, dann lachte er leise verächtlich auf. „Nicht so pessimistisch, meine Damen!" Er grinste kurz, dann betätigte er sein Headset. „Ja, Peter hier. Hast du die Pläne besorgen können?" Während sich Talea und Francesca irritiert anschauten, lauschte Peter mit Blick auf den Schlachthof. Dann nickte er. „Okay, prima! Wir sind...!" Er schaute kurz zum Himmel. „...an der ähm...westlichen Ecke des Hofes und brauchen eine Stelle, an der wir ungesehen auf das Gelände kommen können. Gibt es da etwas?" Er lauschte wieder. „Keine Ahnung! Einen...!" Er schaute die beiden Frauen hilflos an. „...einen...!"

„Vielleicht sowas wie einen Abwasserschacht...!" Die beiden anderen starrten Talea überrascht an und sie wurde etwas unsicher. „...oder so!" fügte sie kleinlaut hinzu.

Doch Peter war sofort angetan. „Nein!" sagte er. „Das ist gut. Genau. Ein Abwasserschacht oder etwas in der Art!" Wieder lauschte er. „Ein Kanalsystem? Unter dem Gelände?" Peter war zufrieden und nickte. „Genau das suchen wir! Wo?" Er lauschte, dann blickte er nach links. „Ja, da ist ein Bach!" Talea und Francesca folgten seinem Blick und erkannten ebenfalls das kleine Bachbett, in dem sich das Wasser leicht im fahlen Mondlicht spiegelte. „Okay. Machen wir. Bring du in der Zwischenzeit in Erfahrung, wo sich die Kühlräume befinden. Ich melde mich, sobald wir da sind. Peter Ende!" Er kappte die Verbindung und schaute die beiden Frauen an. „Also los dann!"

„Wer ist sie?" fragte Talea, während sie geduckt in Richtung Norden liefen und sich dabei gut außerhalb der Lichtkegel der Geländebeleuchtung hielten.

„Sie?"

„Die Frau in deinem Ohr!"

Peter schaute sie für einen Moment überrascht an, dann nickte er und musste dabei lächeln. „Maggie!"

Talea musste ebenfalls lächeln. *„Eine* Maggie oder...*die* Maggie?"

Peter sah sie mit einem Stirnrunzeln, dann atmete er tief durch. „Ich weiß nicht. Vielleicht ja...!" Er nickte etwas unschlüssig. "...*die* Maggie!"

Talea nickte. „Sie sollten sich ihr offenbaren!"

Peter verzog die Mundwinkel. „Oh glauben sie mir, das werde ich. Sobald ich das hier überlebt habe, werde ich zu ihr gehen, sie küssen und dann hoffentlich vögeln, bis die Ohnmacht...!" Er stoppte abrupt ab, weil er erkannte, dass Talea die absolut falsche Person für eine derartige Offenbarung war. „Oh, sorry. Tut mir leid, ich wollte nicht...!"

Talea aber lächelte sofort sanft. „Kein Problem! Nichts, wofür es sich zu entschuldigen gilt!"
Peter nickte dankbar. Im gleichen Moment erkannte er, dass sie ihr Ziel erreicht hatten. „Wir sind da!" Etwas erleichtert lief er einen kleinen Abhang hinunter, durchquerte leise den Bach, der hier etwa knöcheltief war und stoppte dann vor einem alten, aber noch immer massiven Gitter ab, das vor dem dahinterliegenden Kanal angebracht war. Ein kleines Rinnsal floss nach außen und vermischte sich mit dem Bachwasser. Es roch nicht gerade angenehm nach Verwesung und Schwefel.
Peter jedoch ignorierte das, setzte seine Tasche ab, öffnete sie und fischte ein kleines Schweißgerät heraus. Während er sich eine kleine Schweißerbrille aufsetzte und das Gerät in Gang setzte, betrachtete ihn Talea leicht bewundernd. „Sie haben wohl immer das passende Gerät dabei, was?"
„Man weiß schließlich nie, wo es einen hinführt, oder?" Peter grinste freudlos, dann machte er sich daran, die Stahlstäbe des Gitters zu kappen. Dabei erwies sich das Schweißgerät als ziemlich unscheinbar, aber enorm leistungsfähig. Der Stahl schmolz wie Butter. Es dauerte keine Minute und das Gitter war kein Hindernis mehr. Leise legte es Peter mit Taleas Hilfe beiseite. Er steckte das Schweißgerät wieder ein und holte eine Taschenlampe hervor. Er schaltete sie an und leuchtete den vor ihnen liegenden Tunnel aus. Er hatte einen Durchmesser von rund einem Meter und verlief zunächst etwa zehn Meter ziemlich geradeaus, bevor er in zwei Richtungen abzweigte. Deutlich war zu erkennen, dass er schon ziemlich alt sein musste. Der Gestank nach Verwesung und vielfältigen weiteren unangenehmen Gerüchen wurde ein wenig stärker, als ein Luftzug aus dem Inneren heraus wehte. Glücklicherweise blieb das Rinnsal am Boden nur klein, sodass sie zumindest recht trockenen Fußes vorankommen würden.
Einigermaßen zufrieden schaltete Peter die Lichtintensität etwas herunter, sodass jetzt nur noch rund zwei Meter vor ihnen in einem leicht milchigen, bläulichen Licht zu sehen waren und reichte sie Talea. Mit einem Nicken deutete er ihr an, vorauszugehen. Während die junge Frau seiner Anweisung folgte und er selbst hinter Francesca die Nachhut bildete, betätigte Peter wieder sein Headset. „Hast du was?" fragte er im Flüsterton, dann lauschte er. „Ja, wir sind schon drin. Kommen gleich an eine erste Abzweigung!" Wieder lauschte er. „Wo?" Er verzog das Gesicht. „Im...!" Sein Blick wurde noch finsterer und seine rechte Hand zuckte an sein Ohr. „...wo? Westen....Osten? Maggie?" Er stoppte ab. Talea und Francesca hatten längst registriert, dass etwas nicht stimmte und drehten sich zu ihm um. „Verdammt!" rief er. „Ich habe hier drinnen kein Signal mehr!" Er schaute die beiden Frauen direkt an. „Wartet hier eine Sekunde!" Dann huschte er zurück zum Eingang. „Maggie?...Prima. Ja, der Empfang war plötzlich weg. Also nochmal: Wo sind die Kühlhäuser? Im Nordosten!" Er nickte. „Okay! Dann musst du uns da hinführen. Sag mir, wie wir gehen müssen!" Und dann lauschte er sehr konzentriert.

„Alles klar?" fragte Talea und warf Francesca einen besorgten Blick zu.

Doch die Alte nickte sofort. „Was will man in meinem Alter mehr, als nachts durch stinkende Abwasserrohre zu kriechen!" Sie grinste freudlos.
„Das habe ich nicht gemeint!" erwiderte Talea.
„Ich weiß!" Jetzt wurde ihr Gesichtsausdruck traurig. „Aber was soll ich sagen? Auch ich habe in jener Nacht einen geliebten Menschen verloren!" Sie schaute Talea direkt an. „Ich freue mich für dich…!" Sie lächelte und es war ein ehrliches Lächeln. „…aber natürlich wünschte ich mir, dass auch Francesco hier wäre!" Ihre Stimme wurde brüchig und sie kämpfte gegen Tränen an.
Talea verstand ihre Freundin, mehr noch, sie litt mit ihr. Bei all ihrer Freude über das Wiedersehen mit Eric, hatte sie diesen Aspekt gar nicht bedacht. Das tat ihr jetzt sehr leid. Sofort beugte sie sich vor und schloss Francesca in ihre Arme. „Das wünschte ich auch!" sagte sie und musste ebenfalls gegen Tränen ankämpfen.
Plötzlich hörte sie ein Räuspern hinter sich. Es war Peter, der sie mit ernster, wissender Miene ansah. „Wir müssen weiter!" sagte er.
Talea nickte. „Weißt du, wo es langgeht?"
Peter verzog das Gesicht und schob sich an ihr vorbei nach vorn. „Ich hoffe es!"
Einen Augenblick später hatten die drei die erste Abzweigung erreicht und Peter führte sie in den linken Tunnel.

*

Ein leiser, dumpfer Schlag war unweit des Eingangs in das Tunnelsystem zu hören. Es war eindeutig, dass etwas Schweres zu Boden gefallen war.
Für einen Augenblick war dann wieder alles still, bevor sich ein großer, dunkler Schatten über das zerschnittene Gitter legte und ein tiefes Brummen erklang.
Peter und die beiden Frauen hatten zu diesem Zeitpunkt gerade genügend Schritte in den linken Tunnel hinein getan, dass der Eingangsbereich aus ihrem Blickfeld verschwand.
Von den Bewegungen und Geräuschen dort und auch, dass der Schatten in den Tunnel huschte und sie verfolgte, bekamen sie daher nichts mit.

Der Strom der Verdammten

Die Welt donnerte an ihnen vorbei, als würden sie in einem unsichtbaren Überschall-Düsenflugzeug sitzen. Der Luftzug war dabei derart brüllend, dass ihnen beinahe ihre Ohren um die Ohren flogen und jegliche Kommunikation unmöglich machte.

Nachdem sie alle in den ersten Momenten einfach nur aus Leibeskräften geschrien hatten, verstummten sie allmählich und registrierten ihre Umgebung. Dabei konnten sie die Welt unter sich schemenhaft erkennen und wie sie pfeilschnell dahin schoss. Sie sahen die weiten Flächen der heißen Ebene, auf der sich befunden hatten, dann mehrmals felsige Gebiete, Hügel, Berge und zwischen drinnen immer wieder auch Wasserflächen unterschiedlicher Größe.

Cynthia, Douglas und Alfredo wussten längst nicht mehr, wo sie waren, doch auch Razor und seine Leute hatten die Orientierung verloren. Allenfalls, dass sie sich Richtung Norden zu bewegen schienen, konnte der Schwarze gerade noch so erahnen.

Die anderen um sich herum konnte er kaum erkennen. Obwohl sie nur wenige Meter von ihm entfernt waren, zuckte der Hintergrund so schnell an ihm vorbei, dass er sie nur als verwischte Schemen wahrnahm.

Dann schien es nicht nur ihm so, als wolle der Lärm noch zunehmen und alles verschlingen. Sein Kopf drohte daran zu zerspringen und fast hätte er wieder geschrien, als urplötzlich jedes Geräusch um sie herum verstummte und eine totale Stille eintrat. Zumindest für wenige Augenblicke, dann nahm Razor ein leises Pfeifen wahr. Fast gleichzeitig spürte er einen deutlichen Luftzug an seinem Körper entlang gleiten, der seine Kleidung zum Flattern brachte und seinen Körper offensichtlich herumdrehte. Als das geschehen war und er – wie alle anderen auch – die schwarze Wand erkennen konnte, die rasend schnell näher kam, erschrak er derbe. Eine Sekunde später erkannte er, dass die Wand gar keine Wand war, sondern der Boden und das sie direkt darauf zu stürzten und da wich der Schreck und er – wie alle anderen auch – konnte nur noch schreien.

Wenige Sekunden später krachte die gesamte Gruppe nach einem wilden Fall aus gut dreihundert Metern Höhe mit dumpfen Schlägen auf die Oberfläche.

*

Für einen Außenstehenden, der den Sturz der Gruppe beobachtet hätte, wäre klar gewesen, dass Niemand ihn hätte überleben können. Ihre Körper waren mit einer so knüppelharten Wucht auf dem Boden aufgeschlagen, dass am Ende kaum weniger als ein matschiger, blutiger Haufen Fleisch hätte übrigbleiben dürfen.

Selbst die Tatsache, dass sie in eine Felsformation gestürzt waren, deren Innenwände wie die eines Kraters zur Mitte hin abfielen und sie auf eine dieser Wände stürzten und somit ein Gutteil ihrer potentiellen Energie in Bewegungsenergie oder besser *Rutschenergie* umgewandelt wurde, sollte daran nur wenig ändern.
Und doch…

*

Douglas war noch niemals zuvor derart hammerhart zu Boden geschlagen und eigentlich hätte er diesen Sturz nicht überleben dürfen. Aber anstatt zu sterben, schossen die widerlichsten Schmerzen durch seinen Körper, während er spürte, wie er auf einer rauen, harten Oberfläche in die Tiefe rutschte, sich dabei mehrmals überschlug und keinerlei Chancen hatte, die Kontrolle über sein Handeln zurück zu gewinnen.
Neben sich konnte er immer wieder für Sekundenbruchteile die anderen aus seiner Gruppe sehen, doch erging es ihnen augenscheinlich nicht viel anders, als ihm selbst.
Plötzlich dann endete sein Sturz abrupt und Douglas Körper wurde nochmals brutal zusammengestaucht. Er konnte sich ein schmerzhaftes, gequältes und ganz sicher erbärmliches Stöhnen nicht verkneifen, als er versuchte, genug Luft in seine Lungen zu bekommen, um nicht die Besinnung zu verlieren. Währenddessen fiel die Taubheit, die anstelle des Schmerzes getreten war, viel zu schnell wieder von ihm ab und er spürte jeden noch so kleinen Knochen in seinem geschundene Körper, was ihn weiter aufstöhnen und jammern ließ.
Mit einer kurzen Bewegung drehte er sich auf die linke Seite und konnte im Schleier seiner noch etwas zittrigen Augen einige andere Gestalten erkennen, die ebenso schmerzhaft stöhnten und schwerfällig agierten. Eine davon war Cynthia. Ihr Körper war total mit Staub und Schmutz überzogen, der Schweiß in ihrem Gesicht gab ihr ein gespenstisches Aussehen. An mehreren Stellen hatte sie Schürfwunden, doch fluchte sie bereits wieder in einer Intensität, die Douglas zeigte, dass sie ansonsten wohl okay war und er sich ein sanftes Lächeln nicht verkneifen konnte.
„Was gibt es da zu grinsen?" raunte sie, jedoch mehr aus Schmerz, als aus Verärgerung, während sie sich mühsam auf die Beine quälte.
Douglas hatte das bereits eine Sekunde zuvor getan und schaute sie erneut lächelnd an. „Ich liebe dich!" Er spürte, wie er langsam wieder zu Kräften kam.
Cynthia jedoch hatte noch immer arge Probleme, sich auf den Beinen zu halten. Schweratmend und keuchend streckte sie ihren rechten Arm aus und krallte sich in Douglas Gürtel. „Prima!" stöhnte sie, machte einen halben Schritt auf ihn zu, drückte sich dabei in die Höhe und lehnte sich schließlich an ihren Mann, der sofort einen Arm um sie legte. „Such du uns eine ruhige Ecke…!" Sie hob ihren Kopf an und schaute ihm direkt in die Augen. „…dann vergessen wir den ganzen Scheiß hier und machen einfach nur schmutzigen, hemmungslosen Sex, okay?"

Douglas musste wieder lächeln, doch es war nicht nur fröhlich. Die Art und Weise, wie Cynthia es gesagt hatte und die Tatsache, dass sie genau dazu jetzt am allerwenigsten in der Lage war, war amüsant und irgendwie total süß, doch in ihren Augen konnte Douglas auch deutlich den echten Schmerz erkennen, der ihm sagte, dass die Dinge die Kräfte seiner Frau – und nicht nur im körperlichen Sinne – arg ausreizten. Und wenn er ehrlich war, ging es ihm nicht anders.
„Später Schatz!" Er zog sie an sich und küsste liebevoll ihre Stirn. „Ich bin gerade nicht in Stimmung. Irgendwie fehlt mir ein wenig Kerzenlicht und ohne Barry...?" Er verzog die Mundwinkel. „Ich weiß nicht!"
Jetzt lächelte auch Cynthia, was Douglas jedoch nicht sehen konnte, und schmiegte sich noch etwas fester an ihren Mann.

*

„Alles okay?" Francesco trat zu ihnen und schaute sie mit besorgter Miene an.
Douglas erwiderte seinen Blick mit einem tiefen Atemzug, doch nickte er. Dabei fiel ihm auf, dass der Alte überhaupt keine Anzeichen von Schwäche zeigte. Während Cynthia noch mit sich zu kämpfen hatte und Douglas und der Rest des Trupps ebenfalls noch die Nachwirkungen ihres Sturzes spürten, war Francesco überhaupt nichts davon anzusehen. Er stand aufrecht, atmete ruhig, hatte keinerlei Schürfwunden und auch seine Klamotten waren beinahe blitzsauber. Und als wenn all das noch nicht ausgereicht hätte, trug er auch noch weiterhin den toten Körper Christophers wie selbstverständlich über der Schulter. Bei diesem Anblick war Douglas sofort frustriert, erinnerte sich dadurch aber sogleich an Silvia, die ja ebenfalls bewusstlos war. Ein Blick in die Runde zeigte ihm, dass dem auch noch so war. Bim schulterte sie gerade, nachdem Razor sie offensichtlich kurz untersucht hatte und mit einem Nicken zu verstehen gab, dass alles in Ordnung war.
„Prima!" Francesco nickte und wandte sich wieder um.
„Wo zum Teufel sind wir?" fragte Heaven und handelte sich einen mürrischen Blick des Alten ein.
„Hoch im Norden!" antwortete er dann jedoch freundlich.
„Moment mal!" hob plötzlich Horror an. Seine Augen waren weit geöffnet, sein Blick forschend. „Ich glaube, ich weiß, wo wir sind!" Er blickte die anderen an und sah, dass sie ihn ihrerseits erwartungsvoll anschauten.
„Und wo?" fragte sein Zwillingsbruder in einer Mischung aus Ungeduld und Zweifeln.
„Der Strom der Verdammten!" Horrors Stimme klang ehrfurchtsvoll und seine Augen wurden noch ein wenig größer.
„Der Strom der...?" Douglas Stirn legte sich Falten. „Was soll das sein?"
Bevor Horror jedoch antworten konnte, fragte Razor: „Hat er Recht?" und schaute dabei Francesco mit ernster Miene an.
Der Alte erwiderte seinen Blick einen Moment ausdruckslos, dann huschte ein müdes, ernstes Lächeln über seine Lippen. „Ja...!" Er nickte. „...hat er!"

Für einen Moment trat Stille ein, in der sich alle nur überrascht und wenig begeistert anblickten. Bevor dann Douglas nochmals fragen konnte, was der Strom der Verdammten sei, fuhr ihm Heaven dazwischen.
„Na toll!" Ihre Stimme klang total angesäuert. „Und was wollen wir hier?"
„Wieso?" Horror grinste sie breit an. „Gefällt es dir hier etwa nicht?"
„Hier ist es überall gleich beschissen!" erwiderte die junge Frau emotionslos.
„Und warum dann die Aufregung? Geht dir ein Date flöten, oder was?" Horror grinste jetzt aufreizend.
„Pass auf, dass dir nicht gleich deine Männlichkeit flöten geht!" raunte Heaven gereizt zurück.
„Haltet eure Schnauzen!" fuhr Bim genervt dazwischen. „Blöder Kinderkram!" Er blickte die beiden Streithähne mürrisch an und sie senkten ihre Blicke. „Aber Heaven hat Recht!" Bim wandte sich an den Alten. „Was genau wollen wir hier?"
Francesco blickte den schwarzen Riesen einen Moment stumm an, dann meinte er. „Um Christopher zurückzuholen, muss ich selbst zurückgehen!"
„Zurück?" Terror war sichtlich verwirrt. „Wohin?"
Francesco antwortete ihm nicht mit Worten, sondern blickte nur in den Himmel!
„Okay!" Razor nickte. „Und warum ausgerechnet hier? Von allen verdammten Orten in dieser Hölle ist er doch wohl der Verfluchteste!"
Doch zur Überraschung aller schüttelte der Alte sofort den Kopf. „Das stimmt nicht!"
„Moment mal!" rief Horror. „Wollen sie damit etwa sagen, man könne mit dem Strom auch nach oben fahren?"
Francesco nickte. In vielen Gesichtern war sofort deutliche Verblüffung zu sehen. „Oh verdammt!" meinte Horror. „Und ich dachte immer, das wäre ein One-Way-Highway in die Finsternis!"
Jetzt schüttelte Francesco mit einem Lächeln den Kopf. „Nein. Ganz und gar nicht! Wenngleich...die andere Spur auch nur sehr selten genutzt wird!"
„Sorry Leute...!" rief Douglas mit fester Stimme dazwischen. In den letzten Sekunden war er immer verwirrter geworden und da er sich ohnehin schon körperlich total beschissen fühlte, konnte er dergleichen im geistigen Sinne einfach nicht verknusen. „...aber könnt ihr mal ein Break machen und uns Unwissenden erklären, was zur Hölle der verdammte Strom der Verdammten ist?"
„Was denn?" meinte Terror mit einem breiten Grinsen. „Habt ihr etwa den Reiseführer vorher nicht gelesen?"
Douglas ging nicht darauf ein, sondern warf ihm nur einen genervten Blick zu und schaute dann wieder zu Francesco.
Der Alte lächelte wissend. „Erklären?" Er schüttelte sanft den Kopf. „Kommen sie!" Er winkte Douglas zu sich. „Ich zeige es ihnen!"

Douglas folgte zunächst etwas widerwillig, auch, weil er erst jetzt erkannte, wo genau sie sich befanden. Die Wände des Trichters, in den sie gestürzt waren, waren sicherlich fünfzig Meter hoch und an ihren Enden wild gezackt, weil Wind und Wetter daran gearbeitet hatten. Da er selbst am Boden jedoch kaum größer

war als zehn Meter im Durchmesser, wirkte er sehr beengt und ließ nur den Blick direkt nach oben zu. Als Douglas dem Alten folgen wollte, deutete Cynthia an, dass sie mitkommen wollte. Auch Alfredo war neben ihnen. Der Rest des Trupps folgte in einigen Metern Abstand. Die Lichtverhältnisse im Trichter waren allenfalls mäßig und erst als sie quasi direkt davorstanden, erkannte Douglas überrascht eine schmale Öffnung in der Außenwand, durch die der Alte jetzt schlüpfte.
Douglas und Cynthia folgten ihm.
Nach wenigen Schritten standen sie außerhalb der Felsformation. Francesco hatte mittlerweile abgestoppt, sich zu ihnen herumgedreht und lächelte sie offen an.
Douglas konnte jedoch vor ihnen nichts erkennen, als ein gespenstisches Halbdunkel, sodass er erneut etwas nervös wurde. „Wo?" fragte er und blickte den Alten mit großen Augen an.
Der deutete mit einer kurzen Bewegung seines Kopfes nach rechts und als Douglas und Cynthia seinem Blick folgten, erstarrten sie abrupt, als sie erkennen konnten, was Francesco ihnen zeigen wollte.

Im ersten Moment wussten beide nicht, was sich dort vor ihnen auftat, obwohl es sich sehr deutlich von dem dunklen Hintergrund abhob. Es war eine Art Lichtsäule, die in allen nur erdenklichen Farben matt leuchtete. Sie mochte etwa zehn Meter breit sein und sie ragte senkrecht in den Himmel. Erst die Wolkentürme hoch oben verschluckten sie, doch konnte man deutlich sehen, dass sie dort nicht endete. Am Boden schien sie eine Art niedrigen Sockel zu besitzen, der etwas breiter war, als die Säule selbst und ein wenig heller leuchtete. Er schien in einem langsamen Rhythmus zu pulsieren, als wären dort Qualmwolken, die sich träge bewegten. Das Licht auf der Säule selbst schien in langen dünnen Fäden wie zähflüssiger Sirup direkt aus dem Himmel zu fallen.
Francesco deutete ihnen an, ihm zu folgen.
„Was ist das?" fragte Cynthia, die mittlerweile wieder zu Kräften gekommen war. „Ist das Licht?"
„Sieht eher aus wie…Wasser!" meinte Douglas. „Oder wie Sirup!?'
Beide schauten den Alten fragend an.
„Es ist Licht!" erklärte Francesco daraufhin. „Aber derart hoch komprimiert, dass es wie dickflüssiger Sirup wirkt!"
„So wie Honig!" warf Bim ein, als er neben sie trat.
„Ja…!" meinte Heaven und trat von der anderen Seite neben sie. „…süßer Honig zum Frühstück in der Hölle!" Ihre Stimme klang so furchtbar emotionslos hoffnungslos, dass Douglas für einen Moment fröstelte.
„Und wozu ist er hier?" fragte Cynthia.
„Es ist eine Verbindung!" meinte Razor und seine Stimme klang beinahe hasserfüllt.
„Eine Verbindung wozu?" Douglas ließ nicht locker.
„Zum Himmel!" erwiderte Horror mit angewidertem Gesichtsausdruck.

„Quatsch!" widersprach Francesco jedoch sofort. „Es gibt keine direkte Verbindung zwischen Himmel und Hölle. Was soll der Blödsinn?" Er funkelte Horror angesäuert an. „Es ist eine Verbindung zu dem, was allgemeinhin als Zwischenwelt bezeichnet wird!"
Cynthia schaute den Alten einen Moment ausdruckslos an, dann nickte sie. „Der Ort, wo man geprüft wird!?"
„Richtig!" bestätigte Francesco. „Die, bei denen nicht sicher ist, wo sie hinsollen, kommen zunächst dorthin und werden geprüft. Erst dann wird entschieden, ob sie auffahren oder abfahren!" Er schaute in die Runde. Cynthia, Douglas und auch Alfredo hörten gespannt zu, der Rest schien einfach nur gelangweilt. „Wenn die Entscheidung negativ ausfällt, kommen sie in den Strom der Verdammten und auf direktem Wege hierher!" Mittlerweile hatten sie die Lichtsäule fast erreicht. Aus der Nähe wirkte sie sehr beeindruckend. Und wie zur Bestätigung dessen, was Francesco gerade gesagt hatte, schwebte ein dunkles Rechteck langsam zu Boden. Das Licht und das stetige Farbenspiel verhinderten einen klaren Blick darauf, doch je näher das Rechteck kam, umso deutlicher waren menschliche Konturen zu erkennen. Dann sank die Gestalt in den Sockel hinein, verschwand für einen Augenblick darin, bevor sie seitlich aus dem Licht heraus trieb und für einen Moment mit geschlossenen Augen auf dem Rücken auf dem Boden zum Erliegen kam. Alle hatten gerade die Zeit, zu erkennen, dass es sich bei der Gestalt um eine noch relativ junge Frau mit lockigen blonden Haaren in einem hübschen Sommerkleid handelte, als sie ihre Augen aufschlug, für einen Moment unschlüssig in alle Richtungen blickte, bevor sie sich langsam erhob und auf sie zukam.
„Wo bin ich?" fragte sie. Sie war nicht nur jung, sondern auch ziemlich hübsch und hatte schmale, feste Formen.
„Im Himmel!" erwiderte Terror ohne mit der Wimper zu zucken.
„Im...Himmel?" Die junge Frau schaute ihn ziemlich überrascht an. „Aber...?" Sie blickte sich mit großen Augen in der trostlosen Landschaft um.
„Was hast du verbrochen?"
„Ich war drogensüchtig und schwanger. Aber ich konnte uns nicht beide durchbringen, das wusste ich, deshalb habe ich...!" Sie schaute an sich hinab und streichelte ihren flachen Bauch. Augenblick war in allen Gesichtern um sie herum eine Mischung aus Trauer, Schmerz und Frust zu erkennen. „Wohin soll ich gehen?" fragte die junge Frau, als alle stumm blieben.
„Vollkommen egal, Süße!" erwiderte Terror. „Hier findest du in jeder Richtung immer das Gleiche!"
Die junge Frau nickte, obwohl man ihr ansah, dass sie Terrors Worte nicht verstand. „Und was werde ich dort finden?"
„Alles!" meinte Heaven und lachte verächtlich auf. „Nur nie das, was du suchst!"
„Werden wir uns widersehen?"
Sie erhielt keine Antwort darauf, nur ein mehrfaches Kopfschütteln.
Doch damit schien sich die junge Frau zufrieden zu geben. „Lebt wohl!" sagte sie noch, dann drehte sie sich um und ging mit langsamen, aber kräftigen Schritten davon.

Alle schauten ihr stumm und mit traurigem Gesichtsausdruck hinterher.

„Wenn es keine direkte Verbindung zwischen Himmel und Hölle gibt...?" hob Razor an. „...wie sind sie dann hierhergekommen?"
Francesco musterte den Schwarzen einen Moment stumm, dann sagte er. „Ich bin nicht aus dem Himmel gekommen!"
„Sondern?" Das war Heaven.
„Aus der Zwischenwelt!"
„Dann...!" Horrors Blick verriet, dass er seinen eigenen Gedanken im Geiste nochmals durchging. „...sind sie gar kein Engel!?"
Francesco Blick wurde ernst, sein rechtes Auge zu einem Schlitz. „Das habe ich auch nie behauptet!" Er blickte in die Runde und erkannte teils überraschte, teils ablehnende Blicke. „Ich habe in meinem Leben weiß Gott genug Fehler gemacht, um mir den Weg dorthin zu verbauen. Tatsächlich war ich sehr überrascht, nicht gleich hier zu landen, sondern in der Zwischenwelt. Was *ER* sich dabei gedacht hat, weiß ich nicht, aber...!"
„Aber was?" fragte Bim.
„Ich denke, diese Mission ist Teil meiner Prüfung!"
„Na dann...!" hob Heaven an und lächelte den Alten freudlos an. „Herzlichen Glückwunsch und alles Gute. Bis dann irgendwann!" Sie hob ihre rechte Hand zum Abschiedsgruß.
„Was?" Terror schrie förmlich auf. „Aber...das geht nicht!" Er schaute Heaven beinahe flehentlich an.
„Doch das geht!" erwiderte die junge Frau ungerührt. „Christophers Rettung war seine Mission, nicht unsere. Er war erfolgreich, jetzt kann er über den Strom zurück in die Zwischenwelt...!" Sie schaute den Alten direkt an. „Richtig?"
Francesco nickte. „Genau!" Heaven nickte beinahe zufrieden. „Er wird Christopher, Cynthia, Douglas und Alfredo mitnehmen!" Wieder schaute sie Francesco fragend an und er nickte abermals. „Ach, und Moonlight!" Sie blickte erst zu Bim, der die bewusstlose Silvia noch immer geschultert hatte, dann zu Razor, in dessen Augen sie Schmerz erkennen konnte. „Sie hat ohnehin nie wirklich hierhergehört, nicht wahr?" Sie wartete, bis Razor widerwillig nickte, dann wandte sie sich zurück zu Terror. „Du siehst also, das alles geht geradezu prima. Die Mission ist vorbei. Sie gehen zurück. Er...!" Sie deutete auf Francesco. „...wird ein Engel...!" Sie lachte leise, aber nicht verächtlich auf. „...und wir gehen zurück, wo wir hergekommen sind. Basta, Ende, Aus!"
„Aber...!" Terror wollte nochmals anheben, doch er sank förmlich in sich zusammen, weil er offensichtlich erkannt hatte, das Heaven auf ganzer Linie Recht hatte.

„Nicht ganz, junge Dame!" Francesco Stimme klang klar und kräftig und sein Blick war auf Heaven fixiert. Als die junge Frau sich umdrehte, schaute er sie für einen Moment stumm an, dann sagte er. „Warum wohl habe ich sie mit hierher mitgenommen?"

„Keine Ahnung!" Sie zuckte achtlos mit den Schultern. „Vielleicht um etwas Raum zwischen uns und Samael zu bringen!?"
„Samael?" Terror war sichtlich irritiert. „Was hat der damit zu tun?"
„Was glaubst du denn?" fragte Heaven. „Wir sind jetzt ganz bestimmt seine verfluchten Lieblinge!"
„Aber was nützt es dann, uns hierherzubringen?" rief Horror. „Dieses Mistvieh wird uns doch überall finden!"
„Stimmt!" Heaven nickte.
„Verdammt, das ist nicht fair!" rief Terror.
„Stimmt auch. Aber das war auch nicht Bedingung, oder?"
„Glauben sie wirklich, ich hätte sie hierher mitgenommen, nur um sie dann zurück zu lassen?" rief Francesco und seine Stimme zeigte deutlich, dass er ziemlich verärgert war.
„Warum dann?" Das war Razor und er schaute den Alten mit ernster Miene an. Francesco erwiderte seinen Blick geradeheraus, aber beinahe mit noch finstererer Miene. „Ihre Mithilfe bei der Sache hat ihnen eine zweite Chance eingebracht!"
„Wie bitte?" Bim war total perplex.
„Wer will, kann mich begleiten und…!" Er schaute in die Runde und fixierte jeden für einen kurzen Moment. „…dann wird ihre Sache neu verhandelt werden!"
„Und wer nicht will?" fragte Terror. Sein Gesichtsausdruck zeigte deutlich, dass er total verwirrt und irgendwie ängstlich war.
„Bist du doof, Mann?" Bim starrte sein Gegenüber mit großen Augen an. „Wer zum Teufel sollte das nicht wollen?"
„Reg dich ab!" meinte Horror und trat zu seinem Zwillingsbruder. „Er ist nur…verwirrt!"
„Also?" Francesco schaute in die Runde.
„Also was?" fragte Heaven.
„Wer kommt mit mir?"
„Was?" Die junge Frau lachte einmal heiser auf. „Mit ihnen gehen und all die wunderschönen Erlebnisse hier zurücklassen? All die Herausforderungen von Sonnenaufgang bis Sonnenuntergang, die herrlichen Landschaften, die wundervollen Bauwerke, das prachtvolle Wetter? All meine Freunde zurücklassen, alle meine liebgewonnen Routinen und meinen geregelten Tagesablauf…?" Sie lachte noch einmal und schüttelte tatsächlich den Kopf.
„Aber Heaven…!" Horror sah sie beinahe entgeistert an. „Heißt das, du willst nicht gehen?"
Die junge Frau schaute ihn einen langen Moment stumm und ausdruckslos an und tatsächlich herrschte für diese Zeit totale Stille, weil alle auf Heavens Antwort warteten. Dann atmete sie einmal tief durch und zog dabei ihre Augenbrauen in die Höhe. Ihr Gesicht wirkte in diesem Moment unglaublich müde, schwach und ausgelaugt. Als sie dann ihren Mund öffnete, schloss sie dabei die Augen. „Bin ich bekloppt, oder was?" Als sie ihre Augen wieder öffnete, verzog sie ihre Mundwinkel, verdrehte die Augen und lächelte wirklich belustigt.

Und irgendwie schien das alle anzustecken, denn urplötzlich wurden alle wieder locker und lachten und grinsten ebenfalls.
Für wenige Augenblicke herrschte eine gelöste Stimmung.
„Okay!" Francesco nickte zufrieden. „Dann wollen wir jetzt keine Zeit mehr verlieren!"

Die Zwischenwelt

„Ladys first?" fragte Francesco, nachdem sie den Strom umrundet hatten.
Das Bild hier war kaum anders, als auf der Vorderseite. Es gab nur einen kleinen Unterschied. In der Mitte des Stroms war ein schmaler Streifen von vielleicht drei Metern Breite zu sehen, in dem – im Gegensatz zu dem Rest – das Licht nicht von oben in langen Fäden herabtropfte, sondern genau umgekehrt aus dem Boden heraus in den Himmel floss.
Heaven schaute ihn beinahe entgeistert an. „Sie sind wohl bescheuert? Ich geh da nicht zuerst rein!" Dabei schaute sie die Lichtsäule in einer Mischung aus Argwohn und Angst an.
Anstatt ihre Antwort zu rügen, lachte der Alte einmal fröhlich auf. „War nur ein Scherz!" Er wartete, bis Heaven ihn ansah und einmal brummte, dann fügte er hinzu. „Ich gehe zuerst!"

Ohne auf eine Reaktion der anderen zu warten, trat er – Christopher noch immer geschultert – direkt vor den Strom. Dort blieb er einen Moment reglos stehen, dann hob er den Kopf und schaute mit einem tiefen Atemzug direkt nach oben. „Trödelt nicht rum, damit wir zusammenbleiben, okay?" Er senkte seinen Kopf wieder und machte dann einen Schritt nach vorn. Als er den Strom aus Licht berührte, verlangsamte sich seine Vorwärtsbewegung und ein merkwürdiges Blubbern war zu hören. Dann war sein Oberkörper komplett von Licht umgeben und noch während er sein linkes Bein nachzog, hob er bereits vom Boden ab.
Ein leises Raunen in der Gruppe war zu hören. Francescos Konturen verschwammen immer mehr und nach wenigen Augenblicken war er bereits so hoch, dass man nur noch einen dunklen Fleck in der Lichtsäule erkennen konnte.

„Na, dann los!" Douglas trat mit einem freudlosen Grinsen vor den Strom und schaute zu Cynthia neben sich. Die nickte ihm zu und ergriff seine Hand fester. Dann traten sie gemeinsam nach vorn.
Douglas hatte sofort das Gefühl, als würde er tatsächlich in eine zähflüssige Masse, wie Sirup, eintauchen. Sie fühlte sich warm an und roch ein wenig nach Zitrone. Außerdem fühlte sie sich feucht an. Er spürte, wie sie sich um seinen ganzen Körper legte und irgendwie hatte er plötzlich Angst, sie würde an ihm festkleben und in seine Körperöffnungen fließen. Tatsächlich geschah auch genau das und so schnell, dass Douglas gar nicht richtig reagieren konnte. Er spürte nur, wie die Masse plötzlich in seine Nase rann und ihm war sofort klar, dass sie sie verstopfen würde. Sein Körper zuckte mehrmals, erzitterte einmal, dann riss er seinen Mund auf, um nach Atem zu ringen, nur um einen ganzen Schwall Sirup darin zu spüren, der ihn augenblicklich komplett ausfüllte und seine Luftröhre hinab in seine Lungen floss. Douglas spürte Panik aufkommen,

doch gleichzeitig sank das Gefühl, um jeden Preis Atem holen zu müssen rapide und zwar aus dem einfachen Grund, weil er bereits Atem holte. Es bedurfte zwar etwas mehr Kraft dazu, als sonst, doch offensichtlich bekam sein Körper genug Sauerstoff, um zu überleben.

Erstaunt blickte er zu Cynthia, der er ansehen konnte, dass sie ähnliche Probleme gehabt hatte, wie er selbst, jetzt aber erleichtert und zugleich beeindruckt aussah.

Douglas brauchte einige Atemzüge, um sich an die veränderten Verhältnisse zu gewöhnen, dann schwand seine Nervosität und sein Puls sank auf Normalmaß zurück. Das klamme, fremdartige Gefühl jedoch blieb und sorgte dafür, dass es Douglas stets unangenehm war.

Einen Augenblick später bemerkte er, dass die Umgebung merklich dunkler wurde, doch er glaubte außerhalb des Stroms Wolken zu erkennen, die diese Veränderung verursachten.

Kaum hatte er diesen Gedanken zu Ende gefasst, da blitzte es unerwartet grell um sie herum auf, nur um sofort wieder dunkel zu werden. In den nächsten Sekunden blieb dieses Wechselspiel aus Licht und Schatten, bis sie schließlich die dicke Wolkenschicht durchstoßen hatten. Das geschah so schnell, dass Douglas sicher war, dass sie ordentlich an Geschwindigkeit zugelegt hatten. Irgendwo in der Ferne gab es einen grell leuchtenden Punkt: Die heiß brennende Höllensonne! Sie zogen immer schneller daran vorbei, bis schließlich über ihnen ein unglaublich intensives rotes Licht erschien, in das sie geradewegs hineinschossen.

Urplötzlich gab es nichts mehr um sie herum, als dieses Licht, ja Douglas war nicht einmal in der Lage, Cynthia neben sich zu erkennen, konnte auch seine eigenen Gliedmaßen nicht mehr sehen und war sich urplötzlich nicht mal mehr sicher, ob er überhaupt noch einen Körper besaß.

Mit einem Male endete der Zug nach oben abrupt und Douglas merkte, wie er hinten über fiel. Der Aufprall jedoch war keineswegs hart, sondern so sanft, dass er beinahe kaum zu spüren war.

Dann trat absolute Ruhe ein. Keine Bewegung, keine Geräusche.

Und nur einen Augenblick später umhüllte ihn das wohl grellste Licht, dass er je gesehen hatte, doch bevor es unangenehm werden konnte, erlosch es auch schon wieder und Douglas konnte klar sehen.

Und das erste, das er wahrnahm, war seine Frau Cynthia, die sich direkt neben ihm befand und ihn ebenso irritiert anschaute, wie er sie. Dann zuckte beider Blick nach rechts, wo sie Francesco erkennen konnten. Der Alte stand auf seinen Beinen, wirkte absolut entspannt. Christophers toter Körper lag neben ihm, obwohl schweben wohl der bessere Begriff zu sein schien, denn er befand sich etwa in Hüfthöhe und eine Art Bahre oder so etwas, worauf er hätte liegen können, war nicht zu sehen.

Überhaupt war neben Cynthia, dem Alten und Christopher überhaupt nichts Weiteres hier zu erkennen. Alles war in einem absolut reinen, strahlenden Weiß gehalten, doch konnte Douglas keinerlei Wände ausmachen, geschweige denn eine Decke oder den Boden. Daher konnte er auch nicht sagen, ob sie sich tatsächlich in einem Raum befanden. Sie konnten ebenso gut auch irgendwo durch die Unendlichkeit treiben.

„Wo sind wir hier?" fragte Cynthia und drückte sich in die Höhe. Sie tat das, als würde sie sich aus einem Sessel erheben und Douglas tat es ihr sofort gleich. Überrascht stellte er fest, dass er tatsächlich das Gefühl hatte, seine Arme auf Lehnen abgestützt zu haben. Der Untergrund unter seinen Füßen fühlte sich hart und fest an.

„In der Zwischenwelt!" erwiderte Francesco. Als er seinen Kopf in ihre Richtung drehte, ertönte ein leises Zischen in der Nähe und urplötzlich schwebte Alfredo durch den Boden, kippte hinten über und sank auf einen imaginären Sitz, wo er nach ein paar Sekunden die Augen öffnete.

Wieder nur wenige Augenblicke später ertönte ein weiteres Zischen und Bim stieß durch den Boden. Er hatte Silvia noch immer geschultert, doch als er hintenüber sank, war ein tiefes Stöhnen von ihr zu hören und während der Schwarze auf seinem Sessel zum Erliegen kam, rollte Silvia in einer halben Drehung von seiner Schulter und fand sich schließlich auf einem eigenen Sessel wieder. Allerdings war sie noch lange nicht wieder hellwach, sondern kämpfte noch mit den Auswirkungen der Bewusstlosigkeit.

Schon ertönte ein neuerliches Zischen und Heaven erschien, danach die beider Zwillingsbrüder Horror und Terror und zum Abschluss Razor.

Alle hatten natürlich sofort die gleiche Frage: „Wo sind wir hier?" Und alle erhielten die gleiche Antwort mit der sie sich halb beeindruckt, halb unsicher zufrieden gaben.

*

Cynthia war zu Silvia gegangen und hatte sich neben sie gehockt. Geduldig wartete sie, bis ihre Freundin sich orientiert hatte.

„Wo...?" Silvia blickte sich um. „Wo sind wir?"

„In der Zwischenwelt!" Cynthia lächelte freundlich.

„Zwischen...welt?" Silvia kräuselte die Stirn.

Cynthia nickte. „Dein Großvater hat uns hierhergebracht!"

„Mein...?!" Augenblicklich verdunkelte sich ihr Blick zusehends. Ruckartig drückte sie sich auf ihre Unterarme und ihr Kopf zuckte zu dem Alten, der jedoch gerade auf eine Frage Horrors lauschte. Natürlich sah Silvia dabei auch Christophers leblosen Körper auf der unsichtbaren Trage liegen und sofort hatte sie die totale Erinnerung. „Großvater!" rief sie und war mit einer weiteren ruckartigen Bewegung auf den Beinen.

Bevor der Alte auf sie reagierte, konnte Cynthia in den Augen ihrer Freundin erkennen, was gleich geschehen würde. Sie stellte sich daher vor sie. „Silvia, warte...!"

Doch ihre Freundin drückte sie einfach nur achtlos beiseite. „Großvater!" rief sie nochmals und ihre Augen waren fest auf ihn geheftet.

Jetzt nahm sie Francesco wahr und er erkannte die Situation sofort. Auch er fixierte den Blick seiner Enkeltochter, in dem er neben Schmerz und Tränen eines deutlich erkennen konnte: *Aufkommenden Hass!* „Stopp!" Mit versteinerter Miene hob er seine rechte Hand.
Silvia erschrak für einen Sekundenbruchteil sichtlich und man sah ihr deutlich an, welch inneren Konflikt sie durchfocht: *Die Liebe zu ihrem Großvater im Gegensatz zu dem, was sie mit eigenen Augen gesehen hatte.* „Warum...?" Ihre Stimme war brüchig und ihre Augen flackerten. „...hast du das getan?"
Francesco wartete, bis sich ihre Augen wieder trafen. „Weil ich es tun musste!" Seine Kiefer malten dabei sichtbar aufeinander.
„Aber...?" Silvias Schmerz wurde größer, aber auch erneut ihr Hass. „Du hast ihn getötet!"
„Ja!" erwiderte der Alte sofort. „Das habe ich!" Er atmete kurz tief ein. „Das musste ich!"
„Aber...er ist doch mein Leben!" Ihre Stimme brach ab, sie musste schlucken, Tränen rannen über ihre Wangen.
„Ich weiß!" Jetzt verloren auch Francescos Worte an Härte und seine Augen wurden feucht. „Und ich könnte es dir niemals nehmen...!" Er suchte ihren Blick.
„Was...soll das heißen?" Silvia war sichtlich verwirrt.
„Tot ist nicht gleich tot!" Francesco lächelte sanft.
„Du meinst?" In Silvias Gesicht zuckte ein Lächeln, so voller Hoffnung, dass es beinahe strahlte, doch sofort wurde es überdeckt von tiefen Zweifeln, einem falschen Gedanken aufzusitzen.
Der Alte aber nickte mehrmals. „Ihr werdet eure zweite Chance bekommen!"
„Und...wie?"
Jetzt lächelte Francesco wieder. „Komm mit, ich zeige es dir!" Er machte einen Schritt vor und küsste seine Enkeltochter auf die Stirn. Die war sichtlich überglücklich, weinte vor Freude und umarmte ihn. „Ihr anderen wartet hier! Es wird nicht lange dauern!" Francesco blickte zu Douglas und Razor, die ihm zunickten. Dann schob er Silvia sanft von sich und ging zu Christopher. Als Silvia an Cynthia vorbeischritt, drückte ihre Freundin kurz fröhlich ihren Unterarm. Auch Heaven lächelte ihr zu, doch glaubte Silvia auch Wehmut darin zu erkennen.
„Und was sollen wir hier so lange machen?" Horror war einen Schritt vorgetreten.
Francesco, der Christophers Körper mit sich zog, als würde er auf einer fliegenden Bahre liegen, drehte sich um. Ein Lächeln umflog seine Mundwinkel. „Wie wäre es mit Essen?"
„Essen?" Terror schien nicht zu verstehen.
Francesco nickte.
„Gern!" Das war Bim, der sehr erfreut wirkte. „Wo?"
Francesco schniefte kurz durch die Nase, dann deutete er mit dem Zeigefinger der linken Hand achtlos schräg hinter die Gruppe. „Da!" Und ohne auf eine Reaktion zu warten, drehte er sich wieder um und entfernte sich mit festen

Schritten und seiner Enkeltochter auf der anderen Seite der unsichtbaren Bahre von ihnen.

*

„Oh wow!" Douglas hörte Terrors entzückten Ruf, doch schaute er dem Alten und seinen Freunden weiterhin einfach nur hinterher.
„Hey, der Wahnsinn!" Das war Bim und weil der große schwarze Bär einer Enthusiasmus in der Stimme hatte wie ein kleines Kind, wandte sich Douglas doch um.
Und war im nächsten Moment total baff, denn ein paar Meter hinter der Gruppe befand sich jetzt eine verdammt große, übervoll gedeckte Tafel, auf die die anderen gerade mit großer Freude zustrebten. Douglas musste unwillkürlich lächeln. Auch er verspürte plötzlich großen Hunger, doch drehte er sich wieder zurück zu Francesco und den beiden anderen. Mittlerweile waren ihre Konturen nur noch verwischt zu erkennen und einen Augenblick später hatte sie das strahlend weiße Licht komplett eingehüllt und sie waren nicht mehr zu sehen, schienen sich einfach in Luft aufgelöst zu haben. Als Douglas das sah, zuckten seine Augenbrauen irritiert, weil er nicht sicher war, ob er das gutheißen sollte oder nicht. Da spürte er, wie eine Hand seine rechte Hand umschloss und im selben Moment trat Cynthia mit einem sanften Lächeln neben ihn. Douglas blickte zu ihr herab, konnte seine Sorge aber offensichtlich nicht verbergen.
„Es wird funktionieren!" sagte seine Frau daraufhin, stellte sich direkt vor ihn und streichelte sanft sein Gesicht. „Vertrau dem Alten!" Sie lächelte aufmunternd.
Douglas erwiderte ihre Geste und küsste sie auf den Mund. „Du hast Recht!" Er streichelte sie nun ebenfalls.
„Komm, lass uns zu den anderen gehen!" Sie nahm wieder seine Hand. „Ich habe auch Hunger!"
Douglas nickte und folgte ihr stumm.
Als sie dann direkt vor der Tafel standen, war Douglas nochmals total verblüfft, denn sie war bestimmt zehn Meter lang und gut einen Meter breit und bog sich beinahe, bei all den herrlich duftenden und anzusehenden Speisen, die sich darauf türmten.
„Alter…!" rief Terror entzückt aus und biss herzhaft in einen deftigen Hamburger. Augenblicklich stöhnte er fast wollüstig, schloss seine Augen und sein Körper sackte entzückt ein Stück in sich zusammen. „Ist das geil!"
„Verdammt!" stöhnte Bim und schaute fast hilflos drein. „Ich weiß nicht, was ich zuerst nehmen soll!" Er schwankte zwischen etwas, das aussah wie gebratenes Huhn und einem großen Stück Pizza.
„Mann…!" Das Wort war im ersten Moment nur zu erahnen, denn Horror hatte sich gerade ein ziemlich großes Fleischbällchen in Tomatensauce in den Mund gestopft und kaute herzhaft darauf herum. „…wenn das hier nur die Zwischenwelt ist, möchte ich echt wissen, wie das erst im Himmel werden wird!"
„Du glaubst doch nicht ernsthaft, dass du da jemals hinkommen wirst, oder?" Heaven schaute ihn über die Tafel hinweg direkt an, doch ihr Blick verriet sofort,

dass sie ihn nur ärgern wollte. Schon im nächsten Moment hatte auch sie ihre Augen geschlossen und ein leises, wollüstiges Stöhnen entfuhr ihr, als sie sich eine Gabel voll von dem griechischen Salat mit Schafskäse, Paprika und Oliven in den Mund steckte.

„Im Himmel?" Razor hatte ein kleines Stück Rinderfilet auf eine Gabel gespießt und betrachtete es in einer Mischung aus Ehrfurcht und Misstrauen. „Da ist die Auswahl auch nicht größer!" Sein Tonfall war eher gelangweilt und gefrustet, deshalb hielten die anderen in ihren Bewegungen inne und starrten ihn verwundert an. Razor steckte sich das Filet in den Mund und kaute langsam darauf herum. Dann brummte er und plötzlich war ein sanftes Lächeln auf seinen Lippen zu erkennen. „Allerdings...!" fügte er hinzu und kaute jetzt genüsslich.

„...gibt es da bestimmt ein paar halbnackte Playboy-Bunnys, die dir die Teller reichen!" Er grinste breit.

„Playboy-Bunnys?" rief Heaven und verzog das Gesicht. „Pah! Und was mache ich?"

„Werde lesbisch!" meinte Horror sofort ungerührt.

„Von wegen!" erwiderte die junge Frau. „Ich suche mir einen knackigen, jungen Dreamboy...!" Ihr Gesicht hellte sich sichtbar auf. „Und während ihr euch hier eure Bäuche vollschlagt...!" Ein breites Grinsen erschien auf ihren Lippen. „...vögele ich mir den Verstand aus dem Leib!" Und bei diesem Gedanken strahlte sie förmlich.

Ice

Silvia ging stumm neben ihrem Großvater auf der anderen Seite der unsichtbaren Bahre her. Ihre linke Hand lag auf ihr und hatte Christophers linke Hand umschlossen. Ihr Daumen rieb beständig und sanft über seinen Handrücken. Sie tat das auch, um ihre eigene Nervosität zu unterdrücken. Zwar war Christophers Hand noch immer weich und beweglich, doch spürte sie eine deutliche Kälte in ihr. Natürlich versuchte sie ihrem Großvater zu vertrauen, doch eigentlich war dieser Mann ja vor einem Jahr in New York gestorben und wer vermochte schon zu sagen, ob und wie viel von diesem einst so wunderbaren Mann noch in dieser Person steckte, die jetzt neben ihr ging – mochte sie ihm auch aufs Haar genau gleichen?
Silvia vermied es, Christopher anzuschauen, denn sie konnte den Anblick der schmalen Wunde, die direkt über seinem Herzen klaffte, nicht ertragen. Obwohl der Blutfluss längst verebbt war, war seine Jacke getränkt damit und ein großer, dunkler Fleck zeugte von der Verletzung, die ihm das Leben gekostet hatte.
Selbstverständlich machte sie sich auch große Vorwürfe, denn schließlich war Christopher nur wegen ihr in eine Situation geraten, die er nicht mehr kontrollieren konnte. *Wenn sie nicht alles vergessen hätte, was ihr je lieb und teuer gewesen war, wäre all das nicht passiert. Wenn sie nicht mit Razor geschlafen hätte, hätte Christopher es auch nicht sehen können und darüber nicht so geschockt und verletzt reagiert, dass er vollkommen schutzlos nach draußen gelaufen wäre, wo er auf die Übermacht an Dämonen getroffen war, die ihn letztlich überwältigen und verschleppen konnten.*
Ja, all das wäre nicht passiert, wenn sie nicht schwach geworden wäre. *Alles war einzig ihre Schuld und eigentlich hatte sie Christopher damit getötet und nicht ihr Großvater.*
Ein irrsinnig schmerzhafter Stich durchzuckte sie.
Gott, sie hatte all das doch nie und nimmer gewollt. Und es war doch auch nur ein kurzer Moment der Schwäche gewesen. Jetzt wusste sie so klar, so deutlich und so unumstößlich, wie noch niemals zuvor in ihrem Leben, dass sie Christopher liebte und ganz sicher den Rest ihres Lebens mit ihm verbringen wollte.
Genau das und noch so vieles mehr würde sie ihm sagen, wenn sie doch nur die Gelegenheit dazu bekommen würde. Sie würde sich bei ihm entschuldigen, ihm alles erklären und der echte Schmerz, den sie verspürte und den er sehen würde, würde dazu führen, dass er erkannte, dass sie die Wahrheit sagte. Und dann würde die Liebe, die beide verband, dafür sorgen, dass alles wieder gut werden würde.
Plötzlich hoffte Silvia mit der ganzen Kraft ihres Herzens, dass ihr Großvater sein Vorhaben wahrmachen und Christopher zurück ins Leben holen konnte. Sie hoffte es, sie bangte darum – *sie betete stumm dafür.*

*

„Wir sind da!" sagte Francesco unvermittelt und stoppte die unsichtbare Bahre.
„Wo?" Silvia wurde förmlich aus ihren Gedanken gerissen. Sie schaute sich schnell um, doch noch immer war überall nur ein unendliches, konturloses Weiß zu sehen.
„Hier!" Der Alte nickte auf die Stelle, wo sie standen.
„Was ist hier?"
Francesco wartete, bis Silvia ihn ansah, dann lächelte er. „Leben!"
Und wie auf Kommando war plötzlich ein Summen zu hören und aus dem unsichtbaren Boden schob sich eine dunkelblaue, blass glänzende Apparatur in die Höhe. Sie sah aus wie ein Roboterarm mit einem Gelenk, welches jedoch nicht wirklich zu erkennen war, da alles wie aus einem Guss wirkte. Am Ende befand sich – ebenfalls in einer homogenen Verbindung – eine Art Schiene von gut anderthalb Metern Länge und rund zwanzig Zentimetern Breite. Der Arm drehte sich so, dass sie etwa zehn Zentimeter unterhalb von Christophers Körper waagerecht zum Erliegen kam und dann lautlos und sehr langsam weiter in die Höhe gedrückt wurde, bis sie schließlich direkt unter der Wirbelsäule abstoppte. Ein leises Zischen ertönte und dann erzitterte Christophers Körper ganz leicht. Silvia erschrak und schaute nervös zu ihrem Großvater, doch der blickte nur mit einem Lächeln auf den leblosen Körper. Einige Sekunden geschah scheinbar nichts, dann aber drang ein milchiges, schwach pulsierendes Leuchten durch Christophers Brustkorb. Silvias Pulsschlag erhöhte sich, ihre Zuversicht stieg.
Einen Augenblick später aber setzte ihr Herz für einen Schlag aus und sie wusste ganz sicher nicht mehr, was hier geschah.

*

Urplötzlich zuckte der Roboterarm, auf dem Christopher jetzt offensichtlich festgeschnallt war, nach hinten weg und schoss gleichzeitig in die Höhe. Dort, etwa drei Meter über ihnen leuchtete ein Rechteck in hellroter Farbe an der imaginären Decke auf. Der Roboterarm fuhr direkt darunter und verharrte, während eine dünne dunkelrote Linie wie bei einem Scanner über seinen Körper huschte. Als das erledigt war, ertönte eine Art Hupen, das Rechteck erlosch wieder und der Roboterarm zuckte zurück, jedoch nur, um zwischen Silvia und ihrem Großvater in die entgegengesetzte Richtung zu sausen. Die junge Frau war längst perplex, doch auch der Alte war total verblüfft und unsicher. Als der Arm wieder verharrte, war er in eine Art kleine Kammer eingefahren, die sich urplötzlich neben ihnen geöffnet haben musste. Christophers Körper lag waagerecht. Einen Augenblick später ertönte ein kurzes Fiepen, es flammte über ihm ein grelles weißes Licht auf, dann schien die Lichtquelle zu explodieren. Silvia fühlte sich sofort an das Blitzlicht einer alten Spiegelreflexkamera erinnert. Noch während das Licht verging, drehte sich der Roboterarm blitzschnell herum,

sodass Christophers jetzt mit dem Gesicht nach unten an der Schiene klemmte.
Sofort flammte ein weiteres grelles Licht auf, ein Fiepen, dann eine zweite Explosion.
Während das Licht jetzt verging, fuhr der Roboterarm langsam wieder zurück zwischen Silvia und dem Alten, wobei er sich wieder herumdrehte, und verharrte dort.
Silvia schaute auf Christopher, doch es war keine Veränderung an ihm zu erkennen. Angst kam in ihr auf und sie starrte ihren Großvater an, in dessen Gesicht sie jedoch nichts außer Verwirrung und gleichsamer Sorge erkennen konnte.
Dann ertönte plötzlich eine ganze Vielzahl unterschiedlicher Geräusche gleichzeitig: Brummen, Rattern, Rumpeln, Rauschen, Ächzen, Poltern, Hupen, Knirschen und vieles mehr und alles so laut, dass es in den Ohren schmerzte. Silvia und der Alte fuhren zunächst erschrocken zusammen und blickten sich dann sorgenvoll um, doch die Quelle der Laute war nicht auszumachen, weil sie von überall gleichzeitig zu kommen schienen.
Mittendrin schoss der Roboterarm mit einem derben Ruck senkrecht nach ober. Während er in einer Höhe von vielleicht fünf Metern verharrte, verstummten schlagartig alle Geräusche – bis auf ein Zischen von der linken Seite. Als Silvia dorthin schaute erschrak sie erneut, denn es hatte sich eine rechteckige Grube am Boden geöffnet, in der es tiefrot zu pulsieren schien. Schon im nächsten Moment zuckte der Roboterarm wieder herab, drehte sich in Richtung Grube und gleichzeitig wieder so, dass Christophers Körper nach unten zeigte. So fuhr er in die Grube, aus der daraufhin meterhohe Flammen zischten und brodelten, als hätte Jemand einen Propangasbrenner entfacht.
Silvia erschrak mit einem lauten Aufschrei und auch Francesco entfuhr ein entsetzter Seufzer.
Schon erstarben die Flammen und der Arm zuckte wieder zurück, doch brannte Christopher lichterloh.
Wieder schrie Silvia schmerzhaft auf. Während der Roboterarm sich um einhundert achtzig Grad drehte, so dass Christopher Körper wieder nach oben zeigte, spürte Silvia, wie ihre Knie weich wurden und sie kurz davor war, umzufallen.
Plötzlich öffnete sich in der imaginären Decke direkt über Christopher ein weiteres Rechteck und innerhalb eines Wimpernschlages stürzte ein gewaltiger Schwall Wasser auf ihn herab. Die Flammen erstarben zischend, Rauch stieg empor.
Silvias Schreie erstarben, doch zitterte sie am ganzen Körper.
Schon ertönte ein weiteres Zischen mit dem sich die Feuergrube schloss – sich aber gleichzeitig auf der anderen Seite eine zweite Grube öffnete. In ihr schimmerte es in einer Mischung aus Weiß und Gelb und die Luft über ihr flirrte deutlich. Während Silvia und der Alte die neue Situation erkannten und sich herumdrehten, zuckte auch der Roboterarm in diese Richtung, drehte sich erneut herum und tauchte auch in diese Grube ein – dieses Mal jedoch deutlich tiefer. Es brodelte und zischte im Inneren, einige Funken stoben in die Höhe.

Instinktiv tat Silvia einen Schritt in diese Richtung, um zu sehen, was sich dort unten befand und musste sofort wieder aufschreien, als sie glühende Lava sah, die gleißend hell rumorte und in die der Roboterarm und somit auch Christopher komplett eingetaucht war. Silvia erstarrte und blickte atemlos in die Tiefe. Einen Augenblick später zuckte der Arm in die Höhe und drehte sich gleichzeitig wieder herum, sodass sowohl Silvia, als auch Francesco mehr als deutlich erkennen konnten, dass Christopher komplett mit glühender, weiß glänzender Lava bedeckt war und er jetzt aussah, wie ein Stück Stahl in Menschengestalt. Bevor Silvia jedoch vollends den Verstand verlieren konnte, schoss der Roboterarm zur linken Seite und stellte sich so, dass Christopher quasi senkrecht stehen konnte. Währenddessen hatte sich dort ein weiteres Rechteck aufgetan. Der Arm stoppte direkt davor ab und genau in diesem Moment ertönte erneut ein Geräusch, als würde man einen Propangasbrenner aufdrehen, nur das dieses Mal keine Flammen, sondern eiskalte Luft aus der Öffnung schoss und Christophers Körper innerhalb weniger Augenblicke wieder abkühlte.
Als das geschehen war, zuckte der Arm wieder zurück und verharrte für einen Moment zwischen Silvia und Francesco in seiner Ausgangsposition. Doch kaum lange genug, als das Silvia und ihr Großvater auch nur einen vernünftigen Blick auf Christopher werfen konnten; dann schoss der Arm senkrecht nach oben und durchstieß nach etwa fünf Metern eine imaginäre Decke. Zumindest waren Christopher und die Schiene in seinem Rücken urplötzlich verschwunden und nur noch der Roboterarm zu sehen.
Eine Sekunde später wurden die lauten, vielfältigen Geräusche, die die ganze Zeit über die Aktivitäten begleitet und damit noch dramatischer hatten wirken lassen, noch viel lauter, dass sie am Ende ein furchtbares Stakkato ergaben und in einer wahren Explosion münden zu wollen schienen.
Doch das geschah nicht, denn urplötzlich endete jeglicher Lärm abrupt und es blieb nur eine gespenstische Stille zurück.

*

Christophers Augen zuckten und nur einen Augenblick später öffnete er sie mit einem tiefen Stöhnen.
Zunächst war sein Blick noch verschwommen, doch auch als er wieder klar sehen konnte, erkannte er um sich herum nichts außer einem weißen Nichts, das ihn komplett umgab. Vor seinem inneren Auge jedoch zuckten ganz andere Bilder vorbei: Er in der großen Halle, vor ihm das widerliche Abbild Samaels, schräg hinter ihm…Francesco. Oder ein Typ, der ihm zum Verwechseln ähnlich sah. Denn den echten Francesco hatte er vor über einem Jahr sterben sehen. Also konnte dieser nicht der Echte sein. Und war es am Ende auch nicht, denn mehr als alles andere konnte Christopher noch die Klinge dieses verschissen langen Messers erkennen, dass der Alte in der Hand hielt und ihm nur einen Wimpernschlag später von hinten so wuchtig in sein verdammtes Herz rammte, dass die Klingenspitze auch noch seinen Brustkorb durchschlug und ihm das Leben in einer einzigen, gleißend hellen Explosion nahm.

Ich bin tot! schoss es ihm plötzlich in den Kopf und er spürte eine wachsende Unruhe in sich. „Wo...wo bin ich?" Im ersten Moment war er sich nicht sicher, ob er diese Worte gesprochen hatte, denn sie klangen krächzend, schwach und zittrig. Außerdem glaubte er nicht, überhaupt noch einen Mund zu haben. Und überhaupt: Es machte keinen Sinn, diese Frage zu stellen, weil auch niemand da war, der sie hätte beantworten können.
„In der Zwischenwelt!"
Christopher erschrak derbe und seine Augen zuckten umher, um den Sprecher dieser Worte zu finden, doch er konnte Niemanden erkennen. „Bin ich...tot?"
„Ja!" Die kräftige, tiefe Männerstimme klang klar und irgendwie rein. „...und nein!"
Christophers Augen zuckten noch immer umher und urplötzlich glaubte er, in dem konturlosen, reinen Weiß doch einige graue Schatten zu sehen. Er ließ seinen Blick darauf ruhen und erkannte nach wenigen Augenblicken tatsächlich eine menschliche Gestalt in einer Art Overall, der kaum dunkler war, als seine Umgebung und nur hier und da einige graue Schattierungen aufwies, die ihn gerade so eben von dem Hintergrund abhoben. Sein Gesicht jedoch war ebenso weiß, wie der Rest des Nichts, nur Augen und Mund waren sehr schwach zu erkennen, da sie ein wenig silbrig wirkten.
„Was heißt das?" Christophers fixierte den Schemen, der näherzukommen schien und immer besser zu erkennen war.
„Sie waren tot!" Das Gesicht schien zu lächeln. „Aber jetzt nicht mehr!"
Christophers Augenbrauen zuckten herab. „Wie?"
„Das würden sie nicht verstehen!" Das Gesicht lächelte milde. „Noch nicht!" fügte es leiser hinzu.
„Was soll das heißen?" Die Gestalt war jetzt nahe genug, dass Christopher einige weitere Einzelheiten erkennen konnte. Das Gesicht war markant mit einigen Narben, die Augen stahlblau. Der Mann schien so um die Fünfzig zu sein. Er hatte eine Glatze, seine Ohren standen etwas weit vom Kopf ab. Christopher schätzte ihn aus seiner liegenden Position heraus auf etwa einen Meter achtzig. Sein Körper war sehr muskulös und durchtrainiert. „Weshalb wird mein Tod rückgängig gemacht? Warum bin ich hier?"
Der Mann schaute ihn einen Moment ausdruckslos an. „Sie sind hier, weil ich ihnen ein Angebot machen will!"
„Was für ein Angebot?" Christopher war sichtlich nicht begeistert.
„Sie haben hinter die Grenzen geschaut und sind damit ein Auserwählter!"
„Sie meinen den Gang in die Hölle?"
„Ja!" Das Gesicht lächelte wieder. „Mehr aber vielleicht noch die Tatsache, dass sie einem Dämon überhaupt die Stirn bieten konnten...und das auch noch überlebt haben! Nur ganz Wenigen ist das bisher gelungen!"
„Danke! Jetzt fühle ich mich gleich besser!" Christophers Gesicht verzog sich zu einer säuerlichen Grimasse.
Das Gesicht lachte heiser auf. „Sie glauben, das, was ihnen passiert ist, sei etwas *Besonderes*...? *Außergewöhnliches*...?"
„Ist es nicht?"

Jetzt wurde das Lachen lauter und herzlicher. „Nein!" Plötzlich wurde das Gesicht sehr ernst. „Ganz und gar nicht! Es gibt mehr Verbindungen zwischen den Welten, als sie ahnen und gut für uns ist!"
„Schön!" Christopher war noch immer nicht zufrieden. „Und was habe ich jetzt damit zu tun?"
„Der Grund, warum die Menschen auf der Erde noch leben können und von all dieser...*Scheiße* um sie herum nichts wissen, ist der, dass es Leute gibt, die bisher verhindern konnten, dass das Böse die Oberhand gewinnt!"
„Ah!" Christophers Blick erhellte sich. „Leute wie sie, was?" Er grinste.
Das Gesicht nickte mit ernster Miene. „Und sie!"
„Ich?" Jetzt war Christopher sichtlich sehr erstaunt.
Wieder nickte das Gesicht. „Sie haben gezeigt, dass sie es können. Sie sind ein Auserwählter. Ich könnte sie gut gebrauchen!"
„Sie? Wer sind sie? Wie ist ihr Name?"
„Mein Name?" Das Gesicht blickte etwas überrascht und einen Augenblick später sogar wehmütig, doch dann wurde es wieder ernst. „Man nennt mich *Ice*!"
„*Ice*?" Christopher zog die Augenbrauen hoch. Im selben Moment zuckte sein Körper krampfhaft zusammen und er stöhnte schmerzhaft auf. „Was...?" Wieder erzitterte sein Körper. „Was geschieht mit mir?"
„Ihr Leben kehrt zurück!"
„Aber...?" Christopher verspürte panische Angst, während er das Gefühl hatte, dass immer wieder Stromstöße durch seinen Körper zuckten. Das Bild vor seinen Augen wurde zunehmend heller und verzerrt.
„Denken sie über mein Angebot nach! Das Böse wird zunehmend mächtiger! Ich brauche sie!" Die Stimme, anfangs noch klar und deutlich, wurde jetzt sehr viel leiser und ebenfalls verzerrt. „Ich...ihre Antwort...halb von vierundzwanzig Stun... Rufen...nach...Dämo...jägern!" Das war alles.
Im selben Moment schien die Welt um ihn herum zu explodieren. Ein gleißendes Licht wogte tief in sein Bewusstsein und nahm ihm die Besinnung.

*

Ein kurzes, schrilles Kreischen zerriss die Stille um Silvia und Francesco. Es war etwa dreißig Sekunden her, dass der Roboterarm mit Christopher auf ihm durch die imaginäre Decke ins Nichts verschwunden war. Zu wenig Zeit für beide, um zu begreifen, was hier in den letzten Minuten wirklich geschehen war, aber doch lang genug, als das Silvia von einer furchtbaren Schmerzwoge nach der anderen malträtiert wurde.
Dann das Kreischen, das sofort ihre Aufmerksamkeit hatte. Silvia und der Alte rissen ihre Köpfe in die Höhe und einen Augenblick später sank der Roboterarm samt Christopher langsam wieder zurück zu Boden und verharrte dort mit einem deutlichen Klickgeräusch zwischen den beiden Menschen.
Obwohl Silvias Gesicht aus Sorge um ihren Partner gerötet und tränendurchtränkt war und ihre Augen noch immer feucht, konnte sie in den ersten Momenten nichts anderes tun, als Christopher anzustarren, denn nichts

von dem, was sie erwartet hatte, konnte sie sehen. Er sah noch immer so aus, als würde er ganz ruhig schlafen. Davon, dass er erst verbrannt, dann gelöscht, sofort danach verglüht war und letztlich vereist wurde war absolut nicht das Geringste zu sehen. Weder am Körper, noch an der Kleidung. Es schien, als wäre all das nicht geschehen und in ihrer totalen Verblüffung glaubte Silvia anfangs auch, sie hätte sich all das doch nur eingebildet.
Plötzlich bewegte sich Christophers Kopf ein wenig und ein leises, aber deutliches Stöhnen war zu hören.
„Christopher!" rief Silvia und sofort liefen weitere Tränen aus ihren Augen. Doch nicht aus Schmerz, sondern dieses Mal aus purer Erleichterung. Alle Sorgen waren vergessen, Freude trat an ihre Stelle. Silvia lächelte, anfangs nur unsicher, doch als seine Augen flackerten, lachte sie einmal auf, strahlte ihren Großvater breit an, der jetzt ebenfalls erleichtert lächelte und warf sich dann einfach auf Christophers Oberkörper und legte ihre Arme an seinen Kopf, um ihn zu streicheln. „Oh Chris!"
Ihr Partner selbst brauchte erst einmal ein paar Sekunden, bevor sein Blick sich klärte, wenngleich er fast schon instinktiv seine Arme anhob und sie auf Silvias Schultern legte. Dabei jedoch lag auf seinem Gesicht keine Freude, sondern eher eine Art Trauer.
Nach einigen Sekunden erhob sich Silvia wieder und schaute Christopher mit einem strahlenden Lächeln tränenüberströmt an. Als sich ihre Augen trafen, zuckte ein dünnes Lächeln über Christophers Lippen und Silvia konnte offensichtlich nicht an sich halten, warf sich nach vorn und küsste ihn.
Christopher ließ es geschehen, öffnete seinen Mund und als sich ihre Zungen berührten, stöhnte Silvia lustvoll auf. Auch Christopher entfuhr ein leises, kurzes Stöhnen.
Dann trennten sie sich und Silvia schaute ihm sofort wieder in die Augen. „Ich hatte eine solche Angst um dich. Du warst...!"
„Tot, ich weiß!" fuhr Christopher mit einem kurzen freudlosen Lächeln dazwischen.
„Ich musste es tun!" hob Francesco, der sich die ganze Zeit über still verhalten und die Freude seiner Enkeltochter genossen hatte, an. Als Christophers Kopf herumfuhr und ihn anstarrte, fügte er hinzu. „Es tut mir leid!"
„Wer sind sie?" raunte Christopher mit finsterer Miene zurück.
„Das ist mein Großvater!" rief Silvia überrascht. „Du kennst ihn doch!"
Christopher funkelte den Alten einen Moment stumm an. „Ich habe sie sterben sehen!"
Der Alte nickte. „Vor einem Jahr, in New York. Aber ich bin zurückgekehrt!" Er lächelte sanft. „So wie sie!"
„Um mich zu töten?"
„Nein!" Francesco schüttelte den Kopf. „Um sie zu retten!"
Christophers Blick verdunkelte sich gleich nochmals, doch konnte man auch deutlich die Verwirrung darin erkennen. „Ich habe keine Ahnung, was zum Teufel hier abgeht!"
„Dann will ich es ihnen erklären!"

Geräusche in der Finsternis

Da!
Es war jetzt das dritte Mal, dass er ein schlurfendes Geräusch hinter ihnen gehört hatte und war Peter sich bei den ersten beiden Malen nicht wirklich sicher gewesen, so bestand jetzt kein Zweifel mehr, dass sich außer ihnen noch etwas Anderes in diesem Tunnelsystem befand.
Zuerst wollte er daher auch abstoppen und sich auf die Lauer legen, doch just in diesem Moment gelangten sie an ihren Zielpunkt. Der Kanal lief noch weiter geradeaus, doch mitten drin befand sich eine freistehende Leiter an die Oberfläche.
Peter trieb die beiden Frauen zur Eile und blieb dicht hinter ihnen. Als sie den Aufstieg erreicht hatten, blickten sie in die Höhe, konnten aber außer einer undurchdringlichen Dunkelheit nichts erkennen. Aber eben auch keinen Nachthimmel, sodass Peter ganz zuversichtlich war, dass sie sich am richtigen Ort befanden, denn laut Maggie führte die Leiter in eines der Gebäude, in dem dann auch ein Kühlhaus zu finden war.
„Wartet kurz!" sagte er und hastete lautlos hinauf. Nach drei Metern fand er sich unterhalb eines eisernen Schachtdeckels wieder und hatte schon die Befürchtung, er müsse hier erneut seinen Schneidbrenner einsetzen, doch als er dagegen drückte, gab er bereits nach. Peter befand ihn als leicht genug, dass auch Talea ihn zur Seite befördern konnte und ließ sich ohne zu zögern in einem Ruck, aber dennoch lautlos wieder in den Tunnel fallen.
„Und?" fragte die junge Frau sofort.
„Da ist ein Schachtdeckel, aber du kannst ihn anheben!" Er nickte Talea zu, hob die schwarze Tasche an, die er kurz zuvor abgestellt hatte und drückte sie Francesca in die Hände. „Beeilt euch!"
„Was soll ich damit?" fragte die Alte.
„Du kommst nicht mit uns!" Das war keine Frage und Talea nickte. „Ich habe es auch gehört!" Sie erkannte Überraschung in Peters Gesicht. „Lass uns das zusammen machen!"
Doch Peter schüttelte den Kopf. „Bringt ihr die Pyramide in das Kühlhaus. Ich kümmere mich um den Rest!" Er sah, dass Talea widersprechen wollte. „Keine Widerrede. Macht schon!" Er schob die beiden Frauen förmlich die Leiter hinauf.
„Viel Glück!" Talea drehte sich nochmals nach unten, doch Peter war schon auf dem Weg zurück zur nächsten Ecke. Reglos blickte sie ihm nach.
„Er hat Recht!" sagte die Alte unter ihr. „Wir müssen uns um das Tor kümmern!" Doch ihre Freundin rührte sich nicht. „Talea!" mahnte sie deshalb etwas lauter und drückte von unten gegen ihren Körper.
Das brachte sie zurück in die Wirklichkeit. „Natürlich!" erwiderte sie und machte noch einen Schritt in die Höhe, dann drückte sie gegen den Schachtdeckel. Peter hatte Recht, sie konnte ihn ohne große Mühen beiseiteschieben. Schnell

kletterte sie ganz hinauf. Sofort danach ging sie in die Hocke und drehte sich einmal um ihre eigene Achse, während sie die nähere Umgebung mit der Taschenlampe ausleuchtete. Wie Peter gesagt hatte, befanden sie sich innerhalb eines Gebäudes. Sie erkannte schmutzige Wände, einige große Kisten, einen Deckenkran, dessen Haken weniger als zwei Meter neben ihr hing und ein paar Regale an einer der Wände.
Plötzlich erschrak sie, als sie eine Hand auf ihrem Knöchel spürte, doch als sie sich blitzschnell herumdrehte, erkannte sie Francesca, die einige Mühe hatte, aus dem Schacht herauszuklettern. Talea half ihr und zog sie zu sich.
Die Alte musste kurz durch schnaufen, bevor sie nickte. „Okay!"
Talea hatte währenddessen weiter die Umgebung sondiert. Sie nickte der Alter jetzt ebenfalls zu. „Dann hier entlang!"

*

Peter spürte, wie sein Puls mit jedem weiteren Schritt immer schneller wurde und wie sein Blut in seinen Ohren rauschte.
Nachdem er die erste Biegung *auf dem Rückweg* hinter sich gebracht hatte, wobei ihm in der Sekunde, da er um die Ecke zuckte, vor Nervosität fast das Herz stehen geblieben wäre, hörte er wieder ein Geräusch.
Es kam jedoch nicht aus der Richtung, aus der es vermutet hätte, sondern aus einem Gang auf der linken Seite. Weniger bedrohlich wirkte es deshalb aber nicht.
Peter beschloss dem Geräusch nachzugehen. Der Kanal, den er jetzt betrat, war etwas kleiner und daher enger, als der erste. Er musste noch geduckter gehen und fühlte sich sogleich unangenehm eingeengt. Seine Nervosität stieg erneut.
Natürlich hatte er in seinem Leben schon so manches Gefecht bestritten und eigentlich galt er als ruhiger, besonnener, nervenstarker und ziemlich eiskalter Mensch, doch einem solchen Gegner, wie diesen furchtbaren Kreaturen aus der Finsternis, hatte er noch nie zuvor gegenübergestanden und die eigentlich weniger als gar nicht vorhandenen Aussichten, diese Bestien zu besiegen, geschweige denn zu töten oder überhaupt auch nur aufzuhalten, hinterließen deutliche Spuren auf seinem Nervenkostüm.
Doch Peter wusste um seine Verantwortung. Nicht nur um die, die ihm Mister Arisagi vor drei Monaten hatte klarzumachen versucht – damals hatte er eingewilligt, weil er es einfach für einen riskanten, aber dennoch interessanten Job gehalten hatte, für den er letztlich ja auch eingestellt und vor allem hervorragend ausgebildet war – sondern weit mehr noch um die, die er jetzt tief in seinem Herzen und seiner Seele für die Menschen empfand, die mit ihm gegen diese gewaltigen Windmühlen kämpften, weil er erkannt hatte, welch aufrechte, mutige und selbstlose Charaktere sie waren, die jede Hilfe verdient hatten, die er ihnen geben konnte.
Und deshalb zögerte er jetzt nicht, sondern spürte, wie ihn wieder diese Ruhe befiel, die ihn stets ausfüllte, wenn es wirklich hart auf hart kam und ihm bisher immer den entscheidenden Vorteil gegenüber seinen Gegnern verschafft hatte.

Wieder vernahm er ein Geräusch. Erst ein Kratzen, als wenn etwas Scharfes über den Betonstein der Tunnelwände schabte, dann ein tiefes Brummen. Und es war nicht mehr weit entfernt. Irgendwo direkt hinter der nächsten Biegung, die keine drei Meter mehr vor ihm lag. Deutlicher Verwesungsgeruch stieg ihm in die Nase, ebenso der von frischem Blut. Peter umfasste seine MP fester, drückte sich gegen die linke Tunnelwand und schob sich langsam und geräuschlos bis zur Ecke vor. Wieder hörte er ein Schaben, dann ein Brummen, gefolgt von einer Art Hecheln. Damit gab es für Peter keinen Zweifel mehr, was ihn erwarten würde. Er befand sich jetzt direkt neben der Tunnelecke. Blitzschnell zuckte sein Kopf für den Bruchteil einer Sekunde herum, bevor er sich wieder fest an die Tunnelwand presste. Er hatte kaum etwas erkennen können. Etwas Dunkles, das offensichtlich am Boden lag, einen größeren Körper, der sich direkt dahinter befand. Vielleicht... Ebenso gut konnte aber auch nichts davon wirklich dort sein. Deshalb hatte er nur eine Wahl. Er schloss die Augen, atmete einmal tief durch, dann öffnete er seine Augen wieder, spannte seine Muskeln an und wirbelte in einer fließenden, kontrollierten Bewegung in den Gang hinein. Sein Finger am Abzug zuckte bereits, als er plötzlich erstarrte. Ja, da war ein Körper am Boden. Auch gab es frisches Blut, das aus einer großen, tiefen und sicherlich tödlichen Wunde zu Boden rann und feucht schimmerte. Offensichtlich hatte das Untier bereits ein weiteres Opfer gefunden, wenngleich Peter im ersten Moment nicht zu sagen vermochte, was es war. Doch die Bestie selbst, die er hinter dem toten Körper zu sehen geglaubt hatte, war nicht mehr da. Für einen Sekundenbruchteil war Peter unschlüssig, da um ihn herum alles totenstill war, dann machte er einen Schritt nach vorn, um zu sehen, was dort am Boden lag. Als er direkt davor hockte, erkannte er, dass der Körper von Fell bedeckt war und er war irgendwie froh, dass es kein Mensch war. Vorsichtig streckte er seine linke Hand aus.
Im selben Moment war ein tiefes Knurren zu hören und ein Schatten zuckte aus der Finsternis direkt auf ihn zu. Peter erschrak zutiefst und schrie auf, doch wurde sein Schrei bereits von dem lauten Brüllen übertönt, dass den Tunnel komplett einnahm.

*

Talea fuhr förmlich zusammen und erstarrte augenblicklich in ihrer Bewegung, als sie die unheimlichen Geräusche hörte, denn sie brauchte wahrlich nicht lange zu überlegen, wo sie herkamen. Es hörte sich an wie das Brüllen, das sie schon so gut kannte, wenngleich sie sich schon so oft gewünscht hatte, es niemals je vernommen zu haben. Außerdem glaubte sie einen menschlichen Schrei zu hören. Alles klang derart gespenstisch, dass ihr eine eiskalte Gänsehaut über den Rücken kroch. Sofort war ihr klar, dass sie Peter niemals hätte allein lassen dürfen. Instinktiv zuckte ihr Körper herum und sie machte einen Schritt in die entgegengesetzte Richtung.
„Nein!" Francesca, die direkt neben ihr stand und ebenfalls zusammengezuckt war, ergriff ihren linken Arm und hielt sie fest. Als Talea sich zu ihr umwandte,

fügte sie hinzu. „Du darfst nicht zurück!" Sie wartete, bis die junge Frau sie direkt ansah. „Es hätte jetzt auch keinen Sinn mehr!"
Im ersten Moment schien es so, als wolle Talea der Alten an die Kehle springen. Francescas Blick war so hart und unerbittlich, dass sie fast hätte kotzen können. Doch als sie in die Augen ihrer Freundin blickte und dort den gleichen Schmerz angesichts der Geräusche und ihrer offensichtlichen Ursache erkennen konnte, wusste sie, dass Francesca jetzt nicht tat, was sie wollte, sondern das, was notwendig war.
Talea nickte wortlos und Francesca löste ihren Griff. Stumm und traurig machten sie sich wieder auf den Weg.

Liebe braucht Hoffnung

„Mann, bin ich voll!" Horror stöhnte lustvoll auf und klopfte sich demonstrativ auf seinen gefüllten Bauch, den er absichtlich noch herausstreckte.
„Du hast auch nicht gegessen, Alter...!" erwiderte sein Bruder, während er sich ein kleines Cevapcici in den Mund stopfte. „...du hast gefressen!"
„Ja...!" bestätigte Heaven sofort. „...echt widerlich!" Sie verzog ihre Mundwinkel. Horror grinste sie breit an. „Wer weiß schon, wann wir das nächste Mal sowas Gutes vorgesetzt bekommen?" Er zuckte in den Schultern. „Dann lieber ein Schwein und satt, als ein Mensch mit einer verpassten Gelegenheit!"
Darauf hatten die anderen offensichtlich nichts zu erwidern, denn sie lachten nur leise vor sich hin, weil Horror ja nicht einmal Unrecht hatte.
„Essen macht müde!" meinte Bim mit einem Gähnen. „Ich könnte jetzt ein Sofa oder sowas gebrauchen!" Ein leises Zischen ertönte. Bims Blick zuckte nach links und schon im nächsten Moment war er sichtlich erstaunt, weil er dort, quasi aus dem Nichts erschienen, mehrere sehr bequem aussehende Sessel und Couchen aus weichem, dunklem Leder erkennen konnte.
„Alter!" rief Horror verblüfft aus. „Wie hast du das gemacht?" Er schaute Bim mit großen Augen an, doch der konnte nur die Luft in die Wangen blasen und mit den Achseln zucken. Für Horror schien das Antwort genug, denn er grinste nur und machte sich sofort mit einem lustvollen Stöhnen auf dem nächstbesten Sessel breit.
Wenige Augenblicke später taten es ihm alle anderen gleich und in ihren Gesichtern sah man echte Zufriedenheit.
„Sehr bequem!" bestätigte Terror dann. „Aber mir ist langweilig!"
„Langweilig?" fragte Heaven mit einem abschätzigen Blick. „Was stellst du dir denn vor?"
Terror antwortete nicht sofort, sondern schien ernsthaft zu überlegen. „Ein Fernseher wäre nicht schlecht. Es ist schon lange her, dass ich was in der Glotze geschaut habe!" Sein Blick wurde fast ein wenig melancholisch.
„Klasse Idee!" rief sein Zwillingsbruder und war – wie alle anderen auch – sehr überrascht, als urplötzlich ein riesiger Flachbildfernseher mit entsprechender Surround-Anlage wie aus dem Nichts vor ihnen auftauchte. „Wow!" Er war sofort beeindruckt. „Was zum Geier ist denn das?"
„Ein Fernseher!?" Douglas schaute ihn leicht irritiert an.
„Was?" Das war jetzt Bim. „Aber der ist doch viel zu...dünn!"
„Ihr seid wohl schon lange in der Hölle gewesen, was?" fragte Alfredo daraufhin.
„Offensichtlich!" brummte der Schwarze und war sichtlich bedient.
„Ist doch egal!" meinte Terror und schnappte sich die Fernbedienung, die auf einem ebenfalls plötzlich vorhandenen Tisch lag. Mit einem Grinsen schaltete er sie ein, doch es erschein nur ein blaues Bild.

„Was ist?" fragte Heaven daraufhin mit einem säuerlichen Grinsen. „Hast du ihn schon kaputtgemacht?"
„Blödsinn!" erwiderte Terror mürrisch, aber etwas nervös.
„Sie wollten nur einen Fernseher!" meinte Cynthia und als sie die anderen irritiert anschauten, fügte sie hinzu. „Sie müssen sich noch einen Film wünschen!"
„Ah...!" Terrors Blick erhellte sich augenblicklich. „...natürlich! Einen Film!" Sofort aber verdunkelte sich sein Blick wieder. „Was für einen?" Er schaute seinen Zwillingsbruder fragend an.
„Ääähhh!" Der war aber genauso ratlos.
„Also ich will was Entspannendes!" rief Heaven sofort. „Ich will Alien 2!"
Schon verschwand das blaue Bild auf der Mattscheibe und ein unterschwelliges Brummen ertönte gleichzeitig.
„Was?" Terror war beinahe entsetzt. Das Brummen brach sofort ab und die Mattscheibe wurde wieder blau. „Bist du verrückt? Hast du noch nicht genug davon gehabt?" Er starrte Heaven an, doch die grinste nur breit zurück.
„Ich will was Realistisches!" rief Horror. „Ich will Toy Story!" Kaum gesagt, wechselte der Bildschirm wieder auf Schwarz und erneut war ein unterschwelliges Brummen zu hören.
„Nein!" Das war Bim. Der Ton verstummte, das Bild wurde wieder blau. „Das ist doch Bullshit. Ich will was Romantisches!" Er zögerte einen Moment, weil alle ihn anstarrten, denn sie erwarteten von ihm jetzt natürlich das genaue Gegenteil von romantisch. „Ich will Joe Black!"
„Was?" Terror Stimme kreischte fast.
„Rendezvous mit Joe Black?" Cynthias Blick zeigte echte Verwirrung.
Doch Bim nickte nur und senkte seinen Blick. „Was fürs Herz!" Seine Stimme wurde immer leiser. „Damit ich weiß, dass ich noch eines habe!" Er atmete traurig durch.
Für einen Moment trat Stille ein.
Dann meinte Razor. „Als ich noch ein Kind war, hat mein Vater mir die Star Wars Filme gezeigt. Die fand ich total cool!"
„Stimmt!" Horror nickte. „Schade, dass der alte George die anderen Teile nicht auch verfilmt hat!" Sein Zwillingsbruder, Bim und Razor nickten.
„Doch hat er!" rief Douglas.
„Was?" Horror war sofort erstaunt.
„Stimmt!" meinte Heaven und nickte. „Den ersten Teil hab ich auch noch gesehen, bevor ich...!" Sie verstummte.
„Mittlerweile gibt es sogar schon einen zweiten!" Douglas lächelte.
„Oh geil!" Terror war sofort Feuer und Flamme. „Die will ich sehen!"
„Wirklich?" Douglas schaute in die Runde und alle nickten. „Okay!" Er räusperte sich. „Dann *Stars Wars, Die dunkle Bedrohung* bitte!"
Kaum hatte er es ausgesprochen, da wurde der Bildschirm schon wieder blau und das unterschwellige Brummen schwoll an. Auf dem Bildschirm erschien das THX-Symbol und innerhalb von wenigen Augenblicken fuhr die Surround-Anlage zur vollen Lautstärke hoch, dass es in ihren Ohren nur so rappelte.

Douglas musste grinsen und ein Blick auf Cynthia zeigte, dass seine Frau es ihm gleichtat. Doch das war auch kein Wunder. Eine Surround-Anlage kannten sie alle wohl noch nicht und der glasklare Rundumklang und die hochauflösende HD-Qualität der Bilder taten ihre Wirkung und machten aus Razor und seinem Trupp wieder Kinder, die mit großen, strahlenden Augen und einem breiten Dauergrinsen komplett in der wunderbaren Welt der Jedis gefangen waren.

*

„Verdammter Bastard!" grollte Christopher, nachdem Francesco geendet hatte.
„Ich kann ihre Reaktion verstehen!" Der Alte blickte finster drein. „Aber angesichts der Möglichkeiten, die ihr Großvater hatte, bin ich mir sehr sicher, dass ich ebenso gehandelt hätte!" Er schaute Christopher direkt an. „Howard hat sie dennoch nur schützen wollen!"
Christophers Gesicht war sehr finster und er hatte die Lippen geschürzt, während er immer wieder leicht den Kopf schüttelte. „Tut mir leid, das kann ich nicht glauben!" Er atmete hörbar ein und hob seinen Blick, fixierte den Alten.
„Das tut *mir* leid!" erwiderte Francesco. „Für mich war Howard der beste Freund, den ich mir nur wünschen konnte und ein unendlich aufrichtiger Mann!" Auch er atmete tief durch. „Vielleicht haben sie ihn nur nie so kennengelernt, wie ich!"
„Kunststück!" Christopher verzog die Mundwinkel. „Jeder Fremde stand mir näher als er!"
„Dann sollten wir uns bei Gelegenheit nochmal darüber unterhalten!" erwiderte Francesco.
„Was ist eigentlich mit dem Tor?" fragte Silvia unvermittelt und als sie die beiden Männer irritiert ansahen, fügte sie hinzu. „Das Tor zum Himmel!" Sie deutete mit dem Kopf auf Christopher. „Hat er es noch in sich?"
In Christophers Gesicht konnte man große Überraschung erkennen und aufkommendes Interesse. Mit großen Augen schaute er den Alten an. „Ja, habe ich diesen Mist noch in mir?"
Francesco erwiderte den Blick des Jungen irritiert und wenig erfreut über die Bezeichnung, die er gebraucht hatte. „Nein!" Er schüttelte den Kopf. „Es wurde...entfernt!"
„Gott sei Dank!" Silvia war sichtlich erleichtert und auch Christopher lächelte zufrieden.
„Aber...!" Francesco verzog die Mundwinkel. Er schob seine linke Hand ein wenig zur Seite und wie aus dem Nichts erschien dort plötzlich ein kleiner, gläserner Würfel, dessen Kanten kaum länger als fünf Zentimeter waren. In seinem Inneren, jedoch mit dem ersten Blick kaum zu erkennen, strahlte ein winziger Lichtpunkt. „...sie müssen es trotzdem behalten!"
„Was?" Das war fast ein gleichzeitiger Aufschrei von Beiden.
„Sind sie irre?" fragte Christopher mit finsterer Miene, während ihm der Alte den Würfel direkt vor die Nase hielt und er seinen Inhalt dabei nicht aus den Augen ließ. „Bleiben sie mir weg mit dem Ding!"

„Warum kann es nicht einfach hier bleiben?" fragte Silvia, die sich einer gewissen Faszination in ihrem Blick nicht erwehren konnte.
Francesco schüttelte sofort energisch den Kopf. „Das Tor ist ein menschliches Artefakt und hat hier nichts zu suchen. Sie müssen es wieder mitnehmen!"
Christopher starrte den Alten sichtlich entgeistert an, als der ihm den Würfel auf die Hand legte. „Und was soll ich damit machen?"
„Solange es in dem Würfel ist, ist es vollkommen sicher und strahlt auch nicht nach außen. Suchen sie sich einen guten Platz, wo niemand es finden kann!"
„Das Ding sieht mir aber nicht sehr stabil aus!" meinte Silvia.
„Keine Sorge!" Francesco lächelte. „Der Würfel ist robuster, als er aussieht. Keine irdische Macht vermag ihn zu zerstören, wohl aber...!"
„Ja, ja...!" fuhr Christopher genervt dazwischen. „Sparen sie sich das! Wenn diese Sache hier erledigt ist, werde ich auswandern!"
„Auswandern?" Francesco runzelte die Stirn. „Dämonen sind überall!"
Christopher brummte missmutig. „Dann auf den Mond oder auf den Mars. Alpha Centauri, was weiß ich?" Er verzog sein Gesicht zu einer säuerlichen Grimasse.
„Gute Idee!" Der Alte nickte. „Überlegen sie sich was. Ich werde in der Zwischenzeit mal nach den Anderen sehen!" Er wartete, bis Silvia und Christopher ihn ansahen. „Ihr beide habt euch sicher ein paar Dinge zu erzählen!" Er versuchte ein fröhliches Lächeln, doch es wurde eher aufmunternd. „Kommt nach, wenn ihr soweit seid!" Er wartete, bis Silvia zurücknickte, dann drehte er sich um und ging in die Richtung, aus der vor einigen Minuten gekommen waren.

*

Beide schauten dem Alten hinterher, doch auch als er wie durch einen Nebel langsam unkenntlich wurde und schließlich komplett verschwunden war, blieben ihre Blicke dorthin gerichtet.
Einen langen Moment lang und es schien so, als würden beide ihren Gedanken nachhängen, doch das stimmte nicht. Beide hatten einfach ein wenig Angst davor, allein mit dem anderen zu sein, denn jetzt gab es keine Action mehr, keine Hektik, keine Panik, kein Agieren oder Reagieren, sondern nur noch Ruhe - und somit auch keine Ausflüchte mehr, miteinander zu reden.
Beide überfiel gleichzeitig eine Unruhe, die sich deutlich in ihren Gesichtern zeigte.
Silvia wandte als Erste ihren Kopf und warf Christopher einen verstohlenen Blick zu. Als sie erkannte, dass Christopher sie ebenfalls ansah, lächelte sie.
Daraufhin jedoch wurde Christopher ernst und räusperte sich. „Hör mal, Silvia!" Er wartete, bis sie sich ihm gänzlich zugewandt hatte. Obwohl sie in schmutzigen, teilweise zerrissenen Klamotten steckte und auch im Gesicht ziemlich wüst aussah, konnte Christopher doch sofort ihre wahre Schönheit und ihre atemberaubende Ausstrahlung erkennen, die ihm eine leichte Gänsehaut bescherte. Dennoch blieb er ernst. „Wir müssen reden!"

Silvias Lächeln verschwand abrupt, denn sie erkannte offensichtlich sofort, was Christopher meinte. „Oh Gott Christopher. Ich weiß, was du meinst!" In ihren Augen war deutlicher Schmerz zu sehen. „Und es tut mir so wahnsinnig leid!" Sie setzte sich neben ihn auf die Bahre, nahm seine linke Hand in ihre Hände. „Ich habe einen schlimmen Fehler begangen!" Obwohl es ihr sichtlich schwerfiel, zwang sie sich, ihn direkt anzusehen. Christopher spürte erneut eine Gänsehaut und er wusste, dass sie ihre Worte absolut ehrlich meinte. „Ich weiß überhaupt nicht, was in mich gefahren ist? Ich liebe dich doch!" Ihre Augen glänzten tränenfeucht. Ihre linke Hand zuckte in die Höhe und streichelte sanft seine Wange. Christopher konnte spüren, dass sie dabei leicht zitterte. „Ich verspreche dir, es wird nie wieder vorkommen. Oh, es tut mir so unendlich leid, dass ich dich verletzt habe! Dass du es mit ansehen musstest! Dass ich es überhaupt getan habe!" Sie wartete, bis Christopher sie ebenfalls ansah. „Bitte verzeih mir!" Ein tiefes Flehen lag in ihrer Stimme und in ihrem Blick.

Christopher sah sie lange ausdruckslos an. Er spürte, dass Silvia mit jeder Sekunde immer nervöser und unsicherer wurde und er wollte sie nicht länger quälen. „Nein! Mir tut es leid!" Er nahm ihre Hand von seiner Wange und küsste sie. „Mehr als jeder andere habe ich dich verletzt!" Er wartete, bis Silvia ihn ansah. „Ich war so lange so blind...!" Er schüttelte mit ernster Miene den Kopf und auch in seinen Augen sammelten sich Tränen. „Es tut mir so leid, aber...!" Wieder schüttelte er den Kopf. „...es gibt ganz einfach keine Entschuldigung dafür. Niemals!"

„Aber...!" Silvia versuchte zu lächeln, was aufgrund ihrer Tränen ohnehin schon nicht glücklich wirkte, man ihr aber zusätzlich noch deutlich den Schmerz ansah, den die Erinnerungen an das, was Christopher meinte, in ihr verursachten. „Das ist doch Vergangenheit...oder?"

„Ja!" Christopher antwortete sofort, mit klarer Stimme und nickte zusätzlich. „Das ist Vergangenheit!"

„Dann lass es uns vergessen!" meinte Silvia. „Und einen Neuanfang wagen!" Wieder versuchte sie zu lächeln.

„Einen Neuanfang?" Christophers Gesicht wurde unendlich traurig. „Glaubst du, dass das möglich ist?" Er sah sie direkt an. Silvia nickte, zögerlich anfangs, doch sie blieb stumm. „Ich liebe dich! Mehr, als alles andere in dieser Welt und auch in jeder anderen, die es noch geben mag. Das weiß ich...seit jener Nacht, in der ich dich für immer verloren glaubte!" Er musste abstoppen und nach Luft schnappen. Als er weitersprach, erfasste ihn ein kurzer, aber heftiger Tränenschauer und seine Worte klangen zittrig. „Ich bin so froh, dass du am Leben bist!" Silvia schluchzte plötzlich ebenfalls. Sie beugte sich vor, wollte ihn umarmen, doch Christopher hatte sich bereits wieder einigermaßen gefangen und blockte das sanft ab. „Doch du hast fast ein ganzes Jahr in der Hölle verbracht. Du hast dich verändert. Du bist stärker geworden, kritischer...ernster. Und ich denke, du hast mich durchschaut!"

„Durchschaut?" Silvia war sichtlich irritiert. „Was heißt denn das?"

Christopher lächelte traurig. „Du hast mich geliebt, all diese Jahre. Und ich habe diese Liebe mit Füßen getreten, so oft, so...!" Seine Stimme brach ab und er

schüttelte erneut den Kopf. „Du hast es hingenommen, weil du sicher warst, dass auch ich dich liebe. Deine Liebe zu mir, hat dich den Schmerz ertragen lassen!"
Silvia nickte. „Ja, weil ich immer wusste, es würde eines Tages enden. Und auf das, was dann folgen würde, war jede Träne und jeder Schmerz zu ertragen!"
Christopher nickte, doch sein Gesicht zeigte, dass er große Zweifel hatte. „In der Hölle aber hast du erkannt, dass du dich getäuscht hast!" Er wartete, bis Silvia ihn fast erschrocken ansah. „Nichts ist es wert, all das zu ertragen. Niemand hätte jemals das Recht gehabt, dir so wehzutun…am allerwenigsten ich. Deine Liebe zu mir war klar, rein und ehrlich. Meine war…eine Lüge!"
„Was?" Silvia starrte ihn fassungslos an.
„Das, was ich jetzt für dich empfinde, ist die Liebe, die du mehr als alles andere all die Jahre und bis in alle Ewigkeit verdient hättest!" Christopher fixierte ihren Blick, so schwer ihm das auch fiel. „Damals aber…!" Er brach ab und schüttelte den Kopf. „Wie könnte ich behaupten, dass es Liebe zu dir gewesen war, als ich…? Welche Art von Liebe könnte es akzeptieren, den Menschen, den man liebt wissentlich zu verletzen?"
„Aber…?" Silvia suchte nach Worten. „Menschen machen Fehler. Du…ich. Auch in der Liebe. Aber alles…!" Sie suchte seinen Blick. „Alles ist heilbar, wenn man nur will!"
„Glaubst du wirklich?" Christopher lächelte traurig. „Du hast mich geliebt und ich habe dich all die Jahre betrogen. Jetzt liebe ich dich und du betrügst mich. Glaubst du wirklich, dass unsere gemeinsame Liebe hier noch eine Chance hat?"
„Aber, ich liebe dich doch noch immer!" Silvia wurde schlagartig sehr ernst. „Razor war ein Fehler. So wie du Fehler gemacht hast. Aber wir beide haben sie als solche erkannt. Und nur das zählt doch!"
„Was, wenn es wieder passiert?" Christopher Blick war sehr ernst. „Was, wenn wir hier und jetzt einen Neuanfang geloben und am Ende einer von uns es wieder zerstört?"
Silvia schien sofort etwas erwidern zu wollen, doch stattdessen atmete sie einmal langsam und tief durch. Dabei jedoch ließ sie Christophers Blick nicht los. „Du suchst Sicherheit? Du wirst keine finden!" Sie schüttelte den Kopf. „In der Liebe gibt es keine Sicherheit. Aber Hoffnung!" Sie blieb einen Moment stumm und schaute Christopher mit sehr ernster Miene an. „Ich habe Hoffnung. Es ist mir vollkommen egal, was gewesen ist, ich kann es verzeihen. Denn ich habe in deine Seele geschaut, Christopher und was ich dort gesehen habe, ist so viel mehr, als ich mir je vom Leben erträumt habe und allemal eine zweite Chance wert. Ich bin bereit, es zu wagen, wohlwissend, dass ich erneut verlieren kann. Weil ich weiß, dass du es wert bist!" Sie streichelte wieder sein Gesicht und lächelte. „Aber all das hat natürlich nur Sinn, wenn du ebenso dazu bereit bist!" Plötzlich wurde sie wieder sehr ernst. „Und ich sehe, dass das – zumindest im Moment – nicht der Fall ist!" Sie setzte sich aufrecht und nahm ihre Hände von ihm.

„Ich habe Angst Silvia!" Christophers Blick war schmerzvoll. „ Angst, es wieder zu vermasseln. Und ich könnte es nicht ertragen, dich wieder zu verletzen!" Er versuchte zu lächeln, doch es wurde nicht erwidert. „Vielleicht....? Vielleicht brauche ich etwas Zeit? Und Ruhe? Vielleicht, wenn diese Sache hier hinter uns liegt?"
Silvia atmete hörbar ein und nickte dann bei ausatmen. „Natürlich!" Sie erhob sich. „Ich gehe jetzt zu den anderen!"
„Warte!" Christopher erhob sich rasch. „Ich komme mit!"
„Sicher?"
Er nickte.

Getrennte Wege

„Wie geht es deiner Mutter?" fragte Francesco und schaute seinen Sohn mit trauriger Miene an. Sie hatten sich ein wenig von der Gruppe, die noch immer den Spielfilm schaute, entfernt.
„Ich dachte, du hättest gesagt, dass du sie sehen und fühlen konntest?" Alfredo sah ihn überrascht an.
„Stimmt!" bestätigte der Alte. „Aber nicht beständig!"
Jetzt nickte Alfredo. „Was soll ich sagen?" Er schaute seinen Vater direkt an. „Ihr wart immer das Paradebeispiel für eine wundervolle, gleichberechtigte, intensive Partnerschaft. Jeder wollte so sein, wie ihr. Ich eingeschlossen!" Er grinste kurz, wurde dann aber wieder ernst. „Du fehlst ihr. Jeden Tag verliert sie mehr von dem, was sie einst ausgemacht hat, weil sie einfach nicht mehr vollständig ist!"
Francescos Gesicht zeigte tiefe Trauer und noch tieferen Schmerz. Fast schien es so, als wolle er weinen.
„Eigentlich gibt es nur noch eines, worauf sie sich wirklich freut!" fügte Alfredo hinzu.
Doch bevor er weiterreden konnte, hatte Francesco seine rechte Hand abwehrend erhoben. Gleichzeitig schüttelte er den Kopf. „Nein! Ich weiß, was du sagen willst. Tu es bitte nicht! Es tut schon jetzt viel zu sehr weh!"
Plötzlich registrierte Francesco Bewegung direkt neben sich und nur einen Augenblick später waren Silvia und Christopher komplett aus dem weißen Nichts erschienen.

*

„Im bekannten Universum hast du gesagt!" Die Beiden gingen engumschlungen, waren fröhlich und ausgelassen. Silvia lachte ihren Partner an. Francesco konnte in ihren Augen sehen, dass sie in diesem Moment glücklich war – endlich wieder. Er freute sich sehr für sie, auch wenn ihn im Augenblick ein vollkommen anderes Gefühl einnahm.
„Ja und?" Christopher schien nicht ganz zu verstehen.
„Na ja, gemessen an dem gesamten Universum ist das bekannte Universum winzig klein. Was ist, wenn eines Tages Fremde von ganz weit her kommen und da eine heiße Alien-Schnalle dabei ist?"
„Ääähhh!" Christopher war sichtlich perplex, blieb stehen und war für einen Moment sprachlos. Hilflos prustete er die Luft in die Wangen.
„Ja, hast Recht!" Silvia verzog die Mundwinkel. „Vielleicht ist ja auch ein geiler männlicher Alien-Arsch dabei! Wer mag das schon wissen, was?" Sie grinste breit, zwinkerte Christopher zu und ließ ihn dann einfach stehen.

Der wiederum schaute beinahe hilflos zu Francesco und Alfredo, die ihm jedoch mit einem Grinsen und einem Achselzucken zu verstehen gaben, dass er in dieser Sache von ihnen ganz sicher keine Hilfe zu erwarten hatte.

Silvia wurde sofort von Cynthia und Douglas begrüßt, mehr noch aber natürlich Christopher. Anfangs standen auch nur die vier zusammer, doch schnell gesellten sich Razor und sein Trupp dazu, denen die Lust auf Sternkriege offensichtlich vergangen war.
„Aber apropos!" Christopher wandte sich an Francesco. „Gibt es eigentlich weibliche Dämonen?"
Der Alte sah ihn nur verwirrt an.
„Die sind doch alle weiblich!" rief Terror sofort.
„Was?" Das waren so ziemlich alle, die um ihn herumstanden.
„Was?" verteidigte sich Terror. „Oder hat schon einmal einer von euch einen Schwanz bei denen gesehen?"
„Ähm, ja!?" meinte Heaven mit einem Stirnrunzeln.
„Nein, nicht den!" erwiderte Terror und deutete auf sein Hinterteil. „Ich meine den!" Er deutete auf sein Goldstück.
Darauf hatte offensichtlich keiner eine Antwort, denn alle blieben stumm.
„Das ist doch Blödsinn!" raunte Francesco mit einem Male. „Dämonen haben kein Geschlecht...!"
„Ist ja doof!" meinte Horror. „Kein Wunder, dass die so schlecht drauf sind!"
Francesco wirbelte zu ihm herum und funkelte ihn zornig an. „...wohl aber jede Menge Blutdurst!" Er drehte sich zurück zu den anderen. „Und deshalb müssen wir uns jetzt trennen!"
„Was?" Seine Enkeltochter erschrak sichtlich, doch auch alle anderen waren zumindest überrascht.
„Diese Sache ist noch nicht vorbei!"
„Was denn nun noch?" fragte Douglas, dem man deutlich ansah, dass er es lieber gehabt hätte, wenn ihm der Alte gesagt hätte, er könne jetzt nach Hause gehen und sich auf sein bequemes Sofa legen.
„Es ist noch etwas in der Hölle, was dort ganz sicher nicht hingehört!" Francesco sah in den Gesichtern der anderen, dass sie nicht wussten, worauf er hinauswollte.
Bevor er aber weiterreden konnte, sagte Cynthia. „Das Tor zur Erde!" Einen Moment später schauten sie alle irritiert an.
Doch Francesco nickte. „Genau!"
„Stimmt!" rief Christopher plötzlich. „Ich kann mich daran erinnern. Das hatte doch der Dämon bei sich, der vor mir durch das Tor zur Hölle gegangen ist. Richtig?"
Francesco nickte. „Er hatte es und es ist gelungen, es zu aktivieren!"
„Heißt das, dass dadurch jetzt Dämonen aus der Hölle auf die Erde gelangen können?" Alfredo sah ihn mit großen Augen an.
Sein Vater nickte. „Ja und es werden beständig mehr!"

„Okay!" Christopher nickte. „Dann sollten wir zurückgehen und das verhindern, nicht wahr?"
„Das ist nicht möglich!" erwiderte der Alte sofort. „Sie können nicht mehr zurück!"
„Was?" Silvia schaute ihren Großvater direkt an. „Warum nicht?"
„Weil das nur mit einem Tor geht! Und wir haben keines dafür!"
„Aber…?" Cynthia zog die Augenbrauen zusammen. „Warum können wir nicht auf dem gleichen Weg zurück, auf dem wir hierhergekommen sind?"
„Durch den Strom der Verdammten?" Francesco schüttelte den Kopf „Unmöglich!"
„Und warum?" fragte Silvia.
„Weil ihr…!" Er deutete kurz auf sie, Christopher, Cynthia, Douglas und Alfredo „…offenbar verkennt, dass ihr nicht tot seid. Deshalb ist euch der Wechsel in den Welten versperrt, es sei denn, ihr habt das entsprechende Tor!"
„Aber hierher sind wir doch auch ohne Tor gekommen?" bohrte Cynthia.
Francesco nickte. „Das war, um euch vor Samaels Zorn zu retten und eine einmalige Sache. Zurück geht es damit nicht. Aber das ist auch gar nicht nötig und vor allem nicht sinnvoll!"
„Warum?" Das war Christopher.
„Um das Tor kümmere ich mich!" erwiderte Francesco mit fester Stimme. „Euch brauche ich auf der Erde viel dringender!"
„Wofür?" Douglas Stimme klang böses ahnend.
„Gott weiß, wie viele Dämonen durch das Tor schon auf die Erde gelangt sind? Und wie viele noch dazukommen, bis ich es wieder schließen kann!" Er schaute in die Runde. „Ihr müsst euch darum kümmern!"
„Wir?" Cynthia war sichtlich überrascht. „Aber die Nummer ist doch viel zu groß für uns!" Sie sah Francesco an, der daraufhin die Mundwinkel verzog.
„Nicht, wenn ihr Hilfe bekommt!"
„Hilfe?" Silvia schaute ihren Großvater fragend an.
„Genau genommen sollt ihr allenfalls assistieren!"
„Assistieren?" Christophers Blick verfinsterte sich. „Wem?"
Francesco schaute für einen Moment stumm in die Runde, dann holte er tief Luft. „Eric!"
„Eric?" Douglas war sichtlich überrascht. „Eric Thomson?" Als der Alte aber sofort nickte, riss er seine Augen weit auf und war total perplex. „Er ist auch…?" Er blickte zu den anderen und erkannte, dass auch sie diese Information beinahe von den Füßen fegte.
„Ja!" bestätigte Francesco nochmals. „Es hat uns beide gleichzeitig getroffen. Doch während ich in die Hölle geschickt wurde, durfte er zurück auf die Erde!" Er drehte sich zu Douglas, Cynthia und Alfredo. „Ihr müsst ihn gerade verpasst haben!"
Cynthias Blick verdunkelte sich. „Soll das heißen, dass er am Staudamm aufgetaucht ist?"
„Kurz nachdem ihr durch das Tor zur Hölle gegangen seid!"

„Oh mein Gott!" Cynthias Gesichtszüge entgleisten beinahe und ihr Blick wurde furchtbar mitfühlend. „Talea!" Sie schaute Douglas mit großen Augen an, doch auch ihr Mann war von dieser Nachricht sehr ergriffen.
„Wieso, was ist mir ihr?" fragte Christopher und hatte noch einmal die Bilder vor Augen, mit welch unglaublicher Kraft und Entschlossenheit diese zierliche Frau rund um die New River George Bridge agiert hatte. Sofort fiel ihm auch wieder der Grund ein, weshalb sie es getan hatte und eine ekelhafte Angst befiel ihn, ihr könne etwas geschehen sein, gerade jetzt, wo ihr unmöglicher Traum doch tatsächlich zumindest teilweise wahr geworden war. „Ist sie...?"
„Das wissen wir nicht!" erwiderte Douglas. „Wir wurden von einem Dämon attackiert, als wir durch das Tor gingen. Es war wie zuvor bei dir auf der Brücke. Totale Panik, totales Chaos!"
„Wenn sie ihn aufhalten konnten, bis Eric erschien...!" Francesco lächelte vorsichtig. „...bin ich mir sicher, dass er sie retten konnte!"
„Das wäre wirklich einfach nur wundervoll!" Cynthias Worte klangen liebevoll und in ihrem Gesicht konnte man großen Schmerz, aber auch eine schwache Hoffnung erkennen.
„Ja!" bestätigte Christopher sofort. „Ihr habe ich es zu verdanken, dass ich überhaupt in die Hölle gekommen bin!"
„Sie war stets die erste, die motiviert hat. Sie hat niemals nachgelassen, niemals aufgegeben!" fügte Douglas hinzu. „Und das alles für einen Traum von dem ich glaube, dass sie am allerbesten von uns wusste, wie unrealistisch er gewesen war!"
„Dann solltet ihr Eric dabei helfen, die Dämonen zu vernichten und seine Frau damit zu beschützen!" meinte Francesco. „Umso mehr Zeit wird ihnen am Ende bleiben...!" Er schaute in die Runde und erkannte, dass alle ihn verstanden hatten.
„Okay!" meinte Christopher dann auch. „Dann zurück auf die Erde!"

„Und was machen wir?" Razors Trupp war die ganze Zeit über still geblieben, doch jetzt konnte Heaven nicht mehr an sich halten.
Der Alte wandte sich an sie. „Sie blieben hier. Gehen sie einfach in diese Richtung...!" Er deutete beinahe unbestimmt in das weiße Nichts. „...und man wird sich um sie kümmern!"
„Kümmern?" Bim zog die Augenbrauen zusammen. „Was soll das heißen?"
„Ihre Sache!" erwiderte Francesco. „Die neue Verhandlung!"
Heaven nickte, doch zeigte ihr Gesicht keine Freude, sondern eher deutliche Nervosität. „Ach so, ja!" Sie blickte sich verstohlen um und konnte in den Gesichtern der anderen ähnliche Reaktionen erkennen.
„Glauben sie wirklich, sie können das allein schaffen?" fragte Razor und schaute den Alten direkt an.
„Ich denke schon!" erwiderte Francesco. „Außerdem werde ich es wohl müssen, oder?"
„Vielleicht wäre ein weiteres Ablenkungsmanöver hilfreich?" Razor Gesicht war ausdruckslos.

Der Alte erwiderte seinen Blick einen Moment lang stumm, dann schien es, als würde ein Leuchten durch seine Augen ziehen. „Das wäre möglich, ja!" Er nickte. Dann trat ein kaum merkliches Lächeln auf seine Lippen. „Warum? Wollen sie das wieder übernehmen?"
Razor antwortete nicht sofort, sondern atmete erst einmal tief durch. „Klar!"
„Was?" Das war Bim, der ziemlich entsetzt dreinblickte.
„Bist du irre?" platzte Terror sofort hervor.
„Hast du vollkommen den Verstand verloren?" fügte sein Zwillingsbruder hinzu.
„Warum wollen sie das tun?" fragte Cynthia.
„Ich weiß nicht!" Razor zuckte mit den Schultern. „Vielleicht weil ich weiß, was es heißt gegen diese widerlichen Kreaturen zu kämpfen und ich nicht will, dass zu viele davon auf der Erde rumlaufen, weil ich mir sicher bin, dass ihnen in erster Linie die Falschen zum Opfer fallen werden. Vielleicht aber auch nur, weil wir die einzigen sind, die ihm...!" Er deutete auf Francesco. „... dabei helfen könnten!"
Cynthia nickte stumm.
Dann sagte Heaven. „Recht hast du! Ich bin dabei!" Sofort erntete auch sie entsetzte Rufe von Bim und den Zwillingsbrüdern. „Was? Ich kann ja wohl immer noch selbst bestimmen, was ich tue, verdammt. Und außerdem habe ich da noch einen dritten Grund hinzuzufügen oder glaubt ihr allen Ernstes, nur weil ihr jetzt hier seid und er...!" Sie deutete ebenfalls auf Francesco. „...uns verspricht, unsere *Sache* wird neu verhandelt werden, dass man uns wirklich begnadigt?" Sie lächelte verächtlich. „Das ist doch Bullshit und wenn ihr eure perversen Gehirne mal anstrengen würdet, würdet ihr da auch selbst drauf kommen!" Sie schaute ihre Freunde direkt an. „Am Ende wird es heißen: *Danke für die eine gute Tat, aber um euer verpfuschtes Leben zu sühnen hat sie natürlich nicht ausgereicht. Also: Back to sender!*" Wieder lachte sie verächtlich.
Für einen Moment herrschte totale Stille, dann drehte sich Bim zu Francesco. „Hat sie Recht?"
Der Alte zuckte mit ernster Miene die Schultern. „Das weiß ich nicht! Dafür bin ich nicht zuständig!"
„Aber möglich ist es?" hakte Terror nach.
Francesco nickte und verzog das Gesicht. „Ja, möglich ist es!"
„Ach Kacke, Mann!" hob Horror an. „Heaven hat Recht. Wir hätten es wissen müssen! Alles nur heiße Luft!"
„Moment!" unterbrach ihn Francesco. „Ich habe nicht gesagt...!"
„Ja, ja!" fuhr ihm Heaven dazwischen. „Sparen sie sich das! Ich für meinen Teil hab keinen Bock auf diese Scheiße. Ich komme mit ihnen und helfe, das Tor zurückzuholen. Vielleicht klappt es ja. Und wenn mich eine gute Tat schon hierhergebracht hat, dann wird mir diese Zweite sicherlich auch von Nutzen sein, oder?" Sie schaute den Alten fragend an und der nickte.
„Aber...?" Das war Christopher, der zu ihr getreten war. Er wartete, bis sie ihn ansah, bevor er weitersprach. „Willst du es denn nicht erst hier versuchen?"
Heaven lächelte traurig und freudlos. „Ich habe noch niemals Glück in meinem Leben gehabt. Warum sollte das hier anders sein?" Sie schüttelte den Kopf. „Ich helfe dem Alten. Dann brauche ich ja vielleicht kein Glück mehr!?"

„Aber das ist gefährlich...!"
Heaven grinste schief. „Ach was?"
„Du könntest sterben...!"
Heavens Gesicht wurde schlagartig ernst. „Ich bin schon tot, vergessen? Und wenn du die ewige Verdammnis meinst?" Sie verzog die Mundwinkel. „Die Hölle ist die Strafe für das, was ich anderen und auch mir selbst angetan habe. Sie verlassen zu können war nie eine Option!"
Christopher sah der jungen Frau tief in die Augen. Dabei wurde sein Gesicht sehr ernst. „Du bist...!" Er schüttelte sanft den Kopf. „...unglaublich!"
Jetzt lachte Heaven auf. „Dann vergiss das nicht! Ich habe nämlich nicht vor, mich abschlachten zu lassen. Wir werden das Tor zurückholen und dann werde ich eine zweite Chance erhalten! Und wenn ich erst ein Engel bin...!" Ihr rechtes Auge wurde zu einem Schlitz. „...dann komme ich runter auf die Erde und piss dir auf den Kopf!" Sie lachte nochmals auf und strahlte in diesem Moment regelrecht.
„Prima Idee!" Auch Christopher musste lachen. „Mach das!" Er trat direkt vor sie und umarmte sie kurz und fest. Dabei schaute er zu Silvia, doch seine Partnerin erkannte in seinem Gesicht, dass Freundschaft und Respekt ihn antrieb und nichts anderes.
„Okay!" Francesco klatschte die Hände zusammen. „Dann wäre das ja geklärt!"
„Moment!" hob Horror jedoch an. „Wieso ist das jetzt geklärt? Was ist mit mir...?" Er schaute zu seinem Zwillingsbruder. „Uns...?"
„Was soll mit euch schon sein?!" brummte Bim. „Ein gutes Team muss vollständig sein!" Er grinste und schlug beiden auf die Schultern, dass sie ein wenig zusammensackten. „Und wir sind ein verdammt geiles Team! Also los jetzt. Abmarsch!"
„Ich hatte befürchtet, dass er sowas sagt!" meinte Terror zu seinem Bruder und sein Tonfall zeigte bereits, dass er mitgehen würde.
„Du bist eine Lusche, Bruderherz. Ehrlich!" Er funkelte Terror böse an. „Nicht den Hauch von einem Rückgrat. Und überhaupt keinen Schwanz!" Er verzog die Mundwinkel. „Da bleibt mir ja gar nichts anderes übrig, als mitzukommen und auf dich aufzupassen!" Terror nickte mit schmerzverzerrtem Gesicht, in dem sein Bruder aber bereits ein Grinsen ausmachen konnte. „Aber nur damit das klar ist...!" Er schaute zu Bim auf. „Wir *sind* ein verdammt geiles Team. Du bist verdammt und ich bin geil!" Er sah, wie der große Schwarze die Augen verdrehte und er musste breit grinsen.

Für die nächste Minute gab es eine allgemeine Unruhe, als sich die beiden Gruppen voneinander verabschiedeten.
Christopher drückte nochmals Heaven. „Du wirst ein wunderbarer Engel werden!" Er lächelte sie an und küsste sie sanft auf die rechte Wange.
„Was denn?" meinte sie mit einem Lächeln. „Nur die Kinderversion?"
Christopher musste grinsen. „Ja, ich...!" Er schaute zu Silvia, die ihnen jedoch den Rücken zugedreht hatte. „...muss ein bisschen aufpassen. Ich war früher ziemlich...wild!"

Jetzt grinste auch Heaven. „Dann ist es sehr schade, dass wir uns nicht früher begegnet sind. Mit dir hätte ich einen kleinen Ausritt schon gewagt!"
„Keine Sorge! Ich denke, du wirst im Himmel jede Menge Auswahl finden, die dich richtig befriedigen wird!"
„Wehe nicht!" Heaven lachte leise auf. „Sonst komme ich runter…!"
Christopher lächelte. „…und lässt es über mir regnen, schon klar!"
„Na…!" Sie grinste breit und ihre Augen funkelten hinterhältig. „…da fällt mir dann sicher noch was Besseres ein!" Sie zwinkerte ihm zu. „Leb wohl, Chris!" Ihr Blick wurde ein wenig traurig, als sie sich vorbeugte und ihn ebenfalls auf die Wange küsste. „Vergiss mich nicht zu schnell!" Sie schaute ihm noch einen kurzen Moment tief in die Augen, dann wandte sie sich um und ging zu den beiden Zwillingsbrüdern.
Christopher schaute ihr noch einen Augenblick hinterher und war sich dabei erneut mehr als sicher, dass und welch außergewöhnliche Frau Heaven war. Gleichzeitig aber war er auch traurig, dass ihre Freundschaft hier schon wieder endete und er sie nie wiedersehen würde.
Dann aber sah er Francesco neben sich und er riss sich von seinen Gedanken los. „Auf ein Wort!"
Der Alte drehte sich zu ihm. „Ja?"
„Kennen sie einen Kerl namens Ice?"
„Ice?" Francesco sah ihn verwirrt an und schüttelte dann seinen Kopf. „Nein! Wer soll das sein?"
„Ich…ähm…bin ihm im Traum begegnet!"
„Im Traum?"
Christopher nickte. „Als ich…tot war!"
Jetzt zog der Alte überrascht die Augenbrauen in die Höhe. „Interessant! Was hat er gesagt?"
„Irgendetwas davon, dass ich ein cooler Typ wäre und er mich brauchen könne."
„Brauchen? Wofür?"
Christopher verzog jetzt sein Gesicht. „Zur Jagd auf Dämonen!" Er grinste schief und schüttelte den Kopf. „Ich werde wohl fantasiert haben! Kein Wunder bei dem Stress hier!"
Francesco lächelte müde, aber aufmunternd und nickte. „Wahrscheinlich!"

Silvia umarmte Razor. Als sie sich wieder trennten, sah sie ihm direkt in die Augen. „Es tut mir leid!"
Doch der Schwarze schüttelte den Kopf. „Das muss es nicht. Ich habe das bekommen, was ich gewollt habe. Und es war heißer, als ich es erhofft hatte. Ich werde es nie vergessen!" Er wartete, bis Silvia geschmeichelt lächelte. „Aber für mehr bin ich nicht der Typ. War ich nie!" Das stimmte zwar nicht, aber es änderte auch nichts an der Tatsache, dass sich ihre Wege jetzt für immer trennten. Und mit dieser kleinen Lüge konnte er durchaus leben. „Und meine Lebensumstände sind gerade alles andere als dazu geeignet, sie zu ändern, besonders, wenn man bedenkt, dass ich gar kein Leben mehr habe!" Er grinste schief.

Silvia lächelte erneut, hob ihre linke Hand und streichelte ihm sanft über die Wange. Dabei schaute sie ihm tief in die Augen. „Ich werde es auch nie vergessen!" Sie beugte sich vor und küsste ihn auf die Wange „Pass auf dich auf. Und viel Glück als Engel!"
Razor lächelte und erwiderte ihren Kuss. „Schau ab und an mal zum Himmel. Und wenn dir eine leichte Gänsehaut über den Rücken läuft bin ich es ja vielleicht, der von oben auf dich herabsieht!"

„Gott, mir wird schlecht!" meinte Horror und blickte ein wenig angewidert auf die Verabschiedungen vor ihm.
„Stimmt!" Terror nickte. „Nun los Leute, trennt euch endlich!" rief er.
„Sie können es wohl gar nicht abwarten, zurück in die Hölle zu kommen was?" Francesco musste leise auflachen.
„Blödsinn!" erwiderte Terror. „Ich kann es nicht erwarten, noch eine gute Tat zu vollbringen!"
„Oh wow!" meinte Heaven, während sie sich zu ihm gesellte. „Terror der heilige Samariter!"
„Genau! Und dann nichts wie zurück hierher und dann will ich endlich ein verdammter Engel werden!"
„Natürlich!" Der Alte nickte ihm mit einem Lächeln zu, doch als er sich einen Augenblick später umdrehte, zeigte sein Gesicht nur einen gequälten Ausdruck und er stöhnte leise auf. „Gott bewahre!" Dabei schüttelte er den Kopf, doch musste er bereits schmunzeln.

„Und was jetzt?" fragte Christopher, der irgendwie unsicher, aber auch nervös wirkte.
Francesco sah ihn an. „Wir gehen, wie wir gekommen sind!"
„Doch durch den Strom der Verdammten?" Douglas zeigte jetzt ebenfalls deutliche Verwirrung.
„Nein!" Francesco lachte leise auf und gab den beiden Männern einen derben Stoß gegen die Brust. Überrascht schrien sie kurz auf und konnten nicht verhindern, dass sie hintenüber fielen. Doch anstatt zu Boden zu fallen, landeten sie sanft auf einem wie von Geisterhand auftauchenden Sessel. „Im Sitzen!" fügte Francesco mit einem Grinsen an und ließ sich seinerseits hintenüber fallen. Auch er landete sanft auf einem Sessel.
Für einen Augenblick starrten die anderen die drei an, dann jedoch taten alle das gleiche, wobei sich Silvia, Cynthia und Alfredo mehr zu Christopher und Douglas gesellten und die anderen zu dem Alten.
Währenddessen beugte sich Francesco zu Christopher. „Vergessen sie nicht: Sie müssen alles tun, um das Tor zur Hölle zu beschützen. Helfen sie Eric und den anderen so gut sie nur können. Ich verspreche, wir werden unser Möglichstes tun, um das Tor zur Erde an uns zu bringen. Wenn uns das gelungen ist, kommen wir zu ihnen und werden der ganzen Sache endgültig ein Ende setzen!" Er nickte seinem Gegenüber aufmunternd und voller Entschlossenheit zu.

„Okay!" Christopher nickte bedächtig. „Und wenn nicht?"
„Wenn nicht *was*?"
„Wenn sie das Tor zur Erde nicht kriegen?"
„Dann, junger Mann...!" Francesco wartete, bis Christopher ihn ansah. „...sind wir allesamt so was von im Arsch, dass es echt ratsam wäre, langsam schwul zu werden!"
Während der Alte ihn freudlos angrinste, war Christopher sichtlich perplex, doch bevor er noch etwas erwidern konnte, sank der Sessel mit Francesco in die Tiefe und verschwand. Verblüfft starrte er ihm hinterher, doch dann sah er, dass auch die anderen Sessel herabsanken. Er schaute wieder auf und konnte gerade noch Razor und Heaven sehen. Der Schwarze sah nicht ihn an, sondern Silvia. Sein Gesicht war ernst, aber auch irgendwie wehmütig. Bevor er gänzlich verschwand, legte sich ein sanftes Lächeln über seine Lippen und er nickte Silvia zu. Als Letztes sank Heaven herab. Sie schaute Christopher direkt an und ihn ihrem Gesicht zeigte sich deutliche Trauer, die sie vergeblich mit Härte zu verbergen versuchte. Christopher nickte ihr zu und lächelte dabei aufmunternd, konnte ihre Stimmung damit jedoch nicht heben.
Während auch sie verschwand, wurde Christopher bewusst, dass Heaven womöglich mehr für ihn empfand, als er sich bisher eingestehen wollte – und dass dies wohl auch für Razor in Bezug auf Silvia galt.
Instinktiv schaute er zu seiner Freundin herüber, als er spürte, wie jetzt auch ihre Sessel hinab sanken. Silvia sah ihn direkt und offen an. Dann lächelte sie. „Ich liebe dich!"
Christopher wusste nicht, was er darauf erwidern sollte. Nicht, dass er an ihren Worten zweifelte, aber die Tatsache, dass er womöglich, nein, offensichtlich sogar einen Widersacher hatte, gefiel ihm ganz und gar nicht. Außerdem hatte er noch sehr klar das Bild vor Augen, wie sehr es Silvia gefallen hatte, von Razor genommen zu werden und all dies schließlich noch keine drei Stunden her war. Deshalb blieb er stumm und nickte ihr nur zu.
Ihre Reaktion auf seine Geste bekam er jedoch nicht mehr mit, denn im nächsten Moment versanken sie alle in einem dichten Nebel aus gleißendem Licht.

Im letzten Moment

Als er nur noch seinen eigenen Schrei hörte, wusste Peter, dass irgendetwas nicht stimmen konnte. Während er leiser wurde und schließlich abbrach, öffnete er wieder seine Augen, die er vor Schreck einfach reflexartig geschlossen hatte, als er das widerliche Maul mit den scharfen Zahnreihen auf sich zuschießen gesehen hatte.
Warum er nicht schon tot und blutend am Boden lag, weil ihm die Kiefer die Kehle aufgerissen hatten, konnte er nicht sagen, doch als sich das Bild vor seinen Augen wieder klärte, erschloss sich ihm der Grund hierfür allmählich.
Das Maul, das kurz zuvor noch weit aufgerissen war, war jetzt geschlossen und weniger als fünf Zentimeter von seinem Gesicht entfernt. Zwar waren die Kieferplatten zusammengepresst, doch die Lefzen zitterten bedrohlich und hasserfüllt und das Weiß der Zähne dahinter blitzte auf. Auch war ein tiefes, bösartiges Knurren zu hören.
Peter erkannte, dass das Tier, das ihn aus blutunterlaufenen, gierigen Augen ansah, ein Wolf war. Es war ein verdammt großes, kräftiges Exemplar und etliche Narben zeigten, dass es auch schon sehr alt sein musste. Und alles an ihm wollte nur eines tun: Peter anfallen und zerfleischen.
Doch genau das geschah eben nicht – weil er es nicht konnte.
Erst jetzt sah Peter, dass sich eine große Hand um das Maul des Tieres geschlossen hatte und dafür sorgte, dass es seine Kiefer nicht öffnen konnte. Und er erkannte jetzt auch, dass die Hand dunkelhäutig war. Sofort zuckten seine Augen zur Seite und als er Eric neben sich hocken sah, erschrak er sichtlich. Der Schwarze, ohnehin ein sanftes Lächeln auf den Lippen, schien gleich noch mehr amüsiert zu sein. „Gott, Eric...!" Peter musste schwer schlucken. Sein Herz raste noch immer und er atmete hektisch.
„Das war knapp!" Sein Gegenüber grinste einmal breit und seine Zähne blitzten auf. Obwohl sich der Wolf mit aller Kraft gegen seinen Widersacher stemmte, hielt ihn der Schwarze nur mit der Hand, die er um sein Maul geschlossen hatte scheinbar mühelos in Schach und war dabei sichtlich entspannt.
Als Peter das realisierte starrte er ihn in einer Mischung aus Ehrfurcht und Verwirrung an und nickte nur.
Eric lächelte zurück, dann drehte er seine Hand so, dass sich der Kopf des Wolfes jetzt direkt vor seinem Gesicht befand. Für einen kurzen Moment schaute er dem Tier tief in die Augen, wobei Peter beinahe so etwas wie Mitgefühl in seinem Blick zu erkennen glaubte. Dann aber pustete Eric dem Wolf einfach nur einmal kurz, aber kräftig ins Gesicht und öffnete gleichzeitig seine Hand. Das Tier sackte zu Boden und knurrte sofort. Es war verunsichert und hatte all seine Muskeln angespannt. Peter erschrak erneut. Der Wolf starrte beide Männer knurrend an, doch während Peter nach seiner Kanone suchte, blieb Eric sichtlich gelassen. Dann fauchte das Tier einmal, wirbelte aber auf dem Absatz herum

und rannte ein paar Schritte in Richtung Ausgang davon. Dort drehte es sich nochmals um, nahm eine Angriffsposition ein und jaulte sie hasserfüllt an, bevor es erneut kehrt machte und mit weiterem Jaulen endgültig in der Dunkelheit verschwand.
„Verdammt!" stieß Peter hervor, während er sich aufrichtete. „Und ich dachte schon…!"
Eric lachte heiser auf. „Das dachte ich im ersten Moment auch!" Dann wurde er ernst. „Wo sind Talea und Francesca?"
„Sie suchen das Kühlhaus!"
Eric nickte. „Dann nichts wie hinterher!"

*

Jetzt war auch Francesca zusammengefahren und starrte reglos in die Dunkelheit. Die Geräusche aus dem Tunnelsystem waren furchtbar und die Bilder vor ihrem inneren Auge schrecklich.
Neben ihr stand Talea und auch sie wagte kaum, zu atmen.
Dann wurde es wieder still, doch diese Stille war fast noch bedrückender und bedrohlicher, als die Geräusche zuvor, denn sie bedeutete, dass Peter das Monstrum nicht hatte aufhalten können und es sich jetzt auf dem Weg zu ihnen befand.
Die junge Frau reagierte als Erste. Sie wandte sich um, griff Francesca am Unterarm und zog sie mit sich. „Los, weiter!"
Doch sie waren keine fünf Schritte weit gekommen, als die Stille vorüber war und sie weitere Geräusche hinter sich wahrnehmen konnten, die deutlich näher waren, als noch zuvor. Erneut erstarrten die beiden Frauen in ihren Bewegungen. Mit pochenden Herzen lauschten sie in die Dunkelheit. Ja, da waren eindeutig Geräusche zu hören. Dumpfe Schläge, Schaben, Kratzen. Und sie kamen schnell näher. Ihre Zeit lief ab.
Taleas Gesicht verdunkelte sich und sie atmete einmal tief durch. „Finden sie das Kühlhaus!" flüsterte sie der Alten zu, die sichtlich nicht begeistert war von dieser Aufforderung. „Ich komme gleich zurück!" Und damit lief die junge Frau in die entgegengesetzte Richtung davon.

Nach wenigen Schritten hatte sie einen großen Lagertank erreicht. Sie drückte sich an ihm entlang zur nächsten Ecke, hinter der die Geräusche jetzt deutlich zu hören waren. Ihr Herz raste so sehr, dass sie das Gefühl hatte, ihre Schädeldecke würde jeden Moment vom Kopf gesprengt werden. Dennoch stemmte sie sich gegen die drohende Ohnmacht, spannte ihre Muskeln an und umschloss die längst entsicherte Waffe noch fester.
Dann zählte sie von drei herunter und als sie bei Eins angelangt war, wirbelte sie mit vorgehaltener Waffe in den angrenzenden Gang hinein.
Als sie dort jedoch nicht in das fruchtbare Antlitz einer Dämonenbestie sah, sondern in die ziemlich überraschten Gesichter von Eric und Peter, war sie selbst dermaßen überrascht, dass sie kurz aufschrie. Ihr Körper jedoch war

derart angespannt gewesen, dass sie ihre Finger nicht mehr unter Kontrolle hatte und nicht mehr verhindern konnte, dass ihr rechter Zeigefinger den Abzug verkrampft zurückriss!

*

Der zu erwartende, ohrenbetäubende Knall aus der Waffe, der die Stille zerrissen und sicherlich jede Menge Wachtposten alarmiert hätte, blieb aus. Stattdessen ertönte lediglich ein leises *Plopp*-Geräusch, dem ein seltsames Knirschen folgte, als würde etwas Metallisches extremen Druck ausgesetzt.
Talea war total überrascht und auch Peter schaute sehr irritiert drein.
Nur Eric stand entspannt da und schaute seiner Frau mit einem liebevollen Lächeln ruhig in die Augen. Talea starrte ihn an und erst dann bemerkte sie, dass er seine rechte Hand vor den Lauf der Waffe gedrückt hatte. Nachdem das *Plopp* ertönt war, wurde sie wie in Zeitlupe zurückgedrückt und man konnte die abgefeuerte Kugel darin erkennen. Dann jedoch schloss Eric sie und es war das metallische Knirschen zu hören. Einen Augenblick später öffnete er seine Hand wieder und die Kugel fiel als winziger Brocken zu Boden.
„Das...!" Talea suchte nach Worten und starrte Eric direkt an. „...ist irre!"
Eric nickte, grinste, beugte sich vor und küsste Talea leidenschaftlich. Seine Frau war jedoch noch viel zu geschockt, als dass sie den Kuss wirklich erwidern konnte und als sie schließlich aufstöhnte, zog ihr Mann seinen Kopf wieder zurück. „Wir müssen weiter!" sagte er in sanftem Ton und Talea nickte. „Wo?" fragte er Peter.
Der blickte sich kurz um, dann deutete er nach schräg rechts vorn. „Da hinten!"

Ohne zu zögern rannte Eric los, sie sammelten Francesca ein, die für einen Moment sichtlich überrascht, dann aber nur noch erfreut war und gemeinsam huschten sie weiter voran. Keine zwanzig Sekunden später hatten sie eine Tür erreicht, die eindeutig zu einem Kühlhaus gehörte. Als Peter jedoch an dem großen Hebel zog, tat sich gar nichts, denn natürlich war es verschlossen und sogar mehr noch, denn es war eindeutig ein Display an der Wand zu erkennen, womit die Tür über ein Zahlenschloss gesichert war.
„Und jetzt?" fragte Francesca.
„Moment!" Peter streckte seine Hand nach der Tasche aus, die er Talea gegeben hatte. Als er sie wiederhatte, kramte er kurz im Inneren und holte dann eine kleine Gasflasche mit einem kleinen Schlauchventil hervor.
„Was ist das?" fragte Talea.
„Flüssiger Stickstoff!" erwiderte Peter. „Geht ein Stück beiseite!" Er wartete eine Sekunde, dann öffnete er das Flaschenventil und hielt den Schlauch direkt an das Türschloss. Als der Stickstoff herausquoll, qualmte und zischte es. Zehn Sekunden später schloss er die Flasche wieder und legte sie beiseite. Nachdem sich der Qualm verflüchtigt hatte, konnte man erkennen, dass das Türschloss komplett und dick vereist war. Peter trat vor.

„Ich mach das!" meinte Eric aber dann, legte seine rechte Hand auf den großen Hebel und riss einmal kurz, aber sehr kräftig daran. Es knirschte und krachte im Inneren, dann ließ sich der Hebel problemlos bewegen und die Tür öffnen. „Also los!" Eric machte eine Geste, dass alle eintreten sollten.
„Das ist verdammt kalt da drinnen!" bemerkte Peter.
„Wir machen das!" meinte Talea aber sofort und deutete auf Francesca. „Ihr könnt hier die Stellung halten!"
Eric nickte und ließ die beiden Frauen passieren. Nachdem sie eingetreten waren, schloss er die Tür wieder.
„Wie lange?" fragte Peter, als Eric sich zu ihm herumdrehte.
„Wie lange *was*?"
„Wie lange wird das die Dämonen von uns fernhalten?"
Eric wollte gerade antworten, als irgendwo am Ende des Lagerhauses ein gewaltiges Krachen zu hören war. „Offensichtlich nicht lange genug!" Er stöhnte gestresst auf und sein Gesicht nahm dabei den Ausdruck einer überreifen Zitrone an.

Dunkelheit

Wieder fielen sie. Das spürte Christopher anhand des Luftzuges an seinem Körper. Sehen konnte er nichts, denn noch immer umgab ihn dieses gleißende Licht, das beinahe alle Sinne ausbremste.
Nur eben nicht den Tastsinn, der ihm sagte, dass sie sich sehr schnell durch die Luft bewegten.
Von den vier Personen, die sich in unmittelbarer Nähe zu ihm befinden mussten, war nichts zu sehen, zu undurchdringlich war dieses Licht.
Plötzlich jedoch erlosch es und über ihm erschien ein wunderbarer, klarer Nachthimmel mit leuchtenden Sternen und einem prächtigen Vollmond. Fast war Christopher versucht, sich bei diesem Anblick zu entspannen, bis ihm jedoch auf beinahe brutale Art klar wurde, was dieser Ausblick letztlich nur bedeuten konnte.
Doch noch bevor sich der Schreck und die Panik in ihm richtig ausbreiten konnten und zu einem erbärmlichen Aufschrei führten, schlug sein Körper - allen voran sein ohnehin schon mächtig geplagtes Rückgrat - mit einer derart widerlichen Wucht durch etwas Hammerhartes – Christopher war sicher, dass es nur eine meterdicke Betondecke sein konnte – dass er das Gefühl hatte, besagtes Rückgrat würde wie Glas in Myriaden von winzig kleinen Teilchen zerfetzt werden. Dabei wäre ihm augenblicklich übel geworden, wäre er nicht nur einen Wimpernschlag später erneut auf etwas Ultrahartes – Christopher war sicher, dass es nur Granit sein konnte, weil der Aufprall hier noch um ein Vielfaches härter und ekelhafter zu sein schien und er das Gefühl hatte, sein ohnehin schon nicht mehr vorhandenes Rückgrat würde auch noch zu Staub pulverisiert – geschlagen. Sämtliche Luft wurde förmlich aus seinen Lungen gefegt und verhinderte damit, dass er trotz all der Schmerzen aufschreien konnte, aber auch, dass er zu allem Überfluss auch noch nach seiner Mama gerufen hätte.
Für einen Moment wurde ihm schwarz vor Augen. Alles, was er vernahm, war das Stöhnen der anderen Personen, denen natürlich das Gleiche widerfahren sein musste, wie ihm.
Dann kam der Schmerz, doch er war überraschenderweise lange nicht so gewaltig, wie Christopher befürchtet hatte, was ihm, als er wieder klar denken konnte, ebenso unlogisch erschien, wie die Tatsache, dass er überhaupt noch lebte.
Doch das Bild vor seinen Augen wurde wieder klar, seine Lungen sogen hektisch und gierig Luft ein, sein Herz schlug einen schnellen, erregten Rhythmus und sein Puls hämmerte in seinem Kopf. Obwohl er sich nicht daran erinnern konnte, den Befehl dazu gegeben zu haben, drehte sich sein Körper auf die linke Seite und stützte sich dabei auf seinen linken Arm. Der Schmerz, den er dabei empfand, war nicht von schlechten Eltern, doch schien er sich nichts

gebrochen zu haben und er konnte nirgendwo Blut erkennen. Allerdings hörte er sich selbst ganz furchtbar erbärmlich stöhnen.
Als er kurz durchgeatmet hatte, blickte er sich um und konnte im Halbdunkel deutlich vier weitere Gestalten sehen, die genauso wie er, dabei waren, sich wieder einzusammeln und auf die Füße zu kommen.

*

„Alter!" hörte er Douglas stöhnen. „Ich glaube mir hat es die Arschbacken weggefetzt!"
„Ach was?" erwiderte Cynthia mühevoll. „Ich glaube, ich trage meine Titten jetzt auf den Schulterblättern!"
„Porca puttana!" Das war Alfredo, der sich stöhnend herumdrehte. „Mi sa che, mio cervello slittare all intestino!" Natürlich wusste niemand, dass er gerade befürchtete, dass sein Gehirn in seinen Dickdarm gerutscht war, doch sein Tonfall war eindeutig und unmissverständlich. Douglas nickte ihm stumm, aber verständnisvoll zu.
„Kann Jemand erkennen, ob ich noch in einem Stück bin?" hörte Chris Silvias Stimme und er war sofort erfreut, dass auch ihr scheinbar nichts passiert war.
„Ja bist du!" bestätigte Cynthia, während sie sich mit Douglas gegenseitig stützte, um so auf die Füße zu kommen. „Allerdings würde ich nicht darauf wetten, dass noch alles an seinem Platz ist!" Sie stöhnte nochmals und streckte sich dann mit einem tiefen Atemzug durch.
„Wo ist Chris?" fragte Douglas, der es seiner Frau gleichtat.
„Ich bin hier!" antwortete er, machte ein paar schwere, unsichere Schritte auf sie zu, bis er neben Silvia zum Stehen kam.
„Alles klar?" fragte seine Freundin und hustete einmal.
„Ich glaube, der Sturz hat meine Rückenprobleme gelöst!" erwiderte er trocken.
„Ach ja?" Silvias Stimme klang fast vorwurfsvoll.
Christopher nickte. „Ich habe das Gefühl, dass ich gar keins mehr habe und mein Kopf jetzt direkt auf dem Steißbein sitzt!"
Cynthia trat zu ihnen und lachte einmal heiser auf. „Der klassische Arsch mit Ohren also!" Sie nickte wie zur Selbstbestätigung.
„Mann, bist du fett geworden!" rief plötzlich Douglas. Als sich alle überrascht nach ihm umwandten, erkannten sie, dass er seinerseits zu Boden starrte und zwar auf die Stelle, wo Christopher aufgeschlagen war. Deutlich war dort eine ziemlich tiefe Kuhle in der Form eines menschlichen Körpers zu erkennen. „Da könnte ja fast ein Nilpferd drin baden!" Douglas drehte sich um und schaute Christopher sichtlich verwirrt an.
„Zuviel Pasta, was?" Alfredo blickte ihn abschätzig an.
„Was?" Christopher trat zu ihm, doch als er die Stelle sah, wo er gerade noch gelegen hatte, war er ebenfalls erst einmal erstaunt. „Blödsinn!" wehrte er aber sofort ab. „Das ist doch…!" Er drehte sich um und suchte auf dem Boden nach den Aufschlagstellen der anderen. Er fand sie auch, doch da waren allenfalls

kleinere Dellen im festgestampften Lehmboden. „...normal!" endete er daher ziemlich kleinlaut.
„Na also...!" meinte Cynthia mit säuerlicher Miene, „...normal ist ja wohl anders!"
„Aber das ist doch...Bullshit!" verteidigte sich Christopher. „Ich wiege nicht mal halb so viel wie Doug, verdammt!" Damit erntete er einen bösen Blick seines Freundes. „Ich muss einfach nur ungünstig...aufgekommen sein!" Er versuchte ein Lächeln, was ihm aber kaum gelang.
Für einen Moment schauten ihn die anderen nur mit gefurchter Stirn und ziemlich genervt an.
Bevor jedoch noch irgendjemand etwas sagen konnte, war deutlich ein Poltern zu hören, das nicht sehr weit von ihnen entfernt war. Es schien, als wäre ein Eimer oder etwas Ähnliches zu Boden gefallen.
Sofort zuckten alle zusammen und starrten angestrengt in die Dunkelheit.
„Wo zum Teufel sind wir hier eigentlich gelandet?" fragte Silvia.
„Keine Ahnung!" meinte Cynthia. „Aber es sieht aus wie ein Lagerhaus oder eine Fabrikhalle oder sowas!"
Douglas nickte zustimmend. „Und es riecht wie totes Tier in Dosen!"
„Stimmt!" meinte auch Christopher. „Aber ich dachte, das wärst du!" Er schaute seinen Freund direkt an und grinste dabei. Im nächsten Moment aber wurde er wieder ernst, denn erneut war ein Geräusch zu hören, das an ein Quietschen erinnerte.
„Bleibt nur die Frage, was zum Teufel wir hier sollen!?" flüsterte Alfredo.
„Ihr Vater sagte, wir sollen Eric und den anderen helfen!" erwiderte Christopher. „Daher denke ich, dass sie hier irgendwo in der Nähe sind!"
Douglas Stirn legte sich in Falten, dann brummte er. „Also gut. Dann lasst sie uns suchen!" Er wartete, bis Christopher ihn ansah. „Du gehst mit Silvia?" Sein Freund nickte und er wandte sich an Cynthia. „Wir nehmen Alfredo zu uns?" Seine Frau nickte. „Dann komm, Baby!" Er lächelte ihr zu und gemeinsam mit dem Italiener machten sie sich mit leisen, aber flinken Schritten geduckt auf den Weg in die Dunkelheit.
Sie waren kaum aus dem Blickfeld verschwunden, als das wenige Licht aus den spärlichen und vielfach stark verschmutzten Notbeleuchtungslampen plötzlich einmal kurz aufflammte, nur um danach komplett zu erlöschen. Augenblicklich war es stockfinster.
„Alone in the dark!" brummte Christopher unheilschwanger und schniefte einmal durch die Nase.
„Mimose!" raunte ihm Silvia mit einem Lächeln ins Ohr, während sie sich an ihm vorbeischob und dabei kurz auf die Wange küsste. „Komm schon. Im Dunkeln ist gut munkeln!"

*

Als das Licht kurz aufflackerte, hatten Talea und Francesca gerade einen geeigneten Platz für die Pyramide gefunden. Bezeichnenderweise bestand er aus einem Fünfzig-Liter-Bottich aus Kunststoff, in dem sich nichts Geringeres als

Tierblut befand. Offensichtlich stand er gerade erst lang genug in dem Kühlhaus, dass die Flüssigkeit noch nicht festgefroren, sondern erst soweit angedickt war, dass sie einen dickflüssigen Brei bildete. Eigentlich wollten die beiden Frauen das Tor zur Hölle einfach nur irgendwo im hinteren Bereich in eines der vorhandenen Regale stellen und dann schnell wieder abhauen, doch als sie den Bottich sahen und ihnen klar wurde, dass das Blut darin noch nicht gefroren war, beschlossen sie kurzerhand, es dort zu deponieren. Wenn Kälte an sich die Signale der Pyramide eindämmen konnte, dann sollte dies eingefroren in diesem Bottich sicherlich noch besser funktionieren – zumindest hofften sie das.

Doch gerade in dem Moment, da die Alte die Pyramide losließ und sie mit einem widerlichen Blubbern in das Blut sank, flackerte das Licht. Beide Frauen blickten besorgt zur Decke. Talea machte dabei bereits einen Schritt zurück in den Gang, der letztlich wieder zum Eingang zurückführte, doch schon erloschen alle Lampen und es wurde stockfinster in dem Kühlhaus. Francesca stieß einen kurzen, leisen Schrei aus, dann wurde es auch totenstill um sie herum.

Doch nur für eine Sekunde, dann waren Geräusche vom Eingang her zu hören. Talea spürte, wie ein heißer Schauer über ihren Rücken wanderte. Instinktiv ergriff sie ihre Waffe wieder fester und tastete sich langsam durch die Finsternis in Richtung Ausgang. Sie hatte ihren ersten Schritt jedoch noch nicht einmal zu Ende geführt, da wurde die Tür geöffnet und ein dünner, fahler Lichtstrahl fiel ins Innere, der augenblicklich eine gespenstische Mischung aus Licht und Schatten erzeugte.

„Talea?" Das war Eric.

Sofort begann Talea schneller zu gehen. Hinter ihr glaubte sie zu hören, wie Francesca ihr folgte. „Ja?" antwortete sie.

„Seid ihr okay?"

„Ja! Warte, wir kommen zu euch!"

„Nein!" Das Wort klang entschieden und Talea stoppte irritiert ab. „Ihr wartet hier. Wir kümmern uns um das Licht. Versteckt euch!" Der Lichtstrahl der Taschenlampe wackelte, dann schien er zu Boden zu fallen, doch nur, um einen Moment später ins Innere des Kühlhauses zu rutschen. Das Geräusch der über den Boden schlidderden Taschenlampe war zu hören.

„Aber...?" stieß die junge Frau verwirrt hervor.

„Ich liebe dich!" sagte Eric noch, dann wurde die Tür wieder geschlossen.

„Eric, nein!" rief Talea und rannte los. Innerhalb von zwei Sekunden hatte sie die Tür erreicht und hämmerte dagegen. Doch sie war derart massiv, dass ihre Schläge hörbar verpufften. „Verdammt!" Talea wirbelte herum und riss die Taschenlampe vom Boden. Dabei erkannte sie, dass dort nicht nur die Lampe, sondern auch zwei dicke Mäntel mit gefütterten Kapuzen lagen. Doch die interessierten sie im Moment überhaupt nicht. Sie zuckte wieder zurück zur Tür und leuchtete auf die Stelle, an der sie einen Hebel erhoffte. Sie wurde jedoch enttäuscht, die Tür ließ sich von innen nicht öffnen. Plötzlich erkannte sie einen großen, runden, roten Knopf an der Wand. Das war der Notschalter, der die Tür von innen doch öffnen konnte. Sofort hämmerte sie ihre rechte Hand darauf, aber es tat sich nichts. Verbittert musste sie erkennen, dass er nur mit Strom funktionierte. „Verdammt Eric!" rief sie zornig auf, doch ihre Stimme klang zugleich auch sorgenvoll. „Warum hast du das getan?"

*

„Warum haben sie das getan?" fragte Peter sein Gegenüber, nachdem Eric die Tür geschlossen hatte und die leisen Schläge gegen ihre Innenseite verstummt waren.
„Dort drinnen sind die beiden am Sichersten!" erwiderte der Schwarze, während er angestrengt in die Dunkelheit starrte. „Die Signale der Pyramide sind gedämpft und wenn ihre Körpertemperatur sinkt, können die Dämonen auch sie schwerer ausmachen!"
Peter hörte ihm aufmerksam zu, dann nickte er beeindruckt. „Okay! Und was machen wir jetzt?"
„Wir halten das Maul...!" flüsterte Eric, legte seinen rechten Finger auf den Mund und deutete mit der anderen Hand nach vorn, wo genau in diesem Moment ein schlurfendes Geräusch zu hören war. „...und erwarten unsere Gäste!"

*

„Geht es nicht noch lauter?" raunte Cynthia ihrem Mann zu, der nach ihrem Geschmack viel zu viele Geräusche machte und sich nicht bewegte, wie ein durchtrainierter Polizist, sondern eher wie altbekannter Elefant im Porzellanladen.
„Sorry!" flüsterte Douglas ehrlich schuldbewusst, tastete sich aber dennoch weiter vorwärts. Irgendetwas war dort direkt vor ihnen. Er konnte zwar nichts sehen, aber sein sechster Sinn, den er im Laufe von vielen Dienstjahren durchaus gut entwickelt hatte, sagte ihm, dass es so war. Doch genau in dem Moment, da er seinen rechten Fuß wieder absetzte und sein Gewicht darauf verlagerte, zerdrückte er damit eine kleine Glasscherbe unter seiner Sohle und es war sofort ein widerliches Knirschen zu hören, das Douglas sichtbar durch Mark und Bein fuhr. Er zuckte erschrocken zusammen und stoppte abrupt ab, doch war die Katastrophe da bereits nicht mehr zu verhindern.
Cynthia hinter ihm stöhnte sehr genervt und Douglas verkniff gequält sein Gesicht, während ihm die Schweißtropfen über die Stirn rannen. Dann lauschte er angestrengt, doch er konnte keine verdächtigen Geräusche hören. Erleichtert atmete er schließlich auf und machte sich daran, weiter zu gehen.

*

„Gehört?" fragte Eric und Peter nickte. „Ich mach das! Halten sie hier die Stellung!" Ohne auf eine Antwort zu warten, schoss er in die Dunkelheit davon.
Als der Schwarze weg war, überkam Peter wieder eine leichte Nervosität. Glücklicherweise gab es in diesem Bereich der Halle zwei schmale Dachfenster, durch die ein Hauch von Licht in das Innere fiel und die Dunkelheit somit nicht

undurchdringlich war, sondern Peter eine vage Vorstellung davon hatte, was vor ihm geschah. So konnte er Erics Schatten gerade noch erkennen, als er ein paar Kisten erreicht hatte, die etwa fünf Meter rechts vor ihnen standen. Der Schwarze verharrte kurz, schien zu lauschen, dann wirbelte er herum und huschte an ihrer linken Seite weiter in die andere Richtung davon, bis er endgültig aus Peters Augen verschwand. Kaum jedoch war das geschehen, da konnte der Blonde erneute Bewegung ausmachen. Dieses Mal an der rechten Seite der Kisten. Der Schatten, der sich nur eine Winzigkeit von der dahinterliegenden Schwärze abhob, huschte vor die Kisten und verharrte dort für einen Sekundenbruchteil, bevor er schnell zur anderen Seite zuckte und dann in die Richtung verschwand, in die gerade Eric gegangen war. Peter spürte, wie sein Herz pochte. Der Schatten verfolgte Eric und er war eindeutig so groß und unförmig, dass er nur zu einer Art von Kreatur passen konnte, die jetzt hinter Eric her war. Peter wusste, dass er das nicht zulassen durfte, denn Eric war in diesem ungleichen Kampf ihr größtes Pfand. Damit war klar, dass er ihm helfen musste. Mit einem tiefen Atemzug spannte er all seine Muskeln an und griff die Waffe in seinen Händen fester. Dann rannte er dem Schatten hinterher.

*

Silvia stoppte abrupt ab und starrte angestrengt in die Dunkelheit. „Was war das?" fragte sie schließlich.
„Hörte sich an, wie Glas, das zerdrückt wird!" erwiderte Christopher schräg hinter ihr, während auch sein Blick umherwanderte. Plötzlich riss er seine rechte Hand in die Höhe und deutete in die Finsternis. „Da!"
Silvia folgte seinem ausgestreckten Finger und konnte tatsächlich Bewegung einige Meter voraus ausmachen. Es sah aus, wie ein Mann, der geduckt nach rechts lief. Silvia sah zu Christopher und nickte ihm zu. „Auf geht's!"
Und im nächsten Moment machten sie sich an die Verfolgung.

*

Mit jedem weiteren Schritt, den er machte, war Peter sich immer sicherer, dass es ein Fehler sein mochte, sich von der Tür des Kühlhauses entfernt zu haben.
Mittlerweile hatte er die Orientierung so gut wie verloren und irgendeine Bewegung ausmachen, konnte er auch nicht mehr. Daher wusste er auch nicht, ob er hier richtig war, oder nicht. Womöglich verfolgte er jetzt nicht mehr die Gestalt, die Eric verfolgte, sondern lief ihr stattdessen direkt in die Arme. Somit konnte sein Vorhaben, Eric zu helfen, glatt nach hinten losgehen und er ihm mit seinem Alleingang sogar schaden.
Unschlüssig blieb er deshalb am Rand einiger aufgestapelter Holzkisten hocken und überlegte, was er jetzt tun sollte. Ein paar Sekunden später war ihm klar, dass er zurückgehen musste.
Doch er wollte sich gerade umdrehen, da sah er erneut Bewegung auf der anderen Seite einer größeren, freien Fläche, an deren Rand er sich jetzt befand.

Als sich seine Augen für das wenige Licht geschärft hatten, erschrak er sofort, denn der Schatten, den er sah, war unförmig und sehr groß und damit unverkennbar. Im nächsten Moment schon huschte er langsam in eine Lücke in den Aufbauten auf der gegenüberliegenden Seite und war aus Peters Augen verschwunden.
Als er jedoch keine Sekunde später einen weiteren Schatten von links kommen sah, den er sofort als Eric identifizierte, erschrak er gleich noch einmal und noch viel stärker, denn ihm wurde schlagartig bewusst, dass der Schwarze sich direkt auf die Lücke zubewegte, in der gerade ein Monstrum verschwunden war und ihm ganz sicher auflauerte.
Ohne zu zögern rannte Peter los.

*

Es war eine innere Eingebung gewesen, die Douglas dazu veranlasst hatte, sich in den schmalen Durchgang zwischen den Aufbauten zu drücken und Cynthia und Alfredo mit sich zu ziehen.
Im Gesicht seiner Frau erkannte er zwar im ersten Moment Unverständnis, dem ziemlich sofort Verärgerung folgen wollte, doch schüttelte Douglas nur den Kopf und deutete ihr an, still zu sein. Er konnte erkennen, dass Cynthia Gesichtsausdruck sogleich wechselte, weil sie offensichtlich erkannt hatte, dass er zumindest in diesem Fall sehr wohl wusste, was er tat.
Gemeinsam hockten sie sich nieder und warteten.
Douglas wiederum konnte förmlich riechen, dass irgendjemand ganz dicht in ihrer Nähe war.
Und er sollte sich nicht getäuscht haben.
Nur wenige Sekunden, nachdem sie alle einen ersten tiefen Atemzug gemacht hatten, schob sich von rechts ein Schatten vor sie.
Um den Überraschungseffekt auf ihrer Seite zu haben, sprang Douglas sofort nach vorn und rannte die Gestalt mit einem wilden Aufschrei um.

*

Peter konnte es genau erkennen. Eric, der vor die Nische trat, die Bestie, die ihn mit einem lauten Brüllen ansprang.
Sofort stoppte er ab, riss seine Waffe in die Höhe, zielte kurz und drückte ab.
Doch genau in dem Moment, da sich der Schuss löste, hörte er direkt neben sich ebenfalls ein lautes Brüllen. Zeitgleich krachte ein schwarzer Körper gegen seine linke Seite und riss ihn von den Füßen.
Peter war dermaßen überrascht, dass er aufschrie und überhaupt keine Chance hatte, den Sturz abzumildern. Er krachte mit der linken Seite auf den Betonfußboden, schlug zusätzlich mit dem Kopf auf und wurde außerdem noch durch das Gewicht der ihn umreißenden Gestalt zusammengestaucht. Hilflos musste er mit ansehen, wie er seine Waffe aus den Händen verlor. Spätestens

jetzt wusste er sicher, dass es ein Fehler gewesen war, Eric zu folgen, aber auch, dass es wohl sein letzter Gedanke sein würde.

*

In dem Moment, da Douglas gegen den schweren Körper stieß und er ihn wie in Zeitlupe umriss, wurde ihm plötzlich bewusst, welch irrsinnig dämliches Unterfangen es war, sich einfach so auf einen Dämon zu stürzen, doch da war es für einen Rückzieher – egal welcher Art – natürlich schon zu spät.
Das würde er wohl bitter bereuen – und bereute es im gleichen Moment auch schon, als er spüren konnte, welch unglaublich große Kraft sein Widersacher hatte und sie auch kompromisslos und knallhart gegen ihn einsetzte.
Etwas griff schon im Fallen nach seinem rechten Oberarm und umschloss ihn sehr fest. Als sie auf dem Boden aufschlugen, nutzte sein Gegner den Schwung aus, um Douglas mit einer ruckartigen Bewegung mühelos über sich hinweg und danach wuchtig und extrem hart mit dem Rücken voraus auf die Betonfläche zu hämmern, dass er sofort äußerst schmerzhaft an den Sturz vor nicht einmal zehn Minuten erinnert wurde. Mit einem gequälten Aufschrei verlor er alle Luft aus den Lungen und ihm wurde schwarz vor Augen – zumindest glaubte er das, doch konnte er das bei der ohnehin vorherrschenden Lichtarmut nicht genau sagen.
Auf jeden Fall aber war er für einige, wenige Augenblicke außer Gefecht gesetzt, sodass er nicht verhindern konnte, dass sich sein Gegenspieler wie eine sexwütige Nymphomanin auf ihn setzte, jedoch nicht, um ihn zu reiten, sondern um ihm einen sowas von gepfefferten Fausthieb zu verpassen, der jedem ultraharten Sado-Maso-Schuppen alle Ehre erwies.
Douglas sah tausend funkelnde Sternchen – und hörte schon im nächsten Moment einen Schrei, dessen Verursacher er nur zu gut kannte.

*

Er war ihr Mann. Und er war Gefahr. Und deshalb konnte Cynthia gar nicht zögern. Wie automatisch war sie losgerannt. Ein Angriff gegen Douglas war auch ein Angriff gegen sie.
In dem Moment aber, da sie sich seitlich gegen die Gestalt auf Douglas wuchten wollte, drehten beide sich nochmals etwas herum, sodass sie jetzt ihren Rücken vor sich hatte. Zum Abbremsen jedoch war es bereits zu spät, sodass sie nur noch abspringen konnte. Sie riss ihre Arme und Beine auseinander, krachte gegen den Widerstand, dass sie sicher war, es wäre eine dicke Betonmauer und brüllte dabei schmerzhaft auf. Dennoch reagierte sie blitzschnell, krampfe Arme und Beine um die Gestalt und drosch schon im nächsten Moment auf ihren Kopf ein.

*

Eric war eigentlich einfach nur total perplex, denn der Angriff, der ihn aus der Bahn geworfen hatte, war nicht derart, wie er ihn erwartet hatte. Ein Dämon konnte ihn da unmöglich attackiert haben. Doch zunächst hatte er Mühe, die Kontrolle über das Geschehen zu behalten. Als er sie zurückhatte, donnerte er seinem Widersacher erst einmal eine kräftige Rechte ins Gesicht, um Ruhe zu haben. Das gelang ihm auch, doch schon im nächsten Moment sprang ihn eine weitere Gestalt von hinten an und drosch wild auf seinem Kopf herum.
Das war einfach zu viel.
Mit einem grantigen Aufschrei drückte er sich auf seine Beine, wobei er die Gestalt unter sich am Schlafittchen gepackt hielt und mit sich in die Höhe zog. Dann machte er eine ruckartige Bewegung in der Hüfte – einmal nach links, einmal nach rechts – und als er spürte, wie die Furie in seinem Rücken etwas seitlicher rutschte, schoss seine rechte Hand blitzschnell nach hinten, konnte dort ein Stück Stoff ergreifen und riss die Gestalt mit einem kräftigen Ruck über seinen Kopf hinweg ebenfalls vor sich.
Er konnte spüren, dass sich die beiden Gestalten zu wehren versuchten, doch gegen seine Kräfte waren sie natürlich machtlos.
Verärgert über ihren Angriff und aufgrund der Tatsache, dass er gerade keine Hand mehr frei hatte, seine Gegner aber dennoch kurzfristig außer Gefecht setzen wollte, beschloss er einfach sie mit den Köpfen zusammenzustoßen. Das sollte den gewünschten Effekt auf jeden Fall bringen.
Doch genau in dem Moment, da er seine Armmuskeln anspannte, hörte er, wie Jemand aus dem Dunkel vor ihm seinen Namen rief.

*

Christopher hatte gerade noch Douglas, Cynthia und Alfredo erkennen können, bevor sie in der Nische verschwunden waren. Sofort machte er Silvia darauf aufmerksam, die jedoch schon nichts mehr sehen konnte. Erst als sich der fremde Körper aus dem Dunkel in Douglas Richtung schob, nickte sie.
Christopher beschloss daraufhin, direkt auf seinen alten Partner zuzulaufen, um ihm zu helfen, da er bereits wusste, was Douglas gleich tun würde.
Doch gerade in dem Moment, da er – Silvia dicht hinter sich wissend – losflitzte, erkannte er eine weitere Gestalt schräg links vor ihnen. Er konnte nicht ausmachen, wer oder was es war, aber die Waffe, die nach oben schnellte und auf Douglas gerichtet war, die sah er sehr genau.
Bevor er jedoch mit einer winzigen Drehung seines Körpers seine Laufrichtung ändern konnte, musste er entsetzt erkennen, dass Silvia diese Bewegung bereits einen Augenblick vor ihm vollführt hatte und jetzt mit wenigen Sätzen direkt neben der bewaffneten Gestalt war. Aber er konnte förmlich spüren, dass sie keinerlei Zeit mehr für eine kontrollierte Attacke hatte.
Alles, was ihr blieb war ein Hechtsprung. Also sprang sie.

In dem Moment, da sie gegen die Gestalt krachte und sie umriss, löste sich der Schuss aus der Waffe. Während Silvia sich bemühte, ihren Widersacher nicht zu verlieren und ihre Hände in seine Kleidung krallte, war sie ziemlich sicher, dass der Schuss sein Ziel verfehlt hatte und in das Dach gedonnert war.
Mit der Gestalt im Griff vollführte Silvia eine Rolle und es gelang ihr hiernach, sich hinter ihren Gegner zu knien und ihn in den Schwitzkasten zu nehmen. Die Waffe hatte ihr Widersacher bereits verloren und gegen den eisenharten Griff Silvias hatte er sichtlich keine Chance. Er fuchtelte zwar mit seinen Armen hinter sich, um seinerseits Silvia zu packen, doch gelang ihm das nicht. Stattdessen erklang ein zunehmend keuchendes, ersticktes Stöhnen.
Einen Augenblick später war Christopher bei ihnen. Im ersten Moment sah er nur eine Gestalt ohne Gesicht, dann nur eines, das unter der Anstrengung, sich aus der Umklammerung Silvias zu befreien, total verkniffen war. Währenddessen war er einfach nur tief beeindruckt, mit welch großer Kraft und Konsequenz Silvia agierte.
Plötzlich aber schimmerte blondes Haar hervor und irgendetwas in Christophers Kopf musste eine Erinnerung abgerufen haben, denn augenblicklich schaute er genauer auf das Gesicht.
Und als Silvia quasi im selben Moment ihre Muskeln einmal entspannte, um sie neuerlich anzuspannen, entspannte sich auch kurz das Gesicht ihres Gegners und Christopher konnte es gut erkennen.
Die Überraschung und Verblüffung ließ ihn auf die Knie fallen. „Peter!"
„Du kennst ihn?" fragte Silvia etwas atemlos und ziemlich gereizt.
Während Peter seine Gegenwehr stoppte und seinerseits Christopher verblüfft anstarrte, nickte er. Instinktiv ließ Silvia von ihm ab.
Plötzlich schoss es Christopher in den Kopf, dass, wenn er hier jetzt Peter vor sich hatte, die Gestalt, die sich gerade mit Douglas beschäftigte, einer von seinen Leuten sein konnte. Sein Kopf zuckte herum und er starrte in die entsprechende Richtung. Dort war er sehr überrascht, als er Cynthia auf den Schultern der Gestalt sehen konnte, wie sie wild auf ihn eindrosch, während Douglas ziemlich schlaff am ausgestreckten linken Arm seines Widersachers hing. Trotz Cynthia gelang es ihm jedoch, sich aufzurichten. Und mehr noch, denn nur einen Augenblick später schüttelte der Fremde sich und bekam Cynthia zu packen. Scheinbar mühelos riss er sie über seinen Kopf vor sich, wo sie - ähnlich wie Douglas – hilflos an seinem ausgestreckten Arm baumelte.
Und als Christopher jetzt das Gesicht des Fremden zum ersten Mal deutlich erkennen konnte, entglitten im augenblicklich sämtliche Gesichtszüge. „Großer Gott!" Abrupt sprang er auf seine Füße. „Eric!"

*

Alfredo erkannte zum wiederholten Male, dass es nie eine wirklich gute Idee gewesen war, sich seiner Mutter anzuschließen. Aber er hatte seinen jüngeren

Bruder Angelo immer geliebt und war totunglücklich gewesen, als er Italien in Richtung Westen verlassen hatte.
Als Angelo sich dann selbst gerichtet hatte, hätte er seine Tochter am liebsten sofort zu sich geholt und wirklich alles versucht, es möglich zu machen, doch am Ende musste er sich eingestehen, dass er als alleinstehender, beruflich sehr stark beanspruchter Mann tausende von Kilometern entfernt, keine Chance gegen die Schwester seiner Schwägerin mit einer intakten Familie hatte.
Dennoch aber fühlte er sich stets mit seiner Nichte verbunden und als klar war, dass sie noch lebte – wenn auch an einem Ort, der eigentlich schier unmöglich schien – war auch klar, was er zu tun hatte. So war es für ihn eigentlich gar keine Frage, zu helfen, sie zu retten.
Aber schon sehr schnell musste er sich eingestehen, dass hier Dinge abliefen, denen er weder gewachsen war, noch die er wirklich verstand. Er war ein ganz normaler Mensch und kein Kämpfer. Von Anfang an war alles, was er tun konnte, zu reagieren. Zum Agieren lief alles viel zu schnell und viel zu irre ab.
Doch aufzugeben war dennoch nie eine Option gewesen.
Und als er sehen konnte, wie Douglas und auch Cynthia ganz sicher die Oberhand in ihrem Kampf verloren, wusste er, dass er zum ersten Mal agieren musste.
Und irgendwie – er war im ersten Moment selbst erschrocken – fand sich ein armdicker Holzbalken von gut einem Meter Länge in seiner rechten Hand. Und es war klar, was er damit tun musste.
Also sprang er auf, brüllte seine Unsicherheit, Nervosität und Angst heraus und riss dabei den Balken in die Höhe.
Plötzlich konnte er Christopher nur wenige Schritte hinter der Gestalt erkennen. Er verstand auch den Namen, den er rief und konnte sogar die Verblüffung in seinem Gesicht sehen. Doch zum Abbremsen war es zu spät. Einen Wimpernschlag später krachte der Balken mit all der Kraft, die der Italiener aufzubringen vermochte gegen den Hinterkopf des Fremden.

*

Als er seinen Namen hörte, stoppte er sein Vorhaben ab und starrte auf den Mann, der auf ihn zukam.
Fast zeitgleich donnerte der Holzbalken gegen seinen Hinterkopf, doch anstatt ihn umzuhauen, brach er mit einem dumpfen Krachen in zwei Teile, während Erics Kopf nicht einmal zuckte.
Er schenkte jedoch weder diesem Vorgang, noch dem Verursacher Beachtung, obwohl er Alfredos leiser und unsicher werdenden Schrei hören konnte, sondern starrte weiter in Christophers Richtung.
Als er ihn schließlich erkannte, war er schlichtweg verblüfft. „Chris?"
„Eric?" Das war jetzt Douglas, der sich gerade etwas gefangen hatte und überrascht auf seinen vermeintlichen Widersacher starrte.
„Eric!" Das war Cynthia, die ihn offensichtlich bereits erkannt hatte.

Eric seinerseits war erneut verblüfft. „Doug?" Er blickte neben den Schwarzen. "Dann sind sie Cynthia!?"
Cynthia nickte und schon im nächsten Moment ließ Eric sie los und setzte sie sanft auf ihre Füße.
„Und wer zum Teufel sind sie?" raunte Alfredo angesäuert, während er neben Cynthia trat. Der Schlag mit dem Balken war für ihn offensichtlich schmerzhafter gewesen, als für sein Gegenüber und auch die neuerliche Wendung der Ereignisse machte ihm sichtlich zu schaffen.
„Das ist Eric!" rief Douglas und ein immer breiteres Lächeln zeichnete sich ab. „Ach komm her, Alter!" Er trat einen Schritt vor. „Lass dich umarmen!" Eric war sichtlich überrascht, doch erwiderte er die Geste ebenfalls mit einem Lächeln. „Es tut verdammt gut dich wieder zusehen!" fügte Douglas noch hinzu, als sie sich wieder trennten.
Eric nickte nur stumm.
„Der Eric?" fragte Alfredo und als alle nickten, verzog er beeindruckt die Unterlippe. „Dann tut mir das...!" Er deutete auf den gebrochenen Holzbalken in seiner Hand. „...leid!"
Eric schüttelte relaxt den Kopf. „Kein Thema!"
„Eric verdammt!" Das war Christopher, der sie jetzt erreicht hatte und auch er umarmte seinen alten Kampfgefährten sofort und mit einem hocherfreuten Grinsen.

*

„Wer sind sie?" fragte Silvia, nachdem sie Peter losgelassen und sich hinter ihm aufgerichtet hatte.
„Ich bin Peter!" erwiderte der Blonde, während auch er sich mit einem tiefen Stöhnen auf die Füße wuchtete. „Und sie müssen Silvia sein!?" Silvia nickte und Peter lächelte breit. „Wie ich sehe, waren unsere Mühen nicht umsonst!"
Silvia lächelte kurz. „Sie haben ihm geholfen, mich zu finden, nicht wahr?"
Jetzt nickte Peter. „Es war mir eine Ehre!"
Silvia lächelte jetzt echt gerührt. „Danke!"
Peter nickte nur stumm zurück, dann gingen beide zu den anderen.
„Hey Peter!" Christopher klopfte ihm mit einem erfreuten Lächeln auf die Schulter. „Alles okay?"
Peter nickte und schaute Silvia an. „Sie sind verdammt kräftig, wissen sie das? Sieht man ihnen gar nicht an!"
Silvia lächelte säuerlich. „Ein Jahr Hölle eben!"
„Moment mal!" hob plötzlich Cynthia an. Die meisten der Umstehenden sahen sie irritiert an, nur Douglas und Eric nicht, die in ein Gespräch vertieft waren. „Wo sind Talea und Francesca?" Sie wandte sich an Eric und schaute ihn mit großen Augen an.
Eric lächelte sanft. „Die sind in Sicherheit! Peter ist...!" Dabei drehte er sich weiter in die Runde und er jetzt erkannte er den Blonden neben Christopher. „...bei ihnen!" Sein Lächeln verschwand.

Im selben Moment waren schwere Schritte auf dem Dach direkt über ihnen zu hören. Alle Köpfe zuckten nach oben. Schon waren erste Schatten zu sehen, die an den wenigen Lichtbändern vorbeihuschten.

„Oh verdammt!" stieß Peter mit finsterer Miene hervor.

„Ich sagte doch, du sollst dich nicht von der Stelle rühren!" Erics Stimme klang vorwurfsvoll, aber auch sehr besorgt.

Einen Augenblick später ertönte ein lautes Krachen in der Höhe und es kam eindeutig aus Richtung des Kühlhauses.

„Es tut mir leid!" rief Peter, wirbelte herum, fischte nach ein paar Schritten seine Waffe, die er im Kampf mit Silvia verloren hatte vom Boden und rannte dann davon.

Eric startete zeitgleich mit ihm. „Das will ich hoffen!"

In einiger Entfernung erklang böses Fauchen und Knurren und es war eindeutig mehrstimmig.

„Also los Leute!" meinte Christopher daraufhin. „Ihr habt es gehört: Die Pause ist vorbei!"

Eine Sekunde später folgten alle den beiden Männern.

Nur anfassen...

Heaven hatte das wunderbare Gefühl, als würde sie in einer Wolke aus herrlich flauschigen und kuscheligen Wattebäuschen dahinschweben. Ihr Kopf war frei von jeglichen negativen Gedanken und Erinnerungen, dafür erfüllte sie ein strahlendes Licht, das sie auf so wunderbar allumfassende Weise wärmte, wie sie es noch nie zuvor gespürt hatte.
Alles war in diesem Moment so klar, so rein...so richtig, dass sie sich einfach nur, aber bis in den kleinsten Winkel ihres Körpers hinein, geborgen fühlte.
Es gab keinen Zwang, kein Muss, keinen Druck, keine Tränen, keinen Schmerz, kein Grauen, nur Reinheit, Wärme, Ruhe und Kraft.
Heaven hätte nie geglaubt, je wieder etwas Derartiges fühlen zu können und es dauerte ein wenig, bis sie sich der Realität dieses Augenblicks bewusst wurde.
Wie lange er letztlich andauerte, vermochte sie nicht zu sagen, doch irgendwann wurde das Licht, das sie umgab und erfüllte schwächer. Gleichzeitig verlor es seine Reinheit, wurde dunkler und...schmutziger.
Heaven erkannte, dass sie sich durch Wolken bewegte. Dicke, schwere, dunkle Wolkenpakete. Und sie schwebte abwärts. Neben sich erkannte sie ihre Freunde: Razor, Bim, Horror, Terror und sie sah den Alten, Francesco.
Und da wusste sie wieder, wo sie war...und vor allem, was sie sogleich wieder erwarten würde: *Die Hölle!* Im nächsten Augenblick waren all ihrer wunderbaren Empfindungen dahin, wie ausgelöscht und es blieb nichts davon in ihr zurück.
Dann durchstießen sie die Wolkendecke und während sie mit dem Strom der Verdammten in die Tiefe schwebten, tat sich vor ihnen die flammend heiße Ebene der Finsternis auf.

„Verdammt!" Das war alles, was ihr einfiel, doch dieses eine Wort war erfüllt von einer so tiefgreifenden Enttäuschung und Hoffnungslosigkeit, dass es allen Anderen eine Gänsehaut verursachte. In den Gesichtern ihrer Freunde konnte sie erkennen, dass es ihnen ähnlich ergangen war und sie ihnen nunmehr die Realität zurückgebracht hatte. In den Augen des Alten sah sie Trauer und Verständnis.
„Was hast du erwartet?" fragte Horror mit schlecht gespieltem Frohsinn. „Dass die Hölle während unserer Abwesenheit fromm wird?"
Heaven schüttelte den Kopf. „Nein, aber...!"
„Naja!" hob Bim an, als er merkte, dass Heavens Laune immer trübsinniger wurde. „Zumindest haben wir ein Begrüßungskommando!" Als Heaven ihn überrascht ansah, deutete er mit dem Kopf in die Tiefe.
Tatsächlich konnte sie dort, wo der Strom auf den Boden traf, etliche finstere Gestalten erkennen. Es waren eindeutig Dämonen und einige von ihnen waren fliegende Exemplare. Ganz offensichtlich hatten sie ihre Spur während der

Flucht nicht vollkommen verbergen können. Damit war klar, dass ihnen schon in wenigen Augenblicken der nächste Kampf bevorstand.
„So wie es aussieht, haben die aber keine Blumen für uns dabei!" meinte sie und verzog dabei ihre Mundwinkel.
„Egal!" erwiderte Terror. „Dann gibt es halt mehr aufs Maul!" Dabei schien er tatsächlich Spaß an dem Gedanken zu finden.
„Wir haben keine Zeit für Spielchen!" rief Francesco mit einem Male. Seine Stimme klang leicht gereizt und sein Blick war sehr ernst.
„Ganz ruhig, Opa!" entgegnete Horror. „In diesem Dreckswasser hier gedeiht nun mal nichts Lebendiges!"
„Halten sie die Klappe, Mann!" raunte der Alte sofort zurück. „Sie wissen verdammt gut, was ich meine!"
Daraufhin beugte sich Razor zu ihm. „Ist das eigentlich richtig, dass sie hier ständig fluchen?"
„Das ist mir doch scheißegal!" erwiderte Francesco mit funkelnden Augen. „Ich jedenfalls habe keine Zeit für einen weiteren Kampf!" Er schaute in die Runde. „Also?"
„Okay, was haben sie vor?" fragte Razor.
Francesco sah ihn einen Moment ausdruckslos an. „Abhauen, solange es noch geht!"
„Wie?" rief Terror und grinste. „Keine Fresse dick?"
Der Alte schüttelte den Kopf. „Die kriegen sie noch früh genug!" Er verzog die Mundwinkel. „Und jetzt fasst mich an!"
„Das könnte ihnen so passen, was?" rief Horror jedoch sofort und sein Blick war leicht angewidert.
„Doch nicht so!" erwiderte Francesco sehr genervt.
„Weder so, noch anders!" Bim beugte sich zu Francesco und wartete, bis der ihn ansah. „Das ist gegen Gottes Gebot. Wehe sie nutzen das hier jetzt aus!" Er legte seine riesige Pranke auf die Schulter des Alten.
„Ach, das ist doch nur Petting, du großer, schwarzer Bär!" meinte Heaven und lächelte. „Davon kann man nicht schwanger werden, davon bekommst du höchstens einen Tripper!"
„Scheiße, ich wusste es!" Bims Blick war total genervt.
„Ruhe!" brüllte Francesco zornesrot. „Verdammt, bei eurer Laberei kann einem ja schlecht werden!" Er brummte mürrisch. „Ich bin hier der Boss und wenn jetzt noch einer was sagt, ohne vorher gefragt worden zu sein, den schmeiße ich höchstpersönlich den Bestien zum Fraß vor!" Er blickte streitlustig in die Runde, doch niemand sagte etwas. Wieder brummte er, dieses Mal jedoch zufrieden „Und jetzt rückt ein bisschen näher zusammen!" Ein leichtes, schelmisches Grinsen zeigte sich auf seinen Lippen. „In meinem Alter hat man es gern warm!"
Während alle seiner Aufforderung folgten, verdrehte Bim die Augen. „Ich bin eindeutig noch nicht bereit für sowas!"
Doch schon einen Augenblick später schwebte die ganze Gruppe aus dem Strom der Verdammten und schoss, unter den irritierten Blicken der Dämon am Boden in Richtung Süden davon.

Sixpack

Das Loch im Hallendach war schon von Weitem zu erkennen und als sie um den letzten Kistenstapel herum waren, fanden sie sich drei unverhüllten Dämonen gegenüber, die scheinbar noch etwas unsicher bezüglich des Standortes der Pyramide waren.
Erics Plan, das Tor zur Hölle herunter zu kühlen schien - zumindest im Moment noch - zu funktionieren.
Als Peter, gefolgt von Eric, jedoch auf der Bildfläche erschien, wirbelten ihre monströsen Körper auf der Stelle herum und sie starrten ihre Gegner hasserfüllt an.
Einen Augenblick später erreichte der Rest der Gruppe den Ort des Geschehens. Während alle ziemlich erschrocken auf die drei Kreaturen der Finsternis blickten, krachte ein vierter Dämon durch das Hallendach.
Doch dieser war anders, denn es war einer der fliegenden Dämonen, die Peter und die anderen im Hubschrauber angegriffen hatten, bevor Eric gekommen war, um sie davor zu retten.
Während alle anderen geschockt in ihrer Bewegung verharrten, da sie ja noch nicht wissen konnten, dass diese Art von Kreaturen mittlerweile den Weg auf die Erde gefunden hatten, machten sich Peter und Eric für den Angriff der Bestie bereit, denn ihnen war klar, dass er genau das sofort tun würde.
Und sie sollten sich nicht getäuscht haben.
Mit einer blitzschnellen Richtungsänderung und einer gleichzeitigen enormen Beschleunigung schoss die Kreatur direkt auf sie zu.
Peter, der gerade einen Warnruf an seine Freunde hinter ihnen gerichtet hatte, weil er dachte, er hätte noch die Zeit dazu, war tief entsetzt, als er sich wieder herumdrehte und erkennen musste, dass dies ein Fehler war. Der Dämon war schon so dicht heran, dass er weder seine Waffe in die Höhe reißen, noch irgendwohin ausweichen konnte. Nein, der Angriff des Dämons würde ihn voll erwischen.
Doch nur wenige Zentimeter, bevor der Zusammenstoß erfolgt wäre, stürzte sich ein Körper seitlich auf die Kreatur und riss sie förmlich aus der Flugbahn.
Es war Eric, der seinem Freund zur Hilfe gekommen war, weil er die Ausweglosigkeit seiner Situation erkannt hatte. Beide Körper krachten zusammen und wirbelten dann ein paar Meter durch die Luft, bevor sie zu Boden schlugen. Erics Brüllen war zu hören, doch war es nicht schmerzhaft, sondern eher verärgert. Auf jeden Fall überschlugen sich beide ein paar Mal, bevor es dem Schwarzen gelang, den Schwung ihres Sturzes für sich zu nutzen, um die Bestie im geeigneten Moment einfach loszulassen, sodass sie kreischend durch die Luft flog und mit irrsinniger Wucht gegen die Hallenwand krachte, die unter dem Aufprall teilweise zerstört wurde. Hiernach rutschte der Dämon zu Boden und verschwand zunächst aus dem Blickfeld.

Eric registrierte seine erfolgreiche Reaktion – wenn überhaupt – dann nur am Rande. Durch den Schwung musste er nochmals einen Überschlag vollführen, bevor er wieder Stand hatte. Dabei wirbelte er gleichzeitig herum zu seinen Freunden. „Versteckt euch!" rief er, hatte bereits ein weiteres Opfer ausgemacht, ging kurz in die Knie und drückte sich ab. „Ich mach das!" Und schon im nächsten Moment schoss er wie eine Kanonenkugel auf einen Dämon neben Alfredo zu, der die Gunst der Verwirrung ausgenutzt hatte und schon so dicht neben dem Italiener stand, dass er zum Angriff überging.
Doch Eric gelang es gerade noch rechtzeitig, das zu verhindern. Er landete direkt neben dem Dämon, packte ihn am linken Arm, sprang dann erneut ab und vollführte quasi auf der Stelle einen lupenreinen Salto. Das Monster riss er dabei mit sich und ließ es am Ende mit unbändiger Wucht auf den Hallenboden krachen, sodass es wild aufschrie. Aber Eric war gnadenlos. Er drehte sich herum und schleuderte die Bestie erneut über seinen Kopf hinweg auf die andere Seite, wo er sie wieder auf den harten Betonboden hämmerte, sodass bereits das Krachen von Knochen zu hören war. Wieder bewegte sich Eric, doch dieses Mal nicht, um noch einmal das Gleiche zu tun. Er wirbelte zwar herum, riss den Dämon aber in einem Aufwärtsbogen mit sich, sodass er mit ihm zwei heranstürmende Monster abblocken konnte, die wild kreischend nach hinten flogen. Leider verlor Eric dabei sein Opfer aus den Händen.
Er nutzte die Gelegenheit, um sich umzuschauen. Mittlerweile waren noch mehr Dämonen erschienen. Er zählte vier normale und zwei fliegende Exemplare. Er hatte keinerlei Zweifel, dass er sie würde überwältigen und töten können, doch wusste er, dass er nicht die Zeit dazu haben würde, denn schon konnte er sehen, wie sich einige der Kreaturen an die Verfolgung seiner Freunde machten. Doch die würden kaum Gelegenheit und Kraft haben, um gegen diese Bestien zu bestehen. Eric lief also die Zeit ab, doch war ihm klar, dass die Chance auf einen hundertprozentigen Sieg gleich Null war.
Dennoch würde er nichts unversucht lassen. Also sprang er wieder ab, stürzte sich ins Getümmel und gab sein Bestes im Kampf gegen die Mächte der Finsternis.

*

„Versteckt euch!"
Diesen Rat Erics kamen alle augenblicklich nach – zumindest fast alle.
Denn während Cynthia, Douglas, Alfredo und auch Peter machten, dass sie wegkamen, blieben Silvia und Christopher, wo sie waren. Denn irgendwie verspürten beide keinerlei Angst beim Anblick der anstürmenden Dämonen, sondern machten sich im Gegenteil ohne Nervosität auf den Kampf mit ihnen bereit.
Silvia riss ihr Gewehr, das sie bei trug, in die Höhe und feuerte drei kontrollierte und hervorragend gezielte Schüsse auf den Schädel einer der Kreaturen ab. Blut spritzte, Knochen splitterten. Die Bestie quiekte auf, geriet ins Strauchen und stürzte schließlich gänzlich.

Christopher, der für einen Augenblick fast verdutzt feststellen musste, dass er keinerlei Waffe bei sich trug, blieb dennoch total ruhig. Stattdessen blickte er sich um und konnte am Boden einen 10-Liter-Metallkanister mit stabilem Henkel ausmachen. Sofort riss er ihn vom Boden, war sichtlich zufrieden mit seinem Gewicht und wollte ihn als Schlaginstrument nutzen, als er einen Schrei hinter sich hörte, der eindeutig von Cynthia kam.
Beim Blick zur Seite konnte er erkennen, dass auch Silvia ihn gehört hatte und sich sofort umdrehte, um ihrer Freundin zur Hilfe zu eilen.
Christopher entschloss sich dazu, es ihr gleich zu tun. Anstatt den Kanister als Schlaginstrument zu nutzen, machte er ein Wurfgeschoss daraus. Er zielte kurz, holte aus und ließ ihn aus der rechten Hand schnellen. Als er sah, dass er sein Ziel nicht verfehlen würde, wirbelte er herum und folgte Silvia. Das und vor allem, wie gut er traf, sah er nicht mehr.
Der Kanister sauste auf die anstürmende Kreatur zu und traf sie direkt vor der Brust. Dabei hatte er eine derart große Wucht in sich, dass er den Dämon aus dem Lauf heraus einige Meter zurückschleuderte, bevor die Kreatur mit einem schmerzhaften Stöhnen zu Boden krachte. Dort erst war richtig zu erkennen, dass der Kanister der Bestie mehrere Knochen zerfetzt hatte und deutlich in die Brust eingedrungen war. Der Dämon schrie vor Schmerz auf und wollte sich wieder aufrichten, doch plötzlich stieg zischender Qualm auf. Wieder quiekte die Kreatur und zuckte wild mit den Armen. Doch immer mehr Qualm stieg auf und immer lauter wurde das Zischen. Der Grund war eine ihrer Rippen, die sich in den Kanister gebohrt hatte. Aus dem dabei entstandenen Loch lief ätzende Säure aus, die den Körper der Bestie zerfraß. Je mehr sich das Monster wandte, desto mehr Säure lief aus, bis der Kanister schließlich aufplatzte. Die letzten Zuckungen des Dämons waren krampfhaft und widerlich anzuschauen und von einem ekelhaften Kreischen begleitet, bevor er eingehüllt in einer kleinen, zischenden Qualmwolke starb.
Neben ihm stand ein Artgenosse und starrte mit kalten, toten Augen auf ihn herab. Doch in seinen Gesichtszügen war so etwas wie Überraschung zu erkennen. Er hatte schon gegen so viele Menschen gekämpft und keiner war ihm je gewachsen gewesen. Die Kraft aber, mit der dieses Exemplar zu agieren vermochte, verblüffte ihn und machte ihn neugierig, denn dann musste irgendetwas Besonderes an ihm sein.

*

Cynthia hatte geschrien, weil sie den Dämon erst sehr spät hatte aus der Dunkelheit heran rauschen sehen. Gerade noch im letzten Moment konnte sie ausweichen.
Blitzschnell wirbelte sie herum, riss ihre Waffe in die Höhe und feuerte der Kreatur in den Rücken, sodass sie verhindern konnte, dass er im selben Atemzug Douglas angriff. Doch natürlich hielt ihn das nicht lange auf. Mit einem wütenden Brüllen drehte sich der Dämon um und wollte erneut attackieren.

Dieses Mal jedoch war Douglas schneller. Geistesgegenwärtig hatte er einen dicken Metallstab, der zufällig neben ihm lag, an sich genommen und hämmerte ihn jetzt mit aller Kraft auf den Schädel der Bestie. Sie quiekte auf, doch Douglas schlug sofort nochmals zu. Und gleich nochmal. In den ersten Sekunden konnte er seinen Gegner so auch auf Distanz halten, doch dann hatte er sich darauf eingestellt, obwohl auch Cynthia einige, weitere Schüsse auf ihn abgab, aber Mühe hatte, Douglas dabei nicht zu treffen. Schließlich konnte der Dämon Douglas die Eisenstange entwenden und der Schwarze stand dem Monstrum vollkommen hilflos gegenüber.

Gerade jedoch, als es seine Pranke anhob, spürte Douglas einen Luftzug an seinem rechten Ohr und schon im nächsten Moment explodierte eine Gewehrkugel im widerlichen Gesicht der Kreatur. Blut und Speichel spritzten umher, Knochen wurden zerfetzt.

Douglas war so perplex, dass er im ersten Moment überhaupt nicht reagieren konnte und den ganzen Schlamassel frontal abbekam. Schon explodierte eine weitere Kugel im Stirnbereich. Der Dämon quiekte erneut auf und Douglas klatschte Gehirnmasse ins Gesicht.

Jetzt wirbelte er herum und sah zu seiner Überraschung Silvia, die mit erhobener Waffe auf ihn zuhielt und ein drittes Mal feuerte. Wieder rauschte die Kugel dicht an ihm vorbei und traf die Bestie in die Brust. Während sie davon nunmehr endgültig umgehauen wurde und mit einem gequälten Aufschrei zu Boden stürzte, konnte Douglas Silvia nur fassungslos anstarren, denn seine Freundin hatte ihre Schüsse aus vollem Lauf abgegeben und einen echten Zielvorgang hatte er nicht erkennen können. Dafür, dass die Kugeln nur um Haaresbreite an seinem Kopf vorbei mussten, um ihr Ziel zu erreichen, war das ziemlich eiskalt gewesen. Und diese Eiseskälte, gepaart mit allergrößter Entschlossenheit und sichtbarer Gnadenlosigkeit machte ihn sprachlos und eben ziemlich fassungslos.

Silvia jedoch reagierte nicht auf ihn und seinen Blick. „Los weiter!" rief sie nur, als sie ihn und die anderen erreicht hatte.

Im selben Moment aber erhob sich direkt hinter ihr ein monströser Schatten, der sie um mindestens zwei Köpfe überragte. Es war ein fliegender Dämon, der zu schnell heran gesaust war, als dass jemand ihn hatte kommen sehen. Und alle anderen standen vor Silvia, sodass keiner es wagte, zu schießen.

Die Bestie fauchte verächtlich, aber auch bereits genüsslich. In Silvias Augen erkannten die anderen, dass sie erkannte, was hinter ihr vorging. Mit einer blitzschnellen Bewegung wirbelte sie herum und wollte schon ihr Gewehr in die Höhe reißen, als die krallenbewehrte Hand der Kreatur bereits nach vorn schoss.

Plötzlich tauchte ein zweiter Schatten auf und fuhr zwischen Silvia und dem Dämon.

Es war Christopher. Er hatte Silvia den Rücken zugewandt, sodass sie ihn im ersten Moment nicht erkannte, sondern nur einen kurzen, erstickten Schrei ausstieß, weil sie ihn nicht hatte kommen sehen.

Dafür aber wussten die anderen, wer sich dort zwischen sie und die Bestie stellte und ihnen war vollkommen klar, was er damit tat: Er opferte sein Leben für das seiner großen Liebe. Cynthia und Douglas schrien fast gleichzeitig auf.
Auch der Dämon war zu überrascht, als dass er reagieren konnte. Seine Kralle zuckte nach vorn und traf Christopher direkt unterhalb des Brustbeins in den Bauch.
Doch anstatt die Haut dort mit ihren rasiermesserscharfen Enden spielend leicht zu durchstoßen, erklang ein helles Geräusch, als wäre die Kralle auf Metall getroffen. Tatsächlich wurde sie an der Bauchhaut böse gestaucht, sodass der Dämon halb auch Überraschung, halb aus Schmerz aufschrie.
Während er hinter sich weitere Schreie seiner Freunde hören konnte, war Christopher nicht minder überrascht über die fehlgeschlagene Aktion der Bestie vor ihm. Warum er sich zwischen sie und Silvia gestellt hatte, wusste er: Es war aus Liebe, aber eine reine Bauchentscheidung gewesen, weil ihm doch überhaupt keine Zeit für Überlegungen geblieben war. Doch es gab auch nichts dabei zu überlegen, schließlich ging es hier um Silvia.
Als die Kralle dann auf seinen Körper traf, spürte er die Kraft, die darin steckte, aber ebenso, dass irgendetwas an ihm sie aufhielt. Natürlich hatte er unwillkürlich seine Bauchmuskeln angespannt, doch kein Sixpack dieser Welt hätte diesem Schlag je standhalten können.
Und doch konnte er sehen, wie die Kralle des Dämons unfreiwillig zerdrückt wurde, als hätte sie gerade nicht gegen seinen Bauch, sondern gegen eine Betonmauer gehauen.
„Fuck!" stieß er überrascht hervor, doch schon war ihm klar, dass er diesen Vorteil, wo immer er ihn auch herhatte, nutzen musste. Also riss er seinen linken Arm zurück und hämmerte dem Monster eine gepfefferte Gerade in sein widerliches Gesicht, das es nur so klatschte. Der Dämon brüllte auf und Christopher schlug ein zweites Mal zu, brach dabei erste Knochen. Plötzlich zuckte von links ein weiterer, normaler Dämon heran. Christopher reagierte blitzschnell und donnerte seine rechte Faust mit aller Kraft in das weit aufgerissene Maul der Bestie. Tief drang sein Unterarm in das schleimige, glitschige Innere hinein und bekam schließlich die fleischige Zunge der Kreatur zu packen. Während der Dämon quiekte, umschloss Christophers Hand die Zunge und riss seinen Arm ruckartig zurück. Ein bestialisches Reißen ertönte und die Bestie quiekte nochmals, als Christopher ihr die Zunge aus dem Maul riss. Ein mächtiger Blutschwall schoss ihm entgegen, doch Christopher riss nur sein linkes Bein in die Höhe, stemmte es gegen seinen Widersacher und brachte ihn damit zu Fall, wo sich die Kreatur schmerzhaft brüllend windete. Zeit zum Durchschnaufen blieb ihm jedoch keine. Der fliegende Dämon hatte sich von den Schlägen Christophers erholt und wollte erneut angreifen, aber Christopher schleuderte ihm einfach die gut dreißig Zentimeter lange Zunge seines Artgenossen entgegen und benutzte sie hiernach einige Male als eine Art Schlagstock. Wie Peitschenhiebe klatschten sie dem Monster ins Gesicht, das immer wieder überrascht quiekte, aber keine Chance hatte, zu agieren.

*

Als Peter sich wieder gefangen hatte, begriff er sofort die Situation. Er sprang einen Schritt nach vorn und riss Silvia, die noch immer mit großen Augen reglos auf Christopher direkt vor ihr starrte, die Waffe aus der Hand. Nachdem er einmal durchgeladen hatte, gab er eine kurze, aber kraftvolle Salve auf den Dämon ab, dem Christopher gerade mit einer fast unfassbaren Leichtigkeit die Zunge aus dem Rachen gerissen hatte und tötete ihn damit. Sofort danach wirbelte er herum, richtete den Lauf der Waffe auf den fliegenden Dämon, der von seinem Freund noch immer mit der abgerissenen Zunge geschlagen wurde und drückte mit den Worten. „Schluss jetzt!" erneut ab. Während die Projektile in das Hirn der Kreatur hämmerten, quiekte sie schmerzhaft auf. Dann stürzte sie zu Boden und eine große Blutlache breitete sich schnell unter ihr aus. „Wie zum Teufel hast du das gemacht?" Er fuhr herum zu Christopher und starrte ihn mit großen Augen an.
„Ich...weiß es nicht!" erwiderte sein Gegenüber wahrheitsgemäß mit einem Blick auf seinen Bauch, der jetzt eigentlich aufgerissen und ausgeweidet sein sollte. Dann blickte er auf und in seinem Gesicht konnte man die Unsicherheit erkennen. Als er Silvia ansah, erkannte er für einen kurzen Moment tiefe Besorgnis, aber auch große Freude, bevor sie ihm um den Hals fiel und kurz, aber leidenschaftlich küsste. „Danke!" hauchte sie, als sie sich wieder trennten.
„Wir müssen zu Eric!" rief Cynthia und alle starrten sie an.
„Aber er hat gesagt...!" hob Alfredo an.
„Sie hat Recht!" erwiderte jedoch sofort Christopher. „Allein ist er dieser Übermacht nicht gewachsen!"
„Ach und mit uns ist er es, oder was?" raunte Peter wenig begeistert.
Christopher wandte seinen Kopf in Richtung des Blonden. Dabei fing er den Blick seines alten Freundes Douglas ein, der ihn auf eine sehr merkwürdige, ernste und vor allem ablehnende Art ansah, die er von ihm bisher nicht kannte, doch er wusste, dass jetzt nicht die Zeit war, den Grund dafür zu erkunden. Deshalb drehte er seinen Kopf weiter zu Peter. „Wir werden sehen, nicht wahr?" Und damit rannte er auch schon los.
„Verdammt...!" stöhnte Silvia. „Ich hasse es, wenn er so ist!" Sie folgte ihm ohne zu zögern.
Cynthia sah Peter, Douglas und Alfredo mit großen Augen an.
„Was?" raunte Peter. „Es war deine beschissene Idee. Also gehst du auch vor!"
Cynthia brummte und verzog die Mundwinkel, doch bevor sie losrennen konnte, tat dies Douglas und zog sie mit den Worten. „Nun kommt schon!" mit sich. Dabei fiel auch Cynthia auf, wie ernst und abweisend ihr Mann war.

Das Tor zur Erde

Die Landschaft unter ihnen nahm allmählich wieder die altbekannten Formen an und ehe sie sich versahen, tauchte der Berg mit der Burg vor ihnen auf, in der noch vor wenigen...*ja was eigentlich? Minuten, Stunden, Tage? Keiner von ihnen wusste das wirklich noch zu sagen...*Christopher gefangen gehalten worden war.
Jetzt hatte die gewaltige Burg kein Dach mehr und die Trümmer lagen weit verstreut umher.
Doch Heaven erkannte schnell, dass sie nicht direkt auf die Burg zuhielten, sondern die rechte Flanke des Berges ansteuerten. Außerdem erhöhte Francesco ihre Flughöhe soweit, dass sie sich in den dicken Wolkenpaketen wiederfanden. Bevor sie ihn jedoch darauf ansprechen konnte, sanken sie auch schon wieder in die Tiefe. Überraschend musste Heaven feststellen, dass sie auch ihre Geschwindigkeit erhöht haben mussten, denn der Berg voraus, befand sich jetzt hinter ihnen. Schon machten sie eine enge Kehre und senkten ihre Flughöhe immer weiter, bis sie schließlich kaum mehr als zehn Meter zunächst über einen See mit kochendem Wasser und dann über den trostlosen Rest eines verbrannten Waldes flogen.
Dahinter erhob sich der Berg. Sie behielten ihre niedrige Flughöhe bei und schossen über die Bergflanke mit ihren schroffen Felsformationen hinauf zum Gipfel in gut fünfhundert Metern Höhe.
Dort wurde ihr Flug beinahe abrupt abgebremst und sie sanken zu Boden.
Während alle anderen etwas unsicher auf den Beinen waren und erst einmal kurz verschnaufen mussten, war Francesco schon auf dem Weg nach vorn.
Dort ragte eine gut fünf Meter hohe Felswand beinahe senkrecht auf, die jedoch einige Lücken aufwies. Auf eine dieser Lücken strebte der Alte zu. Die anderen folgten ihm.

Der Blick auf die andere Bergseite war ziemlich beeindruckend. Die Felswand fiel zur anderen Seite hin gute einhundert Meter senkrecht ab und brauchte weitere einhundert Meter, bevor sich ein kleines, fast kreisrundes Plateau schräg oberhalb der Burg anschloss.
Ansonsten bestand die gesamte Bergflanke ebenfalls nur aus zerklüfteten, schroffen und teilweise bizarren Felsformationen, ganz besonders auf der rechten Seite, wo sie vom Gipfel bis hinab zur Burg reichten. Doch keiner von ihnen hatte Augen für diese spröde, aber durchaus faszinierende Schönheit des Gesteins, alle blickten nur auf das Plateau unter ihnen. Es war auch – abgesehen von der heißen Ebene, die sich hinter dem Berg anschloss – der einzige Ort, an dem Bewegung zu erkennen war. Da gab es eine Handvoll Dämonen, die auf ihren eigenen Beinen standen und mindestens doppelt so viele fliegende Exemplare. Außerdem konnten alle sehr deutlich Samael

erkennen, der die anderen Kreaturen um fast das doppelte überragte. Während er ziemlich aufgeregt mit seinen gewaltigen Pranken hantierte und ab und an ein bösartiges, deutlich verärgertes Brüllen zu hören war, starrte er – wie alle anderen Kreaturen auch – auf das, was sich in der Mitte des Plateaus befand.
Heaven vermochte es zunächst gar nicht einzuordnen. Sicher war, dass irgendetwas dort unten am Boden stand, doch war es zu klein, um es genau zu erkennen. Allerdings hatte sich über diesem Gegenstand eine Art holographisches Bild von vielleicht fünf Metern Höhe gebildet, das aussah, wie der Rüssel eines Wirbelsturms und sich auch ebenso verhielt. denn deutlich konnte sie erkennen, mit welch hoher Rotationsgeschwindigkeit er sich um sich selbst drehte. „Was ist das?" fragte sie.
„Das...!" Francesco atmete einmal ein. „...ist das Tor zur Erde!" Seine Stimme klang düster.
„Eine Pyramide!" meinte Horror.
Der Alte nickte, doch in seinem Gesicht zeigte sich keine Freude.
„Was ist das da über ihr?" fragte Bim.
„Das ist das eigentliche Tor!"
Razor hatte aufmerksam zugehört, doch jetzt zog er die Stirn in Falten. „Soll das heißen, dass es gerade aktiv ist?"
Wieder nickte Francesco. „Ja. Es wurde gerade aktiviert und richtet sich zu seiner vollen Größe auf. Am Ende ist der Rüssel etwa einhundert Meter hoch!"
„Wow!" stieß Terror ehrlich beeindruckt hervor.
„Im Gegenteil!" widersprach ihm der Alte. „Das ist schlimmer, als ich befürchtet hatte!"
„Wieso?" fragte Heaven etwas irritiert.
Francesco sah sie direkt an. „Ich hatte gehofft, es sei noch nicht wieder aktiviert worden!"
„Wieder?" Das war Horror.
Der Alte verzog die Mundwinkel. „Ein Dämon ist zusammen mit Christopher durch das Tor zur Hölle gegangen. Als er hier ankam, hatte er das Tor zur Erde bei sich. Er brachte es Samael, der es in seiner Gier sofort aktivieren ließ!"
„Und dann?" fragte Bim.
„Es sind einige fliegende Dämonen auf die Erde gelangt und haben sich auf die Suche nach dem Tor zur Hölle gemacht. Das war kurz bevor Douglas und die anderen hierherkamen!"
„Wie viele mögen hindurchgegangen sein?" fragte Heaven.
„Das Tor kann nur eine begrenzte Zeit geöffnet bleiben, bevor die Energie in ihm wieder zusammenfällt!"
„Und wie lange ist das?" fragte Bim.
„Das hängt davon ab, wie sehr es beansprucht wird. Wenn immer nur ein Dämon nach dem anderen hindurchgegangen ist, maximal zehn Minuten. Wenn es gleich mehrere auf einmal waren vielleicht auch nur zwei!"
„Und wie viele mögen es nun gewesen sein?" fragte Terror etwas gereizt.
Francesco schien zu überlegen. „Ich schätze fünfzig, vielleicht sechzig!"

„Wow!" Bim zog die Augenbrauen in die Höhe. „Das ist viel!"
„Ja!" stieß Razor hervor. „Aber nun weiß Gott nicht unser Problem, oder?" Er schaute in die Runde. „Dafür ist doch wohl dieser…!" Er schaute Francesco fragend an.
„Eric!" erwiderte der Alte.
Razor nickte. „…Eric jetzt auf der Erde, um das Tor zur Hölle zu schützen. Richtig?"
Francesco nickte. „Stimmt!"
„Und warum dachten sie, dass dieses Tor…!" Heaven deutete mit dem Kopf in die Tiefe. „…noch nicht wieder aktiv ist?"
„Weil es normalerweise eine Zeitlang dauert, bis sich die verbrauchte Energie im Inneren der Pyramide wieder aufgebaut hat!"
„Dann haben wir wohl etwas getrödelt, was?" meinte Terror mit säuerlicher Miene.
"Sieht ganz so aus!" stimmte Bim ihm zu.
Doch Francesco verzog das Gesicht zu einer gequälten Grimasse. „Ich weiß nicht!" Er schüttelte leicht den Kopf. „Irgendetwas stimmt nicht!"
„Was meinen sie?" fragte Heaven.
„Der Aktivierungsgrad der Pyramide lässt sich an ihrer Farbe erkennen!" erklärte er. „Wenn das Tor vollkommen geöffnet ist, ist es blutrot!"
„Wie passend!" flüsterte Horror.
„Am Anfang ist es gelb und wird dann dunkler, bis es bei Rot seine größte Ausdehnung hat. Danach wird es über violett fast schwarz und erlischt schließlich wieder. Der Rüssel wird im gleichen Maße größer und wieder kleiner!"
„Dann bleibt uns wohl nicht viel Zeit was?" meinte Razor daraufhin mit säuerlichem Blick.
„Wieso?" Heaven sah den Schwarzen irritiert an.
„Hast du nicht zugehört?" fragte Bim sofort.
„Doch, aber..!"
„Rot heißt vollständig offen!" erklärte Bim und deutete in die Tiefe. „Dann heißt orange ja wohl: kurz davor!"
Heaven nickte. „Das habe ich verstanden! Aber…!"
„Aber, was?" fragte Terror.
„Francesco sagte, wenn das Tor vollständig geöffnet ist, ist es etwa einhundert Meter hoch!"
„Ja, und?" Jetzt war Bim irritiert.
„Das sind doch höchstens fünfzehn, vielleicht zwanzig Meter!" Auch sie deutete jetzt in die Tiefe. „Oder nicht?"
Alle schauten hinab und da Heaven Recht hatte, starrten alle den Alten an.
Der lächelte Heaven traurig zu. „Das war es, was ich meinte, als ich sagte, dass etwas nicht stimmte!"
„Und was?" Das war Horror.
„Mir scheint, dass Tor ist früher aktiviert worden, als es sollte!"

Da niemand im Gesicht des Alten seine Stimmung erkennen konnte, fragte Bim. „Ist das gut oder schlecht für uns?"

Francesco zögerte, bevor er antwortete. „Ich bin mir nicht sicher!" Er verzog die Mundwinkel. „Die Aktivierung wird so nicht sehr lange vorhalten. Sie wird deutlich kürzer, als normal ausfallen. Allerdings...könnte man trotzdem hindurchgehen, aber dann natürlich...nur Wenige!" Der Alte verstummte, doch sein Blick blieb nachdenklich.

„Umso besser für den Trupp auf der Erde!" rief Terror zufrieden.

„Dann brauchen wir jetzt wohl nur noch Waffen, oder?" Bims Blick war unsicher, doch Tatsache war, dass sie zwar Waffen bei sich trugen, die aber wohl kaum für ihr Vorhaben ausreichen würden. Außerdem fehlte ihnen jede Menge Munition.

Doch Francesco nickte nur abwesend und deutete hinter die Gruppe. „Da hinten!" Dann verfiel er wieder ins Grübeln.

Die anderen drehten sich um und waren sofort bass erstaunt, als sich ungefähr dort, wo sie vor wenigen Minuten gelandet waren, jetzt keine freie Fläche mehr befand, sondern etliche Regale Randvoll mit Waffen aller Art und Güte. Angefangen von Gewehren und Maschinenpistolen, gab es Maschinengewehre, mindestens eine Gatling, dazu Granat- und Flammenwerfer, Panzerfäuste, Rauch- und Handgranaten, ja sogar einen Raketenwerfer. Und Munition für alles bis zum Abwinken.

„Hey wow!" stieß Horror begeistert hervor und wurde wie sein Bruder und Bim auch wie magisch davon angezogen. „Wo zum Teufel haben sie die alle her?"

Doch bevor Francesco, der auch gar nicht antworten wollte, weil er tief in seinen Gedanken vergraben die Frage wohl auch gar nicht gehört hatte, hätte antworten können, stieß sein Bruder ihm in die Seite.

„Ist doch scheißegal, Alter!"

Heaven wollte ihnen folgen, denn auch ihr Herz hüpfte beim Anblick dieser geballten Feuerkraft höher, doch in den Augenwinkeln sah sie, dass auch Razor zögerte. Als sie sich wieder herumdrehte, erkannte sie, dass der Schwarze den Alten ansah.

„Francesco?" fragte Razor mit gesenkten Augenbrauen.

„Das ergibt keinen Sinn!" brabbelte der Alte, während er aufsah.

„Was ergibt keinen Sinn?" fragte Heaven, die das untrügliche Gefühl befiel, dass sich etwas Schlimmes anbahnte.

„Die Pyramide vorzeitig zu aktivieren!"

Für einen Augenblick war Stille, dann meinte Razor. „Vielleicht weiß er über sie nicht das, was sie wissen!?"

Francesco sah den Schwarzen an und sein Blick hellte sich für einen Moment etwas, doch dann sah man, dass er doch nicht überzeugt war.

„Vielleicht ahnt er, was wir vorhaben!?" versuchte es Heaven. Daraufhin schaute der Alte sie an und wieder schien er für einen Moment versucht, ihr zu glauben.

Doch dann schüttelte er den Kopf. „Dann wäre es sinnvoller gewesen, die Pyramide von hier wegzubringen, damit wir sie gar nicht erst finden!"

„Vielleicht agiert er einfach nicht logisch!" warf Razor nochmals ein und als der Alte ihn ansah, fügte er hinzu. „Wir haben keine Zeit mehr zum Überlegen. Wir müssen handeln!"
Francesco nickte. „Natürlich! Sie haben Recht!" Sofort machte er sich auf den Weg zu den beiden Brüdern und dem schwarzen Riesen. Razor und Heaven folgten ihm. Während auch sie sich mit Waffen bestückten, von denen sie annahmen, dass sie sie am besten nutzen und sie ihnen somit am meisten Schutz bieten konnten, blieb Francesco vor den Regalen stehen und schaute ihnen scheinbar dabei zu.
In Wirklichkeit aber war sein Blick ziellos, denn erneut kamen ihm starke Zweifel an dem wahren Grund Samaels, die Pyramide zu früh zu aktivieren. Irgendetwas in ihm, sagte ihm, dass etwas Furchtbares in der Luft lag, dass die Dinge nicht so waren, wie sie schienen und das sich eine echte Katastrophe anbahnte. Er spürte nagende Nervosität und Unruhe in sich, doch vermochte er einfach nicht zu greifen, um was es sich dabei handeln konnte. Am Ende musste er Razor doch Recht geben. Es hatte keinen Sinn, noch länger zu grübeln. Sie mussten ihre Mission erledigen und das Tor zur Erde an sich bringen. Spätestens dann waren alle Zweifel und Eventualitäten ohnehin hinfällig. Und sollte es während ihres Vorhabens doch zu Komplikationen kommen – die doch eigentlich sowieso von vornherein vorprogrammiert waren – wären sie ohnehin die Ersten, die es wissen würden.
Francesco atmete einmal tief durch, wurde etwas ruhiger und fokussierte sich einzig auf ihre Aufgabe, wenngleich doch ein bitterer Geschmack in seinen Gedanken weiterhin verblieb.

*

Heaven war erleichtert und nutzte dies als Motivation, um sich geeignete Waffen auszusuchen.
Wie Razor letztlich angedeutet hatte, machte sich Francesco wohl einfach nur zu viele Gedanken und hörte buchstäblich das Gras wachsen. *Wie konnte man auch davon ausgehen, dass hier Dinge wie Logik, Vernunft oder Berechnung überhaupt agierten?* In all der Zeit, die sie hier in der Hölle verbracht hatte, konnte sie sich wahrlich an nichts anderes erinnern, als an Chaos, Panik, Kampf und Krampf.
Warum sollte das hier und jetzt anders sein?
Sie wusste keine Antwort darauf, auch wenn ihre Zweifel nicht vollkommen ausgelöscht waren und deshalb konzentrierte sie sich auf den bevorstehenden Kampf, bei dem sie nur würde bestehen und überleben können, wenn sie ihre ganze Kraft darauf setzte.
Dennoch vertraute sie auf die Stärke ihrer Freunde und dem Trupp an sich. Außerdem hatten sie ja einen, wenn auch nicht vollkommen waschechten Engel bei sich, der seine enormen Fähigkeiten schließlich bereits eindrucksvoll unter Beweis gestellt hatte. Also war sie recht zuversichtlich, was die ganze Sache anging.

Und wenn sie erst einmal ausgestanden war, dann konnte sie sich endlich und ernsthaft Gedanken darüber machen, wie das Leben im Himmel wohl sein würde.

*

„Okay!" hob Razor an, nachdem alle sich mit den entsprechenden Waffen bestückt und sich wieder bei Francesco versammelt hatten. „Hier so etwas wie ein Plan!" Für eine Sekunde schauten ihn alle überrascht an, doch dann war ihnen klar, dass der Schwarze als ihr Gruppenführer natürlich über so etwas nachgedacht hatte und sie akzeptierten es mit einem Nicken. „Horror und Terror!" Er sah die Brüder an. „Ihr bleibt hier und nehmt das Areal von hier aus ins Visier!" Er merkte, dass die beiden Widerworte formulieren wollten, deshalb fügte er hinzu. „Nehmt euch eine Panzerfaust oder den Granatwerfer! Wenn wir anderen in Stellung sind, sorgt ihr für Verwirrung und lenkte die Bestien ab. Dann können wir uns ran schleichen und die Pyramide an uns bringen. Wenn wir wieder weg sind, könnt ihr das Areal mit allem, was da ist, platt machen!" Er schaute die beiden für einen Moment direkt an, dann nickten sie. Er hob seine Arme und reichte jedem von ihnen ein Headset. „Feuer nur auf mein Kommando! Klar?" Wieder nickten die Brüder und Razor war zufrieden. „Wir...!" Er wandte sich an die anderen. „...klettern da...!" Er deutete auf die zerklüfteten Felsformationen auf der rechten Seite, die letztlich bis an die Rückseite der Burg führten. „...runter. Das sollte uns einigen Schutz bieten!" Er schaute Francesco fragend an, doch der Alte nickte nur und schien offensichtlich zufrieden mit dieser Vorgehensweise zu sein. „Prima! Noch Fragen?" Er schaute in die Runde und konnte sehen, dass Terror mit einem breiten Grinsen seine Hand hob. Er warf ihm einen säuerlichen Blick zu. „Okay, noch sinnvolle Fragen?" Während jetzt sein Bruder grinste, verzog Terror die Mundwinkel. Doch blieb er, wie alle anderen auch, stumm. Daraufhin nickte Razor. „Dann los!"

Kampf im Schlachthof

Im Bereich vor dem Kühlhaus war der Kampf in vollem Gange.
Eric, umringt von einem Dutzend normaler Dämonen und mindestens fünf fliegenden Bestien, befand sich am anderen Ende der davorliegenden Freifläche und kämpfte mit einer unglaublichen Kraft, Schnelligkeit und Ausdauer gegen die Mächte des Bösen. Keiner der Dämonen war ihm letztlich gewachsen, doch sie waren in einer derart großen Übermacht, dass er sie kaum zu fassen bekam und es daher viel zu lange dauerte, bis er sie ausgeschaltet hatte. Außerdem kam immer mal wieder Nachschub von Gott weiß woher.
Zwei normale und ein fliegender Dämon schienen sich der Tatsache bewusst zu sein, dass Eric viel zu sehr mit dem Kampf beschäftigt war, um die Aktivitäten aller Dämonen zu kontrollieren.
Und natürlich verspürten sie alle einen unbestimmten Zug, wie ein leichtes Kribbeln, das ihnen sagte, dass sich hier irgendwo das Tor zur Hölle befinden musste. Mittlerweile waren sie dem Ursprung nähergekommen, denn ganz offensichtlich war der Zug hier in der Nähe des Kühlhauses etwas stärker, als etwa in der Mitte der Freifläche.
Deshalb strebten sie auf die Eingangstür zu und wollten sie öffnen. Das aber gelang ihnen anfangs nicht, doch ihre Gier war größer, als das Hindernis und mit einer gemeinsamen Kraftanstrengung konnten sie die Tür aus den Angeln reißen.

Eric sah es aus den Augenwinkeln und erschrak sichtlich. Dadurch verlor er für einen winzigen Moment seine Konzentration. Das nutzten seine Gegner sofort aus. Zu viert stürzten sie sich auf ihn und es gelang ihnen, ihn umzureißen. Dabei gingen sie geschickt und konsequent vor, indem sie seine Gliedmaßen umschlossen, sodass er sie kaum noch nutzen konnte. Hilflos musste er mit ansehen, wie sich ihm ein fliegender Dämon näherte. Immer größer und gieriger wurden seine Augen und ein heiseres, erregtes Fauchen entwich seiner Kehle. Ein solches Opfer hatte diese Kreatur noch nie zuvor erlegt und das sah man ihr auch deutlich an. Irgendwie schien sie ein wenig zu zögern, als würde sie nicht genau wissen, was sie jetzt tun sollte.
Dieses Zögern sollte sich rächen.

*

Ein dichter Schwall eiskalten Rauchs wehte ihnen entgegen, als sie die Tür aus ihrer Verankerung rissen und umhüllte sie für eine Sekunde.
Hiernach konnten sie in das Innere des Kühlhauses blicken. Es war dunkel dort und noch immer waberten Nebelwolken umher, die den Blick zusätzlich erschwerten.

Und doch wussten die Dämonen, dass sie hier richtig waren, denn der Zug war jetzt eindeutig nochmals stärker, als zuvor. Die fliegende Bestie schwebte langsam durch die Türöffnung in das Innere und war sich plötzlich sicher, Bewegung dort auszumachen. Außerdem roch es unmissverständlich nach Mensch.
Vorfreude und Gier wurden größer in ihr und ein genüssliches Fauchen war zu hören.
Ja, hier würden sie fette Beute machen.

*

Erics Verzweiflung wuchs, doch so sehr er sich auch anspannte, er vermochte seine Gegner nicht abzuschütteln. Und der drohende Schatten des fliegenden Dämons schob sich immer weiter über ihn.
Angst vor seinem eigenen Tod – so irrsinnig das auch klingen mochte - hatte er nicht. Er war zwar bereits tot, doch hatte er keine Zweifel daran, dass das, was der Dämon über ihm mit ihm anstellen konnte, nicht minder widerlich war, wie das Sterben vor gut einem Jahr. Immerhin verspürte Eric durchaus Schmerz, wenngleich – bisher zumindest – eher gedämpft. Nein, seine einzige Sorge galt Talea. Er durfte nicht zulassen, dass ihr etwas zustieß. Er musste seine Mission erfüllen und sie beschützen, bis diese ganze Sache hier erledigt war – so oder so. Und deshalb durfte er jetzt nicht sterben.
Noch einmal stemmte er sich gegen seine Widersacher, doch gelang es ihm kaum, sich mehr Platz zu verschaffen. Er spürte eine ruckartig ansteigende Nervosität in sich und der Blick Richtung Kühlhaus machte ihn fast wahnsinnig. Unwillkürlich brüllte er seine Verzweiflung heraus.
Dabei war er so abgelenkt, dass er gar nicht mitbekam, wie ein weiterer Schrei ertönte und der fliegende Dämon nur einen Augenblick später von einem großen, dunklen Schatten aus der Bahn gerissen wurde.

*

Ja, da war eindeutig Bewegung vor ihm, wenngleich er sie in dem ständigen Wabern des Nebels im Inneren des Kühlhauses nicht wirklich fixieren konnte.
Außerdem roch er immer stärker Menschen und der Zug zum Höllentor wurde auch immer größer.
„Hey!"
Er hörte das Wort, von dem er jedoch nicht wusste, was es bedeutete. Vor sehr langer Zeit war er der menschlichen Sprache mächtig gewesen, doch er hatte sie längst wieder vergessen – genauso, wie er vergessen hatte, wer er einst gewesen war. Aber den Tonfall konnte er einordnen und er wusste, dass es ein Ruf war. Gleichzeitig hatte er die Richtung ausgemacht und während er seinen Schwebflug langsam abbremste, schaute er zu Boden – mitten hinein in den langen Lauf eines doppelläufigen Schrotgewehres. Ein kurzer, überraschter Aufschrei war ihm noch vergönnt, dann sah er das grinsende Gesicht einer

jungen Frau hinter der Waffe. Im nächsten Moment drückte sie ab und ein greller Blitz erfüllte sein Blickfeld.
Die Dämonen an der Türschwelle hatten den Aufschrei ihres fliegender Artgenossen gehört, doch bevor sie reagieren konnten, krachte der Schuss unc einen Wimpernschlag später rauschte sein Körper rückwärts aus dem Nebel ar ihnen vorbei zurück in die Halle. Dabei überschlug er sich und klatschte dann mit wildem Brüllen und zerfetztem Schädel unkontrolliert auf den Betonboden.

Und es war, als wäre dies der Startschuss zu einer Offensive gewesen, denn nur einen Augenblick später agierte die Truppe um Douglas, die das Kühlhaus jetzt erreicht hatte, zeitgleich gegen die Dämonen um sie herum.
Silvia, Cynthia und Peter feuerten aus ihren Waffen kurze, sehr kontrollierte, vor allem aber äußerst gut gezielte Salven auf die umstehenden Monster ab.
Douglas, der keine Waffe bei sich trug, hatte jedoch das Stahlrohr mitgenommen und drosch jetzt mit aller Kraft auf einen normalen Dämon ein, der kaum eine Chance gegen diese Mischung aus Wut, Angst und Hass hatte.
Alfredo hielt sich anfangs im Hintergrund zurück, doch dann erkannte er, dass er neben einem Regal stand, in dem sich Blechdosen mit etwa einem Liter Inhalt befanden. Was genau drinnen war, war ihm vollkommen egal, nur das sie schwer genug waren, um - als Wurfgeschoss genutzt - durchaus einigen Schaden zuzufügen. Sofort nahm er Eine an sich, zielte auf einen der normalen Dämonen in seiner Nähe und warf mit aller Kraft. Er traf hervorragend am Kopf und brachte die Bestie damit so sehr aus dem Gleichgewicht, dass Cynthia ihr einen tödlichen Feuerstoß verpassen konnte.

*

Christopher wiederrum hatte sich nach dem Sturz mit dem fliegenden Dämon, der Eric attackieren wollte, blitzschnell und als erster wieder aufgerichtet und fiel das Monster, dass noch einen Moment hilflos war, von hinten an, legte seinen rechten Arm um seinen dicken, muskelbepackten Hals und drückte dann zu. Dabei nahm er seinen linken Arm zur Hilfe, um eine größere Hebelwirkung zu haben.
Sein brüllender und wild um sich schlagender Gegner, versuchte immer wieder sich aufzurichten und sogar sich in die Lüfte zu erheben, doch jedes Mal gelang es Christopher früher oder später, sich dagegen zu wehren und seinen Gegner wuchtig wieder zu Boden zu befördern. Hier und da war deutlich das Knacken von Knochen zu hören, obwohl es rein optisch eigentlich vollkommen unmöglich schien, dass Christopher den gut einen Meter größeren, sicherlich um einiges schwereren und vor allem muskelbepackten Dämon damit nicht nur in Schach halten, sondern auch in echte Gefahr bringen konnte.

Währenddessen hatte Eric begriffen, was um ihn herum geschah und schöpfte wieder neuen Mut, die ihm natürlich auch neue Kraft verlieh. Mit einem wilden Aufschrei gelang es ihm, seine beiden Arme ruckartig zusammenzuziehen, sodass die beiden Dämonen, die sie festhielten wuchtig aneinander klatschten. Sofort zuckte Erics Oberkörper nach oben und er verpasste den beiden Kreaturen an seinen Beinen jeweils einen sehr harten Faustschlag. Sich so seiner Feinde entledigt und wieder frei beweglich, sprang er auf und tötete alle vier Bestien blitzschnell und gnadenlos. Gerade im letzten Moment noch sah er einen weiteren fliegenden Dämon, der gerade mit zwei Artgenossen durch das Dach schoss, auf ihn zukommen. Gedankenschnell wirbelte er herum und hämmerte ihm seine rechte Faust mit einer derartig gewaltigen Wucht gegen den Schädel, dass sie ihn komplett durchdrang und am Hinterkopf wieder hinaus sprengte. Mehr als einen erstickten Aufschrei brachte das Monster nicht zustande, bevor es starb. Erics riss seinen Arm zurück und konnte ihn damit befreien, doch wurde er dabei erneut über und über mit Blut und anderen Flüssigkeiten überschüttet.

Aber das war ihm egal. Mit einer schnellen Drehung sondierte er das Gelände und erkannte, dass all seine Freunde ihre Gegner im Griff hatten. Gerade noch konnte er sehen, wie Christopher seinen Widersacher ein letztes Mal brutal zurück zu Boden drückte, bevor der mittlere Schädelknochen der Bestie deutlich hörbar knackte und schließlich mit einem hellen Knall zerbrach, der den gesamten Schädel verformte und jegliches Leben in ihr zum Erlöschen brachte.

Als Eric sah, was Christopher da vollbracht hatte, war er im ersten Moment total erstaunt, doch dann nahm er es als gegeben hin und machte sich auf den Weg zum Kühlhaus.

Nach einigen Schritten aber sprang er in die Höhe und stellte sich den beiden anderen fliegenden Dämonen in den Weg, die er in einen sehr harten und am Ende für die beiden Kreaturen tödlichen Kampf verwickelte.

*

Nachdem sich die beiden Dämonen von dem durchaus vorhandenen Schock über den Tod ihres fliegenden Artgenossen im Kühlhaus erholt hatten, überwog ihre Gier nach dem Höllentor und nach frischem Knochenmark. Etwas unsicher zwar, aber dennoch zielstrebig gingen sie durch die Türöffnung in das dunkle Innere des Raumes.

Nach wenigen Metern blieben sie stehen, denn auf dem Boden war frisches Blut zu erkennen. Offensichtlich handelte es sich um den Ort, wo der fliegende Dämon tödlich getroffen wurde. Instinktiv spannten die beiden Kreaturen ihre Muskeln an und schärften ihre Sinne nochmals.

Und damit taten sie gut, denn so konnte zumindest einer von ihnen gerade noch rechtzeitig das kaum zu erkennende metallische Funkeln neben ihnen ausmachen und seinen Oberkörper zurückreißen, bevor Talea erneut abdrücken konnte. Seinem Artgenossen half das zwar nicht – er wurde am Hals getroffen und die Schrotladung riss ein gewaltiges Stück Fleisch aus seinem Körper, dass das Blut in einer Fontäne herausspritzte – dafür aber ihm, denn mit einer schnellen seitlichen Bewegung stand er quasi vor der Menschenfrau, konnte ihre

Waffe ergreifen und ihr beim Entwenden gleichzeitig den Knauf ins Gesicht hämmern, sodass sie mit einem schmerzhaften Aufschrei zu Boden ging.

*

Eric fuhr erschrocken herum. Dass er Taleas Aufschrei wirklich gehört hatte, war in dem allgemeinen Tumult eher unwahrscheinlich, aber dennoch spürte er klar und deutlich, dass sie in Schwierigkeiten war.
Entsprechend fackelte er nicht lange. Einen fliegenden Dämon hatte er bereits getötet, den anderen so gut wie ausgeschaltet. Er riss ihn zu sich und katapultierte ihn mit aller Kraft senkrecht zu Boden, wo er beim Aufschlag sogar noch eine normale Bestie zerquetschte, bevor ihm selbst so ziemlich alle Knochen brachen.
Eric war zu diesem Zeitpunkt bereits auf dem Flug zum Kühlhaus und er machte sich keine Mühe, erst zu landen und den Raum durch die nicht mehr vorhandene Tür zu betreten, sondern beschleunigte nur kurz, flog eine Parabel und donnerte dann mit lautem Krachen durch die Decke ins Innere.

*

Christopher sah seinen Freund hinterher und ihm war klar, dass Eric sich um Talea sorgte. Deshalb beschloss er, ihm zu Hilfe zu kommen und sei es nur in der Form, dass er ihm weitere Gegner abnahm. Hierfür wollte er noch konsequenter agieren.
Im nächsten Moment fand er sich direkt vor einem normalen Dämon wieder. Christopher riss seine Arme in die Höhe und donnerte sie der Kreatur so wuchtig auf die Schultern, dass dabei Knochen brachen. In den Augen der Bestie konnte er Verwirrung und Schmerz erkennen, doch Christopher agierte so, wie er es sich vorgenommen hatte: Er spannte seine Muskeln an und riss seine Arme mit einem wüsten Aufschrei auseinander. Unfassbarer Weise gelang es ihm, dabei auch den Körper des Monsters auseinander zu reißen und in zwei, wenn auch unförmige Hälften zu teilen, die er dann achtlos zu Boden fallen ließ.
Keinen Augenblick zu früh, wie sich nur eine Sekunde später herausstellte, denn schon stürmte ein weiterer Dämon auf ihn zu. Christopher jedoch ließ sich im allerletzten Moment blitzschnell zu Boden fallen, fädelte mit seinen Beinen in die Beine des Dämons und brachte ihn so zu Fall. Während die Kreatur aufschrie, mit dem Gesicht auf den Asphalt krachte und sich herumdrehte, war Christopher bereits wieder aufgesprungen, jedoch nur, um sich sogleich mit angewinkeltem linken Arm in bester Wrestler-Manier auf sie fallen zu lassen und ihr damit alle Knochen im Brustkorb zu brechen. Da Splitter hiervon auch lebenswichtige innere Organe zerfetzten, war dies gleichzeitig ihr Todesurteil.
Christopher aber erkannte bereits einen neuen Gegner. Auch dieser Dämon rannte auf ihn zu, weil er ihn wohl erreichen wollte, solange sich Christopher noch am Boden befand. Doch mit dessen Schnelligkeit hatte er nicht gerechnet, denn in dem Moment, da er ihn erreicht hatte, hatte sich der Mensch bereits mit

einer pfeilschnellen Bewegung zurück auf die Beine gewuchtet. Mit einem Ausfallschritt donnerte Christopher der Bestie seine geöffnete rechte Hand in den oberen Bauchbereich und durchdrang den kompletten Körper, als wäre er aus Butter. Seine Finger durchstießen auch noch die Rückenhaut, wo sie sich schnell um die Wirbelsäule schlossen, bevor sie ruckartig zurückgerissen wurden. Mit einem widerlichen Reißen entfernte sie Christopher vom Rest des Körpers, wobei überraschenderweise aber auch der unförmige Schädel daran haften blieb. Der Rest klatschte als blutige, breiige Masse zu Boden.
Für einen Augenblick stand Christopher reglos mit der Wirbelsäule und dem Schädel da und bot einen absolut gespenstischen Anblick. Dann sah er erneut Bewegung in den Augenwinkeln und sofort hob er seine Beute in die Höhe, schwang sie einmal über seinen Kopf wie ein Lasso, bevor er den Schädel dann an der Wirbelsäule hängend dem fliegenden Dämon, der sich ihm rasend schnell näherte, seitlich gegen den eigenen Schädel drosch, dass die Knochen nur so schepperten, wodurch dieser quiekend aus der Bahn gerissen wurde und zu Boden krachte. Dort überschlug er sich einige Male und landete dann quasi direkt vor Silvia, die sofort ihr rechtes Bein auf seine Brust donnerte und ihm eine kräftige Salve aus ihrer Waffe in den blutverschmierten Schädel hämmerte, dass die Kreatur zu erzittern schien, bevor jegliches Leben aus ihr wich.
Während der Donner der Schüsse noch nachhallte, schaute Christopher sich um und war sehr überrascht, als er feststellen musste, dass kein weiterer Gegner mehr vorhanden war. Ein Blick zum Himmel zeigte ihm, dass er leer war. Und all seine Freunde waren definitiv wohlauf, wenngleich viele von ihnen von Kopf bis Fuß mit Blut beschmiert waren.
Christopher brummte zufrieden und wandte sich an Silvia. „Ich werde Eric helfen!" Er deutete auf das Kühlhaus. „Haltet ihr hier die Stellung!" Er wartete noch, bis Silvia ihm zunickte. Ihr Blick verriet so viele Emotionen und die meisten davon empfand Christopher ebenso, doch jetzt war nicht der Augenblick, darüber zu reden. Jetzt galt es, diesen absolut unerwarteten Vorteil auszunutzen, solange er noch andauern mochte. Deshalb wandte er sich schnell ab und rannte zum Kühlhaus, wo er bereits deutlichen Kampflärm hören konnte.

*

Talea hatte das verfluchte Gefühl, als hätte sie eine Dampframme gestreift. Dabei war es nur der Kolben ihres eigenen Schrotgewehres gewesen.
Dennoch war sie für einen längeren Moment außer Gefecht und als ihr Blick sich wieder klärte, erkannte sie, dass sie auf dem Boden lag und ein widerlicher Dämon direkt auf sie zukam. Da ihr alle Knochen wehtaten, konnte sie zunächst nichts anderes tun, als rückwärts von ihm weg zu robben, zumindest so lange, bis sie mit dem Hinterkopf gegen eine Wand stieß. Hektisch und mit dem Blick starr auf die Kreatur vor ihr gerichtet, drückte sie sich auf die Beine, doch es war zu spät. Der Dämon sprang wütend brüllend vor, packte sie mit der linken Pranke an der Schulter und wollte ihr die rechte in den Bauch rammen. Talea

wusste nur zu genau, was das bedeutete, doch war sie zu schwach, um es zu verhindern.
Genau in diesem Moment war ein halb erstickter, halb zittriger Schrei zu hören und nur einen Wimpernschlag später krachte ein recht großes Stück eingefrorene Rinderbrust seitlich gegen den Schädel der Bestie und brachte sie ins Schwanken. Aber eben nur ins Schwanken, nicht zu Fall. Während Talea total überrascht erkennen musste, dass ihr Francesca zu Hilfe gekommen war und dabei all ihre Kraft aufgebraucht hatte, drehte sich der Dämon wieder zurück zu ihnen. In seinen Augen flammte tiefer Hass. Mit einem wütenden Brüllen zuckte seine rechte Pranke in die Höhe, erwischte Francesca hart an der Stirn, sodass die Alte nach hinten taumelte und mit einem gequälten Stöhnen bewusstlos zu Boden sank.
„Nein!" rief Talea und wollte zu ihr rennen, doch die Bestie verhinderte dies, indem sie sie mit der linken Pranke zurück an die Wand drückte und ihr einen Augenblick später eine harte rechte Gerade ins Gesicht verpasste, die ihr beinahe die Besinnung nahm. Doch nur beinahe, denn wenn auch unscharf, so konnte sie doch sehen, wie die Kreatur erneut zum tödlichen Hieb auf sie ausholte.

Ein irrsinnig lautes Krachen ertönte, als die Decke des Kühlhauses keine drei Meter neben Talea zerfetzt wurde und ein Schatten zu Boden stürzte.
Ebenso wie sie, wurde auch ihr Gegner davon abgelenkt.
Der Schatten landete auf dem Boden, doch schoss er danach nicht unkontrolliert durch den Raum, sondern federte scheinbar spielend ab und richtete sich danach auf.
Eric! schrie Talea innerlich auf und ihr Herz begann vor Freude zu hämmern.
Im selben Moment aber brüllte der Dämon vor ihr verächtlich und ein widerliches Grinsen erschein auf seinen Lippen, als er sie anstarrte. Dann schoss seine Pranke nach vorn.
Talea schrie erschrocken auf. In den Augenwinkeln konnte sie ihren Mann erkennen, wie er zu ihnen herumwirbelte. Deutlich sah sie das Entsetzen in seinen Augen, dass er sie nicht mehr rechtzeitig erreichen würde. So nah bei ihr und doch zu spät. Talea schloss unwillkürlich ihre Augen.
Sie hörte den Dämon noch einmal aufschreien, aber irgendwie schien ihr dieser Schrei nicht siegessicher, sondern eher... *erstaunt*. Auch blieb der Schmerz aus, den seine Pranke in ihrem Leib verursachen sollte.
Talea riss ihre Augen wieder auf. Noch immer stand der Dämon direkt vor ihr, doch in seinem Blick war keine Überzeugung mehr, sondern Verwirrung und auch Schmerz. Ihre Augen zuckten nach links und zu ihrer Überraschung musste sie erkennen, dass Eric plötzlich direkt neben ihr stand. Sein Blick jedoch war auf den Dämon gerichtet, den er ausdruckslos ansah.
Die Pranke! Talea blickte hinab und konnte dort die rasiermesserscharfen Krallen der Bestie sehen, keine zwei Zentimeter von ihrer Bauchdecke entfernt. Doch ebenso sah sie, dass Erics rechte Hand sie umschlossen hatte. Im Gesicht des Dämons konnte Talea sehen, dass er all seine Kraft aufbrachte, um sein

Vorhaben zu Ende zu bringen, es jedoch nicht konnte, weil Eric – immer noch ohne jeglichen Ausdruck im Gesicht – dagegen hielt. Doch nicht nur das. Talea konnte das Knacken von Knochen hören und ein weiterer Blick auf die Pranke der Kreatur zeigte ihr, dass ihr Mann dabei war, sie langsam, aber mit unglaublicher Kraft und vor allem absolut gnadenlos zu zerquetschen, bis nur noch eine unförmige Masse aus Fleisch und geborstenen Knochen übrig blieb.
Natürlich schrie der Dämon irgendwann schmerzhaft auf und da konnte Talea ein hasserfülltes Zucken in Erics Augen erkennen.
Dadurch jedoch war er für einen Sekundenbruchteil unkonzentriert.

*

Der fliegende Dämon rauschte allerdings auch mit großer Geschwindigkeit auf Eric zu und kam von hinten, sodass der Schwarze eigentlich gar keine wirkliche Chance hatte, seinen Angriff abzuwehren.
Mit voller Wucht krachte die Bestie in seinen Rücken und riss ihn und auch den anderen Dämon um. Gemeinsam polterten die drei einige Meter weiter, während sie sich mehrmals überschlugen.
Normalerweise wäre selbst das noch kein Grund für Eric gewesen, die beiden Monster trotzdem zu erledigen, doch unglücklicherweise blockierte das Gewicht des normalen Dämons seinen Oberkörper. Diesen Umstand nutzte das fliegende Exemplar sofort und gnadenlos aus. Mehrfach donnerten furchtbare Schläge in sein Gesicht und gegen seinen Körper, dass er qualvoll aufschreien musste. Als sich auch der andere Gegner befreit hatte, malträtierten sie ihn zu zweit, bevor das normale Exemplar sich wieder Talea zuwandte.
Eric stemmte sich natürlich sofort gegen seinen Gegner, doch war er bereits zu sehr geschwächt und konnte ihm nicht Paroli bieten. Stattdessen gingen weitere brutale Schläge auf ihn ein und am Ende musste er stöhnend auf die Knie sinken.
Talea und der normale Dämon starrten in ihre Richtung, die junge Frau dabei höchst entsetzt, die Bestie total fasziniert.
Ein weiterer furchtbarer Schlag explodierte in Erics Gesicht und richtete es übel zu, dann ließ der fliegende Dämon von ihm ab und starrte hasserfüllt, aber auch siegessicher auf ihn herab. Erics Oberkörper trieb zur Seite. Speichel und Blut tropften aus seinem Mund zu Boden. Nur mit Mühe konnte er sich wieder aufrichten.
Der Anblick ihres schwer angeschlagenen Mannes auf den Knien vor dieser furchterregenden Bestie und seiner gebrochenen Augen, verursachte in ihr einen so grauenhaften Schmerz, dass sie aufschrie. Doch alles, was sie damit erreichte, war, dass der andere Dämon wieder auf sie aufmerksam wurde und mit zunehmender Gier im Blick auf sie zukam.
Währenddessen wich dem Hass in den Augen der fliegenden Bestie immer mehr Genugtuung und Stolz, aber auch Belustigung über das erbärmliche Abbild ihres Gegners. Außerdem sah man immer deutlicher, dass sie sich bewusst wurde,

welch fette Beute sie hier erlegt hatte. Und es dauerte keine drei Sekunden und die Gier nach Eric überwog.
Die Kreatur hob ihre linke Pranke und umschloss damit Erics Hals. Sie drückte so fest zu, dass Eric gerade noch Atem holen konnte und zog ihn etwas in die Höhe. Als er nur noch wenige Zentimeter von ihrem furchterregenden Schädel entfernt war, öffnete das Monster sein Maul und nahm gleichzeitig seine rechte Pranke, um Erics Kopf nach hinten zu überstrecken. Jetzt lag seine Kehle schutzlos direkt vor ihr und es war klar, wie sie ihren Hunger an ihm stillen würde.

*

Talea war hilflos und verzweifelt und zu allem Überfluss versperrte ihr Gegner jetzt auch noch den Blick auf Eric. Talea beugte sich ein wenig zur Seite, um besser sehen zu können. Plötzlich war eine Art Zischen zu hören, dann ein dumpfer Schlag und ein tiefes Stöhnen. Im nächsten Moment verdunkelte sich ihr Blickfeld für einen Sekundenbruchteil, dann hatte sie unerwartet wieder freie Sicht auf ihren Mann, während neben ihr kurz hintereinander zwei schwere Gegenstände zu Boden krachten und der Körper ihres Widersachers vor ihr zusammensackte.
Talea war so tief in ihre Verzweiflung versunken gewesen, dass sie all dies nur wie durch einen Schleier mitbekam. Erst als sie zu Boden blickte und dort neben der Rinderkeule, die schon Francesca benutzt hatte, auch den abgerissenen Kopf ihres Gegners sehen konnte, kam sie mit flackernden Augen zurück in die Realität.
Plötzlich verdunkelte sich ihr Blickfeld nochmals für einen kurzen Augenblick, dann sah sie eine Gestalt auf Eric und den fliegenden Dämon zu rennen. Die Lichtverhältnisse ließen nicht zu, die Person zu erkennen, doch es war ganz eindeutig kein Dämon. Hoffnung keimte in ihr auf.

*

Christopher war überrascht, wie gut er in dieser Dunkelheit im Inneren des Kühlhauses sehen konnte. Fast schien es, als wäre hier irgendwo ein klarer Vollmond, der die Szenerie erhellte, denn so ähnlich kam es ihm tatsächlich vor.
Entsprechend brauchte er nur wenige Schritte zu machen und schon hatte er den Schauplatz des Kampfes ausgemacht. Ein paar Meter davor lag Francesca am Boden. Ihr Körper war gekrümmt und sie hatte die Augen geschlossen. Christopher konnte Blut sehen, aber nicht erkennen, ob seine Freundin noch am Leben war.
Deshalb beschloss er, sich um die zu kümmern, bei denen er zumindest noch eine Chance hatte, sie zu retten.
Er sah Talea mit dem normalen Monster vor ihrer Nase und schräg dahinter einen fast geschlagenen Eric mit einem fliegenden Untier davor. Sofort erkannte Christopher, dass ihm in beiden Fällen eigentlich null Zeit für eine

Rettungsaktion blieb. Dennoch war er sich überraschend klar bewusst, wie er vorzugehen hatte.
Er beschleunigte seinen Lauf nochmals und fischte mit einer blitzschnellen, fließenden Bewegung eine gefrorene Rinderkeule vom Boden neben Francesca, holte aus und warf sie mit größter Wucht auf den Dämon vor Talea. Einen Augenblick später traf sie derart wuchtig und genau ins Ziel, dass der Schädel der Bestie davon einfach weggerissen und vom Körper getrennt wurde. Ein ekelhaftes Reißen ertönte, dann fiel der Kopf zur Seite und eine Fontäne dunklen Blutes sprudelte hervor. Das alles ging so schnell, dass das Monster nicht einmal einen Mucks tun konnte. Auch Talea blieb stumm, doch beim Vorbeilaufen erkannte Christopher kurz, dass seine Freundin ziemlich fertig mit den Nerven war. Das tat ihm ehrlich leid, aber er hatte ganz sicher keine Zeit, sich um sie zu kümmern, denn er musste jetzt wirklich dringend zu Eric.
Der Schwarze war noch immer schwer angeschlagen und kaum noch bei Bewusstsein. Zwar hatte er die Augen geöffnet, doch zeigte er angesichts des sich immer weiter öffnenden Mauls der Bestie vor ihm keinerlei Reaktion. Nur in seinen Augen konnte man das Entsetzen erkennen, dass er tatsächlich empfand.
Sein Gegner weidete sich immer mehr an seinem Anblick und irgendwann konnte es das Monster wohl nicht mehr erwarten, war die Gier einfach zu groß und sein Schädel zuckte mit einem wilden Aufschrei in Erics Kehle.
Zumindest wollte der Dämon genau das wohl tun, doch er kam nur wenige Zentimeter näher, da spürte er den eisenharten Zug zweier Menschenhände, von denen sich je eine auf seinen Ober- und Unterkiefer gelegt hatte und sie auseinander und seinen Schädel dabei gleichzeitig nach hinten zogen.
Der Druck auf seine Kiefer, die Kraft in den Händen und Armen des Menschen, seine Unfähigkeit genügend eigene Kraft dagegenzusetzen und die Tatsache, mit welcher Schnelligkeit all das erfolgte, ließen sofort Panik in ihm aufsteigen. Hektisch versuchte er, Christopher mit seinen Pranken zu ergreifen, doch der Mensch entwand sich ihm geschickt. Schon spürte die Bestie, wie ihre Kiefer überdehnt wurden, doch noch immer fand sie keinerlei Mittel, das zu verhindern. Ganz im Gegenteil. Der Schmerz wurde immer größer und irrsinniger und sie konnte nur noch panisch quieken.
Aber Christopher kannte keine Gnade, auch weil er wusste, dass er keine zeigen durfte, wollte er Eric das Leben retten.
Ein letztes Mal noch bäumte sich die Kreatur auf, dann krachten ihre Kieferknochen bestialisch und kurz darauf auch ihr Genick. Blut spritzte, ein wildes Kreischen, während die Bestie erzitterte, dann erstarb jegliche Bewegung und Christopher ließ sie zu Boden klatschen.

*

Haltet hier draußen die Stellung!
Christophers Anweisung fand Silvia wirklich gut und sinnvoll, doch natürlich konnte sie sie nicht befolgen. Und angesichts der Tatsache, dass in der Halle

alles ruhig blieb und scheinbar kein Nachschub an finsteren Kreaturen mehr erfolgte, konnte sie sich nicht mehr zurückhalten.
„Ich bin gleich zurück!" rief sie Cynthia zu, wartete jedoch nicht auf eine Antwort, sondern drehte sich um und rannte mit vorgehaltener Waffe in das Kühlhaus.
Drinnen umfing sie Dunkelheit, doch orientierte sie sich an den Geräuschen, die sie schnell zum Ort des Geschehens brachten.
Das erste, was sie sah, war ein regloser, menschlicher Körper am Boden. Ein tiefer Schock erfasste sie, als sie erkennen musste, dass es ihre Großmutter Francesca war. Silvia schrie kurz auf, dann sank sie wie automatisch auf die Knie. Sofort sah sie die Platzwunde an der Stirn der Alten und frisches Blut im Gesicht. „Oh mein Gott!", stieß sie entsetzt hervor und erste Tränen bildeten sich in ihren Augen. Gleichzeitig zuckten ihre Hände nach vorn und streichelten ihrer Großmutter sanft über Haar und Wange.
Plötzlich begannen die Augenlider der Alten zu zittern. Silvia erschrak, doch schon im nächsten Moment war ein schwaches, gequältes Stöhnen zu hören und Francesca öffnete ihre Augen. Als sie Silvia sah, begannen ihre Augen sofort zu strahlen. „Silvia, Liebes!"
„Oma!" Silvia konnte nicht verhindern, dass sie weinte, doch ihr Gesicht strahlte. „Es tut so gut, dich…!" Plötzlich verstummte sie, denn weiter vorn hörte sie das wilde Brüllen einer Bestie.
„Christopher?" fragte Francesca, die die tiefe Sorge im Blick ihrer Enkelin sah.
Silvia nickte nur.
„Dann geh!" Die Alte erhob sich mühevoll auf ihren rechten Unterarm. „Mir geht es gut!" Sie lächelte und Silvia nickte erneut.
Mit schnellen Schritten lief sie weiter, doch schon nach wenigen Metern blieb sie erneut entsetzt stehen, als sie Talea blutüberströmt an einer Wand hockend nach Atem ringend und neben ihr die enthauptete Leiche eines normales Dämons erkennen konnte.
Silvia sah ihre Freundin ziemlich fassungslos an, doch Talea hob nur ihren rechten Arm und deutete weiter nach vorn. „Da!"
Silvia schaute in die Dunkelheit hinein und als sie dort Christopher erkennen konnte, der direkt vor dem knieenden Eric stand und neben den beiden einen weiteren unförmigen Haufen Dämon, setzte ihr Herz einen kurzen Schlag aus. Wie elektrisiert wollte sie auf sie zulaufen.
Doch Talea hielt sie auf. „Warte!" Silvia drehte sich zu ihr zurück und sah, dass ihre Freundin ihr die Hand entgegenstreckte. „Ich will mit!" Sie drückte sich mit einem Stöhnen an der Wand hinter ihr in die Höhe, doch Silvia reichte ihr ihre Hand, damit es schneller ging.
Anschließend rannten die beiden Frauen zu ihren Männern. Talea hielt natürlich auf Eric zu und auch Silvia sah ihm ersten Moment nur mit weit aufgerissenen Augen den Schwarzen an. Er war über und über mit Blut, Schmutz und Gott weiß noch was beschmiert, doch in seinem Gesicht konnte sie mehr als deutlich erhebliche und furchtbare Kampfspuren erkennen, die er zuvor noch nicht gehabt hatte. Während Talea vor ihm auf die Knie sank und ihn mit zittrigen Händen streichelte und sehr vorsichtig küsste, ertappte sich Silvia für einen

kurzen Moment dabei, dass sie eigentlich angenommen hatte, dass ihm als Engel Derartiges nicht passieren konnte. Die Erkenntnis, dass dies ganz offensichtlich nicht stimmte, traf sie sichtbar und erhöhte ihr Entsetzen noch.
„Nein!" hörte sie dann Eric sagen, während er versuchte, Taleas Blick zu erhaschen. „Nicht mich!" Er blickte zu Silvia auf. „Mir geht es gut!" Jetzt hatte er auch die Aufmerksamkeit seiner Frau. „Kümmert euch um Chris!" Und kaum hatte er seine Worte ausgesprochen und Silvia sich zu ihrem Freund, der keinen Meter neben ihr stand, herumgedreht, da sackte Christopher auch schon vollkommen kraftlos in sich zusammen und schlug unkontrolliert und hart auf den Betonfußboden.

*

„Chris!" rief Silvia sofort entsetzt auf, sprang förmlich zu ihm und fiel neben ihm auf die Knie. „Oh Gott!" Sie drehte ihn zu sich herum und sah, dass er seine Augen geöffnet hatte. Doch sein Blick war starr und er zitterte am ganzen Leib. „Chris?" Silvias Gesicht zeigte tiefe Besorgnis und ihre Augen füllten sich wieder mit Tränen. "Chris?"
„Was ist hier los?" Das war Peter, der zusammen mit den anderen jetzt ebenfalls ins Kühlhaus gekommen war.
Alfredo kümmerte sich sofort um Francesca. Cynthia schien zunächst unschlüssig zu sein, doch dann blieb sie neben Douglas stehen, der reglos und mit großen Augen auf Christopher starrte.
„Er ist...!" begann Silvia, während sie Christopher streichelte und dabei immer panischer wurde, weil er plötzlich stark zu schwitzen begann, seine Haut rasend schnell rot wurde und er sich auch sonst anfühlte, als würde er kochen. „Ich weiß nicht...er ist einfach umgefallen!" Sie sah flehend auf.
„Ich...!" rief Eric plötzlich. Er schob Talea sanft von sich und robbte zu Christopher hinüber. „Lass mich zu ihm!" Als er Silvia erreicht hatte, schaute er ihr zunächst mit einem aufmunternd Lächeln ins Gesicht. „Er hat mich gerettet und sich dabei vollkommen verausgabt! Aber ich kann ihm helfen!" Er wartete eine Sekunde, bis er sicher war, dass Silvia begriffen hatte, was er meinte und sie ihm zunickte, dann wandte er sich seinem Freund zu. Christopher sah in der Tat ziemlich übel aus. Die Schweißperlen erschienen immer schneller auf seinem Gesicht, er zitterte unkontrolliert und verkrampft, auf seiner Haut zeigten sich rote Flecken, die teilweise bereits aufzureißen drohten und er verströmte eine gewaltige Hitze. Doch Eric wusste, was mit ihm geschah und wie er es rückgängig machen konnte. Ruhig legte er ihm seine rechte Hand flach auf die Brust und die linke ebenso auf die Stirn. Dann schloss er seine Augen und atmete einmal tief durch.
Alle Umstehenden starten ihn mit großen Augen an. Auch Francesca, die von ihrem Sohn gestützt, wieder auf den Beinen war und zu der Gruppe trat.
Es dauerte nur wenige Augenblicke und Erics Hände begannen von innen heraus zu leuchten. Während es immer intensiver wurde, sodass es schien, als würde sich flüssige Lava in ihrem Inneren befinden, kroch dieses Licht seine

Arme hinauf und breitete sich dann in seinem Gesicht und seinem Oberkörper aus. Im gleichen Maße wurde Christophers Zittern geringer. Seine Haut änderte allmählich wieder ihre Farbe, die Risse in seiner Haut schlossen sich, als wären sie nie dort gewesen. Die Schweißausbrüche verebbten, das Zittern erstarb gänzlich und Christophers gesamter Körper entspannte sich zusehends.

Während alle anderen auf ihn und die Veränderungen an ihm starren, schaute Talea ihrem Mann mit zunehmender Faszination direkt ins Gesicht. Anfangs hatte sie befürchtet, Eric könne versuchen, Christopher auf seine Kosten zu retten und als sie sah, wie das Licht wie flüssige Lava seinen Armen hinauf wanderte und sich in seinem Gesicht ausbreitete, verstärkte sich diese Angst sogar noch, weil das Licht seinen ohnehin schon furchtbaren Anblick nur noch gespenstisch verstärkte. Doch dann erkannte sie, dass es in seinem Gesicht keinen weiteren Schaden anrichtete, sondern sogar begann, es erst allmählich und dann immer schneller wieder zu heilen.

Das gleiche Phänomen, das Christopher vermutlich hätte töten können, sorgte bei Eric für genau die gegenteilige Wirkung und gab ihm Heilung und Kraft zurück.

Auch die anderen erkannten diesen Umstand nach und nach und am Ende schauten alle verblüfft auf die beiden Männer in ihrer Mitte.

Dann erlosch das Licht in Eric. Die Wunden des Schwarzen waren vollständig und ohne jegliche Narben genesen, lediglich eine gewisse Erschöpfung zeigte sich in seinem Gesicht. Talea war überglücklich und umarmte ihren Mann mit einem breiten Grinsen und tränenfeuchten Augen. Eric erwiderte diese Geste nur zu gern.

Silvia blickte auf Christopher. Seine Augen waren geschlossen und er sah ansonsten aus, als würde er ruhig und zufrieden schlafen. Sein ganzer Körper war entspannt, er atmete tief und kraftvoll. Dennoch stand deutliche Sorge in ihrem Gesicht geschrieben.

„Er schläft tatsächlich!" sagte Eric, nachdem er Talea kurz geküsst hatte. „Er braucht jetzt erst einmal Ruhe. Danach ist er sicher wieder der Alte!" Er lächelte aufmunternd.

„Sicher?" Das war Cynthia, die zu ihnen getreten war. „Was heißt das?"

Bevor Eric antwortete, bemerkte er, dass alle ihn anschauen. Daraufhin wurde er etwas unsicher. „Ich weiß nicht, was geschehen ist, doch in diesem Kampf hat Christopher nicht wie ein einfacher Mensch agiert!"

„Sondern?" Douglas sah ihn mit sehr finsterer Miene und schmalen Augen an.

„Er hat gekämpft, wie ich. Teilweise fast besser!" Eric schüttelte den Kopf. „Keine Ahnung. Es war beinahe, als hätte er himmlische Kräfte in sich!" Eric blickte in die Runde und in seinem Gesicht sah man, dass er selbst nicht sicher war, was mit ihrem Freund geschehen war. „Am Ende waren diese Kräfte einfach zu stark für ihn und haben seinen Körper vollkommen ausgezerrt. Er war wie ein Kessel, dessen Überdruckventil kaputt war. Ich habe diesen Druck einfach nur gemindert. Jetzt schläft er und braucht Ruhe. Ob er jedoch einen bleibenden Schaden davongetragen hat, kann ich nicht sagen. Ich habe etwas Derartiges

noch nie zuvor gesehen!" Wieder schüttelte er den Kopf. „Kein Mensch ist in der Lage, himmlische Kräfte zu speichern. Eigentlich hätte er sterben müssen!"
Für einen Moment trat Ruhe ein.
„Na dann sind wir mal froh, dass es nicht so gekommen ist!" hob Peter dann als Erster wieder an. Als alle ihn ziemlich ernst anstarrten, fügte er hinzu. „Sehen wir zu, dass wir von hier verschwinden!" Er lächelte säuerlich und deutete dann auf den Ausgang des Kühlhauses. „Unser Glück wird sicher nicht ewig andauern!"
Dagegen hatte niemand etwas zu sagen.
„Also gut!" Eric erhob sich. „Wo ist das Tor?"
„Wir haben es eingefroren!" erwiderte Talea.
„Ihr habt was?" rief Peter erstaunt.
Doch Eric lächelte zufrieden. „Zeig es mir!" Talea nickte und zusammen liefen sie zu dem Bottich mit der Pyramide.

„Alles okay?" fragte Cynthia Francesca.
Die Alte nickte tapfer. Man sah ihr die Strapazen sehr deutlich an. Ein Wunder, dass sie in ihrem Alter überhaupt noch auf den Beinen war. Cynthia zollte ihr ein weiteres Mal stummen Respekt. „Schön, dass sie gesund zurückgekehrt sind!"
Jetzt lächelte Cynthia, doch es wurde sogleich melancholisch. „Wo sie gerade davon reden!" Sie warf Alfredo, der seine Mutter noch immer stützte, einen kurzen Blick zu und wollte schon fortfahren, als der Italiener sie unterbrach.
„Nicht hier!" Sein Blick war finster und er schüttelte den Kopf. „Nicht jetzt!" Er sah Cynthia direkt an und sie erkannte sofort überdeutlich das Flehen darin.
Sie verstand sofort. „Stimmt! Alfredo hat Recht. Wir haben Wichtigeres zu tun!" Sie lächelte die Alte aufmunternd an.
Francesca erwiderte die Geste, doch zeigte ihr Blick, dass ihr bewusst war, dass die beiden ihr etwas verheimlichten. Dann wandte sie sich ab und so konnte sie nicht mehr sehen, wie Alfredo lautlos das Wort „Danke!" mit den Lippen formte und Cynthia ihm mit trauriger Miene zunickte.

„Du trägst ihn?" fragte Peter und schaute Douglas mit großen Augen an.
„Ich trage *wen*?" Der Schwarze erwiderte seinen Blick mit finsterer Miene. Überhaupt fand Peter, dass Douglas ziemlich schlecht gelaunt aus der Hölle zurückgekehrt war. *Woran das wohl liegen mochte?* dachte er mit einem säuerlichen Grinsen.
„Christopher!" erwiderte der Blonde jedoch nur. „Er kann nicht laufen. Also muss ihn einer tragen!"
„Ach!" stieß Douglas hervor. „Und wieso ich?"
Jetzt war Peter sichtlich erstaunt. „Weil du sein bester Freund bist!?"
„Bin ich das?" Douglas Blick blieb finster und als er sein Kinn vorsteckte, schien er wirklich streitsüchtig zu sein.
Bevor Peter, dem das Benehmen seines Freundes mittlerweile leicht gegen den Strich ging, etwas erwidern konnte, kamen Talea und Eric wieder zurück. In der Hand der jungen Frau befand sich ein kleiner Metalleimer mit Deckel.
„Was habt ihr gemacht?" fragte Francesca sofort.

„Die Idee war brillant!" meinte Eric. „Wir haben alles nur etwas handlicher gemacht!" Er lächelte die Alte an. „So passt es in jeden Eisschrank!"
„Ich habe eine Idee!" rief Peter plötzlich und alle schauten ihn an. „Etwa dreißig Meilen von hier gibt es ein kleines Forschungslabor von Mainstream. Wenn wir es bis dahin schaffen könnten, hätten wir alles, was wir brauchen, vor Ort!"
„Wieso, was forscht ihr denn da?" fragte Cynthia.
„Das ist geheim!" erwiderte Peter. „Aber die dicken Betonwände und die Waffenkammer im Kellergeschoss sollten uns nützlich sein!" Er grinste einmal freudlos.
„Okay!" hob Eric ohne zu zögern an. „Das hört sich für mich nach einem Plan an!" Er schaute in die Runde. „Abmarsch!" Er reichte Talea seine rechte Hand und wandte sich in Richtung Ausgang. Plötzlich hielt er inne. „Wer trägt Chris?" Er schaute sich nochmals um.
„Doug!" erwiderte Peter sogleich.
„Verdammt, was...?" hob der Schwarze sofort erbost an.
Doch Cynthia trat mit ernster Miene zu ihm. „Doug?"
„Ja?"
„Hör auf und nimm ihn!" Ihre Stimme klang sehr bestimmt.
Douglas schaute sie einen Moment rebellisch an, dann aber senkte er seinen Blick, brummte etliche kaum verständliche Verwünschungen vor sich hin, ging jedoch zu Silvia, kniete sich neben sie und wuchtete den bewusstlosen Christopher halbwegs sorgsam über seine rechte Schulter. Als er sich wieder aufgerichtet hatte, drehte er sich mit mürrischer Miene zurück zu Cynthia. „Fertig!"
Einen Augenblick später setzte sich die ganze Gruppe in Richtung Ausgang in Bewegung. Dort jedoch stand bereits Peter und hatte schon einmal das Gelände sondiert. Als er sich zu ihnen herumdrehte, war sein Blick finster und er kam ihnen entgegen. „Zu spät! Wir müssen uns einen anderen Weg suchen! Es sei denn, wir wollen schon wieder kämpfen!?" Er deutete dabei mit dem Kopf zum Ausgang, wo man bereits mehrere sich bewegende Schatten ausmachen konnte.
Eric schüttelte jedoch den Kopf. „Zu früh!"
„Ich habe eine Idee!" rief Talea und als alle sie ansahen, fügte sie hinzu. „Folgt mir!"

*

Keine zwanzig Sekunden später standen sie im hinteren Bereich des Kühlhauses vor einem Gitterrost, das im Boden eingelassen war.
„Ich mach das!" sagte Eric und hockte sich nieder. Doch so einfach, wie es schien, war es nicht zu bewegen. Er musste schon eine echte Kraftanstrengung unternehmen, um es letztlich mit einem dumpfen Knall aus den Angeln zu reißen. Dann aber schob er es beiseite.

Bevor er es selbst tun konnte, schlüpfte Talea in die Tiefe. Nach wenigen Augenblicken kam sie wieder hervor. „Alles klar!" Sie nickte zufrieden und schaute Peter an. „Das sieht aus, wie unser Tunnelsystem!"
Auch der Blonde nickte. „Dann los!"
Ohne weitere Verzögerung krabbelten sie durch das Loch im Boden. Als Douglas an der Reihe war, reichte er den bewusstlosen Christopher an Eric, der ihn mühelos mit sich trug.
Schließlich nickte Peter Cynthia zu, die ihrem Mann folgte. Danach war Peter allein. Als er sich anschickte, in das Loch zu krabbeln, konnte er deutlich Schritte in der Dunkelheit hören. Dann das Fauchen mehrerer Bestien. Da war ihm klar, dass ihnen die Flucht in die Tiefe allein keinen ausreichenden Vorsprung bringen würde. Sie brauchten also einen zusätzlichen Bonusjoker. Peter war froh, dass er etwas Derartiges bei sich hatte. Mit einer schnellen Bewegung fischte er einen kleinen, flachen, kreisrunden Gegenstand aus einer seiner Jackentaschen. Er sah fast aus wie ein Eishockeypuck. Peter drückte einen unscheinbaren Knopf an seinem Rand, dann schob er ihn auf dem Betonboden soweit es ging von sich. Während der Puck über den Beton rutschte, ließ er sich in die Tiefe gleiten. Als er unten im Abwassertunnel angekommen war, ebbte die Vorwärtsbewegung des Pucks ab und er blieb reglos liegen. An seiner Seite blinkte ein winzig kleiner, roter Punkt.
„Wo warst du?" fragte Cynthia.
„Ich habe noch ein bisschen Ballast abgeworfen!" erwiderte Peter mit einem gequälten Gesichtsausdruck.
Während sich einige zu ihm umdrehten und irritiert ansahen, legte sich Cynthias Stirn in Falten. „Was heißt das?"
„Das wir rennen sollten!"
Plötzlich begriff sie und riss ihre Augen weit auf. „Oh verdammt!" Und schon drückte sie von hinten gegen ihren Mann und trieb die Gruppe zusammen mit Peter vor sich her.

*

Über ihnen blinkte die kleine rote Lampe weiterhin in der Dunkelheit. Dann waren Schatten zu sehen, die sich ihr näherten und schon standen mehrere Beinpaare – menschlich und dämonisch - um sie herum und es waren einige irritierte Laute zu hören.
Plötzlich hob aus dem Puck ein leises Fiepen an, das sehr schnell anschwoll. Einen Augenblick später hob sich die obere Hälfte des Gegenstandes etwa einen Zentimeter an, sodass ein schmaler Streifen entstand, durch den ein überraschend grelles, metallisch blau wirkendes Licht aus dem Inneren nach außen drang. Die überraschten Rufe der Bestien wurden lauter.
Dann erstarb das Fiepen und urplötzlich schoss der Puck wie von einem unsichtbaren Treibsatz getrieben mit einem Zischen senkrecht in die Höhe. Das gespenstische Licht erfüllte jetzt fast das gesamte Kühlhaus. Etwa zwei Meter

über dem Boden erstarb das Zischen urplötzlich und für den Bruchteil einer Sekunde war es totenstill.
Dann aber detonierte der winzige, aber hocheffektive Sprengsatz im Inneren des Pucks und entfachte mit Schallgeschwindigkeit ein wahres Inferno, wie es die Hölle nicht besser hätte bewerkstelligen können.

Es war wie die Welle, die erzeugt wurde, wenn man einen Stein in einen Teich wirft. Blitzschnell breitete sie sich aus und es schien fast so, als wäre sie dem dumpfen Knall, der sie begleitete, einen Wimpernschlag voraus. Nichts war in der Lage, sich ihrer Zerstörungskraft zu widersetzen. Inventar, Aufbauten, Stahlträger, die gesamte Hallenkonstruktion, ja selbst der Boden wurde zerfetzt, in die Höhe gerissen, wie durch einen großen Reißwolf gemengt und wieder fallen gelassen. Dort, wo die Energie auf brennbares oder explosives Material traf – und davon gab es im Umkreis doch einiges – fand die Zerstörung weitere Nahrung und verwandelte Teile des Areals in einen Vulkan aus Feuer und Rauch.
Das Dach des Kühlhauses wurde wie spielend leicht in die Höhe gesprengt, krachte gegen das Hallendach und durchstieß es. Innerhalb weniger Augenblicke wurde die gesamte Hallenkonstruktion instabil, ein Spielball gewaltiger Kräfte, die sie mit Feuer und Zerstörung dem Erdboden gleich machten.
Nichts und Niemand war in der Lage, dem zu entkommen – auch nicht die Dämonen, die allesamt getötet wurden.
Die Energie jedoch verteilte sich auch in den Boden, den sie zunächst erbärmlich zum Erzittern brachte, bevor das Tunnelsystem unter dem Gelände nachgab und einstürzte.

*

Wohin sie rannten, wussten sie nicht wirklich, doch in dem Moment, da die Welt um sie herum zu erzittern begann und ihnen beinahe das Trommelfell zerfetzte, war das wohl auch kaum noch von Belang. Hauptsache raus aus diesem Tunnelsystem.
Und sie hatten Glück. Nur wenige Augenblicke später konnten sie Mondlicht vor sich erkennen. Alle beschleunigten nochmals, dann stürmten sie hinaus in die Nacht und ließen sich ausgepumpt einfach zu Boden fallen. Douglas erwischte es hierbei am schlimmsten. Mit Christopher auf der Schulter – er hatte ihn von Eric wieder überreicht bekommen - war jeder Schritt eine einzige Qual gewesen und er am Ende vollkommen ausgepowert. Als er zu Boden krachte, war er noch bemüht, seinen bewusstlosen Freund zu schonen, als das jedoch erledigt war, erbrach er hemmungslos seinen Mageninhalt.
Währenddessen schien das Areal des Schlachthofes hinter ihnen zu kochen, denn der Boden bewegte sich wie eine aufgewühlte See, bevor alles unter furchtbar lautem, widerlich erbärmlichem Ächzen und Stöhnen in sich zusammenfiel. Alle starrten nur mit großen Augen auf die totale Verwüstung, die

sich ihnen offenbarte. Dass dort unschuldige Menschen gestorben waren, glaubte niemand, denn die Dämonen hatten sie sicherlich längst getötet, um ihre Hüllen zu nehmen. Dennoch gab das Areal jetzt ein ziemlich schockierendes Bild ab.

„Was zum Teufel hast du da genommen?" fragte Cynthia und wandte sich an Peter.

„Eine Spezialanfertigung von Mainstream. Klein, leicht und...!" Ein breites Grinsen zeigte sich auf seinem Gesicht. „...sehr böse!"

„Du solltest dir eine Frau zulegen!" meinte Talea mit einem säuerlichen Grinsen.

„Und wir sollten machen, dass wir hier wegkommen!" mahnte Alfredo.

Dem stimmten alle zu.

„Los wir suchen einen fahrbaren Untersatz für uns!" meinte Peter und war schon aufgesprungen.

„Wartet!" Douglas stöhnte tief, als ihm bewusst wurde, dass er Christopher wieder mit sich herumtragen musste, doch als er zu seinem Freund hinabschaute, musste er erkennen, dass sich dessen Kopf bewegte und seine Augenlider flackerten.

„Chris!" Silvia sprang neben ihm auf die Knie und streichelte liebevoll seinen Kopf.

Mit einem weiteren Stöhnen öffnete Christopher seine Augen. Als er Silvia sah, funkelten sie für einen kurzen Moment. „Was ist passiert?" Sein Blick wurde wieder finster und unsicher.

„Du bist ohnmächtig geworden!" erwiderte Silvia.

Christopher legte die Stirn in Falten. „Wo sind wir?"

„Vor dem Schlachthof!" meinte Silvia. „Wir konnten fliehen. Peter hat einen Sprengsatz gezündet. Douglas...!" Sie schaute zu ihrem Freund und lächelte kurz dankbar. „...hat dich getragen!"

„Doug?" Christopher folgte ihrem Blick und schien etwas überrascht. „Danke Alter!"

Douglas, noch immer sichtlich geschafft, nickte nur mit einem ernsten Lächeln, dann schaute er zu Boden.

„Wir müssen weiter!" Peter hatte sich zu ihnen gebeugt. „Hey Chris! Das ging ja schnell!?" fügte er wie beiläufig hinzu.

Christopher nickte. „Wohin?"

„Das erkläre ich dir unterwegs!" meinte Silvia sofort.

„Soll ich dich wieder tragen?" fragte Douglas, dem die Lust daran förmlich aus dem Gesicht sprang.

„Danke!" Christopher schüttelte den Kopf. „Ich denke, ich schaff das allein!" Er steckte seine Arme aus. „Ihr müsst mir nur mal hochhelfen!" Silvia und Douglas ergriffen seine Hände und zogen ihn auf die Füße. Dort hatte Christopher zuerst große Mühe, sich aufrecht zu halten. Seine Knie zitterten, er fand kaum das Gleichgewicht und taumelte, während er schwer hustete und stöhnte. „Das ist ja schlimmer, als ein Vollrausch!" stieß er hervor. Doch allmählich fand er seine Standsicherheit zurück. Mit einem tiefen Atemzug streckte er seinen Körper durch, dann nickte er den beiden zu. „Ich bin soweit!"

„Prima!" rief Peter. „Dann los!"
Und gemeinsam rannten sie in die Richtung, in der Peter sich noch erinnern konnte, beim Überflug einen Parkplatz mit einigen Autos gesichtet zuhaben.

Die uralte Lüge

Sie hatten zwei Drittel ihres Weges hinter sich gebracht und waren überraschend schnell vorangekommen. Obwohl die Felsen alles andere als harmlos waren, strebte die Gruppe konzentriert und zügig voran. Dabei hatten sie ihren Blick abwechselnd auf den Weg vor sich und auf die Pyramide auf dem kleinen Plateau gerichtet.
Deren Farbe war alsbald von Orange zu Rot gewechselt und das Tor war somit vollständig aktiviert.
Dennoch blieb es auf dem Plateau überraschend ruhig.
„Verdammt!" raunte Bim dann auch leise, als sie sich soweit genähert hatten, dass sie das kleine Areal genau überblicken konnten. „Da rührt sich ja überhaupt nichts! Was machen die denn da?"
Während Francesco sich mit irritiertem Blick zu ihm umwandte, fragte Heaven. „Was meinst du?"
„Na!" Bim deutete in Richtung Pyramide. „Da geht doch überhaupt keiner durch!"
Der Gesichtsausdruck des Alten verdunkelte sich zusehends, als er abstoppte und den schwarzen Riesen anschaute.
„Dafür scheint mir Samael total nervös zu sein!" meinte Razor, der sich zu ihnen umgewandt hatte.
„Stimmt!" bestätigte Heaven. „Sieht aus, als hätte er Bammel vor irgendwas!" Sie deutete nach vorn. „Seht, wie er immer wieder von einem Bein auf das andere wechselt!"
Bim lachte leise auf. „Sieht aus, als müsse er dringend aufs Klo!"
„Ja!" erwiderte Razor, dann wurde sein Tonfall ernst. „Oder als wäre er sich nicht sicher, ob er gehen sollte oder nicht!?"
Francesco, der dem Gespräch der drei bisher stumm, aber mit finsterem Gesicht gefolgt war, hielt plötzlich abrupt inne und starrte Razor mit großen Augen an. „Gehen? Wohin?"
Razor runzelte kurz die Stirn und schien fast ein wenig belustigt ob der Reaktion des Alten. „Durch das Tor!?"
„Das Tor?" stieß Francesco atemlos hervor und schien vollkommen verwirrt.
„Ja!" Jetzt wurde Razor etwas gereizt. „Das Tor!" Er deutete auf das Plateau, wo der Wirbel über der Pyramide jetzt gute zehn Meter hoch war und in tiefstem Rot erstrahlte. Wobei der Schwarze sogar schon Spuren von Blau zu erkennen glaubte, was dann wohl darauf hindeutete, dass das Tor sich bereits wieder zu schließen begann. „Das Tor zur Erde!"
„Aber…?" Francesco war sichtlich geschockt. „Das kann er nicht. Das…!" Er schaute in die Runde und in seinem Blick lag tiefstes Entsetzen gepaart mit einem deutlichen Flehen. „…darf er nicht!"
„Ja, was jetzt?" fragte Heaven. „Kann er oder darf er nicht?"

„Er...!" Francesco schaute die junge Frau an und Heaven spürte plötzlich, wie eine Welle eiskalter Gänsehaut über ihren Rücken kroch. „...darf das nicht!"
Für einen kurzen Wimpernschlag entstand eine gespenstische Ruhe, dann schob sich Razor zwischen die beiden und deutete mit dem linken Arm nach vorn. „Drauf geschissen, Alter. So wie es aussieht, tut er es doch!"

*

Er wusste, dass sie da waren. Er hatte sie schon gespürt, als sie, verborgen in den Wolken, über den Berg geflogen waren, um sich auf der Rückseite anzuschleichen.
Anfangs hatte er angenommen, dass es nur der Engel gewesen sei, denn so machtvoll diese Kreatur aus dem Himmel auch sein mochte, ihre außergewöhnliche Signatur konnte sie nicht vor ihm verbergen. Dann aber hatte er gleich mehrere Köpfe auf dem Gipfel erkannt und wusste, dass der Engel erneut nicht allein gekommen war. Sie alle waren natürlich hier, um das Tor zur Erde an sich zu bringen und damit wieder alle drei Artefakte in ihren Händen zu halten.
Wahrscheinlich würde ihnen das auch gelingen, doch würden sie nicht mehr verhindern können, dass er zuvor hindurchging.
Dies würde seinen Tod bedeuten, denn die Prophezeiung in Bezug auf die Tore war eindeutig. *Kein höheres Wesen aus der Hölle – und dazu gehörte er nun mal zweifellos – konnte sie benutzen.* Der Durchgang war nur den niederen Dämonen vorbehalten. Die Macht, die er, Samael und andere hier inne hatten, war an die Hölle gebunden. Sie waren außerhalb davon nicht lebensfähig.
Und obwohl die himmlischen Mächte verlogen, egoistisch und heuchlerisch waren, so gab es keinen Grund, diese Prophezeiung anzuzweifeln, denn natürlich hatte Gott – *dieser miese Scheißer* – dafür gesorgt, dass seine Macht auf Erden nicht gebrochen werden konnte. Die Existenz von Dämonen sollte den Menschen lediglich Angst einjagen und ihren Glauben an ihn stärken. Keiner von ihnen jedoch war auch nur annähernd in der Lage, ihm auch nur minimalen Schaden zuzufügen.
Also würde sein Gang durch das Tor zur Erde seinen Tod bedeuten – doch das war Samael egal.
Denn mehr als seinen eigenen Tod, fürchtete er die Strafe, die ihn für seine Verfehlungen erwartete.
Immerhin war er im Besitz des Tores zum Himmel gewesen – und hatte es wieder verloren. Außerdem würde man ihm auch das Tor zur Erde wieder entreißen. Diese Schande würde niemals ungesühnt bleiben und ihm ein Ende bescheren, wie es sich ein Mensch niemals so qualvoll würde vorstellen können. Darauf aber hatte er schlichtweg keinen Bock. Zu lange hatte er seine machtvolle Position inne gehabt, als dass er jetzt noch darauf hätte verzichten können. Und Niemand würde über ihn richten. Nur er selbst würde sein Ende bestimmen. Und genau das würde er jetzt tun.

Anstatt in der Südregion vor seinen Herrscher zu treten, ihm Bericht zu erstatten und dann seine Strafe zu erhalten, wählte er den Weg durch das Tor zur Erde.
Dabei würde er zwar sterben, doch dann auf seine Weise.
Und nur wahre Größe wählte ihr Ende selbst.

Samael trat direkt vor den Trichter und blickte in den reißerischen Strudel über der Pyramide. Das blutrote Licht umströmte seinen mächtigen Schädel und verlieh ihm einen grauenhaften, ehrfurchtgebietenden Anblick. Doch konnte er bereits deutlich hier und da erste Anzeichen von Blau erkennen, sodass ihm klar war, dass ihm keine Zeit mehr blieb.
Wollte er sich einen Platz in der uralten Geschichte der Hölle verschaffen, so musste er sein Vorhaben jetzt ausführen.
Vorsichtig schob er seine linke Pranke nach vorn. Während sie sich dem Trichter näherte, verspürte Samael eine eigenartige Nervosität, die ihn zögern ließ, was ihn sichtlich irritierte, da er ein derartiges Gefühl noch nie empfunden hatte und so wie es sich anfühlte auch ganz bestimmt nie wieder empfinden wollte. *War das vielleicht Angst?*
Samael brummte missmutig und schob seine Pranke in den Lichtwirbel. Sofort konnte er große Hitze spüren, die in seinen Körper floss. Machtvoll, und schon merkte er, wie sich dieses widerliche Gefühl in ihm verstärkte. Doch dann – gerade als die Hitze die Grenze zu Schmerz erreicht hatte, stagnierte sie, stieg nicht mehr weiter an und wurde, nachdem er sich ein paar Augenblicke daran gewöhnt hatte, sogar beinahe angenehm. Irritiert zog Samael seine Stirn in Falten. Er betrachtete seine Pranke, drehte und bewegte sie langsam in dem Lichtwirbel. Sie war noch immer heil, hatte normale Funktionen und auch seine Haut nahm keinen Schaden. Mit einem Brummen zog er sie zurück und betrachtete sie, doch er konnte nichts Auffälliges an ihr erkennen.
Sein Blick verdunkelte sich weiter. Das hatte er nicht erwartet. Ein weiteres, tiefes Brummen entfuhr ihm, dass eine deutliche Spur Verärgerung in sich trug, als er sich umwandte und auf die bizarren Felsformationen hinter ihm blickte und wo er die Anwesenheit des Engels spüren konnte.
Dabei fragte er sich immer mehr, ob alles vielleicht doch auch ganz anders sein konnte...?

*

Francescos Herz raste wie ein vollbeladener Güterzug in einer Steilwand. Er spürte eine ekelhafte Hitze in sich aufsteigen. Schweiß bildete sich auf seiner Stirn und seine Hände begannen zu zittern.
Dabei waren seine Augen weit aufgerissen und er starrte reglos auf das Plateau vor ihnen.
Die anderen um ihn herum erkannten seine Reaktion und ihre Blicke wechselten zwischen ihm und dem Plateau in einer Mischung aus Faszination und Sorge hin und her.

„Gott, tu das nicht!" flehte der Alte und seine Stimme erzitterte. „Lass das nicht zu! Oh bitte!"
„Was geschieht, wenn er da durchgeht?" fragte Heaven.
„Er ist viel zu mächtig!" erwiderte Francesco ohne sie anzusehen. „Er würde die Welt ins Chaos stürzen!"
Heavens Blick zeigte jetzt erste Anzeichen von Angst.
„Dann sollten wir das verdammt nochmal verhindern!" rief Razor plötzlich und seine Stimme klang verärgert. Heaven und auch der Alte schauten ihn mit großen Augen an. „Deswegen sind wir doch auch hier, Herrgott nochmal!" Er deutete auf das Plateau. „Noch ist er nicht durch!" Er wartete, bis Francesco ihn ansah. „Noch haben wir eine Chance!"
Es dauerte einen Augenblick, bevor der Alte zu begreifen schien, dann aber hellte sich sein Blick auf und er nickte. „Sie haben Recht!"
Razor nickte zufrieden. „Jungs!" rief er sofort in sein Headset.
„Ja?" kam es zweistimmig zurück.
„Es ist soweit! Legt los!"

*

Terror hatte die Panzerfaust längst auf seinen Schultern auf sein Ziel ausgerichtet und wartete nur noch auf Razors Freigabe.
Als sie erfolgte, schaute er kurz zu seinem Bruder, der ihm zunickte und sanft auf die Schulter klopfte. „Ab dafür!" sagte er dabei.
Und Terror betätigte den Auslöser.

Das Projektil zischte aus dem kurzen Waffenschacht und donnerte in weniger als einer Sekunde in den linken Bereich des Plateaus. Dabei zog es einen Kondensstreifen hinter sich her.
Dann schlug es etwa fünf Meter neben der Pyramide ein und setzte schlagartig seine Energie frei. Ein normaler Dämon in unmittelbarer Nähe wurde auf der Stelle zerrissen, ein fliegendes Exemplar von der Druckwelle erfasst und von der Flammenfaust komplett eingehüllt. Quiekendes Schreien war zu hören, dann trudelte das Wesen unkontrolliert zu Boden. Die enorme Energie des Sprengsatzes brachte das gesamte Plateau zum Erzittern. Sie riss nicht nur ein tiefes Loch, sondern trieb auch einige Risse quer über das Areal durch den Fels. Samael war trotz Vorwarnung von der Wucht der Granate überrascht worden und taumelte ein paar Schritte zurück, während Flammen, kleinere Gesteinsbrocken und die Überreste des toten Dämons ihn für einen Moment einhüllten.
Zu diesem Zeitpunkt hatte sich Terror bereits vollständig aufgerichtet und aus seinem Gewehr mit untergebautem Granatwerfer, das er sich über die rechte Schulter gehängt hatte, ließ er kurz hintereinander vier Projektile in die Tiefe rauschen, wobei er sich nach jedem Abschuss kurz minimal drehte, um das gesamte Areal unter ihnen zu erfassen. Die charakteristisch hohlen Plopp-Geräusche, als die Spürengsätze den Lauf verließen, waren deutlich zu hören.

Kaum waren sie auf Kurs, zuckte sein Körper wieder zurück zu seinem Bruder, denn ihm waren die drei fliegenden Dämonen nicht entgangen, die weit genug vom Plateau entfernt waren, um nicht in Gefahr zu sein, das Geschehen aber dennoch erschrocken beobachteten und deren Köpfe bereits in ihre Richtung herumgewirbelt waren. Klar, sie hatten Francesco bei sich, doch der war jetzt ganz sicher anderweitig beschäftigt und würde ihnen kaum zur Hilfe eilen können.
Und vor der Ankunft des Alten hätte niemand von ihnen gewagt, einen fliegenden Dämon auch nur anzuschauen, weshalb es durchaus töricht gewesen sein mochte, ihre Position derart schutzlos preisgegeben zu haben.

*

„Vorwärts!" rief Razor und spritzte in die Höhe. Heaven und Bim folgten ihm auf dem Fuß. Francesco einen Augenblick später.
Während die beiden Brüder vom Gipfel her auf dem Plateau für Unordnung gesorgt hatten, hatten sich die Mitglieder der kleinen Gruppe hier mit wenigen Worten auf ihr Vorgehen verständigt.
Razor, Heaven und Bim sollten sich direkt auf Samael stürzen, um ihn zu beschäftigen, ihn möglichst von der Pyramide wegzulocken und ihm somit keine Gelegenheit geben, sich Francesco in den Weg zu stellen. Der Alte wiederrum sollte dabei jeden anderen Feind von ihnen fernhalten, was ihm nicht schwerfallen sollte, während er das Tor bei der erstbesten Gelegenheit an sich bringen und dann für Verwirrung stiften sollte, damit Samael wiederum abgelenkt war, damit der Alte die anderen aus dem Trupp von hier wegbringen konnte.
Das alles sollte nach Möglichkeit kaum länger dauern als eine, höchstens zwei Minuten, denn natürlich hatten Razor und die anderen beiden keine wirkliche Chance gegen Samael und somit würde die Ablenkung allenfalls nur sehr kurz zustande kommen. Doch wenn Francesco dann schnell und konsequent agierte, wären sie alle weg, noch bevor die Rauschwaden verflogen waren.
Soweit zumindest der Plan...
Noch im Laufen feuerten zunächst Razor, dann auch Heaven und Bim auf den riesigen Körper Samaels. Der furchterregende Dämon schien im ersten Moment abgelenkt zu sein, denn er musste etliche Treffer schutzlos hinnehmen, bevor er sich mit einem wütenden Brüllen zu ihnen umwandte.
Aus den Augenwinkeln konnte Heaven erkennen, dass andere Dämonen auf dem Weg zu ihnen waren, als plötzlich dünne, gleißende Blitze durch die Luft zuckten und ihre Gegner eliminierten. Offensichtlich war der Alte wach und auf seinem Posten.
Dann aber bäumte sich der unförmige, ekelhafte Körper Samaels vor ihnen auf und Heaven spürte, wie eine eiskalte Gänsehaut über ihren Rücken kroch. Dennoch hielt sie den Finger am Abzug und etliche Projektile aus ihrem Maschinengewehr donnerten in die Bestie vor ihr. Dass sie kaum Schaden anrichteten, war nicht überraschend und so konzentrierte sie sich darauf, den Attacken des Monsters auszuweichen.

Schon riss die Kreatur ihr Maul auf und ein brennend heißer Feuerstrahl donnerte in ihre Richtung. Da sowohl sie, als auch die beiden anderen quasi bereits auf der Hut waren, schafften sie es, sich mit eleganten Sprüngen aus der Gefahrenzone zu bringen, ohne ihre Feuerkraft einzubüßen. Doch natürlich sollte dies nicht die einzige Attacke Samaels bleiben.
Einen Wimpernschlag später schoss seine linke Pranke heran, fegte über den Boden auf sie zu. Heaven sah es, sprang ab und die rasiermesserscharfen Krallen sausten unter ihr hindurch. Während sie wieder sicher landete, konnte sie sehen, dass auch die beiden anderen mit einem beherzten Sprung ausweichen konnten.
Im nächsten Moment jedoch donnerte die geballte rechte Pranke der Bestie mit großer Wucht direkt vor Razor und Bim zu Boden. Der Untergrund erzitterte und brach stellenweise auf. Das brachte Bim aus dem Gleichgewicht und er fiel hinterrücks zu Boden.
Sofort wollte ihm Razor zu Hilfe eilen, doch erneut schossen grelle Flammen aus Samaels Maul und der Schwarze musste in Sicherheit hechten.
Schon konnte Heaven sehen, wie der Koloss seinen rechten Arm zu einem weiteren Schlag in die Höhe riss. Instinktiv rannte sie los und feuerte direkt in sein Gesicht, doch musste sie der linken Pranke ausweichen und schlug ihrerseits zu Boden.
Dann krachte die Faust ein zweites Mal mit einem wilden Brüllen Samaels zu Boden und hätte Bim sicherlich zerquetscht, wenn ihm nicht noch in allerletzter Sekunde ein Hechtsprung zur Seite gelungen wäre. Während der Dämon wütend aufschrie, nutzte der Riese den Schwung in seiner Bewegung und rappelte sich auf. Doch dieses Mal hatte er nicht mit der Schnelligkeit seines Gegners gerechnet. Die Faust zuckte in seine Richtung, öffnete sich dabei und krachte schließlich mit dem Handrücken direkt vor Bims Brust und Kopf und schleuderte ihn aus dem Stand heraus einige Meter durch die Luft. Bim schrie schmerzhaft auf, ruderte mit den Armen und krachte schließlich fast schon brutal hart mit dem Rücken gegen einen Felsbrocken am Rande des Plateaus. Dabei waren deutliche und blutige Verletzungen von dem Zusammenprall in seinem Gesicht zu erkennen. Er rutschte zu Boden, schlug auf die Knie und sein Oberkörper trieb vornüber. Gerade noch im letzten Moment konnte er seine Hände zum Abstützten ausstrecken. Dennoch war er für einen Moment außer Gefecht gesetzt, während Blut und Speichel aus seinem Mund flossen.
Heaven war für einen Augenblick entsetzt über Bims Schicksal und unachtsam. Schon im nächsten Moment rächte sich das, als zum wiederholten Male die linke Pranke auf sie zuschoss, sie nicht rechtzeitig reagierte, sich die Klauen erbarmungslos um ihren Körper schlossen und sie vom Boden pflückten. Augenblicklich spürte sie die gewaltige Kraft der Kreatur, die ihr den Atem raubte und den Brustkorb zerquetschte. Sofort wurde ihr schwarz vor Augen.
Was sie nicht sehen konnte, war, dass Razor von der rechten Seite angerannt kam, sich neben der Bestie fallen ließ, durch den Schwung quasi direkt vor ihr vorbeischlidderte und dabei aus seinem Gewehr Dauerfeuer senkrecht in die

Höhe ausführte, dass die Kugeln nur so von unten in den Unterkiefer des Monsters donnerten.
Samael schrie schmerzhaft auf und sein Körper zuckte unkontrolliert. Um sein Gleichgewicht nicht zu verlieren, musste er sich auf die geschlossene linke Pranke stemmen, in der sich noch immer Heaven befand. Als die Faust den Boden berührte, konnte man deutlich Knochen knacken hören. Heaven schrie wild auf und ihr Körper erzitterte, doch wäre sie ihrem Peiniger nicht entkommen, hätte der seine Pranke nicht geöffnet, um nach Razor zu greifen. Heaven stürzte aus drei Meter zu Boden, schlug dort vollkommen unkontrolliert auf und blieb reglos liegen.

*

Francesco sah es und erneut durchzuckte ihn ein stechender Schmerz. Schon als Samael den großen schwarzen Riesen wie nichts durch die Luft geschleudert hatte, hätte er aufschreien können. Doch er wusste, dass er still sein musste und den anderen auch nicht aktiv helfen durfte.
Alles, was er tun konnte, war andere Dämonen von ihnen fernzuhalten – und das tat er auch – und sich ansonsten um das zu kümmern, weshalb sie alle hier ihr Leben überhaupt riskierten.
Also atmete er tief durch und konzentrierte sich auf das, was sich schon so dicht vor ihm befand: *Das Tor zur Erde.*
Francesco war nur noch zwei Meter von dem Lichtkegel entfernt, aus dem mittlerweile schon fast jegliche rote Farbe verschwunden war. Dennoch war ihm klar, dass er nicht warten konnte, bis der uralte Mechanismus sich von allein wieder schloss, denn das hätte bedeutet, dass er die anderen klar dem Tod geweiht hätte. Nein, er musste jetzt handeln, die ihm gegebene göttliche Energie in seinem Inneren als Schutzschild nutzen, in den Lichtkegel treten und die Pyramide trotz geöffneten Tores ergreifen. Er wusste, dass dies die Mächte im Inneren der Pyramide ziemlich durcheinander bringen würde und ihm war sogar klar, dass er das Tor dadurch mitunter komplett zerstören konnte, doch alles war besser, als zuzulassen, dass Samael es für sich nutzen konnte.
Im nächsten Moment umgab seinen Körper eine milchig gelbe Aura und der Alte machte einen Schritt nach vorn, hinein in den Lichtkegel. Die Pyramide war jetzt nur noch mehr als eine Armlänge von ihm entfernt, zum Greifen nahe, doch was er nicht bedacht hatte, war, dass das Aufeinandertreffen der Kräfte in ihm und in der Pyramide ein akustisches Signal in Form eines grellen Summens erzeugte, das sofort die Aufmerksamkeit aller auf sich zog.

*

Samael war gerade dabei, Razor hinterherzujagen, als er das Geräusch vernahm. Sofort wirbelte er herum und war augenblicklich voller Zorn. Auf den Alten, weil er versuchte, ihm die Pyramide zu nehmen, auf sich, weil er zugelassen hatte, dass es überhaupt so weit kommen konnte.

Doch er hatte nicht vor, damit fortzufahren. Er musste sich nicht mit den Menschen beschäftigen, sie waren nur ein Ärgernis, aber keine Gefahr. Der Engel dort aber war es allemal. Und deshalb musste er sich jetzt um ihn kümmern.
Mit einem lauten Aufschrei riss er seinen rechten Arm in die Höhe, ballte erneut eine Faust und donnerte sie in die Tiefe. Er konnte sehen, dass der Alte ihn anstarrte und für einen Augenblick verharrte. Dann krachte seine Faust auf das Schutzschild. Funken sprühten, die Aura um Francesco verformte sich, doch blieb sie intakt. Ein brüllendlauter Knall erklang. Samael erkannte, dass er keinen Erfolg gehabt hatte und wiederholte sein Manöver, drosch dieses Mal mit beiden Fäusten gleichzeitig und mehrmals hintereinander irrsinnig wuchtig zu, dass die gesamte Umgebung erfüllt war von dem Getöse des Kampfes. Die Aura um Francesco wurde brutal verformt und schien auch Risse zu bekommen, doch noch barg sie den Alten sicher in sich, der jedoch den Fehler machte, sich zu lange nur auf Samael, nicht aber auf sein Vorhaben zu konzentrieren, sodass er der Pyramide kaum nähergekommen war.
Das war ein Fehler.
Denn Samael hatte längst erkannt, dass er mit bloßen Schlägen hier nicht gewinnen, wohl aber für Ablenkung sorgen konnte. Und ohne dass es der Engel bemerkte, kroch sein langer Schwanz mit dem spitzen, knöchernen Fortsatz über den Boden und unterwanderte den Schutzschild. Als Francesco das letztlich erkannte, war es bereits zu spät. Zwar konnte er gerade noch ausweichen, bevor er von der Spitze aufgespießt wurde, doch verpasste ihm Samael letztlich einen harten Schlag gegen seine Seite, sodass auch er einige Meter zurückgeschleudert wurde.
Noch während er flog brach die Schutzhülle um ihn zusammen. Francesco schlug zu Boden, konnte sich aber gerade noch relativ geschickt abrollen und kam sofort wieder auf die Füße. Augenblicklich sammelte er seine Kräfte, um eine neue Aura zu erzeugen, die ihn schützen sollte, doch noch bevor er überhaupt dazu ansetzen konnte, schoss Samaels Schwanz erneut auf ihn zu, krachte wieder seitlich gegen ihn und hämmerte ihn geradezu gegen den Felsbrocken direkt neben ihm. Der Alte schrie schmerzhaft auf und schlug schwer angeschlagen zu Boden. Dennoch bemühte er sich erneut, ein Schutzschild um sich zu errichten, aber wieder krachte das knöcherne Ende des Schwanzes – dieses Mal direkt von oben – gegen seinen Körper und nagelte ihn damit förmlich auf dem Felsen fest. Der Blick vor seinen Augen verschwamm für einen Moment, doch konnte er nur wenige Meter weiter das wütende, aber bereits deutlich siegessichere Brüllen des mächtigen Dämons hören.
Und Francesco war sich nicht mehr sicher, ob er noch die Kraft haben würde, sich wieder aufzurappeln. Ihr Versuch, das Tor zur Erde an sich zu bringen, war ganz nahe daran, zu scheitern. Und das würde nicht nur ihm und allen anderen hier den Tod bringen, sondern die Welt der Menschen ins Chaos stürzen, denn Samael würde wohl schon bald herausfinden, dass er einer Lüge aufgesessen war.

*

Die Versuchung, es zu tun, war fast schon zu groß. Entsprechend machte Samael zwei Schritte auf den Engel zu. Francesco lag in seinem eigenen Blut, kaum in der Lage, bei Bewusstsein zu bleiben und unfähig, einen Schutzschild aufzubauen. Samael hätte ihn einfach zerquetschen oder auch tausend quälend lange Tode sterben lassen können.
Doch plötzlich hielt er inne, drehte seinen Kopf nach links und musste erkennen, dass er sich nicht getäuscht hatte. Der Lichtkegel über der Pyramide war längst nur noch blau, wurde zusehends dunkler und kleiner. Damit war klar, dass sich das Tor zu schließen begann.
Für einen Augenblick überlegte er: Konnte *die Gefangennahme eines Engels seine Schuld sühnen?* Vielleicht – doch dazu war es notwendig, dass er ihn lebend zum *Schreienden Berg* brachte. Samael aber kannte sich nur zu genau und wusste, dass er viel zu viel Spaß daran haben würde, den Alten selbst zu quälen, als ihn aus der Hand zu geben. Außerdem konnte er sich noch sehr genau an den Gesichtsausdruck des Engels erinnern, als er durch das Tor gehen wollte.
Samael verharrte für einen Augenblick, dann verdunkelte sich sein Gesicht und er fauchte Francesco böse an. *Es ist alles eine Lüge, nicht wahr?*
Der Alte, kaum fähig vernünftig zu atmen, erwiderte atemlos. „Glaub es! Dann kann ich dir beim Sterben zusehen!"
Samael grunzte verächtlich und auf seinen fleischigen Lippen zeigte sich ein Lächeln. *Vielleicht!* Dann wurde sein Gesicht wieder ernst. *Vielleicht auch nicht!* Und damit drehte er sich um.
„Nein!" stieß Francesco vollkommen entsetzt hervor. „Nein!" Krampfhaft streckte er seinen rechten Arm aus, als könne er damit noch etwas verhindern. „Nnneeeiiinn!"
Doch es war zu spät. Samael trat in den Lichtkegel.

*

Es war niemand mehr da, der es noch hätte verhindern können. *Niemand – außer ihm.*
Und Razor hatte nicht vor, sich vor dieser Verantwortung zu drücken.
Noch zu deutlich hatte er die Worte des Alten im Kopf und er wusste, er musste alles daran setzen, um den Durchgang des Dämons durch das Tor zur Erde zu verhindern – kostete, was immer es wollte.
Und Razor war klar, dass er nur wenig Zeit dafür haben würde, denn in dem Moment, da der furchterregende Körper der Bestie in den Lichtkegel trat, wurde dieser nochmals kleiner und dunkler.
Doch Razor wäre nicht Razor gewesen, wenn er nicht das getan hätte, was er immer tat und was er von allen mit Abstand am besten konnte: Kämpfen mit großer Kraft, Schnelligkeit und Reaktion, wie sie nur wenige Menschen aufzubringen imstande waren und einem Mut, der seinesgleichen suchte.

Er rannte los, beschleunigte auf wenigen Metern extrem hoch, sprang in den Lichtkegel und landete auf dem linken Oberarm des Dämons. Während er dort das Gleichgewicht suchte, rannte er weiter aufwärts, bis er schließlich die Schulter der Kreatur erreicht hatte.

Francesco, der noch immer vollkommen verzweifelt in ihre Richtung schaute, traute seinen Augen nicht und doch wusste er, dass Razor ihre letzte Chance war und bewunderte den Mut und die Selbstlosigkeit dieses Menschen im Angesicht des sicheren Todes.

Doch Razor hatte nicht vor zu sterben.
Gerade als Samael, der das Gefühl, im Lichtkegel zu stehen mit lauten Seufzern genoss und dabei bisher wie weggetreten wirkte, nunmehr doch registrierte, was auf seinen Schultern geschah, hatte Razor einen durchaus sicheren Stand in seinem Nacken gefunden. In einer fließenden Bewegung senkte er den Lauf seines Gewehres und feuerte eine gewaltige Salve in den Hinterkopf der Bestie. Samael schrie auf und es war deutlich Schmerz, den er spürte. *Doch wie konnte das sein?* Er war unverletzbar, zumindest konnte ihm kein Mensch Schaden zufügen. Und doch befand sich in diesem Moment einer von ihnen auf seinen Schultern und tat genau das.
Es muss an dem Tor liegen, dachte Samael. *Es muss meinen Körper schwächen.* Gleichzeitig schien er tatsächlich zu spüren, wie die Kraft aus ihm wich. Vollkommen verwirrt starrte er auf seine Hände, deren Konturen zu verwischen und sich aufzulösen schienen. Sein ganzer Körper erzitterte, wieder spürte er Schmerz. *War das, was er als Lüge erhoffte, am Ende doch die Wahrheit und er gerade dabei, sein Leben zu verwirken?*

Razor hatte gerade eine zweite Salve in den Hinterkopf seines Widersachers gefeuert und das Loch in seinem Schädel damit noch vergrößert. Überall war Blut zu sehen und Razor konnte glänzende, tiefschwarze Gehirnmasse erkennen, die beständig wie fingerdicke Würmer zwischen den Schädelknochen umher schlängelte. Ein widerlicher Anblick.
Gleichzeitig konnte Razor den Dämon schreien hören und es war eindeutig Schmerz, der ihn trieb. Sein Körper bäumte sich auf, zuckte, erzitterte und doch blieb der direkte Angriff gegen ihn aus.
Das hatte Razor im ersten Moment irritiert, bis er die Veränderungen an Samaels Körper erkennen konnte. Die Kreatur schien zu verschwimmen, ihr Körper wurde zusehends unförmiger. Gleichzeitig war es, als würde jegliche Farbe aus ihm weichen und er durchsichtig werden.
Razor konnte sich nicht erklären, was hier vor sich ging, war aber fest entschlossen, dies zu seinem Vorteil zu nutzen. Sofort richtete er seine Waffe ein drittes Mal aus, bereit zu feuern, doch als er dieses Mal auf den Schädel der Bestie hinabschaute, sah er nicht nur, dass dieser sich vor seinen Augen verformte, sondern auch seine eigenen Hände und Unterarme. Das, was von dem Dämon Besitz ergriffen hatte, griff auch auf ihn über. Der Schock war dem

Schwarzen deutlich anzusehen und die dritte Salve blieb aus. Stattdessen verharrte er für eine Sekunde reglos auf dem Monster und seine Augen starrten hinab zu seinen Füßen, wo er den gleichen Effekt beobachten konnte: Sie verformten sich und lösten sich auf.
Weg! schoss es ihm in den Kopf. Wenn er hierbliebe, würde ihn das gleiche Schicksal ereilen, wie diesem Monster. Aber er konnte doch nicht gehen, bevor er sicher sein konnte, dass es den Tod finden würde.
Razor fand seine Beherrschung wieder und reagierte blitzschnell und unglaublich eiskalt. Um seinen Oberkörper, dass wusste er, hatte er einen Gürtel mit kleinen Sprenggranaten geschlungen. Mit einer flüssigen, wie selbstverständlich anmutenden Bewegung zog er den Zündfaden heraus, der alle Granaten miteinander verband und sie somit alle gleichzeitig scharf machte. Dann hob er den Gürtel über seinen Kopf und hielt ihn für einen Augenblick locker in der linken Hand, die schon ziemlich deformiert und sehr durchsichtig war. Mit einem grimmigen Blick und einem tiefen Brummen donnerte er die Faust in die Tiefe und drückte den gesamten Sprenggürtel tief in das Loch im Hinterkopf des Dämons. Es gab ein ekelhaft glitschiges Geräusch und Samael brüllte auf. Doch Razor blieb davon unbeeindruckt, riss die leere Hand zurück, drückte sich dann kräftig ab und sprang im hohen Bogen von Samaels Schultern.

*

Ja!
Das war das Wort, was sich in Francescos Kehle bildete.
Weil er sehen konnte, was Razor tat. Weil er wusste, dass es genau das war, was helfen konnte. Viel mehr und viel besser, als Razor das je wissen konnte. Weil alles eine Lüge war und der Schwarze womöglich die Katastrophe mit seinem beherzten Handeln noch verhindern konnte.
Doch nur einen Augenblick später wusste Francesco, dass der Preis dafür ganz sicher zu hoch sein würde.

*

Razor flog durch die Luft und hatte den Rand des Lichtkegels erreicht. Wie zufällig trafen sich die Augen des Schwarzen und des Alten und Francesco konnte Zuversicht und Freude in ihnen erkennen.
Plötzlich aber stoppte Razors Körper abrupt ab, hielt mitten im Flug inne und schwebte für einen Moment reglos in der Luft, bevor er von dem immensen Strudel des geöffneten Tores erfasst wurde.
Sofort erkannte Francesco Verwirrung, dann Erkenntnis und Entsetzen in Razors Augen. Instinktiv streckte der Alte seine Arme nach ihm aus, krabbelte auf das Tor zu, stöhnte entsetzt auf.
Aber es war bereits zu spät.

Das Tor war nur noch wenig geöffnet und doch waren zwei Körper in dem Lichtkegel, die noch hindurch mussten. Entsprechend stark und reißerisch war der Zug auf sie. Während Samael bereits bis zur Unkenntlichkeit verzerrt und zu einem großen Teil verschwunden war, verformte sich Razors Körper unter dessen Aufschrei innerhalb eines Wimpernschlages, wurde in die Länge gezogen und in das Zentrum des Tores gerissen.
Er hatte keine Wahl, er würde Samael folgen – *und den tickenden Sprengkapseln*.

*

Francesco rappelte sich hektisch auf, stürzte nach vorn, seinen rechten Arm ausgestreckt, obwohl er wusste, dass es sinnlos war.
Beide Körper waren beinahe komplett verschwunden, nur noch ihre Schultern und ihre Köpfe waren zu erkennen, seltsam verzogen und scheinbar miteinander vermischt.
Dann erklang ein Rauschen, das sehr schnell lauter wurde – das Zeichen, dass sich das Tor wieder schloss.
Doch genau in dem Moment, da es geschah, detonierten die Sprengkapseln.
Aus dem Rauschen wurde ein Fauchen, eine ungeheure Druckwelle breitete sich aus, brachte eine Flammenfaust mit sich.
Francesco, gerade wieder vollkommen auf den Beinen, wurde frontal von ihr erfasst, aus dem Lauf heraus nach hinten gerissen und mehrere Meter durch die Luft geschleudert, bevor er rüde gegen einen Felsbrocken krachte.
Aus dem Inneren des Tores drangen fruchtbare Geräusche, schmerzhaftes Quieken, quälende Schreie, mehrere kleinere Gegenstände schossen hinaus und verteilten sich zusammen mit einer glänzenden Flüssigkeit überall auf dem Plateau.
Dann erstarb das Fauchen abrupt, das Tor schloss sich vollständig, riss die Flammenfaust und die Druckwelle mit sich. Ein tiefer, brüllend lauter Knall ertönte, dann war es vorbei und zurück blieb nur tödliche Stille.

Auf dem Highway

Sie donnerten mit Höchstgeschwindigkeit nach Südwesten.

Den Parkplatz, den Peter zu sehen geglaubt hatte, gab es tatsächlich. Er befand sich vor dem Haupteingang des Schlachthofes.
Als sie ihn erreichten, waren sie für einen Moment verblüfft, dass niemand anwesend war, der sie von ihrem Vorhaben abhalten wollte, doch dann war ihnen klar, dass keiner der Wachleute mehr am Leben war.
Allerdings hatten sie keine Zeit, wirklich darüber nachzudenken, denn sie mussten sich beeilen und in Bewegung bleiben.
Von den sieben Fahrzeugen, die sie vorfanden, waren zwei geradezu perfekt für ihre Flucht geeignet: Ein schwarzer Jeep Cherokee und ein blauer, älterer Ford Pickup mit V8-Motor, dessen Ladefläche mit einem Aluminiumgestell und einer schmutzigen, beigefarbenen Plastikplane überdacht war.
Da nicht alle in einen Wagen passten, teilten sie sich auf.
Den Jeep fuhr Talea, Eric nahm auf dem Beifahrersitz Platz. Alfredo und Francesca setzten sich in den Rückraum.
Peter setzte sich ans Steuer des Pickup, Cynthia neben ihn. Auf der Ladefläche nahmen Silvia, Christopher und Douglas Platz.
Da Peter wusste, wo sie hin mussten, übernahm er die Führung. Talea folgte ihm dichtauf.
Nachdem sie das Areal der Fabrik verlassen und die Straße erreicht hatten, gab der Blonde Vollgas und gemeinsam rauschten sie nach Westen.

*

Cynthia drehte sich auf ihrem Sitz herum und öffnete die Plexiglas-Scheibe im Rückraum des Führerhauses. Auf der Ladefläche konnte sie zunächst nur Christopher auf der linken Seite erkennen, dann erst bemerkte sie, dass Silvia und Douglas links und rechts von der Scheibe mit dem Rücken gegen der Rückwand lehnten. „Alles klar bei euch?" fragte sie, obwohl sie in Christophers Gesicht nur ernste Züge sehen konnte und von den anderen beiden keine besondere Reaktion kam. Sie schob ihren Kopf deshalb weiter durch die Scheibe und konnte jetzt ihren Mann etwas besser erkennen. Doch genauso, wie er sich in den letzten Minuten ihrer Flucht aus dem Schlachthof gegeben hatte, verhielt er sich auch jetzt. Er hatte seine Beine angewinkelt, die Ellenbogen auf die Knie gestützt, seine Hände direkt vor dem Gesicht verschränkt. Sein Gesicht war wie versteinert, sein Blick starr auf einen fiktiven Punkt vor ihm gerichtet. Auf Cynthias Frage reagierte er nicht.
Dafür aber Christopher. „Uns geht es prima!" Er nickte zusätzlich, aber mit säuerlicher Miene. Dabei waren seine Augen auf Douglas gerichtet.

Silvia drehte sich zu ihrer Freundin und lächelte müde und schwach. „Alles okay!"

„Aber deinem Mann offensichtlich nicht!" fügte Christopher in klarem, festem Ton hinzu, während er seinen Freund weiterhin fixierte.

Cynthia, die ihm im Inneren bereits zustimmte, als auch Silvia, drehten ihre Köpfe zu Douglas und schauten ihn an, doch er zeigte nach wie vor keine Reaktion. Daraufhin sprach ihn seine Frau direkt an. „Doug?"

„Ich bin anwesend!" Douglas Antwort kam für alle etwas überraschend, denn er blieb reglos dabei. Seine Stimme war zwar nicht gerade laut, aber klar.

„Stimmt etwas nicht?" fragte Cynthia.

Douglas hob mit einem tiefen Atemzug den Kopf, drehte ihn zu seiner Frau und sah ihr einen Moment mit finsterer Miene direkt in die Augen. „Warum fragst du das nicht Chris?" Er deutete mit dem Kopf in seine Richtung, ohne ihn jedoch anzusehen.

„Mich?" Christopher war sofort verwundert. „Warum?" Er kräuselte die Stirn und schaute den Schwarzen an.

Douglas drehte seinen Kopf langsam zu ihm und sah auch ihm einen längeren Moment stumm und finster direkt in die Augen. *Wer bist du?*

„Was?" Christopher war sichtlich überrascht und verzog sein Gesicht zu einer Grimasse. Auch Cynthia und Silvia schauten den Schwarzen verwirrt an. „Was meinst du?"

„Bist du sicher, dass *du* noch *du* bist?" Douglas Blick blieb hart und geradlinig.

„Bitte?" Jetzt war Christopher nicht nur verwirrt, sondern zeigte bereits erste Anzeichen von Verärgerung. „Wer zum Teufel sollte ich denn sonst sein?"

„Das frage ich mich, seitdem wir zurück sind!"

„Aber Doug, wie kommst du denn darauf?" fragte Cynthia und schaute ihren Mann mit einer Spur Besorgnis an.

„Hast du irgendwas genommen, oder was?" Jetzt war Christopher sichtlich angepisst. „Sehe ich etwa nicht so aus, wie ich? Oder bist du jetzt vollkommen neidisch, weil du hässlich bist und ich bildhübsch? Mann Doug, was zum Teufel ist los mit dir? Wirst du zu alt für diese Scheiße, oder was? Machst du schlapp? Brauchst du einen Gehstock oder einen Zivi?" Er wartete auf eine Reaktion seines Freundes, doch die blieb aus. „Verdammt Alter, sieh mich an!" Christopher hob seine Stimme. „Ich bin immer noch ich: Dein Freund und Partner, Chris!"

Douglas nickte bedächtig und schien sogar lächeln zu wollen, doch dann schob er sein Kinn nach vorn. „Etwa der Chris, der genauso wie ich kaum in der Lage war, *einem* Dämon Paroli zu bieten?" Er starrte sein Gegenüber direkt an. „Oder der Chris, der es mit Dreien *gleichzeitig* aufnimmt und *allesamt* mit bloßen Fäusten tötet?"

„Ich...!" Christopher stoppte ab und war sichtlich perplex. „Aber...ich...!" Wieder brach er ab.

„Doug hat Recht, Chris!" meinte Cynthia, aber nicht vorwurfsvoll, sondern eher mit Sorge in der Stimme. „Das war echt nicht normal, weißt du!?"

„Ich...!" Wieder brach Chris ab, dann atmete er tief durch. „Ich weiß!" Sein Blick wurde traurig und irgendwie hilflos.
„Wieso kannst du das? Jetzt?" Douglas schaute ihn weiterhin sehr ernst an.
Christopher antwortete nicht sofort, sondern schüttelte mehrmals langsam den Kopf, während er in Gedanken versunken schien. Dann hob er den Kopf und schaute seine Freunde direkt an. „Ich weiß es nicht!"
„Als ich...!" Das war Silvia, die die ganze Zeit über ruhig geblieben war. Als sie jetzt sprach, waren alle überrascht, ihre Stimme zu hören. Bevor sie weiterredete, atmete sie einmal tief durch und hatte danach die Aufmerksamkeit der anderen auf sich. „Als ich mit meinem Großvater zusammen weggegangen bin, um Chris wieder zum Leben zu erwecken...!"
„Du...meinst im Himmel?" fragte Cynthia etwas verwirrt.
Silvia nickte. „...geschah etwas...!" Sie schaute ihren Freund etwas verlegen an. „...Seltsames mit Chris!"
„Was?" Christopher war sichtlich überrascht.
„Was denn?" fragte Cynthia neugierig.
„Ich...ich weiß nicht! Er...!" Wieder blickte sie verlegen zu Christopher. „Die Liege, auf der er lag, sie...bewegte sich!" Sie blickte zu Cynthia und Douglas, doch in ihren Augen sah sie nur Verwirrung. „Rauf und runter und hin und her!" Sie machte mit der rechten Hand eine entsprechende Bewegung. „Und dann waren da auf einmal Feuer, Flammen, Eis, Wind, Lavaglut!"
Christophers Blick verfinsterte sich zusehends.
„Was?" Cynthia riss ihre Augen auf. „Aber...?"
„Und die Bahre bewegte sich hin und her. Durchs Feuer, in die Glut, in das Eis!" Silvia schüttelte den Kopf. „Ich weiß, das klingt total irre, aber...!" Wieder sah sie Christopher an. „Es schien so, als würdest du durch ein echtes Stahlbad gehen!"
„Stahlbad?" Cynthia zog ihre Augenbrauen zusammen. „Wie meinst du das?"
„Es...es war, als würde sein Körper in den extremsten Elementen gestählt werden!"
„Aber...wieso?"
„Um für den Kampf gegen die Dämonen besser gewappnet zu sein!" Das war Peter, der, obwohl er natürlich aufgrund der hohen Geschwindigkeit überaus konzentriert am Steuer saß, den Großteil des Gesprächs mit angehört hatte.
Cynthia schaute ihn überrascht an, dann nickte sie. „Aber natürlich!" Sie lächelte, doch es verschwand sofort wieder. Schnell wandte sie sich wieder an die anderen. „Das ist doch gut, oder nicht?"
„Zumindest ist es nicht schädlich, oder?" meinte Silvia und schaute Christopher an, doch der schien tief in Gedanken versunken und reagierte nicht.
„Fragt sich nur für wen?" warf Douglas mit einem Male wieder ein. Sein Tonfall war rau.
Cynthia wollte etwas erwidern, aber dann schaute sie ihren Mann nur forschend an. „Kann es sein, dass du neidisch bist, weil *du* diese Fähigkeiten nicht auch hast?"

Douglas drehte sich zu ihr. In seinem Gesicht stand Überraschung, doch dann wurde es wieder finster. „Nein!" Er schüttelte den Kopf. „Ich frage mich nur, ob Silvia wirklich Recht hat!"
„Womit?"
„Das Chris neue *Superheldenkräfte*...!" Er betonte dieses Wort nicht nur besonders, sondern malte auch mit den Händen Anführungszeichen in die Luft. „...tatsächlich *darauf* zurückzuführen sind!"
„Woher zum Teufel...!" Christopher hatte unbemerkt seinen Kopf wieder angehoben und schaute Douglas jetzt finster an. In den letzten Augenblicken war er sehr schnell tief in Gedanken versunken, weil das, was Silvia erzählt hatte, Erinnerungen in ihm wachgerufen hatte. Doch nicht etwa an eine Prozedur, wie sie sie geschildert hatte, sondern an die Zeit, in der er *tot* war.
Er hatte noch das Bild in der Burg in der Hölle vor Augen, als Samael vor ihm stand und der Alte hinter ihm. Dann hörte er seine Worte, danach spürte er einen tiefen Schmerz und letztlich wurde es dunkel um ihn. Irgendwann verschwand die Dunkelheit und er fand sich in einem hellen Nichts auf einer Bahre wieder. Doch nicht Silvia und Francesco standen bei ihm, sondern eine fremde Person kam auf ihn zu. Es war ein Mann, vierzig bis fünfzig Jahre alt, komplett in Leder gekleidet, stämmig gebaut, muskulös mit einer Glatze. Sein Name war *Ice*!
Plötzlich konnte sich Christopher auch wieder an seine Worte erinnern: Er sagte etwas davon, dass er ihn brauchen würde, weil das Böse eigentlich beständig einen Weg auf die Erde fand. Und dass er, Christopher, gezeigt habe, dass er durchaus in der Lage war, diesem Bösen entgegen zu treten. Letztlich sollte er es sich überlegen, ob er das wollte oder nicht.
Dann verschwand *Ice* wieder, es wurde für einen kurzen Moment erneut dunkel, dann wieder hell und erst dann öffnete er real seine Augen und konnte Silvia und den Alten erkennen.
Davon jedoch, dass man ihm irgendwelche besonderen Kräfte oder Fähigkeiten eingeimpft hatte, die sich dann ja mehr als offensichtlich in dem Kampf im Schlachthof offenbart hatten, hatte *Ice* nichts erwähnt.
Das fand Christopher ein wenig merkwürdig und als er Douglas Worte hörte, kam er zurück in die Wirklichkeit.
„...sollten sie denn sonst stammen?" Christophers Stimme klang hart und kalt. Das sie im Gegensatz zu seinen Empfindungen standen, war nicht zu erkennen.
Douglas antwortete nicht sofort, sondern schaute seinem Freund nur direkt und geradeheraus an. „Du warst einige Zeit allein...in dieser Burg!" Er schürzte die Lippen und atmete tief durch. „Weißt du noch, was dort alles passiert ist?"
„Ich...!" begann Christopher, doch dann hielt er inne und sein Blick verdunkelte sich. „Nein!" Er schüttelte den Kopf.
„Siehst du!" erwiderte Douglas.
„Siehst du *was*?" rief Cynthia nervös.
„Samael könnte ihm etwas eingepflanzt haben!" meinte Silvia und schaute erst ihren Freund besorgt an und dann ihre Freundin.
„Was?" Cynthias Gesichtszüge entglitten ein wenig.

„Das, was Chris so stark macht...!" sagte Douglas. „...könnte ebenso gut auch direkt aus der Hölle stammen und schlecht für uns alle sein!"
„Oh...!" Jetzt waren ihre Gesichtszüge wirklich entglitten. Doch nur für einen Sekundenbruchteil, dann wichen sie einer gequälten Grimasse, während sie Christopher anstarrte. „Oh verdammt!"
„Moment!" Das war wieder Peter. „Ich bin hier zwar nur der Fahrer, aber...!" Er schniefte einmal durch die Nase, während er weiterhin beständig aus den Fenstern Ausschau nach etwas Ungewöhnlichem hielt. „...wenn dem so wäre, warum hat Chris dann *für* uns und nicht *gegen* uns gekämpft?" Er wartete auf eine Reaktion, doch als die ausblieb, fügte er hinzu. „Ich meine, eine bessere Gelegenheit als diese wird sich für ihn kaum noch ergeben, oder?"
Im ersten Moment schien es so, als wolle erneut niemand reagieren, dann aber sagte Cynthia. „Stimmt!" In ihrem Gesicht sah man schnell aufkommende Erkenntnis. „Das Tor zum Himmel in der Tasche...?" Sie schaute Christopher fragend an, woraufhin der mit einem Nicken auf seine linke Hosentasche klopfte. „Das Tor zur Hölle in unmittelbarer Nähe! Und die andere Pyramide in Samaels Besitz!"
„Das wäre wie ein Jackpot gewesen!" meinte Christopher und schaute Douglas direkt an. „Meinst du, da hätte ich deine hässliche Visage noch gerettet?"
Douglas Blick jedoch blieb ungebrochen finster und geradeheraus. „Bis vor einer Woche wusste keiner von uns, dass es überhaupt eine zweite Pyramide gibt. Seit ein paar Stunden sind es sogar schon drei Tore. Wer weiß, was wir noch herausfinden? Vielleicht gibt es ja noch eine weitaus größere Wahrheit, die *wir* alle noch nicht kennen!" Er wartete, bis Christopher ihn wieder ansah. „Aber *du* vielleicht!?"
Alle Blicke waren natürlich sofort auf Christopher gerichtet, doch eine klare Reaktion von ihm blieb aus. Stattdessen wechselten in seinem Gesicht verschiedene Emotionen sehr schnell hin und her. Da war der Anflug eines Lächelns zu sehen, aber auch heruntergezogene Mundwinkel, Funkeln in den Augen, Verengung des rechten Auges – sodass keiner sicher sein konnte, ob er sich über Douglas amüsierte, ihn für seine Worte hasste...oder ihm einfach nur Recht gab.
Bevor das aber irgendeiner von ihnen kundtun konnte, hörten sie alle Peters eines Wort aus dem Führerhaus, das alles andere vergessen machte. „Verdammt!"

Cynthia wirbelte auf dem Sitz herum und starrte den Blonden bereits in böser Vorahnung an, doch der schaute seinerseits nur in den Rückspiegel. Daraufhin drehte sie sich noch ein Stück weiter, bis sie in den Spiegel auf ihrer Seite blicken konnte.
Und sie sah es sofort: Mindestens drei fliegende Dämonen auf Direktkurs zu ihnen, die deutlich schneller waren, als sie selbst es je sein könnten. „Shit!" stieß sie hervor und riss das Gewehr aus dem Fußraum in die Höhe.

*

Auch in dem Fahrzeug hinter dem Ford hatte man das Näherkommen neuer Feinde natürlich registriert, doch da sie das nähere Ziel waren, erfolgte der Angriff auf sie so schnell, dass Talea zunächst kaum richtig reagieren konnte.
Obwohl sie das Aufblitzen an einem der Bestien durchaus noch erkennen konnte, schoss das Licht so schnell auf sie zu, dass sie nur noch aufschreien und das Steuer nach rechts reißen konnte, bevor dicht neben ihnen eine wuchtige Explosion die Fahrbahn zerfetzte. Die Druckwelle war enorm und erfasste den Jeep unterhalb der Hinterachse. Das Fahrzeug zuckte förmlich in die Höhe und wurde extrem beschleunigt. Wahrscheinlich wäre es auch zu einem Überschlag gekommen, wenn es nicht auf die Böschung direkt neben der Straße getrieben worden wäre und die Steigung dies letztlich verhindert hätte. Als der Wagen jedoch mit beiden Achsen zeitgleich irrsinnig wuchtig zu Boden schlug, musste Talea schon ihr ganzes fahrerisches Können aufbieten, um einen Horrorcrash zu vermeiden. Quasi im letzten Moment gelang es ihr, den Jeep nach links zu lenken, sodass er wieder bergab donnerte, wenngleich er dabei auf der Hinterachse hüpfte wie ein Flummi. Als sie am Ende der Böschung wieder auf die Straße trafen, wurden sie nochmals übel zusammengestaucht, doch Talea gelang es, dass Fahrzeug wieder unter Kontrolle zu bringen.
Sie stöhnte einmal gestresst auf, schaute dabei in den Rückspiegel und schon riss sie ihre Augen erneut auf. Wieder konnte sie einen Blitz am Himmel sehen, der dieses Mal irgendwie von zwei Dämonen gleichzeitig erzeugt zu werden schien. Das Licht war auch größer und greller. Talea riss das Steuer nach rechts, doch das war genau die falsche Richtung. Der Blitz krachte etwa fünf Meter schräg rechts hinter ihnen auf die Straße und rollte dann wie eine Feuerwalze hinter ihnen her, die sie schon nach weniger als zwei Sekunden eingeholt hatte. Wieder wurde der Jeep in die Höhe gerissen und dabei ruckartig beschleunigt. Dieses Mal jedoch um einiges mehr, als noch zuvor. Im ersten Moment war sich Talea sicher, dass sie hinten rechts gegen den Ford krachen würden, so schnell schossen sie auf ihn zu, doch dann stiegen sie immer höher und der Ford verschwand unter ihnen.
Talea war vollkommen hilflos, hatte nicht den Hauch einer Chance, diesen gewaltigen Kräften entgegenzuwirken. Wie alle anderen auch konnte sie in diesen Momenten nur schreien.
Plötzlich spürte sie, wie die Beschleunigung nachließ und die Nase des Jeeps gleichzeitig vornüber kippte. Einen Wimpernschlag später konnte sie schon den Straßenbelag erkennen, der auf sie zuraste. Ihr Schrei verstummte abrupt, instinktiv stemmte sie die Füße in den Boden und umklammerte das Lenkrad mit aller Kraft. Keinen Augenblick zu früh, denn schon krachte der Wagen unglaublich wuchtig auf den Asphalt, hob sofort nochmals ab, flog weitere zehn Meter durch die Luft und schlug erneut auf. Talea hatte das Gefühl, es würde man ihr die Oberschenkel in den Darm rammen und die Arme vom Körper reißen. Dennoch ließ sie nicht locker und konnte dadurch tatsächlich verhindern, dass der Jeep aufgrund seiner noch immer sehr hohen Geschwindigkeit aus der Bahn gerissen und auf die andere Straßenseite getrieben wurde.

Dennoch war er alles andere als wirklich unter Kontrolle, denn Talea hatte zu stark gegengesteuert und schon rauschte das Fahrzeug nach rechts quer über den Highway.

*

Peter bekam alles hautnah im Rückspiegel mit und wünschte sich in diesen Momenten nichts sehnlicher, als den anderen im Jeep helfen zu können. Doch wusste er nicht, wie.
Stattdessen musste er mit ansehen, wie der erste Blitz den Jeep aus der Bahn warf und ihn letztlich auf die Böschung neben der Straße schleuderte, wo sie alle es nur Taleas wahrlich brillanten Fahrkünsten zu verdanken hatten, dass sie noch lebten. Die Freude darüber jedoch währte nur wenige Augenblicke, dann krachte ein zweiter, weitaus größerer Blitz hinter den Wagen und riss ihn ein zweites Mal vom Asphalt. Dabei verlor ihn der Blonde aus den Augen. Für eine Sekunde befürchtete er, dass sie diesem brutalen und irrsinnig wuchtigen Angriff zum Opfer gefallen waren.
Dann aber krachte der Jeep nur wenige Meter links neben ihm auf die Fahrbahn. Peter erschrak für einen Augenblick, denn gerade noch hatte er den Wagen schräg hinter sich auf der Beifahrerseite gesehen und die Erkenntnis, dass ihn die Druckwelle quer über den Ford befördert haben musste, zeigte deutliche Spuren von Schock. Doch schon erkannte Peter, dass Talea den Jeep zwar erneut mit ihren irrsinnigen Fahrkünsten vor dem Totalschaden bewahren konnte, dabei aber das Steuer zu sehr in ihre Richtung verriss und sich damit auf Direktkurs in den Ford befand.
Blitzschnell riss Peter das Lenkrad nach links, trat dabei wuchtig auf die Bremse. Reifen quietschten, Qualm stieg auf, etliche Schreie waren zu hören. Aber das Manöver gelang. Quasi um Haaresbreite schoss der Jeep vor dem Pickup auf die andere Straßenseite, während der Ford seinerseits jetzt auf der linken Fahrbahn fuhr, wo Peter ihn sofort wieder beschleunigte.

*

Talea stöhnte und fluchte, doch letztlich gewann sie die Oberhand über das Fahrzeug zurück, sicher auch, weil kein weiterer direkter Angriff erfolgte.
Doch es war klar, dass dies nicht lange so bliebe würde.
Mit einer gequälten Grimasse schaute Talea auf den Beifahrersitz zu Eric und war sofort höchst erstaunt, als sie auf den Lippen ihres Mannes ein breites Grinsen erkennen konnte. „Hab ich was verpasst?" raunte sie wenig begeistert.
Doch Erics Grinsen wurde noch breiter. „Du fährst einen echt heißen Reifen, Schatz!"
Als Antwort brummte Talea mürrisch. *Als wenn sie eine Wahl gehabt hätte!*
„Ich wusste gar nicht, dass du sowas kannst!?" fügte Eric hinzu.
„Training für den Weg in die Hölle!" erwiderte sie.

Erics Grinsen aber blieb. „Das macht mich....*echt*....*tierisch* an, weißt du?" Seine Stimme bekam einen Anflug von Wollust.
„Ich bin feucht vor Angstschweiß, nicht vor Geilheit!" brummte Talea. „Du verwechselt da was!"
Jetzt lachte Eric auf und sein Grinsen wechselte zu einem liebevollen Lächeln. „Ich liebe dich!" Er beugte sich zu ihr und küsste sie auf die Wange. „Bis gleich!"
Und mit diesen Worten stieß er sich wie nichts aus seinem Sitz und donnerte mit einem widerlichen Quietschen direkt durch das Wagendach senkrecht in die Höhe. Der Jeep wurde durch die Wucht, mit der der Engel durch das Blech krachte, für einen Moment angehoben, wodurch Talea wieder gegensteuern musste.
Doch beim Blick durch das scharfkantige Loch im Dach über dem Beifahrersitz wurde ihr Blick traurig. „Ich dich auch!" sagte sie, dann zwang sie sich zu Konzentration.

*

„Was war das?" fragte Silvia nervös.
Mittlerweile waren alle aufgesprungen und hatten dem Geschehen teils aus der geöffneten Rückfront der Ladefläche, teils durch seitliche Lüftungsschlitze in der Plastikplane in Augenhöhe folgen können.
„Eric!" erwiderte Christopher und deutete auf die menschliche Silhouette, die in den Himmel flog.
„Das wird auch Zeit!" rief Cynthia vom Beifahrersitz, während sie im Rückspiegel einen weiteren Dämon im Auge hatte, der von hinten direkt auf sie zuflog. Instinktiv ergriff sie ihre Waffe fester, doch dann flammte ein Blitz auf. „Achtung!" schrie sie noch und ihr Kopf wirbelte dabei herum zum Verbindungsfenster.
Auf der Ladefläche zuckten alle Köpfe nach hinten und jeder erkannte sofort, was Cynthia meinte.
Douglas sprang auf die Fahrerseite, Christopher riss Silvia an sich und drückte sich seinerseits gegen die Außenwand. Keine Sekunde zu früh, denn schon schoss der Lichtstrahl an ihnen vorbei, wobei er Teile der Plastikplane versengte, und krachte mit einem lauten Knall von hinten gegen das Führerhaus. Es war, als würde ein riesige Gesteinskugel hindurch sausen. Der Lichtstrahl zerfetzte einen Großteil der Rückwand des Führerhauses und des Daches, bevor er vorn wieder aus dem Wagen heraustrat und dabei die Frontscheibe und ebenfalls große Teile des Chassis zertrümmerte.
Douglas hechtete sofort entsetzt nach vorn, als der Strahl an ihm vorbei war, um zu sehen, was mit Cynthia war. Als er das Ausmaß der Zerstörung im und am Führerhaus erkennen konnte, war er im höchsten Maße geschockt, denn es war fast nichts mehr davon vorhanden. Lediglich an beiden Seiten gab es einen schmalen Streifen, der verschont geblieben war – und genau dorthin hatten sich seine Frau und Peter gerettet.
„Verdammt!" brummte Douglas, doch erntete er von Cynthia ein erleichtertes Lächeln und von Peter ein stummes Nicken, während der Blonde wieder fester

in das halb zerfetzte Lenkrad griff. „Verdammt!" brüllte Douglas nochmals und fuhr wieder herum. Hinter ihnen konnte er noch immer den Dämon sehen und es war nur eine Frage der Zeit, bis er ein zweites Mal agieren würde. „Wie wäre es, wenn du das Gleiche wie Eric tust?" raunte Douglas und schaute Christopher zornig an.
„Ich kann nicht fliegen!" erwiderte sein Freund mit finsterer Miene.
„Na, das ist aber schade, was?" Douglas verzog das Gesicht zu einer leicht angewiderten Grimasse.
Christopher schaute ihn daraufhin für einen kurzen Moment direkt an, wobei sich sein rechtes Auge immer mehr zu einem Schlitz verengte, dann zuckte sein Blick nach hinten. Plötzlich huschte ein dünnes Lächeln über seine Lippen. „Weißt du was, Alter? Du kannst mich mal!" Er brummte verächtlich. „Und jetzt entschuldige mich!"
Und mit diesen Worten stürmte er an den anderen vorbei zum Ende der Ladefläche, sprang ab und rauschte durch die Luft.
Silvia, aber auch Cynthia schrien auf, Douglas starrte ihm mit großen Augen hinterher. Und alle waren höchst erstaunt, aber auch ziemlich entsetzt, als sie erkennen mussten, dass Christopher nicht nur einfach den Wagen verlassen hatte, sondern sich mutig dem anstürmenden Dämon entgegen warf. Der Aufprall erfolgt irrsinnig wuchtig, der Dämon schrie halb erstaunt, halb schmerzvoll auf, sein Flug wurde jäh gebremst und zusammen mit Christopher, der ihn zunächst einfach nur fest umklammert hielt, trudelte er seitlich weg und krachte dann unkontrolliert und hart auf den Seitenstreifen, wo sie sich mehrfach überschlugen.
„Halt an!" brüllte Silvia in panischem Entsetzen und kaum hatte Peter seinen Fuß auf die Bremse gewuchtet, da stürmte sie auch schon von der Ladefläche des Ford.
Cynthia riss fluchend die Beifahrertür auf und rannte hinter ihr her. Douglas war für einen Moment perplex, dann folgte er den beiden, wohlwissend dass Cynthia nicht über Silvia verärgert war.

Schon von Weitem war zu erkennen, dass der Kampf zwischen Christopher und dem Dämon in vollem Gange war und das Christopher zunächst die Oberhand hatte, denn er donnerte der teuflischen Kreatur ein ums andere Mal heftige Faustschläge in ihr widerliches Gesicht und ihren Körper, dass sie vor Schmerzen nur so aufschrie. Dann aber war er wohl unachtsam und der Dämon konnte blitzschnell und knallhart kontern, Christopher ins Taumeln bringen. Doch anstatt sich weiter auf ihn zu stürzen, versuchte die Bestie zu fliehen. Gerade noch im letzten Moment konnte Christopher sich auf sie hechten. Beide Körper schossen ein paar Meter in die Höhe, dann gelang es Christopher seinen Gegner wieder zu Boden zu ringen. Allerdings um den Preis, dass er zuerst auf den harten Asphalt schlug und so für einen Moment außer Gefecht war. Das nutzte seinerseits der Dämon und gab furchtbare Schläge auf ihn ab.
Genau in diesem Moment war Silvia nah genug heran, um abrupt abzubremsen, dass Gewehr in die Höhe zu reißen, kurz zu zielen, abzudrücken und eine

kräftige Salve in die Richtung des Monsters zu feuern. Dadurch ließ der Dämon von Christopher ab, blickte hasserfüllt in ihre Richtung, erkannte, dass gleich noch zwei weitere Gegner erscheinen würden, fauchte dann zornig auf und drückte sich schließlich in die Höhe.

Cynthia feuerte noch hinter ihm her, doch er war schon zu weit weg. Dennoch behielt sie ihn - wie auch Douglas - im Auge, während sie weiter auf Christopher zuliefen.

Als Silvia ihren Freund erreicht hatte, war der gerade dabei, sich stöhnend aufzurichten. Gleichzeitig konnte Cynthia erkennen, dass ein zweiter Körper durch die Luft sauste, einen Augenblick später mit dem fliegenden Dämon kollidierte und ihn aus der Bahn riss. Sofort entbrannte ein Kampf zwischen den beiden Gestalten und Cynthia war sich sicher, dass es Eric war, der sich auf die Kreatur gestürzt hatte. Ein kurzer Rundblick zeigte ihr, dass sie bis auf den Dämon, der Talea und die anderen jagte, sonst niemanden mehr in der Luft ausmachen konnte. Außerdem lag ein großer Körper reglos einige Meter weiter den Highway hinauf, der verdammt nach einem fliegenden Dämon aussah.

„Chris!" hörte sie dann Silvia rufen. Ihre Freundin ließ sich sofort besorgt auf die Knie fallen, doch Cynthia erkannte, dass Christopher schon wieder zu Kräften kam, wenngleich sein Gesicht einiges abbekommen hatte.

„Alles okay!" wehrte er dann auch ab. „Mir geht es prima!" Mit Silvias Hilfe kam er auf die Beine.

Cynthia wandte sich wieder dem Kampf zwischen Eric und dem Dämon zu und verspürte große Erleichterung, als sie sah, dass ihr Freund die Kreatur erst in die Defensive drängen und dann mit einigen brutalen Schlägen besiegen konnte. Am Ende kreischte die Kreatur schmerzhaft auf, dann war ein widerliches Reißen zu hören, der Körper der Bestie sackte zusammen und klatschte schließlich leblos zu Boden. Eric warf noch einen Blick auf das Monstrum, dann flog er heran und landete nur einen Augenblick später blutüberströmt neben ihnen.

„Probleme?" fragte er nur.

Doch Cynthia konnte Nervosität in seinen Augen erkennen, daher schüttelte sie nur kurz mit einem Lächeln den Kopf. „Kümmere dich um...!" Plötzlich verstummte sie, denn es war deutlich das Quietschen von Bremsen zu hören, dem der Einschlag eines weiteren Blitzes folgte. Alle Köpfe flogen herum und als sie den Jeep sehen konnten, vor dem ein Lichtstrahl wuchtig in den Asphalt krachte, war ihnen klar, dass der Kampf noch nicht überall vorbei war. „Beeil dich!" rief Cynthia, blickte Eric direkt an, der nickte kurz und stieß sich dann vom Boden ab.

*

Talea hatte es im Rückspiegel gesehen. Christopher war mit einem beherzten Sprung aus dem Pickup auf einen Dämon gesprungen und tatsächlich dabei ihn niederzuringen. Für einen Augenblick war sie wieder sehr überrascht, was ihr Freund so alles draufhatte, seit er aus der Hölle zurückgekehrt war und sie fragte sich, wie und warum er das wohl konnte, doch dann erkannte sie den dritten und letzten Dämon, der ganz augenscheinlich den Jeep ins Visier genommen hatte und ihre Aufmerksamkeit wechselte zu ihm.

Wieder blitzte es auf und wieder schoss ein Lichtstrahl auf sie zu, doch dieses Mal konnte sie weitaus besser reagieren, indem sie schlicht eine Vollbremsung hinlegte, der Blitz über sie hinweg schoss und gute zehn Meter vor ihnen in den Highway donnerte, wo er wie eine gewaltige Faust auftraf, den Boden aufbrach und vor sich herschob, während ihn seine eigene Energie noch einige Meter weiter trieb. Als er schließlich verebbte, hatte er einen metertiefen Krater zurückgelassen, an dessen hinterem Ende sich der Asphalt in großen Schollen auftürmte. Und das direkt vor einem heran rauschenden Tanklaster, dessen Fahrer zwar noch mit panisch verzerrtem Gesicht eine Vollbremsung ausführte, er die Katastrophe damit jedoch nicht mehr verhindern konnte.

Der Aufprall auf den aufgeworfenen Asphalt erfolgte derart wuchtig, dass das gesamte Führerhaus innerhalb eines Wimpernschlages wie eine Ziehharmonika auf einen Bruchteil seiner ursprünglichen Länge zusammengedrückt wurde. Während der Fahrer zerquetscht wurde und sofort starb, wurde das Ende der Zugmaschine für einen Augenblick in die Höhe gerissen, wodurch der Auflieger aus der Verankerung gerissen wurde und er im Gegensatz zum Führerhaus noch eine irrsinnige Menge Bewegungsenergie besaß, wodurch er wie ein monströses Torpedo nach vorn schoss, den verkrüppelten Rest des Führerhauses endgültig zerfetzte und nur einen Wimpernschlag später explosionsartig durch die Asphaltschollen rauschte.

„Oh fuck!" Das war alles, was Talea in diesem Moment über die Lippen kam.

Doch was auch sonst hätte sie schon sagen können, angesichts dieses riesigen Aufliegers des Tanklastzugs, der durch die Asphaltschollen krachte und dann in einem hohen Bogen direkt auf sie zu sauste?

Alfredo und Francesca, die sich bisher vollkommen still verhalten hatten, schrien wie auf Kommando ihre Angst heraus.

Und Talea legte fast wie automatisch den Rückwärtsgang ein und rammte ihren rechten Fuß förmlich auf das Gaspedal. Fast augenblicklich gab der bullige 6-Zylinder seine Kraft auf die Achsen. Die Reifen drehten quietschend und qualmend durch, doch zogen sie das Fahrzeug mit sich.

Aber es war zu spät – dessen zumindest war sich Talea sicher, denn der Auflieger hatte den Zenit seiner Flugkurve bereis überschritten und sein Schatten baute sich drohend über ihnen auf. Dann aber konnte Talea die kräftige Beschleunigung spüren, die den Abstand zu dem tödlichen Geschoss wieder vergrößerte. Allerdings nur so quälend langsam, dass sie vor Nervosität fast hätte kotzen können.

Dann erfolgte der Aufprall des Aufliegers auf dem Asphalt und innerhalb eines Wimpernschlages brach auf dem Highway die Hölle los. Der Stahl zerbarst, Funken stoben und sofort entzündete sich das Benzin im Inneren. Die Explosion von rund vierzigtausend Litern Brennstoff brachte den Erdboden zum Erzittern

und verursachte einen derart lauten Knall, dass die Fensterscheiben des Jeeps zersprangen.
In dem Moment, da der Aufleger auf den Asphalt traf, hatte Talea instinktiv das Steuer des Jeeps herumgerissen und der Wagen vollführte tatsächlich eine horizontale hundertachtzig Grad Drehung. Da sie dabei zeitgleich wieder den Vorwärtsgang eingelegt hatte, schleuderte der Jeep ruppig über den Asphalt, donnerte dann aber mit hoher Geschwindigkeit in die andere Richtung davon.
Aber eben nicht schnell genug, denn auch wenn sie die Flammenfaust nicht erreichte, so schoss doch die Druckwelle mit einer solchen Wucht hinter ihnen her, dass sie das tonnenschwere Fahrzeug aus der Bahn fegte. Aber was dann geschah, grenzte erneut so sehr an puren Irrsinn, dass allein das Hinschauen wehtat und eine eiskalte Gänsehaut nach der anderen verursachte.
Denn der Jeep wurde mit fast spielerischer Leichtigkeit von der Fahrbahn gerissen und in die Höhe gedrückt. Talea hatte keinerlei Kontrolle mehr über seine Bewegungen, wenngleich sie dennoch am Lenkrad hantierte. Während sie sah, wie die Straße unter ihnen verschwand, spürte sie, wie sich der Wagen drehte.
Die Brücke! schoss es ihr sofort in den Kopf. Etwa zwanzig Meter vor ihnen gab es eine Brücke, die den Highway an dieser Stelle überspannte. Talea hatte eigentlich gehofft, es dahinter zu schaffen, damit das Bauwerk die Wucht der Explosion aufnahm und sie verschont blieben. Das aber war ja jetzt nicht der Fall und plötzlich hatte sie Angst, der Jeep würde dagegen geschleudert werden. Durch die Drehung des Wagens befand sie sich jetzt wieder hinter ihnen und Talea musste sich aus dem Fenster drücken, um sehen zu können. Doch gerade, als sie etwas erkennen konnte, senkte sich ihre Flugbahn wieder und sie krachten mit der Fahrerseite durch das Brückengeländer auf die Fahrbahn dort. Während Talea nur grelle Scheinwerfer von Fahrzeugen sah, die die Brücke gerade überqueren wollten, hatte der Jeep noch so viel Schwung inne, dass er quer über die Brücke rauschte, das Brückengeländer auf der anderen Seite ebenfalls durchbrach, um schließlich auf die Straßenböschung auf der anderen Seite zu krachen, wobei er eine weitere vollständige horizontale Drehung vollführte.
Während die Druckwelle der Explosion die Brücke frontal erwischte, sie zum Erzittern brachte und die auf ihr befindlichen Autos ebenfalls in die Tiefe fegte, erfolgte der Aufprall des Jeeps irrsinnig hart auf der Böschung, der jedoch zur Folge hatte, dass der Wagen fast augenblicklich wie ein Stein zum Erliegen. Talea war sofort klar, dass dies sein Ende war, denn er hatte schon weitaus mehr mitgemacht, als all seine Erbauer je von ihm hätten erwarten können. Doch kaum hatte sie diesen Gedanken zu Ende gedacht, da erschien schräg über ihnen ein fliegender Dämon und schon blitzte es erneut vor ihm auf.
Instinktiv trat Talea auf das Gaspedal und tatsächlich reagierte der Jeep darauf. Anfangs nur bockig, rollte er dann jedoch schnell genug an, um dem Lichtstrahl der teuflischen Kreatur zu entkommen. Allerdings ließ sich der Wagen nicht mehr richtig lenken und so konnte Talea nur unter die Brücke hindurch fahren.

Doch schon hörte sie das infernalische Krächzen von Beton und das scharfe Knacken von berstendem Material und ihr war sofort klar, was es bedeutete: Die Brücke hatte der Wucht der Explosion nicht standhalten können und stürzte just in diesem Moment in sich zusammen.
Talea erschrak fürchterlich und hätte beinahe abgebremst, aber dann hätte sie sich und die anderen unweigerlich dem Dämon überlassen und das wollte sie ganz sicher nicht. Also blieb ihr Fuß auf dem Gaspedal und während sich über ihnen die Brückenkonstruktion in Luft auflöste, rollte der Jeep quälend langsam darunter hindurch auf die andere Seite. Talea Herz klopfte bis zum Hals und fast schon darüber hinaus, doch als sie in den Rückspiegel sah, konnte sie ihren fliegenden Feind dicht hinter ihnen erkennen. Wieder erschrak sie zutiefst, denn ihr wurde klar, dass sie dennoch nicht zu entkommen vermochten, als plötzlich ein ohrenbetäubender Knall in unmittelbarer Nähe zu hören war. Im ersten Moment befürchtete sie, einer oder am Ende gar alle Reifen, hatten ihren Geist aufgegeben, doch dann konnte sie im Rückspiegel sehen, wie ein gewaltiges Stück Fahrbahn aus der Brücke brach, zu Boden rauschte und – ihren Widersacher unter sich begrub!
Fast hätte sie vor Freude aufgelacht, aber noch immer waren sie viel zu dicht an der Brücke und mussten jeden Moment damit rechnen, doch noch erschlagen zu werden.
Plötzlich gab es einen weiteren Knall, obwohl es Talea eigentlich wie mehrere dicht hintereinander vorkam und fast zeitgleich stoppte der Jeep abrupt ab. Während es aus dem Motorraum zischte und qualmte und schepperte, erkannte sie, dass sie sich nicht getäuscht hatte und jetzt das eingetreten war, was sie schon zuvor vermutet hatte: Alle vier Reifen waren geplatzt und der Jeep rollte auf den Felgen aus, bis einen Moment, bevor er zum Stillstand gekommen wäre, beide Achsen mit einem lauten Knall zerbrachen und die Insassen ruckartig einige Zentimeter hinab sackten.
Dann ging absolut nichts mehr.

*

Sie alle waren in den ersten Momenten vollkommen unfähig, sich zu bewegen, sondern starrten nur mit großen Augen und offenen Mündern auf das, was mit Talea, den beiden Italienern und dem Jeep geschah und wären sie nicht schon bis aufs Äußerste für diese Art von Irrsinn sensibilisiert gewesen, hätten sie ganz sicher gedacht, sie hätten den Verstand verloren.
So aber war allen nur zu klar, dass das, was sich da vor ihren Augen abspielte, irre, aber real war.
Sie sahen den Unfall des Tanklasters, den Flug des Aufliegers, konnten die gewaltige Explosion des Inhalts sehen und spüren – glücklicherweise blieben sie von den Auswirkungen weitestgehend verschont – und den Flug des Jeeps auf die Brücke mit verfolgen, wie er über die Fahrbahn dort rauschte, nur einen Wimpernschlag später auf der anderen Seite wieder darüber hinausschoss und schließlich auf die Böschung krachte.

Erst dann waren sie in der Lage, sich wieder zu bewegen. Und ihnen war sofort klar, dass sie zur Hilfe eilen mussten, auch wenn sie sehen konnten, dass Eric schon fast vor Ort war.
Plötzlich aber stöhnte die Brücke furchtbar auf und schon im nächsten Moment krachten große Teile zu Boden. Erschrocken blieben sie wieder stehen und starrten auf ihre Freunde, die es jedoch gerade noch rechtzeitig aus der Gefahrenzone geschafft hatten, anders als der letzte fliegende Dämon, der unter den herabstürzenden Trümmern zerquetscht wurde.
Da jetzt kein Feind mehr zu sehen war und die anderen zumindest noch am Leben waren, kam so etwas wie Freude bei ihnen auf und sie rannten zum Jeep.

*

Ein Schatten schob sich von hinten zur Fahrertür.
Talea – eben noch froh, den Trümmern der Brücke entkommen zu sein - erschrak sichtlich, als ihr klar wurde, dass scheinbar noch nicht alle Feinde ausgeschaltet waren. Wie von selbst zuckte ihre rechte Hand in die Mittelkonsole, wo sie ihr Gewehr verstaut hatte und sie es trotz all der irrsinnigen Abläufe in den letzten Minuten noch immer spüren konnte. Es herauszuziehen und gleichzeitig durchzuladen war quasi eins. Mit einer blitzschnellen Bewegung drehte sie sich nach links, drückte den Lauf dabei einfach in die gleiche Richtung und zog den Finger am Abzug zurück.
Doch einen winzigen Bruchteil, bevor sich der Schuss gelöst hätte, erkannte sie das Gesicht ihres Mannes. Mit einem erschrockenen Stöhnen löste sich ihr Finger.
Eric seinerseits hatte erkannt, was Talea vorhatte und den Lauf der Waffe mit der rechten Hand nach vorn gedrückt, sodass der Schuss schräg in die Luft gegangen wäre. „Hey sachte, junge Frau!" rief er, doch huschte sofort ein breites Lächeln auf seine Lippen, als er seine Frau - schmutzig, schweißüberströmt, total erschöpft, aber gesund – sah. „Behandelt man so einen Anhalter?"
„Ich nehme keine Fremden mit!" erwiderte Talea müde.
Während er einen Blick in den Rückraum warf, wo er Francesca weiß wie eine kalkgetünchte Wand und einen reglosen Alfredo sehen konnte, allerdings auch die Lippenbewegung der Alten, die das Wort *ohnmächtig* formte, wurde aus seinem Lächeln ein breites Grinsen. „Sehr lobenswert, Süße!"
Talea versuchte zu lächeln, doch es war nur eine gequälte Grimasse, die sie zustande brachte. Gleichzeitig wich jegliche Farbe aus ihrem Gesicht und es schien innerhalb einer Sekunde um Jahre zu altern. „Moment!" konnte sie gerade noch sagen und dabei Eric mit dem linken Arm zur Seite schieben, bevor ihr Kopf aus dem Seitenfenster zuckte und sie sich erbärmlich erbrach.
Eric blickte auf sie hinab, aus seinem Grinsen wurde ein liebevolles, mitleidiges Lächeln, doch das einzige, was er im Moment tun konnte, war seine linke Hand auf ihren Hinterkopf zu legen und sie sanft zu streicheln, während Schleim, Galleflüssigkeit und vage Essensreste zu Boden klatschten.

*

„Talea!" Das war Cynthia, die sofort, nachdem sie den Jeep erreicht hatte und ihre Freundin sah, in Sorge war.
Doch Eric beruhigte sie. „Halb so schlimm!"
„Woher willst du das wissen?" raunte Talea. „Verdammt, das schmeckt wie...!"
„Kotze?" Christopher schaute sie mitleidig an und nickte mit einem freudlosen Grinsen. Dann wandte er sich an Eric und sein Lächeln verschwand. „Wir müssen hier weg!" Dabei schaute er sich besorgt um.
Der Engel konnte ihm nur Recht geben. Natürlich waren ihre Aktionen nicht unbemerkt geblieben, wie sollten sie auch? Und nicht nur das: Mindestens ein Mensch hatte sein Leben gelassen, weitere Tote waren möglich, denn drei Autos waren von der Explosion des Tankwagens von der Brücke gefegt worden. Eric konnte Menschen erkennen, die aus den Wracks stiegen, doch war da auch so viel Aufregung, dass er sich durchaus weitere Opfer vorstellen konnte.
Und überall um sie herum gab es mindestens ein Dutzend anderer Wagen, die angehalten hatten und deren Insassen sich das Schlachtfeld anschauten oder sie anstarrten. Wenn sie hierblieben, würden sie riskieren, dass ein weiterer Angriff – und es stand außer Frage, dass der nicht lange auf sich warten lassen würde – noch weitaus mehr Opfer fordern würde. Dieses Risiko durften sie nicht eingehen.
Deshalb nickte er Christopher zu.

Gerade in diesem Moment fuhr Peter mit dem Ford vor. Der Wagen sah aus, als habe man ihn erst verdaut und dann wieder ausgespuckt, außerdem rappelte der Motor wie eine alte Nähmaschine und zischte bedrohlich - aber, so wie es aussah, fuhr er noch immer. Peter winkte ihnen auch sofort unverdrossen zu und rief: „Los rein mit euch und dann nichts wie weg hier!"
Alle anderen wollten ihm da auch zustimmen, doch Christopher schüttelte den Kopf, während sein Blick an dem Ford entlang weiter nach hinten ging. „Nimm es mir nicht übel!" erwiderte er und klopfte dem Blonden im Vorbeigehen auf die Schulter. „Aber ich habe was Besseres als deine Schrottkarre!" Peter stieg sofort aus und blickte ihm hinterher. Es dauerte nur einen winzigen Augenblick und er hatte erkannt, worauf sein Freund da zulief: Ein ziemlich neuer, ziemlich bulliger, ziemlich teuer aussehender und sicherlich auch ziemlich PS-starker 500-er Mercedes in glänzendem Schwarz. Der Fahrer war ausgestiegen und starrte total gebannt auf das Trümmerfeld auf dem Highway – und bemerkte Christopher nicht.
Auch Eric erkannte das Vorhaben seines Freundes und gab ihm im Prinzip sofort Recht. Der Jeep war im Eimer, sie brauchten ein Ersatzfahrzeug und der Ford sah nun wirklich nicht so aus, als würde er auch nur noch einen Meter fahrtüchtig bleiben. Ein Wechsel der Fahrzeuge war daher sicherlich die beste Idee. Zusammen mit Douglas sorgte er dafür, dass der Jeep schnell geräumt wurde. Alfredo war mittlerweile wieder wach und konnte auf eigenen Füßen stehen.

„Was halten sie davon?" fragte Eric Peter, als er zu ihm trat und deutete mit dem Kopf ein wenig neben den Mercedes.
Peter wandte sich um und konnte sofort den silbergrauen Ford Mustang erkennen. Nicht mehr ganz neu, aber offensichtlich schnell. Er begann zu grinsen und nickte. „Gute Idee!"
„Und ich nehme die Viper!" stieß Talea hervor, während ihr Blick auf eine knallrote Dodge Viper mit chromglänzenden Felgen gerichtet war.
Eric war im ersten Moment ziemlich verblüfft. „Wenn ich es nicht besser wüsste, würde ich sagen, die Dinger hat man direkt für uns hierhergestellt, was?" Er schaute seine Frau an, doch die blieb stumm. „Kannst du denn überhaupt schon wieder?" fragte er sogleich besorgt.
„Erinnere dich!" erwiderte sie. „Ich kann immer!" Doch kaum hatte sie diese Worte ausgesprochen, bereute sie sich auch schon wieder.
Und auch Eric verlor sofort sein Lächeln. „Ja,...ich weiß!" Er versuchte zu lächeln, doch es wirkte total wehmütig.

*

In den nächsten Sekunden huschten dann alle zu den Wagen, wobei es eine stumme Abmachung zu geben schien, wer mit wem fuhr. Während Peter sich hinter das Steuer des Mustangs setzte, stiegen Francesca und Alfredo in den Rückraum.
Talea und Eric gingen allein zur Viper.
Silvia, Cynthia, Christopher und Douglas fanden sich vor dem Mercedes wieder. Hier aber gab es Probleme.
„Ich fahre!" sagte Douglas und griff, ebenso wie Christopher an den Türöffner zur Fahrertür.
„Von wegen, ich fahre!" beharrte Christopher.
Silvia und Cynthia traten mit besorgten Mienen zu ihnen, denn sie befürchteten zu Recht, dass jemand auf sie aufmerksam wurde. Tatsächlich blickte sich auch ausgerechnet der Fahrer des Mercedes um – ein ziemlich gutaussehender, durchtrainierter Geschäftsmann Anfang Vierzig mit kurzen schwarzen Haaren und teurem Anzug – doch die beiden Frauen regierten sofort und lächelten ihr süßestes Lächeln, woraufhin der Mann abgelenkt schien, zurücklächelte, um sich dann wieder umzudrehen. Kaum war das geschehen, wandten sich beide Frauen ab und huschten zu ihren Männern.
„Douglas fährt, verdammt!" zischte Silvia und schaute Christopher mit finsterem Blick an.
Christopher aber war uneinsichtig. „Ich bin der bessere Fahrer!"
Douglas lachte verächtlich auf. „Seit wann?"
„Seit immer schon!" erwiderte Christopher wenig freundlich.
„Schnauze, ihr Mädchen!" raunte Cynthia, dann sah sie Christopher an. „Wenn wir wieder angegriffen werden, brauchen wir dich mehr als ihn!"
„Was?" Douglas riss seine Augenbrauen in die Höhe und starrte seine Frau an. „Das ist ja nett jetzt! Er ist Mr. Wichtig und ich bin...Fischfutter oder was?"

„Doug?" Cynthia erwiderte seinen Blick ernst, dann schob sie sich vor und küsste ihn kurz und leidenschaftlich. „Du hast bestimmt den längsten von allen...!" Sie lächelte, dann wurde sie wieder ernst. „..aber auch eindeutig die längste Leitung!"
„Pah!" zischte Christopher. „Der längste. Das labbert doch nur noch!" Er bekam von Douglas einen finsteren Blick.
Doch dann drehte Silvia seinen Kopf zu ihr. „Cynthia hat Recht. Lass Doug fahren!"
Christopher schaute sie einen Moment an, dann nickte er. „Okay!" Und schon huschten sie in den Rückraum des Mercedes.
Als Cynthia das sah, lächelte sie und gab Douglas nochmals einen Kuss. „Gib Gas Schatz!"
Douglas brummte zwar noch irgendwas wie *Na also*, doch flutschte er sogleich hinter das Steuer und warf den Motor an.
Und genau in diesem Moment drehte sich der Geschäftsmann nochmals herum, weil ihm offensichtlich etwas spanisch vorkam und als er vier Fremde in seinem nagelneuen Mercedes sitzen sah, entglitten ihm sofort alle Gesichtszüge.
Douglas lächelte ihm entschuldigend zu, dann aber betätigte er die Automatikschaltung und gab kräftig Gas. Während er im Rückspiegel sehen konnte, wie der Fahrer wild gestikulierend hinter ihnen her rannte, schossen die Viper und der Mustang an ihm vorbei.
„Wie lange werden wir brauchen?" fragte Douglas über Headset.
„Es sind noch gute zehn Meilen!" antwortete Peter. „Vielleicht auch nur Fünf!?"
Douglas verzog das Gesicht zu einer gequälten Grimasse. „Fast wie eine Ewigkeit!"
Doch dann blieb er stumm und gemeinsam mit den anderen jagten sie im Höchsttempo ihrem Ziel entgegen.

Die gespenstische Präsenz

Francesco war durch die Druckwelle vom Boden gerissen und wieder durch die Luft geschleudert worden. Mit brutaler Härte krachte er mit dem Rücken zuerst gegen einen größeren Felsbrocken, bevor er mit einem lauten Stöhnen zu Boden sank.
Während er dort kniend und erbärmlich hustend nach Luft rang, hämmerte in seinem Kopf immer und immer wieder der eine furchtbare Gedanke, dass gerade eben etwas ganz Furchtbares geschehen und schief gegangen war.
Samael, eine der schrecklichsten Kreaturen aus dem Reich der Finsternis war so sehr in die Enge getrieben worden, dass er es tatsächlich gewagt hatte, in das geöffnete Tor zur Erde zu treten. Damit hatte er die uralte Überlieferung gebrochen, wonach es einer Kreatur seines Ranges unmöglich war, genau dies zu tun.
Doch das war weit gefehlt, denn wie der Alte wusste, war dies durchaus möglich. Wäre Samael sein Vorhaben ohne Gegenwehr gelungen, wäre die Welt der Menschen, so wie Francesco sie gekannt hatte, für immer verloren gewesen, denn Samaels Macht war so unvorstellbar groß, dass Nichts und Niemand in der Lage gewesen wäre, sich ihm entgegenzustellen.
Aber glücklicherweise war dies nicht geschehen, denn Razor hatte sich ihm todesmutig in den Weg gestellt. In dem Moment, da der gewaltige Dämon das Tor zwischen den Welten durchschritten hatte, waren mehrere Granaten explodiert. In diesem einen entscheidenden Moment, in dem Samael seine Macht nicht nutzen konnte, sondern im Gegenteil schwach und verletzlich war, wie jeder der diesen Weg beschritt, wurden die Sprengsätze entfesselt und er war ihnen schutzlos ausgeliefert gewesen.
Die Schreie der Kreatur – so schmerzhaft, so panisch, so tödlich – konnte er noch deutlich in seinem Kopf hören.
Doch ebenso hörte er die menschlichen Schreie, weit mehr noch aber hatte er Razors entsetzten Blick vor Augen, als ihm klar wurde, dass er mit dem Tod des Dämons sein eigenes Schicksal auf gleiche Weise besiegelt hatte.
Nichts konnte den Wert von Samaels Tod schmälern – unzählige gerettete Menschenleben, die Aufrechterhaltung eines gefährlichen Mythos – und doch verspürte Francesco in diesem Moment echte Trauer und ihm war klar, dass der Preis, den sie hierfür gezahlt hatten, zumindest für einige wenige Freunde, doch viel zu hoch war.
Mit einigen tiefen Atemzügen drückte sich der Alte auf die Beine und schaute sich um. Er verspürte keinerlei Schmerz, wohl aber eine gewisse Kraftlosigkeit.
Während er auf die Pyramide zuging, konnte er auf der anderen Seite des Plateaus Bim und auch Heaven erkennen. Der schwarze Hüne war übel zugerichtet worden, doch lebte er und hielt sich, wenn auch nur mit äußerster Mühe, auf den Beinen. Er kniete neben der jungen Frau, deren Körper reglos am

Boden lag. Wieder verspürte er Trauer bei diesem Anblick, wenngleich er sicher war, dass er sich um sie keine Sorgen zu machen brauchte.
Dann hatte er die Pyramide erreicht. Sie hatte sich wieder vollständig geschlossen, der steinerne Pflock, der sich zu Beginn ihrer Aktivierung aus der Spitze geschoben hatte, war wieder zurückgefahren und sie daher einfach nur umgekippt. Francesco beugte sich hinab und wollte sie schnell an sich nehmen, als er zögerte und ihm plötzlich klar wurde, dass das Tor zur Erde ganz eindeutig Schaden genommen hatte.
Die einst so makellose Oberfläche der Pyramide war jetzt alles andere als das: Tiefe Riefen durchzogen alle Seiten und an einer Ecke war sogar ein daumendickes Stück abgesprengt worden. Es lag in mindestens ein Dutzend kleinere Stücke zerfetzt drum herum.
Francesco erschrak, obwohl er etwas Derartiges bereits befürchtet hatte. Schnell sammelte er alle Stücke ein und steckte sie in einen Beutel an seinem Gürtel. Samaels Vorhaben war unverzeihlich gewesen und hatte ihm am Ende nicht nur den Tod gebracht, sondern auch das Tor zur Erde beschädigt, möglichweise sogar zerstört, denn der Alte war sich nicht sicher, ob das uralte Artefakt so wirklich noch funktionsfähig war.
Doch Francesco zwang sich, seine Gedanken auf etwas anderes zu lenken. Er erhob sich und ging zu den beiden Menschen am Rande des Plateaus. Dabei erkannte er einige Dämonen in der Luft, doch die schienen keinerlei Interesse an ihnen zu haben, sondern sie strebten mehr in Richtung Gipfel.
Als er Bim und Heaven erreicht hatte, blieb er wieder stehen und verspürte erneut einen tiefen Schmerz der Trauer. Der Schwarze, kaum wirklich bei Bewusstsein und mit einem Gesicht, das furchtbarer zugerichtet er noch keines zuvor gesehen hatte, saß neben der jungen Frau, hatte ihren Oberkörper in seinen Schoss gezogen und streichelte jetzt ganz sanft ihre zerschundenen Wangen. Dabei redete er leise und in ruhigem Ton, aber für Francesco unverständlich, und weinte.
Heaven selbst blieb reglos und hatte ihre Augen geschlossen. Ihre Haut war aschfahl und Francesco wusste, dass sie nicht mehr am Leben war. Bevor er sich neben Bim kniete, huschte ein trauriges, mitfühlendes Lächeln über seine Lippen. „Weine nicht!" sagte er sanft und legte Bim die rechte Hand auf die Schulter. „Hier gibt es noch Hoffnung!"
Der Schwarze schien im ersten Moment nicht reagieren zu wollen, doch dann blickte er zu dem Alten auf. Der Anblick seines Gesichtes und seiner Tränen versetzte ihm den nächsten Stich. „Aber...!" Bim konnte ob seiner Verletzungen kaum sprechen. „...sie ist tot!"
Francesco wartete, bis der Hüne ihn direkt ansah, dann nickte er. „So tot, wie Christopher es war!"
Mit der Verzögerung eines Augenblicks blitzte plötzlich ein Funken der Erkenntnis und der Hoffnung in seinen Augen auf. „Heißt das...?"
Wieder nickte Francesco und wollte ihm gerade noch ein paar tröstende Worte sagen, als plötzlich ein menschlicher Schrei vom Gipfel her die Luft zerriss.

Sofort zuckten die Köpfe der beiden Männer in diese Richtung, doch Francesco konnte nur ein paar fliegende Dämonen dort erkennen.
„Großer Gott!" stieß Bim hervor. „Das sind Horror und Terror!" Er wartete, bis der Alte ihn ansah und er Erkenntnis in seinen Augen sehen konnte. „Sie müssen ihnen helfen!"
Himmel! schoss es Francesco durch den Kopf. Die beiden Brüder hatte er fast vergessen. Sie hielten dort oben noch immer die Stellung. Sofort nickte er Bim zu. Der Hüne hatte natürlich Recht. Er musste ihnen helfen.
Ohne zu zögern stieß er sich ab und flog hinauf zum Gipfel.

*

Dort oben war der Kampf schon fast vorüber.
Natürlich hatten sich die beiden Männer nicht vor den Dämonen verstecken können, denn Francesco hatte seine ganze Kraft für ihre Aktion auf dem Plateau gebraucht und sie daher nicht mehr schützen können.
Doch ebenso natürlich hatten die beiden Brüder gekämpft wie Löwen und ihr Leben so teuer verkauft, wie nur irgend möglich.
Doch letztlich hatten sie gegen diese Übermacht von vier fliegenden Dämonen keine Chance.
Den Schrei, den er und Bim gehört hatten, war von einem der Brüder gekommen – Francesco konnte jedoch nicht sagen, von welchem, da sie sich einfach zu ähnlich sahen. Allerdings war der blutüberströmte, menschliche Körper vor dem sich ein weiterer aufrecht und kampfbereit postiert hatte, nicht zu übersehen.
Nur wenige Meter weiter konnte der Alte einen weiteren blutigen Klumpen Fleisch ausmachen und er war sehr überrascht, als er erkennen musste, dass es ein fliegender Dämon war. Also war der erste Angriff mit fünf Kreaturen erfolgt und die Tatsache, dass die beiden Brüder es tatsächlich geschafft hatten, eine dieser fliegenden Bestien zu töten, war mehr als aller Achtung wert, zeigte jedoch – erneut – welch unglaublich kampfstarker Trupp ihm hier zur Seite gestanden hatte.
Am Ende aber hatte es ihnen nichts genutzt, die Übermacht war zu groß gewesen. Einer der Brüder hatte das wohl mit seinem Leben bezahlen müssen und der andere würde ihm schon sehr bald folgen, es sei denn, er, Francesco würde jetzt eingreifen.
Was der Alte natürlich auch sofort tat.
Während sich der noch lebende Bruder verzweifelt wehrte, griff Francesco einen fliegenden Dämon nach dem anderen an und konnte jeden einzelnen nach kurzem, hartem und erbittertem Kampf töten.
Als er schließlich der letzten Kreatur das Rückgrat brach und den leblosen Körper einfach zu Boden klatschen ließ, war es fast schon zu spät gewesen. Der letzte Bruder taumelte unsicher auf seinen Beinen, die jedoch schon einen Augenblick später unter ihm wegknickten und er hart zu Boden sackte.
Francesco eilte zu ihm und konnte ihn gerade noch auffangen, bevor sein Kopf auf den Fels gekracht wäre.

Als der Mann ihn aus flackernden Augen anschaute, glaubte Francesco, dass es Terror war.
„Francesco!" stieß er hervor. In seinen Augen blitzte es kurz auf und der Versuch eines Lächelns war zu sehen, bevor beides abrupt wieder erstarb. „Hat es...funktioniert?"
„Ja!" der Alte nickte. „Ihr alle ward absolut großartig!" Jetzt lächelte er.
Und auch bei seinem Gegenüber huschte noch einmal Freude durch das zerschundene Gesicht, während Francesco spürte, wie sich der Stoff seines Umhangs am rechten Arm, mit dem er den Mann stützte, schnell mit Blut tränkte.
„Bitte legen sich mich...zu meinem Bruder!" Seine Worte wurden immer leiser und schwächer. „Ich will...an seiner Seite...sterben!" Seine Augen zuckten zu der Leiche am Boden und ein so strahlendes Lächeln voller Liebe erschien auf seinen Lippen, dass Francesco beinahe geschrien hätte.
„Keiner von euch hat den Tod verdient!" sagte er mit fester Stimme, dann legte er sich den noch lebenden Bruder über die rechte Schulter, nahm vorsichtig den Körper des anderen vom Boden und legte ihn sich über die linke Schulter.
Dann stieß er sich ab und machte sich auf den Weg zurück zum Plateau.

*

Francesco war noch nicht weit gekommen, da wusste er bereits, dass etwas nicht stimmte.
Und es waren nicht die beiden fliegenden Dämonen, die sich ihnen näherten, denn die wurden durch die Aura abgeblockt, die er mittlerweile wieder um sich und die anderen aufgebaut hatte, was den Bestien zwar sichtlich nicht gefiel, sie aber nichts daran ändern konnten.
Die Veränderung, die Francesco wahrnahm, befand sich eindeutig innerhalb der Aura und sie war dort, wo er Bim und Heaven zurückgelassen hatte, am stärksten. Das, was er fühlte, war eine äußerst machtvolle und daher absolut bedrohliche Präsenz, die er nicht erwartet hatte, von der er nicht wusste, wo sie herkam - und die vorher ganz sicher auch nicht dort war.
Das ganze wurde noch gefährlicher, da der Alte weder Bim, noch Heaven dort ausmachen konnte, wo er sie zurückgelassen hatte und er wusste, dass Bim kaum in der Lage war, sich und Heaven zu bewegen, es sei denn...etwas zwang ihn dazu, weil sie ansonsten...
Francesco wollte diesen Gedanken nicht fortführen, weil er ihm Übelkeit verursachte. Stattdessen setzte er seinen Weg fort und hatte nach wenigen Augenblicken die Stelle erreicht, wo er Bim und Heaven zuletzt gesehen hatte. Sie waren tatsächlich nicht mehr da, doch irritierte ihn etwas anderes in diesem Moment, da er landete, viel mehr. Diese machtvolle Präsenz, die er gespürt hatte, war nicht mehr hier. Doch sie war nicht verschwunden, sondern hatte jetzt sogar mehrere Quellen, die um das gesamte Plateau verteilt schienen. Und sie bewegten sich, aufeinander ...und auf ihn zu!
Francesco legte die beiden Brüder vorsichtig ab und drehte sich um seine eigene Achse, aber er konnte nichts Ungewöhnliches ausmachen. Das beruhigte

ihn natürlich keinesfalls, sondern sorgte genau für das Gegenteil. Die Präsenz war zwar lange nicht so machtvoll, wie die, die etwa Samael verströmte, aber weitaus stärker, als alle fliegenden Dämonen hier am Berg zusammen es je sein konnten.
Plötzlich hörte er ein Stöhnen, fast wie einen erstickten Schrei. Er wirbelte herum, machte ein paar Schritte auf die Quelle zu und umrundete dabei einen der größeren Felsbrocken. Dort stoppte er sofort abrupt ab, denn in einer Ecke zweier weiterer Felsen konnte er Bim und Heaven erkennen. Der Hüne saß mit dem Rücken gegen den Fels gelehnt, die junge Frau hatte er wieder in seinen Schoss und seine Hände schützend über sie gelegt. Sein ganzer Körper jedoch war angespannt und er zitterte merklich. Sein Gesicht war verkrampft und sein Blick fest auf einen Punkt gerichtet, den Francesco jedoch nicht erkennen konnte. Erst als er weiter auf die beiden zuging, öffnete sich rechterhand ein weiterer Bereich, der bisher verborgen war. Und als er sah, was sich dort befand, blieb er erneut abrupt stehen und das Blut – wenn er denn wirklich noch welches gehabt hätte – gefror ihm in den Adern.

*

Wenngleich er im ersten Moment gar keine wirkliche Ahnung hatte, was er da sah, wirkte der Anblick dessen, was er erblickte sofort absolut widerwärtig, eklig und grauenhaft, dass ihm eine eiskalte Gänsehaut über den Rücken lief.
Der Grund, warum er zunächst Probleme hatte, die gut einen Meter große Kreatur oder Gestalt oder Lebensform – Francesco wusste nicht, wie er es benennen sollte - die er dort sah, zu begreifen, war die, dass dieses Etwas seine Form beständig veränderte, so als gäbe es irgendwo in der Mitte ein Zentrum aus dem immer weiter und immer mehr Körpermasse hervorquoll. Das Geräusch, das Francesco hörte, bestärkte diese Wahrnehmung und machte sie gleichzeitig sehr gespenstisch.
Denn der Körper schimmerte in einem fahl-glänzenden Rot wie rohes Fleisch und tatsächlich glaubte Francesco Muskeln, Sehnen, ja sogar Adern zu erkennen. Da gab es zwei kräftige Beine, die ihn sofort an die eines Dämons erinnerten, doch wölbten sich die Muskeln beständig in alle Richtungen, verschoben sich von oben nach unten, von hinten nach vorn, von rechts nach links, sodass ihre Formen kaum wirklich festzumachen waren. Genauso erging es dem Alten mit dem Körper und den Pranken der Kreatur. Doch den furchtbarsten Anblick bot eindeutig der Schädel, der ebenfalls ständig seine Form änderte und seine Proportionen, wodurch die lidlosen Augen mal riesig groß, mal winzig klein, unterschiedlich hoch, mal versetzt, mal weit vorstehend, mal fast zugeschwollen wirkten und das Maul dabei zeitgleich ähnliche Veränderungen erfuhr.
Dabei war beständig ein glitschiges und blubberndes Geräusch zu hören, während sich eine Art Schleim, der alles bedeckte, entweder wie kleine Würmer über den sich verformenden Körper bewegte oder zischend zu Boden fiel und dort gurgelnd verdampfte.

Francesco war gebannt, fasziniert und entsetzt zugleich von dieser Kreatur, deren Ursprung eindeutig nur die Hölle sein konnte und ihm trotz all der grauenhaften Bilder, die er bisher gesehen hatte, fast den Verstand raubte.
Während er mit ansehen musste, wie sich die Veränderungen der Kreatur beschleunigten, hörte er mit dem linken Ohr Bims Stimme. Instinktiv drehte er sich zu dem Hünen und war sofort entsetzt, als er in sein Gesicht sah, denn dort waren eindeutig weitere tiefe Wunden entstanden, die vorher noch nicht da waren. Der Schwarze aber sah nicht ihn an, sondern die Kreatur, dann hob er zitternd seinen rechten Arm und deutete mit einer furchtbar verkrampften Hand auf sie. „Vorsicht!" Das war das einzige Wort, das Francesco zu verstehen vermochte, doch kaum war das geschehen, quiekte die Kreatur bestialisch auf und zwei armdicke Tentakeln zuckten irgendwo aus ihrem Inneren hervor.
Eine schoss auf Bim zu und krachte dort wie eine Peitsche mitten auf seinen Kopf, trieb eine Kerbe in den Schädelknochen, wodurch der Hüne schmerzvoll und wie von Sinnen aufschrie, die andere zuckte auf Francesco zu.

*

Doch der Alte reagierte blitzschnell und machte einen halben Schritt zur Seite, sodass der Tentakel an ihm vorbeisauste und zu Boden klatschte.
Im selben Moment zuckte seine linke Hand hervor und packte zu. Der Tentakel bestand aus festem Fleisch und war ziemlich glitschig. Dennoch gelang es Francesco, ihn festzuhalten. Dabei spürte er deutliche Hitze, die aus dem Körper strömte und eine Art Brennen auf der Haut, das bereits unangenehm wurde.
Während die Kreatur aufschrie und mit erstaunlicher Kraft versuchte, den Tentakel zurückzuziehen, was der Alte jedoch zu verhindern wusste, legte er eine Schutzhülle um Bim und Heaven, die verhinderte, dass der nächste Schlag des anderen Tentakel sein Ziel fand.
Sofort stemmte sich Francesco gegen den Zug der Kreatur und ließ stattdessen seine *Muskeln* spielen. Mit einem kräftigen Ruck riss er sie von ihren Füßen. Kreischend rauschte sie auf ihn zu, doch der Alte trat erneut beiseite, schleuderte sie herum und einen Augenblick später krachte sie äußerst wuchtig gegen einen der Felsbrocken. Die Reaktion darauf war beinahe fatal, denn große Teile ihres Körpers zerplatzten daran wie ein mit Wasser gefüllter Luftballon und verteilten Blut und andere Flüssigkeiten weithin.
Francesco war sichtlich überrascht über die Auswirkungen seiner Handlung, doch hatte er nicht vor zu Zögern. Mit einer schnellen Bewegung seiner rechten Hand schleuderte er einen kleinen grellen Blitz hervor, der die Kreatur am Kopf erwischte, woraufhin sie ein letztes Mal quiekte, bevor ihr Schädel und danach ihr gesamter Körper in einem kurzen Glühen restlos verbrannten.

*

Während Francesco noch einen Moment auf die vergehende Kreatur starrte, zog er die Augenbrauen zusammen, denn irgendwie kam ihm alles an ihr ziemlich

merkwürdig vor und er wusste absolut nicht, wie er diesen Vorfall einzuordnen hatte.
Dann aber hörte er wieder ein Stöhnen hinter sich und er wandte sich Bim und Heaven zu. Er rannte zu ihnen, kam gerade noch rechtzeitig, dass er einen letzten dankbaren, aber auch hoffungslosen Blick des Hünen erhaschen konnte, bevor er die Besinnung verlor. Doch Francesco reagierte nicht darauf, sondern machte sich daran, die beiden Körper zu schultern.
Dabei ließ ihn der Gedanke an die Kreatur nicht mehr los. *Was war sie?* Auf der einen Seite war er sicher, dass er Derartiges zuvor noch nie gesehen hatte, auf der anderen Seite aber kam sie ihm auch irgendwie vertraut vor. *War es ein weiterer Dämon gewesen? Doch warum sah er so anders aus, als die anderen? War es vielleicht eine Bestie gewesen, die gerade erst im Begriff war, zu erwachsen? Doch wenn ja, aus was mochte sie entstanden sein? Und warum war sie gerade jetzt hier an diesem Ort gewesen?*
Fragen über Fragen, die durch sein Hirn fegten, ihm immer merkwürdiger und unheilvoller vorkamen und auf die er nicht die geringste Antwort wusste.
Mittlerweile hatte er die beiden Körper auf seine Schultern gewuchtet. Er drehte sich herum und wollte mit ihnen zu den beiden Brüdern gehen, als er plötzlich abrupt abstoppte und erstarrte.
Da! Er spürte diese Präsenz schon wieder. Erneut mehrfach um sich herum. Gerade noch, nachdem die Kreatur vergangen war, schien auch diese Präsenz verschwunden zu sein, doch jetzt konnte er ihre kraftvolle Aura wieder deutlich spüren.
Francesco überkam sofort ein sehr ungutes Gefühl und noch mehr, als er erkennen musste, dass sich die mehrfachen Quellen der Präsenz auf einen Punkt konzentrierten – nämlich genau dort, wo er Horror und Terror zurückgelassen hatte.

*

Wenige Augenblicke später hatte er die beiden Brüder erreicht und fast vor Schreck aufgeschrien.
Beide Männer rührten sich nicht, lagen leblos am Boden, doch über ihnen quoll – Francesco fiel im Moment nur dieses eine Wort ein – eine undefinierbare, sich beständig verändernde Masse aus Fleisch, Knochen, Sehnen und Muskeln, und fast schien es so, als würde sie die beiden Menschen unter sich betrachten.
Francesco erkannte sofort die schleimige Substanz auf der Oberfläche der Kreatur, die zu Boden troff oder aber direkt auf die Brüder, wo sie sich zischend in die Körper fraß.
Während sich der Alte förmlich dazu zwingen musste, die Fassung zu bewahren, legte er Bim und Heaven zu Boden und schützte sie mit seiner Aura. Sofort danach wollte er diese auch auf die beiden Brüder ausdehnen, doch die Präsenz, die er spürte und die von diesem Ding da vor ihm ausging, war so mächtig, dass er sie nicht zu durchdringen vermochte. Mehr noch: Aus mindestens sieben unterschiedlichen Richtungen floss weitere fleischige Masse

in den unförmigen Körper hinein, manche war dabei schlangenähnlich geformt, andere wirkte wie große Tropfen, wieder andere bewegten sich mit Tentakeln wie Spinnen wenige Zentimeter über dem Boden. Doch alle hatten sie gemeinsam, dass sie letztlich in den größeren Körper flossen und sich mit ihm vereinten, sodass am Ende eine etwa zwei Meter hohe Kreatur entstand.
Francesco war entsetzt, doch gerade als er einen Schritt auf sie zumachen wollte, zog sich an einigen Stellen die wabernde Masse zurück und es drückten sich zwei muskulöse Beine heraus. Hinzu kamen zwei kräftige Pranken mit messerscharfen Krallen und ein länglicher Schädel mit vorgeschobenem Maul, in dessen Innerem furchterregende Zahnreihen blitzten. Mit einem tiefen Fauchen drehte die Kreatur ihren Kopf zu dem Alten und er konnte in schneeweiße, tote Augen blicken, in denen sich wie Rauchschwaden glutrote Schleier kräuselten, die ihn frösteln ließen. Doch nur für einen Augenblick, denn dann riss die Bestie ihr Maul weit auf, während es zusammen mit der rechten Klaue ruckartig in Richtung der beiden Brüder zuckte, und der Alte reagierte fast automatisch mit einem eigenen Angriff.
Blitze schossen aus seinen Händen, krachten wuchtig gegen den Schädel der Kreatur, die daraufhin wild aufschrie und wieder in die Höhe zuckte.
Doch während Francesco auf sie zu rannte, drehte sie sich ihm zwar entgegen, veränderte dabei aber gleichzeitig ihre äußere Form. Und es war fast so, als würde sich seitlich aus der Kreatur eine zweite herausdrücken, kleiner zwar, als die erste, aber ebenfalls mit Armen, Beinen und einem kugelförmigen Schädel auf einem dicken, fleischigen Hals. Die ursprüngliche Bestie wandte sich Francesco zu, die andere beugte sich zurück zu den beiden leblosen Brüdern.
Francesco war zutiefst entsetzt über das, was er sah, doch blendete er all seine Gedanken aus und konzentrierte sich nur auf den Kampf mit dieser furchterregenden, vollkommen fremdartigen Kreatur, die ihm dennoch seltsam vertraut vorkam.
Eine der kraftvollen Pranken zuckte heran, doch der Alte konnte ihr geschickt ausweichen und war seinerseits mit zwei schnellen Schritten direkt vor dem länglichen Schädel, dem er sofort einen wuchtigen Faustschlag verpasste, während er mit der linken Hand einen Blitz in Richtung des zweiten Schädels zucken ließ.
Während beide vor Schmerzen aufschrien, nutze er seinen Schwung, sprang ab und wirbelte mit einem waschechten Salto über den größeren Schädel hinweg, wobei er beide Hände um den dünnen, kurzen Hals schloss und ihn dann ruckartig mit sich zog. Er konnte der Bestie damit zwar keinen wirklichen Schaden zufügen, sie aber zur Seite zerren, sodass sie keinen Angriff mehr auf die beiden Brüder starten konnte. Außerdem dauerte es einen Augenblick, bis sie ihr Gleichgewicht wiedergefunden hatte.
In dieser Zeit war der Alte schon wieder gelandet, war herumgewirbelt, hatte seine linke Hand erhoben und trieb einen permanenten Feuerstrahl gegen den zweiten, kleineren Schädel, der ihn augenblicklich einhüllte und irgendwie zum Glühen brachte, während das Fleisch verbrannte und ekelhaft zischte und blubberte. Plötzlich war ein wildes Brüllen zu hören und obwohl der Alte natürlich

mit einem Angriff der größeren Bestie gerechnet hatte, war er für einen Augenblick unkonzentriert, konnte dem wuchtigen Prankenschlag nicht ausweichen und wurde von ihm aus dem Stand heraus zur Seite geschleudert. Dadurch wurde auch sein Feuerstrahl verrissen und er schoss in den Himmel, bevor Francesco ihn beendete.
Der Schlag gegen seinen rechten Arm, der ihn umgehauen hatte, war so hart gewesen, dass der Alte das Gefühl hatte, er wäre gegen eine Betonmauer gelaufen. Deshalb war er nicht in der Lage, seinen Sturz geschickt abzufedern, sondern schlug unkontrolliert auf den Fels. Diese Schwäche wurde von seinem Gegner sofort ausgenutzt. Der unförmige Körper der Kreatur wirbelte herum und schon donnerten mehrere wuchtige Schläge auf seinen Rücken, die ihn jedes Mal brutal zusammenstauchten und die Luft aus den Lungen trieben. Am Ende war er so geschwächt, dass er nur noch zu Boden sinken und sich dabei auf den Rücken drehen konnte.
Über ihm baute sich das widerwärtige Monster auf und brüllte und fauchte dabei verächtlich und irgendwie siegessicher. Zu beiden Seiten donnerten seine muskulösen Beine in den Fels, immer näher schob sich der ekelhafte Schädel mit den toten Augen. Die Kiefer öffneten sich und trotz des Fehlens von Lippen schien die Kreatur zu grinsen.
Aber ganz so erledigt, wie Francesco sich gab, war er dann doch nicht. Während er zusehen musste, wie der gallertartige Schleim auf seinen Umhang troff, ihn zischend auflöste und dann seine Haut verbrannte, warf er einen kurzen Blick zur Seite. Bim und Heaven, als auch die beiden Brüder waren noch immer dort, wo er sie hingelegt hatte und – und das war viel wichtiger – wurden nicht mehr attackiert. Damit konnte Francesco ziemlich sicher sein, dass nur noch diese eine große Kreatur vorhanden war und sich voll auf sie konzentrieren.
Schon im nächsten Moment schoss eine der Pranken herab, breitete sich dabei weit aus, krachte schließlich auf die Brust des Alten und nagelte sie und auch seine beiden Arme damit förmlich am Boden fest. Lediglich seine Beine und seinen Kopf konnte er jetzt noch bewegen. Seine Situation schien aussichtslos.
Doch das war weit gefehlt. Denn in dem Moment, da die Pranke seine Brust berührte und sich der Schädel noch weiter näherte, zog Francesco all seine Kraft in sich zusammen und als die widerliche Fratze der Kreatur nur noch wenige Zentimeter von seinem Gesicht entfernt war und sich bereit machte, ihn zu töten, ließ er all diese Kraft in einer einzelnen kontrollierten Welle nach oben strömen. Und es war, als würde die Pranke der Bestie in einer einzigen Sekunde lodernd grell aufleuchten und dabei verglühen. Das Fleisch verdampfte, noch bevor die Bestie wirklich begriff, was geschah. Doch als endlich ein wilder, schmerzhafter Schrei aus ihrer Kehle drang, war es schon zu spät, denn Francescos Macht hielt nicht inne, sondern breitete sich schnell weiter aus, flammte der Kreatur gegen ihre eigene Brust, erfasste die Schultern, sank tiefer hinab und erreichte am Ende auch den Schädel. Obwohl das Monster jetzt wie von Sinnen schrie, schien es ihm nicht mehr möglich zu sein, sich von dem Alten zu lösen. Deshalb konnte es sein grausames Ende nicht mehr verhindern.
Während es in der irrsinnigen Gluthitze, die über seinen Körper strömte,

erbärmlich und immer stärker zu zittern begann, verdampfte sein Fleisch mit knisternden, zischenden Geräuschen von seinen Knochen.
Dann verstummten plötzlich alle Schreie abrupt und nur einen Augenblick später erlosch Francescos Macht. Während der Alte schwer atmend nach Luft rang, knisterte die Hitze auf den Knochen nach und sorgte letztlich dafür, dass diese so zerbrechlich wie Glas wurden.
Als sich Francesco schließlich wieder gefangen hatte und er sich seiner Situation gewahr wurde, überkam ihn eine Mischung aus Wut und Verachtung. Mit einem erstickten Aufschrei drückte er das abartige Skelett seines Gegners beiseite, wobei es in unzählige Stücke zerbrach. Danach erhob er sich auf seine Füße. Während er weiter zu Kräften kam und dabei erkannte, dass bei seinen vier Freunden noch immer alles ruhig war, warf er einen letzten Blick auf den nur halb zerstörten Schädel der Kreatur am Boden. Jetzt, da nur noch die Knochen übrig waren, kam ihm die Form plötzlich nicht mehr so unbekannt vor. Ganz im Gegenteil und ihn durchfuhr sofort ein derber Schock, der ihn erstarren ließ: *Der Schädel hatte Samaels Form!*
Ja, ganz eindeutig gab es einige sehr große Ähnlichkeiten – und nicht nur das.
Fast zufällig fiel der Blick des Alten auf den zweiten, kleineren Schädel, der ebenfalls nicht vollständig zerstört worden war. Und als er ihn näher betrachtete, durchzuckte ihn ein irrsinnig scharfer Schmerz. Der Schädel hatte… *menschliche Formen.*
Oder etwa nicht? Francesco betrachtete ihn genauer und schalt sich sofort einen Narren. Nein, er bildete sich da nur etwas ein. Der Schädel war fast vollkommen zerstört und die Fragmente formten nur in seiner mittlerweile sicherlich arg gebeutelten Fantasie die Konturen eines menschlichen Schädels, tatsächlich war gar nicht mehr genug vorhanden, um eine sichere Form zu bestimmen.
Aber dennoch…
Der große Schädel hatte eindeutig die Form Samaels und das konnte doch nur heißen…
Ja, was eigentlich?
Dass der Dämon doch nicht durch das Tor gelangt war, wohl aber die Kraft der Sprengsätze auf ihn gewirkt hatten? Er somit beinahe zerstört worden war und das, was sie hier angegriffen hatte, der letzte kümmerliche, lebende Rest des einst so mächtigen Dämons war?
Francescos Gesicht war eine einzige nachdenkliche, zweifelnde und unsichere Maske, während er zu seinen Freunden ging.
Wenn dem so wäre, dann hätten sie in diesem Moment ja wohl alles ausgestanden, denn bevor sich der Alte um die anderen kümmerte, beugte er sich zuallererst herab, fischte das Tor zur Erde vom Boden und verstaute es sicher in der Innentasche seines Umhangs. *Somit befanden sich beide Pyramiden und auch das Tor zum Himmel in ihren Händen und sie hätten am Ende doch – fast - alles richtig gemacht, zumindest die Katastrophe, die doch so lange so dicht bevorstand, gerade noch verhindern können.*
Ohne dass er bei diesem Gedanken Freude verspürte, wandte er sich seinen Freunden zu. Heaven war tot, Bim hielt sich wacker bei Bewusstsein, obwohl

Francesco sicher war, dass er große Schmerzen haben musste. Er trat vor die beiden Brüder. Der eine war tatsächlich ebenfalls tot, der andere zumindest ohnmächtig. Mit einer schnellen Bewegung seiner Hände umwob er sie mit einem unsichtbaren Band, das es ihm ermöglichte, sie ohne Kraftaufwand vom Boden zu heben und sie neben sich her schweben zu lassen. Dann wandte er sich an Bim und Heaven.
Was aber wäre, wenn er sich irrte? schoss es ihm plötzlich in den Kopf. Während er wie automatisch auch um diese beiden das unsichtbare Band wob und sie langsam vom Boden bis auf Hüfthohe abhob, versank er wieder tief in Gedanken.
Was wäre, wenn diese widerlichen Kreaturen nicht der letzte Rest des gewaltigen Dämons gewesen waren, sondern...
Und plötzlich durchzuckte ihn ein furchtbarer Gedanke, der seinen ganzen Körper für einen Augenblick richtig erzittern ließ. *Ja, um Himmels Willen, verdammt nochmal, das war es. Das war des Rätsels Lösung. Das war das, was er hier gesehen und erlebt hatte. Das und nichts anderes.*
Von allen Dingen, die er sich hatte vorstellen können, war dies wohl das Schlimmste, was hätte eintreten können.
Doch genauso sicher, wie er war, dass er Recht hatte, wusste er auch, dass damit noch nicht alle Hoffnung verloren war – *wenn sie schnell handelten.*
Und damit war vollkommen klar, war er zu tun hatte.
Er trat auf Bim zu, der ihn noch immer mit großen, wässerigen Augen ansah, wenngleich man merkte, dass ihn die Schmerzen, die er empfand, längst in eine andere Welt befördert hatten. Er legte ihm seine rechte Hand sanft auf die Stirn und urplötzlich entkrampften sich die Gesichtszüge des Schwarzen. Gleichzeitig fielen seine Augen zu.
Francesco lächelte müde, dann sorgte er dafür, dass die unsichtbaren Bänder um seine vier Freunde untrennbar mit ihm verbunden waren, bevor er in die Luft stieg und sofort Kurs nach Norden setzte.
Ja, sie hatten noch eine Chance, wenn sie schnell handelten.
Doch dafür, erkannte er plötzlich, würde er selbst zurück auf die Erde gehen müssen.
Und was das bedeutete, verursachte beinahe den größten Schock in ihm, denn so sehr er sich auch nach diesem einen Menschen sehnte, so sehr wollte er ihr diesen Schmerz auch ersparen.

Depot 5

Die Fahrt verlief überraschend ruhig, denn weitere Angriffe blieben aus.
Zwar glaubte der ein oder andere in den drei Fahrzeugen hier und da am Himmel verdächtige Bewegungen auszumachen, doch sicher genug, um dies auch zu äußern, war niemand.
Das war bei der vorherrschenden Geschwindigkeit sicher auch nicht ungewöhnlich, denn die Landschaft rotzte förmlich an ihnen vorbei, sodass ein vernünftiger Blick zum Himmel nur selten möglich war. Doch Peter hielt es für das Beste, das Gaspedal buchstäblich durch den Boden zu rammen, um so schnell als möglich ihr Ziel zu erreichen.
Da niemand etwas dagegen einzuwenden hatte, folgten ihm die anderen dichtauf und so donnerten sie quasi im Tiefflug durch die Gegend.
Sie sollten auch Glück haben, denn die Straßen waren gut ausgebaut und kaum befahren und von Polizei war weit und breit keine Spur.
Kurz vor *Andersen*, einem kleinen Vorort von *Redding* direkt an der *Interstate 5*, bogen sie nach links ab. Wer aufmerksam genug war, konnte dort bereits ein erstes Hinweisschild erkennen, das ihnen ihr Ziel angab. Es dauerte aber nochmals fast vier Meilen direkten Westkurses bis ein großes – und damit für keinen mehr zu übersehendes - Schild am Straßenrand *„Mainstream Inc., Depot 5"* ankündigte.
Während sie die lange Zufahrt auf das sehr flache – es waren kaum mehr als zwei Etagen zu erkennen –, nicht sonderlich breite und auch nur mäßig beleuchtete graue Gebäude zu sausten, blieb genug Zeit für alle Arten von Spekulationen über den Sinn und Zweck dieser Einrichtung.

*

Ein echtes Problem hatten sie jedoch die ganze Zeit über gehabt, auch wenn das nur Peter und die Insassen des Ford wussten, denn der Blonde hielt es für eine sehr gute Idee, ihre Ankunft im Depot anzukündigen, er konnte aber lange Zeit keine Verbindung zu Mr. Arisagi herstellen.
Erst kurz vor *Andersen* war ihm dies gelungen und es dauerte weitere Augenblicke, bis er seinem Boss die Sachlage erklärt hatte.
Der jedoch schien anderer Meinung, als Peter zu sein. „Warum sollen wir Ihnen nicht noch weitere Truppen zur Verfügung stellen?"
„Weil…!" Peter atmete einmal tief durch. Er hatte Mühe, Ruhe zu bewahren, doch wusste er, dass alles andere kontraproduktiv war. „…mehr Männer auch mehr Tote bedeuten kann. Und es sind in dieser Sache schon genug Menschen gestorben!"
Für einen Augenblick blieb die Leitung still. „Da haben sie verdammt Recht, Peter!" erwiderte Arisagi einsichtig. „Was also kann ich für sie tun?"

Ein kurzes Lächeln huschte über Peters Lippen. Arisagi war alt, aber einer der besten Arbeitgeber, die er je gehabt hatte. Er war ein knallharter Geschäftsmann, aber dennoch überaus fair und loyal. Wenn er einsah, dass er Unrecht hatte, konnte er das auch zugeben. Aber vor allem war er ein aktiver Mann, der dann, wenn Zeit zum Handeln war, auch handelte und nicht nur redete. „Rufen sie im Depot an und sorgen sie dafür, dass das Gebäude sofort evakuiert wird!"
„Okay!" Arisagi sprach hörbar noch nicht gänzlich überzeugt. „Und dann?"
„Wir sind genug hier. Wir werden das Gebäude hermetisch abriegeln und uns im Keller verschanzen, bis die Sache ausgestanden ist!"
Wieder herrschte einen Moment Stille in der Leitung. „Depot 5 ist eine hervorragende Wahl dafür!" *Danke.* „Dort haben sie alles, was sie brauchen!" *So ist es!* „Geben sie mir zwei Minuten, dann ist das erledigt!"
„Vielen Dank, Sir! Ich melde mich, sobald es mir wieder möglich ist!"
„Das verlange ich auch von ihnen!" erwiderte der Japaner in hartem Ton. Dann jedoch fügte er sanfter hinzu. „Viel Glück...euch allen!"
Und damit kappte er die Verbindung, doch Peter wusste, dass Arisagi jetzt in diesem Moment nichts lieber getan hätte, als direkt neben ihm auf dem Beifahrersitz zu sein, um das Böse aktiv bekämpfen zu können.

*

Dann hatten sie das Tor zum Firmengelände erreicht.
Das kleine Häuschen, in denen sich zwei Wärter befanden, stand neben einer geschlossenen, sehr stabil aussehenden Schranke.
Als Peter vorfuhr, erhob sich der eine Wachmann – es war der jüngere der Beiden, vielleicht Anfang dreißig – aus seinem Sessel und kam auf die Glasscheibe zu, durch die er mit den Besuchern reden konnte. In seinem Gesicht hatte Peter Mühe, etwas Freundliches zu entdecken, was aber auch kein Wunder war, denn schließlich war es mitten in der Nacht, sie kamen mit drei Wagen angeschossen und das auch nicht gerade langsam, was also in seinen Augen nur Stress bedeuten konnte, den er um diese Zeit ganz sicher weder haben wollte, noch brauchen konnte.
Der ältere Wachmann jedoch – Peter schätzte ihn auf Mitte Fünfzig – stand in der vorderen rechten Ecke des Häuschens und hatte einen Telefonhörer in der Hand. Sein Gesichtsausdruck entsprach höchster Konzentration und es war offensichtlich, dass er den Worten seines Gesprächspartners aufmerksam lauschte.
Gerade in dem Moment, da Peter vor der Schranke zum Stehen kam, öffneten sich seine Augen weit und deutliche Überraschung war darin zu lesen. Sofort aber nickte der Wachmann, hob augenblicklich seinen rechten Arm in die Richtung seines Kollegen und schnippte einmal mit den Fingern. Der jüngere Wachmann schaute zu ihm herüber und er deutete ihm an, dass er warten solle. Das tat sein Kollege dann auch, allerdings mit noch finstererem Gesicht.

Da das gläserne Schiebefenster geöffnet war, konnte Peter hören, was drinnen vor sich ging.
„Jawohl Mr. Arisagi!" sagte der ältere Wachmann und Peter war erleichtert, dass sich seine Annahme bestätigt hatte. „Das habe ich verstanden. Wie sie meinen, Sir!" Die Stimme des Wachmanns war tief, aber sehr klar, doch auch mit einem Unterton, dass er nicht guthieß, was er hörte. Dann lauschte er wieder einen Moment. „Stimmt! Doch ich bin hier für die Sicherheit dieses Komplexes zuständig und ich würde meinen Job gern ordentlich machen, was ich aber nicht kann, wenn ich gar nicht hier bin!" In seinem Blick zeigte sich ein wenig Hoffnung, als er nochmals lauschte, doch dann verdunkelte sich sein Gesichtsausdruck zusehends, bevor er einmal tief durchatmete. „Also gut. Letztlich sind sie der Boss. Aber ich lege offiziell Protest ein und möchte im Nachhinein nicht für etwas verantwortlich gemacht werden, das ich nicht beeinflussen kann!" Wieder ein kurzes Lauschen, dann ein zumindest nicht unzufriedenes Nicken. „Okay! Dann werde ich tun, was sie von mir verlangen!" Wieder ein tiefer Atemzug. „Danke Sir, aber das lehne ich ab. Ich will nur meinen Job ordentlich machen. Geben sie uns einen Bonus für *gute* Leistung, nicht für... *keine* Leistung!" Er verzog die Mundwinkel, mehr noch aber der andere Wachmann, dem ganz sicher nicht entgangen war, dass sein Vorgesetzter hier offensichtlich gerade einen Bonus abgelehnt hatte. „Ihnen auch Sir. Und eine gute Nacht!" Dann wurde die Verbindung gekappt. Für einen Augenblick stand der Wachmann reglos da und schaute den Telefonhörer an, bevor er ihn zurück auf die Gabel legte. Dann atmete er nochmals durch und drehte sich dann abrupt zu seinem Kollegen um.
„Was ist los?" fragte der sofort. „War das der Boss?"
„Bist du taub?" Der Ältere war ein wenig angepisst, denn natürlich wusste er, dass der Jüngere an etwas anderem interessiert war.
Sein Gegenüber grinste kurz. „Was wollte er denn?"
Jetzt hielt der Ältere inne und schaute seinen Kollegen mit ausdrucksloser Miene an. „Das geht dich einen feuchten Schmutz an. Und jetzt pack deine Sachen. Für uns ist heute Feierabend!"
„Was?" Jetzt zeigte sich echte Verwirrung im Gesicht des Jüngeren.
Der Alte jedoch nickte. „Die Jungs da...!" Er deutete mit dem Kopf auf Peter. „...übernehmen für heute Nacht hier das Kommando!"
„Was? Aber...wieso?"
„Das geht dich nichts an, Mann!" raunte der Ältere. „Und jetzt raus hier!" Er machte Anstalten, seinen Kollegen aus der Tür zu schieben.
„Schon gut, Rick!" wehrte sein Gegenüber ab. „Ich gehe ja schon! Aber sag mal, was war das mit dem Bonus?"
„Welchen Bonus?"
Der Jüngere fixierte Rick. „Ach komm schon. Ich habe genau gehört, was du zu Mr. Arisagi gesagt hast!"
„Und?" Ricks Gesicht war ungerührt.
„Hallo? Irgendeinen Grund muss diese Aktion hier ja wohl haben, oder?"
„Und?" Jetzt zuckte er die Schultern.

„Ein kleiner Bonus würde mir, denke ich, helfen, das hier zu vergessen!"
„Pah!" Rick lachte heiser auf. „Das vergiss mal schnell wieder, Tom. Sonst könnte ich vielleicht vergessen, dass du ansonsten gute Arbeit leistest und müsste mich nach einem anderen Wachmann umsehen. Und du weißt, es gibt weiß Gott genug Bewerber!" Rick schaute sein Gegenüber direkt an und ließ die Drohung ansonsten in der Luft hängen.
Während Peter im Gesicht des Jüngeren solche Worte wie *Arschloch, Pisser* und *Idiot* lesen konnte, sagte der Mann jedoch. „Ja schon gut, Mann. Kein Grund gleich unfair zu werden. Ich geh ja schon und habe natürlich nichts gehört und nichts gesehen!" Ohne den Alten nochmals anzuschauen, packte er seine Tasche, verließ das Häuschen durch die rückwärtige Tür und ging dann zu seinem Auto auf dem Parkplatz in der Nähe.
Rick schaute ihm noch einen Moment hinterher, dann wandte er sich zu Peter um. „N' abend!"
Peter nickte ihm mit einem sanften Lächeln zu, blieb aber stumm. Der Wachmann machte auch keine Sache daraus. „Fahren sie in die Tiefgarage dort rechts!" Er deutete auf den rechten Teil des Gebäudes, wo Peter ein großes Tor erkennen konnte. Wieder nickte er. „Fahren sie mit dem Aufzug in die Haupthalle. Ich warte dort auf sie!"
Wieder nickte Peter. „Wird er seine Klappe halten?" Er deutete auf den jungen Wachmann.
Rick schaute ihn einen Moment ausdruckslos an. „Was erwarten sie? Ihr Auftreten ist nicht alltäglich und er nicht dumm. Aber…!" Er verzog die Mundwinkel und nickte. „…er ist ein guter Junge und wird es für sich behalten. Am Ende braucht er diesen Job mehr als lauschende Zuhörer!"
Peter nickte mit einem müden Lächeln, dann drückte Rick auf den Auslöser für die Schranke und die drei Wagen fuhren zügig in die Tiefgarage.

*

„Probleme?" fragte Douglas, nachdem alle im ersten Untergeschoss geparkt hatten und ausgestiegen waren.
Doch Peter schüttelte lässig den Kopf. „Nein!"
„Was ist das hier?" wollte Cynthia wissen.
„Ein…ähm…!" Peter schien für einen Moment etwas verlegen, fing sich aber sofort wieder. „…Forschungslabor von Mainstream!" Er lächelte seine Freundin an.
Christopher sah den Blonden mit einem breiten Grinsen an. „Klar! Was auch sonst, was?"
„Was soll das heißen?" fragte Silvia.
„Garnichts!" erwiderte Peter sofort etwas gereizt. „Chris spinnt!"
„Welche Art von Forschung wird denn hier betrieben?" Das war Francesca und weil sie schon längere Zeit nichts mehr gesagt hatte, erntete sie einige überraschte Blicke, bevor diese in Neugierde umschwenkten und auf Peter gerichtet wurden.

„Ähm...!" Wieder war der Blonde etwas verlegen. „Soweit ich weiß, Biomechanik!"
„Was muss ich mir darunter vorstellen?" fragte Cynthia.
Doch Peter schüttelte den Kopf. „Keine Ahnung! Das ist nicht mein Fachgebiet!"
„Eine hirngesteuerte Penispumpe!" rief Christopher und als alle ihn überrascht anschauten, fügte er hinzu. „Zum Beispiel!"
„Was?" Silvias Blick zeigte echte Zweifel.
„Ja!" erklärte Christopher aber sofort. „Wenn es so nicht mehr funktioniert, kann der Mann über das Gehirn das Implantat steuern und alles ist wieder in Butter. Dann wird der normale biologische Vorgang mittels implantierter Mechanik ausgeführt!"
Jetzt sahen ihn fast alle mit großen Augen an, weil seine Ausführungen total logisch und anschaulich klangen.
„Das gibt es? Echt?" Douglas war sichtlich beeindruckt.
„Klar!" bestätigte Christopher. „Wieso, brauchst du eine?"
„Was?" Douglas war sofort verärgert.
„Nein, braucht er nicht!" flötete Cynthia und gab ihrem Mann im Vorübergehen mit einem süffisanten Grinsen einen Kuss auf die Wange. „Der Prügel steht noch immer wie eine Eins Plus mit Sternchen!"
„Aber Schatz!" Douglas war sichtlich nicht erfreut. „Jetzt hör mal!"
„Ach was. Das kann ruhig jeder wissen!" wehrte Cynthia ab.
„Aber...!?"
„Ja, schon klar!" raunte Christopher seinem Freund mit säuerlicher Miene zu. „Dein dummes Teil ist ja ein echtes Monsterding, oder?" Er wartete, bis sich ein bestätigendes Lächeln auf Douglas Lippen zeigte. „Das schafft doch eine normale Pumpe gar nicht. Da braucht man doch schon die Hydraulik eines Schaufelbaggers, was?" Er schaute Douglas mit großen Augen an, doch sein Freund war sichtlich nicht amüsiert. Christopher grinste daraufhin noch breiter, schlug ihm auf die Schulter und ging dann hinter Peter her zum Lift. Die anderen folgten ihnen. Als Christopher den Blonden erreicht hatte, flüsterte er ihm ins Ohr. „Nochmal davongekommen, was?"
Peter sah ihn zunächst überrascht, dann wissend an. „Ihr werdet schon noch früh genug erfahren, wo wir hier sind!" Während Christopher ihm zunickte, öffneten sich die Fahrstuhltüren. „Wartet hier auf mich! Ich bin gleich zurück!" Und damit fuhr er in die Lobby.

*

Als sich die Fahrstuhltüren wieder öffneten, konnte er Rick bereits im Empfangsrondell erkennen. Der Wachmann betrachtete die gut ein Dutzend Überwachungskameras sorgfältig. Als er Peter kommen sah, blickte er auf.
„Wie viele Personen sind noch im Gebäude?"
„Sieben!" antwortete Rick. „Ich habe sie alle bereits informiert!" Er deutete mit dem Kopf auf die Kameras, auf denen Peter insgesamt zwei Männer und drei Frauen erkennen konnte, die mit schnellen Schritten durch die Flure hasteten.

Einen Augenblick später kamen ein Mann und eine Frau bereits in die Halle. „Ich mach das!" sagte Rick und ging zu ihnen, wo er ihnen in gedämpften Ton die Situation erklärte. Während sie nickten und Peter dabei einen verstohlenen Blick zuwarfen, kamen die anderen fünf Personen in die Halle. Rick wiederholte seine Anweisungen, dann gingen alle sieben mit zügigen Schritten durch die Vordertür auf den Parkplatz.

Rick kam zurück zu Peter, der sich mittlerweile mit dem Überwachungssystem vertraut gemacht hatte. „Kann ich helfen?"

Doch Peter schüttelte den Kopf. „Nicht nötig! Ich kenne das System!" Als er sah, dass Rick überrascht die Augenbrauen hob, fügte er hinzu. „Ich habe es gebaut!" Er lächelte kurz, wurde dann aber sofort wieder ernst.

„Okay!" meinte Rick. „Dann kann ich nichts mehr für sie tun!?"

Peter schüttelte den Kopf. „Vielen Dank für ihre Hilfe. Ich werde das in meinem Bericht entsprechend erwähnen!"

Rick nickte. „Danke!" Er wartete, bis Peter ihn ansah. „Und viel Glück....bei was auch immer!" Damit drehte er sich herum und verließ ebenfalls das Gebäude.

Peter folgte ihm bis zur großen, zwei-flügeligen Eingangstür aus Glas und trat hinaus ins Freie. Während er zusah, wie Rick sein Auto erreicht, sich hineingesetzt, den Motor gestartet und angefahren war und das Gelände hinter den anderen fünf Wagen der sieben Mitarbeiter verlassen hatte, schaute er immer wieder in den Himmel, doch er konnte noch immer nichts Verdächtiges dort erkennen. Als die Bremslichter schließlich mindestens eine Meile entfernt waren, hatte er auch die Schranke am Haupttor geschlossen. Obwohl das die Dämonen sicher nicht abhalten würde – fast hätte Peter bei diesem Gedanken gelächelt – war es nicht sinnlos, denn die Schranke würde verhindern, dass jemand Menschliches auf das Gelände kam.

Schließlich drehte sich Peter um und schaute an der Vorderfront des Gebäudes entlang. Dabei gab er über sein I-Phone, das er mit der Hauptkonsole verbunden und mit dem er nunmehr die volle Kontrolle über alle Überwachungssysteme hatte einen weiteren Befehl ein und einen Augenblick später fuhren hydraulische Schotten aus zentimeterdickem Stahl vor alle Gebäudeöffnungen. Das Summen, das dabei entstand, war etwas gespenstisch und wurde schließlich durch ein metallisches Klicken, als die Schotten einrasteten, beendet. Als letztes fuhr das Schott zur Tiefgarage herab. Peter war sicher, dass seine Freunde dort unten jetzt etwas nervös wurden, was ihn erneut ein dünnes Lächeln über die Lippen trieb.

Dann drehte er seinen Kopf wieder zurück und betätigte noch einmal das I-Phone. Einen Moment später senkte sich das Schott für den Haupteingang. Während es herabfuhr, schaute Peter ein letztes Mal mit eigenen Augen in den Himmel. Schon glaubte er, erneut nichts erkennen zu können, doch dann schien es ihm, als könne er in der Ferne kleine dunkle Punkte sehen, die sich schnell vorwärts bewegten. Ihm war klar, dass er keinen Grund zur Hoffnung hatte. Entsprechend atmete er mit finsterer Miene einmal tief durch, drehte sich um und ging durch den Haupteingang in das Innere des Gebäudes nur eine Sekunde, bevor der Schott unter Kopfhöhe gesunken war. Während er zu Boden

sank und schließlich mit einem dumpfen Klicken einrastete, ging Peter zurück zum Empfangstresen, wo er nochmals die Funktion aller Außen- und Innenkameras überprüfte, dann die komplette Überwachungskontrolle auf das I-Phone übertrug und mit ihr einen System-Shutdown am Kontrollpult vornahm, sodass alle Bildschirme und alle Kontrolllampen erloschen.
Dann entfernte er sich ein paar Schritte vom Empfangstresen, drehte sich um und gab einen weiteren Befehl in das Handgerät ein, woraufhin der gesamte Empfangstresen in den Boden fuhr und durch eine Metallplate so ersetzt wurde, dass nichts mehr auf seine Existenz hindeutete.
Zufrieden drehte sich Peter um und ging zurück zum Fahrstuhl, wo er wieder in die Tiefgarage fuhr.

*

„Wo zum Geier warst du so lange?" maulte Douglas sofort, als sich die Fahrstuhltüren öffneten.
Peter sah ihn einen Moment ausdruckslos an. „Ich musste pissen und brauchte dringend einen Cappuccino!"
„Was?"
„Blödmann!" raunte Christopher seinem Freund zu, dann wandte er sich an Peter. „Das mit dem Tor hättest du sagen können!"
Der Blonde verzog kurz die Mundwinkel. „Sorry!"
„Und jetzt?" fragte Alfredo.
„Fahren wir in den Keller!"

*

Der Fahrstuhl war groß und es fanden alle darin Platz, doch irgendwie war ihnen nicht sonderlich nach körperlicher Nähe.
„Trägt der uns auch alle?" fragte Douglas.
Peter nickte. „Keine Sorge!" Plötzlich grinste er. „Obwohl ich mir bei deinem Riesenprügel da vielleicht doch nicht so sicher bin!"
„Was?" Douglas war sofort wieder genervt, schaute aber nicht Peter an, sondern warf Cynthia einen vorwurfsvollen Blick zu. „Verdammt!"
„Jetzt lasst ihn in Ruhe!" raunte Silvia mit ernster Miene. „Wenn er lang hat, lässt er eben auch lang hängen!" Sie schaute Christopher an. „Du hast auch nicht gerade einen Stummel!"
Christopher grinste sofort. „Aber wenn er länger hat, lässt er bald auch lang schleifen!"
„Wie meinst du das?" fragte Cynthia.
„Warte noch ein paar Jahre, dann wirst du das schon selber sehen!" Er grinste erneut und zwinkerte Dougs Frau zu, die daraufhin jedoch nur die Augen verdrehte.

*

Mittlerweile hatten sie das Stockwerk U3 erreicht und der Fahrstuhl stoppte ab. Als sich die Türen öffneten, lag vor ihnen erst einmal ein dunkles Nichts, doch als Peter über sein I-Phone das Licht einschaltete, entwickelte es sich zu einem etwa zwanzig Meter langen, rund fünf Meter breiten und hell ausgeleuchteten Gang, von dem einige Türen abgingen.
„Sagst du bitte nochmal, was wir hier finden werden?" fragte Silvia, nachdem sie ein paar Schritte in den Gang hineingemacht hatten und schaute Peter dabei mit großen Augen an.
Der Blonde, der natürlich wusste, dass er sich zu diesem Thema bisher noch nicht wirklich geäußert hatte, lächelte kurz müde, dann deutete er allen an, ihm zum hinteren Ende des Ganges zu folgen, wo er kurz vor einer zweiflügeligen, massiven Stahltür anhielt, bevor er sie aufstieß.
Der Raum, der sich dahinter anschloss war sicherlich dreißig Meter lang und vielleicht zwanzig breit. Die Deckenhöhe lag bei gut fünf Metern. Überall gab es Regale, Kisten und sonstige Behälter, die aber ordentlich aufgereiht bzw. einsortiert waren. Außerdem waren zwei Gabelstapler zu erkennen. Ganz offensichtlich handelte es sich hier um einen Lagerraum.
„Okay!" meinte Christopher trocken. „Ein megageiler Lagerraum!" Er schaute Peter ausdruckslos an. „Genau das, was wir uns alle jetzt gewünscht hatten!"
Der Blonde sah ihn zunächst mit verzogenen Mundwinkeln an, doch dann lächelte er wieder und trat in den Raum hinein. „Also...!" begann er dann und deutete auf eine Tür auf der linken Seite. "Dort befindet sich ein Kühlraum!" Er schaute Francesca an und die Alte nickte ihm zu.
„Ich komme mit!" bot sich Talea sofort an und zusammen mit Alfredo machten sie sich auf den Weg dorthin.
Peter und einige andere schauten ihnen einen Moment hinterher, dann wandte sich der Blonde wieder an den Rest des Trupps. „Für euch anderen dürfte sicherlich der Inhalt dieses...!" Er deutete auf eine sehr massiv aussehende Stahltür mit dicken, sichtbaren Riegeln in der hinteren rechten Ecke. „...Raumes von Interesse sein!"
Christopher schaute den Blonden in einer Mischung aus Neugierde und Verwirrung an, während er mit den anderen vor diese Tür ging. Peter betätigte sein I-Phone und schon schoben sich die Riegel mit einem tiefen Summen zurück. Um die Tür aber dann zu öffnen, bedurfte es schon der gemeinschaftlichen Kraftanstrengung von Christopher, Douglas und Eric.
Dafür aber entschädigte sie der Inhalt des sich anschließenden Raumes, der kaum kleiner war, als der Lagerraum, mit einer unerwarteten, aber auch bitter nötigen Überraschung in Form von Dutzender Regale, prall gefüllt mit Waffen aller Art, Größe, Durchschlagskraft und Einsatzgebiet.
Vieles davon sah absolut brandneu aus und einiges sogar noch mehr als das...
„Donnerwetter!" rief Douglas beeindruckt aus. „Das nenn ich mal ein gut gefülltes Buffet!"

„Okay!" meinte Christopher, nachdem sie alle ein paar Schritte hineingemacht hatten und sich noch mehr von der wahnsinnigen Vielfalt überzeugen konnten. Er blieb abrupt stehen und legte seine rechte Hand auf Peters Schulter, sodass sich der Blonde zu ihm umdrehte. „Jetzt mal Hosen runter, Schwanzvergleich!"
„Was?" In Peters Gesicht stand deutliche Verwirrung.
Doch Christopher reagierte gar nicht darauf. „Was genau außer Penispumpen erforscht ihr hier eigentlich noch?"
„Wieso?" Der Blonde schaute ihn scheinbar irritiert an. „Das sind doch auch ...Rohre!" Er blickte vollkommen unschuldig, doch musste er ein Grinsen unterdrücken.
„Alter!" rief Silvia fast schon begeistert aus, als sie eine mordsmäßige Panzerfaust in die Hände nahm. „...aber was für welche!" Ihre Augen leuchteten.
Christopher schaute sie mit einem säuerlichen Blick an, und wandte sich dann wieder an den Blonden. „Herrgott Peter! Das ist doch nicht normal, hör mal!"
„Bist du jetzt unter die Moralisten gegangen, oder was?" raunte ihm Cynthia zu, die gerade ehrfürchtig ein Maschinengewehr mit ganz offensichtlich enormer Durchschlagskraft in den Händen wog.
„Nein!" wehrte Christopher sofort ab. „Aber...!"
„Pass auf, Chris!" Plötzlich stand Douglas direkt vor ihm und hatte ein riesiges Messer mit geschwungener und auf einer Seite gezackter Klinge in der Hand. Während er es mit großen Augen anstarrte, hielt er es Christopher direkt vor die Nase, sodass auch ihm klar war, welch widerlich große Löcher man damit reißen konnte. „Du brauchst diesen Scheiß vielleicht nicht mehr...!" Sein Blick wurde abschätzig. „...Mr. Superman. Aber wir schon! Also halt den Rand und mecker nicht rum, wenn wir einfach nur versuchen, noch ein bisschen am Leben zu bleiben!" Douglas Stimme klang hart und keinen Widerspruch duldend.
Christopher sah seinen Freund einen Moment scheinbar geschockt an, doch dann lächelte er müde und nickte. „Alles klar, Doug. Du willst in deinem Alter auch noch mal einen Hoch kriegen. Das verstehe ich!" Er grinste kurz, während Douglas bereits wieder genervt die Augen verdrehte und sich abwandte.
„Aber Doug!" rief ihm Christopher noch hinterher. Als Douglas sich tatsächlich noch einmal umwandte, fügte er mit einem Grinsen hinzu. „Pass auf, dass du dich nicht zu sehr aufgeilst, sonst kommst du zu früh und der Mist geht voll in die Hose!"
Und obwohl eigentlich alle auf Douglas Seite waren, konnten sie nicht drum hin, zumindest in sich hinein zu lächeln, weil dieses kleine Ventil zum Stressabbau eben einfach nur wie gerufen kam.

In der Wüste

Die Nacht war klar und wolkenlos, der Himmel tiefschwarz und die Sterne funkelten in ihm wie wundervolle Diamanten.
Das Dünenmeer der südöstlichen Sahara nahe dem 15. Breitengrad wirkte unberührt und unendlich. Hier und da wehte eine schwache Brise über den Sand und kräuselte seine Oberfläche ganz leicht, ansonsten lag beinahe Totenstille über ihm, die so intensiv war, dass man fast das Rauschen der Unendlichkeit zu hören vermochte.
Doch nicht sie war es, die auf wundersame Weise präsent war, sondern die Macht des Bösen, das ungehindert in die Welt trat.

Das Rauschen wurde intensiver, lauter und tiefer und wirkte immer bedrohlicher. Der Wüstensand begann ganz allmählich in einem fahlen Licht zu schimmern, wirkte nach einiger Zeit durchsichtig. Gleichzeitig begann das Licht immer intensiver zu pulsieren und die Oberfläche wogte immer stärker hin und her, als würde dort ein immer heftiger aufkommender Sturm wüten.
Dann ging alles unglaublich schnell.
Während aus dem Rauschen ein ohrenbetäubendes Grollen wurde, schien der tosende Wüstensand zu glühen, bis seine Oberfläche schließlich wie durch eine gewaltige Explosion zerrissen wurde und eine Mischung aus Feuer, Licht und Materie fast eintausend Meter in den Himmel schoss.
Trotz des gewaltigen Lärms, der die Umgebung erfüllte, war das schrille Kreischen einer gequälten Kreatur zu hören. Gleichzeitig waren dunkle Schatten unterschiedlicher Größen zu erkennen, die durch die Flammenfaust in den Himmel schossen und dann durch die Druckwelle in einem hohen Bogen durch die Luft flogen, bevor sie meilenweit verteilt mit brutaler Wucht zu Boden krachten. Dort waren sie als verstümmelte, zerrissene und widerlich blutige Teile eines monströsen Körpers zu erkennen, die den Wüstenboden besudelten und scheinbar ohne jegliches Leben waren.
Doch dem war nicht so, denn schon nach wenigen Momenten bewegten sich die Körperteile und veränderten sich zu einer tiefroten, metallisch glänzenden, zähfließenden Flüssigkeit, die sich wie Schlangenwesen über den Wüstensand bewegten und auf die Stelle zustrebten, an der sie an die Oberfläche getreten waren.

*

Razor konnte beim besten Willen nicht beschreiben, was mit ihm geschah. Nie zuvor hatte er etwas Derartiges erlebt und er vermochte nicht einmal zu sagen, was er dabei empfand.
Fakt jedoch war, dass eine unglaubliche Vielfalt von Eindrücken an ihm vorbeirauschte und er sich fühlte, wie in einer Achterbahn.
In dem einen Moment war es gleißend hell um ihn herum, dann tief schwarz, dann zuckten Myriaden von Farben umher. Gleichzeitig spürte er Eiseskälte, dann Gluthitze sowohl an, als auch in seinem Körper. Dann wiederum hatte er das Gefühl, wie in einem Schraubstock zusammengedrückt zu werden, im nächsten Moment glaubte er, auf ein Vielfaches seines Volumens angeschwollen zu sein und zerplatzen zu müssen.
Razors Körper und Geist waren in diesen Momenten vollkommen überfordert von den Eindrücken, doch in einem zumindest war er sich sicher: *Er war noch immer am Leben!*

*

Schon im nächsten Moment schoss auch er aus dem Wüstenboden hinaus in die Höhe, doch schien er Glück zu haben, denn er befand sich am äußeren Rand der Flammenwand und wurde schon nach wenigen Metern quasi ausgespuckt. Da er jedoch noch vollkommen unfähig war, zu irgendeiner Reaktion – er konnte nicht einmal schreien -, fiel er ziemlich unkontrolliert zu Boden und hatte es am Ende nur der abschüssigen Sanddüne zu verdanken, dass er sich dabei nicht sämtliche Knochen brach.
Dennoch wurde er ganz erbärmlich zusammengestaucht, durchgeschüttelt und spürte dutzendfach schmerzhafte Stoßverletzungen.
Letztlich aber kam er am Fuß der Düne zum Erliegen, hatte hier jedoch das Pech, dass einige mittelgroße Felsbrocken aus dem Sandboden herausragten, gegen die er quasi mit dem letzten Überschlag stieß, sich dabei den Rücken prellte und einige Hautabschürfungen davontrug. Er stöhnte schmerzhaft auf, doch konnte er danach zunächst nichts anderes tun, als reglos auf dem Rücken liegenzubleiben und ziellos in den Himmel zu schauen.

Anfangs sah er nichts als Dunkelheit, die ihn umfing und dann nur eine verschwommene Mischung aus hellen und dunklen Flecken. Erst danach klärte sich das Bild vor seinen Augen wieder so sehr, dass er den Sternenhimmel und auch die Feuerfontäne auf der Dünenkuppe erkennen konnte. Währenddessen hämmerte sein Herz in seiner Brust und sein schwerer Atem rasselte wie eine altersschwache Diesellok unter Höchstlast.
Plötzlich sah er, wie sich etwas Dunkles aus der Flammenfaust löste und in einem sanften Bogen zu Boden fiel – direkt auf ihn zu.
Sofort donnerte der Puls unter seine Schädeldecke und schlagartige Übelkeit verkrampfte seinen Magen. Instinktiv zuckte sein Oberkörper zur Seite und er musste sich wuchtig übergeben. Dass dicht neben ihm nur eine Sekunde später ein dumpfer Knall ertönte, nahm er nur am Rande wahr, doch als er sich

keuchend wieder herumdrehte, musste er geschockt erkennen, dass dort, wo einst sein Kopf war, jetzt ein faustgroßer, zischender Stein tief im Boden steckte. Razor war sich seines großen Glückes sofort bewusst – und musste sich daraufhin gleich noch einmal übergeben, wobei jedoch der widerliche Gestank, der urplötzlich in seine Nase stieg, ebenfalls seinen Anteil hatte.

Nachdem auch das geschafft war, drehte er sich nicht wieder herum, sondern drückte sich in den Sitz, wo er zunächst einige Male tief durchatmete. Dabei schaute er nochmals wie zufällig auf das Loch, das der Stein geschlagen hatte und erschrak beinahe, als er dort eine schwarze, metallisch glänzende und zähfließende Masse erkennen konnte, die entgegen der Schwerkraft aus dem Loch heraus und wie eine Schlange hinter die nahen Felsen kroch. Razor war überrascht und geschockt zugleich, doch war er jetzt wieder klar genug, um sofort eine Verbindung zu den Geschehnissen vor dem Durchgang durch das Tor zur Erde herzustellen. Das erschreckte ihn gleich noch mehr und er zuckte förmlich auf die Beine. Gleichzeitig glaubte er, hinter den Felsen seltsam zischende und knurrende Geräusche zu hören. Instinktiv suchte er nach einer Waffe und fand sein Maschinengewehr, das er bis zum letzten Augenblick in der Hand gehalten hatte, nur zwei Schritte von ihm entfernt. Außerdem stellte er fest, dass der lederne Gurt um seinen Oberkörper noch intakt war und konnte jetzt auch das Gewicht seines Schwertes in der Scheide auf seinem Rücken spüren. Schnell hechtete er zu der Waffe am Boden und beugte sich herab, um sie zu ergreifen. Im selben Moment schob sich ein unförmiger Schatten über ihn und weil auch die Geräusche von hinter dem Felsen lauter wurden, war ihm klar, dass sich ihm etwas näherte.

Als er sich aber wieder aufrichtete und in die entsprechende Richtung schaute, stockte ihm beinahe der Atem und in seinem Gesicht zeigte sich pures Entsetzen, denn trotz all der jahrelangen grauenhaften Realität in der Hölle, war er sich mehr als bewusst, dass er einer derart abartigen Kreatur, wie dieser, auf deren unförmigen Schädel er jetzt blickte, niemals gegenüber gestanden hatte.

Einen Wimpernschlag später kreischte sie auf und schoss blitzschnell auf ihn zu, während Razor instinktiv seine Waffe in die Höhe riss.

Mitten hinein in ihren Schrei mischte sich das Knattern der Gewehrsalve...

Fakten

Der Weg zum Strom der Verdammten verlief ohne Zwischenfälle und durch Francescos unsichtbares Band auch zügig.
Weder Bim, noch der Zwillingsbruder, bei dem der Alte sich nicht sicher war, welcher der beiden es war, er aber Hoffnung hatte, dass er zumindest noch lebte, erlangten das Bewusstsein wieder, worüber Francesco jedoch auch nicht wirklich unglücklich war.
So musste er keine Fragen beantworten und sich um niemanden kümmern, sondern konnte sie alle letztlich in den Strom bugsieren und mit ihnen zusammen zurück in die Zwischenwelt fahren.

Dort angelangt, fanden sich alle fünf auf den unsichtbaren Liegen in dem rein weißen Nichts wieder.
Francesco war der einzige, der sich nach einem kurzen Moment erhob.
Kaum hatte er das getan, hörte er ein leises Summen und er konnte sehen, wie die vier Körper seiner Freunde bis auf Hüfthöhe hinauf schwebten und sich ihre Liegen gleichzeitig streckten, sodass sie wie auf Bahren lagen. Dann verharrten sie so für eine Sekunde, bevor ein weiteres Summen ertönte und sie sich nach links von dem Alten weg bewegten, bis sie schnell von dem Nichts umschlungen wurden und aus Francescos Blickfeld entschwanden.
Der Alte blickte ihnen noch einen Moment hinterher und empfand plötzlich große Freude. Diese Menschen dort hatten einst etwas Furchtbares getan und damit sich, aber vor allem Unschuldigen den Tod gebracht. Deshalb waren sie in die Hölle verbannt worden. Doch dort zeigte sich, dass es nicht ihr innerstes Wesen gewesen war, das diese Gräueltaten vollbracht hatte, sondern sie im Grunde gute Menschen waren, die – wie auch immer – etwas Schlimmes getan hatten. Und anstatt an diesem grauenhaften Ort alles zu vergessen, was je menschlich an ihnen war, festigten sich ihre guten Eigenschaften mit jedem neuen Tag immer mehr und alles gipfelte schließlich in ihrer Bereitschaft, ihm und seinen Freunden im Kampf gegen das übermächtige Böse zu helfen – ohne auf die Konsequenzen zu achten. Und die Aussicht auf den Himmel war von Beginn an um so vieles geringer gewesen, als das endgültige Ende.
Doch hatten sie ihre schwierige Aufgabe mit Bravour erfüllt und würden jetzt, in diesen Momenten ihren Lohn dafür erhalten. Francesco freute sich sehr für sie, denn es war ihm eine echte Ehre gewesen, sie kennenzulernen und mit ihnen zu kämpfen. Und vielleicht würde er sie ja schon bald in der Unendlichkeit des Himmels wiedersehen.

Seine Gedanken brachten ihm ein sanftes, ehrliches Lächeln auf die Lippen, dann atmete er einmal tief durch und drehte sich herum.
„Wo wollen sie hin?"

Die Stimme kam von schräg hinter ihm und klang kraftvoll, tief, aber auch sanft. Francesco drehte sich herum und war sichtlich überrascht, als er keine drei Meter von sich entfernt eine Gestalt erkennen konnte, von der er wusste, dass sie vor einer Sekunde noch nicht dort gestanden hatte. „Wer sind sie?" fragte er etwas misstrauisch, während er erkennen konnte, dass es ein Mann war, der äußerlich um die Fünfzig zu sein schien. Er war komplett in schwarzes, matt glänzendes Leder gekleidet, das seinen muskulösen und drahtigen Körperbau noch unterstrich. Auffällig waren weiterhin sein kahlgeschorener Kopf und seine tiefblauen, stechenden Augen. Der Mann hatte sie direkt und offen auf Francesco gerichtet und fast glaubte der Alte ein sanftes Lächeln auf seinen Lippen zu sehen.
Sein Gegenüber antwortete jedoch nicht sofort, sondern erst nach einem längeren Moment des Schweigens. „Mein Name ist belanglos geworden!" Jetzt trat tatsächlich ein Lächeln auf die Lippen des Mannes, doch es wirkte müde. „Aber man nennt mich *Ice*!"
„*Ice*?" Francesco zog erneut überrascht die Augenbrauen in die Höhe. „Das klingt wie…!"
„Horror? Oder Terror? Oder Heaven?" Der Mann lächelte erneut.
Francesco nickte. „Ja!"
„Stimmt!" bestätigte Ice. „Und genauso wie sie, habe auch ich die Hölle erlebt!"
„Dann sind sie über den Strom der Verdammten hierhergekommen!?"
Ice nickte. „Vor langer Zeit!"
„Sie haben ihre Schuld gesühnt!"
Wieder nickte Ice. „Ja, das habe ich!" In seinem Gesicht aber konnte der Alte keine Freude erkennen, nur die Erinnerung an die unendlichen Qualen zuvor.
„Dann ist ihnen mein Respekt und meine Anerkennung sicher!" Jetzt lächelte Francesco. „Jetzt weiß ich auch, warum sie hier sind!"
Ice lächelte merkwürdig schelmisch. „Und warum?"
„Sie werden meine Freunde in ihre Obhut nehmen und sie ins Licht führen!"
„Ja!" bestätigte Ice. „Ja, das könnte ich tun!" Er verzog das Gesicht leicht. „Das sollte ich eigentlich auch tun!" Er blickte den Alten an und konnte erkennen, dass sein Gegenüber etwas verwirrt schien. „Und vielleicht werde ich das auch noch tun, aber…!" Er hielt kurz inne, um seinen Worten mehr Gewicht zu verleihen. „…deswegen bin ich nicht hier!"
Jetzt verdunkelte sich das Gesicht des Alten zusehends. „Sondern?"
Ice lächelte wieder. „Sie hatten vollkommen Recht!"
„Womit?"
„Der Durchgang hat ihm nicht den Tod gebracht!"
Der Alte fixierte Ice, dann sagte er. „Samael!"
Ice nickte. „Ich kann seine Präsenz auf der Erde spüren, wenngleich…!" Er zog etwas irritiert die Augenbrauen zusammen „…sie sich verändert hat!"
„Verändert?" Auch Francesco war überrascht.
Ice nickte zögerlich. „Sie ist…schwächer, als ich sie in Erinnerung habe und irgendwie…anders!" Er schüttelte den Kopf. „Wir werden bald wissen, warum.

Aber...!" Er hob den Kopf wieder an und schaute Francesco direkt an. „Ich spüre noch etwas anderes!"
„Und was?"
„Eine menschliche Präsenz!"
„Eine...?" Der Alte war sofort verwirrt. Seine Gedanken rasten, dann riss er die Augen auf. „Razor! Um Himmels Willen!" Er starrte Ice an. „Ich muss sofort zu ihm!"
Sein Gegenüber schaute ihn einen Augenblick ausdruckslos an, dann nickte er. „Natürlich! Aber bringen sie ihn nur von dort weg. Stellen sie sich Samael nicht allein!" Das war eine deutliche Mahnung.
Aber Francesco wusste bereits, dass Ice Recht hatte und nickte. „Ich bringe ihn hierher!"
„Das ist eine gute Idee!"
„Und dann müssen wir uns um Samael kümmern. Selbst geschwächt ist er sicherlich noch immer so unfassbar mächtig, dass jede Minute unzählige Opfer kosten kann!"
Ice nickte erneut. „Aber es braucht mehr, als das, was sie ihm entgegenzusetzen haben!"
Der Alte fixierte den anderen. „Es ist alles, was wir haben!"
Jetzt schüttelte Ice den Kopf. „Nein! Es gibt noch mehr!" Er wartete, bis Francesco ihn ansah. „Viel mehr!"
„Sie!?"
„Und andere!" bestätigte Ice.
„Dann kommen sie!" forderte Francesco.
Doch Ice schüttelte den Kopf. „Ich muss mit ihren Freunden...!" Er deutete in das Nichts hinein. „...reden!"
„Worüber?"
„Um Samael zu stellen, brauchen wir Verstärkung. Und sie haben bewiesen, dass sie es können. Also hoffe ich, sie werden uns folgen!"
„Haben sie denn eine Wahl?" fragte Francesco.
Jetzt war es Ice, der mit der Antwort zögerte und sie dann mit finsterer Miene kundtat. „Man hat immer eine Wahl!" Dann aber lächelte er. „Doch ich denke, sie werden nicht zögern!"
Auch der Alte musste lächeln und nickte dabei. „Wissen sie, was mit den anderen ist?"
Ice nickte. „Sie haben sich bis jetzt erfolgreich gegen die Dämonen verteidigt!"
„Wir müssen auch ihnen helfen!"
Wieder nickte Ice. „Keine Sorge. Meine Freunde sind schon auf dem Weg zu ihnen! Kümmern sie sich um Razor und bringen ihn hierher. Ich werde seine Wunden heilen!"
„Und dann?"
Ice lächelte müde und freudlos. „Werden wir uns gemeinsam Samael entgegenstellen!"
Francesco zögerte einen Moment, dann nickte er.

"Viel Glück!" wünschte Ice noch, doch der Alte hatte sich bereits umgedreht und verschwand im rein weißen Nichts. „Wir können es wirklich brauchen!" fügte Ice noch hinzu und sein Blick war dabei eine einzige, steinharte Maske.

Eindringlinge

„Jetzt bring doch nicht alles durcheinander!" raunte Douglas, während er auf Christopher zuging.

Sein Freund stand vor einem der Regale und hatte sich gerade eine kleine, automatische Maschinenpistole hervorgezogen und betrachtete sie. Als er Douglas sah, fragte er. „Wieso?"

„Du brauchst dieses Zeug doch gar nicht... *mehr*!" Douglas verzog die Mundwinkel und schaute dann zur Seite.

Christopher sah seinen Freund zunächst ziemlich ernst an, dann aber schlich sich ein Lächeln auf seine Lippen, das jedoch schnell einem eher traurigen Blick wich. „Hör zu, Doug!" begann er leise und mit ruhiger Stimme. „Ich weiß selber, was ich in diesem verdammten Schlachthaus und auf diesem verschissenen Highway getan habe, aber...!" Er wartete, bis der Schwarze ihn ansah. „...du kannst deinen faltigen Arsch darauf verwetten, dass ich nicht weiß, wie ich das hingekriegt habe!" Wieder hielt er inne und konnte im Gesicht seines Gegenüber Irritation und aufkommendes Mitgefühl erkennen. „Irgendetwas muss mit mir geschehen sein, als Francesco mich von den Toten zurückgeholt hat. Klar, Silvia hat es ja schon erzählt, aber...!" Christopher schüttelte den Kopf. „...ich denke, nur der Alte kann es mir *wirklich* erklären!" Plötzlich wurde Christophers Gesicht steinhart und er schürzte die Lippen. „Und ich *will* verdammt wissen, was mich verändert hat!" Er sah wieder Douglas an, dessen Blick er jedoch nicht deuten konnte. „Denn ob du es glaubst oder nicht: *Mir* gefällt diese Veränderung *nicht*!"

Jetzt zog Douglas seine Augenbrauen zusammen. „Aber sie macht dich ihnen ebenbürtig!"

„Das mag sein! Aber ich bin durch das Tor zur Hölle gegangen, um Silvia zu retten und mein verficktes Leben wieder in den Griff zu kriegen und nicht, um es noch komplizierter zu machen!"

„Aber...?" Wieder war Douglas verwirrt. „Genau das wollen wir doch alle!"

„Ja!" Christopher lachte bitter auf und nickte. „Und geraten dabei immer tiefer in etwas hinein, das wir schon von der allerersten Sekunde an nicht auch nur ansatzweise kontrollieren konnten!"

In Douglas Blick zeigte sich Erkenntnis, denn auch er nickte. „Aber da müssen wir jetzt wohl durch, oder?" Er verzog gequält die Mundwinkel.

Christopher tat es ihm gleich. „Aber wenn das hier vorbei ist...!" Er wartete, bis sein Freund ihn ansah. „...das schwöre ich dir...!" Sein Gesicht war wieder steinhart. „....rühre ich nie wieder eine Waffe an und gehe in ein verdammtes Kloster!"

Douglas zog sofort überrascht die Augenbrauen in die Höhe, doch bevor er etwas erwidern konnte, trat Silvia zu ihnen. „Tu das!" sagte sie tonlos und stellte sich dicht vor Christopher, legte ihre Arme um seinen Hals und schaute ihm tief in die Augen. „Aber dann wirst du das...!" Sie beugte sich vor und küsste ihn

kurz, aber sehr feucht und leidenschaftlich. „…nicht mehr haben!" Sie zog ihren Kopf wieder zurück. Christophers Gesicht zeigte echte Verzweiflung und er schluckte demonstrativ. Das brachte ein Lächeln auf Silvias Lippen. „Das und noch so viel mehr!" hauchte sie.
„Na ja!" meinte Christopher mit geknautschtem Blick, während er Douglas ansah, der ihn mitfühlend betrachtete. „Vielleicht gibt es da ja auch ein *duales* Glaubensgelübte!"
„Klar!" Douglas nickte. „Tagsüber beten, nachts rammeln!" Während Christopher hoffnungsvoll blickte, verzog er die Mundwinkel. „Träum weiter!"

*

Ihr Gespräch blieb nicht unbeobachtet.
Cynthia, Eric und letztlich auch Peter kamen näher, hörten ihre Worte und mussten ebenfalls lächeln.
Plötzlich aber piepte es auf Peters I-Phone. Er hob es an und sofort verdunkelte sich sein Blick. Er drehte sich um und huschte zum Ausgang, wo sich direkt neben der Tür ein kleiner Schreibtisch mit einem Terminal befand.
„Siehst du!" meinte Christopher, während alle dem Blonden mit besorgter Miene folgten. „Das ist es, was ich meine: Wir sacken uns hier mit Waffen zu, in der Hoffnung, endlich das Licht am Ende des Tunnels zu sehen, dabei…!" Er deutete auf Peter, der bereits hektisch einige Tasten am Computer drückte. „….liegt vor uns nur eine weitere dunkle Abzweigung!"
Darauf erwiderte niemand etwas.
Erst als sie Peter erreicht hatten, fragte Cynthia. „Was ist los?"
Der Blonde antwortete nicht sofort, sondern tippte erst noch einen Befehl ein, woraufhin auf dem Bildschirm das Bild einer Überwachungskamera zu sehen war.
„Ist das die Tiefgarage?" fragte Eric bereits mit düsterer Stimme, denn alle konnten das gewaltige Loch in den Stahlschotten sehen, das jetzt dort klaffte.
Peter nickte mit finsterer Miene. „Es ist soweit!"

*

Das Loch in den Schotten konnten sie alle erkennen, aber keinerlei Bewegung dort.
Christopher schaute Douglas an und konnte im Gesicht seines Freundes seine eigenen Gedanken sehen, doch bevor er etwas sagen konnte, sah er Eric aus dem Raum stürmen.
Sofort flitzten alle hinter ihm her.
Christopher hatte befürchtet, der Engel würde den Lagerraum verlassen, doch er lief zum Kühlraum, wo Talea, Francesca und Alfredo gerade wieder herauskamen.
Als seine Frau ihn sah, erkannte sie sofort, dass etwas nicht stimmte. „Was ist los?" Sie nahm die anderen wahr und schaute zu ihnen herüber.

„Wir haben Besuch!" erwiderte Peter.
Talea zog die Augenbrauen zusammen. „Das ging schnell!"
Eric nickte. „Habt ihr das Tor versorgt?"
Jetzt nickte Francesca. „Ja, wir haben es wieder eingefroren!"
Eric nickte stumm.
„Was jetzt?" fragte Alfredo.
Diese Frage hatte sich Christopher bereits gestellt. „Was ist in den Räumen in dem Gang da!" Er deutete mit dem Kopf in Richtung Ausgang.
Peter hob wieder sein I-Phone an und tippte ein paar Befehle ein. „Fünf Räume: Zwei Toiletten, ein Maschinenraum, zwei weitere Lagerräume, allerdings deutlich kleiner!" sagte er dann und schaute Christopher an.
Der nickte. „Durchchecken!"
Sogleich wollten sich alle auf den Weg machen, doch Douglas blockte ab. „Gebt ihnen Waffen!" sagte er zu Cynthia und Silvia und deutete mit dem Kopf auf Talea, die Alte und ihren Sohn. Überraschenderweise hatten die beiden Frauen keine Einwände und nickten zustimmend. „Der Rest folgt mir!" Und während er die Vorhut übernahm, rannten Cynthia und die anderen in die Waffenkammer.

*

Draußen in dem Gang zum Fahrstuhl war alles ruhig.
Douglas und Christopher hatten die Türen geöffnet, Eric und Peter huschten hindurch. In diesen Paarungen rannten sie zu den nächstliegenden Türen und überprüften die Räume dahinter.
Doch sie konnten nichts entdecken.
Als sie aus den letzten Räumen wieder herauskamen, trafen auch Cynthia und die anderen ein.
Als ihn seine Frau fragend anschaute, schüttelte Douglas den Kopf. „Alles okay!" Dann wandte er seinen Kopf in Richtung Fahrstuhl.
„Also nochmal!" meinte Alfredo. „Was jetzt?"
„Wir könnten hierbleiben und uns verschanzen!" bot Peter an. „Wir haben tonnenweise Waffen und Munition. Und wer immer das Tor haben will, muss hier durch und läuft uns damit direkt vor die Flinte!"
„Was ist hinter den Räumen?" fragte Silvia.
„Nichts außer Felsgestein!" erwiderte Peter, woraufhin Silvia nickte.
„Mir gefällt aber nicht, dass wir da keinen Fluchtweg haben!" entgegnete Douglas.
„Dafür aber nur eine Front!" meinte Peter.
Doch Christopher schüttelte den Kopf. „Trotzdem!" Er schaute Douglas an. „Doug hat Recht! Wir verschanzen uns in einer verdammten Sackgasse!" Er schaute in die Runde und erntete fast überall ein Nicken.
„Okay!" Auch Peter schien überzeugt. „Was dann?"
„Je eher wir uns dem Unausweichlichen stellen, desto besser!" sagte Cynthia.
Für einen Moment war es totenstill, denn allen wurde bewusst, dass sie Recht hatte.

„Okay!" hob Christopher an. „Ich, Eric, Doug und Peter fahren in die Tiefgarage und erkunden die Gegend! Ihr...!" Er deutete auf Silvia und die anderen „...besorgt euch ein paar Transportkarren und schafft so viel Knarren und Munition nach oben, wie ihr könnt!" Er sah schon, dass seine Freundin etwas erwidern wollte, doch er lächelte sie sanft an. „Ich bin sicher, wir werden es brauchen!"
Silvia schaute ihn einen Moment zweifelnd an, dann nickte sie und gab ihm einen Kuss. „Viel Glück!"
Christopher lächelte erneut. „Kontakt über Headset!" Er deutete auf sein Ohr und Silvia nickte.
Sofort wurde ihr Plan in die Tat umgesetzt.
Während Silvia und die anderen zurück in den Lagerraum rannten, gingen die anderen zum Fahrstuhl.
Peter betätigte den Öffner, die anderen machten sich schussbereit. Aber der Fahrtsuhl war leer. Schnell huschten sie hinein.
Während sich die Türen wieder schlossen, schaute Christopher den Gang entlang und konnte gerade noch Silvias Blick erhaschen, bevor sie in dem Lagerraum verschwanden. Am liebsten hätte er schreien wollen, als er die tiefe Sorge darin sehen konnte und plötzliche Angst, diese wunderbarste aller Frauen zu verlieren, kam in ihm auf.
Dann waren die Türen geschlossen und sie fuhren in die Höhe.

*

Es dauerte nur wenige Sekunden und der Fahrstuhl stoppte wieder ab. Erneut machten sich alle schussbereit, als sich die Türen öffneten, doch außerhalb war alles ruhig.
Aber auch dunkel.
Christopher stupste Peter an und als der ihn ansah, deutete er mit dem Kopf auf die Deckenlampen. Peter nickte und betätigte sein I-Phone. Nach zwei Sekunden aber zog er irritiert die Augenbrauen zusammen und verzog die Mundwinkel, dann tippte er weitere Befehle ein. Alle anderen starrten ihn jetzt an. Weitere drei Sekunden später flammten die fahlen Lichter der Notbeleuchtung auf. Peter schaute hinauf zur Decke und brummte. „Mehr ist nicht drin!" Als er seinen Blick wieder senkte und in die Augen der anderen schaute, erkannte er Zweifel darin, ob das ausreichen würde. Doch er bekam keine Verbindung zu diesem Teil der Stromversorgung und war schon froh, überhaupt die Notbeleuchtung aktiviert haben zu können. Dennoch fügte er ein geknautschtes „Sorry!" hinzu.
Die anderen nickten ihm wenig begeistert zu und machten sich schließlich daran, den Fahrstuhl zu verlassen. Stumm einigten sie sich darauf, sich wieder in Zweiergruppen aufzuteilen. Christopher und Douglas huschten nach rechts, Peter und Eric nach links.

In der Tiefgarage war es vollkommen still, dennoch spürte beinahe jeder eine unbekannte, unsichtbare Präsenz, die dazu führte, dass ihre Herzen wild pochten und sie kaum wagten, richtig zu atmen.

*

Douglas und Christopher huschten geduckt an einigen Autos entlang. Während sich Christopher fragte, wem sie wohl gehören mochten, erkannte er an der gegenüberliegenden Wand plötzlich einen Schatten, der sich bewegte. Er hielt inne, tippte seinem Freund auf die Schulter und deutete mit dem Kopf in die entsprechende Richtung. Als Douglas ihn auch sah, konnte Christopher spüren, wie sich sein Freund anspannte. Der Schatten hielt für eine Sekunde inne, dann huschte er nach links weg und verschwand.
Beiden Männern jedoch war klar, wo in etwa sich die Gestalt, die ihn geworfen hatte, befinden musste und als Christopher mit dem Kopf in diese Richtung deutete, nickte Douglas ihm zu. Gemeinsam machten sie sich auf den Weg dorthin, was sie unweigerlich immer näher zum Ausgang der Tiefgarage führte.

*

Peter und Eric gingen ähnlich vor und natürlich entging auch ihnen der Schatten nicht. Nach einer kurzen stummen Absprache, huschten sie weiter vor, bis sie einen zweiten Pfeiler erreicht hatten, hinter dem sie wieder abstoppten.
Plötzlich zuckte ein kurzes, leises Kreischen durch die Halle, das ihnen sofort durch Mark und Bein ging, gefolgt von einer Art Knurren. Zwar klang es anders, als sonst, doch machten sie sich keinerlei Hoffnungen. Etwas Fremdartiges war hier.

*

Und eigentlich auch viel näher, als sie es je befürchtet hätten, denn noch während sie auf weitere Geräusche lauschten, die tatsächlich in kurzen, unregelmäßigen Abständen wie abgehackt durch die Halle zuckten und sie dabei versuchten, die genaue Richtung auszumachen, erhob sich hinter ihnen ein großer, unförmiger Schatten und näherte sich weiter. Dabei waren lange, dünne Auswüchse zu erkennen, ähnlich wie Spinnenbeine, die sich über ihren Köpfen ausbreiteten. Das alles geschah auch nicht vollkommen lautlos, sondern es war sowohl ein Quietschen dabei zu hören, so als schabe Metall auf Metall, als auch ein Knarren, als würde man Leder zusammendrücken. Zwar sehr, sehr leise, aber dennoch nicht lautlos.

*

Da!

Wieder konnten Christopher und Douglas schattenhafte Bewegungen ausmachen. Dieses Mal waren es eindeutig mehrere Körper, die sich hin und her bewegten. Dabei waren überall merkwürdige Geräusche zu hören, die aber immer nur sehr kurz und abgehackt erklangen, sodass es kaum möglich war, ihren Ursprung zu ergründen.
Dennoch war ihre Konzentration so hoch, dass sie die Bewegungen, die kaum mehr als zwei Meter hinter ihnen am Boden zu verzeichnen waren und an Schlangen erinnerten, nicht wahrnahmen.

Plötzlich drang doch etwas von den leisen Geräuschen hinter ihnen in Erics Ohr. Sein Gehirn schaltete sofort und signalisierte Gefahr. Seine Muskeln spannten sich an, seine Gesichtszüge verkrampften sich, dann wirbelte er blitzschnell herum und sah...
Nichts!
Etwa einen Meter hinter ihnen befand sich das Heck eines alten, schäbigen und ehemals hellblauen Plymouth - und sonst nichts.
„Was ist?" fragte Peter nervös und drehte sich zu ihm.
„Ich dachte, ich hätte was gehört!" erwiderte Eric noch immer angespannt.
„Und?"
Der Schwarze schüttelte den Kopf. „Fehlanzeige! Nur eine alte Schrottkarr...!"
Weiter kam er nicht, denn urplötzlich schlug etwas irrsinnig Hartes sehr wuchtig gegen seine Seite und riss ihn aus dem Stand heraus nach hinten, wo er – zusammen mit Peter – gute fünf Meter durch die Luft schoss. Bevor sie hart und unkontrolliert zu Boden krachten und sich mehrmals laut brüllend überschlugen, hatte Eric noch die Chance einen letzten, kurzen Blick zurückzuwerfen und es war ihm, als habe sich gerade eben die Säule, hinter der sie Schutz gesucht hatten, bewegt...!

*

Die Schreie ihrer Freunde waren wie der Funke für das Pulverfass ihrer eigenen Anspannung. Und es explodierte in Form von Hektik.
Wie auf Kommando sprangen Christopher und Douglas auf und rannten auf Peter und Eric zu, die in Richtung Garagentor polterten. Zwar konnten sie Nichts und Niemanden erkennen, der dafür verantwortlich schien, dass die beiden wie übergewichtige Flummis über den Boden hüpften, doch brüllten sie trotzdem wie wildgewordene Eber.
Zumindest solange, bis sie ihre Freunde erreicht hatten und immer noch nichts Ungewöhnliches in dem dämmerigen Zwielicht ausmachen konnten. Wenn es Dämonen waren, die die beiden angegriffen hätten, wären sie doch sicherlich schon über sie hergefallen. Außerdem schienen weder Peter noch Eric wirklich verletzt zu sein, sondern im Gegenteil einfach nur geschockt.
Um sicher zu gehen, hockte sich Christopher vor Eric und Douglas vor den Blonden und packten sie, um sie zu beruhigen. Während das dann auch schnell geschah, blickte Christopher zufällig nach vorn und damit genau auf das

Garagentor. Im gleichen Moment erstarrte er mit großen Augen in seiner Bewegung. Eric erkannte seine Reaktion, folgte seinem Blick und war sofort ebenfalls total überrascht. „Peter!" rief er. Douglas und der Blonde wandten ihm ihre Köpfe zu. „Das Tor!"
Sie folgten seinem Blick und waren sogleich ebenfalls total perplex.
„Wo zum Teufel ist das Loch?" fragte Douglas.
Und diese Frage war absolut nicht unberechtigt, denn da, wo sie noch vor Minuten auf dem Bildschirm in der Waffenkammer ein riesiges Loch in den Stahlschotten erkannt hatten, war jetzt…nichts mehr. Das Tor und die Schotten waren absolut intakt und genau so, als wäre dort nie etwas gewesen!

Überlebt

Als er aus dem Himmel heraus zurück zur Erdoberfläche schoss, war Francesco im ersten Moment überrascht, wo sein Weg ihn hinführte, denn natürlich hatte er nicht gewusst, wo sich das Tor für Samael und Razor öffnen würde.
Dann war er erst einmal beeindruckt von der schier unendlichen Weite, die sich ihm in der dieser Wüste bot, die etwas Erhabenes und Machtvolles an sich hatte, das ihn positiv frösteln ließ.
Wenige Augenblicke jedoch nur, dann hatte er die Austrittsstelle ausgemacht. Sofort fröstelte ihm erneut, doch dieses Mal im negativen Sinne, denn dort unten sah es aus wie auf einem verdammten Schlachtfeld.
Mitten in den unzähligen Sanddünen klaffte ein riesiges Loch, seine Ränder ragten gezackt meterweit in die Höhe, ganz so, als wäre hier eine Kugel durch Metall geschlagen. In einer Mischung aus tiefem Rot und Gelb loderte noch immer eine feurige Glut in der schier bodenlosen Tiefe. Die Ränder des Loches pulsierten, zogen sich nur ganz allmählich zusammen. Darüber war eine gewaltige, dicke Rauchfahne zu erkennen, die langsam in den Nachthimmel stieg.
Francesco stutzte nur einen Moment, dann war ihm klar, dass dieser Durchgang durch das Tor zur Erde vollkommen anders abgelaufen war, als sonst, es womöglich nie zuvor einen solchen Durchgang überhaupt durch eines der Tore gegeben hatte.
Theoretisch war es möglich, die Tore überall zu öffnen. In der Hölle konnte der Durchgang auch überall erfolgen, dort gab es keine festgelegten Orte, an denen sich die Tore öffnen mussten. Auf der Erde jedoch gab es hierfür nur ganz bestimmte Stellen, an denen der Eintritt aus anderen Welten erfolgen konnte. Diese Orte lagen meist verborgen und waren so beschaffen, dass nichts dabei zu Bruch ging, sondern alles nach dem Schließen wieder so wirkte, wie zuvor.
Hier aber zeigte sich ein vollkommen anderes Bild und Francesco wusste, dass dieser Durchgang an einer Stelle erfolgt war, die dafür nicht vorgesehen war. Und damit war klar, welch unfassbare Mächte hier gewirkt haben mussten, als ein Dämon dieses Ranges, wie Samael es war, den uralten Kodex durchbrochen und das Tor für sich genutzt hatte.
Dann konnte er erste Bewegungen auf dem Sand entdecken. Sie wirkten wie Schlangen oder auch wie große Tropfen, die auf das Loch in der Mitte zustrebten, allerdings noch mindestens eine Meile davon entfernt waren.
Je tiefer er sank und sich dem Austrittsloch näherte, desto mehr Bewegung konnte er erkennen und desto größer wurden teilweise die unförmigen Körper, die er sah. Jetzt erinnerten sie ihn mehr als deutlich an die Kreaturen, gegen die er auf dem Plateau nach dem Schließen des Tores gekämpft hatte. Francesco war sich mehr als sicher, dass es Teile Samaels waren, die ganz offensichtlich versuchten, sich wieder zu vereinen. Der gewaltige Dämon war nicht tot, aber er

war auch nicht mehr intakt. Plötzlich verspürte der Alte das Verlangen, sich gegen diese grauenhaften Kreaturen zu stellen, um es hier und jetzt zu beenden, bevor die Vereinigung vollzogen werden konnte und dann ein Gegner entstehen würde, der schrecklicher wohl kaum sein konnte.

Doch Francesco konnte immer mehr dieser zerrissenen Körperteile erkennen, sicherlich weit mehr als fünf Dutzend und locker die Hälfte davon in einer Größe, die die der Kreaturen überragte, gegen die er noch vor Kurzem in der Hölle gekämpft hatte.

Nein, wurde er sich plötzlich bewusst, er war nicht stark genug, um gegen alle zu kämpfen, er brauchte Verstärkung.

Außerdem – und das wurde ihm bereits im nächsten Moment siedend heiß bewusst, als er ganz in der Nähe des Austrittskraters eine leblose menschliche Gestalt neben einer mittelgroßen Kreatur erkennen konnte – war er hier, um Razor, der selbstlos sein Leben aufs Spiel gesetzt hatte, um Samaels Durchgang zu verhindern, zu retten. Zwar hatte der Schwarze das nicht geschafft, doch wäre die Welt ohne ihn wahrscheinlich schon eine ganze andere gewesen, wenn es dem gewaltigen Dämon gelungen wäre, unbeschadet hier zu erscheinen.

So aber hatte Razor den Granatengürtel gezündet, ohne an sein eigenes Schicksal zu denken. Francesco hatte angenommen, dass ihm das das Leben gekostet hatte, doch Ice – wer immer dieser Mann auch wirklich gewesen sein mochte – hatte ihm das Gegenteil erzählt.

Deshalb war er hier. Und tatsächlich konnte er den Schwarzen dort unten am Boden sehen. Nicht zerfetzt, sondern in einem Stück. Aber eben reglos. Und deshalb kam sogleich wieder Sorge in Francesco auf, dass er womöglich nicht mehr rechtzeitig gekommen war.

Wenige Augenblicke später landete er keine drei Meter von Razor entfernt im Wüstensand. Sofort nahm er Kampfstellung ein, denn immerhin befand sich dicht neben dem Schwarzen eine dieser unförmigen Kreaturen, wenngleich auch sie sich nicht bewegte. Warum, konnte er erkennen, als er vorsichtig näher kam.

Da klaffte ein riesiges Loch in der vermeintlichen Brust der Bestie, Rauch kräuselte daraus hervor und noch immer rannen dicke, zähflüssige Blutfäden zu Boden. Ganz offensichtlich war die Kreatur tot. Als er näher kam, konnte Francesco neben diesem Loch noch einige tiefe Schnittwunden überall am Körper erkennen, die in einem Fall einen ekelhaften Klauenfortsatz beinahe komplett abgetrennt hatte.

Dann hatte er den Schwarzen erreicht und hockte sich neben ihr. Während er Razors Körper von der Seite auf den Rücken drehte, sah er neben ihm sein blutverschmiertes Schwert liegen und das Gewehr, dessen Magazin leer war und dessen Laufende noch leicht rötlich glühte. Damit war klar, was geschehen war: Razor hatte gegen diese Kreatur neben ihnen gekämpft – und sie besiegt. Francesco war augenblicklich erneut tief beeindruckt von der Kampfkraft des Schwarzen, die ganz offensichtlich absolut außergewöhnlich war.

Im nächsten Moment schwand auch seine Sorge, denn Razor stöhnte plötzlich, drehte seinen Kopf ein wenig und seine Augenlider flackerten. Er war nicht tot, soweit die gute Nachricht. Allerdings hatte auch er einige sehr üble Fleischwunden am ganzen Körper davongetragen.

„Was...?" stöhnte er, während er seine Augen mehrmals öffnete und wieder schloss. „Was ist passiert?" Seine Augen blickten glasig. „Wo...bin ich?"

„Auf der Erde!" erwiderte Francesco und musste lächeln. „In Sicherheit!"

Razors Blick blieb an ihm haften und der Schwarze zog die Augenbrauen zusammen. „Francesco?"

Der Alte nickte.

„Was ist passiert?"

„Sie sind durch das Tor zur Erde gegangen!" Wieder musste er lächeln.

„Ich bin...?" Razor stoppte und war erneut irritiert. „Verdammt!" stieß er hervor. Dann wurden seine Augen größer. „Samael!" Er starrte Francesco an. „Ist er...?"

„Nein!" Der Alte schüttelte traurig den Kopf. „Leider nicht!"

„Dann müssen wir...!" Mit einem erbärmlichen Stöhnen und schmerzverzerrtem Gesichtsausdruck drückte Razor seinen Oberkörper in die Höhe, sackte aber sofort wieder kraftlos zusammen.

Francesco fing ihn auf. „Ja!" bestätigte er dennoch. „Aber nicht hier. Und nicht jetzt!"

Razor schaute ihn schweratmend an, dann fing sein Blick die tote Kreatur neben ihnen ein. Sofort verkrampfte er sich. „Was ist das?"

„Ein Teil Samaels!" Der Alte erkannte in Razors Augen Verwirrung. „Die Explosionen der Granaten während des Durchgangs konnten ihn nicht töten, aber sie haben ihn in Stücke gerissen!"

„Aber...es ist doch tot!?" bemerkte der Schwarze unsicher.

Francesco nickte und musste lächeln. „Das waren *sie*!" Er deutete auf das Schwert und das Gewehr.

Razors Augen leuchteten für einen Augenblick, dann wurde sein Blick hart. „Verdammt!"

Plötzlich war ein schrilles Quieken von der Hügelkuppe zu hören. Als die beiden Männer hinaufblickten, konnten sie eine sehr große, unförmige Gestalt dort erkennen, die mit riesigen, leeren Augenhöhlen auf sie herab starrte, erst überrascht schien, dann jedoch hasserfüllt knurrte und sich sofort auf den Weg zu ihnen machte.

„Wir müssen hier weg!" sagte Francesco und half Razor, der sich bereits auf die Beine mühte. „Alles Weitere erkläre ich ihnen auf dem Weg!"

Der Schwarze verharrte in seiner Bewegung und schaute den Alten direkt an. „Wohin?"

„In die Zwischenwelt!" erklärte Francesco. „Wir müssen ihre Wunden heilen. Und dann müssen wir uns gemeinsam mit allen anderen gegen Samael stellen und ihn vernichten!"

Razor erwiderte nichts, sondern schaute sein Gegenüber zunächst nur ausdruckslos an. Dann verdunkelte sich sein Blick und sein rechtes Auge verengte sich ein klein wenig, bevor der Anflug eines Lächelns über seine Lippen huschte und er schließlich nickte. „So soll es sein!"

Francesco zögerte für einen Moment, doch als erneut das Brüllen der Bestie zu hören war, das schon sehr viel näher klang, griff er nur Razors rechten Unterarm und gemeinsam schossen sie in den Himmel.

Dämonenjäger

„Wir haben den kleinen Schaden…ähm, wieder rückgängig gemacht!" Es war die kräftige, tiefe Stimme eines Mannes, die hinter ihnen erklang.
Augenblicklich erschraken die Vier und ihre Köpfe rauschten zeitgleich herum.
Etwa fünf Meter von ihnen entfernt stand tatsächlich ein Mann, der mindestens zwei Meter groß war und buchstäblich ein Schrank von einem Kerl. Er trug dunkelblaue, lederne Kleidung, eine Art Overall, eng anliegend, was seine beeindruckenden Muskelpakete natürlich extrem hervorhob. Sein Gesicht hatte markante Züge und ein noch markanteres, eckiges Kinn und wirkte verwittert. Sein Haar war schwarz und sehr kurz geschnitten, seine leuchtend, braunen Augen schimmerten im Zwielicht. Seine Haltung war aufmerksam, aber nicht angespannt, seine Hände hatte er locker vor dem Bauch zusammengelegt.
Die Geste eines Mannes, der keine Angst hat, keine Angst oder Misstrauen schüren will, der aber dennoch sofort kampfbereit ist, schoss es Christopher in den Kopf. „Wer zum Teufel sind *sie* denn?" raunte er aber nur in gereiztem Ton, während er sich zurück auf die Füße drückte.
„Man nennt mich *Steel*! Meinen richtigen Namen habe ich längst vergessen!" Seine Lippen verzogen sich zu einem säuerlichen Grinsen. „Wir sind hier, um ihnen zu helfen!"
„Steel, ja?" rief Douglas. „Wie passend!" fügte er an Christopher gewandt hinzu. „Der sieht aus, als würde er gleich aus der Pelle platzen!"
Woraufhin Christopher grinsen musste.
„Sie haben ein merkwürdiges Verständnis von Hilfe!" rief Eric, während er sich zusammen mit Peter erhob und sich dabei den linken Oberarm rieb, der noch immer etwas wehtat.
„Und was meinen sie mit *wir*?" hob Christopher an, dem dieser Teil natürlich nicht entgangen war.
„Das war eine reine Vorsichtsmaßnahme!" erwiderte Steel mit Blick auf Eric und Peter. Dann wandte er sich an Christopher. „Und mit *wir* meine ich…!" Er zog seine Hände auseinander und deutete zu beiden Seiten neben sich. „…meine beiden Partner!"
Im allerersten Moment war allerdings niemand zu erkennen, sodass die vier Männer ihre Augenbrauen zusammenzogen. Bevor einer von ihnen jedoch auch nur irgendetwas erwidern konnte, schossen ihre Augenbrauen förmlich in die Höhe und totale Überraschung erfasste sie, denn der Auftritt von Steels *Partner* war mehr als nur beeindruckend:
Die Säule, schoss es Eric noch in den Kopf, als er mit ansehen musste, wie sich dieser rechteckige Block aus grauem Beton urplötzlich bewegte und dabei seine Gestalt änderte. Während sich am unteren Ende zwei Beine bildeten, mit denen die Gestalt auf sie zukam, schrumpfte die Säule in der Länge zusammen und schließlich bildeten sich Arme, ein Kopf und ein Rumpf heraus. Als sie Steel

erreicht hatte, war aus dem drögen Stück Beton eine schlanke, athletische Frau um die Dreißig geworden, deren Körper in einem ähnlichen, aber violetten, Lederoutfit steckte, wie auch Steel. Der Stoff umspielte ihre schmalen Rundungen. Sie war kaum kleiner als Steel und sie war – trotz ihres finsteren Blickes und ihrer harten Gesichtszüge – mächtig hübsch und attraktiv. Ihre schulterlangen, pechschwarzen Haare umspielten ihr ovales Gesicht mit sehr feinen Zügen und leuchtend grünen Augen.

„Rose!" Steel schaute neben sich und als sich ihre Blicke trafen, begannen beide zu lächeln.

Rose trat dich an ihn heran und küsste ihn kurz, aber leidenschaftlich auf den Mund. Dann legte sie ihren rechten Unterarm auf seine Schulter und schmiegte sich an ihn, während sie die vier Männer vor sich anschaute. „Tut mir leid!" sagte sie ohne viel Mitleid und nickte Eric und Peter zu.

„Ihr habt euch umhauen lassen...!" flüsterte Christopher ihnen zu. „...von einem *Mädchen*?" Er blickte Douglas an und beide zogen ihre geschlossenen Münder weit nach unten, während in ihren Augen deutliche Schadenfreude zu erkennen war.

„Arschgeigen!" raunte Peter angesäuert.

Dann waren ihre Blicke auf Steels andere Seite gerichtet, denn auch dort regte sich etwas. Zunächst schien es nur ein Schatten zu sein, der über den Boden kroch, der sich jedoch zu dunklen Nebelschwaden veränderte, als er in die Höhe fuhr. Dabei verdichtete er sich zusehends zu einer schmalen Säule, aus der dann nur einen Wimpernschlag später eine weitere Frau hervortrat. Sie war etwas älter als Rose und einen ganzen Kopf kleiner, als die anderen beiden. Ihr Körper war muskulös und der dunkelgrüne Leder-Overall zeigte ihre deutlichen, drallen Rundungen. Sie hatte kurzgeschorene, blonde Haare und himmelblaue, funkelnde Augen.

„...und Shadow!" fügte Steel an.

Die Frau warf den beiden ein freundliches Lächeln zu, dann wandte sie sich an die vier Männer vor ihnen und ihr Blick wurde ernst und hart.

Als sie Peter ansah, merkte sie, dass der Blonde sie direkt anstarrte. Ihre Blicke trafen sich und ruhten für einen Augenblick ineinander. Dabei entspannte sich Shadows Blick zusehends und es war sogar ein Anflug von einem Lächeln zu erkennen.

Das aber entging auch Christopher nicht und er lachte leise auf, wobei man ihm wirklich zu Gute halten musste, dass er sich für Peter freute.

Shadow aber sah das ganz anders. „Was gibt es da zu grinsen?" brummte sie verärgert.

„Ähm..!" Christopher war etwas überrascht. „...nichts!"

„Prima!" Shadow nickte mit ernster Miene. „Das will ich dir auch gera...aaarrrggghhh!"

Plötzlich und unvermittelt schrie Shadow auf. Gleichzeitig verzerrten sich ihre Gesichtszüge und ihre Arme zuckten unkontrolliert in die Höhe. Im selben Moment erschlaffte ihr Körper und veränderte sich zeitgleich zu jenem dicken, schwarzen Nebel, aus dem sie kurz zuvor hervorgetreten war. Einen

Wimpernschlag später schoss eine furchtbare Pranke mit rasiermesserscharfen Krallen hindurch und ein halb überraschtes, halb wütendes Brüllen war zu hören.

„Verdammt!" schrie Douglas auf und riss seine Waffe in die Höhe. Die anderen - bis auf Eric - taten es ihm gleich und sogleich donnerten etliche Projektile auf den fliegenden Dämon zu.
Eric wiederrum war längst abgesprungen und flog auf die widerliche Kreatur zu.
Steel und Rose blickten zunächst entsetzt dem schwarzen Rauch hinterher, der über den Boden in eine der dunkleren Ecken der Tiefgarage kroch, denn der Schrei ihrer Freundin war zwar überwiegend aus Überraschung geboren, aber deutlich hörbar auch aus Schmerz, dann aber reagierten sie schnell und sehr konsequent.
Steel streckte beide Arme nach Rose aus, die ergriff seine Hände ohne zu zögern; und sofort riss sie der Hüne mit einem beinahe brutalen Ruck in die andere Richtung. Doch während sie an ihm vorbei auf den Dämon zuschoss, veränderte sich ihre Gestalt blitzschnell wieder und aus ihr wurde eine Stahlkugel.
Die höllische Kreatur aber sah sie im letzten Moment noch kommen und konnte ihr zumindest teilweise ausweichen. Der Zusammenstoß ließ sie schmerzhaft quieken und warf sie aus der Bahn, doch blieb sie ohne größere, sichtbare Verletzungen.
Während Rose weiterrollte und schließlich wuchtig gegen eine Seitenwand der Tiefgarage krachte und dort eine ziemlich große Delle hinterließ, bevor ihre Gestalt wieder menschlich wurde, hatte sich der Dämon längst wieder gefangen, sah sich aber schon im nächsten Moment Eric gegenüber, der ihn sofort und extrem hart attackierte.

*

Erics Attacke versperrte ihnen zunächst das Schussfeld, dann polterten die beiden Kontrahenten in einem verbissenen Kampf auch schon in den hinteren Bereich der Tiefgarage und waren somit ohnehin außer Reichweite.
Christopher dachte für einen kurzen Moment daran, ihm zu folgen und zu helfen, doch das erledigte offensichtlich bereits Rose, die sich von der Wand abstieß und hinter ihnen her flitzte. Zu seiner Überraschung blieb Steel zurück und rannte stattdessen dem schwarzen Rauch hinterher. Weniger überraschend war, dass Peter sich aus ihrem Verbund ausklinkte und ebenfalls dorthin rannte.
Christopher beschloss, ihn nicht zurückzurufen, obwohl er wusste, dass sie hier nicht einfach verharren durften, schließlich kam ein Dämon fast niemals nur allein.
Douglas schien den gleichen Gedanken zu haben. „Los komm!" rief er mit entschlossener Miene und machte sich daran, den linken Bereich der Tiefgarage nach weiteren Monstern zu erkunden.

*

Es war fast wie eine stumme Vereinigung, sodass das Zusammenstellen von genügend Waffen aus der Vorratskammer sehr schnell und effektiv von Statten ging.
Cynthia, Silvia und Talea ergänzten sich prima, Alfredo übernahm das Aufstapeln auf einen großen, stabilen Hubwagen. Francesca half ihm dabei.
Mit dieser Methode brauchten sie keine fünf Minuten und sie hatten die Feuerkraft eines kleinen Bataillons auf den Wagen gewuchtet.
Zufrieden mit sich verloren sie keine Zeit, ihn zum Fahrstuhl zu schieben.
Etwa eine Minute später fuhren sie in die Tiefgarage. Ihre Gesichter waren angespannt und konzentriert, sie hielten ihre Waffen feuerbereit.
Dann ertönte der leise Gong, die Kabine stoppte, einen Augenblick später öffneten sich die Türen und sofort erstarrten alle erschrocken, als sie aus der Tiefgarage die deutlichen Geräusche eines heftigen Kampfes vernahmen.
Talea und Silvia reagierten als Erste. Während sie mit vorgehaltener Waffe aus dem Fahrstuhl huschten, zeigten ihre Blicke, dass sie unsicher waren, weil sie keinerlei Schüsse hören konnten. Dann folgten ihnen Cynthia und Alfredo, die gleichzeitig den Hubwagen aus der Kabine drückten. Schließlich trat auch Francesca in die Tiefgarage.
Zu diesem Zeitpunkt wurde der Kampflärm vor ihnen deutlich lauter und alle konnten mehrere Schatten erkennen, die hin und her flitzten.
Die drei Frauen rissen ihre Waffen in die Höhe und visierten ihre vermeintlichen Gegner an, doch bevor auch nur eine von ihnen abdrücken konnte, schoss ein großes Knäuel aus zwei Gestalten aus dem Halbdunkel auf sie zu und krachte hart gegen eines der dort parkenden Fahrzeuge, das unter der Wucht des Aufpralls rüde deformiert wurde.
Im nächsten Moment erkannte Talea Eric, der in einem verbissenen Kampf mit einem Dämon steckte und riss ihre Waffe gänzlich in die Höhe. Die beiden anderen Frauen taten es ihr gleich.
Alfredo befürchtete, dass die beiden Gegner den Hubwagen in Mitleidenschaft nehmen konnten und schob ihn drei Meter weiter nach rechts.
Die drei Frauen folgten aufmerksam dem Kampf und hielten ihre Waffen wieder schussbereit – was sich schon wenige Augenblicke später auszahlen sollte.
Denn plötzlich gelang es dem Dämon Eric einen ultraharten Schlag gegen den Brustkorb zu verpassen, sodass dieser ihn mit einem schmerzhaften Aufschrei loslassen musste. Eric krachte auf einen weiteren Wagen, zerdrückte ihn dabei, dass selbst die Achsen mit einem lauten Knall brachen, überschlug sich dort und prallte schließlich mit großer Wucht gegen eine der Betonstützen der Tiefgarage, die dabei mehr als zur Hälfte zerfetzt wurde.
Auch der Dämon verlor zunächst sein Gleichgewicht, kippte hinten über und schlug direkt vor den Füßen der drei Ladies auf den Betonboden. Einen Augenblick später donnerten drei wuchtige Gewehrsalven in seinen unförmigen Körper und brachten ihn zum Erzittern. Dennoch gelang es der Kreatur, sich aufzurichten und schon wollte sie zum Gegenangriff übergehen. In diesem Moment aber sprang Eric wieder herbei und verpasste seinem Gegner mehrere

harte Schläge in den Körper und gegen den Schädel, bis er schließlich torkelte, dann donnerte er sein rechtes Bein gegen seine Brust und der Dämon taumelte rücklings in das neben dem Aufzug befindliche Treppenhaus.
Und erneut agierten die drei Frauen in nahezu perfekter Harmonie. Während Cynthia dem Dämon noch im Taumeln eine weitere, kräftige Salve verpasste, sodass es ihn letztlich im Treppenhaus von den Füßen riss, pflückte Talea eine Handgranate von ihrem Gürtel, entfernte den Splint und warf sie hinter ihm her. Kaum hatte sie die Tür passiert, riss Silvia sie mit einem kurzen, kräftigen Ruck wieder zu und huschte dann neben den Eingang, um sich - wie auch Talea und Cynthia - vor der Explosion in Sicherheit zu bringen.
Eric konnte jedoch nur mit großen, überraschten Augen dem Treiben der Frauen zuschauen und als eine Sekunde später dann die Granate im Treppenhaus explodierte und ein widerliches Quieken vom Ende des Dämons zeugte, stand er immer noch unbeweglich da. Dann riss die Druckwelle die Tür aus den Angeln und wirbelte sie mit unbändiger Wucht in seine Richtung. Gerade noch im allerletzten Moment konnte er darunter hinweg tauchen, bevor sie wie ein überdimensionales Schrapnell in einen dritten, parkenden Wagen donnerte und ihn beinahe in zwei Teile zerriss.
Eric war sich seines Glückes mehr als bewusst und starrte die drei Frauen mit großen Augen an, die jedoch, ganz besonders natürlich Talea, einfach nur breit grinsten.

*

Warum Peter sich von der Gruppe löste und hinter Steel her rannte, konnte er im ersten Moment selbst nicht genau sagen. Es war einfach ein Gefühl, wie eine Art innerer Wunsch, es zu tun.
Undeutlich konnte er den Nebel erkennen, der unstetig und ruckartig dicht über dem Boden vor ihnen waberte und schließlich an der gegenüberliegenden Wand der Tiefgarage zum Erliegen kam.
Dann versperrte ihm das gewaltige Kreuz des Hünen für einen Augenblick die Sicht. Als Peter schließlich neben ihm abstoppte, hatte sich der Nebel bereits zu Shadow zurückgebildet. Ihr Körper lehnte schlaff und schweratmend an der Betonwand, ihr Körper war schweißnass. Ihre Augenlider flackerten und sie verzog das Gesicht immer wieder unter starken Schmerzen.
Steel ging in die Hocke und Peter konnte tiefe Sorge im Gesicht des Hünen erkennen. Irgendwo aus dem Nichts fischte er eine zusammengerollte Decke oder Etwas in der Art hervor und legte sie auf den Boden. Dann nahm er vorsichtig Shadows Körper und drehte ihn so, dass sie mit dem Kopf darauf zum Erliegen kam. „Ruhig Kleine!" sagte er mit voller Mitgefühl. „Lass mich das mal sehen!"
Shadow, die bisher keine Gegenwehr verübt hatte, riss plötzlich ihre Augen auf und gleichzeitig packte ihre linke Hand seine linke Hand, um sie zurückzuhalten. Steel hielt tatsächlich inne und ihre Blicke trafen sich für einen Moment. Peter konnte deutliche Angst in Shadows Augen erkennen.

Doch der Hüne ließ nicht locker. „Ich muss die Wunde freilegen!" sagte er mit fester Stimme und fügte dann mitfühlend hinzu. „Tut mir leid!"
Shadow starrte ihn noch einen Moment an, dann ließ sie seinen Arm los. Gleichzeitig erkannte sie Peter über sich. In ihren Augen war eine Mischung aus Überraschung, Furcht und noch etwas Anderem zu sehen, das Peter im Moment jedoch nicht einordnen konnte.
Auch Steel hatte ihn jetzt bemerkt. „Was wollen sie hier?" fragte er schroff, während er wieder scheinbar aus dem Nichts eine Art Skalpell hervorholte und begann, Shadows Overall damit aufzuschneiden.
Peter sah zu ihm herab, dann auf den Blutfleck auf Shadows Körper, dann in Shadows Augen. Und dann sagte er nur. „Helfen!" Und im selben Atemzug kniete er ebenfalls nieder.
„Vergessen sie es!" raunte Steel und zerschnitt Shadows Overall, legte das T-Shirt darunter frei, das ehemals weiß, jetzt schweißnass und blutdurchtränkt war. Shadow stöhnte schmerzvoll auf. „Verschwinden sie!" Steel hielt inne und starrte Peter mit finsterer Miene an.
„Nein!" stieß Shadow plötzlich hervor und schaute zu dem Blonden auf. Irgendwie – ob nun gewollt oder ungewollt – spürte Peter plötzlich die zitternden Finger ihrer linken Hand an seiner rechten Hand, und ohne dass er überhaupt überlegen musste, nahm er sie und umschloss sie fest, aber dennoch sanft. Für einen Augenblick trafen sich ihre Augen. Während Peter ein Lächeln versuchte, hatte er das Gefühl, als würden ihre Augen für den Bruchteil einer Sekunde aufleuchten – ein wunderbares, strahlendes Leuchten voller Leidenschaft. Dann zuckten ihre Augen zu Steel. „Lass ihn bleiben!" Als sich ihre Augen trafen, fügte sie hinzu. „Bitte!?"
Steel nickte widerstrebend. „Von mir aus!" Dann begann er, auch ihr T-Shirt aufzuschneiden.
Peter musste zusehen, wie der Hüne schnell, aber sehr professionell die Wunde freilegte. Immer wieder zuckte Shadow schmerzhaft auf und ihre Finger gruben sich dabei in seine Hand. Unwillkürlich rutschte Peter immer näher, bis er sich schließlich gänzlich hinhockte und am Ende sogar ihren Kopf in seinem Schoss wiederfand. Mittlerweile waren auch ihre anderen beiden Hände ineinander verschlungen.
Dann hatte Steel die Wunde endlich freigelegt. Als Peter das riesige Loch in Shadows Körper sah, das ihren Rumpf komplett durchschlagen hatte, wurde ihm schlagartig speiübel.
Shadow schaute zu ihm auf und konnte in seinem Gesicht seine Gefühle lesen. „So schlimm?" fragte sie, versuchte dabei ein Lächeln, das aber nur erbärmlich gequält hervortrat und drückte seine Hände mit all der Kraft, die sie noch aufzubringen vermochte.
„Was?" Peter erschrak angesichts der Tatsache, dass er seine Gefühle so deutlich gezeigt hatte. Er lächelte aufmunternd, aber nicht sehr überzeugend. „Nein!" Er warf Steel einen Blick zu, doch der Hüne war selbst mehr als geschockt über das Ausmaß der Verletzung. Als sich ihre Augen trafen, sah Peter, wie die Hoffnung aus den Zügen seines Gegenübers wich. „Das ist nicht

gerade nur ein Kratzer...!" hob er dann wieder an und schaute hinab zu Shadow, „...aber das wird wieder. Sie haben doch sicherlich schon anderes durchgemacht!" Er grinste und sie erwiderte seine Geste mit einem Nicken. „Das sind nur Schmerzen!" fuhr er weiter aus. „Nur verdammte, scheiß Schmerzen. Sonst nichts. Und ich bin mir sicher, sie wissen, wie man die Zähne zusammenbeißt!" Wieder nickte Shadow, doch in ihrem Blick konnte Peter erkennen, dass auch sie der Mut verließ. „Ich bleibe bei ihnen!" sagte er deshalb schnell. „Wir machen das zusammen!" Wieder grinste er. „Doppelt hält bess...!"
„Halten sie den Mund!" zischte Steel und funkelte Peter böse an. „Es ist besser, wenn sie still sind. Shadow weiß um das Risiko!" Er schaute den Blonden direkt an. „Wir sind bereit zu sterben!"
Peter erwiderte den Blick des Hünen einen Augenblick ausdruckslos, dann nickte er mehrmals bedächtig. Schließlich blickte er wieder hinab zu Shadow, in dessen Augen er eindeutig nicht das sah, was Steel behauptete. Und da war ihm klar: *Niemand ist wirklich bereit zu sterben.* Er lächelte ihr aufmunternd zu, dann hob er wieder seinen Kopf. „Mag sein!" sagte er mit fester Stimme. „Aber nicht hier und nicht heute!" Er streichelte ihr sanft über die Stirn, dann zog er sich sachte unter Shadow hinweg und erhob sich. „Ich brauche eine Minute!" Und mit diesen Worten wirbelte er herum und rannte los. In seinem Kopf befand sich nur noch ein Name: *Eric!*

Unerwartete Gefühle

Da er direkt von der Erde kam, verlief sein Weg in das rein weiße Nichts dieses Mal nicht über den Strom der Verdammten und endete somit auch nicht in einem unsichtbaren Sessel.
Stattdessen trug Francesco Razor – Dank seiner Fähigkeiten scheinbar mühelos – über der rechten Schulter, als er vor sich dunkle Schatten erkennen konnte, die nach ein paar Augenblicken menschliche Gestalt annahmen.
Es waren Heaven, Bim, die beiden Brüder Horror und Terror – und Ice, der ihnen gegenüberstand und offensichtlich gerade gestenreich etwas erklärte.
Als Heaven Francesco erblickte, stieß sie einen kurzen Schrei aus, sodass alle anderen ebenfalls auf ihn aufmerksam wurden. Sofort rannten sie zu ihm und ließen Ice praktisch stehen.
Francesco wiederrum legte Razor zwischenzeitlich auf eine unsichtbare Liege.

*

Heaven spürte eine rasend schnell aufsteigende Unruhe, als sie Francesco sah und ihre Beine bewegten sich wie automatisch auf ihn zu.
Dabei wurde ihr schnell klar, dass es nicht der Alte war, der dieses Gefühl verursachte, sondern Razor, dessen Körper schlaff und reglos über seiner Schulter hing. Und obwohl sie von Ice wusste, dass der Schwarze den Durchgang durch das Tor zur Erde überlebt hatte, breitete sich tiefe Sorge um ihn in ihr aus. Die Intensität dieses Gefühls überraschte sie, denn sie hatte etwas Derartiges Razor gegenüber noch nie zuvor empfunden und verunsicherte sie gleichzeitig derart, dass sie ihr Lächeln verlor.
Dann hatte sie die beiden Männer erreicht. „Razor!" rief sie, trat an das Kopfende der Bahre, blickte mitfühlend und besorgt auf ihn herab und fast wie automatisch begannen ihre Hände sanft seine Haare und seine Wangen zu streicheln.
„Keine Sorge...!"meinte Francesco, als er den Ausdruck in Heavens Augen sah. „...er lebt!" Er blickte zu den anderen. „Er hat den Durchgang sogar erstaunlich gut überstanden, wenn man bedenkt, was geschehen ist!"
„Wir wissen, was passiert ist!" meinte Bim und als Francesco die Augenbrauen zusammenzog, deutete der Hüne mit einem Blick auf Ice, der jetzt ebenfalls zu ihnen kam.
Francesco verstand und nickte. „Ich werde dafür sorgen, dass seine Wunden geheilt werden! Dann ist er wieder ganz der Alte!"
„Oder auch nicht!" warf Horror ein.
„Was soll das heißen?" fragte Francesco.
Horror schaute zunächst den Alten an, dann Ice, der mittlerweile neben ihnen stand. „Fragen sie ihn!"

Ice lächelte. „Ich habe getan, was ich ihnen gesagt habe!"
„Und?"
„Sie haben alle zugesagt...!" Er lächelte erneut. „Wie zu erwarten war!"

*

Heaven hörte dem Gespräch der Männer nicht mehr zu, sondern fixierte sich mehr und mehr auf Razor. Sein Körper schien intakt zu sein, zumindest konnte sie keine Brüche oder größere, blutende Wunden erkennen. Auch in seinem Gesicht waren kaum mehr als normale Kampfspuren zu sehen. *Einem eigentlich ziemlich hübschen Gesicht*, schoss es ihr plötzlich in den Kopf, woraufhin sie die Mundwinkel verzog und kurz ihren Kopf schüttelte. *Was war denn gerade bloß los mit ihr?*
Plötzlich begannen Razors Augenlider zu zucken und ein leises Stöhnen war zu hören. Dann trieb sein Kopf ein wenig hin und her.
Heaven spürte, wie ihr Herzschlag sich beschleunigte, sie zwischen Hoffnung und Sorge hin und her schwankte.
Dann schlug der Schwarze seine Augen auf und es schien ihr, als sehe er sie direkt an. Sie erschrak und fast hätte sie kurz aufgeschrien. In seinen dunkelbraunen Augen lag ein Strahlen, das ihr vorher noch nie aufgefallen war. Oder war das nur eine optische Täuschung? *Quatsch, natürlich war es eine*, schalt sie sich innerlich und riss sich zusammen. Sie erwiderte seinen Blick und ein ehrlich erfreutes Lächeln erschien auf ihren Lippen. „Hey!" sagte sie leise.
„Heaven!" Er schien im ersten Moment unsicher und überrascht, dann aber lächelte auch er. „Schön dich zu sehen!"
„Dito!" erwiderte die junge Frau und strich ihm wieder sanft durch die Haare.
„Weißt du, was geschehen ist?"
„Nicht genau, aber...!" begann sie.

*

„Gut, dann ist das ja geklärt!" meinte Francesco sichtlich zufrieden. „Willkommen an Bord!" Bim und die beiden Brüder nickten ihm mit nur geringer Begeisterung zu. „Wollt ihr vorausgehen oder warten?"
„Wir gehen...!" begann Horror.
„...warten!" entgegnete Bim.
Woraufhin sein Gegenüber zunächst ein mürrisches Brummen ausstieß, dann aber nickte. „Okay!" Er atmete tief durch. „Wir warten!"
Francesco lächelte, als er sich umdrehte und wieder neben Razor trat. „Oh, sie sind wach?" Der Schwarze nickte. „Wir werden erst einmal ihre Wunden versorgen, okay?" Wieder nickte Razor.
„Kann ich mitkommen?" fragte Heaven sofort und weitaus emotionaler, als sie es eigentlich gewollt hatte. Als sie die umstehenden Männer daraufhin überrascht ansahen, wurde sie etwas verlegen.
Francesco aber nickte. „Wenn sie es wollen?"

Jetzt nickte Heaven. Bevor sie sich abwandte und Francesco und Razor folgte, schaute sie zu Bim und den beiden Brüdern, lächelte ihnen zu und zwinkerte schließlich frech.

*

„Kneif mich!" meinte Terror zu seinem Bruder.
„Warum?" fragte der.
„Heavens Blick!" erwiderte er. „Der kann nicht echt gewesen sein!'
„Oh!" hob Bim an. „Ich glaube aber doch!" Er lächelte.
„Du meinst?" Terror war sichtlich erstaunt. Bim nickte. „Die Kleine und der Lange?"
Horror lachte heiser auf. „Warum nicht?"
„Weil er vor nicht mal zehn Stunden mit Moonlight gevögelt hat?" erwiderte Terror.
„Das war vor zehn Stunden!" meinte Bim trocken.
Terror brummte. „Ich hoffe, sie weiß, was sie tut!?"
„Wenn es um Gefühle geht, hat das noch nie jemand wirklich gewusst!" sagte Bim mit säuerlicher Miene. „Aber klar...!" Er nickte. „Wenn *er ihr* wehtut...!"
„...tun *wir ihm* weh!" Terror grinste verwegen und die anderen beiden stimmten mit ein.

Erklärungen

Christopher und Douglas huschten schnell, aber sehr aufmerksam durch das Zwielicht, immer in Bereitschaft, sich einem möglichen weiteren Feind zu stellen. Das war zwar bei all den Nebengeräuschen nicht einfach, aber dennoch kamen sie gut voran.
Als sie das Ende der Tiefgarage erreicht hatten und sich vor einem weiteren Aufzug wiederfanden, hatten sie noch immer keinen weiteren Kontakt gehabt.
Die Anzeige am Fahrstuhl zeigte, dass er sich auf dieser Ebene befand. Mit einem stummen Wink seines Kopfes deutete Douglas an, Christopher solle die Tür öffnen, während er die Waffe in Anschlag brachte, was der auch tat. Doch die Kabine war leer.
Dann fiel ihr Blick auf das Treppenhaus. Dieses Mal stellte sich Christopher mit seiner Waffe im Anschlag direkt vor die Tür und Douglas öffnete sie. Aber auch hier war alles ruhig und ihre Anspannung löste sich ein wenig. Als sie beide jedoch direkt in der Tür standen, waren sich beide sehr sicher, dass sie deutliche Geräusche aus dem Erdgeschoss hören konnten, die ja eigentlich nicht hätten vorhanden sein dürfen.
Die beiden Freunde schauten sich mit vielsagenden Blicken an, dann nickten sie. Während Christopher zurück zum Fahrstuhl lief und erneut den Türöffner betätigte, schloss Douglas die Treppenhaustür wieder und band ein kurzes, festes Seil so um das Schloss, dass es zerrissen werden würde, wenn jemand in die Tiefgarage drang.
Zufrieden lief er zu Christopher, der kurzerhand mit einem Schraubenschlüssel, den er zufällig an seinem Gürtel gefunden hatte, eine der Aufzugtüren blockierte und somit beide offen stehen blieben.
Als er Douglas ansah, nickte sein Freund und gemeinsam rannten sie zurück zu den anderen.

*

„Wie…?" Rose kam auf Eric zu und starrte ihn mit großen Augen irritiert an. „…haben sie das gemacht?"
Bevor er jedoch antworten konnte, waren drei Gewehre zu hören, die durchgeladen und deren Läufe auf die junge Frau gerichtet wurden.
„Wer zum Teufel sind *sie* denn?" fragte Talea schroff, während sie schon etwas entspannter neben ihren Mann trat, denn sie konnte an der fremden Frau keine Waffe erkennen.
„Alles klar!" beschwichtigte Eric sofort und deutete den anderen an, ihre Waffe zu senken. „Sie gehört zu uns!"
„Ach ja?" erwiderte Cynthia jedoch noch sehr ablehnend, obwohl sie dennoch tat, was Eric forderte.

„Ihr Name ist Rose!" erklärte Eric.
Silvia, die ebenfalls die Waffe senkte und die große, schlanke Frau unverhohlen ansah, schüttelte den Kopf. „Ich versteh verdammt nur Bahnhof!" Sie wandte ihren Kopf zu Eric und sah ihn auffordernd an.
„Sie...!" begann Rose, kam mit langsamen und unsicheren Schritten auf Eric zu und starrte ihn voller Ehrfurcht an. „...sind ein Engel!?"
„Ja!" bestätigte Talea sofort und warf Rose einen finsteren Blick zu. Dann drehte sie sich zu Eric und küsste ihn kurz, aber sehr leidenschaftlich auf den Mund. *„Mein* Engel!" Sie schaute wieder zu Rose und ihre Stimme klang sehr bestimmt.
„Eric!" rief Silvia mit wachsender Ungeduld und als er sie ansah, blickte sie sehr fordernd.
„Tut mir leid!" entschuldigte er sich. „Aber sie standen plötzlich einfach vor uns! Ich hatte noch keine Gelegenheit zu erfragen, wer oder was sie sind?"
Silvia nickte, dann wandte sie sich an Rose. „Also?"
Rose schien nicht auf ihre Frage reagieren zu wollen, denn sie starrte weiterhin Eric an, doch dann sagte sie. „Wir sind Dämonenjäger!"
„Wir?" Das war Cynthia, die sehr überrascht war.
„Dämonenjäger?" Talea lachte verächtlich auf. „Das glaubt ihr tatsächlich, ja?"
Rose Augenbrauen zuckten irritiert, dann nahm sie endlich den Blick von Eric. „Wir glauben nicht, wir sind!" erwiderte sie und fixierte Talea. „Und wir sind zu dritt!" fügte sie an Cynthia gewandt hinzu.
„Und woher kommt ihr?" fragte Silvia.
„Und wo sind die anderen?" fragte Talea.
„Und warum zum Teufel erst jetzt?" fragte Cynthia.
Und alle drei so schnell hintereinander wie Maschinengewehrkugeln.
Bevor Rose jedoch etwas darauf erwidern konnte, erschien Peter auf der Bildfläche. Mit gehetztem Gesichtsausdruck starrte er Eric an. „Wir brauchen deine Hilfe!" Er wartete, bis sein Gegenüber ihn ansah. „Schnell!" fügte er mit Nachdruck hinzu.
„Wieso, was ist denn?" fragte Cynthia.
Peter schaute erst seine Freundin an, dann blickte er zu Rose. „Shadow!"
Und als wenn damit alles gesagt worden wäre, folgten alle Peter ans andere Ende der Tiefgarage.

*

„Geiles Outfit!" meinte Talea im Gehen und betrachtete Rose von oben bis unten.
„Danke!" Rose merkte man an, dass sie nicht bei der Sache war.
„Woher kommen sie?" bohrte Silvia dennoch.
„Aus Moskau!"
„Ihr seid Russen?" rief Cynthia überrascht aus.
„Was?" Rose war sofort verwirrt. „Nein, Quatsch. Wir hatten dort nur zu tun!"
„Lass mich raten!" meinte Talea und schaute Rose amüsiert an. „Ihr habt *Dämonen* gejagt!" Das Wort *Dämonen* betonte sie unheilvoll.

„Stimmt!" erwiderte Rose emotionslos, ohne die junge Schwarze anzusehen. In ihrem Gesicht stand weiterhin große Sorge.
„Wer ist Shadow?" fragte Silvia.
„Eine von uns...und meine Freundin!" Rose Blick wurde noch sorgenvollerer.
„Und Nummer drei?" fragte Cynthia.
„Steel!"
„Ah!" hob Talea an. „Endlich ein Mann!" Dafür erntete sie einen bösen Blick ihrer Freundinnen. „Was? Das ist ne coole Kombination. Gibt einen geilen Dreier!" Erics Kopf wirbelte im nächsten Moment herum und in seinen Augen konnte sie beinahe Entsetzen erkennen, doch Talea grinste nur breit. „Okay! Tut mir leid!" Sie verdrehte die Augen. „Und?" Sie wandte sich wieder an Rose. „Wie lange macht ihr das schon?"
Rose schien zunächst nicht auf sie eingehen zu wollen, doch dann drehte sie nur ihren Kopf zu ihr, schaute ihr direkt in die Augen und sagte. „Zu lange!" Daraufhin verschwand das Lächeln von ihren Lippen und Talea spürte eine kalte Gänsehaut auf ihrem Rücken.

*

Einen Augenblick später hatten sie das hintere Ende der Tiefgarage erreicht. Plötzlich zuckten alle zusammen, als sie Bewegung in dem Halbdunkel auf der rechten Seite ausmachen konnten. Die drei Frauen rissen sofort wieder ihre Gewehre in die Höhe, doch schon erkannten sie Douglas und Christopher.
Sichtbare Erleichterung machte sich breit.
„Wo kommt ihr denn her?" fragte Cynthia.
„Ich freu mich auch dich zu sehen, Schatz!" erwiderte Douglas sofort und küsste sie.
Christopher trat zu Silvia und konnte in ihrem Blick die gleiche Frage erkennen. „Wir haben da hinten nach dem Rechten gesehen!" Er lächelte, beugte sich vor und küsste seine Freundin.
„Und?" fragte sie sogleich.
„Alles ruhig!" erwiderte Douglas.
Talea nickte. „Hoffen wir, dass es so bleibt!"
Daraufhin lachten alle verächtlich und auch irgendwie irr auf.

*

Schließlich erreichten sie die gegenüberliegende Seitenwand der Tiefgarage und konnten schon von weitem zwei Personen dort erkennen: Shadow, die noch immer am Boden lag und Steel, der neben ihr kniete. Sein Gesicht zeigte tiefe Sorge und auch Verzweiflung, ihr Gesicht war merkwürdig ruhig und entspannt. Als er die anderen wahrnahm, schaute er auf, doch seine Augen waren leer. „Ihr seid zu spät...!" sagte er tonlos.
„Oh Honey!" Rose Erschütterung war ihr sofort anzusehen. Sie kniete sich neben Steel, legte ihre Arme um ihn und gab ihm Halt.

„...sie ist tot!" Steels Augen begannen zu leuchten, als sie sich mit Tränen füllten. Dankbar nahm er Rose Umarmung entgegen.
Während die anderen wortlos auf den Körper der Frau und der fruchtbaren Wunde in ihrem Bauch blickten und nicht minder geschockt waren, sagte Peter nur: „Eric?" und schaute seinen Freund bittend an.
„Natürlich!" Der Schwarze nickte und kniete sich sofort neben Shadow.
„Was soll das?" fragte Steel mit finsterer Miene. „Sie ist tot. Lassen sie sie ruhen!"
„Nicht Schatz...!" Rose beugte sich sofort so herum, dass sie ihn direkt ansehen konnte. „Lass ihn!" Sie wartete, bis er sie ebenfalls ansah. „Er ist ein Engel!"
„Ein...?" Steel riss die Augenbrauen in die Höhe und war sichtlich erstaunt. „Oh verdammt!" fügte er noch hinzu und sein ganzer Körper entspannte sich dabei. Erleichterung, aber auch der Schmerz der letzten Minuten zeichneten sich in seinem Gesicht ab und machten es schlagartig viel älter.
Eric sah den Hünen für einen Moment ausdruckslos an, dann schüttelte er lächelnd den Kopf. „Entspannen sie sich! Ich mach das!" Und damit konzentrierte er sich auf sein Vorhaben.

*

Christopher schaute hinab zu Shadow und spürte, wie seine Ungeduld immer größer wurde. Und da er bereits wusste, was Eric vollbringen würde, wollte er die Zeit nicht ungenutzt lassen. Er trat einen halben Schritt vor und tippte Steel an der Schulter. Als der Hüne zu ihm aufblickte, sagte er „Auf ein Wort!" mit sehr ernster Miene und deutete mit einem Nicken des Kopfes an, dass er mitkommen sollte.
Steel schaute ihm zunächst überrascht hinterher, doch als Rose mit einem Lächeln nickte, erhob er sich und folgte ihm.
Und mit ihm alle anderen, bis auf Francesca und...Peter.
Ein paar Schritte entfernt stoppte Christopher ab, drehte sich zu Steel herum und schaute ihn direkt an, während sich die anderen um sie herum gruppierten.
„Also!" begann er. „Wer sind sie und woher kommen sie?"
„Dämonenjäger!" erwiderte Talea unvermittelt.
Christopher und Douglas schaute sie irritiert an.
„Moskau!" sagte Cynthia.
Beide waren noch mehr überrascht.
„Woher...?" fragte Christopher.
„Rose!" antwortete Silvia.
Christopher blieb einen Moment verwirrt, dann nickte er. „Okay, Dämonenjäger!"
„Scheiße, sowas gibt es?" hob Douglas aber an und sein Gesicht war verzerrt.
Steel nickte. „Es gibt immer irgendwo einen Bastard, der durch eine nicht autorisierte Verbindung beider Welten geschlüpft ist!"
„*Nicht autorisiert!?*" Christopher betonte beide Worte und sprach sie langsam aus.

Douglas lachte gehässig. „Das klingt für mich wie Gleitcreme im Arsch vom Schwulus Longus!"
„So beschissen fühlt es sich meist auch an!" erwiderte Steel mit ernster Miene.

*

Rose blickte immer wieder in einer Mischung aus Sorge und Faszination zwischen Erics Gesicht und seiner rechten Hand, die auf Shadows furchtbarer Wunde lag, hin und her.
Der Engel hatte seine Augen geschlossen, sein Gesichtsausdruck war angespannt und manchmal verkrampfte er sich, als würde er echten Schmerz erleiden. Seine Hand hingegen lag ruhig und flach auf Shadows Bauch, der sich nicht mehr hob und senkte, weil kein Atem mehr in ihrer Freundin war, kein Leben. Dennoch sagte ihr eine innere Stimme, dass sie hoffen sollte, schließlich war Eric ein Engel.
Plötzlich verkrampfte sich Erics Gesicht immens und gleichzeitig begann seine Hand von innen heraus zu leuchten. Rose überkam sofort Nervosität, die sich jedoch blitzartig in pures Entsetzen wandelte, als sie mit ansehen musste, wie Eric seine Augen ruckartig öffnete und seine Hand zunächst anhob, dann mit ausgestreckten Fingern zusammendrückte, nur um sie einen Augenblick später tief in Shadows grauenhafte Wunde zu schieben. Das glitschige Geräusch, das sie dabei verursachte und das Wissen, wo sie sich jetzt befand, verursachten eine eiskalte Gänsehaut auf Rose Rücken.
Bevor sie jedoch etwas sagen konnte, begann Erics Hand weitaus intensiver zu leuchten, bis sie schließlich wie flüssige Lava wirkte und sich dieses Leuchten auch in Shadows Körper ausbreitete.

*

„Nur damit ich das richtig verstehe?" sagte Christopher. „Wenn irgendwo ein Dämon aus der Hölle auf die Erde schlüpft, kommt ihr und fangt ihn wieder ein?"
Steel nickte, doch verzog er dabei die Mundwinkel. „Das kommt eher selten vor. Wahrscheinlicher ist sein Tod!"
„Okay!" Christopher nickte ebenfalls. „Also dann!" Er erstarrte und blickte Steel direkt an. *„Wo zum Teufel ward ihr letztes Jahr?"*
Der Hüne wollte antworten, doch als er sah, dass aller Augen auf ihn gerichtet waren, hielt er kurz inne und verzog die Mundwinkel. „Die Sache in New York tut mir leid. Sie hat uns allen leid getan. Aber...!" Er atmete hörbar aus. „...wir hatten ein ziemlich großes Problem in Südostasien!"
„Ach!?" hob Douglas an. „Und *was* glauben sie war das, was *wir* hatten?" Seine Stimme nahm blitzartig einen echt angepissten Tonfall an.
Doch Steel blieb ruhig und schaute den Schwarzen direkt an. „Ich kann nur nochmals sagen, dass es mir leid tut. Aber unser Problem war ebenso groß und wichtig. Als wir es erledigt hatten, sind wir sofort nach New York gekommen. Doch wir waren Minuten zu spät!" Sein Blick wurde mitfühlend.

Aber Douglas war wenig beeindruckt. „Wer's glaubt!" zischte er.
„Ich habe sie zwischen den Türmen gesehen mit ihrem...!" Er deutete auf Christopher. „...bewusstlosen Freund auf den Knien! Und ich habe gesehen, wie ihre Frau...!" Er deutete auf Cynthia. „... sie abgeholt hat! Und...!" Er wartete, bis Douglas ihn ansah. „....was sie mit der Pyramide getan haben!"

*

Plötzlich und unvermittelt begann Shadows Körper zu zucken und Rose erschrak mit einem kurzen, leisen Aufschrei. Eric wiederrum atmete einmal tief durch und man konnte sehen, wie seine Kieferknochen aufeinander mahlten. Dann zog er seine Hand ganz langsam wieder aus Shadows Körper, der jetzt in regelmäßigen Abständen immer wieder und immer deutlicher zuckte, während ein Zischen zu hören war und kleine, weiße Rauchfahnen über der Wunde aufstiegen.
Als Erics Finger blutverschmiert wieder zum Vorschein kamen, war plötzlich ein leises, schmerzvolles Stöhnen zu hören und es dauerte fast zwei Sekunden, bis Rose klar wurde, dass es von Shadow kam. Sofort zuckte ihr Blick zum Kopf ihrer Freundin und während sie mit einer Welle größter Freude erkannte, dass ihre Augenlider flackerten, stellte sie überrascht fest, dass der Blonde hinter Shadow hockte, ihr Kopf sanft auf seinen Oberschenkeln lag und er mit beiden Händen ihre Hände fest umschlossen hielt. Er blickte ebenfalls auf Erics Hand und in seinen Augen konnte sie ehrliche Sorge erkennen.
Das überraschte und irritierte sie, doch wurde sie von dem Anblick abgelenkt, der sich ihr auf Shadows Bauch bot, denn Erics Hand war gerade dabei, sich vollständig aus ihrem Körper zurückzuziehen. Während das Leuchten in ihr erlosch, konnte Rose erkennen, dass dort, wo einst das furchtbare Loch gewesen war, jetzt frisches Fleisch an die Oberfläche brodelte, wie kochendes Wasser und dabei war, die Wunde auf wundersame Weise wieder zu verschließen.
Fast hätte Rose aufgelacht, doch schon im nächsten Moment, hörte sie Shadow laut und schmerzhaft aufstöhnen. Gleichzeitig bäumte sich ihr Körper auf und als Rose wieder hinauf zu ihrem Gesicht schaute, sah sie, dass ihre Freundin die Augen öffnete.

*

„Was hast du mit der Pyramide getan?" fragte Christopher sofort bass erstaunt, als er Steels Aussage hörte.
Doch Douglas brummte nur genervt. „Sie an mich genommen, du Blödmann. Das weißt du doch mittlerweile!"
Christophers Blick hellte sich voller Erkenntnis. „Stimmt!"
„Wenn sie es gesehen haben, warum haben sie uns nicht kontaktiert?" fragte Cynthia.
„Oberstes Gebot!" erwiderte Steel. „Stets im Verborgenen bleiben!"

„Okay!" meinte Silvia und nickte. „Und warum jetzt nicht?"
„Ja!" stimmte auch Talea zu. „Was ist hier jetzt anders? Warum jetzt kein Versteckspiel mehr?"
Steels Antwort kam erst, nachdem er in die Runde geschaut hatte. „Samael!"
„Samael?" rief Douglas aus. „Was ist mit ihm?"
„Ich kann es nicht genau sagen, aber so wie es aussieht...!" Wieder zögerte er eine Sekunde. „...ist die Mission ihrer Freunde gescheitert und Samael der Durchgang durch das Tor zur Erde gelungen!"
Ein entsetztes Raunen ging durch die Gruppe.
„Woher wissen sie...?" fragte Cynthia. „...das alles?"
Plötzlich verstummten alle und starrten den Hünen an. „Wir...ähm...sind in der Lage, uns zwischen den Welten zu bewegen!"
Christopher nickte mehrmals. „Dann gehe ich davon aus, dass ihr keine normalen Menschen seid!"
„Hallo?" rief Douglas sofort aus und sah seinen Freund verständnislos an. „Hast du nicht gesehen, was die beiden Frauen gemacht haben?"
„Wieso?" fragte Talea sofort. „Was haben sie denn gemacht?"
Doch Douglas ging auf ihre Frage nicht ein. „Ist doch klar, dass das nicht mehr normal ist!"
„Ich glaube, er meint etwas anderes!" sagte Steel und schaute Christopher an. „Und er hat Recht!"
Während Christopher lächelnd nickte, rief Silvia. „Womit hat er Recht?"
„Das dies nicht unser erstes Leben ist!"
„Was?" Talea war sichtlich verwirrt. „Was soll das heißen?"
„Das wir alle schon einmal gestorben sind und uns erst danach für diesen Job gemeldet haben!"
„Heißt das...?" Cynthia sah man an, dass ihre Gedanken rotierten. „...ihr seid auch sowas wie Engel?"
Jetzt lachte Steel plötzlich sichtlich amüsiert auf. „Nein!" Er schüttelte den Kopf. „Wir waren in den tieferen Regionen zu finden!"
Cynthia zog verwirrt ihre Augenbrauen zusammen, doch Silvia verstand jetzt. „Ihr ward in der Hölle!?"
Steel nickte.
„Okay!" Christopher nickte. „Und wie wird man dann zum Dämonenjäger? Gibt es da sowas wie ein Casting oder wie muss ich mir das vorstellen?"
Wieder lachte Steel heiser auf. „Das ist eine lange und auch etwas...!" Er verzog die Mundwinkel. „...komplizierte Geschichte. Sagen wir einfach: Wir waren ein wirklich gutes Team dort und haben länger überlebt, als alle anderen. Deshalb meinte man wohl, wir wären geeignet, um als Dämonenjäger zu agieren. Im Gegenzug bekamen wir unser Leben hier auf der Erde zurück!"
„Und noch ein paar Extras dazu, nicht wahr?" meinte Christopher.
Steel nickte und musste lächeln. „Unsere Gegner sind unbarmherzig, die Kämpfe gnadenlos. Da ist man für jedes Upgrade dankbar!"
„Wovon zum Teufel redet ihr?" fragte Silvia und schaute Christopher mit ernster Miene an.

„Das...!" Er sah, dass ihn auch Cynthia und Talea anstarrten. „...werdet ihr schon noch herausfinden!" Er grinste kurz.

*

Ein erfreutes Lachen aus dem Rückraum zog sofort die Aufmerksamkeit aller auf sich.
Es war Rose, die neben Shadow kniete und mit strahlenden Augen auf ihre Freundin hinabsah.
Shadow wiederrum lächelte geschafft, doch ihre Augen waren direkt nach oben gerichtet.
Dort schaute Peter – natürlich ebenfalls lächelnd - auf sie herab, während er weiterhin ihre Hände hielt.
Steel lief sofort zu ihnen und die anderen folgten ihm. „Shadow!" rief er erfreut auf, kniete sich neben Rose und streckte seine rechte Hand nach ihr aus.
Shadow lächelte den Hünen an, entzog Peter ihre rechte Hand und legte sie in die Seine. „Dem Himmel sei Dank!"
Doch Shadow schüttelte den Kopf. „Nicht dem....!" Sie deutete mit dem Kopf auf Eric. „Ihm!"
Steel schaute zu dem Schwarzen, der ziemlich geschafft aussah und von seiner Frau bereits liebevoll umsorgt wurde. „Danke!"
Eric, der die Streicheleinheiten Taleas sichtlich genoss, nickte ihm nur stumm zu. Dann wandte er sich an Shadow. „Ruhen sie sich aus, solange es geht!" Er blickte auch die Umstehenden an und erntete von Peter und Rose ein Nicken. „Und dann nicht sofort von Null auf Hundert!" Er sah Shadow mahnend an und sie nickte ebenfalls.
Für einen Moment trat Stille ein und alle, einschließlich Steel und Rose drehten sich von den beiden Paaren weg, um ihnen etwas Ruhe zu gönnen.
Während Talea Eric mit sanften Streicheleinheiten und ebensolchen Küssen verwöhnte, damit er schnell wieder zu Kräften kam, zuckten Shadows Augen in dem Moment wieder hinauf zu Peter, als die anderen ihnen den Rücken zugewandt hatten. Sie wartete, bis Peter auch sie wieder ansah, dann sagte sie mit einem wirklich ehrlichen und offenen Lächeln nur ein Wort. „Danke!"
Peter lachte leise auf. „Wofür?"
Shadows Lächeln wurde noch etwas breiter und strahlender, dann hob sie ihre linke Hand zu seiner linken Wange und streichelte sie sanft. „Für alles!"
Peter lächelte zurück und nickte. „Sehr gern geschehen!"
Und dann blickten sie sich einfach nur weiterhin stumm an.

*

„Was jetzt?" fragte Cynthia und ganz allgemein in die Runde.
„Wir haben nach wie vor zwei Tore, die es zu schützen gilt!" meinte Christopher nach einem Moment.

„Und einen toten Dämon, der schließlich irgendwie hier eingedrungen sein muss!"
Während alle um ihn herum zustimmend nickten, drangen fast wie auf Kommando aus dem hinteren Bereich der Tiefgarage polternde Geräusche zu ihnen.
„Habt ihr Waffen zusammengesucht?" fragte Christopher Silvia.
Sie nickte. „Steht alles am Fahrstuhl!"
„Na dann!" Er deutete mit dem Kopf in die entsprechende Richtung. „Ran an den Speck!"

In der Lobby

Sie einigten sich darauf, sich zu trennen.
Christopher, Douglas und Eric bildeten zusammen mit ihren Partnerinnen den einen Trupp, der durch den Fahrstuhl, mit dem sie in den Keller gefahren waren, in die Lobby zurückkehren sollte.
Rose und Steel bildeten den Zweiten und erklärten sich damit einverstanden, das Treppenhaus zu nutzen, dass Christopher und Douglas zuvor präpariert hatten. Außerdem wurden sie über Headset mit den anderen verbunden.
Eine dritte Gruppe – bestehend aus Shadow, Peter, Francesca und Alfredo - fuhr jedoch zunächst mit dem Fahrstuhl zurück in den Keller und sollte hier das Tor zur Hölle bewachen. Sollte es nötig sein und Shadow zu diesem Zeitpunkt wieder bei Kräften, konnten sie den anderen ja noch zur Hilfe kommen.
Doch davon gingen sie zunächst nicht aus, denn neben Eric und Christopher, die besondere Fähigkeiten besaßen, kamen ja jetzt auch noch Rose und Steel zum Einsatz und das sollte – *hoffentlich* – für ihre Zwecke ausreichen.

Entsprechend rannten alle außer Rose und Steel zu dem Fahrstuhl.
„Viel Glück!" rief Peter ihnen noch zu, während er Francesca und Alfredo passieren ließ. Er trug Shadow, die noch zu schwach war, um selbst laufen zu können, auf Händen vor dem Körper und wirkte damit nicht wirklich unglücklich.
Die anderen nickten ihm zu oder hoben ihre Hand, dann trat auch Peter in die Kabine, die sich daraufhin schnell schloss.

*

Während die anderen darauf warteten, dass der Fahrstuhl zurückkehrte, sahen Christopher und Douglas die aus den Angeln gerissene Eingangstür des Treppenhauses neben dem Aufzug mitten in einem vollkommen zerfetzten, parkenden Auto stecken, blieben abrupt stehen und starrten darauf.
„Was ist?" fragte Cynthia und schaute ihren Mann an.
„Die Tür!" erwiderte Douglas nur.
„Was ist damit?" fragte Talea.
„Sie wurde aus den Angeln gerissen!" sagte Christopher.
Silvia nickte. „Das war die Explosion!"
Ihr Freund starrte sie an. „Welche Explosion?"
„Die, die den Dämon da...!" Talea deutete ziemlich gelangweilt in das Treppenhaus. „.....zerrissen hat!"
Douglas und Christopher schauten sich mit großen Augen an, dann huschten sie ins Treppenhaus. Dort waren eindeutig die Auswirkungen einer Explosion zu sehen. Aus fast alle Wänden waren teilweise größere Stücke herausgebrochen, ebenso aus der Decke. Dazu war die Treppe aus dem oberen Stock, die hier

endete, übel zugerichtet. Die ersten fünf Treppenstufen waren kaum noch vorhanden oder stark verbogen. Außerdem war alles übersät mit einem abartig stinkenden und widerlich glänzenden Mix aus Blut, Knochensplittern und Gedärmen einer teuflischen Kreatur. Ihr kümmerlicher Rest - kaum mehr als die Hälfte des Rumpfes und der Teil des Schädels mit dem weit aufgerissenen Maul – lag verkrümmt in der Ecke des Raumes und dampfte zischend vor sich hin.
„Das wart ihr?" fragte Douglas mit großen Augen, als sie zurückkehrten und schaute zunächst Cynthia, dann die beiden anderen Frauen und schließlich Eric an, der gerade mit dem Hubwagen voller Waffen zurückkehrte.
Der Engel nickte. „Krass, was?"
„Ladys!" Christopher nickte. „Ihr werdet mir allmählich unheimlich!"
Dann ertönte die Glocke für die Fahrstuhlkabine. Sie schoben den Hubwagen zuerst in die Kabine, anschließend stiegen sie ein.
Die Tür schloss sich und als sich die Kabine mit einem sanften Ruck in Bewegung setzte, stieg deutlich die Anspannung.

*

„Pete?" fragte Douglas, nachdem die Kabine wieder abstoppte. Dabei drückte er den Knopf, der die Türen zunächst noch geschlossen hielt.
„Ja?" kam es etwas atemlos dem Headset.
„Nimm die Hände von Shadow...!" rief Christopher und grinste in die Runde, was ihm allerdings überwiegend nervige Blicke einbrachte.
„Was?" Peter war sichtlich überrascht – und wurde, was die anderen allerdings natürlich nicht sehen konnten, auch etwas verlegen, weil Shadow ihn einfach nur neugierig anschaute.
„...und sag uns, wie die Luft im Keller ist?" beendete Christopher seine Frage.
„Ähm...!" Für einen Augenblick herrschte Stille im Äther. „...ich kann nichts Verdächtiges erkennen! Die Luft ist rein!"
„Okay!" Douglas nickte zufrieden, doch bewegte er sich nicht. „Aber seien wir doch mal ehrlich: Irgendwo muss dieser Bastard ja reingekommen sein. Kannst du das mal checken?"
„Klar, mach ich!"
Douglas nickte nochmals. „Steel?"
„Ja?"
„Wo seid ihr?"
„An der Tür vor der Lobby!"
„Alles klar!" Douglas schaute die anderen an und nickte. „Los geht's!"
Und damit löste er die Verriegelung und die Türen glitten auf.

*

Während die anderen an ihm vorbei in die Dunkelheit der Lobby huschten, sondierte Douglas die Umgebung, doch er konnte kaum etwas erkennen, denn die Sichtweite lag bei weniger als zwei Metern.

Allerdings glaubte er auf der anderen Seite der großen Halle etwas zu hören, doch das waren, so hoffte er zumindest, Steel und Rose.
„Pete?" flüsterte er ins Headset.
„Ja?" kam ziemlich gestresst zurück.
„Wir könnten hier ein bisschen Licht gebrauchen!"
Douglas hörte einen tiefen Atemzug seines Freundes. „Bin schon dabei!"
Nur drei Sekunden später flammten einige Lampen an der Decke auf und tauchten die Lobby in ein spärliches Zwielicht, das jedoch um Längen besser war, als die Dunkelheit zuvor.
„Danke!" flüsterte Douglas, während er auf der anderen Seite Bewegung ausmachen und tatsächlich Steel und Rose erkennen konnte, die sich ebenfalls hingehockt hatten und die Umgebung sondierten.
„Freut euch nicht zu früh!" warf Peter jedoch ein. „Ich habe das Loch im Panzer entdeckt!"
„Wo?" fragte Talea.
„Auf dem Dach. An der Südspitze!"
„Shit!" raunte Christopher. „Kannst du uns dahin führen?"
„Kann ich. Aber das wäre sinnlos!"
„Wieso?"
„Weil sie die Lobby gleich erreicht haben!"
Und kaum hatte er seine Worte ausgesprochen, da krachte es rechts von ihnen und eine schwere, zweiflügelige Eichentür flog mit irrsinniger Wucht aus ihren Angeln, schoss quer durch die Lobby gegen die Glasflügel der Haupteingangstür und zerfetzte sie mit lautem Klirren.
Einen Augenblick später befanden sich bereits ein halbes Dutzend fliegende Dämonen im Raum, gefolgt von mindestens einem Dutzend normaler Bestien, die sofort zum Angriff übergingen.

*

Eric rannte los, sprang ab und krachte gegen eines der fliegenden Monster, krallte sich an ihm fest und schoss mit ihm durch die Luft.
Cynthia, Silvia, Talea und Douglas rissen ihre Waffen in die Höhe und feuerten aus allen Rohren, wobei sie sich zunächst auf die Gegner am Boden konzentrierten.
Christopher half ihnen dabei, doch wurde er schnell nervös, weil man Dämonen mit normalen Waffen eben in der Regel meist nur auf Distanz halten, aber nicht töten konnte. Also stürzte er sich kurzerhand mitten ins Getümmel und sorgte dort für Verwirrung.
Rose tat es dem Engel gleich und sprang auf eine der fliegenden Bestien. Aufgrund ihrer besonderen Fähigkeiten verwandelte sie sich sofort danach in puren Stahl. Der Dämon quiekte auf, als er merkte, dass das enorme Gewicht ihn in die Tiefe riss, doch konnte er nicht verhindern, dass er wüst zu Boden schlug und sich zusammen mit seiner Gegnerin mehrfach überschlug, wobei sie eine tiefe Furche im Beton hinterließen.

*

Steel war der letzte, der ins Geschehen eingriff, dann aber agierte er auf sehr konsequente und überaus effiziente Weise, denn natürlich besaß auch er ein *Upgrade*.

Der Hüne streckte seine Arme in die Höhe und fast augenblicklich begannen sie sich zu verändern. Die Hände und Ellbogen verschmolzen mit dem Rest, dann wurden sie deutlich länger und teilten sich in zwei Dutzend fingerdicke Tentakeln, die jetzt fast fünf Meter maßen. Sofort schossen sie auf einen der fliegenden Dämonen zu und packten ihn im Fluge, umschlossen fest seinen mächtigen Rumpf.

Kaum, dass sie den Körper der Kreatur berührten, begann diese zu wild zu quieken und versuchte, sich aus der Umklammerung zu befreien, doch das gelang ihr nicht.

Zwar wendete sie dafür all ihre Kräfte auf, doch Steel stemmte seine Beine in den Boden, wie ein Cowboy, der mit seinem Lasso ein wütendes Rind einfangen wollte. Allerdings konnte er nicht verhindern, dass er dabei ein paar Meter mitgeschleift wurde.

Je länger die Tentakel auf dem Körper der Bestie verblieben, desto schmerzhafter wurden ihre Schreie. Außerdem war ein deutliches Zischen und Blubbern zu hören, dann stieg Qualm auf. Spätestens jetzt war zu erkennen, dass die Haut der Kreatur dabei war, zu verbrennen und sich die Tentakel immer tiefer in das Fleisch gruben. Blut spritzte in Fontänen durch die Luft.

Plötzlich schoss einer der normalen Dämonen auf Steel zu und rannte ihn um. Der Hüne schien derart überrascht von dieser Attacke zu sein, dass er den Griff um die fliegende Bestie lockern musste und sie schließlich wieder freikam.

Steels Tentakel zogen sich blitzschnell auf doppelte Armlänge zurück und umklammerten seinen direkten Gegner, mit dem er dann über den Boden polterte. Sofort zeigte sich auch hier das gleiche Bild. Die Tentakel fraßen sich in den Körper des Monsters, es schrie auf, wand sich, doch im Gegensatz zu seinem fliegenden Artgenossen, kam ihm niemand zur Hilfe.

Mit fürchterlichen und überaus ekelhaften Geräuschen drangen die Tentakel immer tiefer und auch schneller in sein Innerstes und töteten ihn schließlich, während er noch krampfhaft zuckend und gespenstisch gurgelnd versuchte, sich gegen Steel zu stemmen.

Am Ende sah sein Körper aus, als sei er in einen übergroßen Dosenöffner geraten.

Steel stieß ihn von sich und er klatschte zischend und qualmend zu Boden. Als der Hüne aufblickte erkannte er, dass sie alle noch viel Arbeit vor sich hatten, denn die Anzahl ihrer Gegner hatte sich innerhalb weniger Augenblicke mehr als verdreifacht und die Lobby sah bereits jetzt aus wie ein verdammtes Schlachtfeld!

Einbahnstraße

Heaven hatte einfach nur dagestanden und darauf gewartet, dass es geschah. Dabei war sie ziemlich sicher, dass Razor es nicht ablehnen würde, sodass sie nicht überrascht war, *als* es geschah.
Da sie selbst aber ja nicht bei Bewusstsein war, als es bei ihr geschah, konnte sie dem Geschehen rund um den Schwarzen und die unsichtbare Bahre nur in einer Mischung aus Faszination, Sorge und Unruhe verfolgen. Einige zweifelnde Seitenblicke zu Francesco, tat der Alte mit einem sanften Lächeln und einem beruhigenden Nicken ab. Dennoch war sie am Ende froh, dass Razor unversehrt schien, vor allem aber auch dankbar, dass sie selbst bei dieser haarsträubenden und überaus wüsten Prozedur nicht wach gewesen war.
Letztlich aber hatte sie nicht den geringsten Zweifel mehr daran, dass sie jetzt derart gestählt war, wie Ice es versprochen hatte und diese Sicherheit verlieh ihr ein ziemlich gutes Gefühl.
Während Razor noch einen Moment brauchte, um wieder vollständig zu Bewusstsein zu kommen, schaute Heaven mit einem fröhlichen Lächeln zu dem Alten.
Francesco erwiderte diese Geste. „Ich ähm....werde schon mal zu den anderen gehen!" Heaven nickte ihm dankbar zu. „Macht aber nicht zu lange!" fügte er ein wenig mahnend hinzu. „Wir haben nicht viel Zeit!"
Heaven nickte nochmals. „Versprochen!"

Fast wie auf Kommando schlug Razor in dem Moment seine Augen auf, als der Alte nach ein paar Schritten in dem rein weißen Nichts verschwunden war.
Als Heaven ihren Kopf wieder zu ihm drehte und erkannte, dass er sie ansah, erschrak sie ein wenig. „Hey!" sagte sie sogleich etwas verlegen.
Razor war ganz ruhig und entspannt und lächelte sanft. „Schon wieder?"
Heaven musste grinsen und nickte. „Schön, dass du dich für den Kampf gegen Samael entschieden hast!"
Razors Lächeln wurde kaum merklich geringer und er schaute die junge Frau vor ihm einen Moment lang stumm an. „Hab ich das?" fragte er schließlich.
Heaven wurde etwas unsicher, doch dann nickte sie erneut. „Du hast die Prozedur über dich ergehen lassen!"
Jetzt nickte Razor. „Ice hat es mir gesagt. Und auch, dass *ihr* euch dafür entschieden habt!" Er wartete, bis Heaven ihn direkt ansah. „Wie konnte ich mich da dagegen entscheiden?"
Heaven lachte leise auf. „Ja, wir gehören schon irgendwie zusammen, was?"
Kaum hatte sie es ausgesprochen und sah, dass Razors Lächeln wieder breiter wurde, da schoss ihr das Blut in den Kopf und sie wurde verlegen. „Ähm, ich meine...als Team...Kampftrupp!" Sie nickte heftig.
Razor aber lächelte noch mehr. „Natürlich! Was sonst?"

„Eben!" Heaven atmete erleichtert durch. „Bist du soweit?" fragte sie dann. „Die anderen warten schon!" Razor nickte und setze sich auf der unsichtbaren Bahre auf, Heaven wandte sich schnell ab und ging langsam voraus.
„Heaven?"
„Ja?" Sie drehte sich um und sah, dass Razor sich gerade auf seine Beine stellte und noch etwas wackelig auf sie zukam.
„Es tut mir leid!" sagte er unvermittelt, als er vor ihr stand und schaute ihr dabei direkt in die Augen.
Heaven spürte, wie sich ihr Pulsschlag erhöhte. „Was tut dir leid?"
„Das ich nicht bei dir war, um dir im Kampf gegen Samael beizustehen! Ich habe mir große Sorgen um dich gemacht!"
Heavens Augenbrauen zuckten überrascht. „Was? *Du um mich?*" Sie lachte auf.
„Ich habe *mich um dich* gesorgt! Ich hatte Angst, du wärest gestorben. Du hast so tapfer gekämpft und dein Leben riskiert, um diese Kreatur zurückzuhalten!"
Razor sah sie einen Moment stumm an, dann lächelte er breit. „Dann spürst du es also auch!?"
„Was?" Heaven sah ihn neugierig an.
„Dass sich etwas verändert hat! Zwischen uns!" Razor ließ ihren Blick jetzt nicht mehr los.
Heaven wiederrum sah ihm lange und tief in die Augen, dann nickte sie. „Ja, das hat es!"
Im nächsten Moment spürte sie seine Lippen auf den Ihren. Es war ein wundervolles Gefühl und sie hatte nicht geringste Chance, ihrer gierigen Zunge Einhalt zu gebieten. Für einen kurzen Moment entwickelte sich ein sehr leidenschaftlicher, intensiver Kuss. Dann aber zog sich Heaven plötzlich zurück.
„Nicht!" stieß sie hervor. „Ich...!" Sie suchte nach Worten. „Wir sollten jetzt zu den anderen gehen!" Sie schaute Razor wieder an. „Wir haben noch einen schweren Kampf vor uns und...!" Sie lächelte freudlos. „...brauchen unsere Konzentration!"
Razor schaute sie wieder stumm an, dann nickte er mit einem breiter werdenden Lächeln. „Natürlich!" Er küsste sie sanft auf die Stirn. „Wir verschieben das auf später!" Er drückte sie nochmals kurz, wobei sich ein immer breiter werdendes Grinsen auf seinen Lippen zeigte, das jedoch sofort wieder verschwand, als er sie sanft von sich schob.
Gemeinsam gingen sie dann in die Richtung, in die Francesco verschwunden war.

*

„Na endlich!" Das war Terror, der sichtlich nervös schien.
„Kannst es wohl kaum erwarten, dich wieder ins Getümmel zu stürzen, was?" fragte Razor und lächelte ihn diebisch an. Er kam neben Heaven – in einem gebührenden Abstand von einer Armlänge – zu den anderen, in deren Gesichtern er jedoch erkennen konnte, dass sie wussten, zumindest aber ahnten, was zwischen ihm und Heaven vor sich ging.

„Die Verhältnisse haben sich ja auch geändert!" erwiderte sein Gegenüber.
„Ach ja?" fragte Heaven.
„Klar! Wir sind jetzt viel stärker, als zuvor!"
„Ha!" brummte Bim. „Dafür ist es unser Gegner aber auch!"
„Stimmt!" Terrors Blick wurde sehr säuerlich. „Shit!" Er schaute Ice an. "Kann ich noch kneifen?"
„Und damit die Chance verpassen, ein Held zu werden?" Ice grinste und schüttelte den Kopf. Dann wurde sein Blick ernst. „Wie sie, habe auch ich in meinem…irdischen Leben nur Scheiße gebaut…!" Er sah deutliche Überraschung in den umstehenden Gesichtern. „Das können wir alle jetzt ändern! Und wenn es doch unser Leben kostet, dann werden wir ehrenhaft für eine ehrenvolle Sache sterben!" Er hielt kurz inne. „Das ist verdammt mehr, als wir in der Hölle je hätten erreichen können!" Jetzt wandte er sich wieder direkt an Terror. „Also vergessen sie es! Dieser Weg ist eine Einbahnstraße!" Er atmete mit ernster Miene tief durch und schaute in die Runde. „Und jetzt Abmarsch!" Ohne auf eine Reaktion zu warten, drehte er sich um und ging.
Die anderen warfen sich teilweise überraschte, teilweise eingeschüchterte Blicke zu, folgten ihm aber dennoch.
„Als er mir die Sache schmackhaft gemacht hat, war er deutlich freundlicher!" bemerkte Terror noch.
Sein Bruder nickte. „Wenn der ab jetzt immer so drauf ist, platzt der irgendwann noch aus seiner Pelle!"
„Er erinnert mich an meinen Drill-Sergeant bei den Marines!" meinte Bim.
„Ach ja?" fragte Terror.
Bim nickte. „Ich habe ihn gehasst!" Seine Stimme war düster und man merkte ihm seine Emotionen noch deutlich an.
„Ich weiß gar nicht, was ihr habt!" rief Heaven. „Ich mag Männer, die wissen, wo es langgeht!" Sie sah Razor an. „Das macht mich total rattig!"

Schlacht in der Lobby

Alle waren total erstaunt.
Sie waren Ice durch das rein weiße Nichts gefolgt und als Bim gerade fragen wollte, wie lange noch, da wurde aus dem Nichts dichter Nebel, der sich schnell lichtete und den Blick auf einen nächtlichen Himmel freigab.
Wie auf Kommando verlangsamten sie ihre Schritte und blieben schließlich stehen.
Obwohl sie gewusst hatten, wohin sie ihr Weg letztlich führen würde, kam die Tatsache, dass sie jetzt in diesem Moment auf einem asphaltierten Weg vor einem großen, flachen und scheinbar fensterlosen Gebäude - *auf der Erde* - standen, doch ziemlich überraschend.
Mit großen Augen starrten sie in alle Richtungen, jedes Licht, das sie auch nur irgendwo ausmachen konnten, war hoch interessant, ganz besonders natürlich die konzentrierten Lichter der Stadt am Horizont. Dann frischte kurz der Wind auf und sie spürten den kühlen Hauch auf ihrer Haut. Augenblicklich huschte ihnen allen ein Lächeln auf die Lippen, einige schlossen genussvoll ihre Augen, andere öffneten ihre Münder. Und schließlich entdeckten sie den beinahe wolkenlosen Himmel mit seinen Myriaden von funkelnden Sternen.
Francesco schaute in ihre Gesichter und als er die vielschichtigen, wundervollen Emotionen in ihnen erkennen konnte, spürte er echte Freude im Herzen und ließ sie mehr als gern gewähren. Ein kurzer Blick zu Ice zeigte ihm, dass der Glatzkopf nervös war, sich aber offensichtlich dennoch an den Moment erinnerte, in dem er in einer ganz ähnlichen Situation gewesen war.
Am Ende sagte fast eine Minute keiner von ihnen ein Wort, doch ihre Blicke und Gesten hätten ganze Hallen von Büchern füllen können.

*

„Alter...!" stieß Horror dann doch beeindruckt hervor, während er in den Himmel starrte. „...das ist der Mond!" Seine Stimme klang so ehrfurchtsvoll, als wäre der Erdtrabant ein längst verschollener, kostbarer Schatz.
„Ach was?" entgegnete Heaven. „Und ich dachte schon, es wäre die Sonne!" Sie warf dem Zwilling einen abschätzigen Blick zu, den dieser mit verzogenen Mundwinkeln und einer Grimasse erwiderte, woraufhin sie ihn breit angrinste.
„Schluss jetzt!" mahnte Ice. „Wenn wir uns jetzt nicht beeilen, ist die Wahrscheinlichkeit groß, dass wir keines von beiden je wiedersehen werden!" Er deutete auf das Dach des Gebäudes, wo deutlich ein großes Loch klaffte. „Der Feind ist schon hier, die anderen brauchen unsere Hilfe!" Er wartete, bis alle ihn ansahen. „Jetzt!" Und als er in allen Gesichtern Verständnis sah, fügte er hinzu. „Dann los!"

Es war nur ein kurzer Spurt und sie standen direkt vor der Gebäudefassade. Heaven erkannte, dass diese ursprünglich aus grauem Beton bestand, dass aber alle Öffnungen, die sich in ihr befanden – für Türen und Fenster – mit dicken, massiven Stahlschotten verschlossen waren.
Ice hielt auf eines davon zu, das offensichtlich eine Tür schützen sollte.
Zwei Schritte davor stoppte er ab, atmete einmal tief durch, dann hob er seinen linken Arm an, streckte die lockere Hand leicht nach vorn und schien sich zu konzentrieren. Es dauerte kaum länger als zwei Sekunden, da züngelten bereits erste Flammen aus seiner Hand hervor und umspielten sie. Daraufhin schloss Ice sie und ballte eine Faust. Mit einem Mal waren ein Knistern zu hören und eine Art Rauschen, die verdächtig nach einem Bunsenbrenner klang. Die Hand begann jetzt dunkler zu leuchten, so als würde sie glühen. Dann streckte Ice den Zeigefinger nach vorn, er glühte immer greller auf, bis sich schließlich ein dünner, konzentrierter Lichtstrahl löste und mit einem Zischen links unten auf den Stahl des Schotts traf, den er augenblicklich zerschnitt wie das beste Hochleistungsschweißgerät. Ice blieb reglos, während er seinen Finger in einem großen, rechteckigen Bogen nach rechts unten führte und den Stahl dabei beständig trennte.
Dann zuckte der Lichtstrahl zurück in seinen Finger, er zog ihn zurück, öffnete seine Hand wieder und die Flammen erloschen. Auf dem Schott blieb eine schwarze, wellenförmige Linie zurück, die die Form einer Tür hatte.
Ice drehte sich um und sah in den Gesichtern der Umstehenden, dass sie beeindruckt waren.
„Wie zum Teufel haben sie das gemacht?" fragte Horror.
„Etwas aus der persönlichen Trickkiste!" erwiderte Ice.
„Na toll!" brummte Terror beleidigt.
Ice konnte sich daraufhin ein Lächeln nicht verkneifen, dann blickte er Bim an.
„Wären sie wohl so freundlich?" Er deutete auf die Tür.
Der Hüne verstand, nickte, lief los und sprang schließlich ab. Dabei streckte er sein rechtes Bein nach vorn und als sein Fuß mit großer Wucht auf das Schott traf, drückte er den heraus geschweißten Teil mit einem lauten Krachen in das Innere des Gebäudes, wo er scheppernd zu Boden fiel.

Kaum war der Lärm verhallt, waren deutlich leise Geräusche aus dem vorderen Bereich des Gebäudes zu hören, doch mehr als einen allgemeinen Mix aus nichtdefinierbaren Lauten konnten sie nicht ausmachen. Dennoch war allen klar, wo sie hin mussten.
Heaven, Horror und Bim hatten Taschenlampen bei sich, die sie nutzten, um sich in den vielen Gängen zurechtzufinden. Sie brauchten allerdings auch nur dem beständig lauter werdenden Lärm zu folgen, der mittlerweile immer differenzierter wurde. Es donnerte, es krachte, es hämmerte, es knallte und allen war klar, dass sie die Auswirkungen eines heftigen Kampfes hörten. Da waren deutlich die Schreie monströser Kreaturen – doch ebenso auch menschliche.
Dann hatten sie eine Treppe erreicht, die ein Stockwerk in die Höhe führte. Der Lärm war jetzt so laut, dass ihnen klar war, dass sie nur noch die große

zweiflügelige Tür am Ende der Treppe würden öffnen müssen, um ihre Freunde zu erreichen.
In stummen Einvernehmen beschleunigten sie, sausten die Treppenstufen hinauf und Ice und Bim, die die Vorhut bildeten, warfen sich mit all ihrer Kraft gegen die Türflügel, dass diese krachend aufflogen.
Sie stürmten einige Schritte in die Lobby hinein, dann erstarrten sie, denn das wahrhaftige Schlachtfeld vor ihren Augen trieb ihnen eine eiskalte Gänsehaut über den Rücken.

*

Überall war Bewegung, die so vielschichtig wirkte, dass sie der erste Blick darauf fast erschlug und sie kaum in der Lage waren, etwas davon richtig zu erfassen. Dann aber sahen sie das Ausmaß des Kampfes.
Da waren mindestens zwei Dutzend fliegende Dämonen in der Luft und schwirrten über dem Kampfgetümmel wie Schmeißfliegen, stießen immer wieder hinab, um Angriffe zu starten und zogen sich zurück, wenn diese – erfolgreich oder nicht – beendet waren.
Am Boden war eine ganze Horde normaler Dämonen zu erkennen, es mochten um die Fünfzig sein.
Und mittendrin über der ganzen Lobby verstreut, bekannte, aber auch unbekannte Gesichter, die aber dennoch auf ihrer Seite zu stehen schienen, da sie offensichtlich gemeinsam mit den anderen gegen die monströsen Kreaturen zu Werke gingen.

*

Heaven erkannte als erstes Christopher, der sich mit aller Macht gegen eine Gruppe normaler Dämonen warf und dabei mit einer Kraft und Schnelligkeit agierte, wie sie sie noch nie zuvor bei einem Menschen gesehen hatte. Silvia, Cynthia und Douglas, die nur wenige Schritte von ihm entfernt standen und wie die Geisteskranken aus allen Rohren auf ihre Angreifer feuerten, sahen genauso aus, wie sie sich selbst stets in der Hölle im Kampf gegen diese Bestien gesehen hatte: Mutig, verbissen, unerschrocken, aber im Grunde genommen vollkommen unfähig, ihnen wirklichen Schaden zuzufügen. Beim Blick auf Christopher aber überkam sie eine erneute Gänsehaut, denn ihr Freund war diesen Kreaturen ganz offensichtlich ebenbürtig, wenngleich er Mühe hatte, sich gegen mittlerweile vier von ihnen gleichzeitig zu behaupten.
Plötzlich wurde ihr Blick von einem fliegenden Dämon abgelenkt, auf dessen Rücken ein merkwürdiger, sich noch dazu bewegender Auswuchs, zu sehen war. Heaven schaute genauer hin und erkannte einen Mann, den sie noch nie zuvor gesehen hatte. Voller Erstaunen sah sie, wie er den fliegenden Dämon attackierte und diesem sogar – ein für sie bisher vollkommen unmögliches Szenario – ernsthafte Schmerzen verursachte, dass er wild aufschrie, seine Flugbahn ins Trudeln geriet und beide letztlich mit irrsinniger Wucht zu Boden

krachten. Eric stand danach als erstes wieder auf den Beinen und setzte seinen Angriff auf die noch benommene Bestie nahtlos fort.
Dann zuckte Heavens Blick in die andere Ecke der Lobby. Dort sauste gerade eine Stahlkugel von rund einem Meter Durchmesser über den Boden und fegte einige Dämonen zur Seite. Kurz bevor sie gegen die gegenüberliegende Wand krachte, veränderte sie urplötzlich ihre Gestalt und es schien Heaven, als würde ein menschliches Wesen daraus hervorspringen. Zumindest konnte sie einen Kopf erkennen, zwei Hände und zwei Beine. Der Rest sah aus wie eine rechteckige Metallplatte. Zwischen Wand und Platte befand sich noch ein normaler Dämon, der noch ein letztes Mal aufschreien konnte, bevor er mit brutaler Wucht gegen den Beton gedrückt und sein Körper dabei zerquetscht wurde. Nur sein Schädel ragte oben über den Plattenrand hinaus und befand sich damit direkt neben Rose Kopf, die vollkommen mitleidlos mit ansah, wie das Leben aus der Kreatur wich.
Eine Art Zischen zog Heavens Aufmerksamkeit auf sich und als sie nach rechts blickte, konnte sie einen weiteren Mann erkennen, dessen Arme sich urplötzlich in riesige Tentakel verwandelten, die auf eine der fliegenden Bestien zuhielten und sie umschlossen, dass diese wild quiekte. Während sie versuchte, sich unter Schmerzen windend, von ihnen zu befreien, musste Steel seine ganze Kraft aufbringen, um sie davon abzuhalten.
Heaven war für einen Augenblick total perplex und unfähig, sich zu bewegen. Sie hatte gedacht, sie hätte in der Hölle schon alles gesehen, doch diese Menschen dort – Christopher eingeschlossen – kämpften derart wuchtig und vor allem erfolgreich gegen die Kreaturen, die sie stets für unbezwingbar gehalten hatte, dass sie ihr Blut in den Ohren rauschen hörte und ihr tatsächlich etwas schwindelig davon wurde.

*

Ice betrachtete das ganze Szenario aus einem etwas anderen Blickwinkel. Rose und Steel waren ihm natürlich nicht unbekannt und er war zufrieden sie hier an der Seite der anderen zu sehen. Allerdings vermisste er Shadow, war sich jedoch nicht sicher, ob er sie schlicht noch nicht gesehen hatte, schließlich verfügte diese Frau ebenfalls über eine außergewöhnliche Gabe, die sie manchmal nur schwer finden ließ.
Auch konnte Ice Eric nicht zuordnen, der gerade einen extrem schnellen und harten Kampf gegen einen fliegenden Dämon erfolgreich für sich entscheiden konnte. Dass er kein normaler Mensch sein konnte, war ihm klar, doch obwohl die einzige andere mögliche Alternative ihnen einen weiteren ungeahnten Vorteil verschaffen würde, wollte der Glatzkopf sich dieser Hoffnung nicht einfach so hingeben.
Plötzlich wurde ihm klar, dass er sich in seinen Gedanken zu verfangen drohte, anstatt den anderen in ihrem Kampf zu helfen. Ice Gesicht verfinsterte sich und er atmete einmal tief durch, dann wirbelte er herum zu Heaven und den anderen.
„Bereit?" Er sah in ihren Gesichtern Entschlossenheit, aber auch Zweifel und

sogar Furcht und er musste ein wenig grinsen. „Keine Sorge. Die Verhältnisse haben sich geändert. Die kleine Prozedur wird ihre Wirkung tun!"
„Das heißt aber nicht, dass wir nicht doch sterben könnten, oder?" Heaven schaute ihn direkt an.
Ices Lächeln verschwand. „Nein!" Er schüttelte den Kopf. „Der Tod bleibt immer an ihrer Seite! Aber sie haben jetzt eine echte Chance!" Er sah noch immer keine Überzeugung in den Gesichtern. „Vielleicht beschränken sie sich erst noch auf die normalen Dämonen und überlassen die fliegenden Exemplare mir und meinen Leuten!"
„Können sie jetzt endlich mal ihre Fresse halten?" raunte Bim ihm mürrisch zu, wenngleich man dem Hünen seine Unsicherheit deutlich ansah.
„Genau!" meinte Razor. „Wer viel redet hat Schiss!" Er trat an Ice vorbei und grinste ihn breit an, dann hob er seine Waffe an, stürmte auf eine Gruppe von normalen Dämonen zu und feuerte, was das Zeug hielt. Und als wäre dies der Startschuss für sie, rannten alle anderen hinter ihm her und agierten zunächst wie gewohnt als Team.
Ice sah ihnen hinterher und musste grinsen, dann wollte auch er sich ins Getümmel stürzen, als er erkannte, dass der Alte noch immer reglos dastand.
„Alles klar?" fragte er, nachdem er sich zu ihm gedreht hatte.
Francesco nickte mit ernster Miene. „Sie zuerst!"
Ice nickte zurück und ohne weitere Verzögerung stürmte er vor, wobei aus seinen Händen beständig Feuerbälle in die Höhe schossen, die einige fliegende Kreaturen attackierten und sie damit erheblich aus dem Konzept brachten.

*

Francesco jedoch blieb noch immer reglos, denn er wusste nicht recht, was er fühlen sollte. Der Kampf an sich schockte ihn nicht und angesichts der geballten Power, die sie den Bestien mittlerweile entgegenzuwerfen in der Lage waren, war ein Sieg hier durchaus möglich. Doch schon von dem Moment an, da sie in die Lobby gestürmt waren, hatte seine ganze Aufmerksamkeit nur der Suche nach einer einzigen, bestimmten Person gegolten.
Natürlich erkannte er die anderen, ihm bekannten Personen in dem Kampfgetümmel und er freute sich über jede Einzelne, doch die Eine, die er suchte, fand er nicht. Und das machte ihn nervös, auch wenn er sich äußerlich davon nichts anmerken lassen wollte.
Doch seine Kiefer malten aufeinander und in seinen Augen stand es deutlich zu lesen: Angst und Sorge machten ihm zu schaffen.
Ihm wurde jedoch schnell klar, dass er ihnen nur Abhilfe verschaffen konnte, indem er in den Kampf eingriff und mithalf, den Feind zu besiegen. Also rannte auch er los.

*

In den ersten Momenten schien die Lobby durch die weiteren Akteure und die damit verbundenen zusätzlichen Kampfschauplätze aus den Nähten platzen zu wollen.

Heaven und ihre Gruppe warfen sich mit voller Wucht gegen ihre Gegner und brachten ihre Waffenläufe zum Glühen. Dadurch konnten sie die Dämonen zwar zurückdrängen, aber eben nicht töten. Irgendwann – und sehr viel schneller, als ihnen allen das lieb war – ging ihnen dann die Munition aus.

Als ihre Feinde das realisierten und ihrerseits zornig wieder zum Angriff übergingen, versuchten sie sich zunächst im Rückzug, doch dabei wurden sie unfreiwillig getrennt.

Schließlich kam der Moment, in dem sie in die Enge getrieben wurden und sie ihre Angst vor der direkten Konfrontation mit diesen höllischen Bestien überwinden mussten.

Razor stand direkt neben Heaven und als ihm klar wurde, dass nur noch der Weg nach vorn möglich war, warf er seine Waffe beiseite und streckte seinen Körper ganz durch, während er tief einatmete. Dann blickte er in das verängstigte Gesicht der jungen Frau und er musste lächeln. „Man weiß es nie, wenn man es nicht versucht!" sagte er und zwinkerte ihr zu. Dann stürmte er auf die beiden Dämonen direkt vor ihnen zu.

Heaven hätte vor Schreck beinahe aufgeschrien, doch zu ihrer Überraschung trat nicht das ein, was sie befürchtete, sondern sie konnte mit ansehen, wie Razor seinen Gegnern irrsinnig schnelle und harte Schäle verpasste, die diesen Kreaturen tatsächlich übel zusetzten, dass sie das Gefühl hatte, sie würden schon nach wenigen Sekunden vor ihm zurückweichen. Und dieser Anblick versetzte sie in Euphorie und Kräfte frei, die bisher blockiert waren. Zwar wusste sie, dass Razor von allen der mit Abstand beste Kämpfer war, doch als sie sah, dass sich mittlerweile auch Bim und die beiden Zwillingsbrüder mit bloßen Händen erfolgreich gegen ihre Feinde zur Wehr setzten, atmete sie einmal tief durch und stürmte los.

Sie konzentrierte sich total auf einen normalen Dämon in ihrer Nähe und unterdrückte mit aller Macht die Angst, die sie im Inneren verspürte. Anfangs hatte ihr das Untier den Rücken zugedreht und sie beschloss ihn hinterrücks zu attackieren, aber im letzten Moment wirbelte die Bestie herum. Heaven erschrak tierisch, doch war es fast wie ein Reflex, der ihre rechte Hand zur Faust machte und ihren Arm nach vorn zucken ließ. Der Aufprall in das widerliche Gesicht des Dämons erfolgte irrsinnig schnell und hart. Ein lautes Klatschen war zu hören, gefolgt vom deutlichen Knacken eines Knochens. Blut und Speichel flogen durch die Luft, die Kreatur schrie wild auf und taumelte zurück.

Heaven aber stand nur da, verspürte keinerlei Schmerz, nur eine Art Stolz, als sie sah, wie sehr die Bestie litt. Sie blickte auf ihre Faust und als sie ihren Kopf anhob, lag ein Grinsen auf ihren Lippen.

Verdammt, sie hatte gerade einem Dämon mit einem simplen Faustschlag den Wangenknochen gebrochen und es hatte weder übermäßig Kraft, noch Mühe gekostet – sondern einfach nur Spaß gemacht.
Die Kreatur vor ihr war sichtlich verwirrt und als sie in das grinsende Gesicht der jungen Frau blickte, in der sie keinerlei Anzeichen von Angst erkennen konnte, stieß sie einen gequälten Schrei aus.
Einen Augenblick später schoss Heaven schon wieder auf sie zu und es entwickelte sich ein gnadenloser Kampf, den die Bestie letztlich verlor.

*

Christopher bekam es erst sehr spät mit, dass sich das Feld ihrer Verbündeten erweitert hatte. Dabei sah er zunächst Francesco. Der Alte kämpfte am Boden gegen zwei normale Dämonen und agierte dabei so schnell und geschmeidig, dass Christopher unwillkürlich lächeln musste. Kaum hatte er seine beiden Gegner außer Gefecht gesetzt, verpasste er ihnen ohne zu zögern den Todesstoß. Dann blickte er auf. Als er Christopher erkannte, huschte ein müdes Lächeln über seine Lippen und er winkte ihm zu, doch noch bevor er es erwidern konnte, sprang der Alte vom Boden ab und warf sich gegen eine fliegende Bestie. Während er mit ihr rang, schossen sie quer durch die Lobby, bevor sie wuchtig zu Boden krachten und Christopher sie aus den Augen verlor.
Plötzlich sah er mehrere Feuerbälle durch die Luft sausen, die einen weiteren fliegenden Dämon attackierten und ihn zum Absturz brachten. Als er den Verursacher erkannte, war er sehr überrascht, denn er konnte sich an Ice natürlich noch erinnern. Doch schon im nächsten Moment war ihm klar, dass er zu Steel, Rose und Shadow gehörte, denn ihr Auftreten und ihr Verhalten, und natürlich nicht zuletzt ihr Outfit, waren einfach zu ähnlich.
Dann fiel sein Blick auf eine Gruppe von normalen Dämonen und als er mitten unter ihnen Heaven erkennen konnte, war er erneut total überrascht. *Was zum Teufel machte sie hier?* Schon verspürte er ein Gefühl der Angst um sie, doch gerade als er zu ihr rennen wollte, wurde ihm klar, dass sie ganz gut allein zurecht kam, denn diese junge, eigentlich zarte Frau, die in der Hölle schon so oft mehr als ihren Mann gestanden hatte – *hatte stehen müssen* – agierte blitzschnell und mit einer solch irrsinnigen Wucht in ihren Schlägen, dass er fast aufgelacht hätte und ihre Gegner nur so hin und her flogen. Heaven agierte wie er, nachdem er... Und da war ihm klar, dass auch sie Bekanntschaft mit Ice gemacht haben musste. Sie und – wie er jetzt ebenfalls erkannte – auch die anderen des kleinen Trupps, einschließlich Razor.
Beim Anblick des großen, drahtigen Schwarzen überkam ihn ein Gefühl der Verärgerung, obwohl er wusste, dass Razor nichts Unrechtes getan, sondern einfach nur das genommen hatte, was Silvia ihm anbot. Unglücklicherweise war das jedoch ihr wundervoller Körper gewesen, in den er letztlich seinen verdammten, harten Schwanz gerammt und Silvia damit zur Ekstase gebracht hatte. Christopher spürte heißen Zorn in sich aufkommen, doch zwang er sich sofort zur Ruhe. Silvia hatte ihm gesagt, dass es nur Sex gewesen war und er

glaubte ihr. Und beim Anblick des Schwarzen war ihm klar, dass er und sein Körper auf Frauen höchst attraktiv wirken mussten. *Wie er schon kämpfte!* Obwohl er einen sehr muskulösen Körper hatte, waren seine Bewegungen stets flüssig und geschmeidig, wirkten fast virtuos. Dabei aber waren seine Attacken blitzschnell, absolut gnadenlos und sehr effektiv. Um ihn herum konnte Christopher bereits drei blutige Haufen Fleisch erkennen und die fünf Dämonen, die ihn umringten, schienen beinahe in Ehrfurcht vor ihm zu erstarren und griffen ihn nicht an. Dafür aber Razor. Pfeilschnell zuckte er nach vorn, stürzte sich auf eine der Bestien und donnerte mehrere wuchtige und schmerzhafte Schläge auf sie hernieder, bevor er sie mit einem mächtigen Fußtritt gegen die Brust nach hinten katapultierte. Sofort stürzte der Schwarze hinter ihr her und er verlor ihn aus den Augen.

Ein kurzer Rundumblick von Christopher zeigte ihm, dass sich das Feld ihrer Feinde sehr schnell lichtete. Schon seit einiger Zeit hatte er beobachtet, dass kein Nachschub mehr folgte. Jetzt, da der Boden vielfach schon übersät war mit toten Dämonen, konnte er auf die Schnelle vielleicht noch zwei Dutzend normale Bestien und acht fliegende Monster ausmachen, von denen drei in arger Bedrängnis waren, weil sie jeweils von Eric, Steel – dessen besondere Fähigkeit Christopher als echt abgefahren betrachtete – und Ice attackiert wurden.

Der Glatzkopf hatte mehrere Feuerbälle auf den Dämon abgefeuert und ihn damit zu Boden geholt. Schon während die Kreatur sich quiekend überschlug, rannte er auf sie zu. Mit einigen knallharten Fausthieben sorgte er dafür, dass sie am Boden blieb. Mit einem letzten Schlag schließlich donnerte er der Bestie seine rechte Hand vor die Brust, doch nicht etwa zur Faust geballt, sondern flach. Und jetzt konnte Christopher sehen, warum Ice seinen Namen wohl zu Recht trug, denn urplötzlich vereisten nicht nur seine Hand und sein Unterarm, sondern es breitete sich schlagartig auch auf der Brust des Dämon aus und wanderte ebenso gnadenlos in das Innere des Körpers. Das Monster quiekte erbärmlich auf, doch schon wurde sein Herz von der tödlichen Kälte umspült und jegliche Kraft wich aus seinem Körper. Einen Wimpernschlag später riss Ice seine Hand mit einem lauten Aufschrei zurück, das Eis um sie herum verschwand und wich stattdessen einem roten Glühen, als sich die Hand schlagartig erhitzte und wie flüssige Lava wirkte. Wieder einen Augenblick später schrie Ice ein zweites Mal und donnerte dem Dämon die Faust nochmals auf die Brust, dieses Mal jedoch zur Faust geballt. Als die extreme Hitze auf die vereiste Körperpartie traf, zersprang diese wie Glas in winzige Einzelteile und mit ihr das Herz. Ein letzter gequälter Aufschrei der Kreatur mit wild zuckenden Gliedmaßen, dann war sie tot.

Christopher wollte gerade beeindruckt davon sein, als er hinter sich einen Aufschrei hörte.

*

„Verdammte Scheiße!" brüllte Douglas wütend und donnerte im nächsten Moment auch schon sein Gewehr, dessen Laufende gleißend weiß glühte, frustriert zu Boden.
Silvia und Talea, ganz besonders aber Cynthia sahen ihn für einen Moment entgeistert und ziemlich genervt an, dann wandten sie sich wieder dem anstürmenden Bestien zu und feuerten aus allen Rohren.
Douglas wiederrum fischte ein zweites Gewehr vom Rücken und wollte es gerade durchladen, als seine Frau schmerzhaft aufschrie, weil sich ihr von der Seite her unbemerkt ein Dämon genähert und ihr einen derben Schlag gegen ihre rechte Schulter verpasst hatte. Sie wurde aus dem Stand nach rechts geschleudert, taumelte direkt vor Douglas entlang und stürzte letztlich hart zu Boden.
Ihr Mann erschrak sichtlich, doch bevor er das Gewehr richtig durchladen konnte, schob sich ein großer schwarzer Schatten vor ihn und er spürte einen knüppelharten Schlag direkt vor der Brust, der ihm die Luft aus den Lungen und ihn nach hinten trieb, wo er ebenfalls zu Boden schlug. Obwohl ihm für einen Augenblick schwarz vor Augen wurde, drehte er sich sofort so, dass er seine Frau erkennen konnte. Cynthia war mit dem Kopf auf den Boden geschlagen und Blut troff aus einer Platzwunde herab. Außerdem war sie sichtlich angeschlagen und kam nicht zurück auf die Füße. Der Dämon, der ihn attackiert hatte, machte zwei riesige Schritte, stand damit direkt vor ihr und beugte sich schon zu ihr hinab.

Silvia sah es aus den Augenwinkeln und war sofort entsetzt. Doch konnte sie sich nicht einfach umdrehen und ihrer Freundin helfen, da sie selbst derbe von zwei Dämonen bedrängt wurde und sie nur auf Distanz halten konnte, indem sie sie beständig mit Salven eindeckte.
Sie hoffte daher auf Douglas, doch dann sah sie, wie ihr Freund ebenfalls zu Boden ging.
Dafür aber agierte Talea. Die junge Schwarze hämmerte ihren Gegnern eine gewaltige Salve entgegen, bis diese ins Straucheln gerieten, dann wirbelte sie herum und machte sich auf den Weg zu Cynthia. Sie hatte sie auch fast schon erreicht, als sich ihr von der Seite her eine weitere Bestie in den Weg stellte und sie mit einem üblen Schlag gegen die Brust aus der Bahn riss. Talea hatte den Angriff ganz offensichtlich nicht kommen sehen, denn sie überschlug sich noch in der Luft und landete sehr hart auf ihrem Becken. Der dumpfe Aufprall schien ein scharfes Knacken zu beinhalten und Erics Frau schrie kreischend vor Schmerz auf.
Damit war jetzt nicht nur Cynthia den Bestien, deren Vorfreude ihnen quasi schon aus den Gesichtern sprang, sondern auch Talea schutzlos ausgeliefert.
In Silvia jagte ein verzweifelter Schrei nach außen und formulierte sich in nur einem Wort: „Chris!"

*

„Ich bin hier, Babe!" hörte sie ihn atemlos rufen und schon schoss er an ihr vorbei. Im Vorbeilaufen krachte seine rechte Faust derart wuchtig gegen den Kopf des Dämons, der Talea bedrängte, dass dieser augenblicklich zusammensackte und fürs Erste außer Gefecht war, dann sprang er direkt auf den Dämon, der sich bereits Cynthias rechtes Bein gegriffen hatte. Sofort schloss er seinen linken Arm um den mächtigen Hals der Kreatur, während er seine rechte Faust erbarmungslos und wuchtig auf ihren Schädel hämmerte. Die Bestie quiekte auf und riss ihre Pranken in die Höhe. Da sie dabei Cynthias Bein erst spät losließ, flog diese ein paar Meter durch die Luft und landete halb auf Douglas, der versuchte sie abzufangen, was ihm jedoch kaum gelang, da er einen stechenden Schmerz in der Brust spürte. Cynthia stürzte mit dem Kopf voraus auf den harten Betonboden und riss sich dabei ihr Gesicht übel auf. Schreien tat sie allerdings nicht deswegen, sondern wegen des brüllenden Schmerzes in ihrer rechten Schulter, die mit einem lauten Krachen brach. Douglas wirbelte zu ihr herum, doch spürte er deutlich, dass einige seiner Rippen gebrochen waren, sodass er sich kaum rühren konnte und vor Schmerz ebenfalls aufschrie.
Dann sah er, wie sich ein dunkler Schatten über ihn und seine Frau aufbaute und als er aufschaute, konnte er einen weiteren Dämon erkennen, der erfreut knurrte.

*

Silvia hätte schreien können. Erst vor Glück, als Christopher buchstäblich in letzter Sekunde herbei gestürzt war und Cynthia befreien konnte, jetzt wieder vor tiefem Entsetzen.
Denn erneut stand eines dieser Untiere direkt vor Cynthia und Douglas, die sichtlich angeschlagen waren und sich nicht mehr zu wehren wussten. Sie selbst wurde ihre beiden Gegner einfach nicht los und Christopher war mit seinem Kampf beschäftigt. Dennoch war ihr klar, was sie zu tun hatte. „Nein!" rief sie atemlos und stürmte einfach los.
Ihre beiden Kontrahenten waren für eine Sekunde sichtlich perplex, dass sie sie einfach so stehen ließ, dann aber hetzten sie hinter ihr her.
Silvia wiederrum war mit einigen schnellen, gehechteten Schritten bei Cynthia und Douglas und feuerte schon auf den Dämon, der sich anschickte, sie mit seinen Pranken zu packen. Die Bestie quiekte auf, riss ihren Oberkörper in die Höhe und brüllte Silvia wütend an. Die stoppte sofort ab – zumindest versuchte sie es, doch kam sie auf dem glatten Untergrund ins Rutschen und schlug mit dem Rücken auf den Beton. Für einen Augenblick fehlte ihr die Luft zum Atmen und ihr wurde schwarz vor Augen. Dann aber rappelte sie sich auf und hechtete vor dem anstürmenden Monster zurück. Dort aber hatten sie mittlerweile die beiden anderen Dämonen erreicht. Noch in der eigenen Aufwärtsbewegung spürte sie, wie eine gewaltige Pranke sich um ihren Nacken schloss und sie

durch die Luft schleuderte, dass sie das Gefühl hatte, ihr Genick würde zerbrechen. Tatsächlich vernahm sie ein deutliches Knacken dort, das ihr die Kraft förmlich aus dem Körper riss. Ihr Flug endete vor den Füßen eines weiteren Dämons, der sie sofort vor der Brust ergriff und auf die Füße riss und ihr dabei mit seinen rasiermesserscharfen Krallen die Haut einriss. Silvia hatte nicht mehr die Kraft sich zu wehren und musste den Prankenschlag, der irrsinnig hart quer über ihre Brust krachte, hilflos hinnehmen. Hierbei brachen nicht nur mehrere Rippen, sondern auch die linke Schulter wurde ausgekugelt und die Krallen zerfetzten ihren Brustkorb noch um ein Vielfaches schlimmer und rissen furchtbar tiefe Schnittwunden.

*

Christopher spürte einen heißen Schauer durch seinen Körper preschen, als er sah, wie der Dämon mit Silvia umsprang. Sofort wurde ihm klar, dass er keine Zeit mehr hatte. Er spannte all seine Muskeln an und stemmte sich gegen die gewaltige Kraft seines Gegners, der Christophers Griff um seinen Hals lösen wollte. Doch der Mensch war so viel stärker, als alles, was er je erlebt hatte, dass er am Ende den Kampf verlor. In dem Moment, da die Kreatur nachließ, riss Christopher ihren Schädel mit unbändiger Wucht nach rechts und dann war deutlich das Krachen der Wirbelsäule zu hören, das so heftig war, dass letztlich sogar der Schädel mit einem widerlich Geräusch vom Rumpf abriss.
Schon im gleichen Moment war Christopher auf dem Weg zu Silvia, die zu Boden geschlagen war und reglos liegenblieb. Drei Meter, bevor er ihren Gegner erreicht hatte, sprang er ab, flog mit den Füßen voraus durch die Luft und traf die Bestie zwischen den Schultern, sodass diese wild schreiend nach vorn katapultiert wurde, an Silvia vorbeirauschte, bevor sie gegen die Wand der Lobby krachte und für einen Moment in die Knie gehen musste.
Zu diesem Zeitpunkt kniete Christopher bereits neben Silvia und war nicht nur sofort geschockt von den schlimmen Schnittwunden auf ihrer Brust, sondern auch davon, dass ihr Körper erzitterte, als würde sie frieren. Ihre Augen glänzten feucht, doch blickten sie direkt an ihm vorbei, ganz so, als würde sie ihn nicht nur nicht erkennen, sondern überhaupt nicht sehen, dass er da war.
„Großer Gott!" Christophers Hilflosigkeit machte ihn sofort nervös. Er musste schlucken und spürte Tränen in seine Augen schießen. Doch schon konnte er auch das Brüllen der Bestie hören, die sich wieder gefangen hatte und sofort auf sie losstürmte. Christophers Antlitz verdunkelte sich augenblicklich, er drückte sich aus der Hocke in die Höhe und starrte das Monstrum reglos an.
Das schien die Kreatur in ihrem Vorhaben zu beflügeln, denn sie brüllte auf und riss ihre Pranken in die Höhe. Plötzlich aber stieß Christopher einen lauten Schrei aus und riss seine rechte Faust in die Höhe und ließ sie mit unglaublicher Geschwindigkeit waagerecht durch die Luft sausen. Sie krachte irrsinnig wuchtig seitlich gegen den Unterkiefer des Dämons und war so kraftvoll, dass sie ihn sofort aus seinen Gelenken rissen. Die Bestie quiekte erstickt auf, während ihr Unterkiefer wie eine alte Schublade an ausgeleierten Scharnieren seitlich

wegklappte und sie diese Aktion aus der Bahn warf und sie unkontrolliert zu Boden stürzte.
Im selben Moment aber rauschte von der anderen Seite eine weitere Bestie heran, doch Christopher lief jetzt auf Hochtouren. Er griff nach der linken Pranke der Kreatur, nutzte ihre Eigengeschwindigkeit aus, drehte sich einmal um seine eigene Achse wie ein Hammerwerfer und schleuderte sie dann mit großer Wucht gegen den noch immer am Boden knieenden Dämon mit dem zerfetzten Unterkiefer. Als wild kreischendes Knäuel polterten sie über den Boden, wo sie Rose quasi direkt vor die Füße fielen, die sofort reagierte, sich in eine eins mal zwei Meter große Eisenplatte verwandelte, die fast obszön langsam zur Seite wegkippte und die beiden Monster schließlich mit einem dumpfen Aufschlag unter sich zerquetschte.
Während Christopher der Luftzug der fallenden Metallplatte entgegenwehte, nutzte er seine Drehgeschwindigkeit aus und fischte Silvias Gewehr vom Boden, um es in einer immer noch flüssigen Bewegung einem weiteren Angreifer so entgegenzuwerfen, dass es mit dem Lauf zuerst auf ihn zuraste, schließlich im Stirnbereich den Schädelknochen durchschlug und bis zum Abzug in das Gehirn der Bestie eindrang und sie sofort tötete.
Dann war plötzlich Ruhe um ihn herum und für einen kurzen Augenblick realisierte er, dass sich das Schlachtfeld beinahe komplett gelichtet hatte.
In der Nähe konnte er Steel sehen, dessen Tentakelarme gerade einen fliegenden Dämon zu Boden gerissen hatten und sich jetzt tief in sein Fleisch brannten, dass die Kreatur nur noch wild, aber vollkommen hilflos schreien konnte.
Weiter hinten sah er Ice, der gerade wieder seinem Namen alle Ehre machte und den Körper eines normalen Dämons stark vereist hatte. Sofort danach ließ er von ihm ab, vollführte in der Hocke eine geschmeidige Drehung um die eigene Achse und sprang dann senkrecht in die Höhe. Dabei riss er beide Arme vor den Körper und hatte plötzlich einen gut einen Meter langen Stahlstab in den Händen, den er Gott weiß wo hergeholt hatte. Er riss ihn über seinen Kopf hinauf und ließ ihn in der Fallbewegung wuchtig in die Tiefe rauschen, wo er den vereisten Körper seines Gegners traf, ihn dabei der Länge nach teilte und in Tausende von Stücken zerfetzte.
Auf der anderen Seite der Lobby sah er Eric. Der schwarze Engel stand im Rücken eines fliegenden Dämons, doch hatte er seinen Gegner bereits getötet. Gerade erschlafften seine Gliedmaßen und ein tiefes Röcheln entfuhr seiner Kehle. Eric entspannte seine Muskeln, ließ von ihm ab und er stürzte mit der Verzögerung eines Wimpernschlages leblos zu Boden. Für einen kurzen Moment trafen sich ihre Augen. Christopher konnte keine Freude in ihnen sehen. Eric atmete kurz durch, dann machte er sich auf den Weg durch die Lobby.
Bevor Christopher sich schließlich wieder zurück zu Silvia gedreht hatte, fiel sein Blick noch auf Razor und die anderen. Heaven, Bim und die beiden Zwillinge standen in einer Art Kreis zusammen. In ihrer Mitte befanden sich zwei normale Dämonen und es schien, als hätten sie Spaß daran diese deutlich angeschlagenen Kreaturen mit immer weiteren Schlägen zu ma trätieren und

ihnen dadurch allmählich das Leben aus den Körpern zu prügeln. Obwohl es kein schöner Anblick war, konnte Christopher sie verstehen.
Razor wiederrum stand ein wenig abseits der Gruppe und befand sich noch in einem – so schien es zumindest – heftigeren Kampf gegen zwei normale Dämonen. Doch der Eindruck täuschte, denn tatsächlich kämpfte Razor nur gegen eine der beiden Bestien und die wirkte eigentlich ziemlich passiv. Doch das täuschte wohl, weil Razor die Kreatur überaus hart, schnell und gnadenlos mit Schlägen bearbeitete, dass diese gar nicht die Chance hatte, sich großartig zu wehren. Im nächsten Moment schon packte der Schwarze die linke Pranke der Bestie am Unterarm und donnerte seine rechte Faust mehrmals derart wuchtig auf das Schultergelenk, dass der Arm letztlich vom Körper riss. Der Dämon quiekte wild auf, doch Razor drehte sich blitzschnell herum und machte einen großen Schritt auf die zweite Kreatur zu, die hinter ihm gestanden und dem Kampf zugeschaut hatte. Dabei riss er Unter- und Oberarm scheinbar mühelos auseinander, drehte den Unterarm in seinen Händen, während er den Oberarm achtlos fallen ließ – und rammte der ziemlich überraschten Bestie das obere Ende des Unterarms direkt und sehr tief in das geöffnete Maul, dass eine dicke Blutfontäne herausspritzte und das abgetrennte Körperteil am Hinterkopf wieder herausplatzte.
Noch während der Dämon sterbend hintenüber kippte, wirbelte Razor zurück zu der verstümmelten Kreatur, machte einen großen Schritt auf sie zu, legte dabei seine beiden flachen Hände zusammen wie ein Büßer, bevor er sie mit einer ruckartigen Bewegung gegen die Brust seines Gegners hämmerte. Die eingesetzte Kraft war hierbei so groß, dass sie die Rippen der Bestie durchschlugen und in das Körperinnere eindrangen. Sofort drehte Razor seine Hände, ergriff die Rippenbögen zu beiden Seiten und riss sie mit unbändiger Wucht auseinander. Der Schmerzensschrei des Dämons erstickte auf bestialische Weise und wurde fast vom widerlichen Knacken der Knochen übertönt.
Blut spitzte in die Höhe. Die Fontäne umschloss Razor für einen Augenblick beinahe völlig und bot ein absolut gespenstisches Bild. Dann ließ der Schwarze von seinem Opfer ab und während der zerfetzte Körper zu Boden klatschte, blieb er reglos und mit gesenktem Kopf einfach nur stehen.

*

Christopher war so fasziniert und gleichzeitig angewidert davon, dass er die Welt um sich herum fast vergas.
Erst als sich ein schwarzer Schatten an ihm vorbei zu Silvia schob, blinzelte er kurz und schaute ihm nach.
Es war Francesco, der sich sofort neben seine Enkelin kniete und dessen Blick augenblicklich extrem finster wurde, denn Silvia zitterte noch immer am ganzen Körper. Obwohl sie schweißgebadet war, spürte Francesco, als er ihr seine rechte Hand auf die Stirn legte, dass sie beinahe eiskalt war.

Christophers Gesichtszüge wurden sehr besorgt, als er sich zu ihnen hinab beugte. „Schatz!" rief er. „Um Himmels Willen!" Er blickte zu Francesco und fing dessen Blick auf.

„Das ist ernst!" meinte der Alte nur. „Ihr Genick ist gebrochen! Sie hat verdammtes Glück, dass sie überhaupt noch lebt!" Er schaute Christopher vorwurfsvoll an, dem sofort klar wurde, dass ihr Großvater nicht Unrecht damit hatte.

„Können sie ihr helfen?" In seiner Stimme lag ein Flehen.

Der Alte nickte. „Aber ich brauche Platz!"

„Natürlich!" Christopher trat einen Schritt zurück. Während er mit ansehen konnte, wie Francesco sich neben seine Enkelin kniete, ihr vorsichtig die rechte Hand in den Nacken schob und seine linke flach auf ihre Brust legte, überkam ihn ein wahnsinniges Gefühl der Verzweiflung. Ja, der Alte hatte Recht. Es war seine Schuld, dass Silvia jetzt derart schwer verletzt dort lag. Er hätte besser auf sie Acht geben müssen, hätte sich niemals so weit von ihr entfernen dürfen. Von ihr und... Plötzlich durchzuckte ihn ein weiterer Schmerz. Cynthia, Talea...Douglas. *Oh verdammt!* Er hatte sie alle im Stich gelassen. Hatte vollkommen vergessen, dass sie ja nicht seine Kräfte besaßen und sie in dieser Hölle vollkommen sich selbst überlassen.

Er konnte sehen, dass Francescos linke Hand jetzt hell aufleuchtete, einen Augenblick später auch die Rechte in Silvias Nacken. Fast augenblicklich ebbte das Zittern seiner Freundin ab und sie schien sich zu entspannen. Hoffnung kam in Christopher auf, seine Angst schwand. Er sah den Alten und er wusste, er konnte ihm vertrauen. Er drehte sich deshalb zu den anderen. Mittlerweile war Eric bei Talea. Er sah seine Frau besorgt an, doch die schüttelte mit schmerzverzerrtem Gesicht das Gesicht und deutete auf Cynthia, die kaum noch bei Bewusstsein war und in Douglas Schoss lag, der ebenfalls sichtliche Schmerzen hatte. Auf eine leise Nachfrage Erics nickte sie mehrmals. Daraufhin erhob sich der Engel und lief zu Cynthia und Douglas. Er schaute kurz nach ihm, doch auch Douglas schüttelte sofort den Kopf und deutete auf Cynthia. Während nach und nach auch die anderen – Ice und seine Leute, sowie Razor mit seinem Trupp - zu ihnen stießen, untersuchte Eric sie. Für einen kurzen Augenblick trafen sich Christophers und Heavens Blicke. Neben der Freude, einander wiederzusehen, konnte er deutliche Sorge bei ihr über Silvias Zustand erkennen.

„Platzwunde am Kopf, dazu eine schwere Gehirnerschütterung!" Eric sah Douglas an. „Und ein gebrochenes Schlüsselbein!" Er lächelte aufmunternd. „Keine Sorge. Das kriegen wir wieder hin!" Douglas Gesichtszüge entspannten sich sichtlich. Eric legte Cynthias Kopf in seine linke Hand, während er seine rechte auf ihre Brust legte. Einen Augenblick später trat der Heilungsprozess ein.

*

Christopher wurde wieder ein wenig ruhiger und drehte sich zurück zu Silvia und Francesco. Der Alte war noch immer hochkonzentriert bei der Arbeit, beide

Hände glühten förmlich, ebenso Silvias Brust und ihr Nacken. Christopher jagte ein Stoßgebet gen Himmel.
Dann blickte er sich um. Die Lobby war ein einziges Schlachtfeld. Überall lagen tote Bestien, viele von ihnen grausam zugerichtet. Die Wände glänzten von Blut, der Boden war übersät mit dicken Pfützen davon. Ein zunehmend widerlicher Geruch nach Blut und anderen Flüssigkeiten, sowie nach stinkendem Fleisch machte sich breit. Über dem ganzen Szenario lag außerdem eine dünne Wolke aus heißem Dampf, die ihm ein zusätzliches, gespenstisches Aussehen verlieh.
Dann trat Ice neben ihn. „Bleiben sie hier und sammeln sie ihre Kräfte!" Er wartete, bis Christopher ihn ansah. „Wir sehen nach, ob sich nicht noch irgendwo einer dieser Bastarde versteckt hat!" Christopher nickte ihm zu und er wandte sich an Steel und Rose. „Also los!"
„Wartet!" rief Bim mit einem Male.
Ice hielt inne und drehte sich zu ihm.
„Wir kommen mit!" meinte der Hüne, während die Zwillingsbrüder hinter ihm auftauchten. Heaven war nicht bei ihnen, sie stand vor Razor, unterhielt sich leise mit ihm, lächelte dabei und Christopher erkannte durchaus ein Strahlen in ihren Augen, was ihm ein kurzes, sanftes Lächeln über die Lippen trieb.
Ice schien einen Moment zu überlegen, dann nickte er. „Je mehr, desto besser." Ohne ein weiteres Wort lief er zum hinteren Ausgang der Lobby und einen Moment später waren die sechs Personen verschwunden.

*

Christopher drehte sich zurück zu den anderen und stellte überrascht fest, dass Eric nicht mehr bei Cynthia saß, sondern jetzt vor Douglas hockte und ihm beide Hände auf die Brust gelegt hatte. Cynthia war wieder bei Bewusstsein und gerade dabei, sich aufrecht hinzusetzen. Sie wirkte geschafft, aber sie schien keinerlei Schmerzen mehr zu haben. Christopher war erleichtert.
Schon im nächsten Moment ließ Eric von Douglas ab und drehte sich zu seiner Frau um.
„Bist du schon fertig?" rief Douglas überrascht. „Das kann doch nicht alles gewesen sein!?" protestierte er.
„Deine Rippen sind wieder okay!" erwiderte Eric, ohne ihn anzusehen. „Für Streicheleinheiten bin ich nicht zuständig!"
„Aber...?"
„Halt die Klappe, Schatz!" raunte Cynthia müde und schob sich zu ihm. „Er muss sich jetzt um Talea kümmern! Mach dich locker, ich blas dir einen!"
Douglas erstarrte fast augenblicklich und blickte seine Frau entsetzt an. „Was? Jetzt?" Instinktiv richtete er sich auf und krabbelte ein Stück nach hinten.
Daraufhin grinste Cynthia müde. „Ja, reg dich ab. War nur ein Scherz!" Sie verzog die Mundwinkel. „Aber für einen Mann mit 'nem Hammer in der Hose bist du echt wehleidig!"

*

Eric huschte mit zunehmend sorgenvollerer Miene zu seiner Frau, die sichtlich immer stärkere Schmerzen hatte. Sie war so tapfer und in diesem Moment wärmte tiefe, reine Liebe zu ihr sein Herz. Nachdem klar gewesen war, dass *nur* ihr Becken gebrochen war, sollte er sich um Cynthia kümmern, die möglicherweise innere Verletzungen davongetragen hatte. Um ihre Freunde zu retten, war sie bereit irrsinnige Schmerzen zu ertragen, denn genau die erlitt sie im Moment. Sofort kniete Eric nieder, gab er einen sanften Kuss auf die Stirn, dann legte er die linke Hand an ihre Hüfte und die rechte auf ihre Brust. Schon begann der Heilungsprozess, Talea stöhnte auf und entspannte sich.

*

Christopher war noch erleichterter, doch als er sich vollends zu Silvia herumgedreht hatte, verflog dieses Gefühl sofort wieder, denn noch immer kniete Francesco in höchster Konzentration neben seiner Enkelin und versuchte, sie zu heilen. Silvia war weiterhin ohne Bewusstsein und obwohl die tiefe Schnittwunden auf ihrer Brust vollkommen verheilt waren, war ihre Haut so blass, wie Christopher es noch nie zuvor gesehen hatte. Augenblicklich erschrak er und sog hörbar die Luft in seine Lungen. Darauf wurden alle Umstehenden aufmerksam, sie verstummten und schauten zu ihm auf.
Christopher wiederrum kniete sich zu Silvia und in seinem Blick zeigte sich großer Schmerz. „Francesco?" fragte er, schaute den Alten an, der seine Augen geschlossen hatte und hoffte doch tief in seinem Inneren, dass er sie nicht öffnen würde, weil er sich vor dem, was er sagen würde, fürchtete.
Doch der Alte tat ihm diesen Gefallen nicht, sondern öffnete seine Augen und schaute ihn mit sehr ernster Miene stumm an.
„Wie....?" Christopher spürte einen Kloss im Hals. „...geht es ihr?" Am liebsten hätte er auf der Stelle losgeheult.
Francesco antwortete nicht, sondern fixierte ihn mit seinen Augen, aus denen absolut nichts Fröhliches sprach. „Sie...!" begann er dann aber doch und Christopher erschrak beinahe ob der heiseren, fast krächzenden Stimme des Alten. „....ist wieder geheilt!" Sein Blick verdunkelte sich beinahe noch mehr.
Christopher registrierte seine Worte im ersten Moment gar nicht, sein Gehirn schien sich bereits derart komplett auf eine negative Antwort eingestellt zu haben, dass es das Gegenteil gar nicht zuließ.
Erst nach der Verzögerung von einer Sekunde wurde ihm bewusst, was der Alte gesagt hatte. Ein Lächeln der Erleichterung huschte über seine Lippen, das aber sofort wieder verschwand. „Aber...?" Zweifel machten sich breit. „Ihre Haut!" Er sah auf Silvia hinab. „Sie sieht so...blass aus!"
Jetzt endlich lächelte auch Francesco kurz, aber auch sehr müde. „Ihre Verletzungen waren...wirklich schwer! Es hat sie sehr viel Kraft gekostet!"
Und dem Alten, wie Christopher jetzt feststellte. Auch Francesco wirkte um Jahre gealtert. Er musste wahrlich Großes vollbracht haben, um Silvia zu retten.

Instinktiv lachte Christopher auf und umarmte ihn einmal kurz und kräftig. Als er sich wieder von ihm trennte, wartete er, bis er ihm in die Augen sehen konnte. „Danke!" sagte er mit ehrlicher Freude.
Francesco verzog die Mundwinkel zu einem Lächeln und nickte dann. Plötzlich wurde sein Blick wieder ernst. „Aber sie wäre ein zu großes Opfer!"
Christopher erkannte sofort, was der Alte ihm damit sagen wollte und nickte ebenfalls. „Sie haben vollkommen Recht!"

*

Wie auf Kommando öffneten sich die hinteren Türen der Lobby wieder und Ice und die anderen kehrten zurück.
„Alles okay!" meinte der Glatzkopf, als er die Gruppe um Christopher erreicht hatte. „Wir haben sie vorerst ausgerottet!" Er blickte zu den Personen am Boden. „Und bei euch?"
„Francesco und Eric haben sich um die Verletzen gekümmert!" meinte Christopher. „Sie konnten sie heilen!"
Ice nickte zufrieden und ein wenig beeindruckt. „Wir sind ein schlagfertiger Trupp mit außergewöhnlichen Fähigkeiten. Vielleicht haben wir tatsächlich eine Chance!"
Christopher sah ihn einen Moment ausdruckslos an, dann nickte er. „Das mag schon sein, aber...!" Er wartete, bis Ice ihn ansah. „...auf ein Wort!" Er griff sich den rechten Oberarm des Glatzkopfes, deutete zeitgleich Francesco an, ihnen zu folgen und zog ihn mit sich. Ice sah ihn in einer Mischung aus Überraschung und Unmut an.

*

„Vorsicht!" sagte Douglas zu Cynthia und schob sie sanft von sich. Dabei waren seine Augen auf Christopher, Francesco und Ice gerichtet. Seine Frau sah ihn irritiert an und obwohl er das nicht sehen konnte, fügte er hinzu. „Ich bin gleich wieder zurück!"

*

„Was ist los?" fragte Ice, als Christopher stehenblieb. Der Glatzkopf war sichtlich angespannt und etwas ungeduldig.
„Ich möchte, dass Francesco...!" Er sah den Alten direkt an. „...Silvia, Cynthia, Talea und auch Douglas von hier fortbringt!" sagte Christopher geradeheraus.
„Was?" Ice war erstaunt. „Warum?"
Während Christopher antwortete, huschte Francesco unbemerkt ein kurzes Lächeln über die Lippen. „Sind sie blind?" Er deutete auf die benannten Personen hinter ihnen. „Sehen sie, was uns der Gewinn dieser kleinen Schlacht gekostet hat!" Er wartete, bis Ice ihn wieder ansah. „Sie haben nicht unsere Fähigkeiten und...!"

Weiter kam er nicht, denn plötzlich erschien Douglas neben ihnen. „Verdammt richtig, Alter!" raunte er und sein Gesicht zeigte wenig Freude. „Hier gibt es immer noch ein paar beschissene Normalos, die nicht aufgemotzt wurden. Und einer davon ist Silvia, du Idiot!" Er schaute Christopher direkt an. „Nur für den Fall, dass du das *wieder* vergessen solltest!"
„Mann, Douglas...!" erwiderte Christopher sofort nickend. „Das tut mir echt leid. Ich hatte das *wirklich* vergessen!" Er war sichtlich schuldbewusst. „Aber das wird nicht wieder vorkommen!" Er drehte sich zurück zu Ice und Francesco.
Doch bevor er etwas sagen konnte, rief Douglas. „Verdammt richtig!" Sein Freund trat einen halben Schritt vor und stand jetzt direkt vor Ice. „Ich will, dass sie uns auch ein Upgrade verpassen!"
„Was?" Francesco und Christopher sprachen zeitgleich.
Ice zog nur die Augenbrauen in die Höhe und blickte erstraunt.
„Das geht doch gar nicht!" meinte Christopher. „Und das will ich auch nicht!"
Douglas wandte sich zu ihm um. „Was du willst, interessiert mich einen feuchten Schmutz! Es ist mein Leben und ich bestimme selbst, wie ich es behalte! Also...!" Er drehte sich zurück zu Ice. „Entweder sie pimpen uns auf oder wir sind raus aus der Nummer!"
„Prima!" Christoper nickte heftig. „Dann seit ihr raus!"
„Was?" Sein Freund wirbelte herum.
„Er kann euch nicht aufmotzen. Ihr ward nicht tot!" Christopher schaute Ice an und hoffte auf eine Bestätigung, die jedoch ausblieb. Im Gegenteil war der Blick des Glatzkopfes allenfalls neutral, obwohl Christopher glaubte, sogar so etwas wie Belustigung in seinen Augen zu erkennen. Deshalb fuhr er etwas hilflos fort. „Also ist das hier das Ende für euch. Francesco...!" Er deutete auf den Alten. „...wird euch von hier weg und in Sicherheit bringen. Euch und...!" Wieder blickte er Francesco an, dieses Mal aber etwas verlegen, dann schnell zu Douglas.
„Ich kann nicht für die anderen sprechen!" erwiderte Douglas sofort. „Und auch nicht für Cynthia...!" Er blickte zurück zu seiner Frau, die ihn ansah. Er musste sofort lächeln und er bekam ein wundervolles Exemplar von ihr retour. „Obwohl ich nicht glaube, dass sie es anders sehen wird!" Dabei musste er leicht grinsen. Dann drehte er sich zurück zu den anderen. „Aber ich für meinen Teil will nicht in Sicherheit gebracht werden. Ich will hierbleiben. Hierbleiben und Scheiß-Dämonen platt machen!" Er wandte sich an Ice. „Aber nur, wenn ich *das* kann, was *er*...!" Er deutete auf Christopher. „...kann!"
Ice sah ihn einen Moment ausdruckslos an. „Seine Fähigkeiten sind keine Überlebensgarantie!" gab er zu bedenken.
„Da hörst du es!" warf Christopher dankbar ein.
Doch Douglas schüttelte den Kopf. „Ich will verdammt nochmal keine Garantie!" Er schaute beide Männer geradeheraus an. „Ich will mehr Power!" Dann blickte er Christopher direkt in die Augen. „Seit wir zum ersten Mal auf den Henker des Teufels getroffen sind, war alles, was ich je gegen diese...!" Er verzog das Gesicht. „...Mistviecher ausrichten konnte...!" Sein Blick wurde noch säuerlicher. „...gar nichts! Dafür aber haben die mein Leben vollkommen auf den Kopf

gestellt. Und ich habe immer eine verdammte Scheißangst dabei, dass ich mich schwer anstrengen muss, mich nicht komplett voll zu pissen!" Er brummte und atmete einmal tief durch. „Und dann sehe ich dich und wie du ihnen ein paar aufs Maul haust und wie sie quieken und dass du sie sogar töten kannst. Ich sehe dich auf Augenhöhe mit ihnen und ich weiß: *Das will ich auch!*" Wieder atmete er tief durch und sein Gesicht wurde sehr ernst. „Verstehst du? Ich will keine Angst mehr haben, ich will endlich eine Chance!"
Christopher sah seinen Freund an und in seinem Gesicht waren eine Vielzahl von unterschiedlichen Gefühlen zu erkennen. „Das verstehe ich!" sagte er dann. „Aber es geht nicht!" Er wandte sich zu Ice und schaute ihn hilfesuchend an.
Der Glatzkopf rümpfte die Nase. „Das...!" Er atmete hörbar ein. „...würde ich so nicht sagen!"
„Was?" Christopher war sofort entsetzt.
„Es gäbe...durchaus die Möglichkeit, das auch bei ihnen...!" Ice deutete auf Douglas. „...zu tun!"
„Na also!" Douglas war sichtlich zufrieden. „Wusste ich es doch!"
„Oh verdammt, Douglas!" Christopher sah seinen Freund mit schmerzverzerrter Miene an. „Du weißt nicht, worauf du dich da einlässt!"
„Falsch!" widersprach der Schwarze. „Erst wenn ich aufgemotzt bin, weiß ich zum ersten Mal wirklich, worauf ich mich einlasse!"
„Aber...!" Christopher schaute in das Gesicht seines Freundes und sah nichts außer Zuversicht und Entschlossenheit und erkannte, dass er keine Chance hatte. „Okay. Also gut!" Er nickte. „Dann mach du es, aber ich bitte dich...!" Er wartete, bis Douglas ihn ansah. „Lass die Frauen da raus!"

*

„Wie wäre es, wenn du das jeden selbst entscheiden lassen würdest?"
Douglas wollte gerade antworten, als er Cynthias Stimme hörte und überrascht herumfuhr. Seine Frau lächelte ihn an, war aber noch sichtlich geschafft. Sie hackte sich mit dem linken Arm bei ihm ein und schmiegte sich an ihn, um etwas Halt zu finden.
„Ich...!" Christopher sah sie ebenfalls überrascht, aber auch besorgt an. „...habe es nur gut gemeint!"
„Das wissen wir!" Diese Worte kamen von Talea, die zusammen mit Eric zu ihnen trat. „Und auch zu schätzen!" Sie lächelte Christopher sanft an. „Aber es bleibt dennoch unsere Entscheidung!"
„Aber...!" Christopher atmete hörbar aus und sein Gesichtsausdruck glich der einer faulen Zitrone. „...wenn ihr nicht geht, dann...!"
„...werde ich auch nicht gehen!"
Christopher wirbelte herum und tatsächlich stand Silvia nur einen Schritt hinter ihm. Bim war bei ihr und stützte sie. Obwohl man es ihm bei seinen Muskeln nicht ansah, konnte Christopher erkennen, dass er sie fast trug, weil sie sich kaum selbst auf den Beinen halten konnte. Ihr Gesicht war unendlich müde und ausgezehrt, ihre Haut noch immer schrecklich blass. Aber ihre Augen, die

leuchteten und funkelten bereits wieder und zwar so stark, dass Christopher eine Gänsehaut über den Rücken lief, als er in sie hineinsah und einfach nur Liebe dabei empfand. „Silvia...!" Er trat sofort zu ihr und umarmte sie. „Du bist wach!"
Seine Freundin nickte nur.
„Wie geht es dir?"
„Beschissen wäre wohl noch geprahlt!" Sie verzog die Mundwinkel. „Ich fühle mich wie eitriger Fußpilz!"
„Du brauchst Ruhe!" erwiderte Christopher.
Silvia sah ihn einen Moment ausdruckslos an, dann nickte sie. „Wenn das hier vorbei ist, will ich auch Ruhe haben!" Sie lächelte und es war trotz ihrer Verfassung ein für Christopher umwerfendes Lächeln. „Mit dir. Irgendwo an einem einsamen Strand. Sonne, Meer, Palmen!" Sehnsucht schwang in ihrer Stimme mit und irgendwie ließen sich alle Umstehenden davon anstecken, denn in ihren Gesichtern spiegelten sich ähnliche Gefühle wider. „Tagsüber faulenzen, nachts vögeln bis zur Ekstase!" Sie grinste breit. „Genau das will ich haben!" Ihr Lächeln verschwand wieder. „Aber erst, wenn das hier erledigt ist. Und erwarte bitte nicht, dass ich irgendwo hingehe und tatenlos darauf warte, dass ihr es vermasselt!" Wieder grinste sie und Cynthia, Talea, aber auch noch einige andere taten es ihr mit einem Nicken gleich.
„Aber...!" Christopher war sichtlich verzweifelt.
„Ich weiß!" hauchte Silvia, löste sich von Bim, trat zu ihm, umarmte ihn und küsste ihn kurz auf den Mund. „Aber ich will bei dir sein. Und ich will dieses Upgrade!" Sie blickte zu Ice. „Kriegen sie das hin?"
Ice nickte. „Aber wir müssen uns beeilen!"
„Okay!" Silvia nickte, drehte sich zurück zu Christopher und sah ihm tief in die Augen. „Okay?"
Christopher schaute sie einen Moment ausdruckslos an, dann breitete sich ein Lächeln auf seinen Lippen aus. „Habe ich denn eine Wahl?"
Silvia lächelte ebenfalls und schüttelte den Kopf.
„Na dann...!" Christopher gab sich geschlagen.
„Okay!" Silvia war sichtlich zufrieden und küsste ihn kurz. Dann wandte sie sich zu Ice. „Worauf warten wir also noch?"

Der Seelenzwilling

Silvia gab Christopher noch einen Kuss, dann löste sie sich von ihm. „Bis gleich!" hauchte sie und ging mit wackeligen Schritten zu Cynthia und Douglas, die neben Ice getreten waren.
Talea verabschiedete sich ebenfalls mit einem Kuss von Eric und kam zu ihnen.
Christopher, der zunächst einfach nur froh war, dass Silvia wieder auf den Beinen war und gleichzeitig irgendwie taub, ob ihrer Entscheidung für ein Upgrade, erinnerte sich plötzlich einer anderen Sache. Sofort drehte er sich von der Gruppe weg und sprach in sein Headset. „Peter?"
„Ja?" kam es sofort als Antwort zurück.
„Alles klar bei euch?"
Peter lachte heiser auf. „Uns geht es prima! Aber wie geht es euch?"
„Wir haben den Ansturm überstanden!"
„Super! Wir wollten gerade raufkommen zu euch!"
„Alle?"
„Natürlich alle!"
Christopher grinste. „Alles klar. Macht das!" Mit diesen Worten drehte er sich zurück zu den anderen und konnte gerade noch sehen, wie Francesco Anstalten machte, Ice und den anderen zu folgen. „Moment!" rief er daher schnell.
Der Alte stoppte und sah ihn fragend an.
„Auf ein Wort!" erwiderte Christopher.
Francesco trat zu ihm. Christopher nickte währenddessen Ice zu. „Okay! Ihr könnt starten!" Und als er Silvias irritierten Blick sah, fügte er hinzu. „Dein Großvater kommt gleich nach!"
Ice wirkte sehr konzentriert und gab Anweisung, dass sich alle anfassen sollten. Silvia selbst reagierte nicht, doch Cynthia nahm ihre rechte Hand und kaum waren alle miteinander verbunden, bildete sich innerhalb eines Augenblicks eine gleißend weiße Hülle um sie und sie schossen wie ein geölter Blitz senkrecht in die Höhe. Fast rechnete Christopher damit, dass sie durch das Dach der Lobby in rund zwölf Metern Höhe krachen würden, doch die Lichtkugel zerplatzte dort einfach nur wie ein Luftballon ohne Schaden anzurichten und verschwand schließlich komplett. Christophers beste Wünsche begleiteten Silvia und seine Freunde.

*

„Und?" fragte Francesco schließlich. „Was wollen sie?"
Christopher schaute den Alten einen Moment forschend an, konnte aber nichts erkennen, was darauf schließen ließ, dass er eine Ahnung hatte. „Wenn sie einen Moment Geduld haben, werden sie es erfahren!" Ein sanftes Lächeln

huschte über seine Lippen und er deutete dem Alten an, mit ihm zum Fahrstuhl zu gehen.
Dabei wurden sie von den anderen bemerkt. Steel trat zu ihnen. „Was ist?" fragte er.
„Peter und die anderen kommen hoch!"
Steel nickte. „Super!" Er und Rose folgten ihnen.

*

Francesco hatte sich natürlich gefragt, was Christopher vorhatte und eigentlich keine Lust auf Spielchen, doch da er im Moment noch etwas ausgepumpt von dem harten Kampf in der Lobby war, beschloss er, dem Freund seiner Enkelin ein wenig Vertrauen zu schenken.
Durch Steels Frage jedoch wurde er aufmerksam. Sie gingen also zum Fahrstuhl, weil Jemand namens Peter dort gleich erscheinen würde. Francesco kannte niemanden mit diesem Namen, doch das war auch nicht das, was ihn hellhörig werden ließ.
Peter *und die anderen*, hatte Christopher gesagt – und urplötzlich fiel ihm ein, was er durch den Kampf und die Hektik vollkommen vergessen zu haben schien und brachte sein Herz in einen wilden, lange nicht mehr gekannten Rhythmus, dass ihm leicht schwindelig wurde.

*

Die Leuchtzifferanzeige blinkte ein letztes Mal und zeigte den Buchstaben E, dann war ein leiser Gong zu hören. Nur einen Augenblick später glitten die Fahrstuhltüren auseinander.
Francesco hörte das Blut in seinen Ohren rauschen und sein Puls hämmerte immer heftiger gegen seine Schädeldecke.
Im Inneren der Kabine konnte er zunächst nur zwei ihm unbekannte Personen erkennen. Da gab es einen mittelgroßen, blonden Kerl, dessen muskulöser Körper ihm ein drahtiges Aussehen verlieh. Instinktiv nahm Francesco an, dass es sich um besagten Peter handelte. Neben ihm stand eine Frau mit kurzen blonden Haaren, die er auf Mitte/Ende Dreißig schätzte. Sie hatte den durchtrainierten Körper einer Kampfsportlerin. Ihr Gesicht wirkte spröde, aber ein leichtes Lächeln auf ihren Lippen zeigte, dass es durchaus hübsch war. Anhand ihrer Kleidung verband der Alte sie sofort mit Ice, Steel und Rose.
Dass er damit Recht hatte, zeigte sich, als die Frau zu Steel und Rose trat, die sie fröhlich und irgendwie erleichtert in Empfang nahmen. Dabei schnappte er den Namen Shadow auf. Die ersten paar Schritte machten Shadow und Peter noch gemeinsam, das heißt, sie hielten sich an den Händen.
Dann aber gab Peter sie frei und trat stattdessen zu Christopher. Auf seinen Lippen war ein deutliches Lächeln zu sehen. Während er ihn mit einem einfachen „Hey!" begrüßte, zuckten seine Augen wieder zu Shadow herüber, die diese Geste erwiderte.

Francesco nahm noch wahr, dass die beiden Männer ein Gespräch begannen, doch obwohl sie keinen halben Schritt von ihm entfernt standen, waren ihre Stimmen kaum mehr als ein undefinierbares Flüstern, denn sämtliche Sinne des Alten hatten sich mittlerweile nur auf einen einzigen Punkt konzentriert: Auf das Innere der Fahrstuhlkabine, wo er weitere zwei Gestalten ausmachen konnte, die ihm beide so sehr bekannt vorkamen.
Schon eine Sekunde später trat Alfredo in die Lobby. Beim Anblick seines ältesten Sohnes überkam Francesco große Freude, denn natürlich hätte er nie erwartet, ihn jemals wiederzusehen. Alfredo wirkte müde und ausgezerrt, doch ging er noch immer aufrecht und stolz. Alfredo selbst hatte seinen Vater noch nicht erkannt, dafür aber Christopher, auf den er jetzt zuging. Ein Lächeln huschte über Francescos Lippen und eigentlich formte sich auch der Name seines Sohnes zur Begrüßung in seiner Kehle, doch als auch die letzte Person einen Schritt nach ihm in die Lobby trat, war es dem Alten, als würde die Welt um ihn herum, aufhören sich zu drehen und sein Herzschlag einfach aussetzen.

*

Sie war in seinen Augen noch nie schöner gewesen. Obwohl sie mindestens ebenso geschafft und ausgezehrt aussah, wie Alfredo, sah Francesco sie mit vollkommen anderen Augen, in denen die Realität keine Rolle spielte, sondern nur Liebe und Sehnsucht. Auch Francesca bemerkte ihn in den ersten Augenblicken nicht und so hatte er die Chance, ihren Anblick vollständig zu genießen und ganz tief in sich aufzunehmen.
Sie war noch immer die atemberaubendste, schönste und begehrenswerteste Frau, die ihm je begegnet war. Und ihm waren viele Frauen begegnet. Doch keine einzige von ihnen konnte ihn so in seinen Bann ziehen, wie dieses Juwel, das er vor mehr als sechzig Jahren zum ersten Mal gesehen hatte. Und es brauchte nur einen einzigen, langen Blick in ihre smaragdgrünen Augen, ein einziges ehrliches Gespräch mit ihr und einen einzigen Abend gemeinsam unter Freunden um zu wissen, dass er seinen Seelenzwilling gefunden hatte.
Von da an tat er alles, um sie für sich zu gewinnen, musste jedoch schon sehr bald erkennen, dass er sich diesbezüglich nicht besonders anstrengen musste, denn auch sie hatte in ihm etwas Besonderes entdeckt und ihre Seelen waren schon unaufhörlich dabei, sich ineinander zu verweben.
Er hatte die besten Gespräche mit ihr, die besten Diskussionen, die glücklichsten, die traurigsten Momente und die Persönlichsten - und natürlich nicht zu vergessen: Den besten, allerbesten Sex!
Bei diesen Gedanken huschte Francesco ein sanftes, wunderbares und sehr glückliches Lächeln über seine Lippen, bis zu dem Moment, in dem Francesca ihn endlich erkannte und plötzlich stocksteif stehenblieb. In diesem Moment setzte sein Herz ein weiteres Mal aus.
„*Fran...cesco?*" Ihre Stimme klang heiser und zittrig, als hätte sie Angst seinen Namen auszusprechen, während alle Farbe aus ihrem Gesicht wich und sie ihn mit großen Augen anstarrte. Gleichzeitig spürte sie, wie sich ihr Herzschlag

erhöhte und ihr das Blut in den Kopf trieb. Sogleich wurde ihr schwindelig und das Bild vor ihren Augen verschwamm, sodass sie sich absolut nicht mehr sicher war, ob sie ihren über Alles geliebten Mann dort vor sich sah oder die Ereignisse der letzten Stunden ihren Verstand endgültig dauerhaft geschädigt hatten. Ihre Ungewissheit ließ sie erzittern und plötzlich wich alle Kraft aus ihrem Körper, waren die Anstrengungen einfach zu groß für sie und ihre Knie wurden weich.

„Um Himmels Willen!" Francesco erkannte, wie Francescas Blick unstetig wurde und ihr Körper zu zittern begann. Ein tiefer Schmerz durchzuckte ihn und instinktiv sprang er vor, streckte seine Arme aus und stand genau in dem Moment direkt vor ihr, als sie zu Boden zu sinken drohte. Sofort schloss er seine Arme um sie und konnte den Sturz verhindern.
Francesca stöhnte schwer auf. Ihre Hände krallten sich, als sie spürte, dass jemand bei ihr war, in Francescos Umhang, um sich abzustützen. Wirklich erkennen tat sie ihren Mann dabei nicht, denn vor ihren Augen tanzten schwarze Flecken. Erst als Francesco sie fester umarmte und sie ihre Arme um seinen Hals schlang, spürte sie etwas Vertrautes darin. Zusätzlich nahm sie einen Duft wahr, den sie lange nicht mehr gerochen hatte, den sie aber nur zu genau kannte. „Francesco?" Ihre Stimme klang noch rauer und zittriger, als zuvor, während sie sich ein wenig von ihm drückte, um ihm ins Gesicht sehen zu können.
Der Alte wiederrum durchlebte in diesen Momenten eine Achterbahnfahrt unendlich vielschichtiger Gefühle. Da war beinahe überschäumende Freude, seine Frau entgegen aller Wahrscheinlichkeiten doch wiederzusehen, mehr noch, sie wieder und wahrhaftig in seinen eigenen Armen halten, ihren Duft riechen, ihre Wärme und ihren Körper spüren zu dürfen. Doch da war auch tiefe Sorge und ehrliche Angst um sie und ihren Zustand, die ihm letztlich die Tränen ebenfalls in die Augen trieben.
Und so war es kaum verwunderlich, dass er zwar mit einem strahlenden Lächeln, aber nicht minder rau und zittrig erwiderte. „Ja, ich bin es, *mio dea!*"
„Aber...?" Francesca stoppte ab und verzog die Mundwinkel. Ihre rechte Hand strich sanft und noch etwas zittrig über Francescos Wange, als könne sie noch immer nicht recht glauben, dass er wirklich vor ihr stand. Dann aber war ein kurzes Stöhnen zu hören, bevor sich ihr ganzer Körper mit einem kurzen, tiefen Atemzug wieder aufzurichten schien. Gleichzeitig begannen ihre grünen Augen zu strahlen wie Edelsteine und ein wundervolles Lächeln erschien auf ihren Lippen.

*

Christopher, aber auch die anderen waren längst auf die beiden Alten aufmerksam geworden. Christopher überrollte eine Welle unendlicher Freude, als er das Ehepaar sah, ebenso Alfredo, doch auch die, die ihre Vorgeschichte nicht kannten, wurden von den offensichtlichen Gefühlen der beiden Alten in den Bann gezogen.

Hier sprach eindeutig die Liebe klare Worte, doch als urplötzlich Francescas Kopf nach vorn zuckte und sie Francesco mit einer so herrlich erfrischenden Leidenschaft und Sehnsucht heiß und innig küsste, stöhnten einige überrascht auf und alle überkam eine wohlig kribbelnde Gänsehaut, denn so alt diese beiden Menschen dort auch sein mochten, sie hatten das Küssen über die Jahre mit keinem Deut verlernt. Diejenigen, die einen Partner bei sich hatten, so wie Steel, Rose, Peter, Shadow, Razor und Heaven taten es ihnen gleich, die anderen wünschten sich in diesem Moment Gleiches tief in ihren Herzen. Christopher dachte an Silvia und spürte eine wahnsinnige Sehnsucht nach ihr.

Als sich Francesca endlich wieder zurückzog, schien es, als wäre sie für eine lange Zeit auf einer Schönheitsfarm gewesen. Sie wirkte um Jahre jünger, Farbe war ihr ins Gesicht zurückgekehrt und ihre Züge entspannt und weich. Während sie Francescos Wangen streichelte, strahlten ihre Augen in ehrlichem Glücksgefühl.
Dann aber kehrte sie zurück in die Realität. Ihr Blick glitt zu Christopher und ihr Lächeln erstarb allmählich, dann sah sie das furchtbare Schlachtfeld in der Lobby und sie wurde wieder sehr ernst. „Wo ist...Silvia?" fragte sie und schaute abwechselnd Christopher und Francesco an.
„Keine Sorge!" Christopher trat zu der Alten und lächelte sanft. „Sie lebt und ist wohlauf!"
Doch Francesca war nur für einen Sekundenbruchteil zufrieden. „Aber wo ist sie?"
Christopher versuchte eine Erklärung, doch er bekam nicht einmal ein Wort heraus, denn wie auch sollte er das erklären?
Hilfesuchend blickte er zu Francesco, der sofort einsprang. „Ich erkläre es dir, *amorosa*!" Er nahm mit seiner rechten Hand ihre linke Hand und umschloss sie fest. „Aber wir müssen dafür etwas tun!" Er warf Christopher einen Blick zu, den dieser sofort mit einem Nicken erwiderte. Er drehte sich um, zog Alfredo mit sich und trat zu Peter, wo er das Gespräch dort einfach unterbrach und mit leisen Worten etwas erklärte.
„Etwas tun?" fragte Francesca. „Was denn?"
Während Francesco sehen konnte, wie Peter und sein Sohn Christopher mit großen Augen anstarrten und er unwillkürlich lächeln musste, sagte er. „Wir werden zu Silvia gehen!"
„Zu...?" Francescas Stimme wurde etwas ungeduldiger. „Wo ist sie denn?"
Christopher wechselte noch ein paar Worte mit den beiden Männern, dann folgten sie ihm. „Im Himmel!" erwiderte Francesco mit einem Lächeln.
„Aber?"
Der Alte streckte seine linke Hand aus und sein Sohn ergriff sie. Dabei warf Francesco seinem Sohn ein glückliches und dankbares Lächeln zu, das dieser auch ohne Worte sofort verstand. Dann deutete Christopher Peter an, es ihnen gleich zu tun und der Blonde fasste Alfredo auf der einen und Francesca auf der anderen Seite an den Händen, sodass die vier Personen einen kleinen Kreis

bildeten. „Keine Sorge!" Francesco zwinkerte seiner Frau zu. „Das wird dir gefallen!"

„Beeilt euch!" rief Christopher.

Francesco sah ihn fragend an und nickte in ihre Runde, doch Christopher schüttelte den Kopf. „Jemand muss das Tor zur Hölle bewachen!" Er verzog die Mundwinkel. „Ich mach das!"

Jetzt nickte auch Francesco. „Wir machen so schnell wir können!" Dann schloss er seine Augen. Einen Augenblick später befand sich die Gruppe bereits in einem gleißend weißen Lichtband und nur eine Sekunde darauf schossen sie senkrecht in den Himmel und verschwanden durch das Dach der Lobby.

Christopher schaute ihnen wehmütig hinterher und war dann doch überrascht, als ein lautes Krachen ertönte, als die Gruppe durch das Dach der Lobby entschwand. Bei Ice und den anderen war das nicht der Fall gewesen.

Bis zu dem Moment, da er Bim hinter sich „Oh fuck!" sagen hörte.

Da war ihm klar, dass die Worte des Alten bereits jetzt kein Trost mehr waren, weil der Feind offensichtlich eine neue Welle Angreifer schickte.

Mit finsterer Miene drehte er sich um, bereit zum Kampf, und wurde in seiner Annahme bestätigt, als er ein Loch in der Stahlhülle dort erkennen konnte, wo sich der Haupteingang in das Gebäude befand. Ganz offensichtlich war es herausgesprengt worden und es musste der Knall gewesen sein, den er gerade gehört hatte. Instinktiv spannte er all seine Muskeln an.

Doch als sich einen Augenblick später ein Körper durch den Qualm, de sich um das Loch gebildet hatte, in das Innere der Lobby schob, war er schlagartig mehr als überrascht, denn es war kein weiteres Monster, sondern ein Mensch, den er noch nie zuvor in seinem Leben gesehen hatte, der ihm aber dennoch auf eine sehr seltsame Weise bekannt vorkam.

Ein wahres Monster

Der Mann, der durch das Loch in die Lobby trat, war ziemlich groß und hatte strohblonde, strubblige Haare, die ihn jünger aussehen ließen, als er tatsächlich war - Christopher schätzte ihn denn auch fälschlicherweise auf Anfang vierzig.
Er besaß kantige Gesichtszüge und leicht mandelförmige Augen, die ihn sofort an einen Asiaten erinnerten.
Der Körper des Mannes war sichtlich sehr gut durchtrainiert und steckte in einem schwarzen, hautengen Kampfanzug. Allerdings trug er keine sichtbaren Waffen, bis auf ein Schwert, das er sich auf den Rücken geschnallt hatte und einen Gürtel, an dem Christopher neben einigen nicht identifizierbaren Gegenständen auch ein halbes Dutzend Handgranaten erkennen konnte.
Während der Mann auf sie zukam, blickte er sich um. Dabei schien er nicht im Geringsten entsetzt oder erschrocken über den furchtbaren Anblick, der sich ihm bot, eher überrascht und ein wenig besorgt.
„Kuso imaimashii!" stieß er im harten, tiefen Tonfall hervor, wobei er seine Zähne kaum auseinander bekam. Dann blieb sein Blick auf Christopher und den anderen haften. „Ita nitsuku ikusa no niwa!" fügte er noch hinzu.
Und plötzlich machte es Klick bei Christopher. Der Mann sah nicht nur aus, wie ein Asiate, er war auch Einer, nämlich ein Japaner. „Oh verdammt!" entfuhr es ihm.
„Was?" rief Heaven und trat zu ihm. „Was ist los?" Sie sah Christopher mit großen Augen an. „Wer ist das? Was hat er gesagt?"
Christopher betrachtete den Mann vor sich noch einen Augenblick, dann wandte er sich an die anderen. „Das ist…Arisagi!"
„*Mr.* Arisagi…!" hob der Japaner sofort mit ernster Miene an und als ihn alle anstarrten, fügte er hinzu. „Wenn ich bitten darf!" Plötzlich huschte ein Anflug eines Lächelns über seine Lippen. „Oder einfach Antonio, das geht auch!"
„Arisagi?" Bim verzog die Mundwinkel. „Sagt mir nichts!" Er trat einen Schritt auf den Japaner zu. „Was zum Teufel machen sie hier?"
„Mr. Arisagi ist…!" begann Christopher, doch sein Gegenüber hob abwehrend die Hand und er verstummte.
„Sagen wir einfach, mir gehört der Laden hier!" Arisagi blickte sich nochmals kurz um und konnte sich eines tiefen Atemzugs nun doch nicht erwehren.
„Und das macht sie in diesem verficktem Spiel zu…*was*?" wollte Horror wissen und seine Stimme klang leicht gereizt.
„Beruhigt euch, Leute!" hob Christopher augenblicklich an, trat zu dem Japaner und schaute ihm für einen Moment direkt in die Augen. „Mr. Arisagi ist ein Verbündeter!"
„Einfach so?" Heaven sah die beiden Männer mit zweifelnder Miene an.
„Ich bin hier, um eine Schuld zu begleichen!" erwiderte Arisagi.
Terror trat einen Schritt vor. „Welche Schuld?"

„Die Schuld meines Vaters!"
„Ihres...?" Rose war sichtlich überrascht. „...Vaters?"
Arisagi nickte. „Er war einer von Vieren, die den Dämon befreit haben, der letztes Jahr in New York gewütet und letztlich von Christopher und seinen Freunden zurück in die Hölle geschickt werden konnte. Wenngleich auch...!" Sein Blick wurde traurig und er sah Christopher mitfühlend an. „...zu einem sehr hohen Preis!"
Christopher wiederum wurde merklich unruhig. „Einen Augenblick!" sagte er zu den anderen, ergriff Arisagi am Oberarm und zog ihn zwei Schritte mit sich. Als sie wieder stehenblieben, sah ihn der Japaner fragend an. „Wie sind sie hierhergekommen?"
„Peter hat mich auf der Flucht angerufen!" antwortete Arisagi „Ich hab ihm gesagt, er solle hierherfahren!"
Christopher nickte. „Das war eine gute Idee!" Dann runzelte er die Stirn. „Warum aber sind *sie* hier?"
Der Japaner sah ihn mit ausdrucksloser Miene an. „Weil Peter dieses Labor lang nicht so gut kennt, wie ich!" Seine Augen funkelten plötzlich. „Man kann sich hier wirklich gut verstecken!"
„Ich denke nicht...!" hob Steel plötzlich an. Er war unbemerkt neben sie getreten. Die beiden Männer sahen ihn überrascht an und mussten erkennen, dass auch alle anderen um sie herum standen. „...dass wir uns vor diesem Gegner verstecken können!"
Rose neben ihm nickte. „Samael ist viel zu stark! Er wird uns aufspüren...!" Sie sah Arisagi direkt an. „Egal wo wir hingehen!"
„Samael?" Der Japaner blickte sichtlich irritiert und sah Christopher fragend an.
„Die Dinge sind...ähm...!" Christopher war sofort etwas verlegen „...etwas aus dem Ruder gelaufen!"
„Ja...!" hob Heaven an. „Und jetzt haben wir zwar alle drei Tore, aber dafür auch einen hochrangigen Dämon im Nacken!"
Arisagi sah sie an. „Was heißt denn *hochrangig*?"
„Das heißt...!" begann sie, doch Terror fuhr dazwischen.
„Wenn der Dämon vom letzten Jahr ein hungriger Löwe war...!"
„Ja?" Arisagi war erwartungsvoll.
„...dann ist Samael ein ausgewachsener T-Rex, der seine Alte beim Fremdgehen erwischt hat, nachdem ihm gerade drei Weisheitszähne gezogen wurden und den seine Hämorrhoiden in den Wahnsinn treiben!"
„Hämo...!" Heaven sah ihren Freund überrascht an und dann verzogen sich ihre Mundwinkel. „Du bist echt krank Terror, weißt du das?"
Bim lachte brummig auf. „Aber er hat echt nicht ganz Unrecht!"
Darauf wusste niemand etwas zu erwidern.
„Na, wenn das so ist...!" hob Arisagi dann schließlich an und ein flüchtiges Lächeln erschien auf seinem ansonsten ernsten Gesicht. „...sind wir hier vielleicht sogar noch besser aufgehoben, als ich dachte!"
„Wieso denn das?" fragte Shadow.

„Weil...dieses Labor einen Bereich besitzt, der...sagen wir...sehr abgeschieden ist!"
„Was soll das denn heißen?" fragte Heaven.
„Das...!" Arisagi verzog das Gesicht zu einer gequälten Grimasse. „...kann man schwer erklären...!" Er versuchte ein Lächeln, doch es blieb eher säuerlich.
Für einen Augenblick schauten ihn alle ziemlich überrascht an.
Schließlich meinte Christopher. „Na dann!" Er schniefte durch die Nase. „Wir sind für jede Hilfe dankbar! Wenn sie einen Weg wissen, uns das Leben ein wenig leichter zu machen, nur zu!" Er streckte seinen rechten Arm vor und breitete seine rechte Hand aus.
Arisagi nickte stumm und ging los in Richtung Aufzug.
„Das Leben?" flüsterte Terror seinem Bruder mit deutlichem Sarkasmus ins Ohr, während sie dem Japaner folgten. „Wohl eher den Tod!" Woraufhin sein Bruder ihn mit säuerlicher Meine anschaute und nickte.

*

„Was heißt eigentlich *drei* Tore?" fragte Arisagi auf dem Weg zum Aufzug.
„Sollten wir nicht warten, bis die anderen wieder hier sind?" fragte Heaven.
Weil beide Christopher mit großen Augen ansahen, war er im ersten Moment etwas irritiert und blieb stumm.
Dann aber kam ihm Steel zur Hilfe und sagte zu Heaven. „Ice kann uns orten!" Er nickte der junge Frau zu. „Er wird uns finden!" Heaven gab sich damit zufrieden.
„Was?" fragte Christopher den Japaner.
„Sie...!" Arisagi deutete auf Heaven. „...sagte etwas von *drei* Toren!"
„Stimmt!" stimmte Terror sofort zu. „Hölle, Erde...und Himmel!" Er nickte Christopher zu.
Arisagi blieb abrupt stehen und war sichtlich perplex. „Es gibt auch noch ein Tor zum...*Himmel*?" Er starrte Christopher mit großen Augen an.
Der blieb ebenfalls stehen, griff mit ausdrucksloser Miene in die Innentasche seiner Jacke und holte den unscheinbaren Glasbehälter mit dem staubkorngroßen Artefakt hervor.
„Aber...?" Arisagi war jetzt noch perplexer als zuvor. „...das sieht nicht aus wie...!"
„...die anderen beiden Tore?" Christopher lächelte säuerlich und nickte. „Aber es ist eines und...!" Er beugte sich vor und schaute dem Japaner direkt in die Augen. „...das Mächtigste von allen obendrein!"
Für einen Moment starrten alle den kleinen Glaswürfel an, wobei Christopher in vielen Gesichtern eine Mischung aus unterschiedlichen Gefühlen erkennen konnte, die er jedoch nicht immer einzuordnen wusste. Außerdem drückte er wie beiläufig den Knopf, um den Fahrstuhl zu rufen. Dann sagte er. „Unser Ziel muss nach wie vor sein, nicht nur...!" Christopher hielt kurz inne, weil er glaubte einen dumpfen Schlag gehört zu haben. Da er jedoch äußerst leise war, war er sich nicht sicher, welchen Ursprungs er war und ob er ihn wirklich gehört oder ihn

sich am Ende nur eingebildet hatte. „... Samael zu stoppen...!" fuhr er daher fort, stoppte jedoch sofort erneut, weil er einen weiteren, etwas lauteren und deutlicheren Schlag gehört hatte. Doch beim Blick in die Gesichter der anderen konnte er nicht erkennen, dass auch sie etwas vernommen hatten und so war er weiterhin unsicher. „...sondern auch alle Tore...!" *Da!* Ein dritter Schlag und dieses Mal hatte er sogar eine Vibration im Boden gespürt. „...endgültig...!" In Heavens Augen sah er, dass auch sie etwas gespürt hatte, ebenso einen Augenblick später in allen anderen Gesichtern. Für einen Atemzug herrschte Totenstille.
Dann kam ein vierter Schlag, wieder lauter und mit einer deutlichen Erschütterung des Bodens.
Christopher erkannte jetzt genau, was das war und in den Augen aller anderen konnte er die gleiche Erkenntnis sehen: *Etwas Gewaltiges kam auf sie zu!*
Und schon im selben Moment ertönte der tiefe, gequälte Schrei eines wahren Monsters direkt über ihnen und nur einen Wimpernschlag später wurde das gesamte Dach der Lobby von einer gewaltigen Kraft irrsinnig wuchtig vollkommen zerfetzt, das das komplette Gebäude darunter erbärmlich erzitterte.

*

Der Schlag, der eher einer gewaltigen Explosion glich, zertrümmerte das Dach der Lobby und ließ Tonnen von Beton, Stahl und Glas zu Boden rauschen.
Instinktiv sprangen alle in Richtung Aufzug, dessen Türen sich zum Glück gerade mit einem leisen Gong öffneten. Diejenigen, die ihm am nächsten waren, sprangen in sein Inneres, den anderen gelang dies nur mit einem Hechtsprung. Christopher ergriff geistesgegenwärtig Arisagis linken Arm und riss ihn mit sich.
Während die Trümmerteile vor ihnen wie Granaten in den Boden einschlugen, ihn dabei vielfach ebenfalls zerstörten und das Gefühl vermittelten, seine Oberfläche würde sich bewegen wie Meerwasser bei heftigen Sturm, polterten alle hilflos übereinander und bildeten einen schreienden und zuckenden Haufen Individuen.
Christopher schlug hart mit dem Kopf gegen die Seitenwand des Fahrstuhls und für einen Augenblick wurde ihm schwarz vor Augen. Im nächsten Moment drückte ihn das Gewicht Arisagis hinab. Aus den Augenwinkeln sah er, dass unter ihnen Bim lag. Dann zuckte sein Blick zurück in die Lobby, wo weitere Trümmerteile irgendetwas in Brand gesetzt hatten.
Plötzlich zuckte ein Körper an ihm vorbei und stellte sich direkt vor den Ausgang. Es war Rose, die der Lobby den Rücken zuwandte, sich dabei so breit wie möglich machte und deren Körper im nächsten Moment einen metallischen Glanz annahm.
Keine Sekunde zu früh, denn sofort danach zerriss eine wüste Explosion die Lobby und brachte alles wild zum Erzittern, dass Christopher schon Angst hatte, die Kabine würde aus ihrer Führung gerissen werden. Rose schrie auf, ihr Körper bäumte sich in das Innere der Kabine auf, als würde eine riesige Faust ihren Rücken nach vorn drücken. Flammen züngelten um ihren Körper, doch

konnte sie verhindern, dass sie den Rest der Gruppe erreichten. Zumindest für einige wenige, aber lebenswichtige Sekunden. Dann war ihre Kraft aufgebraucht und sie flog mit einem wilden Aufschrei quer durch die Kabine gegen die Rückwand und hätte sie sicherlich zerstört, wenn dort nicht Steel gestanden und sie gerade noch halbwegs hätte abfangen können.
Zum Glück ließ im selben Moment die Druckwelle nach, sodass die Flammen nicht mehr nach ihnen leckten.
Stattdessen aber ertönte erneut das Brüllen eines Monsters und ein gewaltiger Schatten schob sich vom Dach in die Tiefe.
Christopher spürte, wie alle anderen ebenfalls in ihren Bewegungen erstarrten und stumm in die Lobby blickten, um zu sehen, was dort geschah. Ihr Sichtfeld wurde durch Rauch und das Züngeln der Flammen an mehreren Stellen stark eingeschränkt und der stetige Wechsel von Licht und Schatten verwischte die Konturen. Urplötzlich schoss ein massiger, unförmiger Körper mit mächtigen Beinen von oben herab und als er zu Boden schlug, ertönte ein irrsinnig lauter, aber dennoch dumpfer Knall und ließ den Boden und das Gebäude ein weiteres Mal erzittern. Gleichzeitig war erneut das Brüllen eines Monsters zu hören, nun aber unendlich reißender, als noch zuvor. Im flackernden Zwielicht der Flammen erkannte Christopher eine Art tropfenförmigen Schädel, den man in die Waagerechte gedreht und dessen spitzes Ende im Nacken als mächtige Knochenplatte in sich verdreht noch oben gezogen hatte, wenngleich er keine Augen ausmachen konnte, dafür aber ein gewaltiges, widerlich verzogenes, lippenloses Maul mit unregelmäßigen und mächtigen Zahnreihen und einer wabbeligen, fleischigen Zunge. Der Körper schien ohne Haut zu sein, gab den Blick auf vier gewaltige, stellenweise jedoch deformierte Arme mit mächtigen, teilweise aber verstümmelten Pranken frei. Da die Kreatur keine Haut besaß konnte man tief in ihr Innerstes blicken, das auf Christopher jedoch wirkte wie wahllos durcheinander gewürfelt, da es keinem logischen Muster folgte. Teilweise konnte man geradewegs hindurch zur gegenüberliegenden Wand der Lobby sehen, an anderen Stellen wirkte alles wie eine vermengte und schleimige Masse ohne Sinn und Funktion.
Bei ihrem Anblick spürte Christopher eine unglaublich eiskalte Gänsehaut auf seinem Rücken, die bis unter seine Schädeldecke schoss.
Während die Kreatur immer wieder brüllte, schien sie sich hektisch und offensichtlich wütend umzublicken. Dabei zuckten ihre Pranken hierhin und dorthin und sorgten für weitere Zerstörung.
Er sucht uns! schoss es Christopher plötzlich in den Kopf und schon im selben Moment schob er den Japaner von sich. Er deutete Arisagi mahnend an, sich still zu verhalten und drückte sich selbst auf die Füße. In den Augen der anderen konnte er Angst und Unsicherheit erkennen.
Christopher machte einen schnellen, aber lautlosen Schritt nach vorn und streckte seinen rechten Arm zur Schalttafel des Aufzugs.
Gerade brüllte die Bestie wieder und er wusste, dass dies ihre Chance war. Ohne zu zögern drückte er den Knopf für das Kellergeschoss, in dem er das Tor zur Hölle wusste. Wenn es ihnen gelingen würde, einige Stockwerke zwischen

sich und diese Kreatur zu bringen, würde ihnen das vielleicht genügend Zeit verschaffen, um die Pyramide an sich und sich selbst erst einmal in Sicherheit zu bringen.
Dachte er – *hoffte er.*
Doch als nur einen Wimpernschlag später ein einzelner Gong ertönte, der anzeigte, dass sich die Fahrtstuhltüren schließen würden, wusste er, dass ihm sein Optimismus vielleicht gleich den Tod bringen würde.
Und als wäre dieser leise Gong eine gottverdammte Schiffssirene gewesen, verstummte der Schrei der Bestie augenblicklich, ihr mächtiger Körper zuckte in ihre Richtung, sie fiel vornüber auf zwei ihrer Pranken, dass es schepperte, wie bei einem Erdbeben und ihr widerlicher Schädel schob sich durch den Qualm und das Halbdunkel bis auf zwei Meter an den Fahrstuhl heran.
Ein bestialischer Gestank nach Verwesung und Schwefel wehte ihnen entgegen, dazu eine wuchtige Hitzewelle, die ihnen zusätzlich den Atem raubte.
Tatsächlich besaß die Kreatur keine Augen, wenngleich entsprechende Höhlen im Schädel dafür vorhanden waren. Dennoch schien sie genau zu wissen, wen und was sie vor sich hatte, denn sie fauchte verächtlich, bevor sie wutentbrannt aufbrüllte. Dabei riss sie ihr unförmiges Maul weit auf und eine schmerzhafte Gluthitze ließ die Gruppe im Fahrstuhl aufschreien.
„Aus dem Weg!"
Christopher hörte Heavens fast geschriene Worte in gequältem Tonfall und ihr Körper tauchte neben ihm auf. Sie hatte ihre Waffe in die Höhe gerissen. Schon konnte er das charakteristische *Plopp* einer abgefeuerten Granate hören.
Im selben Moment begannen sich endlich die Fahrstuhltüren zu schließen.
Christopher konnte sehen, wie die Granate gegen den mächtigen Schädel der Kreatur krachte und dort augenblicklich im Stirnbereich explodierte. Das Monster brüllte auf und wurde von einer Flammenfaust eingehüllt. Sofort zuckte sein Oberkörper zurück und verschwand wieder in den Rauchschwaden.
Die Explosion der Granate erschütterte die Fahrstuhlkabine nochmals rüde, doch dann hatten sich die Türen vollständig geschlossen und sie alle konnten spüren, wie sich die Kabine in die Tiefe bewegte.
Unwillkürlich atmeten alle erleichtert aus.
Doch nur für eine lächerlich kurze Sekunde...

*

Ein wütendes Brüllen war zu hören, aber es klang beinahe nur noch wundervoll gedämpft zu ihnen und wog sie dadurch in einer trügerischen Sicherheit.
Das furchtbare und irrsinnig laute Krachen, das jedoch nur eine Sekunde später ertönte und so wahnsinnig schnell näher kam, gab ihnen das sichere Gefühl, die Welt um sie herum würde explodieren. Alles, was sie tun konnten, war hemmungslos zu schreien.
Es war, als würde ein spielendes Kind eine Sandburg bauen und mal eben mit einer Hand noch eine Fensteröffnung herausschälen. Genauso geschah es in diesem Moment mit dem oberen Teil des Fahrstuhlschachtes, nur dass der nicht

aus Sand, sondern aus Stahl und Aluminium bestand. Die Tatsache aber, dass die gewaltige Pranke der Bestie durch all das krachte wie durch Butter, zeigte, welch unfassbare Kräfte diese Kreatur besaß.
Für Christopher und die anderen war es der pure Irrsinn. Eben noch in der Hoffnung, entkommen zu sein, zerriss das Kreischen von Metall beinahe ihre Trommelfelle und schon im nächsten Augenblick wurde das obere Drittel der Fahrstuhlkabine mit einer solchen Kraft einfach weggefegt, dass sie dabei nicht einmal erzitterte.
Der plötzliche freie Blick nach oben – der nicht mehr vorhandene Schacht, die Sicht in die Lobby mit dem wütenden Monster – entsetzte sie zusätzlich, da ihnen erst jetzt die Dimension der Kraft, die ihr Gegner besaß, richtig bewusst wurde und sie eiskalt erkannten, dass sie ihr nichts entgegenzusetzen hatten.
Dennoch sollten sie in diesem Moment Glück haben, denn natürlich waren auch die Halteseile der Fahrstuhlkabine gerissen und schien sie auch im ersten Augenblick in der Luft verharren zu wollen, so wirkte die Schwerkraft schließlich doch auf sie und sie schossen in die Tiefe.
Keine Sekunde zu früh, wie sich sofort zeigte, denn ihr Gegner setzte bereits zum nächsten Schlag gegen sie an und seine Pranke donnerte durch den Schacht auf sie zu, um sie zu packen.
Sie war jedoch nicht lang genug. Freude darüber kam aber nicht auf, denn stattdessen duften sie, mussten aber auch, den Sturz, besonders aber den ungebremsten Aufprall aus neun Metern Höhe, über sich ergehen lassen. Was bisher noch einigermaßen intakt war, wurde jetzt in einem irrsinnig lauten Knall zerfetzt.
Christopher hatte überhaupt nicht die Zeit und war noch immer dermaßen geschockt, dass er keine Chance hatte, dem Aufprall irgendwie entgegenzuwirken. Wie ihm erging es aber fast allen und so wurden ihre Körper erbarmungslos zu Boden gehämmert und es war ein echtes Wunder, dass größere Verletzungen ausblieben, wenngleich es einige Prellungen, Abschürfungen, Stauchungen und Zerrungen und Muskelrisse gab. Dazu kamen zwei gebrochene Rippen bei Horror, ein gebrochener Unterarm bei Heaven und eine ausgekugelte Schulter bei Bim.
Für einen längeren Moment lag das Knäuel aus Körpern beinahe reglos am Boden des Fahrstuhlschachtes und es waren nur Husten und Stöhnen zu hören.
Dann aber donnerte die Pranke des Monsters ein drittes Mal in den Schacht hinab und arbeitete sich noch weiter vor, bevor sie etwa fünf Meter über der Gruppe wieder innehalten musste.
Mehrere kleine und mittelgroße Gesteinsbrocken krachten zu Boden und verursachten einige Platzwunden und Prellungen. Wieder waren schmerzhafte Schreie zu hören.
Christopher war klar, dass sie hier nicht mehr allzu lang verharren durften, doch hatte er keine Ahnung, wie sie aus dem Schacht entfliehen sollten. Die Kabine befand sich etwa einen halben Meter unterhalb der Türen zum Kellergeschoss, die natürlich noch verschlossen waren. Jegliche Möglichkeit, sie elektrisch zu öffnen war dahin.

Doch noch während er überlegte, erhob sich Shadow und schon einen Wimpernschlag später hatte sie sich in schwarzen Rauch verwandelt. Während über ihnen das Monstrum ein erneutes Mal den Schacht malträtierte und einen weiteren Meter näher kam, schwebte sie zu den Türen und es gelang ihr tatsächlich durch den schmalen Schlitz dort zu wabern. Aber anstatt vollständig hindurch zu schweben, materialisierte sie langsam wieder zurück in ihre menschliche Gestalt und schaffte es so, den Spalt zwischen den Türen zu verbreitern.
Sofort sprang Steel herbei, um ihr zu helfen und Christopher zögerte keinen Augenblick, es ihm gleich zu tun. Mit vereinten Kräften hatten sie die Türen nach wenigen Sekunden komplett geöffnet.
„Los jetzt!" rief Steel, machte einen Schritt nach hinten, ergriff die immer noch leicht mitgenommene Rose, zog sie zu sich und drückte sie sodann in den angrenzenden Flur.
Trotz einiger Verletzungen gab es niemanden, der jetzt zögerte und so hatten alle innerhalb weniger Sekunden den Schacht verlassen, in dem weiterhin das Monstrum wütete und beständig näher kam.

„Was jetzt?" rief Christopher und starrte Arisagi an.
„Wo sind die anderen Tore?" fragte er.
„Das Tor zur Hölle ist hier. Hier im Keller!" Er sah den überraschten Blick des Japaners und deutete auf das Ende des Ganges. „Im Kühlhaus!"
Arisagi nickte. „Wir müssen es holen! Hier ist es wohl kaum noch sicher!"
Jetzt nickte Christopher.
Doch bevor er sich in Bewegung setzen konnte, fragte der Japaner noch. „Und das Tor zur Erde?"
„Das ähm…!" Christopher stellte fest, dass er das nicht wusste.
„Hat Francesco bei sich!" rief Heaven aber sogleich. Eric stand bei ihr und war schon dabei, ihren Unterarmbruch zu heilen, was allerdings offensichtlich nicht ohne Schmerzen abging. Während Christopher Arisagi zu verstehen gab, dass er das Tor zur Hölle holen würde, nahm Eric seine beiden Hände aber bereits wieder von ihr.
Sie sah den Engel fragend an und er nickte mit einem Lächeln. „Schon erledigt!"
„Ich komme mit!" rief Heaven daraufhin und rannte ohne zu zögern hinter Christopher her, der das gar nicht mitbekam, den sie aber schon nach wenigen Schritten eingeholt hatte.

*

„Du musst nicht mitkommen! Das ist keine große Sache!" sagte er, nachdem er sie erkannt hatte. Mittlerweile hatten sie Tür zum Lagerraum erreicht.
„Ich will aber!" beharrte Heaven.
Gemeinsam schlüpften sie durch die Tür. „Was ist mit deinem Arm?"
Heaven lächelte und hielt ihn hoch. „Engelswerk!" Sie bewegte ihre Hand und ihre Finger. „Alles wieder gut!"

Sie erreichten das Kühlhaus und öffneten es.

„Ich glaube, ich bin verliebt!" sagte Heaven dann unvermittelt und ein sanftes Lächeln erschien auf ihren Lippen.

„Ach was?" Christopher lächelte ebenfalls.

„Ist das so offensichtlich?"

„Für mich schon!" Christopher blieb stehen, um sich zu orientieren. Das Kühlhaus war nicht groß, aber in den Regalen sah alles irgendwie gleich aus.

„Ich freue mich für Dich!"

„Dann bist du also nicht sauer!?"

„Was?" Christopher hatte einen pyramidenförmigen Gegenstand an der hinteren Wand entdeckt und ging darauf zu. „Weil die Frau, die gestern noch in mich verliebt war, heute mit dem Mann vögelt, der gestern noch meine Freundin genagelt hat?" Christopher lächelte säuerlich.

„Das mit dir hat mir gezeigt, was mir gefehlt hat!" erwiderte Heaven etwas traurig. „Ich will nicht mehr allein sein!"

Christopher sah sie direkt an und lächelte schließlich voller Mitgefühl. „Schwamm drüber!" Dann wurde sein Lächeln süffisant. „Außerdem: Wenn er Dich jetzt bürstet, wird er Silvia hoffentlich in Ruhe lassen!"

„Wir hatten noch keinen Sex!"

„Was?" Sie hatten das hintere Regal erreicht und Christopher war zufrieden, zu sehen, dass sie tatsächlich das Tor zur Hölle gefunden hatten.

„Ja, wann denn bitte schön?" rief Heaven ehrlich betrübt. „Bei dem Stress hier?"

Christopher nahm die Pyramide an sich, wobei er aufstöhnen musste, weil sie saukalt war. Er steckte sie sofort in seine Jackentasche. Dann drehte er sich zu Heaven und als er ihr in die Augen sah, lächelte er offen. „Du bist eine tolle Frau…!" Er beugte sich vor und küsste sie auf die Stirn. „…und ich wünsche dir alles Glück der Welt!" Er umarmte sie kurz. „Aber jetzt raus hier, mir friert die Blase ein!"

Heaven lachte leise auf und gemeinsam machten sie sich mit schnellen Schritten auf den Rückweg.

*

„Mann…!" stöhnte Horror auf, als Christopher und Heaven in den Flur zurückkehrten. „…was hat denn da so lange gedauert? Habt ihr noch 'ne schnelle Nummer geschoben oder was?"

Wenngleich seine Ungeduld in Anbetracht der Tatsache, dass das Monster mittlerweile fast das Ende des Fahrstuhlschachtes erreicht hatte und der Boden unter ihren Füßen bereits heftig erzitterte, sicherlich mehr als nachvollziehbar war, so hatte Bim dennoch kein Verständnis für den Spruch seines Freundes. Während er einen kurzen Blick auf Razor warf, der sich bisher auffallend zurückgehalten hatte und jetzt mit einem undefinierbaren, zumindest aber nicht fröhlichen Ausdruck in Richtung Christopher und Heaven schaute, brummte er. „Bist du bescheuert, Alter?"

Dann aber hatten die beiden die Gruppe erreicht und Christopher erwiderte. „Klar! Bei den Temperaturen im Kühlhaus wurde mein Rohr wenigstens mal wieder richtig hart!"
Woraufhin Heaven mit einem süffisanten Grinsen hinzufügte. „Ging aber nicht, weil alle meine Löcher zugefroren waren! Und auf ein Eis am Stiel hatte ich keinen Bock!"
Horror, dem jetzt selbst aufging, wie blöd sein Spruch war, starrte die beiden für ihre Schlagfertigkeit nur mit großen Augen an und blies hörbar die Luft aus den Lungen.

*

„Haben sie es?" fragte Arisagi mit finsterer Miene und trat zu Christopher.
Der nickte und klopfte auf seine Jackentasche.
„Dann los jetzt!" Der Japaner setzte sich mit schnellen Schritten in Bewegung. Bevor Christopher ihn fragen konnte, wo er hinwollte, hielt er vor der großen, zweiflügeligen Tür in der Mitte des Ganges auf der linken Seite inne, öffnete sie und huschte hindurch.
Jetzt war Christopher erst Recht verwirrt, denn sie hatten diesen Raum bereits erkundet, als sie zum ersten Mal hier waren und das Tor zur Hölle versteckt hatten. Es war ein simpler Lagerraum, zwar größer als der andere am Ende des Ganges, aber ohne weitere Ausgänge. In Anbetracht der Tatsache, dass das Monstrum sich am Boden des Schachtes gerade breitmachte und dabei war, die Wand zum Flur einzureißen, was ihm aufgrund des begrenzten Raumangebotes glücklicherweise zunächst nicht sonderlich gut gelang, hatten sie für derartige Spielereien eigentlich keine Zeit. „Wo zum Geier wollen sie hin?" rief er dem Japaner dann auch hinterher.
Der aber ließ sich nicht beirren und rannte zur hinteren Wand des Lagerraums, die mit beigen, fachgerecht genieteten Stahlplatten verkleidet war.
„Antonio!?" rief Christopher nochmals und dieses Mal fordernder. „Verdammt hier ist doch nichts!"
Jetzt schaute ihn der Japaner an, ein kurzes Grinsen huschte über seine Lippen, dann machte er ein paar schnelle Schritte in die rechte Ecke des Raumes und legte seine flache rechte Hand auf eine der genieteten Stahlplatten. Gerade als Christopher erneut etwas brüllen wollte, erschien ein waagerechtes, etwa fingerdickes, milchig-rotes Lichtband hinter der Stahlplatte und fuhr einmal von oben nach unten hinter der Hand hinab und zurück zur Ausgangsposition, wo es wieder verschwand. Nur einen Sekundenbruchteil später öffnete sich ein sehr schmaler, senkrechter Schlitz eine Handbreit neben der Stahlplatte. Christopher hätte sie sicherlich gar nicht bemerkt, wäre da nicht ein kurzes Geräusch gewesen. Der Schlitz war kaum größer als eine Scheckkarte hoch und er war nicht verwundert, als Arisagi auch tatsächlich eine solche aus seiner Tasche fischte und hineinschob.
Während er im Hintergrund deutlich hören konnte, dass die ersten Betonbrocken aus der Wand in den Flur krachten, erwartete er, dass sich jetzt so etwas wie

eine unsichtbare Tür in einen geheimen Raum öffnete, doch genau das geschah nicht.
Stattdessen kippte eine der Stahlpatten aus der Wand und gab den Blick auf eine Apparatur frei, die Christopher erst mit dem zweiten Blick zuordnen konnte. Es war ein Netzhautscanner. Arisagi wartete mit einer beinahe unmenschlichen Geduld, bis das Gerät vollständig ausgefahren und betriebsbereit war. Dann erst trat er einen halben Schritt nach vorn, legte sein Kinn auf eine dafür vorgesehene Halterung und drückte seine Stirn gegen eine Zweite.
Mittlerweile wurden die Geräusche aus dem Flur immer deutlicher und lauter. Christopher war sicher, dass es nicht mehr lange dauern würde, bis das Monstrum vollständig durch die Wand brach.
Wie zur Bestätigung erkannte er am Eingang in den Lagerraum Bim, der immer wieder in den Flur sah. Als sich ihre Augen trafen, rief der Hüne. „Beeilt euch!"
„Antonio?" Christopher spürte, wie sein Puls sich nochmals erhöhte.
Im selben Moment wechselte die Farbe des Displays des Netzhautscanners auf Grün und Arisagi zog seinen Kopf zurück. Gleichzeitig erklang ein kurzes Hupen und der Scanner schloss sich wieder. „Moment noch!" sagte Arisagi ruhig und gelassen.
Vor seinem geistigen Auge sah Christopher, wie sich eine unsichtbare, geheime Tür in der Wand auftat, doch als ihm die Realität klarmachte, dass dem nicht so war, sondern nur mehr erneut eine der Stahlplatten herab kippte, spürte er, wie die Nervosität seinen ganzen Körper einnahm und Schweißperlen von der Stirn in seine Augen rannen.
Die Stahlplatte gab ein komplettes Tastenfeld mit dahinterliegendem Display frei und als die Apparatur inne hielt, trat der Japaner vor und tippte fünf Buchstaben und drei Ziffern ein. Währenddessen gab es einen ziemlichen gewaltigen Knall aus dem Flur und gleich darauf war das wütende Brüllen der Kreatur sehr viel deutlicher, als noch zuvor zu hören. Instinktiv zuckte Christophers Blick zu Bim. Der Hüne war jetzt ebenfalls sehr nervös. Als sich ihre Augen wieder trafen, rief er. „Jetzt macht schon, verdammt nochmal!"
Quasi im selben Moment ertönte ein kurzes, ziemlich schrilles Piepen und das Display hinter dem Tastenfeld flammte Rot auf. Daraufhin stöhnte Arisagi auf, schüttelte den Kopf und ein deutlich verärgertes „Shimat·ta!" zischte aus seinem Mund.
Ihm fällt das Passwort nicht ein! schoss es Christopher siedend heiß in den Kopf und er spürte, wie er rot anlief. Gleichzeitig erfasste ihn ein widerliches Gefühl von Hilflosigkeit. „Antonio?" Seine Stimme klang verzweifelt und fast schon weinerlich.
Arisagi rührte sich zunächst nicht, sondern schien sich mit geschlossenen Augen zu konzentrieren. Christopher war drauf und dran, ihn einfach anzuspringen, anzuschreien und zu würgen. Plötzlich aber nickte der Japaner. „Atariki!" rief er und sofort zuckten seine Hände wieder über die Tastatur. Als er nach weniger als einer Sekunde auf die Return-Taste drückte, hätte Christopher beinahe aufgeschrien, weil sich nicht sofort ein grüner Bildschirm zeigte. In Gedanken

rammte er Arisagi seine geballte rechte Faust in den Rachen und brach ihm seine Rippen von innen. Plötzlich aber flammte der Bildschirm grün auf, eine Art Hupe ertönte, der Mittelteil der Wand begann sich über eine unsichtbare Hydraulik auf etwa fünf Metern Breite zu teilen und gab den Blick auf einen dunklen Raum dahinter frei.
Christopher war wirklich sehr erleichtert, als er das sah, bis er einen weiteren, rüden Knall aus dem Flur hörte und Bim gleich darauf ein gefluchtes „Fuck!" vernehmen ließ.
Als er zu dem Hünen blickte, war dieser schon auf dem Weg zu ihnen. „Er ist durch!" rief er.
Christopher konnte deutlich die Erschütterung im Boden spüren, die von den mächtigen Pranken der Bestie verursacht wurden und der Lärm aus dem Flur wurde immer lauter, weil das Monster in seiner Suche nach ihnen offensichtlich wild um sich schlug.
„Worauf warten sie?" rief Arisagi.
Christopher drehte sich herum und konnte den Japaner, aber auch Eric, die beiden Zwillingsbrüder, Heaven und Razor, sowie Steel und seine beiden Frauen bereits im Halbdunkel des anderen Raumes erkennen. Arisagi schien sogar ein leicht amüsiertes Lächeln auf den Lippen zu haben, das Christopher ein wenig verärgerte.
Doch schon im nächsten Moment lief Bim an ihm vorbei. „Komm!" rief er und klopfte ihm auf die Schulter. Gemeinsam traten sie in den dunklen Raum.
Arisagi machte einen Schritt nach vorn und betätigte an der Wand neben dem Durchgang einen in schwachem Gelb erleuchteten Schalter, der daraufhin zur Farbe Rot wechselte. Im selben Augenblick begann sich der Durchgang wieder zu schließen und Christopher wollte sich gerade ein wenig entspannen, als ein wütendes Brüllen aus dem Flur zu hören war und schon einen Wimpernschlag später dort, wo die zweiflügelige Eingangstür einst eingebaut war, jetzt nur noch zerfetzte Trümmerteile zu sehen waren – und der widerliche, unförmige Körper des Monsters, dessen tote Augen sie direkt und hasserfüllt anzustarren schienen, dass Christopher eine Gänsehaut überkam.
Das war, als der Durchgang noch etwa vier Meter Breite besaß.
Das Monster schien die Situation sofort zu erkennen, denn mit einem wütenden Aufschrei schnellte es nach vorn und brach vollständig durch die Wand.
Christopher spürte, wie Nervosität wieder nach ihm griff.
Drei Meter.
Die Bestie beschleunigte rasend schnell, fegte alles, was ihr im Weg stand, mühelos beiseite und hastete in einem irren Tempo durch den Raum.
Das wird eng! fuhr es Christopher in den Kopf. Dann aber zwang er sich zur Ruhe und riss sein Gewehr vom Rücken in den Anschlag. Neben ihm konnte er hören, dass es ihm die anderen gleich taten.
Zwei Meter.
Das Monster hatte den halben Raum durchquert.
Das reicht nicht! Dessen war sich Christopher jetzt sicher. Er lud seine Waffe durch und visierte ihren Gegner an, wohlwissend, dass er gerade zwei Tore bei

sich hatte und nichts, was sie zu tun im Stande waren, ihn würde aufhalten können.
Ein Meter!
Fast zeitgleich drückten alle ihre Abzüge und etliche Projektile zischten durch die Luft, trafen auf das Monstrum und schafften es tatsächlich, es für einen Sekundenbruchteil zu irritieren, wodurch es seinen Lauf etwas abbremste. Das aber war der entscheidende Punkt!
Denn dadurch konnte sich die Öffnung in der Wand einen Hauch, bevor die Bestie sie erreichte, vollständig schließen. Einen Wimpernschlag später ertönte ein irrsinnig lauter Knall, als das Monstrum in vollem Lauf gegen die jetzt geschlossene Wand krachte und die massiven Stahlplatten sichtbar eindrückte, dass alle deutlich erschraken, teilweise leise aufschrien und instinktiv zurückwichen.
Für einen Augenblick herrschte Totenstille, in dem Christopher tatsächlich eine schwache Hoffnung hatte, das Monstrum wäre vielleicht durch den rüden Aufprall zumindest für einige Zeit außer Gefecht gesetzt worden.
Doch schon war wieder wütendes Brüllen und Fauchen zu hören und nur einen Moment später donnerten wuchtige Prankenschläge gegen den Stahl und dellten ihn weiter ein.
Christopher war mehr als klar, dass sie hier nicht wirklich in Sicherheit waren.
„Was jetzt?" fragte er mit wenig zufriedener Miene und schaute Arisagi auffordernd an.
„Kommen sie!" Der Japaner drehte sich um, drückte auf dem Display seines Handys, das er jetzt in den Händen hielt, eine Taste und augenblicklich flammten einige wenige, kleine und schwache Lampen an der Decke auf und tauchten den Raum in ein halbdunkles Zwielicht.
Arisagi rannte eine flache Treppe hinab. Während ihm alle folgten, blickten sie sich um, doch niemand konnte die Seitenwände des Raumes ausmachen oder irgendeinen Gegenstand. Er schien vollkommen leer zu sein. Am Ende der Treppe tauchte nach weiteren fünf Metern dann doch die Rückwand des Raumes auf. Deutlich war ein weiterer Aufzug dort zu erkennen. Arisagi ging darauf zu und betätigte den Schalter. Sofort ertönte ein leiser Gong und die Türen öffneten sich.
Arisagi und alle anderen huschten sofort in die Kabine. Nur Christopher hielt inne. Als Eric an ihm vorbeiging, sagte er. „Los rein, Alter!"
Doch Christopher schaute den Japaner an und fragte. „Wo wird uns dieser Aufzug hinbringen?"
„In Sicherheit!" erwiderte Arisagi sofort, fügte dann aber hinzu. „Jedenfalls mehr als hier!"
„Nun mach schon!" rief Heaven und quasi im selben Moment dröhnte ein besonders lauter Prankenschlag der Bestie gegen die Stahlplatten zu ihnen herunter.
Christopher hatte noch immer Zweifel, doch stieg er schließlich ein.
„Wie lange wird die Wand ihn aufhalten können?" fragte Shadow.
„Hoffentlich lange genug!" meinte Arisagi.

„Lange genug für was?" fragte Bim.
„Für unseren…!" Unter dem Leuchtzifferblatt, auf dem jetzt ein „E" zu sehen war, befand sich eine Zahlentastatur. Arisagi tippte zwei Zahlen ein und drückte dann die Enter-Taste. Auf dem Display erschien daraufhin die Zahl „88".
„…*langen*…Weg nach unten!"
Als alle die Zahl sahen, war ihnen klar, was das hieß. Ihr Ziel lag gottverdammte achtundachtzig Stockwerke unter ihnen. Einige stöhnten auf, andere atmeten nur hörbar ein.
Christopher durchfuhr ein heißer Schock. „Oh verdammt!" stieß er hervor.
„Und was jetzt?" fragte Horror.
„Wie wäre es mit beten!?" erwiderte Rose und weil dem niemand widersprechen konnte, war es fortan totenstill in der Kabine, während sie ihren Weg in die Tiefe nahm.

Der Weg in die Tiefe

Natürlich war die Prozedur von Silvia, Talea, Cynthia und Douglas noch nicht beendet, als Francesco mit seiner Frau, seinem Sohn und Peter erschien.
Ice war zunächst überrascht, sie hier zu sehen, doch dann erkannte er ebenfalls die Notwendigkeit darin und willigte ein, auch sie zu stählen.
Jetzt aber zierte sich Francesca. Sie war der Meinung, sie wäre zu alt zum kämpfen. Es müsse eben ausreichen, wenn sie in Francescos Nähe blieb, ansonsten…
Doch ihr Mann wollte das natürlich nicht zulassen und redete kurz, aber sehr vehement auf sie ein. Schließlich gab sie nach und ließ die Prozedur ebenfalls über sich ergehen.
Obwohl die anderen etwas nervös waren, warteten sie auf Francescos Gruppe, um letztlich gemeinsam den Rückweg zur Erde anzutreten.

Damit diejenigen, die nicht fliegen konnten, nicht wieder mit Wucht zur Erde fielen, bildeten sie erneut zwei Gruppen, die sanft herabschweben konnten.
Gerade als sie die dichte Wolkendecke durch drangen, verkrampfte sich Ice plötzlich für einen Moment.
Cynthia bemerkte das sofort. „Was ist?" fragte sie.
„Etwas stimmt nicht!" erwiderte der Glatzkopf. „Meine Leute…!" Er sah die anderen mit finsterer Miene an. „…entfernen sich von uns!"
„Woher wissen sie das denn?" fragte Douglas.
„Wir haben implantierte Chips in uns! Ich kann sie alle orten!"
„Und warum entfernen sie sich?" fragte Talea.
„Ich weiß nicht!"
Genau in diesem Moment hatten sie die Wolken hinter sich gelassen. Silvia schaute in die Tiefe und spürte einen Stich im Herzen. „Ich schon!"

*

Das gewaltige Loch im Dach von Lager 5 war natürlich nicht zu übersehen und allen war klar, was geschehen sein mochte.
„Samael!" presste Francesco angewidert hervor.
Wenige Augenblicke später hatten sie die zerfetzte Dachkonstruktion direkt unter ihren Füßen und schwebten langsam hinab auf das grauenhafte Schlachtfeld, dass einst die Lobby gewesen war.
Sofort erkannten sie die gewaltigen Zerstörungen am Boden und an der Wand, wo sich der Fahrstuhl befunden hatte, der in den Keller hinab führte. Kaum waren sie gelandet, rannten sie auf das mächtige Loch dort zu und als sie in den vollkommen zerfetzten Schacht hinuntersehen konnten, überkam sie eine Gänsehaut, zumal von dort eine Vielzahl unheimlicher Geräusche zu hören

waren, die teilweise wie ein Knurren, Fauchen oder Brüllen klangen, dann aber wieder wie Beton und Stahl, der unter hoher Belastung ächzte.

„Sie sind irgendwo da unten!" meinte Ice.

„Genauso wie das Tor zur Hölle!" sagte Francesca.

Während er mit der linken Hand kurz in seine Umhangtasche fasste und deutlich das Tor zur Erde spüren konnte, atmete Francesco tief durch. „Wir müssen ihnen folgen!"

Darauf bekam er keinen Widerspruch und schon einen Augenblick später schwebten sie alle langsam durch den Fahrstuhlschacht in den Keller. Sie rechneten damit, dass jeden Moment Samael in seiner furchterregenden Gestalt auftauchen könnte. Zusätzlich ertönte ein lautes, metallisches Reißen, das ihnen das Adrenalin in die Adern pumpte und eine eiskalte Gänsehaut über ihre Körper trieb.

Am Boden verharrten sie erneut mit großen Augen und geschockten Blicken, denn die Zerstörung setzte sich hier im gleichen Maße weiter fort. Während sie langsam den Flur entlanggingen und dabei auf das Loch in der linken Wand starrten, wurden die Geräusche zunehmend lauter und deutlicher. Sehr vorsichtig blickten sie in den verwüsteten Lagerraum und konnten ein weiteres Loch in der gegenüberliegenden Wand erkennen, die offensichtlich aus Stahl bestand und durch die Etwas sehr großes mit großer Wucht hindurch gepflügt sein musste. Dahinter lag Dunkelheit, doch gab es weiterhin knurrende, fauchende und brüllende Geräusche, die sich einen Augenblick später mit donnernden Schlägen vermischten.

„Ich hole das Tor!" flüsterte Francesca ihrem Mann zu, schaute ihn dabei nicht an, gab ihm jedoch wie selbstverständlich einen Kuss auf die Wange. Francesco verspürte in diesem Moment Sorge um sie, aber auch eine Art Stolz. Dennoch wollte er nicht, dass sie allein ging.

Bevor er jedoch etwas sagen konnte, meinte Peter. „Ich komme mit!"

Das stellte ihn zufrieden. Er schaute den beiden noch nach, bis sie die Tür am Ende des Flurs erreicht hatten, dann folgte er den anderen, die bereits dabei waren, sich vorsichtig in den Lagerraum hinein zu tasten.

*

In den letzten zwei Minuten hatte Arisagi den Ausführungen der anwesenden Personen sehr aufmerksam zugehört, denn natürlich hatte er tausend Fragen, die er jedoch nicht hatte stellen können, weil ja quasi mit seiner Ankunft hier die Hölle losgebrochen war.

Jetzt aber, da sie nicht anderes tun konnten, als zu hoffen, dass sie Stockwerk 88 erreichen würden, bevor das Monster den Fahrstuhlschacht zerstörte, nutzten sie diese Zeit für Erklärungen, die sie gleichzeitig davon abhielten, sich als matschige Klumpen am Boden des Schachtes nach einem Absturz vorzustellen.

Nach zwei Minuten hatte der Japaner einen wirklich guten Überblick über fast alle Geschehnisse nach Christophers Durchgang in die Hölle erhalten – und er wusste auch, dass es Peter noch immer gut ging.

„Ice!" sagte Steel plötzlich unvermittelt und schaute in die Höhe.
„Ja!" bestätigte Rose. „Ich spüre es auch!"
Auch Shadow nickte und blickte ebenfalls nach oben.
„Was ist los?" fragte Eric.
„Ice und die anderen sind zurück!" erwiderte Shadow.
„Woher wisst ihr das?" fragte Christopher.
„Wir haben Ortungschips implantiert!" antwortete Ice. „Wir können ihn spüren!"
„Prima!" Terror nickte zufrieden. „Wir können echt jede Hilfe gebrauchen!"
„Wie geheim...!" Heaven sah Arisagi mit ernster Miene an. „...ist dieser Weg eigentlich?"
Arisagi erkannte, worauf sie hinaus wollte und auch sein Blick wurde finster. „Sehr geheim!"
„Was soll das heißen?" fragte Horror. „Worauf wollt ihr hinaus?"
„Na, wenn Peter nicht weiß, dass es diesen Schacht gibt, werden sie erst nach uns suchen müssen. Und das kann dauern!"
Plötzlich fiel Arisagi beim Namen seines Mitarbeiters etwas ein. Sofort fischte er sein I-Phone aus der Tasche und begann, etwas darauf zu tippen.
„Was tun sie da?" fragte Rose.
„Peter!" antwortete Arisagi etwas abwesend.
„Was ist mit ihm?" fragte Shadow, nicht ohne Sorge in der Stimme.
Arisagi hielt inne und blickte sie an. „Als sie hierhergekommen sind, hat er die Stahlschotten betätigt. Ich nehme an, er hat die Kontrolle über das Sicherheitssystem auf sein Handy umgeleitet!"
„Ja, hat er!" bestätigte Christopher, denn er war schließlich dabei gewesen, als er es getan hatte.
Der Japaner nickte zufrieden. „Auch ich bin mit dem Sicherheitssystem verbunden!" Er tippte wieder in sein I-Phone. „Und dann müsste ich ihm eigentlich...!" Er drückte ein letztes Mal auf das Display, dann schaute er nicht ohne Hoffnung auf. „...eine Nachricht schicken können!"
Augenblicklich hellten sich die Blicke aller ein wenig auf – doch nur für einen kurzen Moment, denn dann war ein dumpfer Knall über ihnen zu hören, gefolgt von einem wütenden Brüllen und zeitgleich ging ein knallharter Ruck durch die Kabine, der sie beinahe von den Füßen riss. Dann verstummten alle Geräusche so urplötzlich wie sie gekommen waren und auch die Kabine bewegte sich nicht mehr. Niemand rührte sich, keiner sagte etwas, in der schwachen Hoffnung, alles würde doch noch gut werden, obwohl sich alle im Klaren darüber waren, dass sie die Tatsache, dass sie sich nicht mehr nach unten bewegten, dabei vollkommen außer Acht ließen.
Bereits einen Wimpernschlag später zeigte sich, wie trügerisch diese Hoffnung war, denn die Kabine wurde ruckartig etwa einen Meter in die Höhe gerissen, ein erneutes Brüllen war zu hören, dann ein kurzes, scharfes Zischen und schon ging es im freien Fall abwärts!

*

Francesca blieb unvermittelt stehen. Peter war etwas überrascht und schaute sie an.
„Sie ist nicht mehr da!" sagte die Alte und deutete auf den Platz im Regal, wo die Pyramide noch bis vor Kurzem gestanden hatte.
Peter blickte einen Moment stumm dorthin, dann sagte er. „Dann muss sie Chris geholt haben! Er ist der Einzige, der wusste, wo sie war!" Er schaute Francesca an. „Jeder andere hätte Spuren hinterlassen!"
Die Alte blieb einen Augenblick reglos, dann aber nickte sie. Peters Erklärung war logisch. „Sie haben Recht! Kommen sie!" Und damit drehte sie sich um.
Peter folgte ihr, als er plötzlich abrupt inne hielt.
Francesca bemerkte es, drehte sich herum und sah ihn fragend an, konnte aber sofort erkennen, dass der Blonde selbst überrascht war. Dann hörte sie ein leises, rhythmisches Brummen. Peter griff in seine Jackentasche und fischte sein Handy hervor. Es vibrierte. Er drehte das Display zu sich und war noch überraschter. „Eine Nachricht von Mr. Arisagi!" Er drückte auf das Display und las, was dort stand. Dabei wurden seine Augen immer größer. „Verdammt!"
„Was ist?"
„Arisagi. Er ist hier!" Er schaute Francesca an. „Hier bei Chris und den anderen! Sie sind…!" Sein Blick verdunkelte sich und er zog die Augenbrauen zusammen.
„…in einem geheimen Fahrstuhlschacht, der…!" Wieder zeigte er Überraschung.
„…hinter diesem…!" Er deutete in die entsprechende Richtung. „…Lagerraum liegt!"
„Na dann!" meinte die Alte, während sie die Tür aus dem Kühlraum öffnete. „Nichts wie hinterher, oder?"

*

Sie schrien noch immer aus Leibeskräften.
Doch etwas stimmte nicht…
Sie schrien, weil sie wussten, dass sie in die Tiefe stürzten und am Boden des Schachtes sterben würden.
Das war auch verständlich.
Jedoch – *sie fielen gar nicht mehr!*
Wenn es sich Christopher genau überlegte, waren sie eigentlich zu keinem Zeitpunkt richtig gefallen. Eher ein wenig gestürzt. Der Absturz fand nur in ihren Köpfen statt.
Und wenn er es sich noch genauer überlegte, hatte auch der Aufprall längst stattgefunden. Nämlich nur eine Sekunde, nachdem die Seile der Kabine gekappt worden waren. Der Aufprall war kaum heftiger, als bei einem Sprung aus ein, vielleicht zwei Metern. Er riss niemanden von ihnen um, er verletzte Niemanden von ihnen.
Doch ihr Gehirn hatte dies irgendwie noch nicht registriert und weiterhin Panik geschoben.

Bis jetzt...
Christopher hörte sich selber schreien, fragte sich zum ersten Mal, warum eigentlich und fand es im gleichen Moment auch schon überflüssig und blöd. Deshalb verstummte er und blickte die anderen an, die nach und nach ähnlich reagierten wie er.
„Verdammte Kacke!" stieß Terror hervor. „Was war denn das?"
„Wir leben noch!" stellte Heaven überrascht fest.
„Wir müssen schon ziemlich weit unten gewesen sein, als...!" meinte Bim, als plötzlich ein weiterer wütender Schrei zu hören war, der irgendwie näher zu kommen schien.
„Los raus hier!" rief Christopher und sofort machten sie sich daran, die Türen zu öffnen, was ihnen auch schnell gelang.
Wieder zeigte sich ein ähnliches Bild, wie schon zuvor im ersten Schacht: Die Kabine war etwa einen halben Meter tiefer am Boden aufgeschlagen, nachdem die Türen aber offen waren, konnten sie schnell und ohne große Mühen aussteigen.
„Was jetzt?" fragte Steel.
„Kommen sie!" meinte Arisagi. „Es ist nicht mehr weit!" Und damit rannte er in die Dunkelheit.

*

„Das muss der Schacht sein!" meinte Douglas, als sie alle aufgrund von Arisagis Nachricht auf Peters Handy den Lagerraum und auch den angrenzenden halbdunklen Raum durchquert hatten. Was sie allerdings vorfanden, war nur ein gewaltiges Loch wo einst die Türen waren. Beim Blick in die Tiefe konnten sie weitere Zerstörungen im Schacht erkennen, doch war es schon nach zehn Metern stockdunkel dort. Immer wieder waren Geräusche zu hören und es schien so, als würde etwas Großes wütend und schonungslos den Schacht hinabklettern.
„Samael ist ihnen auf den Fersen!" erwiderte Francesco.
„Dann los jetzt!" forderte Cynthia die anderen auf. „Hinterher!"
Niemand widersprach. Ice und Francesco nahmen ihren Gruppen wieder zu sich und gemeinsam schwebten sie in die finstere Tiefe.

*

Arisagi hatte wieder die Notbeleuchtung aktiviert.
Deshalb erkannten sie, dass sie zunächst durch einen etwa zehn Meter langen, breiten Gang liefen, bevor sich eine zweiflügelige Tür automatisch vor ihnen öffnete.
Der Raum dahinter war kreisrund und hatte einen Durchmesser von sicherlich ebenfalls zehn Metern. In seiner Mitte befand sich ein Ring aus Kontrollpulten, auf denen jede Menge kleine Lampen in allen nur erdenklichen Farben leuchteten oder blinkten und einige Bildschirme, die aber entweder

ausgeschaltet waren oder diverse Bildschirmschoner zeigten. Es war niemand anwesend. Im Hintergrund war das leise Summen der Lüftungsanlage zu hören.
Arisagi ging sofort in den Ring hinein, auf die der Eingangstür abgewandten Seite und aktivierte einen der Bildschirme. Schnell tippte er einige Befehle über die Tastatur ein. Auf dieser Seite des Raumes schloss sich ein weiterer kurzer, breiter Gang an, der einen Augenblick später durch Deckenlampen hell erleuchtet wurde. Christopher konnte Metallschränke zu beiden Seiten erkennen und eine mächtige, massive und mit einem wuchtigen Riegel versehene hochglanzpolierte Stahltür.
Arisagi tippte noch weitere zehn Sekunden schnelle Befehle ein, dann hob er den Kopf und schaute zur Stahltür. Auf dem Riegel gab es ein kleineres Display, auf dem bisher das Logo von Mainstream Inc. als Bildschirmschoner waberte, jetzt aber eine Art Tastenfeld erschien, dessen Hintergrundfarbe nach einer Sekunde von Rot auf Blau wechselte.
Arisagi schien zufrieden, trat aus dem Ring heraus und ging in den erleuchteten Gang. Während ihm die anderen folgten, konnten sie sehen, wie auf dem Display eine Folge von unterschiedlichen, aber in Abständen wiederkehrenden, merkwürdig verschlungenen Symbolen auftauchte, bei denen für Christopher klar war, dass sie eine Art Countdown bildeten. Ein metallisches Klicken holte ihn aus seinen Gedanken und er sah, dass Arisagi einen der Wandschränke geöffnet hatte. Nach einem kurzen Blick hinein fischte er eine Handvoll kleiner, schwarzer Gegenstände hervor. Sie waren rund, hatten einen Durchmesser von vielleicht fünf Zentimetern, waren etwa einen Zentimeter dick, aus Metall und daher entsprechend schwer. So etwa wie ein Miniatur-Eishockey-Puck. Die eine Seite war jedoch etwas nach oben gewölbt und in der Mitte befand sich eine kreisrunde weiße Linie.
„Hier!" Arisagi verteilte sie an die Umstehenden. „Bitte jeder einen!" Er griff nochmals in den Schrank, holte weitere hervor, verteilte sie ebenfalls und fischte letztlich auch noch einen kurzen, dünnen, blankpolierten Metallstab hervor, der etwa die Größe einer guten Zigarre besaß, den er mit einem Zucken seiner Mundwinkel in seine rechte Jackentasche steckte.
„Was ist das?" fragte Heaven.
Arisagi drehte sich herum, sah erst sie an und dann auch die anderen. „So etwas wie eine Lebensversicherung!" Er versuchte ein Lächeln, aber es gelang nicht wirklich.
Terror nahm einen Puck, doch lachte er verächtlich. „Sieht eher aus wie eine Sprengkapsel!"
„Warum nicht?" brummte Bim. „Lieber jage ich mich selbst in die Luft, wenn es soweit sein sollte!"
„Unsinn!" erwiderte Arisagi mit ernster Miene. „Nichts dergleichen!" Er schaute in die Runde. „Halten sie sie gut fest und wenn ich es ihnen sage…!" Er hielt einen Puck hoch. „…drücken sie auf den Schalter in der Mitte!" Er legte den Daumen auf die Stelle mit dem weißen Rand und drückte. Einige taten es ihm gleich. Doch es geschah nichts.

„Na toll!" meinte Horror. „Meins ist kaputt!" Er hielt es Arisagi hin. „Haben sie noch ein anderes?"
Doch der Japaner schüttelte etwas genervt den Kopf. „Blödsinn! Sie sind nur noch nicht aktiviert!" Er atmete kurz tief durch. „Aber nochmal: Erst drücken, wenn ich es sage! Und dann...!" Er hielt seinen Puck kurz hoch. „...stecken sie ihn am besten da rein!" Er drückte den Puck hinter seine Gürtelschnalle. „Verstanden?" Er wartete, bis alle nickten.
„Dann macht das Ding dicke Eier!" rief Terror voller Erkenntnis.
„Stimmt!" erwiderte Heaven sofort. „Dann nimmst du am besten gleich zwei davon! Dann erreichen sie wenigstens mal Normalgröße!" Während sie ihn breit angrinste, verzog er seine Mundwinkel zu einem säuerlichen Grinsen.
Arisagi schüttelte verärgert den Kopf und wollte schon etwas wenig Freundliches erwidern, als gerade in diesem Moment ein dumpfes, metallisches Klicken von der Stahltür ertönte. Sofort drehten alle ihr Köpfe in diese Richtung und konnten sehen, dass der Touchscreen jetzt vor einem grünen Hintergrund ein Feld mit sechzehn Tasten zeigte, auf denen die unbekannten Symbole prangten. Ohne weitere Worte drehte sich Arisagi um und ging zur Stahltür. Während ihm die anderen folgten, tippte der Japaner einige Tasten an.
„Ist euch das gerade auch merkwürdig ruhig hier?" fragte Heaven unvermittelt und alle starrten sie überrascht an, mussten aber sofort erkennen, dass sie Recht hatte.
„Die Ruhe vor dem Sturm!" erwiderte Eric mit finsterer Miene.
Für einen Augenblick blieb es tatsächlich totenstill, bis schließlich ein weiteres metallisches Klicken ertönte und die massive Stahltür mit einem tiefen Summen langsam nach außen aufschwang.
Genau in diesem Moment zerriss ein mächtiger Schrei aus Richtung des Fahrstuhlschachtes die Stille, der irrsinnig schnell näher kam und nur einen Wimpernschlag später mit einem derart wuchtigen Knall endete, dass der Boden unter ihren Füßen deutlich vibrierte. Jedem war sofort klar, dass ihre kurze Schonzeit schon vorüber war. Als die Stahltür weit genug geöffnet war, schlüpften sie bereits hindurch in der Hoffnung, Arisagis Worte waren nicht nur leeres Geschwätz gewesen.

*

Die monströse Kreatur hatte den letzten Teil des Schachtes in einem gewaltigen Sprung genommen und sich aus rund vierzig Metern einfach fallengelassen. Entsprechend hoch war die Beschleunigung, die sie erfuhr und als sie auf das Dach der Fahrstuhlkabine traf, war ihre potentielle Energie so gewaltig, dass sie nicht nur die Kabine wie eine Pappschachtel zerquetschte, sondern sie sogar noch einige Zentimeter tiefer in den Beton drückte. Die gesamte Schachtkonstruktion aus Stahlbeton ächzte erbärmlich und zeigte erste, tiefe Risse und die Türen in den angrenzenden Flur wurden halb aus der Verankerung gerissen.

Dem Monster schien all dies nichts auszumachen, ganz im Gegenteil. Mit einem mächtigen Brüllen warf es sich sofort gegen die Schachtwand und war sichtlich erfreut, als bereits die ersten Betonbrocken herausbrachen.

*

Wieder umfing sie für eine Sekunde Dunkelheit, bis erneut das Notlicht aktiviert wurde. Dieses Mal jedoch nicht von der Decke des angrenzenden Raumes, sondern in Bodennähe.
Während sie weiter vorwärtsrannten, öffnete sich die Stahltür zunächst noch weiter, bis sie schließlich inne hielt. Zu diesem Zeitpunkt waren sie etwa zehn Meter vorgedrungen, als sie anhand der Lichter erkennen konnten, dass sie eine Treppe erreicht hatten, die sanft nach unten führte.
„Los weiter!" rief Arisagi atemlos und mit besorgter Miene, denn die irrsinnige Wucht, mit der die Bestie aus dem Fahrstuhlschacht brach, war bis hierhin deutlich zu hören und zu spüren.
Wenige Sekunden später hatten sie das Ende der Treppe erreicht und Christopher bemerkte erneut, dass er noch immer nicht zu sagen wusste, wo sie sich gerade befanden. Das Licht der Notbeleuchtung in Bodennähe war so gering, dass es lediglich geradeso die Laufflächen ausleuchtete, darüber hinaus aber alles andere – was immer das auch sein mochte – verborgen hielt.
Dass da noch etwas sein musste, dessen war er sich ziemlich sicher, denn die Geräusche, die sie verursachten – auch wenn es nur sehr wenige waren – hallten dennoch deutlich nach, sodass er auf einen großen Raum schloss.
Plötzlich blieb Arisagi stehen und drehte sich mit finsterer Miene um.
Was zum Teufel soll das? schoss es Christopher in den Kopf. *Hört er denn nicht, wie unser Verfolger aufholt?*
„Was ist los?" fragte Rose.
Christopher stoppte ebenfalls ab, drehte sich herum und konnte sehen, dass sich die Stahltür etwa auf halbem Weg zurück in ihre Ausgangsposition befand.
„Endstation!" erwiderte der Japaner.
„Und jetzt?" fragte Horror sichtlich überrascht.
„Hoffen wir!"
„Worauf?" Das war Bim.
„Das ich Recht hatte!"

*

Die Dunkelheit im Fahrstuhlschacht war erdrückend, auch wenn sie nicht vollkommen war. Dennoch wirkte die Tatsache, dass sie alles nur hören, aber nicht wirklich sehen konnten, sehr aufreibend auf die meisten von ihnen, denn die dröhnenden und donnernden Geräusche vom Boden des Schachtes zeigten deutlich, welch unglaubliche Kräfte der Dämon besaß.
Und gerade, als sie soweit herabgeschwebt waren, dass sie mehr als nur einen leicht erhellten Punkt in der Tiefe zu erkennen glaubten, wurde der Krach

ohrenbetäubend, als die Schachtwand einstürzte und die Kreatur in den angrenzenden Flur sprang. Jetzt wurden die Geräusche schnell wieder deutlich leiser, doch machte sie das alle nur noch nervöser, wussten sie doch, dass ihr Gegner sich immer weiter von ihnen entfernte.

*

Es war, als würde eine Abrissbirne durch die Schachtwand krachen, derart wuchtig erfolgte der letzte Schlag des Monsters. Gesteinsbrocken schossen wie Torpedos in alle Richtungen davon, während die Kreatur wild aufschrie und innerhalb weniger Meter verblüffend schnell beschleunigte, dass der Boden unter der Wucht der Pranken schier erbebte.
Nach wenigen Sekunden hatte sie den Gang durchquert und ließ sich auch nicht von der nächsten Tür ausbremsen. Ein mächtiger Faustschlag zertrümmerte sie, riss sie aus den Angeln und zerfetzte sie in tausend Teile, ohne dass das Monster hierbei langsamer wurde. Der Ring aus Kontrollpulten in dem runden Raum wurde ebenfalls achtlos beiseite gefegt.
Das letzte Hindernis, das noch zwischen der Kreatur und der Gruppe am Fuß der Treppe stand, war die massive, mehr als einen Meter dicke Stahltür auf der anderen Seite des Raumes.
Doch die hatte sich noch nicht wieder komplett geschlossen und genau in dem Moment, da sie es tun wollte, schoss die rechte Pranke der Bestie durch die noch vorhandene Lücke und verhinderte diesen Vorgang.
Während das Monstrum erfreut aufschrie, war in den Gesichtern seiner Widersacher der Schrecken über diese Tatsache deutlich zu erkennen.

*

Sie hatten den Boden des Schachtes erreicht und waren sofort wieder entsetzt über die ruppige Zerstörung, die hier stattgefunden hatte.
Schon im nächsten Moment aber hörten sie ein tiefes Brüllen und ihre Blicke wurden nach vorn gezogen. Dort, in etwa zwanzig Metern Entfernung, stand die wohl widerlichste, aber auch gewaltigste Kreatur, die sie alle bisher je zu Gesicht bekommen hatten mit dem Rücken zu ihnen und war gerade dabei, eine mächtige Stahltür aus ihren Angeln zu reißen. Ihr unförmiger Körper erbebte ob dieser Anstrengung, ihre Muskeln – teilweise freiliegend – erzitterten.
Die Gruppe um Ice und Francesco war zum Einen fasziniert davon, zum Anderen entsetzt über den Anblick dieser scheinbaren Laune der Natur, die keiner bekannten Körperstruktur zugrunde zu liegen schien.
Für einen winzigen Augenblick fragte sich Francesco, warum Samael nicht in seiner ursprünglichen Gestalt agierte, die ihm auch hier ein Maximum an Kraft, Kontrolle und Macht bringen sollte, doch dann wurde sein Kopf leergefegt von dem infernalischen Kreischen von Stahl, der aus seiner Verankerung gerissen wurde, als die Kreatur die Stahltür von den tonnenschweren Scharnieren trennte.

„Oh kacke!" stieß Douglas mehr frustriert, als alles andere hervor, denn ihm war klar, welch irrwitziges Vorhaben es sein würde, dieses Monstrum stoppen zu wollen.
Ice brummte und rannte im nächsten Moment schon los, die anderen folgten ihm dichtauf.

*

Sie hätte das nicht tun müssen, dachte Christopher. *Sie hätte die Tür nicht aus ihren Angeln reißen müssen.* Das alles diente nur zur Demonstration von Stärke und Macht, weil sie zu wissen schien, dass ihre Opfer ganz nah waren und auch nicht mehr vor ihr flohen.
Das Gefühl am Ziel zu sein, verlieh ihr zusätzliche Kräfte und als sie die mehrere Tonnen schwere Stahltür mit ihren mächtigen Pranken über ihren unförmigen, widerlichen Schädel stemmte, überkam ihn eine eiskalte Gänsehaut angesichts dieser gewaltigen Kraft. Die Kreatur verharrte so für eine Sekunde, dann brüllte sie auf und schleuderte die Tür in ihre Richtung.
Und sie hatte gut gezielt. Mit einem deutlich hörbaren Luftzug schoss sie auf die Gruppe zu. Niemand von ihnen konnte sich im ersten Moment jedoch bewegen, zu geschockt noch waren sie von dieser Aktion, dass ihre Körper wie gelähmt wirkten.
Erst als das tonnenschwere Teil mit einem irrsinnig wuchtigen Aufprall etwa drei Meter vor ihnen zum ersten Mal zu Boden schlug, dass grelle Funken stoben und der ohrenbetäubende Knall fast körperlich zu spüren war, zuckten sie zusammen und hechteten zur Seite, während die Stahltür über sie hinwegfegte, sich dabei mehrmals überschlug und wie ein Stein auf einer Wasserfläche über den Boden hüpfte, bevor sie in der Dunkelheit verschwand.
Dass ein Aufprall gegen eine vermeintliche Seitenwand des Raumes, in dem sie sich befanden, ausblieb, es einen Moment später sogar überraschend ruhig wurde, weil alle Geräusche rund um die Tür verebbten, registrierte jedoch niemand mehr, denn alle hatten nur noch die monströse Kreatur im Sinn, die nur einen Augenblick, nachdem sie die Tür geschleudert hatte, selbst abgesprungen war und jetzt brüllend in einem hohen Bogen auf sie zuraste, während sie gerade mal dabei waren, sich wieder aufzurappeln.

*

Sie durchquerten den Gang, den runden Raum und erreichten schließlich den Ort des Geschehens. Im ersten Moment konnten sie kaum etwas erkennen, deshalb blieben sie abrupt stehen, um sich zu orientieren. Dann erst sahen sie Christopher und die anderen am Fuße einer Treppe, wie sie mit starrem Blick Schritt für Schritt zurückwichen, während die monströse Kreatur Samaels gerade keine fünf Meter von ihnen entfernt zu Boden schlug und sich sofort mit einem wütenden Brüllen zu ihnen herumwarf, um sie zu attackieren.

Francesco spürte einen Stich im Herzen und konnte hören, wie Silvia, aber auch Talea aufschrien, dabei gleichzeitig ihre Waffen in die Höhe rissen und sofort feuerten.
Das wird nichts nutzen, schoss es dem Alten in den Kopf und ihm war klar, dass – wenn überhaupt - nur er hier würde helfen können.

*

Und Eric!
Das erkannte er schon einen Augenblick später, nachdem er seine Arme angehoben und sie in Richtung des Monsters ausgetreckt hatte, denn der Schwarze tat genau das Gleiche.
Natürlich! erkannte Francesco, denn auch er war ja ein Engel und er schöpfte neuen Mut.
Unsichtbare Energiewellen strömten aus ihren Armen, prallten auf die negative Aura der Kreatur und wurden dort sichtbar. Wie ein Kokon aus tiefrotem Licht umgab sie den Dämon, während grell weißes Licht aus positiver Energie wie Sturmböen an ihm entlang flogen und dort, wo sie aufeinander trafen, knisternde Entladungen stattfanden, die das tiefe Rot deutlich abschwächten und den Kokon eindellten, hiernach jedoch aber selbst kaum mehr beinhaltete, als ein milchiges Leuchten, das schließlich verging.
Dennoch reagierte das Monstrum augenblicklich darauf. Es brüllte verärgert auf, als ihn Erics Energie traf und wirbelte wütend herum, als es zusätzlich eine gleichartige Kraft von einer anderen Seite spürte.
Fast hätte Francesco dabei seine Konzentration verloren, denn er war auf den direkten Anblick der Kreatur irgendwie nicht gefasst gewesen. Dieser furchtbare, unförmige Körper, der keiner Ordnung zu folgen schien, sondern mehr wie das pure Chaos wirkte, der aber schiere Kraft und Energie ausstrahlte, brachten ihn beinahe aus der Fassung, mehr noch aber die leeren, toten Augenhöhlen, die ihn dennoch so hasserfüllt und grausam anzustarren schienen, das es ihm fast den Atem raubte.
Gerade noch im letzten Moment, bevor das Monster ihn erreicht hatte, konnte er sich wieder zusammenreißen, musste aber alle Kraft aufwenden, um den Dämon wieder zurück zu drängen.
Dabei setzte er einen Fuß vor den anderen und ging die Treppe hinunter zu den anderen. All die, die bei ihm waren, folgten ihm. Während sie im Gesicht des Alten höchste Konzentration erkennen konnten, rotierten seine Gedanken im Inneren jedoch auf Hochtouren, denn wieder und dieses Mal noch viel mehr, fragte er sich, warum Samael nicht seine wahre Gestalt gewählt hatte, um sie und sicherlich noch viel besser, als jetzt, zu attackieren.
Irgendetwas stimmte nicht, das spürte er mehr als deutlich.

*

Anfangs schien es so, als wäre es keine gute Idee gewesen, die Kreatur nicht weiterhin aus zwei unterschiedlichen Richtungen zu attackieren, doch es zeigte sich schnell, dass dies überhaupt keine Rolle spielte.
Während Silvia zu Christopher lief und ihn umarmte und Talea dies sichtlich gern auch bei Eric getan hätte und alle anderen ansonsten gebannt auf die beiden Männer im Kampf gegen den Dämon starrten, konnten Eric und Francesco deutlich spüren, mit welch unglaublicher Kraft das Monstrum immer wieder versuchte, sie zu erreichen. Sie mussten wahrlich Höchstleistungen vollbringen, um das zu verhindern, ein kurzer Blickwechsel aber zeigte, dass beide wussten, dass keiner von ihnen dem sehr viel länger würde standhalten können, weil ihnen schlicht die Kraft ausging.
Die Bestie jedoch gebärdete sich wie toll und für alle anderen schien sie es zu sein, die arge Probleme hatte, sich gegen die beiden Engel zu erwehren. Immer wieder brüllte sie auf, stellte sich auf ihre mächtigen Beine und rannte gegen die unsichtbaren Energien an, dass es laut knallte und knisterte. Jedes Mal wurde sie so hart zurückgeworfen, dass sie ins Trudeln geriet, doch jedes Mal versuchte sie es wieder.
„Ja!" Terrors erfreuter Ausruf war daher auch mehr als verständlich. „Ja, gebt es ihr! Macht sie platt!"
Doch ein erneuter Blickwechsel der beiden Männer zeigte das genaue Gegenteil.
„Christopher!" rief Francesco gepresst hervor, ohne sich umzublicken.
Freeman war im ersten Moment etwas überrascht, doch ging er zu dem Alten.
„Wir müssen hier weg!" Francescos Stimme war atemlos, aber sehr bestimmt.
„Aber...?" Christopher wollte widersprechen.
„Wir haben nicht genug Kraft, ihn auszuschalten!" erwiderte Eric jedoch sofort. „Schnell jetzt!"
Christopher war sichtlich überrascht und zögerte.
„Niemand geht hier weg!" rief Arisagi plötzlich und trat neben Christopher. Der sah ihn noch verwirrter an. „Erinnern sie sich, was ich ihnen hierüber...!" Er hielt den kleinen Puck in die Höhe. „...gesagt habe?" Christopher nickte. „Es ist soweit. Halten sie sich bereit!" Der Japaner nickte mit ernster Miene und trat noch einen Schritt vor, sodass er jetzt zwischen Francesco und Eric, aber noch einen halben Schritt vor ihnen stand. Als sie ihn sahen, waren sie überrascht, aber wenig begeistert.
Arisagi aber ließ sich jetzt nicht mehr beirren.
Während Christopher zu den anderen lief und ihnen sagte, was der Japaner ihm mitgeteilt hatte, holte Arisagi den zigarrenförmigen Metallstab aus seiner Jackentasche, der sich sogleich scheinbar wie von Geisterhand getrieben weiter entfaltete, bis er schließlich etwas über einen Meter lang war und sich zum Abschluss eine kegelförmige Spitze ausbildete.

*

„Was zum Teufel machen sie da?" rief Eric nervös und man merkte ihm die schwindenden Kräfte deutlich an. „Wir müssen hier weg, verdammt nochmal!"
Doch Arisagi schüttelte nur wortlos den Kopf. Im nächsten Moment zog er sein I-Phone aus der linken Jackentasche, tippte etwas auf den Touchscreen ein und nur einen Augenblick später flammten überall – neben ihnen, über ihnen, aber auch unter ihnen - unzählige Scheinwerfer und Lampen auf und erhellten eine derart gewaltige Halle, wie sie niemand von ihnen jemals zuvor auch nur annähernd gesehen hatte.

Die Decke war so hoch, dass sie nicht zu erkennen war, selbst dann nicht, wenn sie nicht durch das Licht unzähliger Scheinwerfer verdeckt gewesen wäre. Der Raum selbst wirkte wie ein riesiger, kreisrunder Schacht von sicherlich mehr als dreißig Metern Durchmesser. Die Außenwände bestanden aus Felsgestein, das sauber bearbeitet worden war und daher kaum Ecken und Kanten besaß. Dafür aber war eine Vielzahl von Öffnungen zu erkennen. Manche so groß wie Fenster, die auch tatsächlich verglast waren, einige so groß wie Türen, in denen vielfach auch solche eingebaut waren, andere aber auch mehrere Meter breit und/oder hoch und offen. Aus einigen Öffnungen drang diffuses Licht in unterschiedlichen Farben.
Christopher schätzte, dass er etwa fünfzehn Meter hinaufschauen konnte, bevor das Licht der Scheinwerfer für die Augen eine undurchdringliche Barriere bildete. Dann erkannte er schließlich auch, wo sie selbst sich gerade befanden und er war sehr erstaunt, dass es sich um eine Art Plattform handelte, die sich inmitten dieses Schachtes befand und nur an wenigen Stellen mit den Außenwänden verbunden war. Auf der einen Seite war dies die Treppe, über die sie hierhergelangt waren, auf der gegenüberliegenden Seite zweigten drei Stege von ihr ab und führten zu verschiedenen Stellen einer Art Galerie, die dort in die Seitenwand gehauen war. Beim Blick hinüber konnte Christopher noch erstaunter erkennen, dass sich hinter dieser Galerie weitere Öffnungen im Fels befanden. Sie führten zu langen und breiten Gängen, die ihrerseits wiederrum entweder zu einer Vielzahl von Räumen führten oder zu unförmigen und vielfach mehrere Stockwerke hohen Apparaturen und deren Enden so tief im Fels lagen, dass er sie nicht erkennen konnte. Auf Christopher wirkte das alles wie ein großer Laborkomplex tief unter der Erde.
Treppe, Plattformrahmen und Stege waren aus Stahl gefertigt, die Standfläche der Plattform selbst mit einem Durchmesser von guten zehn Metern jedoch bestand aus einer einzigen, makellosen Glasfläche von mehreren Zentimetern Stärke.
Als Christopher hindurch nach unten schaute, schauderte ihm, wenngleich er kaum mehr als fünf Meter hinabsehen konnte, bevor das Licht weiterer Scheinwerfer auch dort eine Barriere bildete, die er mit seinen Augen kaum zu durchdringen vermochte. Dennoch ließ ihn ein unbestimmtes, aber sehr ungutes Gefühl nicht los.

All diese Eindrücke nahm er innerhalb weniger Augenblicke wahr, allerdings weitestgehend nur oberflächlich. Und so wie ihm erging es eigentlich allen, eingeschlossen dem Monstrum, das ebenfalls für einen Moment von der sich auftuenden Umgebung eingenommen wurde.
Nur Arisagi nicht, denn der kannte den Anblick, der sich einem hier bot – und noch so vieles mehr. „Fertig!" sagte er laut und deutlich in die Stille hinein, nachdem er sein Handy zurück in die Tasche gesteckt und stattdessen seinen Puck hervorgeholt hatte.
Christopher und einige andere wurden darauf aufmerksam, aber auch der Dämon direkt vor ihnen. Blitzschnell riss er seine Pranken in die Höhe, brüllte auf und donnerte sie mit irrsinniger Wucht gegen die unsichtbaren Energiefelder der beiden Engel.
Eric und Francesco traf diese Attacke vollkommen unvorbereitet, denn auch sie waren von den aufflammenden Scheinwerfern abgelenkt worden und hatten ihre Kräfte für einen winzigen Augenblick komplett zerfallen lassen. Als das Monstrum jetzt angriff, blieb ihnen keine Zeit, sie neu aufzubauen. Wie Peitschenhiebe krachten die Pranken der Kreatur auf die Energieströme und zerfetzten sie beinahe explosionsartig. Eric und Francesco schrien schmerzhaft auf und stürzten zitternd zu Boden.
Während Talea sofort entsetzt zu ihrem Mann sprang und sich auch Cynthia und Douglas um ihn kümmerten, fiel der Alte direkt vor die Füße von Silvia, Francesca, Heaven, Christopher, Razor und Ice. Sogleich wurde er von ihnen umringt und unzählige Hände packten ihn am ganzen Körper und zogen ihn zurück auf die Füße.
Der Dämon aber brüllte erfreut auf, stemmte sich auf seine Beine, riss die Pranken wieder in die Höhe und machte sich bereit zu einem letzten, alles vernichtenden Schlag.

„Jetzt!" rief Arisagi, ließ den Stahlstab einmal in seiner Hand kreisen, packte ihn dann so, dass der kegelförmige Aufsatz zu Boden zeigte, sackte im selben Moment mit dem linken Knie zu Boden und donnerte den Stab kraftvoll auf die Plattform. Für einen kurzen Moment war dabei das Geräusch von splitterndem Glas zu hören, dann jedoch schien nichts weiter geschehen zu wollen. Plötzlich aber ertönte ein sehr schnell lauter werdendes Piepen, das schon nach einer Sekunde ohrenbetäubend wurde und in dem deutlichen, scharfen Knacken von brechendem Glas endete. Blitzschnell zuckten etliche gezackte Sprunglinien über die Glasplatte zu ihren Füßen und breiteten sich zum Rand hin aus.
Auch das Monstrum hörte es und hielt mit einem überraschten Aufschrei inne.
Genau in diesem Moment verlor die Glasplatte ihre Struktur und gab nach. Aufgrund des hohen Gewichts der Kreatur zerbarst sie direkt unter ihr zuerst und der unförmige Körper sackte ruckartig einen halben Meter herab, woraufhin die Bestie nochmals aufschrie, bevor das Glas endgültig zersplitterte. Der Oberkörper des Dämons fiel vorn über, er streckte seine Pranken aus, krachte im nächsten Augenblick wuchtig auf den bisher noch nicht vollständig zerstörten

Glasbereich, brüllte wieder auf und rutschte dann vollends hindurch, ohne ein Opfer zu finden, das er packen konnte.

Während der Körper der Kreatur in die Tiefe rutschte, schien es gerade lange genug für einen Hoffnungsschimmer so, als würde der Rest der Glasplatte intakt bleiben können, doch das war ein Trugschluss und nur eine Sekunde später rauschten auch alle anderen, die auf ihr gestanden hatten, ebenfalls in die Tiefe.

Bodenlos

Niemand war in diesem Moment in der Lage gewesen, richtig zu reagieren – außer natürlich Arisagi, der den Stahlstab achtlos fallen ließ und gleichzeitig den Knopf auf dem Puck drückte.
Dadurch wurde sein Fall zusehends abgebremst, noch bevor er das Lichtband der vielen Scheinwerfer erreicht hatte und während er den kleinen Gegenstand vor dem Bauch in seinen Gürtel steckte und damit mehr Kontrolle über seinen Körper gewann, trieb er wie ein Fallschirmspringer vor dem Ziehen der Reißleine beinahe gemächlich hinab, wo er das Lichtband durchstieß und schließlich nach weiteren zehn Metern endgültig zum Stehen kam, dann einfach in der Luft schwebte und wie schon so oft den fantastischen Ausblick in die Tiefe, der sich ihm bot, genoss.

Den anderen aber erging es ganz anders.
Vielleicht hatten viele oder gar alle damit gerechnet, dass sich irgendwo dicht unterhalb des Lichtbandes der Boden des Schachtes befinden würde. Doch dem war bei Weitem nicht so und als sie alle hindurch gerauscht waren und die absolut bodenlose Tiefe unter sich erkannten, konnten sie eigentlich nur noch schreien.

*

Etwas stimmte nicht!
Dieser ekelhafte Gedanke hatte ihn schon seit einigen Minuten gequält, doch jetzt, in dem Moment, da die Glasplatte unter ihren Füßen vollständig zerbarst und er wie alle anderen auch erst einmal schreiend und hilflos in die Tiefe rauschte, wurde er zu einer furchtbaren Gewissheit.
Dann aber fing sich Francesco wieder und da er ja fliegen konnte, steuerte er der Fallbeschleunigung entgegen. Bis ihm klar wurde, dass es andere gab, die das nicht konnten und er sich wieder hinabstürzte. Während er beschleunigte, konnte er Eric erkennen, der es ihm gleich tat und schon im nächsten Moment seine Frau packte und ihren Fall abbremste.
Auch Francesco peilte seine Frau an, doch während er sich ihr näherte, konnte er den mächtigen Körper des Monsters weit unter ihnen sehen, wie es wild schreiend und mit den deformierten Gliedmaßen rudernd hilflos in die Tiefe stürzte. Sofort schossen wieder wilde Gedanken durch seinen Kopf. Diese gewaltige Kraft in diesem so furchtbar unförmigen, vollkommen missratenen Körper, wo Samael doch in seiner wirklichen Gestalt so viel besser hätte agieren können und sie wohl schon längst besiegt hätte. Der deformierte Schädel mit den toten Augenhöhlen. Das alles wirkte wie ...*unvollständig!*

Francesco stieß einen kurzen Schrei aus. *Natürlich! Das alles wirkte so, weil es auch genau so war!* Samael *war* unvollständig. Der Gang durch das Tor zur Erde, den er eigentlich gar nicht hätte überleben dürfen, hatte ihn zwar nicht getötet, wohl aber in Stücke gerissen. Francesco hatte es doch selbst gesehen, als er Razor gerettet hatte. Der Körper des Dämons war meilenweit verstreut gewesen, wenngleich er bereits wieder begonnen hatte, sich zu vereinen. Und dieser Vorgang war zu dem Zeitpunkt, als Francesco am Ort des Geschehens eingetroffen war, schon soweit fortgeschritten, dass er Zweifel daran hatte, den Dämon trotz dieser offensichtlichen Schwäche allein besiegen zu können. Deshalb hatte er darauf verzichtet und sich nur auf Razor und dessen Rettung konzentriert.
Jetzt, in dieser Sekunde, da er nur noch wenige Meter von Francesca entfernt war, fragte er sich jedoch ernsthaft, ob er mit dieser Entscheidung nicht einen Fehler begangen hatte.

*

Christopher verfluchte sich, dass er viel zu spät reagiert hatte, obwohl er doch eigentlich schon eine Sekunde, bevor der Japaner die Glasplatte zerstört hatte, ahnte, was geschehen würde. Dennoch war sein Kopf in den ersten Momenten wie leergefegt und er konnte sich kaum bewegen. Als er durch das Lichtband fegte und ihr Sturz dann nicht endete, verfluchte er sich ein zweites Mal, weil er mit seinem unguten Gefühl zuvor Recht hatte. Der Schacht unter ihnen war absolut gewaltig und schien bodenlos zu sein.
Dann aber konnte er sich zusammenreißen und erinnerte sich an den Puck in seiner Hand. Sofort drückte er den Knopf und schrie überrascht auf, weil sein Sturz augenblicklich hart abgebremst wurde und er Mühe hatte, den kleinen Gegenstand nicht aus den Fingern zu verlieren. Schon wollte er Arisagis Rat folgen und ihn in seinen Gürtel stecken, als ihm plötzlich klar wurde, dass ja nicht alle diesen Puck besaßen und es einige gab, die noch immer vollkommen hilflos in die Tiefe stürzten – so wie seine Silvia!
Sofort drückte er den Knopf erneut und war tatsächlich froh, als er sogleich wieder fiel. Er drehte seinen Körper, sodass er mit dem Kopf voranstürzte und legte seine Arme an. Dadurch wurde er zusehends schneller und hatte seine Freundin nur einen Moment später erreicht. Silvia schrie noch immer, verstummte aber mit erschrockenem Blick, als sie ihn sah. Christopher zögerte nicht und umfasste sofort ihren Oberkörper. „Halt dich an mir fest!" rief er, sie tat es ohne Widerworte, er schob den Puck in seinen Gürtel und drückte den Knopf. Dann zog er Silvia mit aller Kraft an sich, die aufschrie, sobald sich ihr Fall abrupt abbremste und deren Finger sich förmlich in seinen Rücken krallten. Doch es funktionierte, sie blieben zusammen und schwebten beinahe sanft dahin.
Christopher entspannte sich ein wenig, auch weil er um sich herum mehrere Gruppen erkennen konnte, die ebenfalls nicht mehr fielen, sondern so wie er und Silvia, im Schwebezustand waren. Innerhalb weniger Augenblicke konnte er

Cynthia sehen, die zusammen mit Talea bei Eric war, er sah Douglas, den Bim an sich genommen hatte, Peter, den sich Shadow geschnappt hatte und Francesco, der gerade seine Frau und seinen Sohn errettete. Doch auch alle anderen aus Heavens und Ice's Gruppen waren sicher zusammen. Damit konnte er im Moment niemanden erkennen, der in akuter Gefahr war.
Mit dieser Erkenntnis entspannte er gleich noch mehr – und spürte schon im nächsten Moment einen irrsinnig harten Schlag in seinem Rücken, der ihm augenblicklich die Luft aus den Lungen fegte. Er schrie schmerzvoll auf und wurde förmlich von Silvia fortgerissen, die jetzt ebenfalls entsetzt aufschrie. Während sie wieder ungebremst in die Tiefe stürzte, fiel Christopher im ersten Moment weit weniger schnell, denn er hatte ja noch immer den Puck in seinem Gürtel, dafür aber drehte er sich wild um seine eigene Achse, sodass er vollkommen die Orientierung verlor. Alles, was er wusste, war, dass sich etwas Schweres von hinten an ihn geklammert hatte. Plötzlich spürte er für einen kurzen Augenblick ein Druckgefühl an seinem Bauch und als er erschrocken dort hinsah, schoss der Puck an ihm vorbei in die Höhe. Entsetzen pumpte ihm das Blut in den Kopf und er schrie auf. Gleichzeitig spürte er, wie er immer schneller fiel. Krampfhaft versuchte er, sich von dem Ballast auf seinem Rücken zu befreien, wobei es ihn beinahe wahnsinnig machte, nicht zu wissen, wer oder was dort war. Zu allem Überfluss war da natürlich auch noch Silvia, die noch immer hilflos in die Tiefe stürzte und diese Tatsache zusätzliche Hitzeschauer bei ihm verursachte.

*

Er sah es, spürte wie sein Herz für einen Augenblick aussetze und wusste doch sofort, was er zu tun hatte.
Was ihn und Bim so locker leicht in der Schwebe hielt, hatte er mittlerweile mitbekommen, also wusste er, was er würde tun müssen, um Silvia noch helfen zu können.
Douglas blickte sich gehetzt um, fing für einen Wimpernschlag den Blick seiner Frau auf, in deren Augen er bereits erkennen konnte, dass sie ahnte, was er vorhatte und sah dann keine drei Meter schräg unter sich Heaven, die irgendwie wie weggetreten wirkte, vor allem aber allein in der Luft schwebte, was ihn ein wenig überraschte.
Aber er hatte keine Zeit für lange Überlegungen. „Tut mir leid, Alter!" sagte er in ruhigem Ton zu Bim, schaute dem Hünen dabei in die Augen und war ehrlich betroffen.
„Was?" Bim verstand natürlich nicht, was Douglas wollte und war im nächsten Moment vollkommen entsetzt darüber, dass er ihm in einer fließenden und entschlossenen Bewegung den Puck aus der Hose fischte und ihm einen Stoß versetzte.
„Nimm Heaven!" rief Douglas noch und deutete auf die junge Frau, dann rauschte in die Tiefe.

Während Bim panisch und hektisch herumwirbelte, war er bereits so nah an Heaven, dass er nur noch seine Arme ausbreiten und sie umarmen musste, dann war er auch schon wieder in Sicherheit. Heaven wehrte sich nicht und Bim erkannte sofort, dass etwas mit ihr nicht stimmte, denn sie reagierte gar nicht auf ihn und ihr Blick war absolut leer.

*

Douglas hatte seinen Körper gedreht und sauste jetzt mit dem Kopf voran in die Tiefe. Zusätzlich hatte er seine Arme angelegt. Im ersten Moment hatte er die Befürchtung, er würde Silvia nicht mehr erreichen können, doch dann merkte er, dass er schnell näher kam, weil seine Freundin wild mit dem Armen ruderte und damit, wenn auch wahrscheinlich unbewusst, der Luft mehr Widerstand bot.
Die Idee, dass der Schacht irgendwann zu Ende sein konnte und sein Vorhaben allein deswegen schon vereitelt werden könnte, kam ihm gar nicht, wohl auch, weil weit und breit kein Boden in Sicht kam, obwohl er jetzt sicherlich schon fast eine halbe Meile tief gefallen sein mochte.
Im nächsten Moment schoss er an Christopher vorbei. Sein Freund hatte noch immer arge Mühen, die Kontrolle über sich zurück zu gewinnen. Was genau geschehen war, dass er Silvia verloren hatte, konnte Douglas nicht sagen, allerdings konnte er jetzt eine menschliche Gestalt erkennen, die sich in Christophers Rücken geklammert hatte. Folglich musste irgendjemand aus ihrer Gruppe keinen Puck gehabt haben und hatte, um nicht in den Tod zu stürzen, keinen anderen Ausweg gesehen, als sich an Christopher zu klammern. Dass dabei Silvia den Halt verlor, war bestimmt nicht beabsichtigt gewesen, doch war Christopher jetzt nicht in der Lage, ihr zur Hilfe zu eilen, wenngleich er zunehmend langsamer fiel und die Situation einigermaßen unter Kontrolle zu bekommen schien.
Für Silvia aber wäre das sicherlich zu spät gewesen, deshalb tat es Douglas an seiner Stelle, holte jetzt immer schneller auf und hatte sie wenige Sekunden später tatsächlich auch erreicht. Nach anfänglichen Schwierigkeiten, sie zu ergreifen, erkannte sie Douglas schließlich, ihre Panik ließ nach und sie klammerte sich an ihn. Nur einen Augenblick später drückte er den Knopf und ihr Fall wurde ruppig, aber erfolgreich abgebremst.

*

„Heaven?" Bim starrte seine Freundin besorgt an. Im ersten Moment schien sie überhaupt nicht reagieren zu wollen, doch dann flackerten ihre Augenlider. „Alles in Ordnung?"
Heavens Stirn kräuselte sich, als würde sie überlegen, dann schüttelte sie den Kopf. „Nein!"
„Was ist passiert?" fragte Bim und spürte, wie sich ein Kloss in seinem Hals bildete.
„Das Schlimmste!"

*

Durch den unerwarteten Zusammenstoß mit einer für ihn nicht zu erkennenden Gestalt und Silvias anschließendem Absturz war Francescos Kopf für einige Augenblicke wie leergefegt.
Erst als Douglas seine Enkelin aufgefangen hatte, konnte er wieder klar denken und verspürte beim Anblick des kreiselnden Christophers, der hektisch versuchte, sein *Gepäck* im Rücken zu ergreifen, einen schmerzhaften Stich im Inneren.
Das war keine verzweifelte Handlung eines von ihnen gewesen, weil er nicht in den Tod stürzen wollte, das war eine absichtliche Attacke, die nur einen Zweck erfüllen sollte: *Christopher von den anderen zu separieren!*
Doch warum?
Die Antwort darauf schoss ihm nur eine Sekunde später derart siedend heiß in den Kopf, dass ihm beinahe schwindelig wurde. Unwillkürlich zuckte seine rechte Hand unter seinen Umhang und er musste erkennen, dass er Recht hatte: *Das Tor zur Erde war nicht mehr da!*
Eiskalte Erkenntnis breitete sich in ihm aus und das Wissen, dass er dort in der Wüste bei der Rettung Razors einen furchtbaren Fehler begangen hatte, der ihnen allen jetzt das Leben und dieser Welt das Ende bringen konnte.

*

Christopher konnte in den Augenwinkeln erkennen, wie Jemand – er glaubte, dass es Douglas war -   neben Silvia auftauchte, sie ergriff und dann offensichtlich den Puck drückte, denn ihr Fall wurde abrupt abgebremst. Sofort verspürte er Erleichterung – und dann Wut.
Wer immer sich da in seinen Rücken gekrallt hatte, er hätte sich längst erkennbar machen können. Doch genau das war nicht geschehen. Christopher ruderte wieder wild mit den Armen und versuchte, die Gestalt hinter sich zu packen, aber vergebens.
Stattdessen spürte er einen immer stärker werdenden Zug nach rechts und plötzlich wurde ihm klar, dass sie auf den Rand des Schachtes zusteuerten. Er versuchte, sich dagegen zu wehren, doch auch das gelang ihm nicht und nur einen Augenblick später rauschten sie über die Brüstung der Galerie in einen breiten Gang hinein. Sie schlugen hart zu Boden und die Gestalt löste sich aus Christophers Rücken, gleichzeitig aber spürte er, wie ihm dabei seine Jacke entrissen wurde. Dann überschlugen sich beide mehrmals übel, bevor Christopher zum Erliegen kam und er für einen Moment das Bewusstsein verlor.

Der Blender

Arisagi schwebte von allen natürlich am höchsten und hatte aus dieser Position den besten Blick auf alle Geschehnisse gehabt.
Er war sehr zufrieden, dass am Ende niemand hatte sterben müssen, doch war er sich nicht sicher, was er von der Aktion rund um Christopher halten sollte, aber letztlich gelangten die beiden ineinander verschlungenen Gestalten – Arisagi konnte nicht sagen, wer die andere war – wenn auch deutlich unsanfter als nötig, in sichere Bereiche.
Genau das wollte er jetzt auch tun, denn natürlich wäre Niemandem damit gedient gewesen, wenn sie hier weiterhin einfach nur herum schweben würden. Er drückte deshalb den Puck und ließ sich in die Mitte der anderen Gruppen fallen, bevor er das Gerät wieder aktivierte. „Bringt euch in Sicherheit!" rief er allen zu, drehte seinen Körper dann einfach nach rechts und schon begann er, an den Rand des Schachtes zu schweben, wo er sich wieder aufrichtete, als er die Brüstung erreicht hatte, um dann einigermaßen aufrecht auf den Füßen zu landen. Sogleich drehte er sich um, um zu sehen, was die anderen machten und war zufrieden, als er sie das Gleiche tun sah, allerdings waren es am Ende nur Francesco, Francesca und Alfredo, die neben ihm landeten. Alle anderen hatten mehr oder weniger Schwierigkeiten, ihre Körper in die richtige Richtung zu drehen, sodass am Ende zwar alle festen Boden unter Ihren Füßen erreichten, sie sich aber auf vollkommen unterschiedlichen Stockwerken befanden und auch auf verschiedenen Seiten des Schachtes.
Während Horror und eine andere, von Arisagi nicht zu erkennende Person etwa zwölf Stockwerke auf der derselben Seite über ihnen gelandet waren, waren es bei Shadow und Peter siebzehn unter ihnen, bei Rose und einer weiteren Person mindestens dreißig und bei Christopher etwa vierzig Stockwerke unter Arisagi und den anderen.
Auf der anderen Seite des Schachtes konnte Arisagi Ice auf dem gleichen Stockwerk, wie sie selbst erkennen. Dazu Cynthia mit zwei weiteren Personen, die er nicht erkennen konnte, zwanzig Stockwerke darunter, Bim und Heaven weitere fünf und schließlich Douglas und Silvia nochmals zwanzig Stockwerke darunter.
Und damit konnte er nicht sagen, wer gerade bei Christopher war...

*

Ein mächtiger Schrei zerriss die Stille und obwohl er sich mehr als eine halbe Meile unter ihnen gebildet hatte, dröhnte er dennoch in ihren Ohren.
Es war ein wütender Schrei, ein hasserfüllter Schrei, aber auch einer, der Machtlosigkeit ausdrückte, denn das Monstrum hatte das Ende des Schachtes erreicht und konnte seinem Schicksal nicht mehr entgehen.

Dann erfolgte der Aufprall.
Er war derart wuchtig, dass der Boden des Schachtes erbärmlich erzitterte. Der mächtige Körper zerfetzte einige Tanks und Apparaturen dort, vor allem aber wichtige Leitungen, durch die verschiedene Gase strömten, die allesamt hochentzündlich waren und fast augenblicklich in einer gewaltigen Explosion Feuer fingen. Mehrere riesige Flammenfäuste zuckten fast einhundert Meter in die Höhe und trieben Hitze und Rauch in den Schacht. Eine irrsinnige Druckwelle zerstörte große Teile des Schachtbodens und der angrenzenden Bereiche, Trümmerteile sirrten pfeilschnell durch die Flammen, krachten wie Granaten in die Laborbauten in den Schachtwänden und sorgten für weitere Zerstörung.
Ein ohrenbetäubender Knall schoss durch den gewaltigen Komplex und brachte alles zum Vibrieren.
Dann aber verstummte der Lärm und es wurde für einen Augenblick totenstill, bevor ein einzelner schmerzhafter, gequälter Laut ertönte, der letztlich vollkommen erstarb.
Dann blieb nur noch das Züngeln der Flammen zurück.

*

„Verdammt Heaven...!" Bim war mit seiner Freundin recht gut gelandet, doch machte ihn das ungute Gefühl im Magen beinahe wahnsinnig. Auch die irrsinnig wuchtige Explosion am Boden des Schachtes konnte ihn nicht davon ablenken. So dermaßen geschockt hatte er Heaven noch nie gesehen. Sie war vollkommen von der Rolle, konnte sich kaum auf den Beinen halten. „...was ist denn los?"
Jetzt wanderten ihre glasigen Augen zu ihm hinauf und als sie sprach klang tiefe Enttäuschung und Schmerz in ihren Worten. „Er hat uns alle getäuscht!"
Bim spürte wie sein Herz einen Schlag aussetzte. „Wer?"

*

In dem Moment, da sie über die Brüstung segelten und festen Boden unter den Füßen hatten, begann Silvia schon sich von Douglas loszureißen.
Der hatte keine Chance zu reagieren und musste sie ziehen lassen. Silvia wirbelte augenblicklich herum und rannte zur Brüstung zurück. Hektisch suchten ihre Augen die gegenüberliegende Seite des Schachtes ab. Dabei hatte sie keinen Blick für den fantastischen Anblick der sich ihr bot, denn mittlerweile lag die Plattform, die Arisagi zerstört hatte mehr als eine halbe Meile über ihnen und war kaum noch zu erkennen. Dafür aber die mehr als einhundert Stockwerke, die sich auf beiden Seiten des Schachtes befanden und den Blick auf unzählige Gänge, Räume und Apparaturen aller Größen und Formen freigaben. Und nicht nur das: Von ihrem Standpunkt aus hätte Silvia nochmals mehr als eine halbe Meile in die Tiefe und auf weitere unzählige Stockwerke blicken können, doch sie hatte in diesem Moment nur Augen für den Bereich, in dem sie Christopher

hatte verschwinden sehen und auch der wuchtige und lautstarke Aufprall des Monsters am Boden des Schachtes konnte sie nicht ablenken.
Da!
Ein paar Stockwerke über ihr auf der anderen Seite konnte sie Bewegung erkennen. Das mussten sie sein.
Im selben Moment stürzte Douglas neben sie. Obwohl er überaus besorgt um Silvia war, war er für eine Sekunde fasziniert von dem gewaltigen Anblick, der sich ihm bot, den er mit einem beeindruckten „Fuck!" kommentierte und für eine weitere Sekunde von dem Blick in die Tiefe, wo der Aufprall des Monsters offensichtlich einige Explosionen ausgelöst hatte, die den gesamten Schacht erschütterten und auch dies mit einem weiteren „Fuck!" kommentierte.
„Oh Gott!" stieß Silvia plötzlich hervor.
Douglas starrte sie an und als er sah, dass sie nicht in die Tiefe, sondern auf die andere Seite des Schachtes schaute, verspürte er einen Stich im Herzen. „Was ist los?" Auch er schaute hinüber und erkannte Bewegung dort. „Ist das Chris?"
Plötzlich sackten Silvias Gesichtszüge herab und tiefe Hoffnungslosigkeit ergriff sie. Dann schüttelte sie den Kopf. „Nein!"
Douglas Augenbrauen zuckten irritiert zusammen, doch dann war ihm klar, was sie meinte. „Hast du erkannt, wer ihn erwischt hat?"
Jetzt nickte Silvia. „Ich glaube schon!"
„Und?" Douglas starrte sie mit großen Augen an. „Wer ist es?"

*

„Ihr bleibt hier!" Francescos Stimme klang sehr bestimmt, sein Blick aber zeigte Erschütterung.
Natürlich waren sie, wie alle anderen auch, an die Brüstung gerannt, als das Monstrum am Boden des Schachtes aufgeschlagen war und hatten die wuchtigen Explosionen und die Feuerbälle mit verfolgt, die in die Höhe gerauscht waren und den Schacht zum Erzittern gebracht hatten. Doch im Gegensatz zu seiner Frau, seinem Sohn und dem Japaner hatte er nicht dieses furchtbare Schauspiel, sondern die anderen im Blick gehabt, die genauso wie sie über der Brüstung hingen.
Und nur wenige Augenblicke später hatte sich sein schlimmer Verdacht bestätigt.
„Wo willst du hin?" Francesca sah den Blick ihres Mannes und sofort zeigte sich tiefe Sorge in ihr.
„Einen Fehler korrigieren!" *Wenn das überhaupt noch möglich ist*, fügte er im Stillen hinzu.
„Einen Fehler?" fragte sein Sohn ebenfalls mit Sorge in der Stimme.
Francesco nickte. „Ich hätte ihn töten sollen, als ich die Chance dazu hatte!"
„Töten? Wen?"

*

Seine Augen nahmen eine Bewegung vor ihm wahr, bevor sein Gehirn wieder fähig war, klar zu denken. Daraufhin schossen ihm sofort die Erinnerungen an die letzten Sekunden vor seiner Ohnmacht in den Kopf und er schreckte förmlich auf. Sein Körper verkrampfte sich und seine Arme und Beine zuckten umher, bis er vor sich eine dunkle Gestalt erkennen konnte, die ihn verharren ließ.
Christopher stöhnte auf und musste schlucken.
„Tut es weh?" hörte er eine tiefe, kräftige Stimme fragen. Sie kam eindeutig von der Gestalt, doch konnte Christopher sie noch nicht zuordnen.
Stattdessen verengten sich seine Augen zu Schlitzen und er musterte die Silhouette, die sich vor ihm auftat. „Wer bist du?"

*

„Razor!" Heavens Stimme war kaum mehr als ein Flüstern, doch in Bims Ohren hämmerte dieser Name wie ein Glockenschlag.

*

„Razor!" erwiderte Silvia und als sie Douglas anschaute, konnte sie sehen, wie tiefes Entsetzen in ihrem Freund aufstieg.

*

„Samael!" In Francescos Augen blitzte tiefer Hass auf und obwohl er in den Gesichtern der anderen ziemliche Verwirrung erkennen konnte, sprang er über die Brüstung und flog in die Tiefe.

*

„Das kommt darauf an...!" sagte die Stimme und einen Augenblick später trat die Gestalt in das fahle Zwielicht der Notbeleuchtung, die überall eingeschaltet war.
„...was du erkennen kannst!"
Razor! schoss es Christopher sofort in den Kopf, denn vor ihm stand eindeutig der große Schwarze, der noch vor weniger als einem Tag Silvia gevögelt hatte. *Was zum Teufel aber sollte diese ganze Aktion bedeuten? Seine Gedanken überschlugen sich. Wollte er Christopher eins auswischen? Hatte er gar Heaven getäuscht und war gar nicht an ihr interessiert, sondern immer noch an Silvia? Wollte er Chris und alle anderen damit in Sicherheit wiegen und hatte nur auf eine passende Gelegenheit gewartet, um das mit Christopher zu klären? Wollte er ihn am Ende sogar ausschalten?*
Fast wäre Christopher aufgesprungen und hätte ihm ein paar deftige Worte an den Kopf geknallt, doch gerade, als er seine Muskeln anspannen wollte, hielt er inne, denn etwas stimmte hier nicht.

Vor ihm stand zwar der Schwarze, doch blickte er ihn auf höchst merkwürdige Weise an. Seine Haut war seltsam glänzend, schien nicht mehr dunkelbraun zu sein, sondern eine deutliche Rotfärbung zu besitzen. Sein Gesicht wirkte aufgedunsen, wie auch sein ganzer Körper irgendwie den Anschein erweckte, als wolle er aus den Nähten platzen. Dennoch grinste Razor schief und verächtlich, doch konnte Christopher an seinen gebleckten Zähnen sehen, dass sein Zahnfleisch blutete. Und dann waren da seine Augen, die im krassen Gegensatz dazu unglaublich stechend und zornig blickten. Kein Weiß der Augäpfel war mehr zu erkennen, die Pupille schien das ganze Auge einzunehmen und dabei in einem tiefen Rot zu pulsieren.
Plötzlich war Christopher alles klar: Die Gestalt Razors vor ihm wirkte nicht unnatürlich, sondern nicht mehr... *menschlich!*
Und es gab nur Einen, der das bewerkstelligen konnte: *Samael!*
Diese unfassbare Erkenntnis traf Christopher beinahe wie ein Schlag, doch schon einen Augenblick später wusste er, dass er absolut Recht damit hatte. Das Monstrum, das sie verfolgt hatte, hatte so vollkommen anders gewirkt, als der gewaltige Dämon, dem er in der Hölle begegnet war. Jetzt war auch klar, warum. Es war nur eine Hülle gewesen, die sie ablenken sollte. Ablenken davon, dass der Dämon während des Durchgangs durch das Tor zur Erde nicht nur nicht getötet worden, sondern es ihm sogar irgendwie gelungen war, in Razors Körper zu schlüpfen und sich unerkannt unter sie zu mischen...
„Du hast mich erkannt!" sagte Samael mit ruhiger, tiefer Stimme, doch verschwand sein Lächeln und er verzog sichtlich verärgert seine Mundwinkel. „Dann wird dein Tod den richtigen Namen haben!"
Christopher reagierte nicht auf die Worte des Dämons, sein Hirn arbeitete fieberhaft weiter.
Warum? fragte er sich und wusste es doch im nächsten Moment schon ganz genau: *Die Tore!*
Samael wollte alle drei Tore an sich bringen und damit Alles in bodenloses Chaos stürzen.
Und plötzlich wurde ihm bewusst, dass sich zwei davon in der Jacke befanden, die zwischen ihnen beiden auf dem Boden lag. Ein kurzes, entsetztes Stöhnen entfuhr ihm.
„Genau!" bestätigte Samael sofort, starrte für einen Augenblick auf die Jacke, wandte dann seinen Kopf wieder zu Christopher und grinste breit. „Und sie her!"
Seine rechte Hand kam aus seiner Jackentasche hervor. In ihr befand sich...eine Pyramide.
Das Tor zur Erde! schoss es Christopher siedend heiß in den Kopf. *Er muss es Francesco entwendet haben!*
Im nächsten Moment schon musste er sich schwer beherrschen, nicht zu kotzen, denn diese Erkenntnis raubte ihm fast den Atem und ihm war sofort eines nur zu klar: *Samael durfte die beiden anderen Tore niemals in die Hände bekommen!*
Ohne auf die Schmerzen in seinem Körper zu achten, riss er sich auf die Füße und sprang nach vorn.

Samael war für einen kurzen Augenblick sichtlich überrascht über diese Geste, doch dann machte auch er einen Schritt nach vorn.

Zeitgleich ergriffen beide die Jacke an verschiedenen Seiten und wollten sie in ihre Richtung ziehen. Dadurch wurde sie vom Boden gezogen und hing jetzt straff in der Luft.

Während man Christopher ansah, dass er nicht recht wusste, was er nun tun sollte, wurde das Grinsen auf Samaels Lippen immer breiter. Gleichzeitig erhöhte er merklich die Zugkraft, doch Christopher ließ nicht los. Als Samael einen kurzen Moment der Überraschung verdaut hatte, dass der Mensch vor ihm nicht nur mutiger, sondern auch wesentlich stärker war, als er das vermutet hätte, verschwand sein Grinsen und sein Blick wurde zornig. Aber nur für eine Sekunde, dann lächelte er schon wieder, während sich kleine rote Blitze wie statische Entladungen auf seiner Hand bildeten, über die Jacke wanderten, schließlich Christopher Hand erreichten und ihm dort rasend schnell erhebliche Schmerzen in Form von Verbrennungen auf der Haut verursachten. Er hatte Mühe, nicht aufzuschreien, doch wusste er, dass er verloren hatte.

Gerade aber, als er loslassen musste, sah er hinter Samael eine schnelle Bewegung, dann ertönte ein Zischen und schon explodierte eine Art Blitz im Rücken des Dämons, der ihn aufschreien ließ und nach vorn schleuderte, sodass er jetzt die Jacke loslassen musste.

*

Christopher war im ersten Moment mindestens ebenso überrascht, wie Samael, doch als die Schmerzen in seinem Arm nachließen, reagierte er blitzschnell, riss die Jacke an sich und rannte zur Brüstung, wo er Francesco erkennen konnte, der dort gerade mit ausgetreckten Armen landete. Als der Alte sah, dass Christopher noch etwas wackelig auf den Beinen war, stellte er sich schützend vor ihn, obwohl ihm klar war, dass er ihn kaum würde schützen können. Seine Attacke war zwar erfolgreich gewesen, doch nur weil er den Überraschungsmoment auf seiner Seite hatte, ansonsten wäre es für Samael nicht schwierig gewesen, ihr auszuweichen. Doch Francesco war gewillt nicht nachzulassen und diese Schwäche auszunutzen, also feuerte er einen neuerlichen Blitz auf den Dämon ab, der gerade mühsam und stöhnend dabei war, sich wieder aufzurichten.

Anfangs traf ihn der Blitz, ohne das er sich dagegen hätte erwehren können. Es zischte und knisterte, Rauch stieg auf und Samael stöhnte schmerzvoll auf, sein Körper erzitterte und er hatte Mühe, sich aufzurichten. Francesco war sichtlich überrascht, dass seine Energie ausreichte, um dem Dämon derart zuzusetzen. Vielleicht, so dachte er, hatte er den Übergang durch das Tor zur Erde doch nicht vollkommen schadlos überstanden. Hoffnung keimte in ihm auf und er agierte noch druckvoller.

Aber es sollte nur einen trügerischen Moment lang so aussehen, dass er Samael Paroli bieten konnte, denn dann hatte er sich vollkommen aufgerichtet und kreuzte seine Arme vor der Brust, die wie ein Schild wirkten und Francescos

Energiestrahl zunächst einmal von seinem Körper ablenkten, sodass er mit großer Wucht in die Aufbauten zu beiden Seiten des Ganges krachte und für Zerstörung sorgte.
Francesco erschrak und stoppte unwillkürlich den Strahl.
Das war ein Fehler!
Samael hatte unglaublich schnell wieder Kräfte gesammelt und stieß sie ihnen jetzt in einer Wolke aus brennend heißer, flirrender Luft entgegen. Doch das reichte aus, um sowohl dem Alten als auch Christopher schier unerträgliche Schmerzen zu bereiten. Sie schrien auf und rissen ihre Arme schützend vor die Gesichter. Plötzlich sah Christopher Flammen an seiner rechten Hand aufsteigen. Er erschrak, stieß einen kurzen Schrei aus und konnte doch nicht verhindern, dass seine Jacke in Flammen aufging. Zuerst fiel die zweite Pyramide mit einem deutlich dumpfen Knall herab, dann das Tor zum Himmel in seinem kleinen Glaswürfel, der mit hellem Klappern über den Boden hüpfte.
In Christopher stieg deutliche Panik auf und er versuchte mit weit aufgerissenen Augen hinterher zu hechten, doch er konnte sich nicht erfolgreich gegen das Energiefeld des Dämons, das auf seinen Körper wirkte, wie ein Orkansturm, stemmen. Auch der Alte war machtlos dagegen.
Samael seinerseits wusste, dass er gewonnen hatte, denn er grinste wieder diabolisch. Eine Sekunde später aber verwandelte sich dieses Grinsen in eine verächtliche Grimasse. „Schluss jetzt!" brüllte der Dämon mit tiefer, dröhnender Stimme und im selben Moment riss er die vor seiner Brust verschränkten Arme nach vorn auseinander. Wie eine Schockwelle donnerte geballte Energie auf Christopher und Francesco zu, riss sie von den Füßen und schleuderte sie über die Brüstung hinweg quer durch den Schacht auf die andere Seite, wo sie einige Stockwerke tiefer vollkommen unkontrolliert und wild schreiend einschlugen und wie Kanonenkugeln alles umpflügten, was sich ihnen in den Weg stellte, bis sie schließlich nicht mehr zu sehen waren. Der Anblick der Schneise der Verwüstung, die sie hinterließen, gab dabei Anlass zu größter Sorge.

Nicht kampflos

„Nnneeeiiinnn!" Silvia entsetzter Schrei hallte durch den Schacht und sie lehnte sich dabei so weit über die Brüstung, dass Douglas echte Angst hatte, sie könne sich sofort hinterher stürzen.
Instinktiv griff er deshalb von hinten ihre Schulter und hielt sie fest. Dabei stand ihm der Schock über die Geschehnisse auf der anderen Seite des Schachtes, die sie aus ihrer Position recht gut hatten mit verfolgen können, ebenfalls deutlich ins Gesicht geschrieben und bildeten eine Mischung aus Entsetzen und Zorn.
Silvia aber hatte im Moment nur Chris und ihren Großvater im Kopf und wollte nichts sehnlicher, als zu ihnen zu gelangen. „Hilf mir!" sagte sie mit erstickter Stimme, drehte ihren Kopf herum und sah ihren Freund mit tränenfeuchten Augen flehend an. „Bitte!"
Douglas zögerte nur einen kurzen Augenblick, dann nickte er. „Okay!"
Einen Augenblick später sprangen beide über die Brüstung und schossen in die Tiefe, bis sie die Schneise der Verwüstung, die die beiden Männer geschlagen hatten, erkennen konnten, Douglas den Puck aktivierte und sie schließlich wieder landeten, beim gespenstischen Anblick der zischenden und ächzenden Masse aus Stahl und Beton im Halbdunkel vor ihnen aber ein äußerst ungutes Gefühl bekamen, das ihnen eine Gänsehaut verursachte.
Dennoch machten sie sich sofort auf die Suche.

*

„Hier!" Arisagi streckte Alfredo den Puck entgegen, der ihn zunächst überrascht ansah. Der Japaner warf nochmals einen kurzen Blick auf Francesca. Er wusste um die Verbindung zwischen ihr und dem Alten. Auch sie hatte schmerzvoll aufgestöhnt, als sie ihn und Christopher quer durch den Schacht rauschen sah. Ihr Körper war zusammengesackt und jetzt kämpfte sie stumm gegen ihre Verzweiflung an. Und damit war vollkommen klar, was er zu tun hatte. „Nehmen sie ihn!" Er drückte dem Italiener den Puck in die Hand. „Ich kümmere mich darum, dass die Anlage funktionstüchtig bleibt!" Er nickte Alfredo mit ernster Miene zu, dann drehte er sich um und rannte nach hinten in die Dunkelheit davon.
„Mama?" Alfredo drehte sich zu Francesca um. Die Alte schniefte, nickte und hob ihren Kopf. Echter Schmerz war in ihren Augen zu sehen. „Komm ich bring dich zu Vater!" Sie nickte mit dem Versuch eines Lächelns, dann nahm Alfredo sie in seine Arme und gemeinsam sprangen sie über die Brüstung in die Tiefe. Während sie fielen, konnten sie sehen, dass auch andere bereits auf dem Weg nach unten waren.

*

„Komm schon!" Heavens Gesicht war eine Maske aus Zorn, Verbitterung und Hass.
Bim war sichtlich überrascht, denn er hatte nicht erwartet, dass sich seine Freundin so schnell von ihrem Schock erholen würde, den sie zu Beginn ganz offensichtlich gehabt hatte. Als er ihr jetzt jedoch in ihre Augen schaute, sah er wieder die Entschlossenheit, die er stets so sehr an ihr bewundert und geschätzt, die er aber in ihrer jetzigen eisenharten Form noch nicht an ihr gesehen hatte. Er wusste, dass Heaven ein wundervoller, warmherziger und gefühlvoller Mensch war, der jedoch gelernt hatte – *hatte lernen müssen* – kompromisslos und hart zu sein, doch jetzt sah er noch etwas anderes an ihr und das ließ ihn frösteln. Bevor er aber etwas erwidern konnte, hatte sie ihm schon den Puck aus der Hand gepflückt und sprang über die Brüstung.
Bims Mundwinkel verzogen sich zu einem säuerlichen „Fuck!", doch folgte er ihr ohne zu Zögern, wobei er über sich bereits andere erkennen konnte, die es ihnen gleich taten.

*

Ein letzter Schritt noch, dann stand er vor der Pyramide am Boden. Samael schaute für einen kurzen Augenblick auf sie herab, dann bückte er sich und nahm sie in seine rechte Hand. Dabei atmete er tief durch, dann drehte er seinen Kopf nach links und blickte auf den kleinen Glaswürfel rund drei Meter weiter. Im nächsten Moment erhob er sich ruckartig wieder und ging darauf zu, während er die zweite Pyramide in seiner Jackentasche verstaute. Er bückte sich erneut, streckte seine Hand nach dem Würfel aus und hielt plötzlich inne, als wäre er nicht sicher, ob er zugreifen sollte oder nicht. In seinem Gesicht zeigte sich sogar ein Anflug von Ehrfurcht. Aber nur für einen Wimpernschlag, dann griff er zu, wobei ihm ein tiefer Seufzer entfuhr, sobald sich seine Hand vollständig um den Würfel gelegt hatte. Samael schloss sogar kurz seine Augen, als wolle er diesen Moment vollkommen genießen.
Plötzlich aber riss er sie wieder auf, als wäre er erschrocken, erhob sich, drehte sich zur Brüstung und schaute hinauf. Deutlich konnte er die Gestalten sehen, die sich ihm dort näherten. Mit ausdrucksloser Miene steckte er den Glaswürfel ein und kletterte auf die Brüstung. Dort richtete er sich ganz auf, breitete die Arme aus und schloss seine Augen. Ein sanftes Lächeln legte sich auf seine Lippen.
Noch gestern war die Welt für ihn stets dieselbe gewesen. Tagtäglich befahl er seinen ihm untergebenen Dämonen die Menschen, deren Sünden sie hinunter in den Moloch der Hölle geführt hatten, auf immer komplexere und grausamere Weise zu quälen. Ihr Leid, ihr Schmerz, vor allem aber ihre Hoffnungslosigkeit waren der Quell seiner Kraft, seiner Macht und seiner Inspiration. Obwohl auch er sich in einem bestimmten Rahmen bewegte – *nur bewegen konnte, sich nur bewegen durfte* – hatte er beinahe immer mehr als genug Freiheiten zu Handeln,

um sich selbst auf grausam befriedigende Art zu verwirklichen. Alles war nicht perfekt, aber oft genug nahe daran.

Bis zu dem Moment, da er gefühlt hatte, dass sich innerhalb seines Reiches etwas verändert hatte. Eine Aura war eingedrungen, wie er noch nie zuvor etwas Ähnliches gespürt hatte. Und es dauerte eine Weile, bis er erkannte, was es war. Etwas, das er zuvor nur aus Geschichten gekannt hatte, etwas, das er stets in das Reich der Hirngespinste und Mythen abgeschoben hatte – und das sich nunmehr doch als wahr und existent erwies: *Die Tore zwischen den Welten!*

Natürlich weckten sie sofort sein Interesse, doch war es anfangs kaum mehr als eine Art Neugier. Schließlich gab es eine Regel, die er niemals zu brechen in der Lage, eine Grenze, die zu übertreten er niemals imstande sein würde: *Er konnte die Hölle nicht verlassen!*

Das war der Preis für seine Macht, die er besaß. Die so viel größer war, als die, die die ihm untergebenen Dämonen besaßen. Sie konnten zwischen den Welten wandeln, er jedoch nicht.   Schon sehr bald aber sollte er erkennen, dass dies nur eine Lüge war, denn die Dinge liefen so schief, wie sie nur konnten und ihm wurde klar, dass er alles verlieren würde, was ihm je wichtig war. Und aus dieser Ausweglosigkeit heraus hatte er genau das getan, was ihm eigentlich nie je hätte möglich sein dürfen: Er war durch das Tor zur Erde tatsächlich auf diesen verschissenen Planeten gelangt und hätte diesen Gang sogar ohne größeren Schaden absolviert, wenn da nicht dieser widerliche schwarze Menschenwurm gewesen wäre, der in letzter Sekunde noch eine Granate gezündet hatte.

Dadurch war Samaels Körper zerrissen worden, nicht aber seine Lebensenergie. Und es dauerte nur wenige Momente, bis er die Situation in der Wüste erkannt und die große Chance darin gesehen hatte.

Und bevor der Engel gekommen war, hatte sich Samaels Geist Razors Körper bemächtigt. Der Alte bemerkte davon nichts und auch alle anderen nicht. Und so gelang es ihm tatsächlich, unerkannt zu bleiben. Doch nicht nur das. Sein Körper – nachdem er sich mehr oder weniger wieder vervollständigt hatte – machte sich sofort auf die Suche nach ihm.

Eigentlich war es beinahe spaßig: Alle anderen dachten, sein Körper würde die Tore jagen, dabei suchte er nur die Wiedervereinigung mit seinem Geist.

Und weil sich alle auf diesen Kampf und nicht auf ihn konzentrierten, konnte er beinahe ungehindert seinen Plan umsetzen und alle drei Tore an sich bringen.

Damit hatte er etwas geschafft, was zuvor noch nie einer Kreatur wie ihm gelungen war und was auch niemals je hätte gelingen dürfen. Samael wusste auch sofort, warum, denn er konnte eine derart gewaltige, wuchtige und lebendige Energie spüren, die von den Toren ausging, dass ihm beinahe schwindelte.

Im Besitz aller Tore war er mächtiger, als je zuvor, mächtiger, als jeder andere hier oder in der Hölle, ja sogar mächtiger, als sein Herr.

Im Besitz aller Tore hatte er ungeahnte Möglichkeiten und war in der Lage alles, was je war und alles, was je noch sein würde, zu verändern.

Alles, was er jetzt noch dafür tun musste, war sich mit seinem richtigen Körper wieder zu vereinen, der zwar angeschlagen am Fuße des Schachtes lag, aber keineswegs vernichtet war.
Der Körper des Menschen war nicht in der Lage seiner wahren Gestalt Stand zu halten. Dies ging nur in seinem eigenen Körper. Und sobald das geschehen war, würde ihn nichts und niemand mehr aufhalten können, eine wunderbar grauenhafte Welt aus Blut, Schmerz und Chaos zu erschaffen.
Sein Lächeln wurde breiter, dann stieß er sich ab und segelte wie ein Turmspringer in die Tiefe.

Plötzlich spürte Samael eine Kälte, die vollkommen anders war, als das, was er im Inneren empfand. Sie umfing ihn, wie eine Wolke. Schon konnte er seinen ausgestoßenen Atem erkennen und nur einen Augenblick später spürte er, wie diese Kälte tief in seinen Körper eindrang. Verwirrt blickte Samael auf seine Arme und war sofort entsetzt, als er sehen konnte, wie pures Eis von seinen Händen hinauf zu seinen Schultern kroch. Gleichzeitig verlor er das Gefühl für seine Gliedmaßen.
Doch wie konnte das sein?
Er, Samael, war absolut unempfindlich gegen jede Art von Temperaturschwankungen. *Was also geschah hier mit ihm?*
Plötzlich wurde ihm die Antwort bewusst: Es war der menschliche Körper, in dem er steckte. Er war es, der schwach war. Und solange er in ihm steckte, würde er nicht er selbst sein können. Er brauchte seinen eigenen Körper. Doch gerade in diesem Moment spürte er mehr als deutlich, dass er die Kontrolle über seinen Wirt immer mehr verlor, weil dieser schwache, menschliche Körper nicht mehr in der Lage war, sich gegen diese eisige Kälte zu erwehren und weiterhin normal zu funktionieren.
Seinem Schock wich jedoch sofort Erleichterung. *Was würde das schon ändern?*
Er befand sich noch immer auf direktem Wege dorthin, wo er auch hinwollte. Seine menschliche Hülle hätte den Sturz aus dieser Höhe sowieso nicht überlebt. Wichtig war doch nur, dass sich dort unten am Boden des Schachtes sein Körper befand, mit dem er sich wiedervereinen konnte.
Und genau das würde trotz allem doch noch immer geschehen, dessen war sich Samael sicher.
Zumindest bis zu dem Moment, da sich innerhalb eines Wimpernschlages eine schwarze Nebelwolke um seinen Körper gelegt hatte und er plötzlich einen schnell immer stärker werdenden Zug zur Außenseite des Schachtes verspürte.
Da wurde ihm bewusst, dass er sein Ziel womöglich doch nicht so reibungslos würde erreichen können.

*

Es war Ice gewesen, der Samael einen Strahl aus konzentriertem Eis entgegen geworfen hatte, nachdem er sich an Terror geklammert hatte, um seinen Sturz abzubremsen. Er war überrascht, als er sah, dass der Dämon scheinbar nichts

gegen diesen Strahl ausrichten konnte, doch wusste Ice, dass er den Weg seines Gegners damit nicht würde stoppen können.
Aber er war ja nicht allein und schon einen Augenblick später konnte er erkennen, dass er sich auf seine Leute verlassen konnte, als sich Shadow, aufgelöst in eine dunkle Wolke, um den Dämon legte und ihn zum Rand des Schachtes drückte. Ice Freude währte jedoch nicht lange, denn jetzt stemmte sich der Dämon gegen seinen Widersacher und sandte enorme Hitzewellen aus, die dort, wo Shadow seinen Körper berührte, sofort zu glühen begannen. Ice konnte Shadows schmerzhafte Aufschreie hören und befürchtete bereits, dass sie ihn nicht mehr lange genug würde halten können, bis sie den Rand des Schachtes erreicht hatten.
Schon aber sah er von der linken Seite einen schwarzen Schatten heran sausen. Er musste nicht überlegen, was es war, sondern erkannte sofort Rose, die sich in eine Eisenkugel verwandelt hatte, Samael mit großer Wucht in die Seite fuhr und ihn damit an den Rand des Schachtes und in die Aufbauten dort schleuderte. Der Dämon schrie dabei auf und Shadow wurde ebenfalls mit einem Schrei von ihm losgerissen.
Während Rose mit Samael über die Brüstung hinweg in einem breiten Gang schoss und dann aus dem Blickfeld verschwand, konnte Ice erkennen, dass Steel ihnen dicht auf den Fersen war, denn natürlich würde er das, was ihm am Wichtigsten war in einer solchen Situation niemals allein lassen.
Ice deutete Terror an, in dem Stockwerk zu landen, in dem seine beiden Freunde mit dem Dämon verschwunden waren. Dort nur wenige Sekunden später angelangt, musste er sich zunächst aber um Shadow kümmern, die gerade mit wackeligen Beinen wieder ihre eigene Gestalt annahm und dabei hustete und hektisch nach Atem rang. Während er sie stützte, konnte er deutliche Verbrennungen an ihren Händen erkennen, sodass er sie mit seinen Händen umschloss, um sie zu kühlen, was sie dankbar annahm.
Einen Moment später trafen weitere Verbündete auf dem Stockwerk ein. Heaven und Bim, Peter, sowie Eric, Talea und Cynthia. Sie alle schauten zunächst mitfühlend auf Shadow, wobei Peter natürlich gleich zu ihr trat und sie in seine Arme schloss, doch dann wurde ihr aller Aufmerksamkeit auf den dunklen Bereich des Ganges vor ihnen gelenkt, als ein tiefer, schmerzhafter Schrei zu hören war, der eindeutig nicht menschlich war, kurz darauf aber einige grelle Blitze aufflammten und ein weiterer Schrei ertönte, der nur von Steel stammen konnte.

*

Ihnen zu folgen, war für Steel vollkommen logisch. Rose hatte zwar auf ihre unnachahmlich brillante Art blitzschnell reagiert, sich in eine Stahlkugel verwandelt und Samael sofort als solche attackiert, doch war klar, dass sie allein sich niemals gegen ihn würde erwehren können. Das ging – wenn überhaupt - nur mit vereinten Kräften.

Also war er ihnen gefolgt und hinterher gesprintet, sobald er festen Boden unter seinen Füßen hatte. Sie zu finden, war kein Problem, denn ihr Weg hinterließ eine Schneise der Verwüstung. Zunächst hatten sie einige Metalltreppen in das nächsthöhere Stockwerk umgerissen, dann waren sie durch einen Lagerraum gepflügt und hatten dabei zwei Wände und den Innenraum verwüstet, bevor sie gegen eine große Apparatur, die aussah wie eine überdimensionale Schrottpresse, gekracht und schließlich zum Erliegen gekommen waren.

Beim Aufprall musste Rose ihre Gestalt verloren haben, denn als Steel nur wenige Sekunden später erschien, kniete sie stöhnend am Boden und mühte sich damit, bei Bewusstsein zu bleiben.

Ganz im Gegensatz zu ihrem Widersacher, der bereits wieder auf den Beinen und direkt vor ihr stand. Zwar konnte Steel deutliche Wunden im Gesicht und am Körper der menschlichen Hülle erkennen, doch schienen sie Samael nicht im Geringsten zu stören.

Ohne zu zögern, ballte er seine rechte Hand zur Faust und ließ sie mit unbändiger Wucht von oben auf Rose Wangenknochen krachen, dass Steel einen eiskalten Schauer im Nacken verspürte. Seine Freundin stöhnte schmerzvoll auf und ihr Kopf flog herum, dass Blut und Speichel umher spritzten. Doch sie hatte keinerlei Chance sich zu erwehren, denn schon im selben Moment beugte sich Samael herab, legte seine Hände um ihren Hals, riss sie schonungslos in die Höhe und ließ sie scheinbar mühelos in der Luft hängen. Dabei drückte er mit einer solch ungeheuren Kraft zu, dass Steel es knirschen hören konnte. Während Rose im Gesicht sofort rot anlief, ihre Hände krampfhaft zu den Unterarmen des Dämons zuckten und sie panisch umklammerten und sie erbärmlich zu röcheln begann, wusste Steel, dass er sofort handeln musste.

Augenblicklich riss er seine Arme nach vorn, die sich im selben Moment in sechs daumendicke Tentakeln auf splitteten und auf den Dämon zuschossen. Samael befand sich halb mit dem Rücken zu ihm und sah seine Attacke daher nicht kommen. Steels Tentakeln umschlossen sofort die Unterarme Samaels und seinen Hals, um ihm so schnell die Kraft zu nehmen. Das gelang ihnen auch, denn neben der großen Kraft, die sie selbst entwickelten, brannten sie sich in das Fleisch der menschlichen Hülle und sorgten zusätzlich für Ablenkung.

Anfangs gab Samael aber noch nicht klein bei, doch dann wurden die Schmerzen immer größer und er schrie wild auf. Mit einer blitzschnellen Drehung seines Rumpfes jedoch gab er Rose, die halb ohnmächtig an seinen ausgestreckten Armen hing so viel Schwung, dass sie auf Steel zuflog, der wiederum dermaßen überrascht über diese Reaktion war, dass er für einen Moment unkonzentriert war und einen Tentakelarm von Samael riss, um Rose aufzufangen.

Diese Schwäche nutzte der Dämon gnadenlos aus.

Während Steel seine halb bewusstlose Freundin ab- und schließlich auffing, griff der Dämon die Tentakeln der anderen Hand. Augenblicklich flammten Blitze an den Berührungspunkten auf, die sich blitzschnell auf den Tentakeln ausbreiteten. Jetzt war es Steel, der furchtbar schmerzhaft aufschrie, als würde man ihm die Haut von den Knochen schälen.

Samael aber ließ nicht locker. Das Ende der Tentakeln trotz der Tatsache, dass sie seine eigene Haut und sein Fleisch versengten, fest im Griff, drehte er sich um seine eigene Achse und riss Steel, der nicht in der Lage war, die Verwandlung seines Arms wieder rückgängig zu machen, wie ein Hammerwerfer sein Sportgerät, mit sich. Mit unbändiger Wucht pflügte Steels Körper durch Wände, Räume, riss Leitungen und Stahlteile aus ihren Verankerungen und krachte schließlich mit einem dumpfen Knall seitlich gegen dieselbe Apparatur, die bereits Rose einige Sekunden zuvor zu schaffen gemacht hatte. Steel stöhnte noch ein letztes Mal auf, dann blieb er reglos liegen.

*

„Ihr wartet hier!" hatte Eric einfach nur gesagt und Talea dabei mit ernster Miene in die Augen geschaut. Dann hatte er sich von ihr gelöst und war ohne zu Zögern in den Gang gerannt.
Talea hatte ihm einen Augenblick nachgeschaut, dann war ihr klar, dass sie nicht tatenlos hier zurückbleiben konnte.
„Nein!" rief Ice jedoch in dem Moment, da sie losrennen wollte und streckte ihr seine Hand vor die Brust. „Ich mache das!" Und damit folgte er dem Engel.
„Nein, warte!" Das war Peter, der jedoch nicht den Glatzkopf meinte, sondern Shadow, die sich aufgerichtet hatte und sich von ihm drückte. In ihren Augen konnte er deutlich sehen, was sie vorhatte.
Doch Shadow lächelte ihn nur sanft an. „Das ist unser Job!" Und schon rannte sie los.
Für einen kurzen Augenblick schauten ihr die verbleibenden Personen stumm und untätig hinterher, bis aus dem Dunkel vor ihnen wieder das Brüllen des Dämons, aber auch Schreie ihrer Freunde zu hören waren.
„Also ich weiß ja nicht, wir ihr das seht!" meinte Heaven mit verzogenen Mundwinkeln und schaute Talea und Cynthia an. „Aber ich werde nicht untätig hierbleiben!" Sie lud demonstrativ ihr Gewehr durch.
„Ich auch nicht!" stimmte Talea sofort zu, erleichtert, dass noch Jemand so dachte wie sie.
„Stimmt!" Peter nickte entschlossen.
„Wir werden alle sterben!" gab Horror zu bedenken.
„Idiot!" raunte sein Zwillingsbruder ihm zu. „Du bist doch schon tot!"
Horror zog überrascht die Augenbrauen in die Höhe. „Stimmt! Na dann!" Er grinste.
Irgendwie schien dies ein Startschuss zu sein und alle rannten in die Dunkelheit.
Nur Bim und Cynthia blieben zurück. „Tot ja!" brummte der Hüne. „Aber nicht gefühllos!" Er schaute die Frau neben sich an. „Und das wird ganz sicher scheiße wehtun!" Er versuchte ein schiefes, freudloses Lächeln, dann rannte auch er los.
Jetzt war Cynthia allein und sie war innerlich total nervös und unsicher.

Sie wusste, dass ihr Körper gestählt worden war, doch noch hatte sie keine Gelegenheit gehabt, das auszutesten und somit zu wissen, wie sich das anfühlte. Außerdem gefiel es ihr überhaupt nicht, dass Douglas nicht bei ihr war. Wenn sie jetzt den anderen folgen würde, würde sie ihn vielleicht nie wiedersehen, andererseits konnten ihre Freunde jede Hilfe gebrauchen, die sie kriegen konnten.

Innerlich in diesem Konflikt zerrissen, drehte sie sich um und schaute auf die andere Seite des Schachtes, wo Christopher und Francesco eingeschlagen waren und sich jetzt auch Silvia und Douglas befanden. Sie konnte jedoch nichts und niemanden dort erkennen und in ihrem Gesicht zeigte sich jetzt echte Verzweiflung, weil sie wusste, dass sie gar keine andere Wahl hatte, als ihren Freunden zu folgen. Die schmerzhaften Schreie und aufgeregten Rufe aus der Dunkelheit bestätigten das.

Doch gerade in dem Moment, da sie sich mit einem stillen Liebeschwur an Douglas wieder von der Brüstung wegdrehen wollte, hörte sie ein merkwürdiges Geräusch, das sie zurückhielt.

Es war eine Art Zischen oder Blubbern.

Irritiert blickte sie sich um und plötzlich wurde ihr Blick von einer Bewegung etwa drei Meter rechts neben ihr angezogen. Im ersten Moment aber konnte sie sie nicht recht zuordnen und glaubte an eine Halluzination, dann aber sah sie eine Art Wurm, der an einer senkrechten Stahlstrebe direkt an der Außenseite der Brüstung klebte und sich langsam hinab bewegte. Einen Augenblick später aber war sie sich schon wieder nicht mehr sicher, denn der Wurm schien am Ende doch nur ein Tropfen einer zähflüssigen Masse zu sein – vielleicht eine Art Öl – der einfach nur den Gesetzmäßigkeiten der Schwerkraft folgte.

Doch die Geräusche, die sie hörte, kamen eindeutig aus dieser Richtung und als sie zwei schnelle Schritte darauf zu gemacht hatte, war sie auch sicher, dass sie von diesem Tropfen kamen – und es daher kein einfacher Tropfen sein konnte.

Sie betrachtete ihn genauer und erkannte, dass es doch ein Wurm war, stutzte aber sofort, weil sie ein solches Lebewesen bisher noch nicht gesehen hatte. Es besaß keine Augen, keinen Mund, keine Beine. Es war einfach nur ein unförmiger, etwa zehn Zentimeter langer und vier Zentimeter breiter Streifen Masse, der an der Oberseite die Farbe von Haut besaß und auf der Unterseite die dunkelrote, feuchtglänzende Färbung von rohem Fleisch. Tatsächlich konnte sie erkennen, dass dieses Wesen eine milchig rote Schleimspur hinter sich herzog, als würde es bluten.

Cynthia war für einen Moment derart gefesselt von diesem Anblick, dass sie alles um sich herum vergaß.

Plötzlich aber geschah etwas, womit sie nicht gerechnet hatte: Das vordere Ende des Wurms stellte sich auf, als würde er sich umschauen wollen, dann aber wurde es immer länger, aber auch dünner, bis es ihm schließlich auch der Rest des Wesens gleichtat. Für Cynthia sah es aus, als würde der Wurm flüssig werden. Im selben Moment löste er sich von der Stahlstrebe und fiel tatsächlich tropfengleich in die Tiefe.

Cynthia zog überrascht ihre Augenbrauen in die Höhe, beugte sich über die Brüstung und schaute hinab. Und was sie dort sehen konnte, jagte ihr eine ausgewachsene Gänsehaut über den Körper.
Da war nicht nur ihr Wurm oder Tropfen, sondern da waren plötzlich ganz viele davon. Überall am Rande des Schachtes. Hauptsächlich unterhalb ihres Stockwerks, doch als plötzlich ein weiterer Tropfen an ihr vorbeischoss, erkannte sie mit einem Blick nach oben, dass es auch dort noch einige Dutzend davon gab. Die meisten fielen bereits in die Tiefe, doch andere hafteten noch an den Stahlrahmen des Schachtes.
Cynthia blickte wieder in die Tiefe. Ausgehend vom Boden des Schachtes, der sicherlich gute zweihundert Meter unter ihr lag, waren die Schachtränder überzogen mit einer merkwürdigen, klebrigen, dunklen Schicht und zwar so, als wäre am Boden des Schachtes ein Luftballon explodiert, der eben diese Masse in sich gehabt und die die Druckwelle empor und gegen die Schachtwände geschleudert hatte.
„Oh verdammt!" stieß sie ziemlich geschockt hervor, als sie erkennen musste, dass es eigentlich auch genauso so geschehen war. Nur dass es kein Luftballon gewesen war, sondern der Körper des Dämons, der auf den Schachtboden geschlagen und durch eine wuchtige Explosion zerrissen worden war. Unzählige Einzelteile waren in die Höhe geschleudert worden und viele von ihnen gegen die Schachtwände geklatscht, wo sie einfach kleben geblieben waren.
Doch die Tatsache, dass sie sich noch immer bewegen konnten, zeigte ihr mehr als deutlich, dass sie nicht tot waren, sondern sofort und auf direktem Wege versuchten, zu ihrem Ursprung zurück zu kehren.
Eine weitere Gänsehaut überkam sie, die noch dadurch verstärkt wurde, als sie dem Flug der fleischigen Tropfen mit ihren Augen bis zum Boden folgte, wo sie in einen dichten, wabernden Nebel fielen, in dem sich aber deutlich erkennbar etwas bewegte und nur einen Wimpernschlag später ein tiefes Stöhnen zu hören war, das ihr nur allzu bekannt vorkam.
Der Sturz und die anschließende Explosion hatte sie widerliche Kreatur nicht töten können und das Monstrum war bereits wieder dabei, sich neu zu sammeln. Es würde nicht mehr lange dauern und sie hatten einen weiteren mächtigen Feind gegen sich.
Mehr denn je war ihr klar, dass sie ihre Freunde davor warnen musste. Ohne zu zögern drückte sie sich von der Brüstung und rannte in die Dunkelheit hinein.

Gegenwehr

Irgendetwas stimmte nicht, dessen war sich Samael vollkommen bewusst. Und er wusste auch sehr genau, was.
Er war zwar noch niemals zuvor hier gewesen, doch er wusste, dass auf der Erde Menschen lebten. Und diese Spezies war klein, schwach und verletzlich. Schließlich hatte er genau das jeden Tag in der Hölle erlebt.
Natürlich gab es hier und da mal einen, der die Norm sprengte, doch das erhöhte nur den Spaß, den er dabei empfand, sie alle zu quälen, weil er sich in einem direktem Kampf an der trügerischen Hoffnung in den Augen derer weiden konnte, die sich als würdig erwiesen hatten, ihm gegenübertreten zu dürfen, um für ihren Weg in den Himmel zu kämpfen.
Doch das war noch niemandem je gelungen, weil es ganz einfach ein gewaltiger Unterschied war, sich gegen seine Untergebenen zu behaupten oder ihm direkt gegenüber zu stehen.
Niemand hatte je auch nur den Hauch einer Möglichkeit einer Chance gegen ihn gehabt. Nur Zuversicht, Hoffnung und Mut. Doch das waren genau die Dinge, die er seinen Gegnern stets mit allergrößtem Genuss nahm oder brach, bevor er sie endgültig zerstörte.
Jetzt allerdings, hier in dieser gewaltigen Halle mit dem riesigen Laborkomplex war alles vollkommen anders, schien nichts von dem, was er von den Menschen, ihrer Kraft, ihre Wendigkeit und ihrer Ausdauer wusste, zu stimmen.
Das verwirrte ihn in höchstem Maße.
Was das Eis auf seinem Körper erzeugt hatte, als er noch fiel, wusste er. Auch woher plötzlich dieser dunkel Nebel kam. Und auch die Stahlkugel, die dann in seine Seite gekracht und ihn hier in den hinteren Bereich des Labors geschleudert hatte, kannte er.
Es waren diese Menschen mit ihren besonderen Fähigkeiten, von denen er bereits eine Kostprobe in der Lobby bekommen hatte – als alle noch dachten, er wäre dieser wertlose Mensch und keiner auf den Trichter kam, er könne sie alle täuschen.
Als er sah, zu was sie in der Lage waren, war er im ersten Moment höchst erstaunt gewesen – obwohl er sich das äußerlich natürlich niemals hatte anmerken lassen – und dann ziemlich beeindruckt.
Warum sie das konnten, was sie konnten, wusste er jedoch nicht zu sagen, denn eine Erklärung dafür fand er nicht. Dann aber musste er sich wieder auf den Kampf gegen seine eigenen Dämonen konzentrieren und darauf, dass er sie alle schnell genug tötete, bevor sie erkannten, wer er wirklich war – vor allem aber, es zeigen konnten.
Und so gerieten Ice und seine Leute für ihn in Vergessenheit – bis jetzt.
Und plötzlich musste er ihre große Kraft beinahe hilflos über sich ergehen lassen, weil er sie als Gegner nicht mehr im Kopf hatte. Das machte ihn sofort

furchtbar wütend und alles, was er wollte, war die Frau, die ihn als Stahlkugel endgültig aus der Bahn geworfen hatte, sofort töten

Doch das wollte ihm nicht gelingen, denn schon wurde er erneut attackiert. Dieses Mal von Steel, dessen Arme sich in Tentakeln verwandelt hatten, die große Kräfte besaßen und noch dazu irrsinnige Schmerzen verursachten, als sie ihn berührten. Wieder wurde ihm mehr als bewusst, dass es ein echtes Risiko darstellte, in der schwachen Hülle des Menschen zu stecken, wo er seine Kraft und Macht nicht vollständig ausüben konnte. Nur mit großer Mühe konnte er die Attacke abwehren, musste dafür allerdings Rose freigeben. Letztlich aber gelang es ihm, auch Steel auszuschalten, sodass beide Menschen jetzt halb bewusstlos am Boden lagen.

Ihr Schicksal würde sich also nur verschoben haben.

Doch kaum hatte er einen ersten Schritt auf Steel zugemacht, da hörte er bereits Schritte aus dem Dunkel des Ganges auf sich zukommen und nur einen Augenblick später schoss ein großer Kerl mit dunkler Hautfarbe auf ihn zu, aus seinen ausgetreckten Armen schossen grelle Blitze, wie er sie bisher nur bei dem Alten erlebt hatte - den er eindeutig als Engel identifiziert hatte - und trafen ihn mit einer solchen Wucht, dass er aus dem Stand heraus nach hinten geschleudert wurde, wo er über die Apparatur in der Form einer Presse hinweg flog und erst etliche Meter dahinter zum Erliegen kam.

Wut stieg in ihm auf. *Sollte es möglich sein, dass es gar noch einen zweiten Engel hier gab? Zwei Engel und Menschen, die vollkommen anders, schneller, kraftvoller und effektiver agierten, als das je einer dieser Spezies in der Hölle getan hatte?*

Er machte sich nichts vor: Damit stellten sie für ihn mächtige und vor allem gefährliche Gegner dar, die alles zunichtemachen konnten, was er sich erarbeitet hatte, ganz besonders, wenn er noch länger in der Hülle dieses Menschen verblieb. Natürlich war ihm klar, dass es auch noch eine andere, eine dritte Möglichkeit gab, als die, in seine eigene Hülle zu schlüpfen, nämlich die, in seiner wahren Gestalt zu agieren. In ihr würde er unendlich mächtig sein, doch war diese Form der Existenz nicht dazu geschaffen, dauerhaft zu sein. Wenn er seine wahre Gestalt annahm, würde er nur sehr begrenzte Zeit hier überleben können und sich in die echte Gefahr begeben, endgültig und unwiderruflich vernichtet zu werden. Und ob er angesichts zweier Engel und dieser außergewöhnlichen Menschen, deren Fähigkeiten er sich nicht erklären konnte, wirklich schnell genug in der Lage war, sie alle zu vernichten, um sein Ziel zu erreichen, bevor seine wahre Existenz Schaden nahm, konnte er nicht mit Sicherheit sagen.

Dieses Gefühl des Zweifelns war etwas, das er bisher noch nie gespürt hatte und das ihn augenblicklich beinahe wahnsinnig machte. Eine Stimme in seinem Innersten sagte ihm, er solle zunächst einmal die Flucht ergreifen und dann aus einer gesicherten Position heraus versuchen, seine Hülle zu erreichen, doch sie hatte große Schwierigkeiten, sich in seinem Kopf, der voller Hass, Wut und Blutdurst war, Gehör zu verschaffen. Letztlich gelang es ihr - sicherlich auch aufgrund der Tatsache, dass er bereits wieder Schritte hören konnte, die hinter ihm her hetzten -, doch den Teil in ihm, der alles auf eine Karte setzen und seine wahre Gestalt annehmen wollte, konnte er nicht vollkommen zum Verstummen bringen.

*

Eric hielt sich nicht damit auf, sich um Rose oder Steel zu kümmern. Zum Einen sah er, wie die beiden bereits dabei waren, sich stöhnend wieder aufzurichten, zum Anderen wusste er, dass er jetzt nicht nachlassen durfte, Razor zu attackieren.
Dabei war ihm absolut klar, dass er gar nicht wirklich den Schwarzen bekämpfte, sondern Samael, der sich Razors Hülle bemächtigt hatte – wie und wann auch immer das geschehen sein mochte. Damit hatten sie einen unglaublich mächtigen Gegner gegen sich, den sie nur gemeinsam bezwingen konnten und auch nur dann, wenn sie ihm keine Zeit zum Agieren gaben.
Bei einem flüchtigen Blick hinter sich, konnte Eric Ice erkennen und auch Shadow. Wie nicht anders zu erwarten, dachten sie ähnlich wie er selbst und würden ihm deshalb in diesem Kampf zur Seite stehen. Und wenn Steel und Rose sich wieder gefangen hatten, würde er noch zwei weitere Verbündete bekommen, auch dessen war er sicher.
Ob das alles jedoch ausreichend sein würde, um gegen Samael zu bestehen, würde sich zeigen müssen. Sicherlich würde es ihre Chancen verbessern, wenn auch Francesco wieder zu ihnen stoßen könnte. Dass der Alte noch lebte, daran bestand kein Zweifel und mit zwei Engeln und vier Dämonenjägern würden sie eine ordentliche Streitmacht besitzen.
Alle anderen, auch wenn sie gestählt worden waren, waren nicht einmal annähernd stark genug, um sich dem Dämon entgegenzustellen – was ihm natürlich nicht ganz ungelegen kam, da sich ja auch Talea unter ihnen befand – und deshalb galt es sie aus diesem Kampf heraus zu halten.
Mittlerweile hatte Eric die große Presse umrundet und seine Augen suchten hektisch nach den Umrissen einer menschlichen Gestalt. Deutlich konnte er einen Bereich erkennen, in dem ein schwerer Körper eingeschlagen war und für Verwüstung gesorgt hatte, doch etwas Lebendiges sah er nicht.
Verdammt schoss es ihm in den Kopf. *Er war zu langsam gewesen!*
„Da!" Das war Ice, der nur eine Sekunde nach ihm am Ort des Geschehens erschien und sich ebenfalls hektisch umsah. Und seine Augen hatten plötzlich eine Bewegung hinter einem wahren Wirrwarr von Rohren entdeckt. Das konnte nur Samael sein und er deutete mit ausgestrecktem Arm in diese Richtung.
Eric erkannte es jetzt ebenfalls, nickte und rannte los, gerade als auch Shadow zu ihnen aufgeschlossen hatte.
Mit wenigen Schritten hatte er den Punkt erreicht, auf den Ice gezeigt hatte, doch war Samael mittlerweile weitergerannt. Eric folgte ihm dichtauf.
Ice wiederrum wollte dem Engel eigentlich folgen, doch konnte er sehen, dass Samael eine Treppe erreicht hatte und eine Etage tiefer stürmte. Ein Geräusch direkt hinter ihm ließ ihn herumfahren. Er konnte gerade noch Shadows Gesicht

sehen, bevor es sich, wie auch der Rest ihres Körpers in Rauch auslöste. In ihren Augen konnte Ice Entschlossenheit, aber auch Angst erkennen. Umso mutiger war ihr Verhalten. Shadow sank durch das Gitterost, das den Boden bildete, in den Gang darunter und schoss dann hinter Samael her. Ice war einen Augenblick unschlüssig, was er tun sollte, doch dann entscheid er, dem Dämon zunächst auf dieser Etage zu folgen, da er seine Bewegungen durch die Roste sehr gut sehen konnte, ohne dass der auf ihn aufmerksam wurde. So würde er nicht wie die anderen hinter ihm her rennen, sondern konnte ihm zu gegebener Zeit vielleicht den Weg versperren.

*

Als Steel sich vollständig aufgerappelt hatte und einen tiefen Atemzug nahm, stand Rose bereits wieder neben ihm.
„Alles klar?" fragte sie und als er mit einem tiefen Brummen und entschlossener Miene nickte, lächelte sie und küsste ihn auf die Wange. „Dann lass uns dem endlich ein Ende bereiten. Ich bin total heiß auf dich und will Sex!"
Jetzt musste Steel grinsen. „Dein Wunsch ist mir Befehl!"
Gemeinsam wandten sie sich um in die Richtung, in der die anderen verschwunden waren und rannten hinter ihnen her.

*

In dem Moment, da Rose und Steel um eine Ecke bogen und außer Sichtweite waren, erreichten Talea und die anderen diese Stelle.
Dass hier gekämpft worden war, konnten sie unschwer erkennen, dass aber niemand mehr anwesend war, machte sie unschlüssig und sie hielten einen Augenblick inne.
„Was jetzt?" fragte Peter.
Heaven blickte sich um. Überall im Hintergrund waren Geräusche zu hören.
„Da!" Das war Terror, der auf einen schwarzen, sich bewegenden Schatten hinter den Aufbauten zeigte. Unwillkürlich machten alle einen Schritt darauf zu.
„Da!" Das war Peter, der nur einen Wimpernschlag später schräg nach unten durch die Gitteroste des Bodens zeigte, weil sich auch dort etwas bewegte.
„Da!" Horror wirbelte plötzlich herum, doch als er sah, dass es Bim war, der sie erst jetzt erreicht hatte, verzog er die Mundwinkel.
Während der Hüne sich umblickte und etwas überrascht war, dass Cynthia ihm nicht gefolgt war, schauten sich die anderen wieder unschlüssig an.
„Also nochmal: Was jetzt?" fragte Peter etwas ungeduldiger.
„Wir trennen uns!" erwiderte Talea plötzlich und alle schauten sie erschrocken an. Doch ihr Wille, zu Eric zu gelangen war größer. „Wir gehen zu zweit. Peter?"
Der Blonde nickte sofort.
„Okay!" Heaven schien zufrieden. „Dann gehe ich mit Bim!" Sie trat zu dem Hünen, der noch immer zurück schaute.
„Und ich?" fragte Terror.

Heaven sah ihn mit finsterer Miene an und schüttelte den Kopf. „Mit deinem Bruder!?" *Das war doch wohl klar, oder?*
Terror sah seinen Bruder wenig begeistert an. „Und wenn ich nicht will?"
„Dann...!" Heaven überlegte kurz, „...geht er mit uns und du allein!"
„Was?" Das war beinahe ein entsetzter Aufschrei.
„Halt deine Klappe, Bruderherz!" raunte Horror. „Und komm schon!" Er sah ihn mit finsterer Miene an, dann aber grinste er. „Ich werde dich schon beschützen, du weinerliches Mädchen!" Er packte Terror an der Schulter, bevor der protestieren konnte und schob ihn hinter Talea und Peter her, die bereits fast aus dem Blickfeld verschwunden waren.
Heaven schaute ihnen kopfschüttelnd hinterher. Dann wandte sie sich um. „Bim?" fragte sie und wusste sofort, dass etwas nicht stimmte. „Alles okay?"
Der Hüne reagierte erst mit einiger Verzögerung. „Wo ist Cynthia?"
„Woher soll ich das wissen?"
„Sie ist nicht mitgekommen!"
„Ja, und? Muss sie ja auch nicht!"
„Aber...!" Bim brummte unzufrieden. „Ich will kurz sehen, wo sie ist!" Er lächelte Heaven freudlos zu. „Du wartest hier. Ich bin gleich zurück!"
„Von mir aus!" Heaven schnaubte durch die Nase.
Bim rannte ohne zu Zögern zurück in die Dunkelheit in Richtung Brüstung. Heaven sah ihm scheinbar lustlos nach, bis er nicht mehr zu sehen war. Dann aber veränderte sich ihr Gesichtsausdruck wieder deutlich und wurde zu einer harten und entschlossenen Maske. „Warten!" Sie lachte verächtlich auf. „Von wegen!" Und damit machte sie kehrt und rannte in die andere Richtung davon.

Der Verdacht

Sie hatte noch genau ihre Worte im Ohr, als sie sich anfangs geweigert hatte, sich ebenfalls stählen zu lassen, doch jetzt, da sie zusammen mit ihrem Sohn Alfredo durch die halbdunklen Gänge des Laborkomplexes rannte, um ihren Mann und Christopher zu suchen, verspürte Francesca eine lang nicht mehr gekannte Kraft in sich, die sie deutlich überraschte. Sie fühlte sich stark und ausgeruht, verspürte keinerlei Atemnot oder Muskelschmerzen beim Laufen und war im Kopf absolut klar und frisch.
Im ersten Moment war das sehr angenehm, dann aber war ihr klar, dass ihr dadurch mehr Zeit blieb, sich große Sorgen um die beiden Männer zu machen, die sie jetzt suchten und von denen sie einen mehr liebte, als ihr eigenes Leben.
Die Schneise der Zerstörung, die ihre Körper beim Flug in die hinteren Bereiche des Labors verursacht hatten, war beeindruckend und beängstigend zugleich. Raumwände aus Kunststoff und Aluminium waren umgerissen worden, Stahlstreben aus der Verankerung, aber auch Treppen und ganze Stahlträger teilweise extrem verbogen.
Jeder normale Mensch hätte hier sein Leben gelassen und so konnte Francesca eigentlich nur hoffen, dass Engel unsterblich waren und das Stählen Christophers ausreichend gewesen war.
Während sie sich ihren Weg durch Trümmerteile, Rauch und kleinere Brandherde bahnten, waren die Gedanken der Alten natürlich auch bei ihrer Enkeltochter, die zusammen mit Douglas vor ihnen diesen Weg beschritten hatten. Wenn Francescas Hoffnungen sich nicht erfüllen sollten, wäre sie die Erste, die die Katastrophe entdecken würde.
Alfredo vor ihr bog um eine Ecke, drückte dabei einige Stromkabel, die aus ihrer Verankerung gerissen worden waren und jetzt haltlos herum baumelten, aus dem Weg und wartete, bis seine Mutter an ihm vorbeigegangen war.
Das tat sie auch und im selben Moment konnten sie Geräusche hören. Sie kamen vom Ende des Ganges, das etwa fünf Meter entfernt war. Es waren eindeutig Stimmen.
Francesca schaute ihren Sohn mit großen Augen an, Alfredo nickte und übernahm wieder die Vorhut.
Mit jedem Schritt wurden die Stimmen lauter. Plötzlich hustete Jemand, eindeutig ein Mann. Francescas Herzschlag beschleunigte sich. Jetzt erkannte sie Silvias Stimme. Sie sprach ruhig, aber eindringlich. *Noch ein gutes Zeichen?* Der Rauch hier war dichter als zuvor, deshalb konnte sie niemanden erkennen.
„...war Samael!" Francesca hörte diese Worte. Sie waren kraftvoll und voller Hass. Ihr Herz tat sofort einen unbeschreiblichen Satz voller Freude und Zuversicht. Das war Francescos Stimme gewesen und sie spürte, dass er im Vollbesitz seiner Kräfte war. Natürlich beschleunigte sie ihren Schritt und nur einen Moment später durchbrachen sie den Rauch und fanden die anderen vor.

Francesco und Christopher saßen halb auf einem Haufen Trümmerteile vor einer massiven Stahlwand, halb lagen sie darauf. Äußerlich gaben sie ein beinahe bemitleidenswertes Bild ab. Ihre Kleider waren zerschunden, an einigen Stellen zerrissen und schmutzig. Ebenso ihre Gesichter, wo auch einige, jedoch nur kleinere Schrammen und Schnitte zu sehen waren, die teilweise bluteten. Zwei mächtige Dellen in der Stahlwand hinter ihnen zeigten deutlich, welche Wucht ihre Körper noch besessen hatten, als sie dagegen gekracht waren. Für einen kurzen Augenblick überkam Francesca nochmals die Angst, dass sie dabei doch schwerere Verletzungen davongetragen haben mochten.
Doch beide Männer machten nicht den Anschein, als wäre dies der Fall.
Noch hatte sie niemand bemerkt, deshalb sagte Silvia: „Samael?" und zog dabei ihre Augenbrauen zusammen. „Seid ihr sicher?"
Christopher nickte. „Ja...!" Er blickte den Alten an. „...sind wir!" Francesco nickte ihm zu. „Äußerlich war es Razor, aber das kann nur noch seine Hülle gewesen sein!" Er fixierte Silvia mit seinen Augen und schien auf eine bestimmte Reaktion von ihr zu warten, die aber scheinbar ausblieb, denn Christopher wirkte etwas unsicher.
„Typisch Dämon!" sinnierte Douglas und verzog die Mundwinkel.
Francesco nickte. „Er muss es getan haben, nachdem die beiden durch das Tor zur Erde gegangen sind. Razors beherztes Eingreifen hatte dafür gesorgt, dass Samael seine eigentliche Hülle verloren hatte. Aber darauf zu warten, dass sich die Einzelteile wieder vereinen, hätte zu lange gedauert. Er muss gewusst haben, dass wir nach Razor suchen würden. Also hat er sich kurzentschlossen dessen Körper genommen!"
„Und wir haben es nicht gemerkt!" meinte Alfredo bitter.
Die anderen fuhren überrascht und ein wenig erschrocken herum, doch als sie Francesca und ihren Sohn sahen, entspannten sie sich sofort wieder.
Außer natürlich Francesco, der sofort aufsprang und zu seiner Frau eilte, um sie freudig zu umarmen, wobei diese Geste absolut auf Gegenseitigkeit beruhte.
„Ist wirklich alles okay mit euch?" fragte sie, vor allem aber im Hinblick auf Christopher.
Doch Francesco nickte. „Das war kein besonders starker Angriff...!"
„Was?" Jetzt meldete sich Christopher zu Wort. „Wir sind quer durch den Schacht geflogen und haben locker dreißig Meter Stahl umgepflügt!"
Der Alte lächelte. „Trotzdem. Das war ein Angriff ohne dämonische Kräfte!" Plötzlich wurde er nachdenklich. „Was merkwürdig ist, da es eigentlich ein Leichtes für ihn hätte sein müssen, ganz anders zu reagieren!"
„Was soll das heißen?" fragte Silvia.
Ihr Großvater sah sie direkt an. „Dass er möglicherweise nicht in der Lage ist, seine Macht voll auszuschöpfen, solange er in einer menschlichen Hülle steckt!"
„Aber...?" Douglas zog die Augenbrauen in die Höhe und die Mundwinkel nach unten. „Das ist doch gut, oder?"
Francesco nickte bedächtig. „Aber auch mehr als notwendig!"
Alfredo sah ihn forschend an. „Warum?"

Bevor sein Vater antworten konnte, erhob sich Christopher mit einem tiefen Atemzug und sagte: „Weil dieser gottverdammte Bastard im Besitz aller drei Tore ist! Darum!"

Die Hintertür

Arisagi gab wirklich sein Bestes, doch hatte er allmählich die Befürchtung, dass dies nicht gut genug sein würde.

Nachdem er die anderen verlassen hatte, war er zu einem der Terminals gerannt, die hier alle fünf Stockwerke installiert waren und mit denen man sich mit dem Hauptrechner der Forschungsstation verbinden konnte. Schon mit dem ersten Blick sah er, dass etliche Warnsignale leuchteten, doch obwohl das Terminal vollkommen unbeschädigt war, gelang es ihm nicht eine Verbindung zum Hauptrechner herzustellen, der sich in dem kreisrunden Raum befand, durch den sie in diesen Komplex gelangt waren.

Arisagi erinnerte sich sofort, mit welcher Wucht der Dämon durch den Raum gepflügt war, um sie zu jagen und damit war auch klar, dass die Anlage dort oben stärker beschädigt worden war, als er befürchtet hatte.

Also blieb ihm nichts anderes übrig, als einen Fahrtsuhl zu nehmen, den es im hinteren Bereich der Labors gab und mit ihm hinauf zu fahren.

Das gelang auch schnell und ohne Probleme. Im ersten Untergeschoss angelangt, rannte er zurück zum Schacht und flitzte die Treppe zur nächsthöheren Etage hinauf. Dabei blickte er nach unten und die gewaltige Tiefe ließ ihn frösteln und bereitete ihm ein wenig Schwindel. Dennoch konnte er die Flammen, die am Boden des Schachtes noch immer wüteten nur zu genau erkennen. Wenn es ihm nicht gelang, sie zu löschen, war die gesamte Anlage in Gefahr. Das würde nicht nur für diejenigen, die sich gerade in ihr befanden, sondern auch für weitreichende überirdische Teile der näheren Umgebung eine Katastrophe bedeuten, die er sich gar nicht erst ausmalen wollte.

Die Furcht davor jedoch trieb ihn gnadenlos weiter und nach einer weiteren halben Minute hatte er den kreisrunden Raum erreicht.

Jetzt, da die gewaltige, tonnenschwere Stahltür nicht mehr da war, wirkte der Blick in das Innere nur noch gespenstisch. Arisagi stoppte kurz ab, doch zwang er sich zur Ruhe und rannte weiter. Im Inneren hatte die Bombe in Form des Monsters für maximale Zerstörung gesorgt und für einen viel zu langen Moment befiel Arisagi eine derart tiefgreifende Verzweiflung, dass er fast hätte heulen oder kotzen – wohl eher aber beides zugleich tun können.

Das gesamte kreisrunde Kontrollpult war aus seiner Verankerung gerissen und gegen die rechte Wand geworfen worden. Sämtliche Kabelverbindungen zum Hauptrechner waren damit zerstört worden und das Pult selbst hatte große Teile der Schaltschränke, die an der rechten Wand platziert waren und mit denen man die meisten Dinge noch hätte manuell steuern können, zertrümmert.

Überall zischte es, flogen kleine Funken umher, blitzten Kontrolllampen wild, aber ohne wirkliche Funktion auf.

Das alles war weitaus schlimmer, als Arisagi es befürchtet hatte und es dauerte eine Sekunden, bis er sich wieder gefangen hatte und seinen eingesunkenen

Körper mit einem tiefen Atemzug straffte. Zeitgleich verflog der Schmerz aus seinem Gesicht und zeigte wieder Entschlossenheit.
Mit schnellen Schritten bahnte er sich einen Weg zur rechten Wand. Dann verschaffte er sich einen kurzen Überblick über die Lage und musste feststellen, dass sie absolut katastrophal war. Beinahe alle Systeme waren überlastet, einige davon, speziell natürlich die am Boden des Schachtes, weit im kritischen Bereich.
Um jedoch eine Chance zu haben, die Anlage überhaupt noch retten zu können, musste er gerade diese Systeme kontrolliert herunterfahren. Ein einfaches Abschalten allein würde nicht ausreichen und die Überhitzung der Kühlsysteme niemals stoppen können. Doch dieser Bereich an den Schaltschränken war am schwersten getroffen worden und damit auch ein manueller Eingriff nicht mehr möglich. Um nicht sofort wieder in Verzweiflung zu geraten, konzentrierte sich Arisagi auf die Bereiche, die weniger schwer beschädigt waren. Nach einem kurzen Überblick machte er sich sofort an die Arbeit, betätigte einige Schalter, drückte Knöpfe und drehte an einigen Rädchen. Zwar nahm er hier nur auf weniger wichtige Systeme Einfluss – so schaltete er die Energiezufuhr für einige komplette Bereiche vollkommen aus, wie etwa die nicht gekühlten Lagerräume, den Bürotrakt und den Verpflegungstrakt - doch was sonst hätte er sonst tun sollen?
Plötzlich hielt er inne. In den Augenwinkeln hatte er eine kurze Bewegung wahrgenommen. Dort in der linken Ecke der Wand, hinter einem großen Trümmerteil des Kontrollpults.
War noch jemand hier? War er nicht allein? Doch wer könnte das sein? Und warum versteckte er sich dort?
Arisagi hatte diese Fragen kaum stumm formuliert, als ihm klar wurde, dass es nur eine Antwort darauf gab: *Möglicherweise hatten nicht alle Dämonen in der Eingangshalle den Tod gefunden!*

*

Als Bim die Brüstung wieder erreicht hatte, konnte er Cynthia im ersten Moment nicht erkennen, daher ging er davon aus, dass sie einen anderen Weg genommen hatte, was er allerdings nicht für sinnvoll hielt. Hier zu dieser Zeit allein zu sein, hieß den Tod zu provozieren.
Doch dann hörte er ein Geräusch rechts von sich und beim Blick dorthin, sah er Douglas Frau. Sie stand an der Brüstung und schaute in die Tiefe.
Bim war froh, sie zu sehen und trat neben sie. Dabei wurde seine Aufmerksamkeit jedoch sofort in den Schacht selbst gezogen, als er dort mehrere Dutzend merkwürdige Gebilde herabfallen sehen konnte, die wie Tropfen wirkten und deren Oberflächen feucht glänzten. Einige waren nur winzig, andere durchaus faustgroß.
„Was zum Geier ist denn das?" fragte er Cynthia, ohne sie anzusehen.

„Das…!" Sie drückte ihre Arme auf die Brüstung, atmete tief durch und deutete dann in die Tiefe. „…ist das Monstrum!" Sie drehte ihren Kopf und schaute den Hünen direkt an. „Zumindest Teile davon!"
„Aber…?" Bim war sichtlich verblüfft.
„Wir hatten gehofft, es wäre tot!" Jetzt lächelte Cynthia säuerlich und schüttelte den Kopf. „Aber das war ein Trugschluss!" Wie zur Bestätigung war ein erneutes, widerlich verzogenes, eher noch gequältes Brüllen oder besser Stöhnen aus den Qualmwolken am Boden des Schachtes zu hören. „Es lebt und es ist bereits wieder dabei, sich zu vervollständigen!"
„Es sucht seinen Herrn!"
Cynthia nickte und sah Bim wieder direkt an. „Wir müssen verhindern, dass es ihn findet!"
Bim nickte. „Ja, natürlich!" Doch man sah ihm an, dass er lieber gekotzt hätte.

*

Er agierte nicht, er reagierte nur. Und das ganz einfach nur deshalb, weil er gar nichts anderes tun konnte, selbst wenn er es gewollt hätte.
Seine Gegner waren schlicht viel zu stark, als das er es auf eine direkte Konfrontation hätte ankommen lassen können. Doch dieses Gefühl der Schwäche – nein, nicht Schwäche, denn das war es nicht, niemals, es handelte sich hier lediglich um das kurzzeitige Fehlen von Stärke – passte ihm überhaupt nicht und während Samael durch die engen Gänge des Labortraktes hastete, wurde er innerlich immer wütender, weil er nie gelernt hatte, mit derartigen Gefühlen umzugehen.
Immer wieder musste er Haken schlagen, weil er Bewegungen seiner Verfolger ausmachen konnte, die ihm noch immer viel zu dicht auf den Fersen waren und wieder konnte er es nicht verhindern, dass sie eine Attacke gegen ihn ausführen konnten. Ein Blitz zuckte durch die Luft und schlug nur wenige Zentimeter neben seinem Kopf ein, krachte brüllend gegen einen Stahlträger, wo er eine tiefe Delle hinterließ und abgelenkt wurde, sodass Samael nur mit einer ruckartigen und blitzschnellen Bewegung dem Querschläger entgehen konnte. Er verlor dadurch jedoch das Gleichgewicht und schlug hart zu Boden. Sofort wurde er zornig, spritzte zurück auf die Füße und wollte eine Gegenattacke starten, doch konnte er sich gerade noch im letzten Moment zurückhalten. Er durfte nicht kämpfen, das Risiko einer Niederlage war immerhin gegeben und damit viel zu groß. Jetzt da er im Besitz aller Tore war, galt ihrem Schutz höchste Priorität. Eine Chance wie diese würde ihm nicht noch einmal geboten werden. Er musste sie nutzen und sich in Sicherheit bringen, um sie dann aus einer gesicherten Position der Stärke heraus zu benutzen. Dafür aber musste es ihm gelingen, seine Verfolger abzuschütteln. Ein direkter Kampf gegen sie, so verlockend er auch sein mochte, ja selbst eine Gegenattacke und sei es nur zur Verteidigung, würde seinen Standort verraten und war somit nicht dazu angetan, sein Ziel zu erreichen.

Plötzlich nahm er eine weitere Bewegung aus der entgegengesetzten Richtung wahr. Sie war keine fünf Meter von ihm entfernt und kam auf ihn zu. Samael blickte sich hektisch um und schob sich dann nach hinten in einen Bereich, in dem genügend Schatten herrschte, um ihn vor den Augen seines Angreifers zu verbergen. Während er sich immer weiter zurückzog, konnte er Ice erkennen, der in den Gang hinein huschte, aus dem er sich gerade zurückgezogen hatte und offensichtlich überrascht war, ihn dort nicht mehr zu sehen.
Wieder zuckten Samaels Muskeln, um einen Angriff auszuführen, der durchaus erfolgversprechend sein würde, doch konnte er sich gerade noch beherrschen, sich stattdessen noch tiefer in den Schatten zurückziehen und unbemerkt vom Ort des Geschehens entfernen.
Zumindest vorerst.

*

Arisagis Herz hämmerte in seiner Brust, dennoch machte er zwei langsame, vorsichtige Schritte nach links, um besser in die Ecke sehen zu können, aus der die Geräusche kamen, die ihn so nervös machten. Dabei fasste er seine Uzi, die er in den Händen hielt, so fest, dass seine Fingerknöchel weiß wurden und brachte sie in den Anschlag. Er erwartete, eine dunkle Gestalt, einen dunklen Körper zu sehen, der ihn anstarrte und sofort attackierte. Arisagi liebte Waffen und er war ein begeisterter Sportschütze. Er hatte an vielen Treibjagden und auch schon an Großwildjagden teilgenommen. Der Nervenkitzel, den er verspürte, wenn er dem Tier direkt gegenüber stand – besonders dann, wenn klar war, dass sein Gegner auch *ihn* töten konnte – war beinahe mit nichts zu vergleichen. Das gleiche Kribbeln verspürte Arisagi auch jetzt und auch wenn ihm klar war, dass er sein Gegenüber eben nicht würde töten können, wünschte er sich fast, eine dämonische Kreatur dort in der Ecke zu erblicken.
Zu seiner Überraschung und auch Enttäuschung aber war dort Nichts und Niemand – außer...
Arisagi blickte ein wenig verdutzt, als er den Computerterminal sah, der augenscheinlich vollkommen intakt war und auf dessen Bildschirm das Emblem von Maintream Inc. vor sich hin waberte.
Arisagi senkte die Waffe, atmete aus und dann einmal tief durch, umrundete das Trümmerteil und stand schließlich direkt vor dem Gerät.
Für einen Augenblick verharrte er, dann legte er sich das Band, an dem die Waffe befestigt war, schnell um und drückte die Enter-Taste. Einen Moment später flammte der Bildschirm auf und forderte ein Passwort, welches der Japaner sofort eingab. Wieder eine Sekunde später erschien das Hauptbild des Steuerungs-Programms.
„*Subarashī!*" rief Arisagi zufrieden aus und setzte sich direkt vor das Terminal, um weitere Befehle einzutippen, die es ihm vielleicht doch ermöglichten, die Anlage unter Kontrolle zu bringen.

Der Schock über Christophers Aussage in Bezug auf die drei Tore saß bei Silvia, Francesca, Douglas und Alfredo noch tief, als sie die Brüstung auf der andere Seite des Schachtes wieder erreicht hatten.
Und dort wartete dann bereits der nächste Schlag auf sie, als auch sie erkennen mussten, dass das gewaltige Monstrum, welches Samaels irdische Hülle war, nicht wie erhofft tot am Grunde des Schachtes lag, sondern noch lebte und offensichtlich dabei war, seine Einzelteile zu sammeln, um danach sicherlich nichts Besseres zu tun, als sie sofort und mit aller Macht zu attackieren.
„Da!" rief Silvia mit einem Male und deutete über den Schacht hinweg auf die andere Seite, wo sie Cynthia und Bim entdeckt hatte.
Natürlich folgten alle sofort ihrer Hand.
„Cynthia!" Douglas Stimme klang augenblicklich nervös und besorgt.
Christopher stieß einen schrillen Pfiff aus, der laut genug war, dass ihn die beiden auf der anderen Seite auch hören konnten. Sie reagierten prompt, hatten sie nur eine Sekunde später erkannt und winkten zu ihnen herüber.
„Wir müssen zu ihnen!" rief Douglas und er tat sich schwer, nicht sofort loszurennen.
Francesco nickte. „Ich mach das!" Er stieg auf die Brüstung und streckte seine Arme aus. Die anderen folgten ihm.

*

Allmählich hatte er das Gefühl, er könne seinen Verfolgern doch noch entkommen. Er hatte sich Wege gesucht, die entweder tief im Schatten lagen oder gegen Blicke gut geschützt waren und war jetzt in der Situation, dass er schon seit fast einer Minute keinerlei Bewegung in seiner Nähe mehr hatte registrieren müssen. Das stimmte ihn optimistisch.
Samael bog um eine weitere Ecke. Der Gang, der vor ihm lag, war breit und ziemlich gut ausgeleuchtet. Normalerweise hätte er ihn gemieden, doch endete er an der Treppe, die ihn weiter in die Tiefe führen würde, immer näher zu seiner Hülle am Boden des Schachtes. Aus einem oberschenkeldicken, gewundenen Rohr wurde beständig dichter Dampf über den Boden geblasen, der aufstieg und die Sicht deutlich minderte. Das kam ihm natürlich zupass.
Dennoch drückte er sich zunächst in eine dunkle Nische und beobachtete den Weg, der vor ihm lag.
Ein paar Augenblicke später war er sicher, dass die Luft rein war, doch gerade als er sich von der Wand hinter ihm lösen wollte, spürte er eine schnell aufkommende Kälte, die sich wie ein Tuch um seinen Körper legte. Gleichzeitig schien es, als würde ihn der Qualm, der beständig über den Boden waberte, einhüllen wollen.
Doch Samael wusste es besser, denn er konnte deutlich die menschliche Präsenz spüren, die er erst vor wenigen Minuten schon einmal erlebt hatte. Das war Shadow, die das für einen Menschen eigentlich vollkommen unmögliche

Kunststück fertigbrachte und ihren Körper in einen dunklen Nebel verwandeln und sich auf diese Weise – wie gerade jetzt auch – unbemerkt heranschleichen konnte.

Samael konnte die Berührungspunkte auf seinem Körper spüren, auch weil dort kleine statische Entladungen stattfanden und auch den Zug, der ihn aus dem Schatten ins Licht zerren sollte.

Im ersten Moment gelang das auch, weil er einfach zu überrascht war, doch dann stemmte er sich dagegen und drückte Energie in Form von Hitze aus seinem Körper, sodass die Konturen von Shadows Kopf, Schultern und Armen zu sehen waren. Gleichzeitig begann die junge Frau zu schreien, weil sie irrsinnige Schmerzen verspürte. Doch loslassen kam für sie offensichtlich nicht in Frage. Mit aller Macht versuchte sie, den Dämon ins Licht zu zerren und als sie merkte, dass ihr das doch nicht gelingen wollte, brüllte sie lauthals ihren Standort heraus, dass ihre Freunde sie schnell finden und ihr helfen konnten. Damit war Samael klar, dass er schnell handeln musste und er verstärkte seinen Energiestoß nach außen. Augenblicklich erstrahlte die Hitze wie glühende Lava und erste Flammen zeigten sich auf Shadows schemenhaften Umrissen. Ihre Schreie wurden lauter und noch schmerzhafter, klangen furchtbar durch die Gänge bis sie schließlich all ihre Kräfte aufgebraucht hatte. Ruckartig riss sie sich von Samael los und materialisierte ihren Körper im selben Moment, während ihre Schreie abrupt verstummten. Shadow taumelte zurück und schlug zu Boden.

Samael reagierte pfeilschnell, machte drei Schritte auf sie zu und wollte sie packen, als ein Blitz den Gang erhellte und in seinen rechten Oberarm einschlug, ihn auf der Stelle herumwirbelte, einige Meter weit durch die Luft schleuderte und er irrsinnig hart gegen einen Stahlträger krachte. Schlagartig verlor er die Luft aus den Lungen, Speichel wurde aus seinem offenen Mund gerissen, er stöhnte schmerzhaft auf, dann sackte er zu Boden, fiel vornüber und konnte gerade noch seine Arme zum Abstützen nach vorn reißen, bevor er hart mit dem Kopf auf den Boden geschlagen wäre.

Dennoch war er für einen längeren Moment außer Gefecht gesetzt.

Das aber reichte seinen Verfolgern, um ihn massiv unter Druck zu setzen. Quasi aus allen Himmelsrichtungen rannten sie jetzt gleichzeitig auf ihn zu und attackierten ihn mit allem, was ihnen zur Verfügung stand. Eric kam direkt von vorn und ließ wuchtige Blitze in seine Richtung zucken, Ice kam von rechts und Samael spürte eisige Kälte, die ihn sofort wieder lähmte. Schließlich war da noch Steel, der von schräg links vorn kam und dessen Arme sich wieder in Tentakel verwandelten und gegen Samaels Körper klatschten. Der Dämon wusste nicht wirklich, wo und wie er sich zuerst und zuletzt dagegen erwehren sollte. Nur mit äußerster Mühe gelang es ihm, aufzustehen, seine ganze Energie zu sammeln und eine Art Schutzschild daraus zu formen, der jedoch beständig massiv durchgeschüttelt wurde und jeden Moment zusammenbrechen konnte. Da fiel sein Blick nochmals auf Shadow, die Mühe hatte, sich wieder zu erholen. Wenn es ihm gelingen konnte, sie als zusätzliche Barriere vor seinen Körper zu bringen, dann würden die Angriffe der anderen sicherlich nachlassen.

Ohne weiter zu überlegen machte er ein paar schnelle Schritte nach vorn, doch gerade als er sich herabbeugen wollte, schoss von der rechten Seite ein dunkler Körper heran, krachte mit unbändiger Wucht gegen seine Körperseite und riss ihn aus dem Stand heraus in die entgegengesetzte Richtung.
Samael flog gute fünf Meter durch die Luft, den Körper – er erkannte, dass es eine Stahlkugel war, fühlte jedoch auch hier erneut die menschliche Präsenz, die er ebenfalls schon einmal gespürt hatte – direkt neben sich und gemeinsam donnerten sie in die Aufbauten einer weiteren Maschine unbestimmter Funktion, die jedoch aus einer Vielzahl von Rohren und einem mannshohen Kontrollpult bestand. Beim Aufprall wurden etliche Rohre auseinander gerissen und das Kontrollpult vollkommen zerfetzt. Während ihr Flug damit abrupt endete und beide Körper zu Boden krachten, wurde innerhalb der Maschine offensichtlich ein Kurzschluss ausgelöst, der zu erheblichen Funkenflug führte, der wiederrum die Gase, die durch die Rohre strömten, augenblicklich ruckartig entzündeten und eine Explosion verursachten. Samael spürte die Hitze der Flammen und die Druckwelle, die ihn jedoch nicht seitlich davon schleuderte, sondern nach unten gerichtet war, wo sie den Boden unter seinen Füßen zerfetzte und er ein Stockwerk tiefer fiel.
Rose, die im Moment der Explosion wieder materialisierte, erwischte die Druckwelle mehr seitlich und schleuderte sie einige Meter zurück. Als sie zu Boden schlug, waren Ice, Steel und Eric bereits bei ihr und während sich Steel um sie kümmerte, rannten die anderen beiden weiter zu dem Loch im Boden, immer bereit sofort zu agieren. Als sie jedoch hinab schauten, konnten sie Samael nicht entdecken. Im ersten Moment waren sie daher geschockt, doch dann konnten sie einen Schatten sehen, der sich schnell entfernte und da wussten sie, dass ihr Gegner noch immer in der Nähe war und sie einfach nur weiter dran bleiben mussten.
Im nächsten Moment schon sprangen sie durch das Loch hinab und nahmen die Verfolgung wieder auf.

*

Arisagis Finger flogen über die Tastatur, während auf dem Bildschirm im Sekundentakt unterschiedliche Fenster aufrissen und wieder geschlossen wurden.
Für einen Außenstehenden wirkte das alles eher wie Chaos, doch Arisagi wurde zusehends immer zufriedener. Über das Terminal, das eigentlich nur zur Überwachung diverser untergeordneter Logistik-Programme diente, hatte er eine Verbindung zum Hauptrechner herstellen können, musste dort jedoch feststellen, dass einiges beschädigt worden war, sodass er immer wieder Umwege nehmen musste, um sich in die erforderlichen Programme einzuloggen und entsprechende Befehle einzugeben, damit die Anlage kontrolliert herunterfahren konnte. Anfangs bereitete ihm das große Schwierigkeiten, doch mittlerweile bekam er fast Routine darin und ein Programm nach dem anderen schwebte in den Ruhezustand.

Nach und nach gelang es ihm sogar, auf die lebenswichtigen Programme zuzugreifen und auch dort entsprechende Befehle einzugeben, um ihren Shutdown vernünftig und unkritisch herbeizuführen.
Immer wieder blickte er dabei zur Kontrolle auf die Schaltschränke neben sich, um sich zu vergewissern, dass die Anlage auch tatsächlich in Teilbereichen herunterfuhr.
Dann nickte er zufrieden und machte sich umso zuversichtlicher an die nächsten Aufgaben.
Schließlich hatte er alle Programme bearbeitet und war erleichtert, dass am Ende doch kein wesentliches Programm beschädigt war und sogar ein wenig stolz auf sich, dass es ihm gelungen war, die Anlage in Rekordzeit herunterzufahren. Die sich stetig normalisierenden Anzeigen auf den Schaltschränken bestätigten seine Gedanken, allerdings würde es noch mindestens zehn Minuten dauern, bis kein echtes Risiko mehr bestand. Im Moment war die Anlage zwar auf dem richtigen Weg, aber eben noch lange nicht auf der Zielgeraden.
Arisagi wählte den Eingangsbildschirm des Kontrollprogramms an und war zufrieden, als er überall nur grüne Hacken sehen konnte.
Überall – nur bei einem Programm, ganz in der äußersten rechten Ecke des Bildschirms nicht. Arisagis Blick verdunkelte sich, als er mit dem Cursor darauf klickte. Sofort öffnete sich ein größeres Fenster, das die dreidimensionalen Abbilder von etwa einem Dutzend Turbinen zeigte. Es waren die Turbinen, die am Boden des Schachtes die Kühlflüssigkeit in das Rohrsystem dort pumpten, um eine Überhitzung des Systems zu verhindern. Beim Aufprall des Monsters und der anschließenden Explosion waren große Teile davon zerstört worden. Das hatte Arisagi jedoch bereits erkannt und dafür gesorgt, dass die defekten Leitungen verschlossen und die Kühlflüssigkeit umgeleitet wurde. Auf diese Weise konnte er zwar nicht mehr für eine normale Kühlung sorgen, doch sie reichte aus, um das System immer noch herunter zu kühlen und der Kreislauf war geschlossen, sodass steter Tropfen am Ende den Stein höhlen, sprich also die stete Zufuhr von Kühlflüssigkeit, auch wenn nicht in normaler Menge, die überhitzten Bereiche bald dauerhaft abkühlen sollte.
Aus diesem Grunde waren fünf der zwölf Turbinen ohne Funktion, weil dort der Kreislauf beschädigt gewesen war und Arisagi die Kühlflüssigkeit auf die intakten Turbinen umgeleitet hatte. Das alles sah auch vollkommen normal aus, wenn da nicht am unteren Ende von Turbine Nummer 7 ein roter Punkt aufgeleuchtet hätte. Arisagi klickte auf diesen Bereich und vergrößerte den Ausschnitt.
Er erkannte das Drama sofort und eine widerliche Hitzewelle schoss in sein Gesicht. Ein Rückstoßventil in der Hauptzuleitung war gebrochen und so wie es aussah, wurde jetzt keine Kühlflüssigkeit mehr in das System hineingedrückt, sondern förmlich und erschreckend schnell dort herausgesaugt.
„Fakku!" stieß Arisagi gestresst hervor, denn ihm war klar, dass er kaum Zeit haben würde, das drohende Unheil noch abzuwenden, zumal er nicht die leiseste Ahnung hatte, wie er das anstellen sollte.

*

Echte Panik befiel ihn und weil ihm dieses Gefühl so absolut fremd war, spürte er gleichzeitig eine rasende Wut in sich aufkommen, in der er die schwache und mittlerweile arg mitgenommene menschliche Hülle verfluchte und sich nur schwer beherrschen konnte, sie nicht einfach abzustreifen und seinen Verfolgern in seiner wahren Gestalt gegenüber zu treten.
Die Verlockung war groß, zumal die Wahrscheinlichkeit, dass er mit seinen körperlichen Handicaps, die ihm die Explosion eingebracht hatte – er spürte seinen rechten Arm nicht mehr und sein linkes Bein knickte zeitweise ein, außerdem verschwamm die Sicht vor seinen Augen immer wieder auf beunruhigende Weise – seine Widersacher nicht mehr lange würde auf Distanz halten können.
Eigentlich stellte sich von daher die Frage, ob er seine menschliche Hülle verlassen sollte oder nicht, gar nicht wirklich, da er dem Kampf ohnehin nicht mehr würde ausweichen können. Seine wahre Gestalt würde ihm große Macht und Kraft verleihen, doch war er sich erneut nicht sicher, ob er es gegen zwei Engel und mindestens vier Menschen mit absolut besonderen und gefährlichen Fähigkeiten, würde aufnehmen können. Wenn er erfolgreich war, dann wären all seine Probleme gelöst. Am Ende würde er vielleicht sogar in die Hülle eines der besonderen Menschen schlüpfen und eine neuartige Erfahrung dabei machen können.
Wenn er aber scheitern sollte, dann stand seine gesamte Existenz auf dem Spiel.
Wenn er doch nur die Möglichkeit hätte, sich einen Ausweg zu verschaffen? Eine Hintertür für den Fall, dass eine Niederlage drohte!
Unvermittelt blieb er stehen. *Aber natürlich*, schoss es ihm in den Kopf, denn plötzlich wurde ihm bewusst, dass er genau eine solche Möglichkeit bei sich trug.

*

Francesco bremste ihren Flug rechtzeitig ab und sie alle landeten sauber und problemlos hinter der Brüstung, wo Cynthia und Bim sie bereits erwarteten.
Cynthia lief sofort zu Douglas und umarmte ihn kurz, aber fest. Ihr Mann war zunächst etwas verblüfft über ihre Geste, da er sich über einen kernigen Spruch oder gar eine Rüge nicht gewundert hätte, doch als sie sich wieder von ihm trennte, konnte er die gleiche Sorge in ihren Augen sehen, die auch er sich gemacht hatte, sodass er schwieg und ihr nur mit einem Lächeln zunickte.
„Seid ihr okay?" fragte Bim und schaute Christopher und Francesco mit großen Augen an.
„Alles bestens!" erwiderte Christopher. „Wo sind die anderen?"
Bim deutete in den hinteren Bereich des Labortraktes. „Sie jagen Samael!"
„Ihr wisst, dass er es ist?" Francesco war überrascht.
„Das war wohl nicht mehr schwer zu erraten!" meinte Cynthia.

„Was machen wir jetzt?" fragte Alfredo und schaute in die Runde
„Ihnen helfen!" erwiderte der Alte sofort mit fester Stimme.
„Aber das Monstrum?" gab Silvia zu bedenken.
Ihr Großvater sah sie mit ernster Miene an. „Samael hat alle Tore. Wenn es ihm gelingt, sie zu benutzen, ist alles vorbei. Diese Gefahr ist viel zu groß. Ich muss zu den anderen. Wir müssen ihn aufhalten, so schnell es geht!" Er hoffte, seine Enkelin würde das verstehen und war froh, als er diese Erkenntnis bei ihr sah.
„Dann tun sie, was sie tun müssen!" Christopher trat zu ihnen. „Wir kümmern uns um das Monster!" Er schaute in die Runde und hoffte auf Zustimmung.
Er bekam sie – überraschenderweise – von Douglas. „Chris hat Recht!" Er nickte. „Wir dürfen es nicht außer Acht lassen. Wenn es erst einmal wieder vollständig ist, wird es seinem Herrn zur Hilfe eilen. Dann habt ihr zwei Gegner!" Er sah Francesco an und nickte nochmals. „Wir werden versuchen, das zu verhindern!"
Christopher musste kurz lächeln. „Okay! Wer kommt mit?" Er sah zuerst Francesca an.
Die Alte wusste genau, warum. Sie atmete tief ein, straffte ihren Körper und sagte mit fester Stimme. „Ich gehe mit Francesco!"
„Nein!" Ihr Mann wirbelte zu ihr herum und in seinen Augen stand beinahe Entsetzen. „Ich werde dich nicht schützen können! Du kannst nicht mitkommen!" Er suchte ihre Augen. „Bitte!?" Das war fast ein Flehen.
„Ich will an deiner Seite sein!" Sie hielt seinem Blick stand. „Und nur da!"
Doch der Alte wurde eher noch verzweifelter. „Aber…ich liebe dich!"
„Dito!" erwiderte die Alte. „Und deshalb werde ich mit dir gehen!"
„Ich könnte es nicht ertragen, dich…!"
„Das wirst du nicht!" Francesca trat zu ihm und küsste ihm auf die Wange. Dann suchte sie wieder seinen Blick. „Nicht wirklich!" Sie lächelte. „Niemals!" Sie strich ihm über die Wange, dann nahm sie seinen Arm. „Und jetzt los!" Sie drehte sich zurück zu den anderen und nickte ihnen zu.
„Noch Jemand?" fragte Christopher, doch niemand meldete sich.
Francesco schaute seinen Sohn Alfredo dankbar, aber auch mit einem wehmütigen Blick an. Die Chancen, dass sie sich niemals wiedersehen würden, standen sehr gut.
„Heaven!" rief plötzlich Bim.
„Heaven?" Christopher sah ihn überrascht an und blickte sich dann um, doch er konnte die junge Frau nirgends erkennen.
Der Hüne nickte nur und ging mit schnellen Schritten den Gang entlang.

*

Während Samael hastig durch die Gänge humpelte, fischte er eine der beiden Pyramiden aus seiner Jackentasche. Es war das Tor zur Hölle.
Da er nicht genau wusste, wie es zu aktivieren war, umschloss er es einfach mit seinen Händen und ließ Energie hindurch strömen, bis der uralte Mechanismus

von selbst startete und die Steinspitze heraussprang, mit der man die Pyramide in die Erde rammen konnte.
Samael war klar, dass er dazu keine Gelegenheit haben würde, doch konnte er seine ihm innewohnende Macht dazu nutzen, diese Spitze ein wenig zu manipulieren.
Plötzlich krachte nur einen Meter neben ihm ein weiterer Blitz ein und als er erschrocken aufsah, konnte er Eric erkennen, der ihn hasserfüllt anstarrte und bereits zur nächsten Attacke ausholte.
Samael duckte sich und rannte weiter. Er hatte wahrlich nicht mehr viel Zeit.
Im Laufen umfasste er die Steinspitze ganz fest und ließ Energie in sie hineinströmen, bis sie zu glühen begann.
Im nächsten Moment hatte er einen Platz erreicht, von dem aus er die Brüstung am Rande des Schachtes erkennen konnte. Er stoppte ab, umschloss die Pyramide selbst wieder fester und konzentrierte sich auf die Energieströme in ihrem Inneren, um sie so zu beeinflussen, dass die Aktivierung gestartet wurde.

*

Sie rannten dem Geschehen bisher einfach nur hinterher, dessen waren sich die beiden Brüder durchaus bewusst, doch lief der Kampf zwischen ihren Freunden und Samael in einem derart atemberaubenden Tempo ab, dass sie gar nichts anderes tun konnten, als erst einmal zu versuchen, aufzuschließen.
Plötzlich hielt Horror abrupt inne.
Terror bemerkte erst, als er an ihm vorbeirannte, dass sein Bruder abgestoppt hatte und mit starrem Blick über das Geländer auf der linken Seite hinweg nach unten schaute.
Horror folgte seinem Blick und war zunächst sichtlich erstaunt, welch großer Freiraum sich dort neben ihnen abzeichnete. Er war sicherlich Zehn mal Zehn Meter groß und etliche Stockwerke – er schätzte vielleicht zwanzig – hoch. Sie selbst befanden sich etwa elf Stockwerke über dem Boden, in dessen Mitte eine Art überdimensional große Zigarre aus glänzendem Metall senkrecht in die Höhe ragte. An ihrem offenen und sich leicht verjüngendem Ende ragten mehrere unterschiedlich dicke Stahlstäbe heraus und man konnte ein gutes Stück in das Innere blicken, aber außer einer spiralförmig aufgerauten Innenwand nur gähnende Leere sehen.
Über ihnen, quasi unter dem Dach dieses großen Freiraums hing eine gewaltige, halbkreisförmige, gläserne Kuppel.
Welche Funktion diese Apparatur letztlich besaß, konnte Terror nicht sagen. Für seinen Bruder schien das auch überhaupt nicht wichtig zu sein, denn er fixierte nicht die Zigarre, sondern etwas anderes. Und als auch Terror es vier Stockwerke unter ihnen auf der gegenüberliegenden Seite entdeckte und erkannte, dass es Razor war, sog er hörbar die Luft ein.
Das aber brachte ihm sofort ein böses Raunen seines Bruders ein und er mahnte ihn mit tiefernstem Blick, ruhig zu sein – während er seinen Granatwerfer schulterte und ihren alten Freund anvisierte.

Terror hatte ein sehr ungutes Gefühl, als er das sah, denn es fiel ihm wirklich schwer, in der Gestalt dort unten nicht Razor, sondern Samael zu sehen. Deshalb blieb er untätig und verfolgte nur mit klopfendem Herzen, was der Dämon tat.
Offensichtlich hatte der sie noch nicht bemerkt und er schien selbst sehr nervös, aber dennoch in irgendetwas vertieft zu sein. Plötzlich erkannte er eine Pyramide in der Hand des Dämons, dazu den glühenden Stahlstab, dessen Funktion er nicht kannte. Außerdem glaubte er, dass die Pyramide selbst ebenfalls leicht matt leuchtete. Wieder sog er scharf die Luft ein.
„Sei still!" zischte Horror, jedoch ohne seinen Blick vom Sucher zu nehmen, in dem er sein Opfer offensichtlich schon fixiert hatte.

*

An der Stelle, an der Bim seine Freundin zurückgelassen hatte, konnte er sie nicht mehr finden. Als er realisierte, dass Heaven nicht mehr da war, war er im ersten Moment erschrocken, doch dann war ihm klar, dass er blauäugig und dämlich gewesen war. Heaven hasste Stillstand und hätte niemals dort untätig verharrt. „Scheiße!" stieß er säuerlich hervor.
„Was?" Das war Christopher, der ihm zusammen mit Silvia und den anderen gefolgt war.
„Sie ist weg!"
Christophers Blick verdunkelte sich augenblicklich, er schürzte die Lippen und presste sie dann fest zusammen. Schließlich sagte er. „Sie hat ihre Wahl getroffen! Wir unsere!" Er blickte in die Runde und bekam keine Widerworte.

*

„Was hast du vor?" *Was für eine blöde Frage.*
„Was glaubst du denn?" raunte sein Bruder dann auch sofort. „Ein Blumengruß wird das bestimmt nicht!"
„Aber...!" Wieder war Terror zwiegespalten zwischen dem, was er sah und dem, was er wusste.
Horror reagierte nicht auf ihn. Stattdessen stöhnte er leise, als würde er gerade schwere körperliche Arbeit verrichten. „Ja, noch ein kleines Stück...bitte!"
Terror erkannte, dass sein Bruder noch kein wirklich gutes Schussfeld hatte, weil Razor...nein, Samael noch etwa zwei Meter von dem Geländer dort entfernt war. Plötzlich blitzte es dicht neben dem Dämon auf. Samael duckte sich, während Funken flogen. Terrors Augen zuckten nach rechts und konnten dort Eric sehen, der gerade einen Angriff auf den Dämon abgesetzt hatte und jetzt weiter auf ihn zustürmte, aber durchaus noch zwanzig Meter von ihm entfernt war. Als Terror den Blick wieder wechselte, konnte er sehen, dass Samael jetzt direkt am Geländer stand.

*

„Also los jetzt!" sagte Christopher.
Douglas, Cynthia und er wandten sich wieder ab. Silvia und Alfredo verabschiedeten sich kurz von den beiden Alten. Bim starrte noch einen Moment auf die Stelle, an der er Heaven zurückgelassen hatte, dann drehte auch er sich herum.

*

„Ja, genau so...!" Horrors Stimme war nur ein Flüstern und es klang beinahe obszön gelassen.
Dann drückte er ab.
In dem Augenblick, in dem sich die Granate aus dem kurzen Schacht löste, riss Samael seine rechte Hand in die Höhe und warf die Pyramide mit großer Wucht in Richtung Schachtinneres. Er blickte ihr hinterher, dann bemerkte er das Geschoss, das auf ihn zusteuerte.

*

„Viel Glück!" rief Francesco und nahm Francescas Hand.
Christopher sah, wie sie sich umwandten und rief zurück. „Euch auch!"
Zumindest wollte er das, doch mehr als ein „Euch au...!" brachte er nicht mehr zustande.

*

Es war reiner Reflex, der seinen Körper zur Seite riss, doch die Auswirkungen dieser kleinen Bewegung waren absolut fatal.
Obwohl wirklich gut gezielt, hatte Terror mit einer Reaktion seines Ziels nicht gerechnet. Als würden die Sekundenbruchteile wie in Zeitlupe ablaufen, konnten die beiden Brüder sehen, wie der Dämon in Gestalt Razors seine Augen weit aufriss, in dem Moment, da er die Granate auf sich zu rauschen sah, doch fast im gleichen Moment seinen Körper blitzschnell herumwirbelte und so einem direkten Aufprall entgehen konnte. Wenngleich sie weniger als einen halben Meter an ihm vorbeizischte, blieb er doch davon verschont.
Zumindest für einen Sekundenbruchteil.
Die Granate flog weiter, erreichte den Boden der Etage und traf dort auf ein kleines Loch in den Gitterrosten, durch das sie gerade so hindurch passte, ohne Kontakt zu haben. Dadurch erreichte sie das nächst tiefere Stockwerk und einen stählernen, chromblitzenden fünftausend Liter Tank mit der grell orangefarbenen Aufschrift *Hochexplosiv* darauf.
Der Rest war reine Formsache.

Die Explosion erschütterte einen großen Bereich rund um die Einschlagstelle und breitete sich in alle Richtungen gleichermaßen aus. Innerhalb eines

Wimpernschlags waren ein halbes Dutzend Stockwerke über dem Tank vollkommen zerstört, der Tank selber – oder besser, das, was von ihm noch übrig geblieben war - wurde aus der Verankerung gerissen und krachte zwei Etagen in die Tiefe. Eric, aber auch Ice, Steel, Shadow und Rose wurden von den Füßen gerissen und durch die Luft geschleudert. Selbst Horror und Terror mussten sich ducken, um nicht von der heißen Flammenfaust erfasst zu werden. Der gesamte Laborbereich ächzte und stöhnte erbärmlich und äußerst bedrohlich.

Samael wurde von der Druckwelle natürlich als Erster mitgerissen und während er in die Flammenfaust eintauchte schräg nach oben in den Freiraum über der Zigarre getrieben. Das verhinderte, dass seine menschliche Hülle komplett zerstört wurde. Sieben Stockwerke rauschte er empor, bis die Kraft der Explosion nachließ und er auf der anderen Seite des Freiraums wieder in die Aufbauten krachte, sich dabei wüst überschlug und zunächst in den Trümmern verschwand.

Ein weiterer Teil der Druckwelle breitete sich nach oben in Richtung Schacht aus, zerfetzte dabei Stahlträger und weitere Konstruktionen, erfasste dann die Gruppe um Christopher und Francesco und schleuderte sie alle aus dem Stand heraus nach hinten in den Schacht hinein, wo sie wild schreiend in die Tiefe stürzten.

Flugbahnen

Die gewaltige Explosion wirkte selbst hier oben noch bedrohlich und Heaven spürte die Erschütterung des Bodens deutlich in ihren Beinen.
Sie hatte gerade einen langen schmalen Gang hinter sich gebracht, als sie an der vor ihr befindlichen Brüstung innehielt und in die Tiefe starrte.
Innerhalb eines Augenblicks war sie zunächst fasziniert von dem großen Freiraum, der sich vor ihr auftat, speziell von der gewaltigen, funkelnden Glaskuppel, die an der Decke nur drei Stockwerke über ihr befestigt war, dann entsetzt über die irrsinnig wuchtige Explosion am Fuße des Freiraums, wo sie kurz die zigarrenförmige Apparatur erkennen konnte, die senkrecht in die Höhe ragte.
Die gesamte Laborkonstruktion erzitterte erbärmlich und sie musste sich an der Brüstung festkrallen. Eine riesige Flammenfaust rauschte von der anderen Seite des Freiraums schräg in die Höhe bis fast hinauf zu ihrem Stockwerk. Dabei hatte sie Glück, dass sie am anderen Ende ihrer Seite stand und nicht direkt davon betroffen wurde, wenngleich sie die extreme Hitze für einen Augenblick doch spüren konnte.
So schnell wie die Flammenfaust heran rauschte, zuckte sie auch wieder zurück in die Tiefe, doch als ihr gespenstisches Fauchen leiser wurde, hörte sie stattdessen ein anderes Geräusch.
Heavens Augen zuckten umher und in dem Moment, da sie den dunklen, qualmenden Körper aus der Flammenfaust hinaus durch die Luft in die andere Ecke ihrer Seite rauschen sah, erkannte sie, dass es ein Schrei war, den sie hörte. Nur für einen Sekundenbruchteil sah sie den Körper, dann verschwand er in den Aufbauten, wo er mit großem Getöse einschlug und der Schrei abrupt verstummte. Obwohl Heaven den Körper nicht genau betrachten konnte, war sie sofort mehr als sicher, dass es Razor gewesen war, ein Gefühl tief in ihrem Inneren ließ keinen anderen Schluss zu.
Und damit war klar, dass ihre Sorge, dem Kampf trotz aller Bemühungen nicht näher zu kommen, unbegründet war, denn jetzt war sie Samael so nah, wie niemand sonst von ihren Freunden.

*

Die Pyramide war in einem sanften Bogen über die Brüstung in den Schacht hinein gesegelt und viel zu klein und unscheinbar, als das sie irgendjemand in dem aufkommenden Chaos bemerkt hätte.
Als die Schwerkraft sie letztlich erfasste, gewann sie überraschend schneller an Geschwindigkeit, als das bei einem Objekt ihrer Größe normal gewesen und durch die Schwerkraft allein verursacht worden wäre und der glühende Steinstab

an ihrer Spitze wandte sich direkt nach unten. Mit ihm voraus rauschte sie in die Tiefe.

*

Eric schlug irrsinnig hart auf dem Boden auf und rutschte dann krachend gegen einen Treppenaufgang, doch kaum, dass die Bewegungsenergie seines Körpers erstarb, sprang er schon zurück auf seine Beine. Sein schweißnasses, verdrecktes Gesicht zeigte einige Blutflecken und seine Kleidung war übel geschunden, doch war er offensichtlich noch im Vollbesitz seiner Kräfte.
Mit hektischem Blick versuchte er die Situation und das Chaos vor ihm zu erfassen. Irgendwo in der Nähe Samaels hatte es eine wuchtige Explosion gegeben. Dort, wo der Dämon noch vor wenigen Augenblicken gestanden hatte, war nur noch ein gähnendes Loch aus Feuer und zerfetztem Stahl. Vor seinem inneren Auge sah der Engel, wie die Druckwelle, die jetzt schon wieder zurück zuckte, die Flammenfaust nach schräg oben getrieben hatte. Da sich Samael noch in einer menschlichen Hülle befand, konnte er sich dieser gewaltigen und ruppigen Kraft eigentlich nicht widersetzt haben. Damit war ungefähr klar, wo er sich in diesem Moment befand und auch, was Eric jetzt zu tun hatte.
Sofort nahm der Engel Geschwindigkeit auf, doch schon nach wenigen Schritten sah er nur ein paar Meter weiter zwei Gestalten, die sich hustend und stöhnend am Boden wanden. Es waren Steel und Rose. Eric zögerte nicht, rannte zu ihnen und kümmerte sich um sie. Beide waren ziemlich hart aufgeschlagen und daher noch etwas verwirrt und wackelig auf den Beinen, aber nicht nennenswert verletzt. Eric erhob sich daher wieder und wollte weiterrennen, wohlwissend, dass sie Samael keine Luft zum Durchatmen geben durften. Bevor er sich jedoch in Bewegung setzen konnte, kam Ice von der rechten Seite auf sie. Der Glatzkopf sah ziemlich zerrupft aus und humpelte auf dem linken Bein.
Eric machte einen Schritt auf ihn zu, doch Ice wehrte sofort ab. „Danke, es geht schon!" Dabei straffte er sich mit einem tiefen Atemzug. „Wo ist er?" fragte er mit finsterer Miene.
„Die Explosion war ziemlich direkt unter ihm!" erwiderte Eric. „Die Druckwelle wird ihn nach oben geschleudert haben!"
Ice nickte und blickte in die angegebene Richtung.
„Wo ist Shadow?" fragte Rose, als sie gerade wieder auf die Beine kam.
Im gleichen Moment materialisierte schwarzer Nebel einige Meter weiter und ihre Freundin kam zum Vorschein. „Ich bin hier!" stöhnte sie und musste sich an einer Stahlstrebe festhalten, um nicht auf die Knie zu fallen. Ihre Augenlider flackerten und auch sie sah furchtbar mitgenommen aus.
Eric und Rose stürzten zu ihr. Der Engel konnte sie gerade noch abfangen, bevor sie doch den Halt verloren hätte. Er sorgte dafür, dass sie sich hinsetzen konnte, dabei untersuchte er ihren Körper, konnte aber keine inneren oder schwere äußere Verletzungen wahrnehmen. Wahrscheinlich hatte sie die Druckwelle einfach nur härter erwischt als die anderen. Es war eigentlich überhaupt ein Wunder, dass alle so glimpflich davongekommen waren. „Du

brauchst nur Ruhe!" sagte er mit einem aufmunternden Lächeln zu ihr. Dann erhob er sich und schaute die anderen an. „Ihr kommt klar?"
„Was hast du vor?" fragte Steel.
Der Engel sah ihn ausdruckslos an. „Was wohl?"
„Wir kommen mit!" rief Shadow und zog sich an Rose in die Höhe. Als Eric sie missbilligend ansah, fügte sie abwehrend hinzu. „Spar es dir!"
Dabei zeigte sich in ihrem Gesicht große Entschlossenheit, der Eric nichts zu entgegnen wusste und deshalb nur nickte. „Dann los!" Er lief mit ihnen zur Brüstung und als alle ihn angefasst hatten, sprang er ab.

*

In den ersten Augenblicken war niemand von ihnen fähig zu einer anderen Reaktion, als der, zu schreien. Obwohl sie erkannten, dass sie von einer ungeheuren Explosionsdruckwelle von den Füßen gerissen und in den Schacht hinein geschleudert wurden, waren sie viel zu geschockt davon, als das sie hätten dagegen steuern können.
Erst, als die Schwerkraft ihren Flug nach unten senkte, konnten sie ihr Entsetzen überwinden und wieder klar denken. Und ihre Reaktionen waren absolut vorbildlich.
Francesco griff sofort die Hand seiner Frau und da er als Engel in der Lage war zu fliegen, konnte er ihren Fall abbremsen. Seine Sorge um die anderen erwies sich sogleich als unbegründet, denn Christopher und Silvia, Douglas und Cynthia, sowie Bim besaßen jeweils einen Puck, den sie geistesgegenwärtig aktiviert hatten und er ihren Sturz somit ebenfalls deutlich abbremsen konnte.
Doch nur abbremsen, nicht stoppen, wie in Francescos Fall, sodass sie bereits dabei waren auf den Rand des Schachtes zuzusteuern.
Natürlich waren ihre Blicke dabei in die Höhe gerichtet, wo sie erhofften, Aufschluss über den Grund der Explosion zu bekommen.
Doch wurde ihre Aufmerksamkeit schon nach wenigen Augenblicken von etwas ganz anderem gefangen genommen: Der Pyramide mit ihrem glühenden Steinstab, die ihren Weg in die Tiefe nahm.
Für einige Sekunden starrten sie wie gebannt auf den Gegenstand, bis scheinbar allen im selben Moment klar wurde, was sie dort vor sich hatten.
Urplötzlich ertönte aus dem wabernden Nebel am Boden des Schachtes, von dem sie erst jetzt mit deutlichem Schrecken erkannten, dass er keine fünfzig Meter mehr unter ihnen lag, das gequälte Brüllen eines Monsters.
Augenblicklich nahmen alle Kurs auf die Pyramide, um zu verhindern, dass sie in den Nebel stürzte. Dabei legten sie weitere dreißig Höhenmeter zurück. Francesco war natürlich am Schnellsten, aber nicht viel, doch vor allem trotzdem nicht schnell genug.
Denn in dem Moment, da er die Pyramide mit seiner rechten Hand umfassen wollte, schnellte ein riesiger, unförmiger Körper mit einem mächtigen Brüllen aus dem Nebel unter ihnen hervor und schoss direkt auf sie zu. Natürlich war allen klar, dass es nur die monströse Hülle Samaels sein konnte, doch war sie kaum

mehr als humanoider Körper zu erkennen. Die widerlichen und gespenstisch anmutenden Deformationen, die bereits zuvor vorhanden waren, waren jetzt noch ausgeprägter, bizarrer und furchtbarer, als habe sich der Körper nach der Explosion am Boden des Schachtes zwar wieder zusammengefunden, aber kaum noch Rücksicht darauf genommen, die Stücke an die richtigen Stellen zu setzen.

In einer Mischung aus Entsetzen darüber, dass das Monstrum aus dem Nebel schoss und echtem Grauen über den schrecklichen Anblick der Kreatur, waren alle für einen Augenblick wie gelähmt, doch reichte der aus, damit ihr Gegner gegen sie krachen und sie aus der Luft heraus in die Tiefe reißen konnte.

Niemand konnte etwas dagegen unternehmen, selbst Francesco nicht und während er wie alle anderen in den dichten, dunklen Nebel am Boden des Schachtes eintauchte, schließlich irrsinnig wuchtig aufschlug und ihre Gruppe dabei in alle Richtungen versprengt wurde, wusste er, dass das Erscheinen des Monsters in diesem Moment nicht einmal das Schlimmste war, sondern vielmehr die Tatsache, dass er die Pyramide nicht hatte ergreifen können und sie jetzt ebenfalls irgendwo in der Nähe mit einem dumpfen Knall mit der Steinspitze voraus in den Boden des Schachtes eindrang - und zu rotieren begann!

Der Schatten im Inneren

Heaven spürte, wie ihr Herz schneller zu schlagen begann, je näher sie der Ecke kam, hinter der sich eindeutig etwas - oder besser *Jemand* – bewegte.
Sie hörte ein Stöhnen, schwer und schmerzhaft, dazu etwas, das wie ein Schlurfen klang.
Dann hatte sie die Ecke erreicht, doch bevor sie sich in den anschließenden Gang hinein drehte, schloss sie ihre Augen. Sie konzentrierte sich auf ihr Vorhaben und führte sich vehement ins Gedächtnis, dass, was immer sie gleich auch zu sehen bekam, es Samael war, der in Razors Körper steckte, es also nur noch seine Hülle war, die sie sehen würde und ihr Freund tatsächlich schon lange tot war. Als sie sicher war, dass sie das auch wirklich verinnerlicht hatte, atmete sie tief durch, umfasste den Gewehrlauf fester, drehte sich in einer fließenden Bewegung in den breiten Gang hinein – und wusste doch schon im nächsten Moment, das alles anders war, als sie es erwartet hatte.

Sie hatte erwartet, Samael in Gestalt Razors zu sehen, wie er erholt von dem heftigen Sturz direkt vor ihr stand und sie mit hasserfüllten Augen anstarrte, jederzeit bereit sie zu töten. Vielleicht auch, dass er sich noch nicht vollkommen von dem Sturz erholt und Mühe hatte, wieder auf die Füße zu kommen, dies jedoch nur eine kurzzeitige und geringfügige Schwäche war, die er alsbald überwunden haben würde.
Doch was sie hier jetzt tatsächlich vor sich sah, hatte absolut nichts damit zu tun. Sie sah zwar wie erwartet einen menschlichen Körper vor sich, der ihr den Rücken zugedreht hatte, der von der Statur her auch eindeutig Razor war, der aber gleichzeitig so schwer und schmerzhaft stöhnte und dabei immer wieder unkontrolliert hin und her zuckte und erbärmlich erzitterte, dass sie vollkommen verunsichert war, was hier geschah. Im nächsten Moment schon ertönte ein so unendlich kläglicher, ja fast verzweifelter Schrei aus dem Mund des Dämons, dass Heaven eine eiskalte Gänsehaut über den Körper zuckte. Gleichzeitig riss er seine Hände an den Kopf und taumelte haltlos nach links, bis er wuchtig und rüde gegen einige Rohrleitungen krachte. Doch nicht der harte Aufprall schockte Heaven, vielmehr die Tatsache, dass sich sein Körper – *Razors Körper* – dabei veränderte. Fast schien es so, als würde er einen Schatten mit sich ziehen oder eine Art Aura, die unförmig mit ihm verbunden war und immer wieder in seinen Körper zurück zuckte, nur um sofort danach doch wieder heraus gerissen zu werden.
Wieder ertönte ein furchtbarer Schrei, Samaels Kopf zuckte in die Höhe, sein ganzer Körper verkrampfte sich, der Schatten quoll aus ihm heraus, zuckte aber wieder zurück, doch wirkte all das wie gequält, als habe er Mühen, wieder in Samael einzudringen. Als er es doch wieder geschafft hatte, brüllte der Dämon wütend auf, riss seinen Oberkörper von den Rohren, hämmerte ihn jedoch sofort

wieder blitzschnell und absolut schonungslos mehrfach dagegen – auch den Kopf – das es nur so krachte und es den Anschein hatte, Samael wolle versuchen, den Schatten endgültig los zu werden.

Der Schatten zuckte mehrmals aus dem Körper heraus, doch konnte er immer wieder zurückkehren. Dabei brüllte und fauchte auch er jetzt mit einer absolut unmenschlichen, widerwärtig verzerrten Stimme.

Heaven war dermaßen entsetzt von dem, was sie sah, dass sie unfähig war, zu reagieren oder sich auch nur zu bewegen. Auch nicht, als Samael herumwirbelte und sie für einen Augenblick direkt ansah, bevor er wieder seitlich wegtaumelte und gegen eine Aluminiumwand auf der anderen Seite des Ganges krachte, die dadurch teilweise eingedrückt wurde. Heavens Verunsicherung stieg dabei sogar noch, denn in den Augen des Dämons hatte sie keinerlei Überheblichkeit oder Wut oder Hass erkennen können, nur Schmerz und Verzweiflung.

Wieder schrie Samael auf, bis am Ende deutlich das Wort "...raus!" zu hören war. Einen Augenblick später zuckte sein Körper wieder zusammen, dann hin und her, wobei er versuchte, Heaven anzusehen. Dann löste er sich von der Wand und taumelte schließlich direkt auf sie zu, hatte jedoch große Mühe, sie auch zu erreichen.

Heaven schaute ihn mit großen Augen an, wohlwissend, dass sie der gefährlichsten Kreatur gegenüberstand, die es nur geben konnte und sie dem Tode gerade so viel näher war, als jedem Leben, das sie jemals geführt hatte.

Dann stand er direkt vor ihr und nur unter größten Mühen konnte er sich aufrecht und einigermaßen ruhig halten.

Heaven war schockiert über den Anblick, den er bot. Sein Gesicht war schweißnass, schmutzig und er blutete an mehreren Stellen. Blutergüsse, Prellungen, Verfärbungen der Haut, Schwellungen an der linken Wange, oberhalb des rechten Auges. Verletzungen, die aussahen, wie bei einem Boxer nach einem harten Kampf.

Das ist nicht Razor, rief – nein – brüllte sie sich immer wieder in ihr Hirn, doch konnte sie sich nicht bewegen, denn egal, was auch immer gewesen war, was immer sie wusste, welche Realität es auch immer geben mochte, der Blick in seine Augen sagte etwas vollkommen anderes. So schmerzhaft, so hilflos, so flehend, so ängstlich, so...*menschlich* blickten sie sie an, dass sie an allem zweifelte, was sie je gewusst hatte.

Es war fast so, als würde dort vor ihr nicht Samael in der Hülle Razors stehen, sondern Razor selbst, der sie mit seinen eigenen Augen anblickte.

Im nächsten Moment durchzuckte ihn ein weiterer ruppiger Schauer, doch konnte er ihn wieder unterdrücken. Erneut blickte er sie an und dann sagte er: „Hilf...mir...!" Seine Stimme klang so brüchig, so gequält, so voller Flehen. „...bitte...aaarrrggghhh!"

Und da erkannte Heaven plötzlich die Wahrheit: Vor ihr *stand* Razor! Ihr Freund aus der Hölle, der mit ihr so viele furchtbare Schlachten geschlagen hatte, den sie bewunderte, für seinen Mut, seine Entschlossenheit, seine Kraft, der stets so charismatisch war, dass er überzeugen und motivieren konnte, dem man einfach folgen musste, weil man das Gefühl hatte, es wäre möglich, sinnvoll oder notwendig. Der Mann, der sie stets auch körperlich auf eine gewisse, zunächst unbestimmte Art angezogen, dessen Attraktivität sie aber immer beiseitegeschoben hatte, um nicht wieder enttäuscht zu werden. Doch all diese Gefühle hatten sich in den letzten Tagen und vor allem Stunden unerwartet in eine Mischung aus Zuneigung, Verlangen und Vertrauen gewandelt, die Heaven lange nicht mehr gekannt hatte. Und es war eine wahre Achterbahnfahrt der Gefühle gewesen: Razor schien zunächst gestorben zu sein, als er selbstlos, tapfer und unendlich tapfer versucht hatte, Samael am Durchgang zur Erde zu hindern. Dann aber hatte er offensichtlich doch überlebt und Heaven verspürte Freude darüber und Vorfreude auf da, was da mit ihm an ihrer Seite noch kommen mochte. Bis plötzlich auf schier eiskalte und ekelhafte Weise klar war, dass nicht Razor den Durchgang überlebt hatte, sondern Samael in seiner Hülle. Diese Erkenntnis riss ein Stück aus ihrem Herzen, doch die Lücke, die dabei entstand, hatte sie noch überhaupt nicht im Geringsten realisiert, aufgrund der Ereignisse auch gar nicht realisieren können. Bis jetzt...

Denn jetzt erkannte sie, dass Razor doch nicht tot war! Nein, er lebte. Mochte Samael sich auch seiner Hülle bedient haben, Razor selbst hatte er dadurch nicht töten können. Das sah Heaven in diesem Augenblick mehr als deutlich in den Augen ihres Gegenübers. *Doch wie konnte das sein? Hatte Christopher ihnen nicht erzählt, dass jeder Wirt, den sich je ein Dämon genommen hatte, als allererstes getötet wurde? Wie also konnte Razor diesen Vorgang überlebt haben, noch dazu, wo sein Dämon kein gewöhnliches Monster war, sondern eine Kreatur ganz besonderer Stellung und Macht?* Sie wusste es nicht. Sie wusste nur, dass Razor so oft gesiegt hatte, wo andere versagt hatten. Dass er den Durchgang zur Erde überlebt hatte, selbst durch die Explosionen eines Granatengürtels hindurch, denn was immer auch danach in der Wüste geschehen sein mochte, bevor Francesco den Schwarzen gefunden und mitgenommen hatte, Razor musste noch gelebt haben, andernfalls wäre es Samael nicht möglich gewesen, ihn als Wirt zu benutzen.

Und jetzt?

Irgendetwas musste bei der gewaltigen Explosion hier vor wenigen Augenblicken passiert sein. Irgendetwas, das die Verbindung Samaels mit ihrem Freund gestört oder beschädigt hatte. Natürlich hatte Razor das gespürt und sein Verhalten hier in diesen Augenblicken zeigte deutlich, dass er versuchte, den Dämon wieder völlig aus seinem Körper zu verbannen, der das aber natürlich mit aller Macht verhindern wollte. Heaven war sichtlich entsetzt und spürte einen scharfen Stich im Herzen, bei der Vorstellung – *nein, bei der Gewissheit* – welch unglaublichen und schmerzhaften Kampf Razor dort gerade vor ihren Augen in seinem Innersten focht. Und er hatte sie erkannt. Erkannt, dass sie Heaven war, eine Freundin, mehr als das. Und sie um Hilfe gebeten, angefleht. Natürlich wollte sie das tun, mehr als alles andere in diesem Moment. *Doch wie sollte sie das anstellen? Was konnte sie tun, das hilfreich war?* Verzweiflung brauste förmlich in ihr auf, als Razor wieder furchtbar schmerzhaft aufschrie, zurücktaumelte und sein Körper zu zucken und zu zittern begann, ihn

in seinen Grundfesten erschütterte, wobei der Schatten zunächst wieder teilweise aus seinem Körper gerissen wurde.
Plötzlich schoss es Heaven in den Kopf, wie sie ihrem Freund helfen konnte. Ohne zu zögern riss sie ihr Gewehr in die Höhe, zielte kurz und drückte ab. Doch schon im selben Moment, da die Kugeln aus dem Lauf donnerten, war sie sicher, dass ihre Aktion Unsinn war, denn einen Schatten würde man damit nicht töten oder verletzten oder auch nur irritieren können. Bevor sie jedoch den Finger wieder vom Abzug nehmen konnte, drangen die ersten Kugeln in den Schatten ein und zu ihrer größten Überraschung erfolgte doch eine Reaktion. Denn der Schatten war keine Gestalt auch Rauch, sondern aus einer Art zähflüssigen Masse und beim Aufprall der Kugeln brüllte, schrie und zuckte er, ganz so, wie ein Mensch, der angeschossen worden war, obwohl die Kugeln selbst nur geringfügig beim Eintritt abgebremst und einen Wimpernschlag später ohne Deformation im Rücken wieder heraustraten. So behielt Heaven den Finger doch, wo er war und hoffte, Razor konnte daraus einen Nutzen ziehen.
Und wie er das konnte.
Blitzschnell zuckte sein bebender Oberkörper herum, seine Hände krallten sich in das, was man bei dem Schatten als Schultern bezeichnen konnte und bekamen sie tatsächlich zu packen. Während Heaven weiterhin Dauerfeuer gegen ihn richtete, begann Razor wild hin und her zu zucken, doch dieses Mal nicht aus Schmerz, sondern bewusst, um eine endgültige Trennung der beiden Körper zu erreichen.
„Geh!" brüllte er dabei, wobei seine Stimme immer fester und lauter wurde. „Geh raus...aus mir!"
Immer zorniger, aber auch ängstlicher und hilfloser quiekte der Schatten, bis es Razor schließlich mit einem tiefen, wütenden Brüllen, das seine letzten Kraftreserven zum Ausdruck brachte, gelang, ihn mit einem blitzschnellen Ruck tatsächlich komplett von sich zu trennen.
Ein widerliches, verzerrtes Quieken war zu hören und der Schatten zuckte wild umher, doch Razor, jetzt offensichtlich angetrieben durch Hoffnung, gelang es, ihn mit ausgestreckten Armen auf Distanz zu halten.
„Aus dem Weg!" brüllte Heaven und feuerte weiterhin auf den Schatten, der unter den Einschlägen der Projektile zusehends mehr litt.
Razor fackelte nicht lange. Hoffnung hin oder her, seine Kräfte schwanden schneller wie Butter in der Wüstensonne, er konnte so nicht länger agieren. Wieder mit einem wilden Aufschrei stieß er den Schatten von sich, dann warf er sich zur anderen Seite.
Heaven, die aufgehört hatte zu feuern und stattdessen den unter dem Gewehrlauf befestigten Granatwerfer durchlud, wartete noch einen winzigen Sekundenbruchteil, bis der Schatten etwa zwei Meter von Razor entfernt war, dann drückte sie ab und das Projektil wurde mit einem dumpfen *Plopp* ausgespuckt. Nach einem Wimpernschlag Flugzeit schlug die Granate direkt unter dem Schatten zu Boden und detonierte in einer wuchtigen Explosion.

Während die heiße Druckwelle über Heaven, die sich herumgedreht und geduckt hatte, hinwegfegte, konnte sie ein irrsinnig schmerzhaftes Quieken hören, das sogar den Explosionsdonner übertönte.

Kaum, dass die Druckwelle nachließ, wirbelte sie wieder herum und drückte sich in die Höhe.

Was sie sehen konnte, erfreute sie sehr. Razor lag ein paar Meter entfernt auf dem Bauch, doch war er bereits dabei, sich stöhnend auf die Arme zu stützten. Sichtbare Verletzungen sah sie an ihm nicht. Und der Schatten lag am Boden, furchtbar zerfetzt, wie ein unförmiger Haufen schwarzer Masse, zuckend, zitternd, quiekend, aber unfähig zu einer klaren Bewegung. Heaven schaute sich das Szenario für einen Augenblick mit ausdruckslosem Gesicht an, dann lud sie den Granatwerfer nochmals durch und drückte erneut den Auslöser. Ohne weiter darauf zu achten, drehte sie sich um und rannte zu Razor, beugte sich über ihn und schützte ihn damit vor der zweiten Druckwelle.

Als auch sie über sie hinweg gedonnert war, schob sie sich seitlich an Razor, weil sie merkte, dass er sich bewegte. Ihr Freund sah absolut fertig aus, doch als sich ihre Augen trafen, konnte sie bereits wieder ein Funkeln darin erkennen, dass sie angenehm frösteln ließ. Auch ein sanftes Lächeln erschien auf seinen Lippen. „Danke!" krächzte er mit brüchiger Stimme und Heaven musste sein Lächeln erwidern. Dann wandten beide ihre Köpfe nach vorn, um zu sehen, was mit dem Schatten passiert war. Als sie dort nur noch ein schwarze, vollkommen zerfetzte Masse erkennen konnten, die qualmte, teilweise brannte und sich vor allem nicht mehr bewegte, waren beide sichtlich erleichtert.

Plötzlich aber zweifelte Heaven. *Sollte das schon alles gewesen sein? Samael, einer der mächtigsten Dämonen, denen sie je begegnet war, war am Ende nicht mehr als ein zähflüssiger Haufen Irgendwas gewesen? Seine wahre Gestalt nicht mehr, als ein unförmige Masse? Die außerhalb eines menschlichen Körpers kaum lebensfähig war und die durch zwei Granaten letztlich vollkommen und endgültig zerstört werden konnte? War dies, was sie dort vor sich sah, wirklich das Ende dieser furchterregenden, mächtigen und gnadenlosen Kreatur – obwohl sie es doch eigentlich viel besser hätte wissen sollen?*

Ihre Zweifel trieben ihr das Lächeln von den Lippen. Gleichzeitig drehte sie sich zurück zu Razor und war sofort überrascht, dass sie der Schwarze direkt, mit funkelnden Augen und einem Lächeln ansah. Ein Schreck durchzuckte sie. *Was, wenn alles nur eine Lüge gewesen war? Was, wenn…?*

Es war zu spät für solche Überlegungen.

Plötzlich zuckte Razors rechte Hand nach vorn, legte sich um ihren Nacken und er zog sie kraftvoll zu sich.

Im selben Moment hörte sie von irgendwo hinter sich einen Schrei, der nur ein Wort beinhaltete. „*Nnneeeiiinnn!*" Er klang hektisch, besorgt, angsterfüllt, verzweifelt und Heaven glaubte, Erics Stimme erkannt zu haben.

Ihr Gehirn rotierte in einem unglaublichen Rhythmus, sie war absolut nicht mehr fähig zu einem klaren Gedanken. *Was war richtig? Was war falsch?* Sie wusste es nicht, sie wusste nur, dass sie es nicht mehr beeinflussen konnte.

Also schloss sie einfach ihre Augen.

Im nächsten Moment senkte sich ein Schatten über sie.

Das schlagende Herz

Die Sichtweite lag fast bei weniger als Null, der Nebel beinahe wie eine zweite Haut auf seinem Körper.
Christopher spürte, wie Nervosität in ihm aufkam, denn er konnte zwar absolut nichts erkennen, dafür aber hörte er eine Vielzahl unterschiedlicher Geräusche, und ausnahmslos alle davon waren höchst besorgniserregend.
Nachdem er den Schock darüber verdaut hatte, dass das Monstrum aus dem Nebel herausgeschossen war und sie mit sich gerissen hatte, hatte er Silvia nur noch fester gehalten, doch als sie schließlich mit irrsinniger Wucht auf den Boden geschlagen waren, hatte er sie sofort aus seinen Händen und auch aus den Augen verloren. Jetzt stand er vollkommen allein hier, von den anderen war absolut nichts zu sehen, doch konnte er ihre Rufe und Schreie hören, ebenso wie das Brüllen des Monsters. Instinktiv rannte er in die Richtung, aus der die Geräusche vermeintlich zu kommen schienen, doch als er sicher war, dort zu sein, wo sie herkamen, war er noch immer allein. Es war fast zum Verrücktwerden.
Plötzlich huschte ein gewaltiger Schatten an ihm vorbei. Christopher wirbelte herum und im selben Moment flammte der Nebel einmal grell auf. Ohne zu zögern hetzte er los, durchquerte die schier undurchdringliche Masse, hoffte endlich auf einen Kontakt und wäre fast in sein Verderben gerannt. Gerade noch im letzten Moment sah er das mächtige Bein der Kreatur – beinahe formlos, scheinbar in sich verdreht, an vielen Stellen aufgerissen, der Blick frei auf Fleisch, Knochen und merkwürdig zähflüssigen, glänzenden und pulsierenden Bestandteilen, die Christopher noch niemals zuvor gesehen hatte – von rechts auf sich zukommen und konnte zur Seite hechten, bevor es ihn zerquetscht hätte. Mit einem deutlichen Schlag krachte das Bein zu Boden. Christopher konnte die Erschütterung spüren. Während er sich über die linke Schulter abrollte, taumelte das Monstrum noch zwei weitere Schritte rückwärts. Dabei brüllte es und fuchtelte mit seinen unförmigen, vollkommen verdrehten Pranken hin und her. Plötzlich zuckte ein erneuter Blitz in seine Richtung, doch dieses Mal gelang es ihm, ihm auszuweichen und gleich darauf wieder sicheren Stand zu finden.
Christophers Augen suchten am Boden umher und tatsächlich glaubte er vielleicht zehn Meter entfernt Francesco erkennen zu können. Neben ihm standen Francesca und Cynthia und Alfredo und – sein Herz tat einen Satz – Silvia! Wie Cynthia und Alfredo auch, feuerte sie aus ihrem Gewehr in kräftigen, aber gezielten Feuerstößen auf die Bestie und brachten sie damit weiter in Bedrängnis. Der Einzige aber, der ihr wirklich gefährlich werden konnte, war natürlich der Alte, dessen Macht und Kraft groß genug war, dem Monstrum Schaden zuzufügen. Die Frage war nur, ob er allein dafür ausreichen würde und

selbst wenn ja, wie lange es dauern würde, bis er es besiegt hatte, sodass sie sich dann um Samael selbst kümmern konnten.
Unvermittelt tauchten hinter ihm zwei Gestalten auf. Es waren Douglas und Bim. Beide hatten ihr Gewehr im Abschlag und taten es den anderen gleich.
„Wo zum Teufel warst du so lange?" rief Douglas, ohne jedoch den Blick von der Kreatur zu nehmen, die beständig mit ihren gewaltigen Beinen hin und her stampfte.
„In der Kantine und hab mir ein Steak mit Pommes bestellt!" erwiderte Christopher trocken, während auch er sein Gewehr in die Höhe riss, dann jedoch zögerte. „Und was macht ihr hier?"
„Na, was wohl?" erwiderte Bim, nachdem er einen weiteren Feuerstoß abgegeben hatte. „Monster jagen!"
Christopher wollte antworten, doch erneut musste er einem Bein ausweichen, dann meinte er. „Wenn es weiter nichts ist!" Und im nächsten Moment feuerte auch er.

*

Es war für alle kaum möglich, die Situation auf einen Blick zu erfassen und das schlicht deshalb, weil das, was sie sahen, vollkommen überraschend, aber auch unendlich erschreckend zugleich war.
Da war Heaven, eindeutig. Die junge Frau saß am Boden, entspannt, ihr Gewehr lag neben ihr, ihre rechte Hand locker darauf - und sie lächelte dem Mann neben ihr zu.
Doch damit war alles, was zu verstehen war, auch schon geklärt. Der Rest des Szenarios war so unwirklich, so furchtbar, so erschreckend, so unfassbar, dass es niemand – weder Eric, noch Ice, Rose, Shadow und auch nicht Steel – auf Anhieb realisieren konnte.
Denn der Mann neben ihr…war *Samael*! Samael in der Gestalt Razors. Und er blickte Heaven mit großen, leuchtenden Augen an, lächelte ebenfalls, dann legte er seine rechte Hand in ihren Nacken und wollte sie zu sich ziehen – sicherlich um sie zu töten.
Doch als wäre es noch nicht schlimm genug, dass Heaven nicht mehr in der Lage war, sich dem zu widersetzen, sondern so machtlos dagegen, dass es den Anschein hatte, sie würde sich ihrem Schicksal gar einfach ergeben, trat nur einen Wimpernschlag später eine Kreatur aus dem Schatten hinter ihr, wie sie keiner der anderen je zuvor zu Gesicht bekommen hatte.

Eine Kreatur, wie sie wahrlich nur der Abgrund der Hölle hervorbringen konnte:
Dabei hatten sie im ersten Moment alle Mühe, sie überhaupt zu fixieren. Es schien, als würde sie hinter einem Vorhang aus flirrender Luft verborgen sein, die ihre Konturen teilweise extrem verzerrte. Erst beim zweiten Hinsehen war zu erkennen, dass es ihr Körper selbst war, der derart flirrte. *Und was hieß ein Körper?* Eric konnte auf Anhieb drei identische Kreaturen erkennen, die direkt hintereinander standen. Dachte er, bis ihm klar wurde, dass es doch nur *ein*

Körper war, dessen Konturen nicht nur durch das Flirren verzehrt waren, sondern sich einzelne Teile davon erst mit der Verzögerung eines Wimpernschlags mit dem Hauptteil bewegten, während andere dem Bewegungsablauf einen Hauch voraus waren.

Die Kreatur, die eine Größe von mindestens drei Metern besaß, wirkte dadurch noch wuchtiger und gewaltiger und noch bedrohlicher. Hinter dem Flirren waren zwei mächtige Beine zu erkennen, dazu ein sehr kurzer, sich schnell verjüngender Schwanz, der kaum bis zum Boden reichte. Der Rumpf war im Lendenbereich eher schmal und rund, im oberen Teil jedoch breit und oval und sichtbar muskulös.

Von ihm gingen zwei sehr lange Arme ab, die deutlich bis zum Boden reichten und an denen extrem langfingrige Klauen unbestimmbarer Anzahl saßen. Der Körper musste mit unzähligen Muskeln bepackt sein, denn Eric konnte selbst durch das Flirren erkennen, wie sie sich bewegten und fast wie in Wellen darüber hinweg wogten.

Blieb noch der Schädel, ein massiges Stück Knochen, das im Profil die Form eines Footballs besaß, im vorderen Bereich jedoch deutliche Auswüchse und Verformungen hatte, die aus der Entfernung von rund zehn Metern aber noch nicht gänzlich zu erkennen waren.

Was aber blieb, war die Tatsache, dass dieses Monstrum dort war, direkt hinter Heaven, schräg hinter Samael und mit einem Schritt aus dem Schatten hinaus in das Zwielicht auf dem Gang trat. Dies geschah keineswegs lautlos. In dem Moment, da die Kreatur zu sehen war, war ein merkwürdiges Wispern zu hören, wie das leise Summen in einem Bienenstock. Gleichzeitig begann das Flirren eine Farbe anzunehmen und wirkte nur einen Augenblick später wie flüssige Lava, wenngleich es noch immer fahl schimmerte.

Heaven reagierte zu Erics Entsetzen vollkommen falsch auf das Erscheinen dieser Kreatur. Anstatt aufzuspringen und sich ihm entgegen zu stellen, schloss sie sogar ihre Augen und ließ sich scheinbar gänzlich auf Samael ein, der das Monster keines Blickes würdigte.

Warum auch? schoss es Eric in den Kopf. Ganz sicher hatte es der Dämon gerufen, um ihm beim Kampf gegen seine Feinde behilflich zu sein und gerade jetzt wirkte es tatsächlich wie ein Beschützer der Beiden.

Samael zog Heavens Kopf weiter zu sich. Fast schien es, als wolle er sie küssen!

Doch einen Augenblick, bevor sich ihre Lippen tatsächlich berührten, zuckte der mächtige Schädel der Kreatur hervor, durchstieß das fahle Flirren und Eric und die anderen konnten zum ersten Mal einen ungehinderten Blick auf das Monstrum werfen. Der Schädel war weiß, strahlend weiß, tatsächlich in der Form eines Footballs. Doch während er sich am Ende sauber verjüngte, bildete das Gesicht eine furchterregende Fratze, die an Gnadenlosigkeit kaum zu überbieten war. Der blanke, aber absolut makellose Knochen war nur durchbrochen von zwei blutroten riesig großen, lidlosen Augen ohne Pupille, deren Höhlen noch dazu so geformt waren, als wären sie weit aufgerissen und starrten auf alles, was sich vor ihnen befand.

Es gab keine Nase, nicht einmal eine Öffnung dort, nur noch das Maul. Dafür verjüngte sich der Schädel an dieser Stelle und sprang etwas hervor. Ober und Unterkiefer waren fast halbkreisförmig geformt und endeten in furchterregenden, starren Knochenplatten, in denen jeweils zwei kleinere, aber messerscharfe Mittelzähne und zwei weitaus größere, nadelspitze, äußere Reißzähne zu sehen waren. Zähne im seitlichen Bereich des Mauls gab es nicht, nur gerade Knochenplatten, die perfekt aufeinanderlagen. Im geschlossenen Zustand überlappte der Unterkiefer den Oberkiefer. Als die Bestie ihr Maul öffnete war eine lange, fleischige, dunkelgrüne Zunge zu erkennen, die feucht glänzend hin und her zuckte. Gleichzeitig erklang ein tiefes, bösartiges Grollen, während sich der Schädel Heaven immer weiter näherte.

Das war der Moment, da Eric laut aufschrie und ein verzweifeltes „Nnneeeiiinn!" durch den Gang brüllte. Im selben Moment riss er seine Arme in die Höhe, um einen Energieblitz auf diese neuartige Kreatur zu werfen. Einen Wimpernschlag, bevor er aus seinen Fingerspitzen fuhr, konnte Eric sehen, dass Samael jetzt doch zu der Bestie aufschaute und bei ihrem Anblick überraschenderweise in pures Entsetzen verfiel.

Und noch etwas sah er: Aus dem Vorhang aus flirrender Luft zuckte etwas Langes, Dünnes hervor, drang zwischen ihren Schulterblättern wuchtig in Heavens Rücken und schoss durch die Brust wieder hinaus. Die junge Frau erzitterte, stöhnte auf und riss ihre Augen auf. Samael starrte sie beinahe fassungslos an. Es war der Schwanz der Kreatur gewesen, der – hinter dem Flirren nicht zu erkennen – zwar sehr schnell sehr dünn wurde, aber in dieser Form noch mindestens fünf Meter lang war und einen knöchernen, nadelspitzen Fortsatz besaß, der Heaven gerade mühelos durch den Körper gefahren war.

In diesem Moment verließ der Energieblitz Erics Hände. Während er auf die Kreatur zuschoss, zuckte der Schwanz aus Heavens Körper wieder heraus, peitschte in die Höhe und sauste gerade auf Samael zu, als der Blitz einschlug und alles für eine Sekunde in einem gleißenden Lichtball verschwand.

*

„Das hat keinen Sinn!" rief Christopher in einer Mischung aus Verärgerung und Verzweiflung. Er schaute an dem Monster hinauf. So furchtbar deformiert es auch aussehen mochte, die Gewehrsalven – selbst von sechs Personen – machten ihm kaum etwas aus, sie irritierten es nur, machten es wütend, doch wirklichen Schaden konnte nur Francesco anrichten. Unzählige Schnittwunden, der Geruch von verbranntem Fleisch und weiteren ekelhaften Substanzen zeigten, dass der Alte auch bereits gut gearbeitet hatte, doch von einem echten Triumph waren sie hier noch meilenweit entfernt. Zeit, die sie definitiv nicht hatten. Francesco brauchte Hilfe, doch außer Christopher und den anderen war niemand hier. Und es würde wohl auch niemand anderes mehr kommen. Nein, sie waren auf sich allein gestellt und deshalb mussten sie sich auch allein behelfen. Christopher war klar, dass es an der Zeit war, herauszufinden, wie stahlhart die Stählung, die sie alle im Himmel erfahren hatten, wirklich war.

„Hast du ein bessere Idee?" rief Douglas deutlich verärgert.
Christopher nickte. „Ja, hab ich! Die Frage ist, ob *ihr* die Eier dazu habt!?" Er wartete, bis die beiden ihn ansahen, dann grinste er kurz, weil er sah, dass sie ziemlich beleidigt dreinblickten, was er ja auch provozieren wollte. „Na los dann!" Er zwinkerte ihnen zu und legte sich das Gewehr um. „Folgt mir!" Doch anstatt loszurennen, wartete er einen kurzen Augenblick, bis das rechte Bein der Bestie wieder an ihm vorbeirauschte, wich ihm mit einer kurzen, aber schnellen Bewegung seines Oberkörpers aus, jedoch nur, um sofort danach nach vorn zu schnellen, sich in die Wade des Monsters zu krallen und flink wie ein Wiesel an dem Bein empor zu klettern, als habe er sein ganzes Leben nichts anderes getan. Die Kreatur war von Francescos Attacken dabei so abgelenkt, dass sie ihn anfangs gar nicht bemerkte.
Bim und Douglas starrten Christopher zunächst mit offenem Mund und säuerlichem Blick hinterher, weil beide nicht damit gerechnet hatten, dass er ausgerechnet *so etwas* meinte, dann blickten sie sich gegenseitig an und als ihnen klar wurde, dass sie gar keine andere Wahl hatten, als ihm zu folgen, wurde ihr Blick noch säuerlicher. Sie peitschten sich gegenseitig auf, machten sich Mut und als ihr Blick schließlich verbissen und entschlossen wirkte, rannten sie los und folgten ihrem Freund, indem sie auf den linken Fuß der Bestie sprangen und in die Höhe kletterten.
Was bei Christopher jedoch leicht und unauffällig ablief, kostete den beiden anderen zunächst all ihre Kraft, bevor sie in der Lage waren, sich auf die neue Situation einzustellen, und zu allem Überfluss bemerkte das Monstrum jetzt, dass etwas nicht stimmte.

*

Noch bevor der Lichtball wieder verging, sah Eric, wie Rose, dicht gefolgt von Steel, an ihm vorbeirannte. Shadow verwandelte sich in schwarzen Rauch und huschte ihnen ebenfalls hinterher.
„Kommen sie!" rief Ice und klopfte ihm auf die Schulter.
Während Eric beschleunigte, konnte er sehen, dass zwei menschliche Körper am Boden lagen. Einer, der sich wand und einer, der reglos war. *Heaven*, schoss es ihm in den Kopf und er spürte eine Gänsehaut. Neben ihnen, etwa zwei Meter entfernt, sah er die beiden Beine der Bestie. Ihr flirrender Körper taumelte ein wenig und schälte sich dabei quiekend und brüllend teilweise aus dem Licht.
Dann war Rose so dicht an sie heran, dass sie absprang und sich gleichzeitig in eine dicke Stahlstange mit verjüngender Spitze verwandelte. Ice feuerte zusätzlich eiskalte Feuerbälle auf die Kreatur. Sie krachten rüde und donnernd gegen die Bestie, doch schienen sie sie nicht wirklich erreichen zu können, da sie an dem Flirren wie an einem Schutzschild abprallten. Auch konnte Eric keinen sichtbaren Schaden durch seine Blitzattacke erkennen, was nur den Schluss zuließ, dass es sich bei dem Monstrum um eine mächtige Kreatur handeln musste – und ihre Chancen auf eine erfolgreiches Ende dieser Sache

damit beinahe zu Staub pulverisierte. *Denn wie nur sollten sie sich gegen zwei derart machtvolle Kreaturen durchsetzen? Während Eric den Schock verdaute, fragte er sich jedoch, wie es Samael verdammt nochmal gelungen war, ein solches Vieh hierher zu holen, ohne dafür eines der Tore zu öffnen?*
Im nächsten Moment hatte Rose die Bestie erreicht, doch die erhoffte Wirkung ihrer Attacke blieb aus. Zwar konnte sie das Flirren durchbrechen und in den Körper der Kreatur eindringen, doch schoss sie nur einen Augenblick später auf der Rückseite wieder hinaus, ohne dem Monstrum Schaden zuzufügen, ganz so, als wäre es nur Luft. Dafür aber blieb der Kontakt mit der Bestie für Rose nicht ohne Folgen. Es war, als hätte sich das Flirren auch auf den Stahlstab und somit auf ihren Körper ausgebreitet. Noch im Fluge verwandelte sich Rose zurück und begann sofort zu schreien, als würde sie großer Hitze ausgesetzt sein. Sie wand sich, versuchte das Flirren abzustreifen, doch gelang es ihr nur langsam und sie musste an einigen Stellen deutliche Verbrennungen auf der Haut hinnehmen, die irrsinnig schmerzhaft waren.
Steel wollte ihr zur Hilfe eilen, doch als er sah, dass die Kreatur sich zu seiner Freundin umwandte, um sie ihrerseits zu attackieren, riss er seine Arme nach vorn, die sich sofort in Tentakeln verwandelten und die Bestie angriffen. Wenn er Rose nicht direkt helfen konnte, konnte er wenigstens ihren Angreifer ablenken. Doch so einfach war das nicht. Das Monstrum reagierte blitzschnell, wirbelte herum und plötzlich schossen seine beiden langen Arme aus dem Flirren heraus auf Steel zu. Dabei offenbarte sich, dass die vermeintlichen Muskelpakete, die Eric erkannt zu haben glaubte, keine ebensolchen waren, sondern stattdessen auf den ganzen Armen verteilte Tentakelfortsätze, ähnlich wie die von Steel, die nun ihrerseits nach vorn schnellten, gegen Steels Tentakeln klatschten, sie aufhielten und gegen sie ankämpften.
Doch nicht nur das. Als Steel versuchte, seine Tentakeln wieder zurück zu ziehen, war er nicht in der Lage dazu, weil sie irgendwie an denen seines Widersachers zu kleben schienen. Gleichzeitig breitete sich das Flirren auf sie aus und Steel spürte kochende Hitze dort aufsteigen, die sofort extrem schmerzhaft war. Die Kreatur aber hatte offensichtlich nicht vor, ihn allein damit außer Gefecht zu setzen, denn blitzschnell peitschte ihr langer, dünner Schwanz wie aus dem Nichts hervor. Steel konnte ihm gerade noch ausweichen, sodass er um Haaresbreite an ihm vorbei in den Betonboden donnerte. Doch folgten schnell weitere Attacken und er hatte große Mühen, ihnen zu entgehen, während der Schmerz in seinen Tentakeln mittlerweile so groß wurde, dass er schreien musste. Erst als Ice ihm mit mehreren Eisbällen zur Hilfe kam, änderte sich das, denn als sie bei der Bestie auf Stellen trafen, die durch das Flirren nicht mehr geschützt waren, erzielten sie Wirkung. Die Kreatur quiekte auf, fauchte und riss ihre Tentakeln von Steel, der zunächst zurücktaumeln und durch schnaufen musste.
Das Monstrum zog sich zurück in seine Schutzhülle und stapfte dann auf Ice zu, dessen Eisbälle nun keinen Schaden mehr anrichten konnten. Als die Kreatur nahe genug heran war, zuckte ihr Schwanz wieder durch die Luft. Doch bevor er Ice erreichen konnte, musste sie an einem Schwall dunklen Nebels vorbei, aus

dem urplötzlich eine Schwertklinge zischte und wuchtig gegen den Teil des Schwanzes krachte, der aus dem Flirren herausgeschossen und somit ungeschützt war. Die Bestie schrie auf, wohl mehr aus Überraschung, aber auch aus Schmerz. Zwar konnte Shadow keinen großen Schaden anrichten, doch spritzte eine violette, heiß dampfende Flüssigkeit aus der Wunde, die Kreatur schrie schmerzhaft auf und machte zwei Schritte zurück, sodass Shadow keinen zweiten Angriff ausführen konnte, dafür jetzt aber die Aufmerksamkeit des Monstrums besaß.
Ice kam ihr sogleich zur Hilfe und Eric konnte sehen, dass auch Rose und Steel wieder einsatzfähig waren. Einen Augenblick später standen sie dem Monstrum gemeinsam gegenüber.

Das muss reichen, dachte Eric. Er hatte etwas anderes zu tun.
Mit einigen schnellen Schritten war er bei Heaven, ergriff ihre Schultern und zog sie über den Boden, bis er sicher war, dass sie sich außerhalb der Gefahrenzone befanden.
Die junge Frau lag auf dem Rücken, ihre Augen waren geschlossen, ihre Haut furchtbar bleich. Eric machte sich wenig Hoffnung, die breite Blutspur, die sie hinter sich hergezogen hatte, sagte doch eigentlich schon alles. Dennoch legte er seine linke Hand in ihren Nacken, die rechte auf ihre Brust, dann schloss er die Augen und konzentrierte sich.
Zu seiner Überraschung konnte er tatsächlich noch einen Herzschlag spüren, unendlich schwach nur, aber vorhanden. Eine Welle der Freude durchfloss ihn, er lächelte sogar, dann schob er seine Hand auf die Austrittswunde, drückte ein wenig zu und ließ reine Energie fließen. Er wusste, er würde nicht die Zeit haben, sie hier und jetzt vollständig zu heilen, aber er wollte ihren Zustand zumindest soweit verbessern, dass er stabil blieb.
Plötzlich aber spürte er, wie sich von hinten Jemand näherte. Er fuhr herum und als er in das schmutzige, blutverschmierte Gesicht Razors blicken konnte, kam Zorn in ihm auf. Wie automatisch riss er seine rechte Hand in die Höhe und verpasste dem Dämon im Inneren des Schwarzen einen wuchtigen Energieschlag, der Razor aus dem Stand heraus einige Meter nach hinten gegen eine Stahltreppe schleuderte. Ein Teil seines Gehirns hatte zuvor einen winzigen Bruchteil gezögert, denn Razors Blick war nicht feindselig gewesen, sondern eher tief besorgt und sein Körper hatte keinerlei aggressive Haltung angenommen, sondern wirkte eher eingesunken und wie erschlagen.
Die Wut in seinem Inneren aber hatte die Oberhand behalten und den Schlag letztlich ausgeführt.
Eric schaute Razor hinterher, während er gleichzeitig weiter Energie in Heavens Körper fließen ließ, der sich bereits erwärmte und von innen zu leuchten begann. Dann krachte Razors Körper gegen die Treppe, die so massiv war, dass sie kaum nachgab. Sofort war Eric wieder verwundert. Fast glaubte er, Knochen knacken und Samael stöhnen zu hören. Doch das konnte nicht sein, der Dämon würde keinen Schaden dadurch nehmen. Dann aber rutschte sein Körper vollkommen kraftlos und irrsinnig hart zu Boden, knallte auf die Knie, der

Oberkörper kippte nach vorn und wäre fast ungebremst auf den Beton geschlagen, wenn es Samael nicht im allerletzten Moment gelungen wäre, seine Arme dazwischen zu bekommen. Er stöhnte schmerzhaft auf und es sah so aus, als hätte er kaum noch die Kraft sich zu stützen. Es folgten ein paar schwere, tiefe Atemzüge, dann quälte sich der Dämon auf die Füße. Er versuchte sich zu strecken, doch die Schmerzen schienen zu groß zu sein, sodass er dieses Vorhaben aufgab. Eric, der so lange wie möglich bei Heaven bleiben wollte, um ihr Energie einzuflößen, blickte immer wieder zu Samael, um ihn im Auge zu behalten und frühzeitig reagieren zu können und verzog erneut irritiert die Augenbrauen, als er sah, wie schwer sich der Dämon mit der momentanen Situation tat. Er konnte kaum aufrecht stehen, seine linke Schulter hing kraftlos herunter und als er auf sie zukam, humpelte er deutlich mit dem rechten Bein.
Für einen Moment war Eric erneut unsicher, fast spürte er Mitleid aufkommen, doch dann führte er sich wieder die wahre Identität des Mannes vor ihm vor Augen und ihm war klar, dass er sich jetzt um ihn kümmern musste. In Razors Körper steckte Samael und dieser Dämon war alles andere als verletzt oder schwach, sein Verhalten jetzt und hier nur eine Finte, um ihn, Eric, in Sicherheit zu wiegen. Doch das würde der Engel nicht zulassen. Er horchte kurz in Heaven und war zumindest nicht unzufrieden mit dem, was er spürte. Sie schwebte noch immer in Lebensgefahr, doch die Energie, die er bisher in sie hineingegeben hatte, würde ihr Kraft für einige weitere Minuten geben.
Eric ließ von ihr ab, erhob sich mit finsterer Miene und riss seine Arme hoch. Doch genau in diesem Moment riss auch Razor seinen rechten Arm in die Höhe und machte eine abwehrende Geste. „Nein!" keuchte er mit krächzender Stimme. „Bitte!" Er musste schlucken, weil ihm die Stimme versagte. „Bitte nicht!" Sein Körper begann zu zittern. „Ich bin...!" Seine Beine knickten unter ihm weg und seine Augen verdrehten sich in seinen Höhlen. „...nicht...!" brachte er noch hervor, dann schlug er der Länge nach vornüber auf den Betonboden und krachte dort vollkommen ungebremst auf die linke Wange, und selbst durch das Kampfgeräusch im Hintergrund und der Entfernung von rund fünf Metern war deutlich das dumpfe Knacken des brechenden Jochbeins zu hören. Außerdem platzte dabei die Stirn des Schwarzen auf und Blut spritzte hervor.
Eric verharrte in seiner Bewegung und starrte auf den reglosen Körper. Er war total verunsichert. Dennoch sprang er auf und rannte zu ihm. Als er weniger als einen Meter heran war, stöhnte der Schwarze auf und drehte seinen Körper in einer qualvollen Bewegung auf den Rücken. Eric hob sofort wieder seine Arme an, bereit jederzeit zu reagieren. Razor blickte ihn aus einem blutverschmierten, böse verfärbten Gesicht an, das bereits anzuschwellen begann und hob dann erbärmlich zitternd seinen rechten Arm in Abwehrhaltung in die Höhe. „Nein...!" stieß er atemlos und unter Schmerzen hervor. Seine Stimme nuschelte durch den Jochbeinbruch. „...bitte...!" Er blickte Eric direkt an und seine rechte Hand machte eine wedelnde Bewegung. Dann verschluckte er sich an seinem eigenen Blut und musste husten.
Eric blieb wachsam, doch kniete er sich neben Razor. Unvermittelt zuckte dessen rechter Arm vor und seine Hand griff nach Erics rechter Hand. Der Engel

wollte schon reagieren, doch blickte er in die offen flehenden Augen des Schwarzen. Er war für einen Moment wie gelähmt und ließ es zu, dass Razor seiner Hand auf seine Brust zog und sie dann flach darauf drückte. „Ich bin...nicht Samael!" stieß Razor hervor. „Nicht mehr...!" Er musste schwer durchatmen. „Fühle...es!"
Und das tat Eric. Sichtlich und total überrascht riss er die Augen auf und schnappte hörbar nach Luft. Großer Gott, er spürte einen Herzschlag! *Razors Herzschlag!* Nicht die dunkle Energie eines Dämons, sondern das schlagende Herz eines Menschen. Und damit war klar, dass dort vor ihm Razor und nicht Samael lag!
Doch wenn...? schoss es ihm in den Kopf.
Razor schien das zu erkennen, denn er lachte verbittert auf, drehte seinen Kopf nach links und deutete auf das Monstrum im Kampf gegen Ice und seine Leute. „Er ist da!" fügte er noch hinzu.
Und Eric wusste, dass sich in diesem Moment alles verändert hatte und ihre Chance auf einen Sieg zurückgekehrt war.

Die Zeit verrinnt

Christopher hatte den Gedanken im Moment der Ausführung für gut, überraschend und erfolgversprechend gehalten, jetzt aber war ihm klar, dass es doch eher eine verdammt beschissene Idee gewesen war, auf den Körper der Bestie zu springen, denn mittlerweile hatte sie nicht nur seine Anwesenheit, sondern auch die von Bim und Douglas erkannt und tobte jetzt wie ein wildgewordener Stier. Christopher kam sich vor wie ein Cowboy auf dem Rücken eines Bullen bei einem Rodeo.
Er konnte nur von Glück reden, dass er Hilfe hatte.
Silvia, Cynthia und Alfredo schossen aus allen Rohren. Wenngleich sie dem Monstrum auch keinen wirklichen Schaden zufügen konnten, so mussten die Geschosse teilweise doch wie Wespenstiche wirken, denn immer wieder brüllte die Kreatur wütend auf und sie war für einen Augenblick von ihnen abgelenkt.
Mehr aber noch tat Francesco sein Bestes. Immer und immer wieder schleuderte er Energieblitze gegen das Monstrum, brachte es damit ein ums andere Mal ins Wanken und verhinderte so, dass die Kreatur lange genug Zeit hatte, sich um ihn und seine beiden Freunde zu kümmern, wenngleich sie permanent in Gefahr schwebten, von den umher zuckenden Pranken gepackt oder vom Körper gerissen zu werden. Doch allmählich glaubte Christopher zu spüren, dass dem Alten die Luft ausging. Seine Attacken waren zwar immer noch kraftvoll und wuchtig, doch nicht mehr so beständig. Das Monstrum hatte immer mehr Zeit, sich davon zu erholen und sich stattdessen, ihm und seinen beiden Freunden zuzuwenden.
Christopher war klar, dass sie nur wenig Zeit haben würden, um...ja, was eigentlich zu tun?
Er war so sehr damit beschäftigt gewesen, nicht den Halt zu verlieren, dass er sein anfängliches Vorhaben, nämlich der Bestie einige kraftvolle Salven aus nächster Nähe aus seinem Gewehr zu verpassen, gar nicht durchführen konnte. Auch Douglas und Bim hatten mehr Mühe, sich festzuhalten, als ihnen lieb sein konnte.
Erst nachdem Christopher die Hüfte der Kreatur hinter sich gelassen hatte und sich jetzt in ihrem Rücken befand, hatte er etwas mehr Ruhe vor ihren langen Klauen, die immer wieder über ihren Körper zuckten, um die Zecken in ihrem Pelz zu packen und zu zerquetschen.
Das Bild, das sich ihm bot, war absolut grauenhaft und eklig zugleich. Der Rücken war teilweise offen, die Haut darüber zerfetzt. Er konnte blanke Knochen sehen, Blutbahnen, Muskelgewebe, rohes Fleisch in unterschiedlichster Konsistenz – von knüppelhart bis fast flüssig. Überall gab es eine gallertartige eitergelbe Masse, die große Teile der Innereien überzog. Dazu ein bestialischer Gestank nach Verwesung, frischem Blut und Schwefel, der ihm nicht nur immer wieder den Atem raubte, sondern ihn auch zusehends benommener machte.

Christopher war klar, dass er jetzt handeln musste. Er griff sein Gewehr, richtete den Lauf etwa dorthin aus, wo er das Herz der Kreatur vermutete und drückte den Abzug. Doch genau in diesem Moment machte die Bestie wieder eine ruckartige Bewegung und seine Salve wurde nach oben verrissen. Aber nicht nur das: Durch die Kletterei waren seine Hände schweißnass und glitschig von den schleimigen Körperflüssigkeiten der Bestie, die überall hervortraten und so rutschte ihm der Gewehrknauf aus den Händen. Er schrie entsetzt auf und fast hätte er mit beiden Händen versucht, ihn zu greifen, bis er spürte, wie sein Körper in die Tiefe sackte und er die linke Hand schnell wieder um eine Rippe schloss. Dadurch konnte er zwar seinen Absturz verhindern, nicht aber den der Waffe, die gnadenlos in die Nebelschwaden flog.
Christopher verfluchte sich und war für einen Moment geschockt. *Was sollte er ohne Gewehr jetzt hier anfangen?* Leicht verzweifelt blickte er hinab und konnte Bim und Douglas erkennen, die gerade über den Oberschenkel die Hüfte des Monsters erreicht hatten. Während Bim noch sicheren Halt suchte, blickte Douglas zu seinem Freund empor. In seinen Augen konnte Christopher erkennen, dass er das Drama um sein Gewehr mitbekommen hatte. Doch statt ebenfalls entsetzt zu sein, blickte er entschlossen und rief. „Nimm deine Granaten!". Bim, der mittlerweile Halt gefunden hatte und nur einen Meter von ihm entfernt war, starrte ihn mit großen Augen an, doch Douglas grinste nur und nickte. Im nächsten Moment schon zuckte der Körper der Kreatur erneut ruckartig hin und her, weil Francesco einen weiteren Energieblitz geschleudert hatte und Douglas und Bim hatten wieder Mühe, sich festzuhalten.
Christopher aber achtete gar nicht auf die Bewegungen des Monsters, sondern schaute nur auf Douglas und erkannte, dass sein Freund Recht hatte. Mit einem tiefen Atemzug riss er sich aus seiner Lethargie und begann so schnell er konnte an der Wirbelsäule der Bestie in die Höhe zu klettern.
Als Bim und Douglas wieder Halt gefunden hatten, machten sie sich daran, ihre eigenen Granaten vom Gürtel zu nehmen. Douglas stellte den Zünder auf sechzig Sekunden ein und zeigte das Display dann Bim, der sofort verstand und ihm zunickte.
„Chris?" rief Douglas und schaute kurz nach oben. Sein Freund hatte mittlerweile den Schulterbereich der Kreatur erreicht und er ahnte, was Christopher vorhatte.
„Ja?" rief Christopher atemlos, während er sich direkt zwischen den Schulterblättern festkrallte, um den Attacken der monströsen Klauen zu entgehen.
„Zeitzünder auf sechzig!" erwiderte Douglas, umfasste die erste Granate fest und hämmerte seine Faust dann tief in das Innere der Bestie knapp oberhalb des Hüftknochens, öffnete seine Hand und zog sie wieder zurück. Die erste Marke war gesetzt, doch der Gestank, der ihn einhüllte, raubte ihm fast die Besinnung.
„Alles klar!" rief Christopher, hatte jetzt ebenfalls eine aktivierte Granate in der Hand und tat es seinem Freund gleich, platzierte seine Sprengkapsel aber dicht an der Wirbelsäule. Nachdem er sicher war, dass sie nicht verrutschen würde, hielt er Ausschau nach weiteren Plätzen. Er hatte nicht viel Zeit – vielleicht für drei oder maximal vier Granaten. Sie mussten entsprechend so gut wie möglich

platziert sein. Er kam daher gar nicht drum hin, höher zu klettern. Ohne zu zögern machte er sich an die Arbeit. Was er in diesem Moment jedoch nicht wusste: Er war vollkommen ohne Schutz, denn die Hilfe Francescos, auf die er bisher hatten setzen können, blieb gerade jetzt aus.

*

Er merkte, wie sein Körper zu zittern begann. Die schier unversiegbare Kraft, die er in sich gespürt hatte, seit er in die Hölle gekommen war, war gerade offensichtlich genau das nicht und jetzt fühlte er eine überwältigende Schwäche, die ihn wie eine Welle überrollte und ihm jede Kraft aus dem Körper zu spülen schien.
Francesco musste aufstöhnen und fast wäre er auf die Knie gesackt, wenn Francesca neben ihm nicht erkannt hätte, dass etwas mit ihm nicht stimmte und ihn sofort stützte. „Was ist los?" fragte sie dennoch höchst besorgt.
„Ich...!" Der Alte musste nach Atem ringen. „Ich weiß nicht. Ich...!" Er schaute seine Frau beinahe hilflos an. „...fühle mich so schwach!"
Silvia wurde auf die beiden aufmerksam, auch weil keine Energieblitze mehr auf die Kreatur zuflogen. „Was ist los?" rief sie, hatte bei dem Anblick ihres Großvaters aber schon eine dunkle Vorahnung.
„Er braucht einen Augenblick Pause!" erwiderte Francesca. „Eine Minute!"
„Die haben wir aber nicht!" raunte Cynthia, die jetzt ebenfalls die beiden Alten ansah, Silvia zu. Natürlich hatten sie längst mitbekommen, was Douglas, Bim und auch Christopher vorhatten und auch, dass die Männer die Zeitzünder auf sechzig Sekunden eingestellt hatten, war ihnen nicht entgangen. Wenn Francesco jetzt schwächelte, würden sie womöglich nicht genügend Granaten setzen können, um das Monster endgültig auszuschalten und die Gefahr selbst von den Pranken erwischt zu werden, stieg enorm. Am Ende würde ihnen das allen das Leben kosten können.
In Silvias Augen sah Cynthia, dass ihre Freundin ebenso dachte, doch war auch klar, dass sie selbst nichts würden dagegen unternehmen können. Alles, was sie tun konnten, war das, was sie bisher auch getan hatten: Das Monster mit so vielen Salven einzudecken, wie möglich.
Und genau das tat sie jetzt wieder. Silvia folgte ihr einen Augenblick später. Vorher jedoch schaute sie nochmals zu ihrer Großmutter und sah in ihren Augen, dass sie den Schmerz ihrer Enkeltochter erkannte.
Während Silvia wieder auf die Bestie feuerte, wurde Francesca bewusst, was sie zu tun hatte. Dann wandte sie sich an Francesco. „Geht es wieder?" fragte sie so sanft wie möglich, ohne ihrer Ungeduld die Oberhand zu überlassen.
Ihr Mann aber schüttelte den Kopf. „Ich brauche noch...Zeit!" Er schaute sie nicht an, sein Oberkörper war vornübergebeugt, er schnaufte schwer.
„Okay!" Francesca nickte voller Verständnis und Mitleid. Doch dann wurde ihr Gesichtsausdruck steinhart. „Komm hoch!" Sie griff ihrem Mann unter die Arme und zog seinen Oberkörper in die Höhe.
„Was? Aber...?" protestierte Francesco irritiert.

Francesca hatte zwar Mühe, ihn aufzurichten, doch dann konnte sie in das Gesicht ihres Mannes blicken. „Sieh mich an!" rief sie und schaute ihm direkt in die Augen. Francesco zog verwirrt die Augenbrauen zusammen, doch konnte er den Blick nicht von seiner Frau lösen. „Konzentrier dich...!" forderte Francesca. „...auf die Kraft in deinem Inneren! Sie ist da! Nutze sie!"
Man sah Francesco an, dass er die Worte seiner Frau zu beachten versuchte, doch schon nach einem Augenblick zeigte sich so etwas wie Verzweiflung auf seinem Gesicht. Sein Körper, den er angespannt hatte, sackte wieder zusammen. „Ich...kann nicht!"
„Doch du kannst!" erwiderte Francesca sofort. „Ich weiß, dass du es kannst!" Doch ihre Stimme klang jetzt nicht mehr ganz so selbstsicher, denn eigentlich musste sie sich eingestehen, dass sie nicht wirklich wusste, was sie sonst tun sollte, wenn reine Aufbauarbeit nicht zum Ziel führte. Und in Francescos Augen sah sie, dass sie keinen Erfolg hatte.

*

Christopher donnerte seine Faust in die linke Schulter der Bestie, direkt links neben dem Halsansatz, drückte sie so tief er es vermochte in das glitschige und heiße Fleisch der Kreatur, ließ die Granate, deren Zeitzünder er auf fünfundvierzig Sekunden eingestellt hatte, los und riss seinen Arm zurück.
Zeitgleich brüllte das Monster auf und seine rechte Pranke zuckte ihm blitzschnell entgegen.
Christopher schrie auf, atmete ein, sprang dann ab, griff in die Haut hinter dem linken Ohr und riss eine dritte Granate vom Gürtel. Sie zu aktivieren und den Zeitzünder auf dreißig Sekunden einzustellen war quasi eins. Obwohl ihm das Brüllen der Bestie anzeigte, dass sie grenzenlos wütend war und er quasi spüren konnte, wie ihre linke Hand zu ihrem Ohr zuckte, hämmerte er seine Faust in ihren Schädel, ließ die Granate los und riss seine Hand zurück. Mit einem letzten Absprung hechtete er sich nach vorn und konnte so der heran sausenden, flachen Pranke der Kreatur gerade noch ausweichen. Dennoch verlor er den Halt, als der Schädel durch den Schlag hart erzitterte. Erst einen Augenblick später fand er ein Loch im Schläfenknochen und krallte seine linke Hand hinein, musste aber sofort danach erkennen, dass ihm dies zwar vor dem Absturz rettete, nicht aber vor der Pranke der Bestie, die bereits auf ihn zuschoss und ihn spielend zerquetschen würde.

*

„Sieh mich an!" forderte Francesca noch einmal. Sie wusste nicht, woher sie die Zuversicht für ihre Worte nehmen sollte, sie wusste nur, sie durfte jetzt nicht aufgeben. „Die Jungs brauchen dich!" rief sie. „Du musst ihnen helfen!"
„Aber...ich bin zu schwach!" erwiderte Francesco mit rauer Stimme. „Ich brauche...!"

Weiter kam er nicht, denn plötzlich hellte sich Francescas Gesicht zu seiner Überraschung auf, weil sie unvermittelt erkannt hatte, was sie tun konnte, um ihren Mann wieder Kraft zu geben. „Ich weiß!" rief sie. „Du brauchst das hier!" Und schon im selben Moment zuckte ihr Kopf nach vorn und sie küsste Francesco mit heißer Leidenschaft, großer Liebe und kochendem Verlangen nach mehr.

Francesco stöhnte im ersten Moment, aber nicht vor Lust, sondern aus Überraschung. Auch wollte er sich zurückziehen, da er im Moment ganz andere Sachen im Kopf hatte, doch es dauerte nur wenige Sekunden und er konnte förmlich spüren, wie sich seine innere Verkrampfung löste und ihn ein heißer Schauer wohliger Begierde durchfloss, der seinen Herzschlag und seinen Puls erhöhte und ihm neuen Mut und neue Kraft verlieh. Im nächsten Moment schon stöhnte er leidenschaftlich und als er in den Augenwinkeln das Monster sah, wie seine Pranken nach ihren Freunden zuckten, riss er fast wie beiläufig seinen rechten Arm in die Höhe, und ein greller Blitz schoss aus seiner Hand und traf einen Wimpernschlag später derart wuchtig gegen den Kopf der Bestie, dass sie wild aufschrie und ins Wanken geriet.

Francesca sah es ebenfalls in den Augenwinkeln und musste grinsen. „Ich wusste doch, du bringst es immer noch!"

Francesco grinste für einen kurzen Augenblick zurück, dann aber wurde er etwas traurig. „Ich liebe dich!" rief er.

„Ich dich auch!" Francescas Strahlen blieb und sie küsste ihn nochmals kurz auf den Mund. „Und jetzt mach ihn fertig!"

Was der Alte sich kein zweites Mal sagen ließ und die Kreatur mit neuer Kraft und sichtbarer Entschlossenheit angriff und seinen Freunden damit die entscheidenden letzten Momente verschaffte, ihre Granaten vernünftig zu platzieren.

*

Christopher war augenblicklich klar, dass er sich fallen lassen musste, wollte er nicht zerquetscht werden.

Doch gerade in dem Moment, da er seine Hand öffnen wollte, spürte und hörte er einen mächtigen Energieblitz, der dicht neben ihm einschlug. Die Bestie schrie auf, denn er nahm auch ihr linkes Auge in Mitleidenschaft und verursachte dort ganz offensichtlich deutliche Schmerzen.

Christopher hatte nicht die Zeit, einen Blick auf den Schützen zu werfen, doch wusste er auch so, wer es war und er warf dem Alten einen stummen Dankesgruß entgegen, während er blitzschnell reagierte, um diese vermeintlich kurze Ablenkung zu seinen Gunsten zu nutzen. Er zog sich in die Höhe und krabbelte so schnell es ihm möglich war auf die Schädelplatte der Bestie und von dort in Richtung Nacken. Dabei spürte er, wie das Monster sich von dem Alten abwandte, um einem zweiten Blitz zu entgehen. Dann hatte Christopher die Stelle erreicht, wo die Wirbelsäule auf den Schädelknochen traf. Die vierte Granate hatte er bereits vom Gürtel genommen und stellte den Zeitzünder jetzt

auf fünfzehn Sekunden ein. Er konnte sich erinnern, dass die Haut um die oberen Wirbelknochen offen war und so beschloss er, sich zunächst etwas tiefer sacken zu lassen. Er griff mit der linken Hand in eine offene Knochenstelle und ließ seinen Körper herunterfallen. Als seine Füße sicheren Stand in weiteren Körperlücken fanden, startete er den Zeitzünder, ballte eine Faust und drückte die Granate direkt neben dem obersten Wirbelknochen in den Schädel der Kreatur, die sich jetzt wieder gefangen hatte und bereits ihre Krallen nach ihm ausstreckte. Christopher ließ die Granate los, riss seine Hand zurück und ließ sich sofort danach in den Nacken des Monsters fallen. Während die Pranke der Bestie ins Leere fuhr, konnte er für einen Sekundenbruchteil im Inneren ihres Körpers das Display der zweiten Granate erkennen, die er gesetzt hatte. Sie zeigte noch vierzehn Sekunden.
Zeit sich zu verabschieden. Ein kurzer Blick nach unten zeigte ihm, dass sich Douglas und Bim genau in diesem Moment vom Körper der Bestie drückten. Mit zwei prächtigen Sprüngen verschwanden sie im Nebel und Christopher beschloss, es ihnen jetzt sofort gleich zu tun.
Er ging in die Hocke, spannte seinen Körper an und drückte sich dann ab. Doch in dem Augenblick, in der sich seine Füße von der Schulter der Kreatur hätten lösen sollen, spürte er einen harten Zug an seinem linken Bein, dem sofort ein widerlich stechender Schmerz folgte. Anstatt sich von dem Monster zu entfernen, schien sein rechtes Bein wie festgenagelt auf dessen Schulter zu sein und Christopher fiel einfach nur kopfüber zwei Meter in die Tiefe, bevor er der Länge nach gegen die Wirbelsäule der Bestie schlug. Er wusste sofort, was geschehen sein musste und ein kurzer Blick hinauf bestätigte seine Befürchtung: Sein linker Fuß hatte sich in einer Knochenspalte verfangen. Anstatt in Sicherheit zu sein, hing er jetzt kopfüber im Rücken des Monsters fest und das Display der ersten Granate, die er platziert hatte, schimmerte ihm aus dem Inneren der Kreatur mit der Zahl 12 entgegen.

*

Nachdem Francesco seinen ersten Energieblitz brillant gesetzt hatte, war das Monstrum herumgewirbelt. Dadurch hatte es ihnen das Profil zugewandt und alle konnten sehen, was Christopher im Anschluss daran tat.
Als er schließlich abspringen wollte, gab es wohl niemanden, der ihm das nicht gegönnt hätte, doch die Realität sah anders aus.
Silvia und Cynthia schrien auf, ebenso Francesca. Alfredo starrte mit offenem Mund auf Christopher und Francesco stoppte seinen nächsten Energieblitz.
Sie konnten sehen, wie Christopher versuchte, sich aufzurichten, um mit den Händen an seinen linken Fuß zu kommen, doch das gelang nicht.
Silvia wurde sich eiskalt bewusst, dass die Sekunden gnadenlos gegen ihn tickten und er die Explosionen der Granaten kaum würde überleben können. Sie spürte eine Gänsehaut in ihrem Rücken, ihre Hände zitterten. Ihre Gedanken rasten in einer irrsinnigen Achterbahnfahrt, ihr Kopf schien explodieren zu wollen. Panische Angst befiel sie. Sie konnte doch hier nicht nur einfach so

herumstehen und mit ansehen, wie die Liebe ihres Lebens erfolglos versuchte, seinen Fuß zu lösen und deshalb sterben musste. Himmel, das konnte sie doch nicht tun.
Und genau deshalb tat sie es auch nicht!
Es war kein logischer Entschluss, nicht einmal eine Bauentscheidung, es war einfach nur ein Reflex, der sie ihre Waffe zu Boden werfen und loslaufen ließ.
Die Schreie der anderen ignorierte sie, konzentrierte sich nur auf das linke Bein der Bestie, auf das sie zusteuerte. Dann sprang sie ab, riss ihre Arme in die Höhe und tatsächlich gelang es ihr, die ekelhaft wabbelige Haut an der Wade zu ergreifen. Im selben Moment zuckte das Bein der Kreatur nach hinten und Silvia musste schreien, weil sie alle Kraft in ihre Hände geben musste, um nicht im nächsten Augenblick schon wieder vom Körper gerissen zu werden.
Doch dann war es vorbei und sie konnte am Ende den Schwung des Beines auf ihren eigenen Körper übertragen und sich so mit einem geschickten Sprung bis auf Kniehöhe katapultieren. Ohne zu zögern kletterte sie weiter, hatte schon nach weniger als zwei weiteren Sekunden die Hüfte der Kreatur erreicht. Cynthia und die anderen am Boden konnten nur über sie staunen, obwohl doch klar war, dass einzig Liebe die junge Frau antrieb und ihr gerade wahrlich Flügel verlieh.
Silvia jedoch dachte in diesen Momenten an rein gar nichts, konzentrierte sich nur auf ihr Vorhaben, blendete jegliche Angst, jegliche Sorge und jeglichen Ekel aus und hatte jetzt die Lendenwirbel des Monsters erreicht, aber auch ganz sicher dessen Aufmerksamkeit.
Als Francesca das sah, rief sie nur. „Schatz?" und schaute ihren Mann mit großen Augen an.
„Natürlich!" erwiderte Francesco sofort, schoss einen Energieblitz auf die Brust der Bestie, die dadurch zunächst von den beiden Menschen in ihrem Rücken abgelenkt wurde.

*

Christopher wurde zunehmend hektischer, aber auch kraftloser. Alle Versuche, seinen Fuß zu befreien waren kläglich gescheitert. So auch dieses Mal. Bevor er sich mit einem tiefen Stöhnen wieder zurückfallen ließ, konnte er nochmals einen kurzen Blick auf das Display der Granate werfen. Es wechselte gerade von sieben auf sechs Sekunden. Die letzten Sekunden seines Lebens, denn er musste sich damit abfinden, hier nicht mehr wegzukommen. Und die Detonationen der Granaten aus nächster Nähe überleben zu können war reines Wunschdenken.
Während sich Verzweiflung in ihm breit machte, galten seine Gedanken Silvia. Er hatte bisher noch überhaupt keine Zeit gehabt, ihr zu zeigen, dass er ein so vollkommen anderer Mensch geworden war, als der, der sie in jener furchtbaren Nacht zwischen den Türmen des WTC verloren hatte. So vieles war seither passiert, dass keiner je die Chance gehabt hatte, wirklich sinnvoll Luft zu holen, um einen klaren Gedanken zu fassen. Und jetzt war es zu spät.

Plötzlich sah Christopher Silvia im unteren Rückenbereich der Bestie zu ihm hinauf starren. *Spielte ihm sein Geist in den letzten Augenblicken seines Lebens einen solch üblen Streich? War denn nicht die Chance, dass Silvia zumindest in relativer Sicherheit war, der einzige trostvolle Gedanke, den er hatte? Musste ihm sein Gehirn jetzt auch noch suggerieren, dass die Liebe seines Lebens Kopf und Kragen riskierte, um ihn aus dieser ausweglosen Situation zu retten und damit ihr eigenes Leben mit opferte?*
Einen Wimpernschlag später sah er, wie Silvia sich anschickte, in einem irren Tempo den Rücken der Bestie zu erklimmen. Da war ihm klar, dass er nicht träumte.
Einen Moment später war Silvia auch schon neben ihm. „Hey!" rief sie atemlos, lächelte ihm kurz freudlos zu, dann kletterte sie auch schon weiter.
„Du solltest nicht hier nicht sein!" erwiderte Christopher, zog sich in die Höhe und sah auf dem Display des Zeitzünders die Zahl Fünf. „Es ist keine Zeit mehr!"
Silvia hatte jetzt die rechte Schulter der Kreatur erreicht. „Dann sollten wir uns beeilen, was?" Sie warf einen kurzen Blick auf die Gegebenheiten rund um Christophers linken Fuß, dann hob sie ihr rechtes Bein an und donnerte ihren Fuß auf den Knochen direkt daneben. Ein scharfes Knacken war zu hören, die Bestie brüllte auf, doch krachte sofort danach ein weiterer Energieblitz gegen ihre linke Seite und lenkte sie ab. Silvia wiederholte den Vorgang noch zwei Mal, dann spürte Christopher wie der Druck auf seinen Fuß nachließ. Er zog sich weiter in die Höhe und konnte ihn schließlich befreien. Wieder blickte er auf das Display. Gerade verschwand die Zahl Drei und die Zwei tauchte auf.
Er drückte sich in die Höhe und legte seinen rechten Arm um Silvias Hüfte. „Ich liebe dich!" Er lächelte, zog sie zu sich und küsste sie kurz, aber fest auf den Mund. „Und jetzt spri....!"
Weiter kam er nicht.

*

Natürlich war die Abstimmung zwischen den einzelnen Zeitzündern alles andere als perfekt, denn sie waren rein gefühlsmäßig eingestellt worden. Dennoch zündeten sie überraschenderweise alle innerhalb eines Zeitfensters von nur zwei Sekunden.
Alle – bis auf eine.
Die saß in der linken, vorderen Hüfte des Monsters und detonierte drei Sekunden früher als die anderen. Ihre Wucht war enorm, sprengte einen rund einen Meter großen Teil aus dem Körper der Bestie, die sofort aufschrie und ihr Gleichgewicht verlor. Ihre Beine knickten unter ihr weg und sie krachte auf die Knie, gleichzeitig senkte sich der Oberkörper nach vorn.
Obwohl es absolut unsinnig war, sprangen Silvia und Christopher in einem Reflex nach vorn, direkt zwischen die Schulterblätter der Kreatur. Als sie erkannten, wie dumm ihre Handlung war, schauten sie sich entgeistert an, doch für eine weitere Reaktion war es jetzt schon zu spät und ein Entkommen aus dieser tödlichen Situation nicht mehr möglich.

Alles auf eine Karte

Die Trennung war – zumindest zu diesem Zeitpunkt und ganz besonders in dieser Form – nicht vorgesehen gewesen und sie war äußerst schmerzhaft verlaufen.
Doch der schwache Körper des Menschen war einfach nicht mehr in der Lage gewesen, ihn nach der wuchtigen Explosion in sich zu halten und so wurde Samael förmlich aus ihm herausgerissen.
Normalerweise wäre der Mensch dabei getötet worden, wie immer, wenn eine dämonische Kreatur ihren Wirt verließ, doch dieses Mal war es anders gewesen – weil auch schon der Übergang in diesen Menschen dieses Mal anders gewesen war.
Für einen drei Meter großen Dämon war es eigentlich vollkommen unmöglich, sich im Körper eines Menschen zu verstecken, deshalb konnte ein solcher Übergang auch keinen physikalischen Gesetzmäßigkeiten folgen. Dennoch war es ein eher simpler Vorgang. In dem Moment, da der Übergang erfolgte, bildete sich um den Körper des Dämons eine hauchdünne Schutzhülle, die es ihm ermöglichte sich winzig klein zu machen, ohne dabei Schaden zu nehmen. So konnte er, wie etwa ein Wurm, der in die Erde kriecht, in den Körper des Menschen gelangen. Dort begann die Schutzhülle diesen umgehend und in einem immer schnelleren Tempo von innen heraus zu zerstören und aufzufressen, wodurch der Körper des Dämons wieder wachsen konnte. Die Schutzhülle sorgte gleichzeitig dafür, dass die normalen Funktionen des menschlichen Körpers erhalten blieben, sodass diese Veränderung im Inneren nach außen hin nicht oder nur kaum zu erkennen war.
Samaels Übergang in Razor war auf genau die gleiche Weise geschehen, doch hatte die Schutzhülle nicht sofort damit begonnen, den Schwarzen von innen heraus zu zerstören, denn ein solcher Übergang war für normale Dämonen geschaffen worden, nicht für eine Kreatur seines Ranges. Um ihn dennoch ausführen zu können, durfte er sich in Razors Körpers nicht ausbreiten, lediglich sein Gehirn anzapfen, um sein Bewusstsein und somit seine Handlungen zu kontrollieren. Für Razor war das alles nichts anderes gewesen, als wäre er in einen Halbschlaf verfallen, in dem er sich selbst in der dritten Person sah.
Die Wucht der Explosion hatte all dies mit einem Schlag geändert. Sowohl Samael als auch die hauchdünne Hülle wurden aus Razor herausgerissen, doch während der Dämon innerhalb eines Wimpernschlags wieder auf seine wahre Größe heranwuchs, war die Hülle außerhalb eines Körpers nicht lebensfähig. Somit war sie für Heaven leichte Beute gewesen, wäre aber ohnehin vergangen.
Samael selbst hatte im ersten Moment noch keine wirkliche Kontrolle über seinen Körper und musste daher hinnehmen, dass ihn die Wucht der Explosion durch die Luft schleuderte.

Als er endlich zum Erliegen kam, brauchte er einen Moment, um sich zu orientieren. Während er die Umgebung absuchte, spürte er bereits, wie seine immensen Kräfte wie heißes Öl in seinen Körper zurückflossen. Mit jeder Sekunde fühlte er sich besser, wacher und mächtiger. Er stellte fest, dass ihn die Wucht der Explosion in eine dunkle Ecke geschleudert hatte, von der aus er unbemerkt das Geschehen in seiner Nähe beobachten konnte. Er sah, wie Heaven herbeigelaufen kam, ihn zunächst noch Razor für hielt, dann aber die Wahrheit erkannte und die Hülle tötete, weil sie glaubte, sie wäre er.

Anfangs fand er diesen Gedanken auch noch belustigend, dann aber änderte sich seine Meinung sehr schnell ins Gegenteil. *Wie konnten diese wertlosen Menschen nur glauben, er, eine der mächtigsten Kreaturen, die die Finsternis je hervorgebracht hatte, wäre ein schwabbeliger, unförmiger Haufen Materie, den man einfach so mit zwei Granaten auslöschen konnte?*

Ärger stieg in ihm auf, der sofort mit Blut gestillt werden musste. Außerdem besaß Razor noch etwas unendlich wichtiges, dass Samael zurückhaben wollte.

Heaven und Razor bemerkten seine Anwesenheit nicht einmal, erst als es zu spät für sie war, erkannten sie die tödliche Gefahr. Zu diesem Zeitpunkt aber hatte er seine linke Pranke bereits unbemerkt auf der linken Seite zu der Jackentasche des Schwarzen geschoben, wo er die beiden anderen Tore versteckt wusste und entwendete sie wie ein Dieb. Während er seine Pranke zurückzog und die machtvolle Energie spürte, die die beiden Artefakte ausstrahlten, empfand er größte Genugtuung. Als er seinen Stachel dann durch Heavens Körper hämmerte, konnte er den Schmerz und das Entsetzen in ihr spüren und labte sich an ihrer rasend schnell verrinnenden Lebensenergie.

In dem Moment aber, da er seinen Stachel aus der Frau wieder herausriss, um ihn sofort danach gegen Razor zu schleudern, spürte er eine kraftvolle Präsenz in seinem Rücken, die ihm augenblicklich Gefahr signalisierte. Und tatsächlich: Er erkannte einen der Engel, dazu alle Menschen mit ihren besonderen Fähigkeiten – und sie nahmen ihn sofort unter Beschuss. Abgelenkt durch ihren Ansturm, verfehlte er Razor, was ihn zusätzlich wütend machte. Doch seine eigenen Attacken wussten seine Gegner allesamt schnell abzublocken, mehr noch, es gelang ihnen sogar, ihm Schmerzen zuzufügen und das, obwohl sich der Engel schnell wieder aus dem Kampf ausgeklinkt hatte, um sich um die junge Frau zu kümmern, deren Lebensfaden er gerade sauber durchtrennt hatte. Während er seine ganze Konzentration darauf verwenden musste, sich gegen die vier Menschen zu erwehren, die ganz offensichtlich gelernt hatten, perfekt aufeinander abgestimmt zu agieren und so die Schwächen des Einen durch die Stärken der Anderen zu kompensieren, erhaschte er immer mal wieder einen Blick auf den Engel und musste verbittert erkennen, das er durchaus in der Lage war, die junge Frau noch zu retten. Anfangs schien es zwar so, als wolle er Razor dafür töten, weil er noch immer nicht durchschaut hatte, dass er, Samael, nicht mehr im Körper des Schwarzen steckte, doch dauerte es nicht lange und er tat es doch und ließ von ihm ab.

Und als sich der Engel dann mit versteinertem Gesicht erhob und ihn anstarrte, kam ein Gefühl in Samael auf, dass er bisher nicht gekannt hatte: *Zweifel!*

*

Eric spürte, wie eine dunkle, heiße Emotion in ihm aufstieg, die nur Hass sein konnte, die aber sofort von der positiven Energie des Himmels in seinem Inneren bekämpft wurde.
Er zwang sich zur Ruhe. Er musste einen kühlen Kopf bewahren, damit er seine Kraft gezielt und vollkommen gegen diesen mächtigen Dämon richten konnte.
Doch gerade in dem Moment, da er sich vollständig erhoben hatte und einen ersten Energieblitz schleudern wollte, sah er einige Gestalten auf sich zu rennen. Er zögerte einen Augenblick, dann erkannte er sie: Es waren die beiden Zwillingsbrüder, Peter – und Talea, seine über alles geliebte Frau.
„Eric!" rief sie und war einen Wimpernschlag später auch schon bei ihm. Man merkte ihr an, dass sie ihm wahnsinnig gern um den Hals gefallen wäre und ihn geküsst hätte, doch Eric wandte sich ein wenig von ihr ab und sie verstand, dass hier nicht der Ort und die Zeit dafür war. Dennoch legte sie ihm ihre Hände auf den rechten Oberarm.
„Ihr dürft hier nicht sein!" sagte er, während die vier Neuankömmlinge mit großen Augen auf den Kampf und die Kreatur hinter dem Flirren starrten „Ihr müsst hier weg!" Er wartete, bis Talea ihn wieder ansah. „Sofort!"
Seine Frau wusste, dass er es ernst meinte und nickte.
„Kümmert euch um die beiden!" sagte er und deutete auf Heaven und Razor.
Als Talea das Blut unter der jungen Frau sah, rief sie. „Großer Gott! Ist sie...?"
„Nein!" Eric schüttelte den Kopf. „*Noch* nicht!"
Wieder verstand Talea sofort und nickte. „Wir machen das!"
„Aber...!" Das war Horror, der jetzt erkannte, dass er Razor vor sich hatte. „...das ist...!"
„Razor!" erwiderte Eric. „Euer Freund! Samael...!" Er deutete auf die Bestie hinter dem Flirren. „...ist da!"
„Aber...?" hob Horror wieder an.
„Kein aber!" raunte Terror jedoch sofort. „Razor hat uns so oft das Leben gerettet. Jetzt können wir mal was für ihn tun!" Er schaute seinen Bruder fordernd an. „Also los!"
Horror widersprach nicht nochmals, bückte sich und legte sich Razor über seine linke Schulter. Zeitgleich nahm Peter Heaven vorsichtig vom Boden auf und trug sie vor der Brust auf seinen Armen. „Beendet es!" sagte er und schaute Eric direkt an.
Der Engel nickte mit ernster Miene. „Hier und jetzt!"
„Ich liebe dich!" rief Talea und in ihren Augen sah er Sorge und Schmerz.
Eric sah sie einen Augenblick ausdruckslos an, dann zuckte sein Kopf nach vorn und er küsste sie kurz, aber sehr leidenschaftlich. „Bis dann!" Und ohne auf eine weitere Reaktion zu warten, drehte er sich um und riss seine Arme für einen ersten Energieblitz in die Höhe.

*

Eric hatte Glück.
Samael steckte gerade mitten in einer Attacke gegen Steel, als ihn der Energieblitz traf.
Der Dämon hatte mittlerweile erkannt, dass der Schlüssel für einen Sieg in Schnelligkeit liegen konnte, denn je schneller er in der Lage war, die Attacken dieser besonderen Menschen abzuwehren und gleichzeitig in den Gegenangriff zu gehen, desto mehr konnte er sie unter Druck setzen. Zumindest war das anfängliche Übergewicht so auf Seiten seiner Gegner verpufft und es gab einen offenen Schlagabtausch. Gerade erst hatte er wieder eine Doppelattacke von Rose und Ice abgewehrt und beide damit für einen Moment außer Gefecht gesetzt, da war er bereits zu Steel herumgewirbelt und setzte ihm mit den Tentakeln seiner Arme zu, dass der Hüne aufschreien musste.
Genau in diesem Augenblick zuckte Erics Blitz durch die Luft und traf mit voller Wucht die ungeschützten Gliedmaßen des Dämons. Jetzt war er es, der vor Schmerzen aufschrie. Sofort ließ er Steel los und zog sich wieder hinter das Flirren zurück.
Doch schon wurde er von Shadow attackiert, die ihm zwar nichts anhaben konnte, die ihn aber ablenkte und er so keine Gegenmaßnahmen gegen einen zweiten Energieblitz des Engels einleiten konnte.
Ungeschützt krachte er gegen die Brust des Dämons und das, was er nie für möglich gehalten hätte, geschah tatsächlich: Obwohl er durch das Flirren abgeschirmt war, verursachte der Blitz einen heftigen Schmerz, der seinen Körper rüde durchzuckte. Samael schrie erneut auf und wurde von der Wucht des Schlages sogar so weit nach hinten gedrückt, dass er für einen Moment ins Taumeln geriet.
Sofort wurde seine Schwäche von den anderen ausgenutzt. Rose krachte in Form einer Stahlkugel seitlich gegen ihn und brachte ihn weiter ins Trudeln. Unkontrolliert donnerte er in einen Stapel Metallfässer, verlor das Gleichgewicht und stürzte zu Boden. Augenblicklich waren Ice und Steel bei ihm. Der Glatzkopf ließ eisige Flammenzungen auf ihn hernieder sausen, Steels Tentakeln zischten gegen seinen Körper und begannen seine Gliedmaßen zu umfassen, obwohl der Hüne deutliche Schmerzen dabei empfand, weil das Flirren den Dämon noch schützte. Gemeinsam gelang es ihnen, Samael am Boden zu halten.
Der aber wusste, dass dies sein Ende sein würde. Nur wenn er beweglich blieb, hatte er überhaupt eine Chance. Doch es kostete ihn allergrößte Mühen, dies zu bewerkstelligen. Und gerade als er sich wieder vollständig aufgerichtet hatte, trat Rose erneut in Aktion.
Sie hatte sich in einen massiven Granitring verwandelt und ließ sich jetzt von oben auf den Dämon herunterfallen. Als sie in Höhe seiner Brust war, verringerte sie den Durchmesser blitzschnell und konnte ihn dadurch nicht nur einquetschen, sondern sogar seine gefährlichen Arme am Körper fixieren.
Samael brüllte wütend, aber auch überrascht auf. Schon krachte ein weiter Energieblitz hart gegen sein rechtes Bein, dass ihn ein stechender Schmerz

durchzuckte, der ihm beinahe erneut den Stand gekostet hätte. Im nächsten Moment donnerte eine Flammenkugel gegen seinen Kopf und hüllte ihn für einen Augenblick komplett ein. In Samael stieg unendliche Wut auf, die gerade noch größer war, als die Angst, die er im Inneren verspürte, weil er im Moment so vollkommen hilflos war. Blitzschnell ließ er seinen Schwanz hervorschnellen, konnte Ice und Steel damit auf Distanz halten. Auch traf er wuchtig den Granitring, dass die Funken nur so stoben, doch obwohl Rose schmerzvoll aufschrie, ließ sie keinen Deut locker, sondern verstärkte ihre Bemühungen im Gegenteil sogar noch.

Einen Augenblick später spürte Samael einen brennenden Schmerz im hinteren Teil seines Schwanzes. Als er dorthin blickte, sah er dunklen Rauch aus dem wiederholt eine Schwertschneide hervor zuckte. Natürlich musste Samael den Schwanz aus dem flirrenden Schutz hervorholen, um ihn zu benutzen und Shadow nutzte dies gnadenlos aus. Wieder konnte sie dem Dämon zwei schmerzhafte Verletzungen beibringen, aus denen sein Blut umher spritzte.

Augenblicklich richtete Samael seinen Schwanz gegen sie, doch war die junge Frau zu schnell, als das er sie wirklich ernsthaft erwischen konnte. Mehr als diesen einen Schlag konnte er auch nicht ausführen, denn schon krachte ein weiterer Energieblitz von Eric gegen seine linke Schulter und er verlor für eine Sekunde das Gefühl in seinem Arm.

Samael musste schmerzhaft aufschreien, doch war er machtlos gegen diese Angriffe. Obwohl er sich schüttelte wie ein Wahnsinniger, der versuchte, seine Zwangsjacke loszuwerden, ließ Rose keinen Zentimeter nach. Ihre Entscheidung, sich in Granit zu verwandeln, war ein wahrhaft genialer Schachzug gewesen, der ihr die größten Schmerzen, die die Berührung mit dem Flirren verursachte, zunächst noch vom Leib hielt.

*

Samael aber erlebte die schlimmsten Augenblicke seines so unendlich langen Lebens. Immer wieder taumelte er zwischen dem Entsetzen, dass er hier um seine Existenz kämpfte und der Angst, dass er diesen Kampf nicht würde gewinnen können hin und her, während er eine so unendlich große Wut in sich spürte, dass er beinahe wahnsinnig geworden wäre. Die Stimme, die hier und jetzt alles auf eine Karte setzen wollte, um seine Gegner endgültig zu vernichten oder selbst zu vergehen, wurde immer lauter.

Bevor sie jedoch das Kommando über seine Handlungen übernehmen konnte, siegte die Vernunft, die ihm sagte, dass er sich alldem hier gar nicht aussetzen musste, all die Schmerzen, all diese Demütigungen gar nicht erleiden musste, sondern all dem mit relativ einfachen Mitteln entrinnen konnte, weil er doch intelligenter war, als all seine Gegner zusammen es je sein konnten und sich einen perfekten Ausweg geschaffen hatte, der doch nur darauf wartete, genutzt zu werden, um sich in Sicherheit zu bringen, Ruhe zu finden, seine Gedanken zu ordnen, um dann gestärkt hierher zurückzukehren und als absoluter Herrscher

alles zu zerstören, was diese Welt je ausgemacht hatte, ganz besonders aber diejenigen, die sich ihm hier in den Weg stellten.
Dazu musste er nur dafür sorgen, dass er seine Gegner für einen Moment außer Gefecht setzte. *Doch wie sollte ihm das gelingen?* Sie waren immerhin zu fünft und attackierten ihn beständig von allen Seiten. Eine zielgerichtete Attacke würde sicherlich zwei oder drei von ihnen ausschalten können, aber längst nicht alle. Und schon gar nicht den Engel, der wohlwissend etwas Abstand zu ihm hielt. Nein, er musste erkennen, dass er viel zu lange gezögert und den richtigen Moment für seine Flucht eigentlich schon verpasst hatte. Jetzt konnte ihm dies nur noch gelingen, wenn er ein sehr hohes Risiko einging, indem er seine gesamten Kräfte bündelte und in einem einzigen Rundumschlag gegen seine Feinde schleuderte. Dabei zweifelte Samael nicht daran, dass ihm diese Attacke zumindest so gut gelingen würde, dass er seine Gegner damit für ein paar Sekunden außer Gefecht setzen konnte. Allerdings wäre er danach vollkommen schutzlos, da er keine Kraftreserven mehr besitzen würde. Der Weg zur Brüstung schien sehr nahe, doch gab es noch immer eine gefährliche Unbekannte: Den zweiten Engel, von dem Samael nicht wusste, wo er steckte und der dem gemäß jederzeit urplötzlich auftauchen konnte und dann leichtes Spiel mit ihm haben würde.
Zweifel kamen in Samael auf, ob eine solche Attacke damit wirklich sinnvoll war. *Doch welche anderen Alternativen hatte er schon?* Wie zur Bestätigung seiner ausweglosen Lage, krachten weitere wüste Angriffe seiner Widersacher gegen seinen Körper und verursachten erneute Schmerzen.
Nein, er hatte keine andere Wahl. Er musste alles auf eine Karte setzen.
Und weil der Erfolg unermessliche Macht versprach, tat er es.

*

Eric konnte es spüren und es fühlte sich gut an. Doch im selben Atemzug mahnte er sich zur Ruhe und zur Besonnenheit.
Natürlich konnte er sehen, dass Samael in einer für ihn äußerst gefährlichen Lage steckte. Rose, diese wunderbare Frau, fixierte ihn trotz der Schmerzen, die sie dabei hinnehmen musste. Und Ice, Steel und Shadow kämpften in einer beinahe perfekten Abstimmung, dass dem Dämon keine Luft zum Durchatmen blieb.
Und sie alle verschafften Eric damit die Möglichkeit, seine Energieblitze gezielt und wirksam einzusetzen.
Kein Zweifel, wenn sich an der gegenwärtigen Situation nichts änderte, würden sie Samael tatsächlich besiegen können. *Doch konnten sie wirklich damit rechnen, dass der Dämon sich seinem Schicksal ergab?* Eric wollte es so gern glauben, doch mahnte die Stimme in seinem Inneren zur Vorsicht.
Und als er sehen konnte, wie das Flirren rund um den furchtbaren Körper des Dämons verschwand, weil es in sein Inneres hinein sickerte, war ihm klar, dass jegliche Vorfreude unangebracht war.

Samaels riesig anmutende Augen waren geschlossen und es schien so, als würde alle Farbe auf seiner Haut erlöschen, bis nur noch ein dunkles Anthrazit zurückblieb und er wirkte, als würde kein Leben mehr in ihm sein. Gleichzeitig sackte der Körper etwas in sich zusammen, schrumpfte um einige wenige Zentimeter, sodass Rose an seiner Brust abrupt etwas nach unten rutschte.
Ice und die anderen blickten überrascht drein und zögerten für einen Augenblick, in ihren Aktionen fortzufahren, aber Eric wusste, dass dies ein Fehler war. Sofort riss er seine Arme in die Höhe, doch schon während er die Energie für einen weiteren Blitz sammelte, konnte er sehen, wie Samaels Körper plötzlich zu zittern begann.
Rose, die ihren Ring gerade wieder enger ziehen wollte, verharrte, spürte plötzlich eine enorme Hitzewelle, die ihr aus dem Inneren des Dämons entgegen zuckte. Zeitgleich begann der Körper des Dämons von innen heraus zu glühen, das Licht erreichte rasend schnell eine enorme Intensität, wurde zu einem strahlenden Gleißen, das in den Augen brannte.
Doch während sich die anderen abwandten, war Eric klar, dass etwas Furchtbares geschehen würde und dass er es aufhalten musste. Wieder riss er seine Arme in die Höhe, sammelte Energie, aber einen Wimpernschlag, bevor er sie hinaus sandte, sah er, wie Samael abrupt seine Augen öffnete und im selben Moment einen tiefes, grollendes Brüllen ausstieß.
Dann zuckte Erics Blitz auf ihn zu.
Doch noch bevor er den Körper des Dämons erreichte, riss dieser seine Arme ruckartig nach außen und es schien so, als würde er innerhalb eines Wimpernschlages auf die doppelte Größe anwachsen.
Das aber war nur ein Trugbild, hervorgerufen durch eine unfassbar konzentrierte Energiewelle, die wie die Stoßwelle einer Explosion nach außen jagte und alles erfasste, was ihr im Weg stand.

*

Rose erwischte es als Erste und sie hatte nicht den Hauch einer Chance, es zu verhindern. Eine unglaubliche Kraft riss den Ring, den sie gebildet hatte auseinander und schleuderte sie durch die Luft. Während ihr Körper ein einziger, furchtbarer Schmerz war, krachte sie mit unbändiger Wucht durch die Wand eines Laborraums und verschwand aus dem Blickfeld.
Als nächstes erwischte es Ice, Shadow und Steel beinahe zeitgleich und auf die gleiche Weise. Auch sie wurden von der gewaltigen Stoßwelle erfasst, von den Füßen gerissen und durch die Gegend geschleudert, wo sie in unterschiedliche Richtungen auf unterschiedliche Widerstände trafen. Während Shadow einfach nur durch einen langen Gang flog und dabei kaum irgendwo aneckte, um dann aber hart gegen eine Betonwand zu krachen, rauschte Ice in ein Wirrwarr aus Rohren und Verstrebungen, die durch die Wucht, die sein Körper besaß ausnahmslos zerfetzt wurden. Steel erwischte die Stoßwelle so, dass sein Körper in einem hohen Bogen nach hinten flog, wo er am Ende durch eine

Aussparung im Boden schoss und erst zwei Stockwerke tiefer irrsinnig hart auf eine Stahltreppe krachte.
Eric, der von allen am Weitesten von Samael entfernt war, erwischte die Stoßwelle erst einen Wimpernschlag später, doch immer noch schnell genug, um seinen Energieblitz, den er abgefeuert hatte, so weit abzulenken, dass er den Dämon um eine Handbreit verfehlte und mit brüllender Wucht in die Aufbauten hinter ihm donnerte und alles zerfetzte. Dann wurde auch der Engel von der unfassbar kraftvollen Energie erfasst, die Samael aussandte und schließlich ebenfalls von den Füßen gerissen. Sein Flug schickte ihn geradewegs durch mehrere Reihen deckenhoher Stahlregale, auf denen Stapel große Kisten und Fässer gelagert wurden. Die Wucht des Aufpralls zerriss die gesamte Konstruktion und brachte einige Regale zum Einsturz. Kisten und Fässer begruben Eric schließlich unter sich.
Dann verebbte die Stoßwelle und es kehrte eine gespenstische Ruhe ein.

*

In dem Moment, da Samael all seine Macht in sich konzentrierte, war sein Gehirn wie leergefegt. Er war einzig erfüllt von der Energie, die ihn durchströmte. Erst nachdem er sie in dieser einen hochkonzentrierten Welle entladen hatte, konnte er wieder einen Gedanken fassen.
Gleichzeitig aber verspürte er einen deutlichen Schwindel in sich, dazu eine so tiefgreifende Erschöpfung, dass er kaum in der Lage war, sich aufrecht zu halten. Während sein Körper schwankte, kehrten die Erinnerungen zurück, doch verursachten sie heftige Schmerzen und das Bild vor seinen Augen klärte sich erst ganz allmählich. Dann aber erkannte er das Ausmaß seiner Aktion und war sofort zufrieden, dass und wie gut sie ihm offensichtlich gelungen war. Als er auch noch Ice erkennen konnte, der blutüberströmt und stöhnend am Boden lag, lief er für eine Sekunde Gefahr, so euphorisch zu werden, dass die Stimme in seinem Inneren ihn fast dazu gebracht hätte, seine Situation zu überschätzen und sich seinen stark geschwächten Gegnern doch wieder zu stellen.
Glücklicherweise aber behielt auch dieses Mal seine Vernunftstimme die Oberhand und er konzentrierte sich auf sein Vorhaben.
Mit einem tiefen Atemzug gelang es ihm, seinen Schwindel zu vertreiben. Dann griff er mit der linken Pranke in eine Knochenfalte an seiner Hüfte, in die er die beiden Tore vor dem Kampf gesteckt hatte und wo sie sich zu seiner Beruhigung auch noch befanden. Somit konnte er diesen Ort verlassen.
In dem Moment aber, da er sich abwandte, registrierte er etwa zehn Meter weiter den Gang hinauf eine Bewegung in den umgestürzten Regalen. Er verharrte in seiner Bewegung und konnte erkennen, wie sich ein menschlicher Körper mühsam unter den Trümmern hervor schälte. Da sein Gehirn während des Ausstoßes der Energiewelle quasi ausgeschaltet gewesen war, wusste er nicht, welchen einer Gegner es dorthin verschlagen hatte, als er aber die dunkle Hautfarbe Erics erkannte, war ihm klar, dass er besser nicht gezögert hätte.

Mit einem verärgerten Schnaufen, das seine aufkommende Furcht überlagern sollte, drehte er sich um, rannte auf direktem Wege in Richtung Brüstung, die etwa fünfzehn Meter von ihm entfernt sein mochte und verspürte mit jedem Schritt mehr Zuversicht.

Explosion

Arisagi war von Minute zu Minute immer verzweifelter geworden, denn egal, was er tat, es half nicht, das Problem zu lösen. Zumindest zu Beginn. Dann aber gelang es ihm, einen ersten Achtungserfolg zu erzielen und diese vermaledeite Rückstoßventile wieder zu schließen. Hierdurch angetrieben und durch die Tatsache, dass er immer wieder Kampfgeräusche – wenn auch nur gedämpft – aus dem Labortrakt unter ihm hörte, die ihm sagten, dass er sich beeilen musste, agierte er so konzentriert, schnell und konsequent wie selbst er es noch niemals zuvor getan hatte.
Der Lohn war die Lösung des Problems. Gerade hatte er das letzte Ventil elektronisch versiegelt. Damit waren sämtliche Gase wieder in einem geschlossenen Kreislauf gesichert und das Kühlsystem fuhr weiter kontrolliert herunter. Mehr konnte er hier nicht tun.
Doch das reichte natürlich noch nicht aus. Er hatte zwar verhindert, dass weitere Gase und brennbare Flüssigkeiten ausliefen, doch musste er sich um die kümmern, die bereits am Boden des Schachtes ausgelaufen waren. Das System aber hatte ihm eindeutig gezeigt, dass er die leistungsstarken Pumpen dort unten nur manuell starten konnte. Also musste er sich auf den Weg machen und die zweihundertsiebzig Stockwerke in die Tiefe fahren, um sie so schnell wie möglich zu aktivieren.
Mit einem letzten Blick auf das Display und einem zufriedenen Nicken, schnappte er sich sein Maschinengewehr und rannte aus der Zentrale hinaus in den gewaltigen Schacht der Laboranlage.
Die kühle Luft, die ihm entgegenwehte war erfrischend, je näher er jedoch dem Rand des Schachtes kam, desto deutlicher konnte er Rauch riechen. Bevor er nach rechts in Richtung Fahrstuhl rannte, lief er direkt an die Brüstung, um einen kurzen Blick zu riskieren, mit dem er sich ein Bild der Lage machen konnte.
Der Blick in die Tiefe war wie immer absolut atemberaubend, aber nicht sehr aufschlussreich. Er konnte hier und dort kleine Feuer erkennen, die in den unteren Regionen loderten, auch sah er stellenweise zerfetzte Aufbauten. Zusätzlich hörte er Kampfgeräusche. Sehen tat er jedoch niemanden.
Am Boden des Schachtes konnte er dunkle Nebelschwaden erkennen, in denen es immer mal wieder aufblitzte. Im nächsten Moment aber stutzte er, denn plötzlich begann der Nebel auf der rechten Seite beständig heller zu werden und sich um eine imaginäre Achse zu drehen. Arisagi erinnerte es an die Luftströmungen in einem Wirbelsturm und schon im nächsten Moment wusste er nur allzu genau, was das war, obwohl er selbst niemals dabei anwesend gewesen war. Eines der Tore war aktiviert worden. Da sie sich auf der Erde befanden, konnte es nur um das zur Hölle oder das zum Himmel handeln. *Doch wer hatte es aktiviert und warum?* Fragen, die er nicht beantworten konnte, nur die Erkenntnis, dass er einiges verpasst haben musste, die ihn in seinem

Vorhaben bestätigte, dorthin zu gelangen, um die Pumpen zu aktivieren. Wenn dort nicht zufällig Jemand ein Streichholz entzünden würde, sollte es ihm gelingen, zumindest die eine Katastrophe zu verhindern.
Doch gerade in dem Moment, da er sich vom Geländer abstoßen wollte, ertönte vom Boden des Schachtes ein tiefes Brüllen und nicht weniger als fünf Granaten entluden gleichzeitig ihre Energie.
Damit nahm die Kettenreaktion, die Arisagi so aufopferungsvoll zu verhindern versucht hatte, ihren Lauf.

*

Instinktiv ergriff Silvia Christophers Hand, während sie ihm mit einem unglaublich schmerzvollen Blick direkt in die Augen sah.
In diesem Bruchteil einer Sekunde hätte er weinen können. Alles, was er je wollte, war die Frau vor ihm, die Liebe seines Lebens, aus dem Moloch der Hölle zu erretten, um mit ihr ein vollkommen neues, ein umso wunderbareres Leben zu beginnen, indem Vertrauen, Spaß und Liebe ihre Tage bestimmten und nicht Tod, Entsetzen und Horror. Doch in diesem einen Augenblick, bevor die Granaten explodierten, wusste er, dass sie beide all dies wohl niemals erleben würden.
Dann brüllte der Sprengstoff auf, die Welt um sie herum wurde zu einem einzigen, gleißenden Feuerball und die Wucht der Druckwelle riss mit unbändiger, ruppiger Kraft an ihren Körpern.
Ihr Weg führte sie nach oben, das konnte Christopher gerade noch spüren, dann schienen die entfachten Elemente sein Gehirn zerfetzen zu wollen.
Einen Moment noch konnte er Silvia neben sich erkennen, bevor die Flammen sie verschlangen und ihre Hände getrennt wurden. Christopher konnte sich selber noch für einen Augenblick schreien hören und auch Silvia, doch dann wurden alle Geräusche von einem furchtbaren Dröhnen verschluckt, dass seine Trommelfelle beinahe zerfetzten.
Er spürte, wie irrsinnig heiße Flammen nach ihm leckten und seinen Körper verbrennen wollten und er spürte auch, wie die Druckwelle seinen Körper deformierte, ihn brechen und zerstören wollte. Doch zu seiner größten Überraschung dauerte es nur einen kurzen Moment, wo all dies absolut unerträglich war, dann verebbten die Schmerzen mit jeder weiteren Sekunde.
Mehr noch: Die gleißende Helligkeit, die ihn umgab, wurde immer mehr durch dunkle Wolken durchbrochen und nur einen Augenblick später schoss Christopher nach oben aus der Flammenfaust hinaus immer weiter in die Höhe.
Im ersten Moment wusste er gar nicht, was mit ihm geschah. Er spürte noch immer sengende Hitze auf seiner Haut, die schmerzhaft, aber eben nicht unerträglich war. Außerdem sah er, dass seine Kleidung teilweise verbrannt war, nur noch in Fetzen an ihm herabhing und qualmte.
Plötzlich wurde ihm bewusst, dass er die höllische Explosion überlebt haben musste und ihn die Druckwelle jetzt in die Höhe schleuderte. Im selben Moment erkannte er einen weiteren Körper neben sich und als er sah, dass es Silvia war,

durchströmte ihn unglaubliche Erleichterung. Ihre Kleider waren ebenfalls vielfach verbrannt und ihre nackte Haut glänzte tiefrot. Auch hatte ihre wunderbare Haarpracht deutlich gelitten, doch konnte Christopher sehen, dass sie noch lebte und das war ein absolut wundervoller Anblick.
Schon spürte er, wie sie an Geschwindigkeit verloren und während er sich darauf gefasst machte, wieder in die Tiefe zu stürzen, versuchte er Silvia mit ausgetrecktem Armen zu erreichen. Doch gerade in dem Moment, da ihr Flug den höchsten Punkt erreicht hatte, explodierten unter ihnen etliche Tonnen Gas und Flüssigkeiten und eine zweite Druckwelle wuchtete sie fast noch wilder als die erste weiter in die Höhe.
Christopher konnte mit seinem Mittelfinger gerade die Hand Silvias spüren, als ihn die zweite Explosion wieder von ihr entfernte. Er schrie entsetzt auf, so auch Silvia, doch blieben sie im Blickfeld des anderen und sie verstummten wieder.
Kaum zwei Sekunden später aber ebbte auch diese Aufwärtsbewegung ab. Christopher hatte keine Ahnung, wie hoch sie mittlerweile gelangt waren, doch die Vorstellung aus dieser Höhe zu Boden zu stürzen, verursachte bei ihm sofort Magenschmerzen.
Plötzlich schoss neben ihnen etwas großes Dunkles vorbei. Nein, sie schossen *an ihm* vorbei.
Dann endete die Aufwärtsbewegung. Im selben Moment waren sie beide wieder so dicht beieinander, dass sie ihre Hände ineinander krampfen konnten. In Silvias Gesicht konnte Christopher Angst und Gewissheit erkennen. Auch sie wusste, dass sie einen Sturz aus dieser Höhe nicht würden überleben können.
Doch ihr Fall dauerte kaum mehr als eine halbe Sekunde, dann tauchte das große dunkle Etwas direkt unter ihnen auf und schon im nächsten Moment krachte beide hart und unkontrolliert auf eine gläserne Plattform. Sie war die niedrigste der neun Plattformen, die im gesamten Schacht verteilt waren. Sie war ähnlich der, auf der sie bei ihrer Ankunft hier gestanden und die Arisagi letztlich zerstört hatte. Sie hatte die gleiche Struktur, war aber lange nicht so groß. Ihr Durchmesser lag bei vielleicht fünf Metern und es gingen vier Metallstege in verschiedene Richtungen ab. Christopher und Silvia schossen über das Geländer am Rand der Plattform hinweg, schlugen etwa in ihrer Mitte auf, polterten dann aber unkontrolliert weiter und erreichten die andere Seite der Plattform.
Christopher rollte gerade vom Rücken auf den Bauch als er den stählernen Rand der Konstruktion mit seiner rechten Hand spüren konnte. Unwillkürlich krampfte er sie darum und konnte seinen Sturz damit tatsächlich stoppen. Im selben Moment aber hörte er direkt neben sich Silvias spitzen Schrei und schon polterte sie noch immer unkontrolliert und mit hoher Geschwindigkeit gegen ihn - und sofort danach über ihn hinweg. Sie schien jedoch zu fühlen, dass sie ihn unter sich hatte, denn ihre Hände versuchten seine Kleidung zu greifen, was ihr aber nicht gelang. So schoss sie über ihn hinweg, über den Rand der Plattform hinaus und dann in die Tiefe.
Christophers Schock, der ihn erfasst hatte, nachdem er erkannte, dass Silvia über ihn hinweg rauschte, folgte ein winziger Moment, indem sein Gehirn

vollkommen leergefegt war, bevor alles in und an ihm nur noch von einem Befehl dominiert wurde: *Greif zu!*

*

Sie alle konnten nur untätig zusehen, als die gewaltige Kreatur auf ihre Knie gefallen, ihr Oberkörper nach vorn geknickt und damit klar war, dass Christopher und Silvia keine Chance mehr zum Entkommen hatten. Alle entsetzten Rufe und ruckartigen Bewegungen, die in Schockstarre endeten, hatten keinen Sinn mehr. Schon im nächsten Moment detonierten die Granaten und entfachten eine wuchtige Explosion, die sowohl die Kreatur, als auch die beiden Menschen komplett einhüllte. Die gewaltige Energie wirkte auf den deformierten Körper der Bestie wie ein ultimativer Hammerschlag und zerfetzte ihn in unzählige Teile. Fast zeitgleich wurden beide Hüften zerfetzt und die Beine damit vom Rumpf getrennt. Außerdem wurde ein gewaltiges Loch zwischen den Schulterblättern gerissen, das sich durch den ganzen Oberkörper fraß und durch den Brustkorb nach außen trat. Der Kopf zerplatzte wie eine Seifenblase oder besser wie ein mit Waser gefüllter Luftballon.
Haut, Knochenteile, Innereien, Blut und sonstige Körperflüssigkeiten schossen in alle Richtungen und klatschten zurück zu Boden wie eine Flutwelle.
Die Umstehenden waren weit genug entfernt, um von der Druckwelle der Explosionen und von den Explosionen selbst nicht oder nur kaum etwas abzubekommen, doch davor konnten sie sich nicht schützen und wurden teilweise sogar von den Füßen gerissen.
Zeitgleich aber schossen einige Flammen über den Boden und entzündeten die Gase und die Flüssigkeiten, die aus der Laboranlage dorthin gesickert waren.
Augenblicklich gab es eine gewaltige Stichflamme, die sich beinahe über den kompletten Schachtboden ausbreitete und für eine noch gewaltigere Explosion sorgte, der sich auch Francesco und die anderen dieses Mal nicht entziehen konnten.
Im Gegensatz zu Christopher und Silvia aber wirkte sie hauptsächlich seitlich auf sie und verstreute sie in alle Richtungen.
Überraschenderweise reagierte Francesco von allen am schnellsten und umarmte seine Frau, um ihr Schutz zu bieten. Tatsächlich gelang es ihm dadurch, das meiste der schadhaften Energien von ihr abzuhalten, wenngleich er nicht verhindern konnte, dass sie beide von der Druckwelle von den Füßen und durch die Luft geschleudert wurden.
Cynthia und Alfredo hatten weniger Glück und mussten die volle Wucht der Explosion hinnehmen. Eingehüllt in eine Flammenfaust wurden ihre Körper nach hinten gerissen, einige Meter durch die Luft gewirbelt, um dann zurück zu Boden zu stürzen und schonungslos über den Betonboden getrieben zu werden.
Douglas und Bim erging es kaum anders, nur das sie in die entgegengesetzte Richtung geschleudert wurden, dabei vom Boden abhoben, ihre Flugbahn einen beinahe sanften Bogen beschrieb, bevor auch sie hammerhart aufschlugen und einige Überschläge vollführen mussten, bevor sie zum Erliegen kamen.

Eines aber hatten sie alle gemeinsam: Sie überlebten dieses Chaos aus Feuer, Rauch und Druckwelle und das sogar ohne wirkliche nennenswerte Schäden.

*

Als Douglas endlich abstoppte, war er für einen Moment verwundert, dass er noch lebte. Zwar taten ihm nahezu alle seine Knochen weh und auch solche, von denen er gar nicht wusste, dass er an diesen Stellen welche hatte. Außerdem hatte er Schwierigkeiten, durchzuatmen, weil seine Lungen nicht nur kochten, sondern auch voller Qualm und Hitze waren. Sein Körper, der eine unheimliche Wärme ausstrahlte war komplett mit Schweiß überdeckt und ein Großteil seiner Kleidung war verbrannt, doch war er eindeutig am Leben.
Aber das, was seine Augen erkannten, nachdem sich sein Blick wieder geschärft hatte, jagte ihm sofort einen derben Schock in die Glieder.
Neben sich erkannte er den weit geöffneten Kegel eines geöffneten Tores. Die Luft strömte wie bei einem Wirbelsturm mit hoher Geschwindigkeit um das Zentrum und war orange gefärbt. Sein Blick zuckte zur Seite und tatsächlich sah er etwa zwanzig Meter von sich entfernt die winzig anmutende Pyramide mit der Spitze voraus im Betonboden stecken. Über ihr ragte der Kegel in einer Höhe von mindestens fünfzig Meter auf. Die enorme Luftströmung konnte er körperlich spüren und in einem dumpfen Rauschen auch hören.
Wie zum Teufel kam diese Pyramide hierher? Die Antwort darauf wusste er sofort selber: *Samael!* Er besaß alle drei Tore und nur er wäre verrückt genug, eines davon hier zu öffnen. *Doch welches von den Dreien war es?*
Sein Blick glitt hinauf zum Ende des Kegels und schon erfasste ihn der zweite Schock, denn etwa hundert Meter über ihm konnte er eine weitere, gläserne Plattform erkennen und einen menschlichen Körper, der im selben Moment über ihren Rand hinaus in die Tiefe stürzte. *Silvia!, Christopher!*, schoss es ihm sofort in den Kopf. „Oh Gott!" Er sog scharf die Luft ein, doch erstarrte er sogleich, denn der Oberkörper einer zweiten Person zuckte über den Rand, den ausgetreckten rechten Arm in die Tiefe gerichtet. Christopher, erkannte Douglas das verzerrte Gesicht seines Freundes. Also war die andere Person Silvia.
Plötzlich endete ihr Fall und Douglas konnte erkennen, dass sein Freund Silvia am Bauch am Gürtel ihrer Hose zu fassen bekommen haben musste. „Ja!" rief er erfreut aus und grinste. Es gab also doch noch Hoffnung.
Aber da sollte er sich täuschen.

*

„Hab dich!" stieß Christopher atemlos hervor, während er seine linke Hand, so fest er nur konnte, um den Gürtel an Silvias Hose krampfte. Er spürte das Gewicht an seinem Arm, doch wusste er, dass es ihm keine Probleme bereiten würde. Seine rechte Hand wanderte bereits an den Rand, um dort einen geeigneten Platz zu finden, um sich abzustützen, damit er Silvia so schnell als möglich zurückziehen konnte.

Silvia schaute zu ihm auf. In ihren Augen sah er Erleichterung, aber auch Angst und Erschöpfung. Aufmunternd lächelte er ihr zu, was sie erwiderte und ihre Augen dabei derart strahlend leuchteten, dass ihm ein warmer Schauer durch den Körper floss.

Ganz nebenbei fiel sein Blick an ihr vorbei in die Tiefe. Innerhalb weniger Augenblicke registrierte er die Nachwirkungen der mächtigen Explosion, die sie letztlich hier herauf geschleudert hatte und den dunkelorangenen Kegel des Höllentors, der sich noch etwa hundert Meter schräg unter ihnen befand. Im Unterbewusstsein war ihm dabei klar, dass sich das Tor kurz vor seiner kompletten Öffnung befand und die Farbe alsbald in Rot wechseln würde. Er konnte nur hoffen, dass die anderen verhindern konnten, dass Samael es benutzen würde.

Im nächsten Moment hatte sich seine rechte Hand fest um den Rand der Plattform gelegt. Christopher begann, Silvia in die Höhe zu ziehen und verwarf seine Gedanken. Während er Druck auf die rechte Hand ausübte, um mehr Kraft entwickeln zu können, verhielt Silvia sich vollkommen ruhig. Entsprechend problemlos verlief die Aktion – zumindest für eine halbe Sekunde, dann nämlich löste sich die verdammte Gürtelschnalle vom Lederriemen!

Christophers Gehirn registrierte, dass seine Freundin trotz des Zuges nach oben urplötzlich nach unten sackte und signalisierte sofort Gefahr. Silvia stieß einen spitzen Schrei aus. Da sie ihre Arme aber locker seitlich hatte fallen lassen, dauerte es einen Moment, bevor sie in die Höhe zuckten.

Zu diesem Zeitpunkt aber war der halbe Gürtel bereits um Silvias Körper gerutscht und sie fiel unaufhaltsam in die Tiefe. Christopher starrte auf die Gürtelschnalle in seiner linken Hand. Anstatt sie einfach loszulassen, schien er für einen Wimpernschlag wie gelähmt. Dann erst fing er den verzweifelten Blick seiner Freundin auf und instinktiv zuckte sein rechter Arm in die Tiefe. Um Silvia aber noch zu erreichen, musste er seinen rechten Arm nicht nur ganz ausstrecken, sondern auch seinen Oberkörper über den Rand schieben. Im ersten Moment bekam er sie gar nicht zu fassen, da sie mit ihren Armen umher ruderte, dann aber umschlossen seine Finger ihren Unterarm in Höhe des Ellbogens. Wieder schrie Silvia auf und Christopher stöhnte. Dann ruckte ihr Gewicht an seiner Hand und urplötzlich rutschte sie nochmals ein gutes Stück herab, da ihr Körper schweißnass war und Christopher sie erst am Handgelenk richtig zu packen bekam. Wieder schrie Silvia auf und zuckte wild mit ihrem Körper. Dadurch erhöhte sie die Last auf Christophers Arm und sein Körper zuckte unwillkürlich noch ein Stück nach vorn, wodurch er soweit über den Rand der Plattform hinausragte, dass er Gefahr lief, ebenfalls in die Tiefe zu rutschen. Instinktiv ließ er jetzt endlich die Gürtelschnalle los und seine linke Hand zuckte hinauf zum Rand der Plattform, um sich zusätzlichen Halt zu verschaffen.

Genau in diesem Moment hörte er hinter sich einen dumpfen, heftigen Aufschlag, der die Plattform leicht ins Vibrieren brachte. Schon einen Wimpernschlag später spürte er einen brutalen Schlag gegen seine linke Seite, als ein schwerer Körper über ihn hinweg rollte, ihn schonungslos und vollständig über den Rand der Plattform hinaus drückte und er dabei jeglichen Halt verlor.

Deja vu

Eric hatte das Gefühl, von einer Dampframme erwischt worden zu sein. Mühsam quälte er sich unter den Trümmerteilen der Stahlregale hervor. Mit einer letzten Kraftanstrengung und einem tiefen Atemzug konnte er ein mannsgroßes Fass beiseite drücken und sich letztlich wieder aufrichten. Vor seinen Augen war die Welt für einen Moment verschwommen, auch weil überall Rauch umher waberte. Dann aber klärte sich das Bild und er wusste sofort wieder, wo er war. Instinktiv blickte er in die Richtung, in der er Samael vermutete und konnte dort tatsächlich Bewegung ausmachen.
Der Dämon war jetzt komplett ohne flirrende Schutzhülle, doch war um ihn herum niemand mehr, der sich ihm entgegenstellen konnte. Wie auch er selbst, waren Ice und seine Freunde allesamt durch die Gegend geschleudert worden. Eric konnte sie nirgendwo sehen.
Dafür aber, dass der Dämon ihn direkt anstarrte. In seinen riesigen, gnadenlosen Augen konnte der Engel Überraschung, aber auch Furcht erkennen. Dann hörte er ihn knurren und gleich darauf wirbelte er herum und rannte davon.
Nein! schrie eine innere Stimme. *Du musst ihn aufhalten. Erinnere dich!*
Urplötzlich wurde Eric das ganze Ausmaß der Aktion klar: *Samaels Attacke war kein direkter Angriff auf seine Gegner mit dem Ziel, einen Sieg davon zu tragen, es war eine Verteidigungsaktion mit dem Ziel, genug Zeit zu gewinnen, um sich davon zu machen.* Schließlich besaß er noch immer alle Tore. Das zur Hölle hatte er vor wenigen Minuten aktiviert und über die Brüstung in die Tiefe geworfen, wo es jetzt sicherlich dabei war, geöffnet zu werden oder schon geöffnet war. Wenn es dem Dämon gelingen würde dort hindurch zu gehen, hätte er zwar eines der Artefakte verloren, aber noch immer das Wichtigste von allen gesichert: *Das Tor zum Himmel!*
Diese Erkenntnis durchzuckte den Engel wie ein Stromschlag. Mit all seiner Kraft drückte er sich aus dem Trümmerhaufen, der ihn umgab, heraus, versuchte, sicheren Stand zu finden, um Samael mit einem gezielten Energieblitz zu stoppen. Doch das wollte ihm nicht gelingen. Jedes Mal, wenn er seinen Fuß irgendwo aufstellte, sackte er ein oder rutschte weg. Er kam gar nicht dazu, zu zielen. Beinahe hilflos musste er mit ansehen, wie sich der Dämon immer weiter von ihm entfernte und der Brüstung im gleichen Maße immer näher kam. Eric drückte sich erneut auf die Füße, machte einen halben Schritt nach links, in der Hoffnung, festen Boden unter den Füßen zu finden, sackte aber wieder nur ein. Zusätzlich drohte er das Gleichgewicht dabei zu verlieren. Instinktiv zuckte sein rechtes Bein nach vorn und er verlagerte sein Gewicht dorthin. Anfangs schien er dadurch jedoch nur vom Regen in die Traufe zu kommen, doch plötzlich spürte er etwas Hartes unter seinem Fuß, auf das er sich stützen konnte. Während er sah, dass Samael keine fünf Schritte mehr von der Brüstung

entfernt war, fand er sein Gleichgewicht wieder, riss die Arme in die Höhe und visierte den Dämon an.
Einen Augenblick später bündelte er seine Kräfte und sandte einen mächtigen Energieblitz aus.

Samael hatte die Brüstung erreicht. Er drückte sich ab und flog in einem langen Hechtsprung über das Geländer hinweg. Während seine Flugbahn den höchsten Punkt erreichte, verspürte er ein gewisses Hochgefühl, weil ihm die Flucht tatsächlich gelungen war. Mit einem aufkommenden Grinsen drehte er seinen Körper so, dass er nach hinten schauen konnte.
In diesem Moment krachte der Energieblitz mit brutaler Wucht in Höhe der Hüfte gegen seine linke Seite. Die Energie beschleunigte seinen Körper abrupt um gute zehn Meter, bevor die Schwerkraft ihn nach unten zog.
Samael quiekte wild und schrill auf, hatte keine Kontrolle über seinen Körper. Der Energiestoß hatte ein großes, tiefes Loch in seine Hüfte gerissen, mehrere Knochen gebrochen oder einfach nur zerfetzt. Blut spritzte in einer ekelhaften Fontäne daraus hervor.
Noch niemals zuvor hatte der Dämon solche Schmerzen verspürt, die ihm fast die Besinnung raubten. Sein Blickfeld wurde zunehmend dunkel und kleiner, sein Gehirn war für einen Moment vollkommen leer. Dann aber durchzuckte ihn die furchtbare Erkenntnis, dass er doch noch auf der Zielgeraden gestoppt worden war, weil der Energieblitz seine Flugbahn gerade weit genug verrissen hatte und er nun nicht mehr in das Tor zur Hölle fallen würde, dessen herrlich weit geöffneten Kegel er schräg unter sich ausmachen konnte.
Plötzlich erkannte er unter sich eine gläserne Plattform. Er raste direkt darauf zu und würde ziemlich genau in der Mitte aufschlagen. Instinktiv riss er seinen Körper herum und es gelang ihm tatsächlich, den ultraharten Aufschlag durch das Abrollen über seine rechte Schulter ein wenig abzumildern. Zwar wurde sein gesamter Körper furchtbar zusammengestaucht und er konnte deutlich weitere Knochen brechen hören, doch blieb sein Kopf beinahe unversehrt. Die Bewegungsenergie, die er noch immer besaß, ließ ihn weiter über die Plattform poltern. Er quiekte mehrmals, seine Gliedmaßen flogen hin und her, doch hatte er keine Chance, etwas dagegen zu unternehmen.
Dann krachte er gegen einen größeren Körper, doch dass es sich dabei um Christopher handelte, registrierte er anfangs nicht. Seine Klauen zuckten umher auf der Suche nach einem Halt, der den mörderischen Sturz endlich stoppen konnte. Doch er konnte nicht verhindern, dass er über Christopher hinweg rollte, während er den Menschen selbst ebenfalls über den Rand der Plattform drückte, und schließlich mit ihm in die Tiefe stürzte.
Erst im letzten Moment bekam er Christophers rechte Schulter zu packen. Sofort rammte er ihm seine scharfen Klauen in das Fleisch.
Und urplötzlich endete sein Sturz.

*

Genauso wie Samael, wusste auch Christopher nicht, was ihn über den Rand der Plattform gedrückt hatte. Im ersten Moment total überrascht und gleichsam entsetzt, schien er sein Schicksal hilflos hinnehmen zu müssen. Doch dann krallte er seine linke Hand in den Rand der Plattform, während er seine rechte Hand instinktiv noch fester um Silvias Handgelenk schloss.
Plötzlich aber spürte er einen stechenden Schmerz in seiner rechten Schulter, der ihm fast alle Kraft raubte. Im nächsten Moment stoppte ihr Fall, doch der enorme Zug auf seiner linken Hand war fast zu viel für ihn und er hatte das Gefühl, als würde ihm das Schultergelenk aus dem Körper gerissen. Aber sein Griff hielt, er konnte ihren Sturz abblocken.
Doch dann erkannte er die Gestalt, die sich an seiner Schulter festgekrallt hatte und deren Körper jetzt direkt vor seinem hing und ihm war klar, dass alles schief gelaufen sein musste, was nur schief hätte laufen können.

*

Christophers schmerzhafter Aufschrei schärfte seine Sinne, noch bevor ihr Sturz so abrupt endete. Als Samael in das Gesicht des Menschen blickte, erkannte er ihn sofort wieder. Er war der Hüter des Himmelstores gewesen, mit ihm hatte quasi alles erst begonnen. Und jetzt hatte er diesen Bastard wieder direkt vor sich und er war sowas von hilflos. Denn längst hatte der Dämon registriert, in welch beschissener Lage Christopher sich befand. Mit der linken Hand hielt er sie alle an der Plattform, mit der rechten Silvia. Keine von beiden würde er freiwillig lösen, dessen war sich der Dämon sicher.
Doch noch etwas anderes erkannte er – und das war um ein so Vielfaches wichtiger: Er befand sich jetzt wieder deutlich näher am Tor zur Hölle, als noch Sekunden zuvor. Der Kegel selbst war noch größer und breiter geworden, leuchtete jetzt in einem hellen Rot unter ihnen. Mit einem beherzten Sprung würde er in den Einflussbereich der Strömung gelangen können. Und das war doch alles, was er wollte. Zwar war er schwer verletzt, doch hatte er noch immer die beiden anderen Tore und wenn es ihm gelang, in die Hölle zurückzukehren, konnte er dort regenerieren und dann ungleich mächtiger zurückkehren.
Bevor er in den Schacht gesprungen war, glaubte er, siegen zu können, als ihn der Energieblitz des Engels getroffen hatte, verlor er jede Hoffnung darauf, doch jetzt, in diesem Moment, war alles wieder vollkommen anders und er *wusste*, dass er siegen würde.
Ein deutliches Hochgefühl machte sich in seinem Körper breit. Mehr noch: Er konnte sich den Durchgang zur Hölle sogar noch mit zwei Opfern versüßen. An Christopher würde er seinen aufkommenden Blutrausch austoben, ihn für all die Erniedrigung und all die Schmerzen, die er hatte erleiden müssen, büßen und ihn all den Hass spüren lassen, den er für die Menschen empfand. Dann würde er sich in das Tor zur Hölle stürzen und die Frau mit sich nehmen. An ihr würde

er schließlich seinen Durst stillen und sich an ihrem Rückenmark laben, dessen süßen Duft er förmlich schon riechen konnte.
Als er seinen Kopf wieder anhob konnte er direkt in Christophers Augen blicken, der ihn mit versteinerter Miene ansah. *Er weiß um sein Schicksal!* Samael konnte nicht drum hin, zu lächeln. Oh, er liebte es, zu gewinnen.

*

Douglas war sich *nicht* sicher, ob er das wirklich tun wollte, dafür aber *ziemlich*, dass es vermutlich schief gehen würde. Dennoch spürte er einen inneren Zwang, der ihm sagte, dass er doch tun sollte.
Mittlerweile stand Bim neben ihm und starrte wie er in die Höhe, wo sie durch den roten Lichtkegel des jetzt beinahe komplett geöffneten Höllentors auf das Geschehen an der Plattform blicken konnten.
Sie sahen Samael und wussten auch aus dieser Entfernung, dass ihre Freunde in höchster Lebensgefahr schwebten. Doch ihnen war ebenso klar, dass sie rein gar nichts dagegen tun konnten.
Plötzlich riss sich Douglas aus seiner Starre, drehte sich zu Bim und drückte ihm sein Gewehr vor die Brust. „Halt das!" sagte er nur, dann ging er in die Hocke und sondierte den Boden in Richtung Pyramide, die gute zehn Meter von ihnen entfernt im Boden steckte. Zumindest war sich Douglas dessen ziemlich sicher, denn wirklich sehen konnte er sie nicht, weil die Lichtintensität des Kegels dort so stark war, dass alles nur tiefrot zu glühen schien. Allerdings konzentrierte sich der Kegel dort auf seinen Ausgangspunkt, der ja nur die Pyramide sein konnte.
„Was soll das?" fragte Bim überrascht, löste seinen Blick von der Plattform und schaute zu Douglas hinab. „Was hast du vor?"
„Ich weiß nicht…?" Douglas machte in der Hocke ein paar Schritte nach vorn, bis er spürte, wie der Luftzug des Lichtkegels unerträglich wurde. Er verharrte für einen kurzen Augenblick, dann ging er auf die Knie. „Vielleicht könnte ich die Pyramide erreichen!" Er krabbelte schnell zwei Meter weiter, dann wurde der Luftzug wieder zu stark. Außerdem wurde es merklich wärmer.
„Was?" Bim riss entsetzt die Augen auf, ging ebenfalls in die Hocke und machte ein paar Schritte, bis der Luftzug auch für ihn zu stark wurde. „Aber…das kannst du nicht!"
„Sagt wer?" Douglas drückte seinen Kopf auf den Boden und schaute wieder in Richtung der Pyramide. Er schätzte die Entfernung auf kaum mehr als sechs Meter. Wenn er sich flach auf den Boden legen würde, könnte er sie erreichen. Zumindest war er sich da fast sicher, denn in einem Radius von etwa zwei Metern um die Pyramide selbst, lag der Lichtkegel verdammt tief über dem Artefakt. Um aber herauszufinden, wie tief, musste er weiter heran. Also legte er sich flach auf den Bauch und begann, über den Boden zu robben.
Wenn er Christopher und Silvia schon so nicht helfen konnte, konnte er vielleicht ja dafür sorgen, dass es Samael nicht gelang, mit den beiden anderen Toren in die Hölle zurück zu kehren.

*

Ja, es stimmte.
Christopher wusste um seine schier ausweglose Lage und in den Augen des Dämons erkannte er mehr als deutlich, was er vorhatte.
Doch, wenn er seinen eigenen Tod vielleicht noch akzeptieren konnte, so war der Gedanke, Silvia zu verlieren für ihn absolut unerträglich.
Also tat er, was er immer getan hatte: Kämpfen – egal, wie aussichtslos es schien. Und da er keine Hand freihatte, um zu agieren, nahm er das Einzige, was ihm sonst noch blieb: *Seinen Kopf!*
Blitzschnell zuckte er nach vorn und krachte wuchtig gegen die knöcherne Stirn des Dämons. Er erwischte Samael vollkommen unvorbereitet, der nur überrascht und schmerzhaft aufschreien konnte. Doch Christopher zögerte nicht. Erneut schoss sein Kopf nach vorn und nochmal und nochmal. Der Aufprall war jedes Mal irrsinnig hart und wuchtig und von einem dumpfen Knacken begleitet. Blut spritzte. Rotes von Christopher, dessen Stirn längst aufgeplatzt war, Schwarzes von Samael, der noch immer derart perplex war, dass er nicht in der Lage war zu reagieren.
Doch mochten die Schläge Christophers seinen Körper auch zum Erzittern bringen und er schwer angeschlagen sein, loslassen tat Samael dennoch nicht.
Und Christopher wusste, dass er kaum noch länger würde fortfahren können, denn der Blick vor seinen Augen begann bereits zu verschwimmen.

*

Silvia war für einen langen Moment wie gelähmt gewesen, denn ihren Kopf erfüllte nur ein einziger Gedanke: *Deja vu!*
In einer wahrhaft alptraumhaften Sequenz fühlte sie sich zurückversetzt in jene schreckliche Nacht in New York, die zwischen den Zwillingstürmen des WTC ihr furchtbares Ende nahm.
Wieder hing sie über einem Abgrund, wieder rotierte unter ihr der Kegel des geöffneten Höllentors. Und wie schon damals war Christopher bei ihr und ihre einzige Chance auf Rettung.
Dieses Mal aber schien es, als wäre genau das fast ein Kinderspiel, doch dann spielte ihr das Schicksal einen grausamen Streich und sie konnte über sich den dämonischen Körper Samaels erkennen.
Und da war ihr klar, dass dieses Mal nicht nur ihr Leben, sondern auch das von Christopher in höchster Gefahr war. Etwas, dass sie niemals zulassen durfte.
Sie zwang sich zur Ruhe, schob ihre rechte Hand an ihren Gürtel und holte die Maschinenpistole aus der Halterung dort. Während sie sie in die Höhe richtete, entsicherte sie sie.
Plötzlich ruckte Christophers Körper mehrmals und Silvia erkannte, was er tat. Da er keine Hand frei hatte, nahm er seinen Kopf, um sich gegen Samael zu verteidigen. Der Dämon quiekte und erzitterte, doch er wollte nicht loslassen.

Christophers Gesicht sah übel aus. Überall war Blut, seine Augen kaum noch zu erkennen. Dennoch schlug er nochmals zu.
Silvia hörte das widerlich dumpfe Knacken von brechenden Knochen und wusste, dass sie helfen musste. Sie streckte ihren rechten Arm ganz aus, schob dem Dämon die Waffe quasi zwischen die Beine und drückte ab. Die Pistole spuckte die Projektile so schnell aus, dass das Mündungsfeuer als grelle Flamme direkt vor dem Lauf nicht erlosch.

*

Samael kreischte förmlich auf und sein Körper erzitterte erbärmlich. Dennoch dauerte es noch fast zwei Sekunden, bevor er den Halt verlor und in die Tiefe sackte. Seine Krallen rissen dabei auf Christophers Körper tiefe Schnittwunden von seiner Schulter bis zum Oberschenkel, sodass auch er schmerzvoll aufschreien musste.
Dafür aber registrierte sein Unterbewusstsein, dass Samael ihn losgelassen hatte und in die Tiefe stürzte.
Doch nur für eine halbe Sekunde lang.
Dann nämlich gelang es ihm, sich an Silvia zu krallen und seine linke Pranke fest um ihren linken Oberschenkel zu schließen. Die junge Frau schrie sofort entsetzt auf und als das Gewicht des Dämons an ihrem Körper zog, glaubte sie, dass ihr die linke Hand abgerissen werden würde. Doch das geschah nicht und auch Christopher gelang es, wenngleich auch nur unter größten Anstrengungen und mit einem mächtigen Aufschrei, nicht los zu lassen.
„Oh Gott!" stieß er atemlos hervor, während er wirklich die allerletzten Kraftreserven aus seinem geschundenen Körper holte.
Silvia spürte die mächtige Kralle um ihren Oberschenkel und auch, dass Samael seinen ersten Schock überwunden hatte und zu ihr aufblickte. Sofort richtete sie ihre Waffe in die Tiefe und drückte ab. Der Dämon quiekte wieder und sein Körper zuckte hin und her, sodass die Schüsse meist ins Leere gingen. Stattdessen spürte Silvia, wie der Dämon sich in ihrem Rücken nach oben zog. Plötzlich riss sie ihren Kopf in die Höhe und schaute Christopher direkt in die Augen. „Lass mich los!" rief sie.
„Was?" Christopher war total entsetzt.
"Lass los!" rief Silvia nochmals.
In ihren Augen konnte Christopher tiefen Schmerz erkennen, doch auch gnadenlose Erkenntnis. Samael würde sie töten. Er befand sich jetzt direkt in ihrem Rücken und Silvia hatte keine Chance mehr, ihn mit der Waffe zu treffen. Und Christopher konnte nichts anderes tun, als zuzusehen. Doch Silvia war klar, dass der Dämon mit ihrem Tod nicht aufhören würde. Wenn er mit ihr fertig war, würde er sich über Christopher hermachen und dieses Mal vielleicht gewinnen. Somit würden beide sterben. Doch das musste nicht sein. Wenn er Silvia jetzt losließe, würde sie mit Samael in das Tor zur Hölle stürzen und er konnte sich retten.
Aber das war doch überhaupt keine Option.

Auch wenn alles so unendlich gleich aussah, dies hier war *nicht* so wie in der Nacht vor einem Jahr. *Damals* kämpften sie gegen einen normalen Dämon, *heute* gegen eine der mächtigsten Kreaturen der Hölle. *Damals* hatten sie den Dämon töten können, *Samael* lebte immer noch mehr, als allen lieb sein konnte. Wenn er Silvia jetzt losließ, würde sie den Durchgang durch das Tor womöglich nochmals überleben können, doch dann wäre sie dort nicht allein, sondern würde Samael quasi direkt vor die Füße fallen und diese Vorstellung war absolut grauenhaft.
Nein, Christopher wusste, er konnte Silvia niemals loslassen, nicht schon wieder. Er würde nicht noch einmal zulassen, dass er die Liebe seines Lebens verlor.
Im selben Moment aber zog sich Samael mit einer letzten Kraftanstrengung soweit in die Höhe, dass sich sein widerlicher Schädel direkt neben Silvias Kopf befand. In seinen Augen konnte Christopher Gier und Vorfreude erkennen. Samael blickte zu ihm auf und hinzu kam auch noch Schadenfreude bei der Gewissheit, dass Christopher total hilflos war. Noch dazu konnte er in Silvias Augen pures Entsetzen erkennen, als die rechte Pranke des Dämons zu ihrem Rückgrat wanderte.
„Lass mich los!" flehte sie, dann blickte sie mit den wohl hoffnungslosesten Augen zu ihm hinauf, die er je gesehen hatte. „Bitte!"
„Nein!" Innerlich explodierte Christopher beinahe. „Niemals!" Lieber würde er mit ihr sterben.
„Dann lässt du mir keine andere Wahl!" Silvias Worte kamen so unerwartet hart und entschlossen, dass Christopher im ersten Moment nicht die geringste Chance hatte, zu reagieren. Vollkommen erstarrt musste er mit ansehen, wie Silvia ihre rechte Hand in die Höhe riss und den Lauf der Waffe gegen sein Handgelenk presste. „Ich liebe dich!" rief sie.
„Oh Gott, Silvia, nein!" brüllte Christopher, so entsetzt, so vollkommen hilflos. Die Dinge wiederholten sich auf so grausame Weise und er konnte nicht das Geringste dagegen tun.
Bis ihm urplötzlich klar wurde, dass das nicht stimmte.
Er hatte nicht zwei Optionen, sondern noch eine dritte.
„Ich liebe dich auch!" rief er und im selben Moment öffnete er seine linke Hand und ließ die Plattform los.

Das Schicksal der Welten

Hinterher!
Das war alles, was Eric in diesen Momenten denken konnte. Doch obwohl er gestärkt war durch die erfolgreiche Attacke gegen Samael, hatte er anfangs noch Mühe, sich aus dem Trümmerhaufen herauszuschälen. Als er es endlich geschafft hatte, war er nervös. Sofort begann er in Richtung Brüstung zu rennen. Links und rechts konnte er Bewegung wahrnehmen und bei einem flüchtigen Blick zur Seite erkannte er Ice, Shadow und Rose, die gerade wieder auf die Beine gekommen waren und nun zusammenstanden. Als sie ihn sahen, starrten sie ihn mit großen Augen an. „Kommt schon!" rief er atemlos, während er links unter sich Steel ausmachen konnte, der sich gerade ebenfalls unter einem Haufen Trümmer herauswand.
Dann war die Brüstung keine fünf Meter mehr von ihm entfernt und er sprang einfach ab. Dass er als Engel ja fliegen konnte, hatte er beinahe vergessen.
Eric beschleunigte, schoss über die Brüstung hinweg und sauste dann fast senkrecht in die Tiefe. Anfangs konnte er am Boden des Schachtes kaum mehr erkennen als Feuer und Flammen, doch als diese schnell erloschen, konnte er den weit geöffneten Rüssel des Höllentors sehen. Er erschrak und verlangsamte seinen Flug unwillkürlich, weil er befürchtete, dass seine Attacke doch umsonst gewesen und er jetzt zu spät gekommen war. Mit großen Augen starrte er in den Lichtkegel und überlegte ernsthaft, ob er es wagen konnte, dem Dämon zu folgen.
Plötzlich aber nahm er Bewegung schräg unter sich wahr. Eric drehte den Kopf und erkannte eine Glasplattform, sonst aber nichts. Er wollte sich schon wieder abwenden, weil er glaubte, sich getäuscht zu haben, als er sah, wie sich am Rand der Plattform tatsächlich etwas bewegte. Als er genauer hinsah, stockte ihm sofort der Atem.
Innerhalb eines Wimpernschlages erkannte er die Situation. Er sah Christopher, dessen rechter Arm Silvia festhielt, damit sie nicht in die Tiefe stürzte, während er sich selbst mit dem linken Arm an den Rand der Plattform geklammert hatte. Und Eric sah Samael, wie er sich in den Rücken seiner Freundin stemmte, bereit sie zu töten.
Eric durchzuckte ein harter Schock, bis ihm klar wurde, was er zu tun hatte. Samael war noch nicht durch das Tor zurück in die Hölle gegangen, es gab also noch Hoffnung. Und außerdem musste er Silvia und Christopher retten.
Doch genau in dem Moment, da er wieder losfliegen wollte, hörte er einen lauten, verzweifelten Schrei aus Christophers Kehle und dann ließ sein Freund einfach los.
Er, Silvia und der Dämon stürzten in die Tiefe, direkt in den Schlund des geöffneten Höllentors.

Ohne zu zögern schoss der Engel nach vorn, angetrieben von dem wahrhaft verzweifelten Versuch, das noch zu verhindern.

*

Francesco war für einen langen Moment wie erstarrt. Was er sah, war so unfassbar, dass es ihm den Atem verschlug und seinen Körper lähmte.
Innerhalb eines einzigen Augenblicks fühlte er sich zurückversetzt in jene grauenhafte Nacht vor einem Jahr, als sie in den Schluchten New Yorks einen irrwitzigen Kampf gegen eine Kreatur der Hölle fochten, der letztlich für ihn auf den Dächern des WTC ein furchtbares, weil tödliches Ende fand.
Francesco selbst war nie bei den darauffolgenden Ereignissen zugegen gewesen, als der tot geglaubte Dämon doch noch in einer letzten Verzweiflungstat Silvia zu packen bekam und sie über den Rand des Hochhauses in die Tiefe reißen konnte. Nur Christophers unendlicher Hingabe und seiner blitzschnellen Reaktion war es zu verdanken gewesen, dass sie nicht in den Tod gestürzt war. Wirklich erretten konnte er sie am Ende jedoch nicht.
Und hier und jetzt wiederholten sich die Ereignisse auf so unendlich grausame Weise. Genau so, wie das, was der Alte jetzt am Rande der Plattform sah, musste es ausgesehen haben, als Christopher zwischen den Türmen des WTC Silvia umklammert und verzweifelt versucht hatte, sie vor dem Sturz in das Tor zur Hölle zu bewahren.
Und wie auch damals, so gab es Einen, der das zu verhindern suchte – und alle Vorteile auf seiner Seite hatte.
Das musste auch Silvia erkannt haben, denn als sie ihre Waffe hob und den Lauf auf Christophers Handgelenk drückte, erfasste den Alten ein unglaublich stechender Schmerz in seinem Herzen, dass es ihn fast von den Füßen riss.
„Francesco, was ist?" hörte er seine geliebte Francesca fragen, doch schon folgte sie seinem Blick in die Höhe und als auch sie erkannte, was sich dort oben abspielte, stieß sie einen furchtbar gequälten Schrei aus, der ihn erzittern ließ.
„Gütiger Gott!" rief Francesca, dann wirbelte sie zu ihrem Mann herum und starrte ihn mit zutiefst verzweifeltem Blick an. „Hilf ihnen!"
Und es war, als würde die Ketten um seinen Körper aufbrechen und ein Sturm sein Gehirn befreien. *Natürlich, er musste zu ihnen und den Lauf der Dinge verhindern. Er war der Einzige, der das noch tun konnte.*
Doch gerade in dem Moment, da er sich vom Boden abstoßen wollte, hörte er Christopher voller Verzweiflung und voller Qual aufschreien. Dann öffnete er seine linke Hand und ließ die Plattform los. Zusammen mit Silvia und Samael stürzte er in die Tiefe.
Wieder schrie Francesca auf, doch Francesco war vollkommen klaren Verstandes. Ohne zu zögern drückte er sich ab und rauschte in die Höhe.

*

Christopher schien für einen Moment alle Kraft aus seinem Körper zu weichen. Alles fühlte sich unendlich taub an, er nahm seine Umgebung nur noch wie durch einen verschwommenen Filter wahr, Geräusche drangen nur gedämpft an seine Ohren.
Das alles musste eine direkte Reaktion seines Körpers auf die unglaublichen Anstrengungen der letzten Minuten sein, in denen er körperlich, aber auch psychisch weit über alle Grenzen hinausgegangen war, die man sich nur vorstellen mochte. Jetzt war sein Körper in allen Belangen absolut leer und brauchte eine Pause.
Doch nicht sehr lange.
Das erste, was er spürte, war der kühle, beinahe erfrischende Luftzug des freien Falls, der schon eine Sekunde später immer ruppiger an ihm zu zerren begann. *Das ist das Tor!* fuhr es ihm in den Kopf, *es greift nach uns.*
Dann spürte er das Gewicht an seinem rechten Arm. Er blickte hinab und sah Silvia. Sie starrte zu ihm herauf und in ihren Augen konnte er unendlichen Schmerz und Trauer erkennen, obwohl sie durch die Tränen, die sie vergoss, wunderbar funkelten, wie Edelsteine.
Christopher konnte sie verstehen, doch hatte er keine andere Entscheidung treffen können, als genau diese. Und tief in seinem Innersten wusste er, dass Silvia genau so gehandelt hätte und in ihren Augen sah er, dass sie selbst das auch wusste. Ein sanftes, aufmunterndes, liebevolles Lächeln huschte über seine Lippen, das jedoch in dem Moment wieder verschwand, als er mit ansehen musste, wie sich Samael erneut in Silvias Rücken in die Höhe zog und sein furchterregender Schädel direkt neben ihrem Kopf auftauchte. Ein widerliches Grinsen auf den Lippen, starrte er Christopher mit seinen großen, gnadenlosen Augen an, wissend, dass er gewonnen hatte.
Das war der Preis für sein Handeln, dessen war sich Christopher eiskalt bewusst. In dem er die Plattform losgelassen hatte, hatte er verhindert, dass Silvia allein mit dem Dämon durch das Tor in die Hölle gehen musste. Jetzt würden sie diesen Weg gemeinsam beschreiten. *Doch was würde ihnen das bringen?* Selbst, wenn sie auch diesen Durchgang überleben sollten, woran eigentlich kein Zweifel bestand, würden sie in der Hölle landen. Und dieses Mal würden sie vom ersten Augenblick an von Samael gejagt werden. *Wie groß waren da wohl die Chancen, das zu überleben?*
Dennoch hegte er nicht die geringsten Zweifel, das Richtige getan zu haben.
Außerdem musste jemand versuchen, Samael daran zu hindern, das Tor zum Himmel zu öffnen, was er zweifellos vorhatte. Der Dämon war schwer mitgenommen, hatte am ganzen Körper üble Wunden, aus denen beständig Blut quoll. Gemeinsam könnte es ihnen vielleicht gelingen, ihm das Tor wieder abzunehmen, zumindest aber, lange genug zu verhindern, dass er es aktivieren konnte, bis seine Freunde in der Hölle eintreffen würden. Denn das die anderen ihnen folgen würden, daran bestand für Christopher ebenfalls kein Zweifel.
Also hatte er das Richtige getan.

Alles, was er jetzt noch tun konnte, bevor sie durch das Tor zur Hölle gingen, war Samael von Silvia zu trennen. Also nahm er all seine Kraft zusammen, die er noch besaß, riss sein rechtes Bein herum und donnerte es wuchtig gegen die linke Seite des Dämons. Der schrie auf, doch gab er sein Opfer natürlich noch nicht frei. Christopher wiederholte seinen Schlag, beim dritten Mal gelang es ihm sogar, das Bein anzuziehen und Samael sein Knie krachend gegen den Schädel zu hämmern. Er erreichte damit, dass sich die linke Pranke des Dämons von Silvia löste. Doch bevor er zum nächsten Schlag ansetzen konnte, hatte sich sein Gegner bereits wieder gefangen und Samael setze Christopher jetzt seinerseits mit der linken Pranke und seinem langen Schwanz zu, der – wenn auch ziemlich kraftlos, so doch stets gefährlich – durch die Luft peitschte.
Christopher musste ihnen ausweichen und spürte, wie Silvias Hand aus seiner Umklammerung rutschte. Er schrie entsetzt auf, doch wusste er, dass er es nicht mehr würde verhindern können. Mit weit aufgerissenen Augen starrte er in das panische Gesicht der Frau, die er so sehr liebte.

*

Francesco sah es und spürte erneut einen heftigen Stich in seinem Herzen. Samael war direkt in Silvias Rücken und hätte sie ohne Mühe sofort töten können.
Dessen schien sich auch Christopher bewusst zu sein, doch seine Versuche, den Dämon von seiner Enkelin zu entfernen, schlugen fehl. Mehr noch, er lief Gefahr sie aus der Umklammerung zu verlieren.
Das aber durfte nicht geschehen, denn wenn er erst einmal mit Silvia allein war, würde Samael sein widerliches Werk ungehindert ausführen können.
Francesco beschleunigte seinen Flug, wusste aber, dass er sofort handeln musste. Obwohl er nicht wirklich zielen konnte, riss er seine Hände nach vorn und feuerte einen wuchtigen Energieblitz ab. Er hoffte, dass seine Liebe zu den beiden Menschen dort bei Samael seine Geschicke lenken würde.
Einen Augenblick später krachte der Blitz gegen die rechte Schulter des Dämons. Samael brüllte schmerzhaft auf, doch auch Silvia und Christopher schrien. Da alle drei Personen für eine Sekunde in gleißendes Licht gehüllt waren, befürchtete Francesco schon, dass er einen Fehler begangen hatte. Doch als sich die Lichtblase wieder auflöste, konnte er sehen, dass Silvia und Christopher noch immer beieinander waren, während Samael seine Enkeltochter aus den Pranken verloren hatte und seitlich wegdriftete.

*

Christopher wusste nicht, wie ihnen geschah. In dem Moment, da er Silvia tatsächlich aus der Umklammerung verlor, krachte ein Energieblitz gegen Samael und hüllte sie in gleißendes Licht. Während er aufschrie, spürte er, wie die Druckwelle Silvia wieder zu ihm trieb. Sofort griff er zu.

Dann konnte er im erlöschenden Licht sehen, wie sich Samael brüllend von Silvia entfernte. Als ihm klar wurde, dass der Dämon sie tatsächlich hatte freigeben müssen, durchzuckte ihn ein unglaubliches Glücksgefühl.
Sofort zog er Silvia zu sich und schloss seine Arme um sie, so fest er nur konnte.
Jetzt, da sie aus den Klauen dieser Bestie befreit war, fasste er sogar beinahe so etwas wie neuen Mut für den Durchgang durch das Tor zur Hölle.

*

Die plötzliche Änderung der Situation überraschte und verwirrte Eric. Obwohl er wusste, dass nichts wichtiger war, als zu verhindern, dass Samael mit dem Tor zum Himmel durch das Tor zur Hölle ging, hatte er gehofft, auch Silvia und Christopher dabei retten zu können.
Solange sie noch zusammen waren, war das auch zumindest eine Möglichkeit.
Doch jetzt, da die beiden Menschen und der Dämon getrennt worden waren, war ihm klar, dass er nicht beides haben konnte. Und das er schnell handeln musste.
Also traf er eine bittere Entscheidung, indem er sich auf Samael konzentrierte, seine Arme nach vorn riss und einen heftigen Energieblitz gegen den Dämon schleuderte, der ihn vollkommen schutzlos direkt vor der Brust erwischte.
Samael kreischte auf, Knochen krachten, Blut spritzte, während ihn die Druckwelle ruckartig ein paar Meter zurückschleuderte.

*

Francesco wollte selbst gerade zu einem zweiten Energieblitz ansetzen, als er sah, wie Samael von der anderen Seite von einem anderen Blitz getroffen wurde.
Sofort war dem Alten klar, wer ihn abgefeuert hatte.
Und mehr noch: Erics Blitz hatte Samael in seine Richtung geschleudert, er war fast zum Greifen nahe. Francesco erkannte augenblicklich die unendliche Chance, die sich ihm bot.
Obwohl er wusste, dass das Tor zum Himmel oberste Priorität besaß, wollte er eigentlich zuerst Silvia und Christopher erretten, dann durch das Tor zur Hölle gehen und sich dort Samael in den Weg stellen.
Doch jetzt war das einfach nicht mehr möglich, jetzt konnte er sich nicht mehr um Silvia und Christopher kümmern, so bitter das auch war.
Im nächsten Moment hatte er Samael erreicht. Der Dämon war durch Erics Treffer schwer angeschlagen und noch nicht wieder Herr seiner Sinne. Auch hatte er Francesco hinter sich noch nicht bemerkt.
Der Alte wollte gerade die letzten Zentimeter zu ihm zurücklegen, als er an seinem Schädel vorbei in Richtung Silvia und Christopher schaute. Die beiden fielen engumschlungen in die Tiefe, ihre Blicke waren auf den jeweils anderen gerichtet. Sie wirkten weder ängstlich noch entsetzt. Nein, sie nahmen ihr Schicksal mutig und würdevoll entgegen. Und Francesco erkannte auch warum,

denn in ihren Gesichtern war selbst von hier aus eines ganz deutlich zu erkennen: Die tiefe und aufrechte Liebe, die sie verband. Mochte es stets Zweifel daran gegeben haben, hier und jetzt lösten sie sich allesamt in Luft auf. Francesco verspürte Freude darüber in seinem Herzen, aber auch Sorge, denn wie schnell er ihnen in die Hölle würde folgen können, um sie zu erretten, konnte er nicht sagen und jede Stunde an diesem furchtbaren Ort konnte ihre letzte ein. Plötzlich aber sah er, wie sich ihnen von hinten eine Gestalt näherte und als er sie erkannte, tat sein Herz einen wahrhaftigen, wundervollen Satz voller überschäumender Freude, der ihn auflachen ließ.

*

Eric erkannte es, noch bevor er Silvia und Christopher erreicht hatte. Sein Energieblitz hatte Samael Francesco direkt vor die Nase getrieben. Jetzt konnte sich der Alte mit ihm beschäftigen – und er, Eric, konnte doch seine beiden Freunde in Sicherheit bringen.
Vorausgesetzt, Francesco reagierte richtig.
Doch in seinen Augen konnte er erkennen, dass er begriffen hatte.
Also bremste Eric direkt vor den beiden scharf ab, streckte seine Arme aus, ergriff mit der rechten Hand Christophers Hose im Rücken und mit der linken Silvia an der gleichen Stelle. Erst jetzt bemerkten die beiden ihn. Während sie ihn überrascht anstarrten, beschleunigte er seinen Flug wieder. Plötzlich spürte er den mächtigen Zug des geöffneten Höllentors und er musste feststellen, wie tief sie bereits in seinem Lichtkegel steckten. Das war ihm bisher gar nicht aufgefallen, doch jetzt, da er wieder Fahrt aufnehmen wollte, musste er erkennen, dass dies nicht mehr so einfach möglich war.
Doch Eric hatte nicht vor, aufzugeben.
Er sammelte all seine Kräfte, drehte sich dabei mehrmals um seine eigene Achse, um seinen Körper in Schwung zu versetzen. Sein Gesicht verzog sich in größter Anstrengung, er musste schreien.
Aber es half.
Anfangs nur zentimeterweise, so gelang es ihm immer schneller, seine beiden Freunde in die Höhe zu ziehen und schließlich entkamen sie dem Strudel des Lichtkegels, schossen beinahe senkrecht in die Höhe, dann landeten sie sanft auf der gläsernen Plattform, die Christopher erst vor wenigen Sekunden losgelassen hatte und der Engel setzte sie sicher dort ab.
Sofort danach rannte Eric zum Rand und stürzte sich erneut in die Tiefe.
Silvia und Christopher humpelten und krabbelten ihm mit letzter Kraft hinterher, bis auch sie den Rand der Plattform erreicht hatten und in die Tiefe schauen konnten.
Als Silvia Francesco dort in Samaels Rücken erkennen konnte, rief sie entsetzt aus. „Um Gottes Willen, Großvater!"

*

Doch Francesco war weder nervös, noch besorgt, noch unsicher.
Er spürte eine lang nicht mehr gekannte Ruhe, Zuversicht und Stärke in sich, die sein Handeln bestimmten.
Noch vor wenigen Minuten war alles in Bewegung gewesen, unstet, nicht greifbar, unsicher. Es gab nur wenig Hoffnung, die Zweifel überwogen, das Bild war unklar, die Kräfte verstreut, der Feind mächtig und schlau.
Das Pendel, das so lange hin und her gewogt hatte, würde in die andere Richtung ausschlagen, dessen war sich Francesco immer sicherer gewesen.
All ihre Mühen, all ihre Schmerzen, all ihr Kampf, all ihre Opfer waren nichts wert gewesen, der Irrsinn am Rande des Wahnsinns war selbst mit vereinten Kräften und machtvollen Verbündeten nicht zu kontrollieren, die Niederlage, dieses Mal nicht beschränkt, sondern allumfassend, war nicht mehr abzuwenden.
Die Attacken des Monsters, die wuchtigen Explosionen, dass geöffnete Höllentor, Samaels Erscheinen, Silvias und Christophers Hilflosigkeit, all das waren furchtbare Schläge gegen sie.
Francesco hatte daher keinen Mut mehr gehabt, die Dinge wieder ins Lot zu bringen. Allenfalls die Rettung Silvias und Christophers schien noch denkbar.
Dann aber hatte sich das Blatt innerhalb eines Wimpernschlages gewendet.
Eric, dieser wunderbare Mensch, war zur rechten Zeit am rechten Ort gewesen und hatte mit einer einzigen, gezielten Attacke alles geändert. Er hatte Silvia und Christopher von dem Dämon befreit und Samael selbst schwer verletzt und direkt in seine Hände gespielt.
Jetzt fand er sich urplötzlich in einer Situation wieder, wie er sie zu erleben nie zu hoffen gewagt hatte. Vor so unendlich langer Zeit war er mit seinen drei geliebten Freunden einen Weg gegangen, den sie niemals hätten beschreiten dürfen.
Seine Freunde hatten dafür mit ihrem Leben bezahlt, doch mehr noch hatten sie unendliches Leid über so viele Unschuldige gebracht.
Francesco hatte ebenfalls so oft mit dem Gedanken gespielt, es selbst zu beenden, weil er jeden Tag den Schmerz, die Qualen und das Entsetzen der unzähligen Opfer spüren konnte und es ihm beinahe den Verstand raubte. Doch tief in seinem Inneren war er sich immer bewusst gewesen, dass diese Qualen eine Prüfung für ihn waren und er nicht eher ruhen durfte, bis er seine Schuld beglichen hatte.
Vor einem Jahr, auf den Dächern des WTC, war er sicher gewesen, dass dieser Moment gekommen war.
Dabei war ihm stets klar gewesen, dass die Sühne seiner Schuld aus zwei Teilen bestand:
Den Tod des Dämons, den sie freigesetzt hatten – und seinen eigenen Tod.
Und als damals alles genau so abgelaufen war, dachte er, er hätte am Ende tatsächlich seine Schuld sühnen können.
Das dem jedoch nicht so war, wurde ihm erst klar, als er an dem Ort, an dem er nach seinem Tod gelangt war, die Bilder davon sah. Doch er war hilflos, konnte

nur zusehen, was weiter geschah. Bis zu dem Moment, da Christopher in der Hölle von Samael gefangen genommen worden war und sich ihm das ganze Ausmaß ihrer Tat in *Machu Picchu* offenbart hatte.
Um also seine Schuld wirklich endgültig und vollständig zurückzuzahlen, musste er in die Hölle gehen und die drei Artefakte an sich bringen, die die Welt und alles, was mit ihr zusammenhing, in das buchstäbliche Chaos stürzen konnten.
Dabei erwies sich Samael als ein weitaus gefährlicherer und mächtigerer Gegner, als ihnen allen lieb sein konnte und die Aussicht auf Erfolg war in etwa so groß wie ein Staubkorn im Universum.
Jetzt aber, so irrsinnig schnell und unfassbar, wie alles, was stets mit der Jagd nach einem Dämon einhergegangen war, hatte sich alles geändert und nicht mehr Samael, sondern Francesco hatte das Schicksal aller drei Welten in seinen Händen.
Und der Alte war absolut nicht gewillt, das zu vermasseln.

*

Durch sein Auflachen beim Anblick der beiden geretteten Liebenden war Samael doch auf Francesco aufmerksam geworden, aber bevor der Dämon auch nur an eine Reaktion denken konnte, hatte der Alte schon agiert.
Ganz dicht schob er sich in den Rücken des Dämons und drückte seine rechte Hand flach und fest zwischen die Schulterblätter der abscheulichen Kreatur. Sofort begann seine Hand zu leuchten, das Licht wurde innerhalb einer Sekunde gleißend hell und eine unglaubliche Hitzewelle durchzuckte Samaels Körper, dass er erbärmlich erzitterte.
Während der Dämon vergeblich versuchte, seine Gliedmaßen und den Schwanz gegen den Engel einzusetzen, was beinahe schon erbärmlich und jämmerlich wirkte, breitete sich das Leuchten in seinem gesamten Brustkorb aus und drang auf der Brust wieder nach außen. Unglaublich schmerzhafte und grauenvolle Schreie entfuhren Samaels Kehle.
„Erinnerst du dich an mich?" rief Francesco dem Dämon in sein Ohr. Dabei registrierte er eindeutig eine kraftvolle Energiequelle in der Hüftgegend der Kreatur. Während Samael nicht antworten konnte, weil er beständig quieken musste, schob Francesco seine linke Hand zu dessen Hüfte und fischte aus dem Knochenspalt dort die Pyramide und den kleinen, unscheinbaren Glaswürfel mit dem wohl mächtigsten Artefakt, das diese Welt je gesehen hatte. „Sieh her!" Francesco schob seinen linken Arm nach vorn, sodass Samael die beiden Gegenstände sehen konnte. Sofort quiekte er wieder auf und sein Körper zuckte unkontrolliert. Doch in seinen Augen konnte Francesco Entsetzen und Furcht erkennen. „Ich habe es begonnen…!" Francesco schloss seine Augen, sammelte Energie im Inneren, lenkte sie zu seiner rechten Hand. „…und ich werde es hier und jetzt beenden!"
Und schon im nächsten Moment schoss eine gewaltige Energieladung durch seine rechte Hand in Samaels Körper, die seinen Brustkorb explosionsartig zerfetzte und seinen Körper ruckartig nach vorn schleuderte. In einer Wolke aus

Haut, Blut und Knochenteilen eingehüllt, wurde der Körper des mächtigen Dämons von dem Sog des Lichtkegels erfasst und unter furchtbaren Schmerzensschreien stürzte Samael schließlich in das Tor zur Hölle.

*

Eric sah es und sein Herz machte einen wundervollen Satz. Fast hätte er vor Freude laut aufgeschrien.
Francesco hatte es tatsächlich geschafft und Samael endgültig überwältigt. Und nicht nur das: Deutlich konnte er in der linken Hand des Alten eine Pyramide und einen Glaswürfel erkennen.
Ein mächtiges Hochgefühl wogte wie eine Riesenwelle durch seinen Körper.
Samael würde mit nichts als seinem widerlichen Leben zurück in die Hölle gehen, alle drei Artefakte aber blieben hier. Alle Horrorszenarien, die sicherlich jedem von ihnen beständig durch den Kopf gegangen waren, würden nicht wahr werden, sondern ganz im Gegenteil, sie hatten alles, was je schief gegangen war, wieder gerade bogen. Ein Sieg auf der ganzen Linie, ja, genau das war es!
Oh, wie wunderbar dieses Gefühl doch war.
Wieder war Eric kurz davor, vor Freude laut aufzuschreien, als er urplötzlich stutzte.
Zwar schien der Alte unverletzt zu sein, doch bewegte er sich nicht.

*

Francesco hatte es in dem Moment gespürt, als Samael quasi von ihm weggesprengt worden war. All seine Kraft war versiegt. Selbst die Genugtuung, gesiegt zu haben, konnte keine Reserven in ihm mehr freisetzen, weil er bereits jede Kraft, die er in sich getragen hatte, verbraucht hatte.
Jetzt war nichts mehr übrig, was er noch hätte nutzen können.
Sicher, dieser Zustand würde nicht ewig andauern, doch im Moment war er den Elementen vollkommen hilflos ausgeliefert. Das sich schließende Tor griff nach ihm, unerbittlich, zog ihn immer schneller in sein Zentrum und drohte damit doch noch im allerletzten Moment alles zunichte zu machen, was sie sich erarbeitet hatten. Wenn Francesco durch das Tor zur Hölle gehen musste, weil er einfach zu schwach war, um das zu verhindern, dann würde er die beiden anderen Tore mit sich nehmen. Und damit waren sie wieder in größter Gefahr, denn sein Erscheinen dort würde sicherlich sofort bemerkt werden und er wusste nicht, wie lange er brauchen würde, um wieder bei Kräften zu sein.
Doch was nur konnte er dagegen tun?

*

Eric wusste, dass er ein großes Risiko einging, doch beschleunigte er seinen Flug dennoch.

Eine Sekunde später hatte er den Alten erreicht. Schon konnte er spüren, wie die Macht des Tores auch nach ihm griff und in die Tiefe zog.
Eric stemmte sich sofort dagegen, doch war ihm klar, dass er es nicht schaffen würde. Viel zu sehr waren auch seine Kräfte ausgezehrt. Jetzt war er zusammen mit Francesco im Strudel des Tores gefangen und würde mit ihm in die Hölle gehen müssen.
Urplötzlich war ihr glorreicher Sieg nichts mehr wert und ihre Mission wieder mehr denn je in Gefahr.
Doch das durfte nicht sein. Sie waren so dicht vor einem echten Sieg, der alles endlich endgültig beenden konnte und jetzt fehlte den beiden Engeln die Kraft, sich ein letztes Mal dagegen zu stemmen.
Nein! schrie Eric innerlich auf, *das durfte nicht sein!*
Und verdammt nochmal so war es doch auch nicht! Eric spürte, dass er nicht mehr die Kraft besaß, um sich und Francesco aus dem Sog des Tores heraus zu fliegen. *Doch vielleicht hatte er ja noch genug Energie in sich für einen letzten Energieblitz?*
Es war ein echtes Vabanque-Spiel! Wenn es ihm gelang, den Blitz zu erzeugen, konnte er den Sog des Tores – vielleicht sogar das Tor selbst – zerstören, sodass er sich und Francesco doch die Möglichkeit zur Flucht verschaffte. Wenn ihm das jedoch nicht gelang, würde er ebenso leer wie auch der Alte durch das Tor in die Hölle gehen, dort zum Spielball der finsteren Mächte werden und eines mit Sicherheit nicht schaffen: Die beiden Tore, die der Alte bei sich trug, zu beschützen.
Eric hatte die Wahl.
Er wählte das Risiko!

Er konzentrierte all seine Kraft, die er noch sammeln konnte, auf diesen einen letzten Energieblitz. Dann legte er seinen linken Arm um die Hüfte des Alten, der kaum noch bei Bewusstsein war, streckte seinen rechten Arm nach vorn und visierte das Zentrum des Lichtkegels und damit genau die Pyramide an.
Dann konzentrierte er sich, schloss die Augen und gab der Energie freien Lauf.
Der Blitz zuckte aus seinem Arm, schoss beinahe senkrecht in die Tiefe und krachte nur einen Augenblick später in das Zentrum des Lichtkegels.
Für einen Wimpernschlag schien nichts zu geschehen und Eric hatte schon Angst, die Pyramide könne seine Energie einfach absorbieren, doch dann ging ein furchtbarer Ruck durch den Lichtkegel und ein infernalisches Knirschen donnerte durch den Schacht. Im nächsten Moment wurde der Lichtkegel verrissen und er geriet ins Trudeln, während am Fuße eine wuchtige Explosion eine gewaltige Flammenfaust in die Höhe trieb.
Die Grundfesten des Schachtes wurden erschüttert, der Boden aufgerissen, als wollte eine Riesenfaust hindurch brechen.

Douglas, der weniger als einen halben Meter von der Pyramide entfernt war und Bim, direkt hinter ihm, konnten nur noch schreien. Brüllende Hitze schoss über ihre Körper dahin, als sich die Flammenfaust ausbreitete, dann wurden sie

ruckartig in die Höhe gedrückt und schließlich im hohen Bogen durch die Gegend geschleudert.
Der Lichtkegel über der Pyramide wurde zusehends kleiner, doch eierte er wie ein übergroßer Brummkreisel durch die Luft und überall dort, wo er gegen die Seitenwände des Schachtes schlug, verursachte er erheblichen Schaden, riss Mauern ein und zerstörte Rohrleitungen und Aufbauten. Dutzende weitere Explosionen brüllten auf, überall schlugen Flammen empor und Trümmerteile sausten in die Tiefe.

Die Flammenfaust aus dem Inneren des Lichtkegels rauschte in die Höhe, doch bevor sie Eric und Francesco erreichte, wurden sie von der Druckwelle erfasst, die ihr vorausging. Im hohen Bogen flogen sie durch die Luft und krachten schließlich hart und unkontrolliert auf die Glasplattform, auf der sich noch immer Silvia und Christopher befanden.
Beim Aufprall glitten Francesco beide Tore aus der Hand, doch Christopher reagierte schnell genug, um sie zu greifen, bevor sie in die Tiefe gestürzt wären. Dann aber ging ein brutaler Ruck durch das Stahlgerüst und schon waren erste Risse im Glas zu sehen.
„Los hoch!" rief Christopher und sprang zu Eric. Schonungslos riss er ihn auf die Füße. Der Engel war vollkommen kraftlos und so wuchtete er ihn kurzerhand einfach über seine Schulter. Dann blickte er zu Silvia. Seine Freundin war bei ihrem Großvater. Natürlich konnte sie ihn nicht tragen, doch der Alte war gerade noch so in der Lage, selbst zu laufen, wenn Silvia ihn mit ganzer Kraft stützte. Christopher wartete, bis sich ihre Augen trafen, dann nickte er ihr zu und rannte los.
So schnell sie ihre Füße zu tragen vermochten, liefen sie über den schmalen Metallsteg zur anderen Seite des Schachtes, während hinter ihnen zunächst die Plattform und dann auch der Steg gnadenlos von den wütenden Mächten des außer Kontrolle geratenen Tores zerfetzt wurden.
Dann aber war der Lichtkegel kaum noch größer als fünf Meter, als ein dumpfes Brummen zu hören war, das rasend schnell lauter und schriller wurde und das Tor mit einer letzten, wuchtigen Explosion geschlossen wurde.
Die Pyramide wurde dabei in die Höhe geschleudert, sirrte torpedogleich durch die Luft und landete schließlich nur wenige Meter von Christopher und den anderen entfernt in den Aufbauten.
Dann kehrte wieder Ruhe ein.
Doch sie war nur trügerisch, denn die Explosionen der vergangenen Minuten hatten dem gesamten Schachtkomplex sehr übel zugesetzt und das unterschwellige Ächzen und Stöhnen der Konstruktion ließ Schlimmes erahnen.

Ein letztes Opfer?

Arisagi wurde mit jedem Meter, den der Fahrstuhl in die Tiefe rauschte, immer nervöser.
Seit einigen Sekunden waren die Geräusche um ihn herum merklich lauter und auch bedrohlicher geworden. Immer wieder ging ein Ruck durch die Kabine.
Arisagi rechnete jeden Augenblick damit, dass der Strom unterbrochen und die Kabine feststecken würde.
Doch nichts davon geschah und seine Fahrt beruhigte sich sogar wieder etwas.
Doch nachdem er mehr als einhundert Stockwerke zurückgelegt hatte, kamen die Geräusche und die Erschütterungen zurück. Lauter, härter, wuchtiger und bedrohlicher als zuvor. Fast rechnete er damit, dass das Kabel reißen und er in die Tiefe stürzen würde. Deutlich waren wuchtige Explosionen zu hören und auch zu spüren. Das Licht flackerte mehrfach und die Kabine ächzte jedes Mal erbärmlich auf, wenn ihr Lauf unrund wurde, sich verlangsamte oder innerhalb eines Wimpernschlags ein gutes Stück in die Tiefe zuckte.
Arisagi wusste, dass er keine Chance hatte, dagegen zu agieren. Er war gefangen in der Kabine und konnte nur beten.
Was er auch tat – und dann wohl offensichtlich auch erhört wurde, denn als ein leiser Gong das 184.. Stockwerk ankündigte, war Arisagi überrascht, dass er sein Ziel tatsächlich unbeschadet erreicht hatte.
Doch seine Freude währte nicht lange. Schon bei den ersten Schritten in Richtung Brüstung umfing ihn ein Bild der totalen Verwüstung. Hier stand nichts mehr dort, wo es hingehörte. Ein Großteil der Stahlkonstruktion war zerstört worden, somit auch die tragenden Teile. Überall waren kleinere und größere Brandherde, der Stahl teilweise geschmolzen und verbogen, an vielen Stellen aber auch einfach nur zerfetzt. Arisagi konnte nur erahnen, welch unglaublichen Kräfte hier gewütet haben mussten.
Im nächsten Moment stand er neben einem riesigen Loch innerhalb der Konstruktion, als habe dort ein Riese mit seiner Faust hineingeschlagen. Der Japaner beugte sich über das lockere Geländer und konnte mindestens zwanzig Stockwerke in die Tiefe blicken.
Sein Blick verfinsterte sich nochmals und er wollte schon weitergehen, als er etwa fünfzehn Stockwerke unter sich Bewegung ausmachen konnte. Tatsächlich erkannte er Christopher und Silvia, dazu glaubte er Eric zu sehen und eine vierte Person, die er jedoch im Moment nicht benennen konnte.
Er brummte zufrieden und machte sich sofort auf den Weg zu ihnen.
Er musste sie warnen, deshalb war er schließlich hier heruntergekommen.
Der Schachtkomplex war nicht mehr zu retten und würde einstürzen. *Wann* war nur noch eine Frage der Zeit – einer *kurzen* Zeit.

*

Christopher musste husten und sich schwer beherrschen, nicht auch gleich zu kotzen. Dennoch konnte er nicht verhindern, dass ein Schwall dickflüssige Spucke auch seinem Mund quoll und zu Boden tropfte. Als er sie anschaute, sah er, dass sie mit Blut vermischt war.
Sein Kopf dröhnte, in seinen Ohren rauschten die Niagarafälle, sein Herz raste wie eine Dampflok auf Ecstasy, Schweiß rann ihm brennend in die Augen. Der Rest seines Körpers war vor Schmerzen so taub, dass es schon wieder wehtat und alles in ihm schrie nur: *Bleib liegen!*
Doch genau das tat er nicht, denn irgendwo in seinem Gehirn gab es einen Winkel, der ihm die Ereignisse der letzten Minuten vor Augen führte und ihn geradezu dazu zwang, wieder auf die Beine zu kommen.
Im ersten Moment aber gelang ihm nicht mehr, als sich umzudrehen. Als er seinen Oberkörper aufrichten wollte, wurde ihm schwindelig und er driftete zurück zu Boden. Glücklicherweise hatte er seinen Körper mittlerweile soweit gedreht, dass hinter ihm ein Geländer war und so konnte er sich dagegen lehnen, bevor er mit schnellen, tiefen Atemzügen verschnaufen musste.
Dabei klärte sich das Bild vor seinen Augen.
Er konnte Silvia erkennen, die vor ihm hockte und ihren Oberkörper gerade quälend langsam in die Höhe zog. Fast wäre auch sie hintenüber gefallen, doch konnte sie sich gerade noch rechtzeitig zusammenreißen. Mit einem tiefen Atemzug drückte sie ihre Brust heraus und ihren Oberkörper durch. Als sie sich dann wieder aufrichtete, bemerkte sie Christophers Blick und musste im nächsten Moment lächeln. Das Weiß ihrer Zähne wirkte dabei als krasser Gegensatz zu ihrem vollkommen verdreckten Gesicht.
Francesco neben Silvia drehte sich auf die linke Seite und hustete mehrmals keuchend. Sein weißes Haar hing strähnig und starr vor Schweiß und Dreck herab, sein weißer Bart war rot von Blut.
Auch Eric regte sich. Mit einem tiefen, quälenden Stöhnen drehte er sich auf den Rücken, dann öffnete er seine Augen, während er mehrere tiefe Atemzüge tat.
„Hat es…!" Er musste kurz husten. „…geklappt?"
Christopher beugte sich zu ihm und klopfte ihm sanft auf die Schulter. „Ja…!" Er wartete, bis der Engel ihn ansah, dann lächelte er. „…hat es!"
„Wo sind…die Tore?" Eric drehte seinen Kopf so, dass er Francesco ansehen konnte, doch der Alte reagierte nicht auf ihn, sondern starrte nur zu Boden.
„Hier!" Christopher hob seine rechte Hand, in der er die Pyramide und den Glaswürfel hatte. Als Eric sie sah, leuchteten seine Augen und auch er musste lächeln.
„Und da!" meinte Silvia, deutete mit dem ausgestreckten rechten Arm in eine Richtung, musste dann aber wieder husten und konnte nicht weiterreden.
Eric und Christopher folgten der Richtung ihres Arms und konnten tatsächlich keine fünf Meter von sich entfernt das Tor zur Hölle ausmachen. Die Pyramide leuchtete noch immer schwach und war daher am Boden gut zu erkennen.
„Das Tor zur Hölle!" rief Eric überrascht, aber auch erfreut aus.
Christopher nickte zufrieden und musste wieder lächeln. „Ja!" sagte er nur.

„Wir haben es geschafft!" Silvia strahlte im ersten Moment noch verhalten, doch dann immer glücklicher.
„Ja!" Christopher nickte, ebenfalls erfreut, aber auch sichtlich geschafft. „Das haben wir!"

Plötzlich sahen sie Bewegung im Schacht. Als sie hinschauten, konnten sie mehrere Personen erkennen, die zu ihnen herabschwebten.
Da waren Ice und all seine Leute. Und jeder von ihnen hatte noch Jemanden bei sich. Bei Shadow war Peter, *natürlich*. Bei Rose war Talea. Die Zwillingsbrüder Horror und Terror schwebten gemeinsam an. Beide hatten einen Puck in der Hand. Zum Schluss schälte sich Steel aus dem Halbdunkel, der Razor über der rechten Schulter trug, gefolgt von Ice, der Heaven vor der Brust auf seinen Armen trug.
Nacheinander erreichten alle die Ebene, auf der sich Silvia und die anderen befanden. Während sie landeten, erhoben sie sich – außer Francesco, der sich lediglich auf die Knie drückte – und starrten Steel und Ice an. Der Hüne landete und ließ Razor sanft zu Boden gleiten. Deutlich war zu erkennen, dass der Schwarze verletzt war. Doch war er bei Bewusstsein, sein Gesicht zwar schmerzverzerrt, als er bewegt wurde, aber seine Augen recht klar.
Ganz anders jedoch Heaven. Ice landete sehr vorsichtig, dann ging er langsam auf die Knie und legte ihren reglosen Körper vor sich ab. Augenblicklich war es totenstill in der Gruppe, aller Augen auf die junge Frau gerichtet. Silvia sog scharf die Luft ein, als sie sie genauer betrachtete. Ihre Haut war beinahe grau und wirkte irgendwie ledrig. In der Brust klaffte ein tiefes Loch, die Kleidung dort war tiefrot verfärbt und schimmerte noch immer feucht von frischem Blut. Ihr Gesicht war schmutzig. Lippen, Nase, Augenhöhlen waren violett verfärbt. Und es gab keinerlei Bewegung an ihr. Weder zuckten die Augäpfel unter den geschlossenen Liedern, noch hob und senkte sich der Brustkorb. Ein wahrhaft furchtbarer Anblick, der allen den Atem verschlug.

Als Talea festen Boden unter den Füßen hatte, hatte sie Eric längst ausgemacht und lief sofort zu ihr. Ihr Mann schaute hinab zu Ice, der Heaven gerade auf den Boden legte. In seinem Gesicht konnte sie tiefen Schmerz und Entsetzen erkennen. Dann drehte er den Kopf zu ihr und als er sie sah, wechselten seine Emotionen augenblicklich. Er lächelte, wenn auch etwas traurig, öffnete sofort seine Arme, schloss Talea in sie hinein und küsste sie leidenschaftlich auf den Mund.
Talea empfand ebenso. Zunächst musste sie die Freude, Eric gesund wieder zusehen und das unbändige Verlangen, ihn körperlich zu spüren, befriedigen, so sehr es in diesem Moment auch fehl am Platz schien. Für wenige Sekunden gab es nur sie beide.
Dann aber drückten sie sich fast gleichzeitig voneinander weg und schauten sich direkt in die Augen. „Du musst...!" begann Talea und ihr Blick zuckte zu Heaven. Schmerz erfüllte ihre Stimme. „Kannst du ihr helfen?"

*

„Francesca!" rief der Alte plötzlich laut aus und spritzte im selben Moment auf die Beine, als wäre nie etwas gewesen.
„Was ist mit ihr?" Silvia wirbelte zu ihm herum und starrte ihn an.
„Sie ist noch immer da unten!" Francesco trat zu seiner Enkelin, sah ihr mit besorgter Miene in die Augen und deutete dann auf den Boden des Schachtes. „Sie und die anderen!"
„Die...?" Christopher war zu ihnen getreten und starrte den Alten jetzt mit großen Augen an. „...anderen?" In Christophers Gesicht war zu erkennen, dass seine Erinnerungen zurückkehrten.
Francesco nickte. „Alfredo, Cynthia, Douglas, Bim!"
„Cynthia!" Christophers Gesichtszüge entglitten. „Douglas! Großer Gott, wir müssen sie suchen!"
„Ich mach das!" erwiderte Francesco mit kraftvoller Stimme und schaute zu Eric. Der schwarze Engel blickte unsicher, ob er dem Alten helfen sollte. Doch der schüttelte kaum merklich den Kopf. „Du bleibst bei ihr!" Und schon im nächsten Moment rannte er zur Brüstung und sprang über sie hinweg in die Tiefe. Christopher und Silvia folgten ihm und schauten mit ein paar anderen hinab zum Boden des Schachtes, der übersät war mit Qualm und Flammenherden.

Eric hatte Francesco zugenickt, obwohl der schon weg war. Dann drehte er seinen Kopf wieder zu Heaven. Dabei sah er in die tränenfeuchten Augen seiner Frau. Ein sanftes Lächeln huschte über seine Lippen. „Ich werde es versuchen!" sagte er und Talea nickte. Ohne weiter zu zögern kniete Eric sich nieder, untersuchte Heaven kurz, dann legte er seine flache rechte Hand auf ihre Brust und hoffte inständig, dass sich die Energie in seinem Körper schon wieder soweit aufgeladen hatte, dass er ein echtes Wunder wirken konnte.
Einen Augenblick später drückte sich Razor unter sichtlichen Schmerzen von der Wand, an der er gelehnt hatte und krabbelte stöhnend zu ihnen. Als er sich neben Heaven kniete, suchten seine Augen Erics Blick. „Bitte!" Der Engel sah Tränen in den Augen des Schwarzen. „Sie darf nicht sterben! Nicht so!"
Eric nickte mit ernster Miene. „Nehmen sie ihren Kopf in ihren Schoss!" Razor reagierte sofort. „Berühren sie sie. Reden sie mit ihr!" Er schaute den Schwarzen in die Augen. „Das wird helfen!"

*

Ice hatte genug gesehen. Innerlich betete er für die junge Frau, denn mehr konnte er nicht für sie tun, obwohl ihm ihr Schicksal zu Herzen ging. Äußerlich jedoch blieb er ausdruckslos, wandte sich ab und trat zu Christopher und Silvia, die sich mittlerweile umarmt hatten und weiterhin nervös in die Tiefe schauten.
„Samael?" fragte er ohne einen der beiden anzuschauen.
„Durch das Tor zurück in die Hölle, bevor Eric es mit seinem Energieblitz geschlossen hat!" antwortete Christopher, ebenfalls ohne ihn anzuschauen.

„Die Tore zum Himmel und zur Erde?"
„Dort!" Christopher deutete hinter sich in Richtung Eric.
Ice drehte sich herum und konnte neben dem Engel tatsächlich die Pyramide und den Glaswürfel erkennen. Er war sichtlich zufrieden und schob die Unterlippe vor. „Und das Tor zur Hölle? Wurde es zerstört oder liegt es noch dort unten?"
„Weder noch!" erwiderte Silvia. „Es liegt dort hinten!" Sie deutete in die entsprechende Richtung, ohne ihren Blick jedoch zu heben.
Ice drehte sich herum und konnte es in einigen Metern Entfernung sehen. „Verdammt!" rief er erstaunt und beeindruckt hervor. „Dann war das ja ein Sieg auf der ganzen Linie!" Er gestattete sich ein Lächeln.
„Vielleicht!" Silvia, als auch Christopher hoben ihre Blicke gleichzeitig an, sprachen dieses eine Wort, drehten sich herum und schauten zu Heaven.
Ice hatte sofort verstanden und nickte stumm mit einem tiefen Atemzug.
Dann drehte sich Silvia wieder herum und schon im nächsten Moment schoss ihr Großvater mit zwei Personen, denen er die Arme um die Hüften gelegt hatte zu ihnen herauf. Es waren Francesca und Cynthia. Beide Frauen waren vollkommen mit Schmutz überdeckt und sahen fast zum Fürchten aus, doch sie konnten problemlos aufrecht stehen und schienen nicht sonderlich verletzt zu sein.
Silvia begrüßte freudig ihre Großmutter, die sie wortlos, aber sichtlich glücklich umarmte und Christopher Cynthia, die er ebenfalls sofort in seine Arme schloss, während Francesco schon wieder auf dem Weg in die Tiefe war. „Wo ist Doug?" fragte er, als sie sich wieder getrennt hatten.
„Ich...!" Cynthias Blick wurde ernst. „...weiß es nicht! Er und Bim....!" Sorge kehrte in ihre Stimme ein. „Wir wurden getrennt! Ich weiß nicht...!" Jetzt traten Tränen in ihre Augen. Sie blickte hoffnungsvoll zu Christopher.
Der lächelte aufmunternd. „Überlass das Francesco. Er wird sie schon finden!" Er schloss sie wieder in die Arme, doch als er dann zu Silvia schaute, lag tiefe Sorge in seinem Blick.

*

Eric hatte große Mühen, sich zu konzentrieren. Doch genau das musste er, um das Maximum der wenigen Energie, die er aufbringen konnte, zu bündeln und in Heavens Körper zu senden.
Die gute Nachricht war, dass die junge Frau unglaublich stark war und bisher erfolgreich gegen den Tod angekämpft hatte. Allerdings befand sie sich mehr denn je am Rande einer Klippe und schon der leiseste Windhauch konnte sie in die Tiefe des Todes stürzen.
In den ersten Sekunden war Eric noch sehr zuversichtlich gewesen. Er spürte ein gewisses Maß an Energie in seinem Körper, das die wenigen Augenblicke der Ruhe nach seinem letzten Energieblitz bereits wieder gebracht hatten und sandte es sofort in Heavens Körper. Dort jedoch versickerte sie förmlich, wie Wasser in einen staubtrockenen Schwamm. Schon konnte Eric spüren, dass er

sie verlor, weil er offensichtlich nicht in der Lage war, ihr mehr Energie zu geben, als sie durch ihre grauenvolle Verletzung beständig verlor.
Irgendwie schien das auch Talea zu spüren. Dass dies kein Wunder war, weil Eric allmählich die gleiche aschgraue Hautfarbe annahm, wie Heaven, wusste er in diesem Moment nicht. Seine Frau reagierte auf ihre gewohnt wundervolle Weise darauf, indem sie einfach seine linke Hand nahm, sie zu ihrem Gesicht führte, sie mit ihren Wangen und ihren Händen streichelte und die Innenfläche sanft küsste.
Und plötzlich war es, als würde eine weitere Turbine in seinem Körper eingeschaltet. Er spürte die Wärme, die ihn durchfloss und die Energie widerspiegelte, die er jetzt zusätzlich produzierte. Schon begann seine rechte Hand stärker zu leuchten. Überrascht, aber auch erfreut schaute er Talea an, die sofort verstand und immer weiter agierte.
Oh, welch wunderbare Frau er doch an seiner Seite hatte. Am liebsten hätte er aufgelacht, sie in seine Arme geschlossen und geküsst. Dieses herrliche Gefühl von tiefer, reiner Liebe entfachte ein zusätzliches Feuer in ihm, das wiederrum Heaven zu Gute kam.
Erics rechte Hand glühte jetzt förmlich und der Engel erkannte, dass die Waage in ihre Richtung ausschlug: Er produzierte deutlich mehr Energie, als Heaven verlor. Der Prozess der Heilung konnte endlich einsetzen.

*

Francesco schoss durch den Rauch in die Höhe und setzte seinen Sohn Alfredo ab.
Während Francesca erfreut war, ihn zu sehen, verdunkelte sich Christophers Blick zusehends. Silvia war hin und hergerissen. Sie war froh, ihren Onkel hier und noch dazu überwiegend unverletzt zu sehen, doch sie sorgte sich um Douglas, aber auch um Bim.
Bevor aber irgendjemand etwas sagen konnte, war Francesco schon wieder auf dem Weg zum Boden des Schachtes.
„Wo sind Doug und Bim?" fragte Christopher.
Alfredo schüttelte den Kopf. „Ich weiß nicht genau. Zuletzt habe ich sie in der Nähe der Pyramide gesehen. Ich glaube, sie waren auf dem Weg dorthin!"
„Das Tor zur Hölle?" Christopher war sichtlich überrascht.
„Was meinen sie mit *auf dem Weg dorthin*?" fragte Ice.
„Sie waren auf den Knien und krabbelten auf die Pyramide zu!"
„Während das Tor aktiviert war?" Steels Blick, der zusammen mit Rose ebenfalls bei ihnen stand, verfinsterte sich. „Das ist reiner Selbstmord!"
„Oh Doug!" Christopher kämpfte gegen seine Verzweiflung an. Cynthia sah ihn mit Tränen in den Augen und sichtlichem Entsetzen an. „Verdammt, was hast du getan?"

*

Francesco hatte den hinteren Bereich des Schachtbodens erreicht und landete. Während seine Augen versuchten, in den dicken Qualmwolken etwas zu erkennen, ging er langsam weiter.
Plötzlich hörte er ein deutliches Husten, gefolgt von einigen verärgerten Worten. Der Alte ging darauf zu und schon einen Augenblick später schälten sich zwei Gestalten aus dem Nebel. Er erkannte sie sofort als Douglas und Bim. Sie standen auf ihren Beinen, ihre Oberkörper krümmten sich jedoch immer wieder unter teils heftigen Hustenschauern. Beide umgab eine Aura aus Qualm, doch als Francesco genauer hinschaute, sah er, dass es nicht der Qualm der Brandherde um sie herum war, sondern, dass sie selbst qualmten. Jetzt konnte er auch deutlich erkennen, dass ihre Kleidung im Rückenbereich beinahe komplett verbrannt war und nur noch in Fetzen herabhing. Einzig einige Fasern verhinderten, dass die gesamte Kleidung von ihnen abfiel und sie nackt dastanden.
Plötzlich registrierten die beiden seine Anwesenheit und fuhren herum. Als sie den Engel sahen, waren sie überrascht, aber mehr noch erfreut.
„Francesco!" rief Douglas und grinste.
„Man tut das gut, sie zu sehen!" Auch Bim lächelte.
Francesco konnte sich ein Grinsen nicht verkneifen. Der Anblick der beiden qualmenden Männer, die aussahen wie Zombies, die gerade aus ihren Gräbern gestiegen waren und die Erinnerung an ihre entblößte Rückansicht, wirkte in diesem Moment wirklich komisch. „Kommt!" sagte er aber nur. „Wir müssen zu den anderen!"

Wenige Augenblicke später flogen sie über die Brüstung und landeten inmitten der Gruppe.
Während Cynthia sofort mit einem erfreuten Jauchzen auf ihren Mann zustürmte und ihn überglücklich umarmte und Bim von den beiden Zwillingsbrüdern mit Erleichterung im Blick begrüßt wurde, konnte der Alte sehen, dass Heaven gerade wieder ihre Augen öffnete. Eric, dem man die große Anstrengung, die ihm dieses Wunder gekostet hatte, deutlich ansah, entspannte sich sichtlich. Taleas Augen glänzten tränenfeucht, aber vor Freude, als sie sich vorbeugte und ihren Mann umarmte. Und selbst Razor, dieser große Kämpfer, konnte sich seiner Tränen nicht mehr erwehren. Glücklich schaute er auf die junge Frau herab, die, als sie ihn erkannte, ebenfalls, wenn auch noch sehr schwach, lächelte, ihre Augen dabei jedoch strahlten wie lupenreine Diamanten in der Mittagssonne.

*

Als Bim sich ein wenig gedreht hatte, konnte er in den Augenwinkeln Christopher erkennen. Er stand zusammen mit Silvia noch immer an der Brüstung – und beide starrten ihn an. „Was ist?" fragte er.

„Ihr seid beide hinten nackt!" antwortete Silvia und schaute dabei auch auf Douglas.
Der wurde jetzt auf sie aufmerksam und schaute, ebenso wie Bim, hinten an sich herab. „Ja, und?" fragte er dann mit einem leisen Lacher, denn er war viel zu froh und entspannt, um sich über eine solche Lappalie Sorgen zu machen.
„Eure verdammten schwarzen Ärsche sind krebsrot!" rief Christopher.
Jetzt mussten sowohl Douglas, als auch Bim laut lachen. „Wir hatten versucht, das Tor an uns zu bringen!" meinte Bim.
„Während es aktiv war?" Christopher zog seine Augenbrauen in die Höhe.
Douglas nickte. „Das war wohl ziemlich optimistisch von uns was?"
Auch Christopher nickte. „Aber sowas von!"
Douglas verzog die Mundwinkel. „Wir hatten gesehen, was bei euch los war und dachten, wir könnten helfen!"
Christopher lächelte und schaute die beiden Männer vor sich an. „Ihr seid vollkommen verrückt, das wisst ihr?"
„Ach?" Wieder lachte Bim laut auf. „Und du bist völlig normal, oder was?" Er wandte sich grinsend ab und ging zusammen mit den beiden Zwillingsbrüdern zu Heaven und Razor.
„Es tut mir leid!" sagte Douglas, obwohl er doch eigentlich keinen Grund hatte, sich zu schämen.
„Ach verdammt, Alter! Ich liebe dich!" Christopher drückte sich von der Brüstung, ging auf seinen Freund zu und öffnete seine Arme. „Und jetzt komm schon her!"
Douglas erwiderte die Geste und für einen kurzen Moment drückten sich die Männer herzlich mit geschlossenen Augen.
„Ist es vorbei?" fragte Douglas, als sie sich wieder getrennt hatten. In seinen Augen bildeten sich Tränen, die er versuchte, zurück zu halten. Dennoch sah man ihm an, dass er innerlich total aufgewühlt war.
„Ja...!" Christopher nickte und sein Blick wurde ernst. Auch er hatte Tränen in den Augen, auch er kämpfte dagegen an, doch auch ihm gelang es nicht wirklich. „...es ist endlich vorbei!"

Das einzige Opfer

Francesco löste sich aus der Gruppe und entfernte sich ein paar Schritte. Dabei sah er zu seiner Frau, die gerade in einem Gespräch mit Peter und Shadow war. Als sie seinen Blick bemerkte, schaute sie auf. Sie las den Wunsch in seinen Augen sofort, das erkannte der Alte und musste lächeln.
Während Francesca ihr Gespräch beendete, hatte Francesco eine kleine Nische erreicht, die etwas abseits im Halbdunkel lag und er drehte sich zurück zur Gruppe.
Was er sah, konnte ihn nur erfreuen:
Da war Heaven, die sich gerade mit viel Mühe, aber dennoch erfolgreich aufsetzte und dabei hingebungsvoll von Razor gestützt wurde. Zwei Liebende, die sich gefunden hatten – *endlich*. Der Kuss, den der Schwarze ihr gab, war sanft und zärtlich, aber dennoch leidenschaftlich und feucht. Heaven erwiderte ihn und es schien, als würde sie dabei weiter an Kraft gewinnen. Francesco war sehr dankbar dafür, dass die junge Frau nicht das grausame Opfer dieses Irrsinns geworden war, doch bedurfte es eines wahrhaft großen Wunders seitens Erics, das ihm sehr viel Kraft gekostet hatte.
Die beiden waren umringt von ihren Freunden aus der Hölle. Bim und die Zwillingsbrüder Horror und Terror. So, wie sie da standen, unterschieden sie sich nicht im Geringsten von allen anderen hier. Es waren Menschen, die einen Kampf gefochten hatten, wie es zuvor wohl niemand je getan hatte. Und sie waren dabei immer in dem Wissen gewesen, dass sie dabei sterben konnten. Natürlich, sie hatten alle ein Ziel vor Augen: *Eine zweite Chance!* Doch Francesco spürte deutlich, dass dies nur zu Beginn ihr Antrieb, es am Ende aber viel mehr als das gewesen war. Das machte ihn traurig und erfreut zugleich. Wie vereinbart würden sie alle ihre zweite Chance bekommen und er war ziemlich sicher, dass sie sie nutzen würden, letztlich aber waren sie alle doch nur fehlgeleitete Seelen gewesen, die für die furchtbaren Fehler, die sie in der Vergangenheit begangen hatten, die gerechte, aber auch verdammt harte Strafe erhalten hatten. Doch keiner von ihnen hatte dabei vorsätzlich gehandelt. Und Francesco wusste nur zu genau, dass er selbst eigentlich genau so war wie sie. Auch er hatte in seiner Jugend einen furchtbaren Fehler begangen, der dieses Chaos hier doch erst verursacht und so vielen unschuldigen Menschen das Leben gekostet hatte. Eigentlich hätte auch er sofort in die Hölle kommen müssen. Nur die Tatsache, dass er nicht gestorben war, hatte das verhindert. Doch an seiner Schuld änderte das nichts. Und genauso, wie er sie jetzt gesühnt hatte, hatten auch Heaven, Razor und die anderen das getan und sich eine zweite Chance mehr als verdient.
Francesco sah, dass Ice, Steel, Rose und Shadow zu ihnen traten. Als der Glatzkopf sprach, hörten ihm alle zu, doch der Alte konnte nicht verstehen, was er sagte. Beim Anblick dieser vier besonderen Menschen verspürte er große

Dankbarkeit, denn ihm war klar, dass sie es ohne sie vielleicht niemals geschafft hätten, die Welt vor dem Chaos zu bewahren. Außerdem empfand er ein gewisses Maß an Erleichterung zu wissen, dass es Menschen wie sie gab, die sich gegen die Mächte der Finsternis stellten. Und mit ihren besonderen Fähigkeiten, die einfach nur vollkommen irre zu nennen waren, würde es das Böse, dessen Bedrohung sicherlich beständig vorhanden war, stets schwer haben, sich durchzusetzen.

Neben Shadow konnte Francesco Peter erkennen. Er wusste nicht viel über den Blonden, doch verspürte er großen Respekt vor diesem Mann. Sich als einfacher, sterblicher Mensch diesen grauenhaften Mächten entgegenzustellen, dazu gehörte unglaublich viel Mut und Kraft.

Gleiches galt natürlich auch für seine Enkelin, Christopher, Cynthia und Douglas. Und auch für seinen Sohn.

Sie alle waren in diese Geschichte hineingeraten, ohne auch nur im Geringsten zu ahnen, was auf sie zukam. Dennoch waren sie nie davor geflüchtet, sondern hatten ihr Schicksal aufrecht und voller Würde angenommen. Der Tod war ihr ständiger Begleiter gewesen, Schmerzen und Entbehrungen an der Tagesordnung.

Oh, welch aufrechte, selbstlose und unglaublich tapfere Seelen sie doch waren.

Francesco spürte eine Welle der Zuversicht, die sein Herz wärmte.

Solange es Menschen wie sie gab, würde es Hoffnung geben, dass das Böse niemals die Oberhand gewinnen konnte, sondern für immer dort bleiben musste, wo es hingehörte: *An den tiefsten und dunkelsten Orten.*

Natürlich gehörte auch Talea zu dieser Gruppe von Menschen und bevor Francesca zu ihm trat, warf der Alte einen letzten Blick auf die junge Frau und ihren Mann Eric.

Freude erfüllte sein Herz, als er sah, wie engumschlungen sie standen, wie sehr sie jede Berührung des anderen genossen, welch Sehnsucht und Verlangen in ihren Blicken lag und wie deutlich die Liebe zu spüren war, die sie verband.

Dabei aber war ihm klar, dass Talea – im Gegensatz zu den anderen – nicht unbedingt selbstlos gehandelt hatte, sondern stets ein großes Ziel vor Augen gehabt hatte, das am Ende der Lohn für all ihre aufopferungsvollen Mühen sein sollte, wenngleich er wusste, dass ihr von Beginn an klar gewesen war, dass es niemals dazu kommen würde. Doch die Hoffnung in ihr war viel zu stark, um der Realität zu weichen.

Francesco wurde plötzlich traurig, denn eigentlich würde er Talea die Erfüllung ihres großen Traums unbedingt gönnen, weil er erkannte, dass Eric das einzige, wirkliche Opfer in dieser ganzen Sache war.

Sie alle hatten ausnahmslos große Schmerzen, Entbehrungen und Qualen hinnehmen, doch niemand von ihnen hatte letztlich dafür sein Leben lassen müssen – auch nicht Razor oder Heaven. Das grenzte zwar beinahe schon an ein Wunder – was es ja auch teilweise war – war aber eben auch eine Tatsache Nur er selbst und Eric waren beim Kampf gegen die dämonischen Mächte gestorben. Doch im Gegensatz zu ihm, der seinen eigenen Tod stets ein Teil seiner Sühne gesehen hatte und somit auch absolut akzeptieren konnte, hatte

Eric nichts zu sühnen. Er hatte sich lediglich mutig und tapfer seinem Schicksal gestellt und dabei sein Leben gelassen. *Er war das einzige wahre Opfer hier.*
Doch so sehr es sich Francesco auch wünschte, er hatte nicht die leiseste Ahnung, wie er es anstellen sollte, etwas daran zu ändern.
Dann trat Francesca in sein Blickfeld und mit dem Blick in ihre wundervollen, strahlenden Augen wurde ihm plötzlich bewusst, welche Konsequenz das Ende ihres Kampfes zur Folge hatte.
Im nächsten Moment überwältigte ihn grenzenlose Sehnsucht und tiefes Verlangen nach seiner Frau. Sein Kopf war wie leergefegt und nur noch die Liebe zu ihr fand darin Platz. Sofort schloss er sie in seine Arme, berührte und streichelte sie, nahm ihren Geruch so tief in sich auf, wie es ihm nur möglich war und küsste sie voller Leidenschaft und Begierde, die auch nach mehr als fünfzig Ehejahren niemals wirklich nachgelassen hatten.

Als sie sich wieder trennten, schauten sie einander für einen langen Moment stumm, aber tief in die Augen. Francesco konnte Freude in ihnen sehen, aber auch Trauer und Schmerz.
„Es tut mir leid!" sagte er, ohne seinen Blick abzuwenden. Als Francescas Augenbrauen kurz irritiert zuckten, fügte er hinzu. „Für die vielen Lügen in all den Jahren!" Er spielte damit auf die Tatsache an, dass er seine Frau stets in Sachen Dämon belogen hatte.
Francesca blieb noch einen Moment stumm, dann atmete sie tief durch und lächelte. „Du konntest es nicht lange vor mir verheimlichen!"
Jetzt musste auch Francesco lächeln, denn mittlerweile wusste er, dass sie viel länger und besser Bescheid gewusst hatte, als er je befürchten konnte. „Du kennst mich eben viel zu gut!"
Francesca nickte erfreut.
„Das beweist, dass ich wenigstens einmal in meinem Leben das Richtige getan habe!" Der Alte verzog säuerlich die Mundwinkel.
„Und das wäre?"
„Dich zu meiner Frau zu nehmen!" Francesco sah ihr tief in die Augen. „Du bist das Beste, was mir je passieren konnte und ich liebe dich mehr, als Worte es je beschreiben könnten!"
Francesca lächelte strahlend, dann aber sagte sie. „Ich will aber nichts hören...!" Ihr Blick wurde noch strahlender, aber auch eine Spur traurig. „Ich will es spüren!"
Einen Augenblick später lagen sie sich wieder in den Armen und küssten sich.

Das Mahnmal

Für einen kurzen Moment noch hatte er die Hoffnung gehabt, alles würde sich doch noch so entwickeln, wie es sollte. Zwar konnte Samael sehen, wie der Alte von dem anderen Engel gepackt wurde, doch war er sicher, dass die Zugkraft des Tores ausreichen würde, um sie mit sich zu reißen.
Dann aber schoss ein mächtiger Energieblitz auf ihn zu, der ihn erfasste und innerhalb eines Wimpernschlags durch das Tor peitschte.
Als er auf der anderen Seite wieder herauskam und in die Tiefe fiel, konnte er über sich den kegelförmigen Ausgang in den Wolken sehen. Doch anstatt, dass die beiden Engel ebenfalls hindurch schossen, explodierte er in einer wuchtigen Explosion und verging dann vollkommen.
Damit war klar, dass das Tor zur Hölle geschlossen worden war und niemand ihm folgen würde.
Sofort kam Wut in Samael auf. Unbändige Wut. *Wie konnten diese nichtsnutzigen Kreaturen es wagen, ihm seinen verdienten Lohn noch im allerletzten Moment streitig zu machen?* Und doch hatten sie es getan und tief in seinem Inneren spürte er die Hilflosigkeit, in der er sich befand. So viel mächtiger wollte er in die Hölle zurückkehren, jetzt kam er mit nichts in den Händen. Nein, falsch – mit sehr viel weniger, als er noch zuvor besessen hatte.
Ich habe verloren, schoss es ihm in den Kopf. *Verloren und bin dabei schwer verwundet worden. Sie haben mich besiegt und gedemütigt! Nnnneeeiiinnn!* schrie er innerlich auf. *Niemals!* Sie hatten diese eine Schlacht vielleicht gewonnen, doch er, Samael, würde am Ende den Krieg gewinnen! Er musste nur wieder zu Kräften kommen und dann würde er mit seinem Wissen zu einem noch gefährlicheren, noch machtvolleren Gegner werden, den sie kein zweites Mal besiegen würden. Ja, so würde es sein. Bald schon!
Samaels Zuversicht wuchs und er brüllte seinen Schmerz, seinen Frust und seinen Hass laut hinaus.
Einen Augenblick später krachte er mit unbändiger Wucht in den Boden.
Der Krater, den er riss, war sicherlich fünf Meter tief, doch überlebte er den Aufprall ohne größere Probleme. Er rappelte sich auf, erklomm die Kraterwände und stieg wenige Sekunden später hinaus in die heiße Ebene. Überrascht stellte er fest, dass er keine Meile von seiner Burg entfernt gelandet war. Seine Zuversicht nahm weiter zu.
Doch dann erkannte er den Schatten, der sich über ihn legte und beinahe zeitgleich hörte und spürte er das tiefe Grollen in seinem Rücken. Eine dunkle Vorahnung überkam ihn, als er sich umwandte.
Und als er sah, was er befürchtet hatte, füllte sich sein Körper und sein Geist mit panischer Angst.

Er war gekommen!

Sein Herr und Meister war aus seiner Festung hierher zu ihm gekommen. Samael war ihm bereits begegnet, doch wusste er nicht mehr, wie lange das her war, aber als er ihn jetzt vor sich sah, war er sichtlich überrascht, wie groß, kraftvoll und mächtig er war, denn derart gewaltig hatte er ihn nicht in Erinnerung gehabt.
Nachdem er seine Überraschung überwunden hatte, verspürte er für einen winzigen Moment wieder Zuversicht, doch dann sah er in das hasserfüllte, wütende Antlitz seines Herrn und in die gnadenlosesten Augen, die es nur geben konnte und plötzlich war da nur noch Angst in ihm.
Was hast du getan? dröhnte *Seine Stimme* in seinem Körper.
Herr, ich habe versucht, die Dinge zu unseren Gunsten zu wenden! erwiderte er voller Ehrfurcht mit gesenktem Blick.
Doch *Seine Stimme* wurde noch dunkler und bedrohlicher, als *Er* ein zweites Mal fragte: *Was hast du getan?*
Ich... Samael glaubte wirklich, er könne sein Handeln erklären, Ihm sagen, was vorgefallen war, was er vorgehabt und was letztlich passiert war, doch dem war nicht so.
Er erwartete keine Antwort dafür von ihm, zumindest nicht auf die übliche Art.
Ohne auch nur das geringste Anzeichen, was *Er* tat, spürte Samael wie er von einem machtvollen Energiefeld umschlossen wurde, das *Er* erzeugt hatte. Im nächsten Moment hob er sanft vom Boden ab. Samael war zunächst überrascht, doch dann spürte er die brennende Hitze, die sich rasend schnell in dem Energiefeld ausbreitete und wahnsinnige Schmerzen verursachte, die er einfach nur laut herausschreien musste. Immer stärker und intensiver wurde die Hitze, bis seine Haut zu wogen begann, wie Meereswellen und sich immer mehr Blasen darauf bildeten, als würde sie kochen, bis sie zerplatzten und unendliche schmerzhafte Schauer durch seinen bebenden, zitternden Körper jagten.
Dann spürte er, wie sich etwas in seinen Schädel bohrte, wie ein heißes, scharfes und mit Widerhaken besetztes Messer. Samael hatte das Gefühl, als müsse sein Gehirn jeden Moment platzen, bis das Messer wieder hinausfuhr, dabei ein Teil seiner Erinnerungen aber an den Widerhaken hängenblieb und ihn wie einen Parasiten aus seinem Schädel zog.
Samael wurde fast wahnsinnig vor Schmerzen.
Die Erinnerungen aus seinem Gehirn pulsierten als grelle Blase über seinem Schädel, schwebten aus dem Energiefeld und vergrößerten sich zu einer Wolke, in der sie sich visualisierten, sodass *Er* sie sehen konnte.
Während Samael seine Schmerzen unter Kontrolle zu bekommen versuchte, indem er sich auf die Bilder konzentrierte, die in der Wolke sichtbar wurden, betrachtete *Er* diese anfangs stumm und kommentarlos. Doch als *Er* das Tor zur Erde sah, sog *Er* hörbar die Luft ein und ein leises Brummen war zu hören. Dann wurde *Er* wieder still. Aber nur für wenige Augenblick, dann sah *Er* das Tor zum Himmel und jetzt stöhnte *Er* höchst überrascht auf. Während die Erinnerungen Samaels weiterliefen, blieb *Er* sichtlich unruhig. Dann kamen die Szenen, als Samael durch das Tor zur Erde ging und wieder stieß *Er* einen überraschten Laut aus, die in ein scheinbar zufriedenes Brummen übergingen. Doch dann

erschienen die Bilder aus dem unterirdischen Laborkomplex, die letztlich mit Samaels Niederlage endeten. Und als *Er* das sah, brüllte *Er* grollend auf und wurde augenblicklich zornig. Machtvoll donnerte *Er* auf den Boden, dass die Umgebung vibrierte. *Was hast du getan?* schrie *Er* wütend.

Samael wollte es erklären, doch als sich *Sein* gewaltiger, unförmiger und über alle Maßen furchterregender Schädel zu ihm herabbeugte und er aus einer Entfernung von weniger als einem halben Meter in *Seine* riesigen, toten, aber vor allem gnadenlosen Augen blickte, in denen er das Leid, die Verzweiflung und das Grauen von Äonen von Zeitaltern und unzähligen Seelen erkennen konnte, die spürbar nach ihm griffen, brachte er keinen Ton heraus.

Plötzlich riss *Er* sein gewaltiges Maul auf und brüllte so laut, so tief und so intensiv, dass die Erde zu beben begann und die Luft in Schwingungen geriet. Der heiße Atem seines Herrn durchdrang dabei das Energiefeld und verbrannte die Haut auf seinem gesamten Schädel, dass sie sich verflüssigte und zischend zu Boden fiel.

Samael schrie vor Schmerzen auf, doch war er gegen diese urgewaltige Kraft vollkommen machtlos.

Schon glaubte er, dass auch seine Knochen zu schmelzen beginnen würden, als das Brüllen plötzlich endete und *Er* seinen Schädel ruckartig und fachend zurückzog. Dann knurrte *Er* verächtlich und machte eine wegwerfende Bewegung, die Samael, noch immer gefangen in dem Energiefeld durch die Luft schleuderte. Nur wenige Sekunden später stoppte sie direkt über dem halb zerstörten Turm seiner Burg am Fuße des Berges.

Auch die irrsinnige Hitze ließ nach und somit auch seine Schmerzen. Für einen kurzen Moment hatte Samael noch einmal die Chance, einen klaren Gedanken zu fassen und die Hoffnung, sein Handeln *Ihm* gegenüber erklären zu können.

Sie erfüllte sich jedoch nicht, denn nicht einmal zwei Sekunden später schien es, als würde das kugelförmige Energiefeld, das ihn umgab, dunkler werden. Bevor Samael erkennen musste, dass dies nicht der Fall war, sondern die Hülle lediglich undurchsichtig wurde und er nun nicht mehr hinaus auf die Burg und die Ebene blicken konnte, war es bereits zu spät.

Von nun an sollte für alle Zeiten über dem Turm der Burg eine Kugel prangen, in die man nicht hineinschauen konnte, aus der jedoch beständig unheimliche, widerliche und bösartige Geräusche drangen, ganz besonders aber das grauenerregende Schreien Samaels, das weithin über das Land zu hören war.

Ein Mahnmal für alle, die jemals auch nur den Gedanken hegen würden, sie könnten die Macht, die *Er* ihnen verliehen hatte, so sehr überschätzen, wie Samael es getan hatte.

Es ist soweit

Francesco spürte die Veränderung in seinem Körper schon, als sie noch ganz schwach war.
Es war, als würden winzig kleine Tropfen eiskalten Wassers in sein Herz tröpfeln. Anfangs vermochten sie die Wärme, die dort zu finden war und die durch das innige Zusammensein mit seiner Frau noch verstärkt wurde, kaum zu beeinflussen, wenngleich sie dennoch zu fühlen waren.
Dann aber verstärkte sich ihre Existenz immer mehr und aus wenigen Tropfen wurde allmählich ein beständiges Fließen, das nun nicht mehr zu ignorieren war. Als Francesco es zum ersten Mal bewusst wahrnahm, zuckte ein deutlicher Schock durch seinen Körper und ein einziger Gedanken schoss ihm in den Kopf: *Nicht schon jetzt!*
Doch es war zu spät. Immer deutlicher spürte der Alte die Kälte, die sich in seinem Herzen ausbreitete, es zusammenzog und seine Aufmerksamkeit forderte.
Mitten in einen weiteren, leidenschaftlichen Kuss hinein, stöhnte Francesco auf. Aber es war kein lustvolles Stöhnen, das erkannte seine Frau sofort, denn ihr Mann verkrampfte sich spürbar. Sie öffnete ihre Augen und war nicht überrascht, dass auch seine Augen geöffnet waren, allerdings blickte er nicht sie an, sondern an ihr vorbei. Unwillkürlich musste sie lächeln, doch dann erkannte sie, wie sich seine Gesichtszüge deutlich verhärteten und sein Blick finster wurde. Bevor sie ihn jedoch fragen konnte, was los war, wurde sein Blick im nächsten Moment derart tieftraurig, wie Francesca es noch niemals zuvor gesehen hatte. Während ihr augenblicklich eine eiskalte Gänsehaut über den Rücken lief, atmete ihr Mann tief ein und sagte dann mit ebenso trauriger Stimme und einem hoffnungslosen Nicken „Ja, ...natürlich!". Dabei lag eine solch beklemmende Endgültigkeit in seinen Worten, dass ein furchtbares Gefühl von Angst sie ergriff. „Was...?" Sie musste schlucken, ein dicker Kloss der Vorahnung bildete sich in ihrem Hals. „Was ist los?" Ihre Stimme klang brüchig und schwach, weil sie die Wahrheit bereits erkannte.
Francescos Augen – so traurig, so schmerzvoll, so hoffnungslos – wanderten zu ihr und als er sie anblickte, bildeten sich Tränen in ihnen. Seine Lippen bewegten sich, doch er brachte anfangs keinen Ton heraus. Dann aber sagte er mit zitternder Stimme. „Es ist...soweit!"

Francesca spürte, dass ihre Knie weich wurden. Innerhalb eines Wimpernschlags begann ihr Puls derart heftig zu rasen, dass er in den Ohren rauschte und unter die Schädeldecke hämmerte. Sie spürte, dass ihr schwindelig wurde und der Blick vor ihren Augen verschwamm für einen Augenblick.

Die dunkle Vorahnung, die sie ergriffen hatte, hatte sich als real erwiesen und breitete sich jetzt in ihrem gesamten Körper aus. „Aber...?" Mehr brachte sie nicht hervor, dann atmete sie tief durch. Sie hatte gewusst, dass dieser Moment kommen würde. Natürlich hatte sie gehofft, dass er erst sehr viel später kommen würde, doch am Ende blieb er unausweichlich. Und sie wusste, dass sie jetzt stark sein musste, denn in den Augen ihres Mannes war bereits genug Schmerz für sie beide. Dennoch fielen ihr ihre Worte so unendlich schwer, wie nichts jemals zuvor. „Dann ist es so!"

Francesco versuchte zu lächeln, doch es gelang ihm kaum. In den Augen seiner Frau konnte er lesen, wie in einem Buch und daher wusste er auch, was sie jetzt empfand. Eine Woge tiefer Liebe zu ihr erfasste ihn und angesichts ihrer Stärke, die sie hier zeigte, verspürte er großen Stolz. Dennoch war da auch unendlich viel Schmerz in ihm, sie erneut verlieren zu müssen und dieses Gefühl war stärker, als alles, was er je vorher empfunden hatte. Er spürte, wie ihm Tränen in die Augen schossen. Da er nicht wollte, dass Francesca sie sah, legte er seinen rechten Arm um sie und zog sie ganz fest an sich heran. Während er ihnen stumm freien Lauf ließ, spürte er, dass auch der Körper seiner Frau still erbebte. Als sie sich dann wieder trennten, hatte er sich ein wenig beruhigt. Er suchte sofort ihren Blick und sagte. „Vergiss mich bitte nicht!" Er musste schniefen.
Francesca wartete, bis er sie wieder ansah, dann lächelte sie so strahlend, wie noch niemals zuvor in ihrem Leben. „Das *habe* ich nicht!" Sie hob ihre Hand und streichelte seine Wange. „Und das werde ich *niemals*!" Sie beugte sich vor und küsste ihn ein letztes Mal voller Liebe und Zärtlichkeit.

*

Talea war wie ein vollkommen ausgetrockneter Schwamm.
Als klar war, dass Samael durch das Tor zur Hölle gegangen und dieses geschlossen war, dass damit alle drei Tore in Sicherheit waren und dass am Ende mit der Heilung Heavens auch niemand dafür hatte mit dem Leben bezahlen müssen und somit endlich etwas Ruhe eingekehrt war, hatte sie sich mit Eric abseits der Gruppe gestellt, um mit ihm in einer halbdunklen Nische, so allein zu sein, wie es im Moment nur möglich war.
Ihr Mann war noch geschwächt von der Heilung Heavens, doch weder er, noch Talea konnten und wollten noch länger warten. Sie mussten einander berühren, mussten einander streicheln, sich küssen, den Geruch ihrer Haut einatmen, tief in die Augen des anderen sehen, ihre Sehnsucht spüren, ihr Verlangen.
Und Eric ging es mit jeder Sekunde in der Nähe seiner Frau besser, all seine Kräfte kehrten zurück. Er gab alles, was er hier und jetzt geben konnte und nahm alles, was Talea hier und jetzt gab.
Und Talea genoss es. Jede Berührung, jeden Kuss, jeden Atemzug, jedes Kribbeln, jedes Stöhnen saugte sie auf, wie ein staubtrockener Schwamm. Sie hatte das alles so sehr vermisst und hatte so lange darauf warten müssen. Und jetzt war es wahr geworden. Eric stand vor ihr und die Liebe zwischen ihnen

sorgte dafür, dass sie die Welt um sich herum vergaßen und ihnen einen magischen Moment bescherte, wie sie ihn beide – auch ohne Sex – noch niemals je zuvor erlebt hatten.
Sie vergaßen die Zeit, den Ort, die Realität und schwebten auf einer weichen Wolke durch das warme, helle Universum der Liebe.

Und so bemerkte keiner von beiden den Schatten, der sich über sie legte, als Francesco mit ernstem, traurigem Blick, Hand in Hand mit Francesca, zu ihnen trat. „Eric?" sagte er leise. Seine Stimme klang rau, weil sein Mund trocken war, doch war er bemüht, klar und deutlich zu sprechen.
Im ersten Moment schien keiner der beiden auf ihn reagieren zu wollen, auch weil klar zu sehen war, dass sie geistig an einem vollkommen anderen Ort waren. Francesco versuchte bei ihrem Anblick zu lächeln, denn hier standen mehr als überdeutlich zwei sich liebende Menschen auf einer wunderbaren Reise vor ihm, doch gelang es ihm nicht, weil er sich innerlich bereits für das verfluchte, was er jetzt tun musste. Dennoch dauerte es noch einige Sekunden, bis er den Mut fasste, seinen Mund nochmals zu öffnen.
Er brauchte jedoch nichts zu sagen, denn im selben Moment zog Eric seinen Kopf ein wenig zurück, sodass sich ihre Lippen trennten. Während Talea ihn etwas überrascht ansah, lächelte Eric ihr zu und drehte seinen Kopf dann zu Francesco. Als er den Alten sah, wirkte er überrascht. „Ja?" fragte er.
Es ist soweit! wollte Francesco sagen, doch kein einziger Laut kam über seine Lippen, obwohl sie sich bewegten. Er wusste, er musste es tun, doch alles in ihm weigerte sich, es auszuführen.
Und das musste er auch nicht.
Mit jedem Augenblick, da er versuchte, sich zu artikulieren, sah er in Erics Augen, dass er selbst erkannte, weshalb der Alte zu ihm gekommen war. Und als ihm das klar geworden war, trat eine solche Traurigkeit in seinen Blick, dass Francesco auf der Stelle hätte heulen können.

Talea bekam anfangs überhaupt nichts davon mit. Sie befand sich noch immer an ihrem wundervollen Ort und wartete ungeduldig darauf, dass ihr Mann dorthin zurückkehrte. Erst als er genau das nicht tat, kam sie zurück in die Realität. Und erkannte sofort die furchtbare Veränderung im Gesicht ihres Mannes. Doch wusste sie nicht, was geschehen war, sie spürte nur eine eiskalte Angst, die plötzlich nach ihr griff.
Dann konnte Francesco in Eric die bittere Erkenntnis sehen und tiefe Hoffnungslosigkeit erfüllte seinen Blick, als er sagte. „Ja!" Sein gesamter Körper sackte dabei förmlich ein Stück in sich zusammen. Von seiner Kraft und seiner Ausstrahlung, die er gerade erst wieder gewonnen hatte, war nichts mehr zu sehen. Der stolze Engel wurde zu einem gebrochenen Mann. *Das einzig wahre Opfer.*

„Was?" Jetzt hatte Talea die Situation realisiert. All ihre Gesichtszüge entglitten, panische Angst erfüllte sie schlagartig, pures Entsetzen spiegelte sich in ihrem

Blick wieder. Sie starrte Eric an. Ihr Mann hätte am liebsten geschrien, doch wusste er, dass er ihrem Blick standhalten musste. Er riss sich zusammen, versuchte stark zu sein, doch erkannte er in ihren Augen, dass ihm das nicht gelang. In diesem Augenblick starb er noch einmal. Talea aber suchte nach einem Strohhalm, einer Winzigkeit von Hoffnung, dass sie sich verhört hatte, dass dieser furchtbarste aller Gedanken nicht real werden würde und schaute deshalb zu Francesco. Doch sie fand dort nichts außer der Bestätigung des Grauens, das für sie parat lag. Diese Erkenntnis riss an ihr wie ein Wirbelsturm. „Nein!" rief sie. Wieder blickte sie Eric an. Ihre Gesichtszüge hatten sich längst komplett aufgelöst, zeigten nur noch eine verzerrte Maske puren Entsetzens. Tiefe Verzweiflung schüttelte sie. „Nein!" rief sie wieder. Ihre Hände zuckten zu Erics Schultern, doch bevor er sie ergreifen konnte, um ihr den Halt zu geben, den er selbst in diesem Moment so vermisste, sackten Taleas Beine unter ihr weg und sie fiel hart auf ihre Knie. „Bitte…!" stammelte sie, sah wieder mit flehendem Blick zu Francesco. „Oh, bitte nicht!" Ihr Kopf zuckte zu ihrem Mann, Tränen flossen über ihre Wangen.

Alle anderen um sie herum waren natürlich längst auf sie aufmerksam geworden und keinen ließen die Geschehnisse unberührt. Alle Frauen weinten stumme Tränen, auch Rose und Shadow, aber auch einige Männer, allen voran, Bim, Christopher und Douglas, ließen ihren Gefühlen freien Lauf, während der Rest sich gerade noch so im Griff zu haben schien.
Sie alle fühlten mit Talea und Eric. Für einige waren sie zu echten Freunden geworden, andere sahen in ihnen hervorragende Kampfgefährten, wieder andere erkannten ihr eigenes Schicksal zumindest teilweise in ihnen.
Und alle hatten sie eines gemeinsam: *Sie wünschten sich, dass es eine Möglichkeit geben würde, es zu verhindern.*

Eric kniete sich vor Talea, hob seine Hände und legte sie auf ihre Wangen. Mit all seiner Kraft stemmte er sich gegen seine eigene Verzweiflung, hielt seine Tränen auf, mahnte sich zur Ruhe und Besonnenheit, auch wenn in ihm ein gnadenloser Feuersturm tobte. „Es ist okay, Schatz!" sagte er, als er Taleas Blick einfing. „Wir wussten, dass dieser Moment komme würde!" Er zwang sich zu einem Lächeln. „Es ist okay!"
Für einen winzigen Augenblick beruhigte sich Talea und hielt seinen Blick, doch dann wurde sie erneut von Verzweiflung geschüttelt. „Nein! Wie kannst du…das sagen? Nichts…ist okay! Du darfst nicht gehen!" Ein Weinkrampf ließ ihre Worte gequält klingen.
Eric beugte sich vor und schloss seine Arme um sie, hielt sie ganz fest, versuchte ihren zitternden Körper zu beruhigen. „Aber ich muss, Liebes! Das war der Deal. Ich durfte zurück, um euch zu helfen. Jetzt ist alles wieder im Lot. Und es wird Zeit für mich!"
„Aber…nein! Oh nein…nein, nein, nein!" Taleas Worte waren kaum noch zu verstehen, so sehr riss die Verzweiflung an ihr. „Du darfst nicht gehen. Du musst hierbleiben. Oh bitte, bitte, bitte!"

Eric konnte seine eigenen Tränen jetzt nicht mehr zurückhalten. Er sog hörbar die Luft ein und blickte auf.

In diesem Moment zuckten Silvias, Cynthias und Heavens Körper fast zeitgleich einen Schritt nach vorn, weil sie es einfach nicht mehr aushielten und Talea zur Hilfe eilen wollten, bevor sie wahnsinnig wurden. Doch Eric schüttelte kaum merklich den Kopf. Christopher, Douglas und Razor reagierten sofort und zogen sie sanft zurück. Dann schloss Eric seine Augen und atmete tief durch. Als er dadurch ein wenig zur Ruhe gekommen war, senkte er seinen Kopf wieder und öffnete seine Augen. „Du musst jetzt stark sein!" Seine Stimme klang fest und klar. „Es gibt keinen anderen Weg!" Er verfluchte sich innerlich für seine Worte, obwohl sie nur die Wahrheit waren, die verdammte, beschissene, schreckliche Wahrheit.

Für einen Moment noch schluchzte Talea, dann wurde sie etwas ruhiger. Schließlich zog sie sich aus seinen Armen, während sie laut schniefte und tief durchatmete. Dann blickte sie Eric in die Augen. „Doch!" sagte sie nur.

„Doch, *was?*" Eric war irritiert.

„Es gibt einen anderen Weg!" Taleas Stimme gewann an Klarheit und Stärke.

Eric zog seine Augenbrauen zusammen. „Welchen?"

„Ich gehe mit dir!" Talea lächelte beinahe strahlend.

„Du…?" Eric war sichtlich perplex. Doch schon erkannte er den furchtbaren Irrtum in ihren Worten. „Aber? Das kannst du nicht! Das *darfst* du nicht!" Er wartete, bis sie ihn wieder ansah. „Du musst jetzt stark sein!" Seine Stimme wurde kräftig und nahm einen beschwörenden Klang an. „Wenn nicht für dich selbst, dann für unsere Kinder!"

Da war es! Das eine Wort, das alles zum Einsturz brachte. Talea wusste es. Ihr Gedanke hatte einen Haken, war falsch, einfach nur aus ihrer grenzenlosen Verzweiflung heraus geboren: *Ihre Kinder!*

Talea wusste augenblicklich, dass sie verloren hatte, dass sie nichts aufhalten, nichts ändern konnte. Das Schicksal hatte gesprochen – zum zweiten Mal. Und wieder war es gnadenlos.

Eric erkannte die Veränderung im Blick seiner Frau, doch war er nicht sicher, ob sie wirklich begriffen hatte. „Sie haben schon ihren Vater verloren. Sie dürfen nicht auch noch ohne Mutter sein!" Er sah, dass sie verstanden hatte und bittere Tränen weinte. „Und ich möchte, dass sie eines Tages erfahren, was ich getan habe. Damals…und heute!" Jetzt wurde sein eigener Blick traurig und seine Stimme brüchig, weil er selbst weinen musste. „Damit sie wissen, warum ich nicht bei ihnen…sein…konnte!" Die letzten Worte waren kaum zu verstehen, dann versagte seine Stimme endgültig und ein Weinkrampf schüttelte ihn.

*

Jedes Wort, jede Geste, jede Träne, jeder Schmerz zuckte wie ein Stromschlag durch ihren Körper.

Und alles in ihr schrie immer und immer wieder dieses eine Wort: *Ungerechtigkeit!*
Ja, Francesca empfand alles was sie sah, alles was geschah – vor allem aber, alles was noch geschehen würde – als absolut ungerecht.
Das galt nicht nur für die so unendlich schmerzvollen Szenen rund um Talea und Eric, das galt auch für ihr eigenes Schicksal.
Dabei war ihr klar, dass Francesco und Eric nicht gleich zu sehen waren. Ihr Mann, so sehr sie ihn auch liebte, hatte in seiner Jugend trotz Warnungen und Anzeichen einen schlimmen Fehler begangen, der Leid über so viele Menschen gebracht hatte. Er hatte damals natürlich nicht vorsätzlich gehandelt, aber mindestens fahrlässig. Deshalb war sein eigener Tod auch ein Teil der Sühne, die er abbüßen musste. Seine Rückkehr, um Samael zu stoppen, war logisch und sicherlich hatte er einen Teil seiner Schuld damit zurückgezahlt, aber mehr wäre nicht gerecht gewesen, so sehr sie es sich auch anders wünschte und so ungerecht es auch gegen sie sein mochte.
Bei Eric aber war das anders. Er hatte niemals eine Schuld auf sich genommen, ganz im Gegenteil. Er hatte mutig und tapfer gegen die Mächte des Bösen gekämpft und dafür sogar sein Leben geben müssen. Und als er jetzt zurückgeschickt worden war, um sich Samael in den Weg zu stellen, hatte er auch das ohne Widerworte und ohne Bedingungen getan.
Und dass er jetzt wieder zurückgehen musste, war einfach *ungerecht*.
Und doch, dessen wurde sich Francesca mit jedem weiteren Moment, mit jedem weiteren Atemzug, mit jeder weiteren Träne immer deutlicher bewusst, würde das Schicksal seinen Lauf nehmen, ohne dass irgendjemand etwas dagegen zu tun vermochte.
Bis zu dem Augenblick, da sie Taleas und Erics Worte hörte:
Ich werde mit dir gehen!
Nein! Das kannst du nicht. Das darfst du nicht. Du musst stark sein. Wenn nicht für dich, dann für unsere Kinder!
Kinder!!!!
Plötzlich schien es ihr, als habe Jemand einen Vorhang gehoben, eine Tür geöffnet, das Licht eingeschaltet. Alles, was zuvor noch so dunkel, so traurig und so furchtbar erschienen war, wurde plötzlich deutlich, klar und gut.
Ja, Eric hatte vollkommen Recht. Talea durfte nicht mit ihm gehen, denn sie hatte noch eine Verpflichtung: Ihre Kinder. Sie konnte nicht gehen.
Aber Francesca konnte es!
Zwar hatte sie auch Kinder und Enkelkinder und auch schon Urenkel, doch sie war jetzt 84 Jahre alt und hatte damit eine viel längere Zeit mit ihnen zusammen gehabt, als es so vielen anderen Menschen in ihrem Leben vergönnt war. Wenn sie jetzt gehen würde, würden viele um sie trauern, aber keiner von ihnen daran verzweifeln.
Nein, für Talea war es unmöglich zu gehen, aber sie konnte es tun.
Doch…mit einem Mal kam ihr ein anderer Gedanke, der so unglaublich war, dass ihr Herzschlag sich spürbar beschleunigte und sie leicht erzittern ließ.

Ja, sie konnte gehen, doch vielleicht war es ja sogar möglich, dass ein anderer dann dafür bleiben konnte!?
Urplötzlich spürte sie, wie Jemand zu ihr trat. Nicht körperlich, sondern in ihren Gedanken. Es war eine helle und warme Präsenz, die sie spürte. Groß, mächtig, aber sanft, besonnen und beruhigend. Augenblicklich fiel ihre Angst, ihre Verzweiflung, ihr Schmerz von ihr ab und es war, als könne sie tief durchatmen, sich wieder entfalten. Wärme durchströmte sie und Licht. Plötzlich spürte sie eine Berührung, nicht körperlich, aber in ihrem Herzen und in ihrer Seele. Sie war wunderbar, erfüllte sie mit Zuversicht, Sicherheit und Liebe.
Dann verschwand sie wieder, doch in Francescas Geist blieb ein einziges Wort zurück: *Ja!*
Und urplötzlich war alles einfach nur noch klar.

„Francesca?" Der Alte hatte mehr zufällig bemerkt, wie der Körper seiner Frau kurz erzittert war. Als er sie anblickte, schien sie ihn gar nicht zu bemerken. Ihr Blick war nach vorn gerichtet, doch war sie in diesem Moment so tief in Gedanken, dass sie ihre Umgebung vergessen hatte. Doch in ihrem Gesicht konnte Francesco keinen Schmerz mehr erkennen, es wirkte entspannt und zufrieden, ja fast glücklich. Das irritierte ihn und schließlich rief er ihren Namen.
Es dauerte einen kleinen Augenblick, bevor sie auf ihn reagierte. Sie drehte langsam ihren Kopf zu ihm und tatsächlich leuchteten ihre Augen und sogar ein Lächeln lag auf ihren Lippen. „*Ich* werde gehen!" sagte sie klar und deutlich.
„Was?" Francesco war sofort entsetzt und starrte sie mit großen Augen an.
Mittlerweile waren auch die anderen auf sie aufmerksam geworden.
„*Ich* werde gehen!" wiederholte Francesca, sah ihrem Mann tief in die Augen und lächelte glücklich. „Mir dir!" Dann drehte sie ihren Kopf zur Gruppe, hob ihren linken Arm und deutete mit dem Zeigefinger auf Eric. „An seiner Statt!"
„Was?" Das war ein gleich mehrstimmiger Aufschrei. Eric und Talea erstarrten förmlich, in ihren Gesichtern war eine Mischung aus purem Entsetzen und Hoffnung zu sehen. Silvia machte einen Schritt auf ihre Großmutter zu, ihr Blick zeigte Verständnislosigkeit. Auch Alfredo trat zu ihr, ebenfalls entsetzt.
„Aber, das kannst du nicht tun!" rief Silvia aufgelöst.
Ihre Großmutter sah sie voller Wärme und Zuneigung an und lächelte weiterhin. „Liebe ist ein so machtvolles Gefühl. Wir alle...!" Sie blickte in die Runde. „...wissen das! Sie Jemandem zu schenken, ist wunderbar, sie wieder zu empfangen einfach...*unglaublich!*" Ihre Augen blieben wieder auf Silvia hängen, der Tränen über die Wangen liefen. „Du liebst Christopher!" Sie lächelte breiter, dann wandte sie sich zur Gruppe. „Talea liebt Eric!" Sie schaute die beiden an und lächelte ebenfalls. Doch ihre Mundwinkel zuckten bereits und auch in ihren Augen bildeten sich erste Tränen. Dann drehte sie sich zu Francesco, der sie beinahe vollkommen erstarrt ansah. „Und ich liebe deinen Großvater. Mit jeder Faser meines Körpers, meinem ganzen Herzen und jedem Teil meiner Seele. Auch noch nach 56 Ehejahren und ganz sicher mehr, als je zuvor!" Sie drehte sich wieder zu Talea. „Wir alle wissen, was Verlust bedeutet!" Talea nickte schwach, während sie leise weinte, noch immer hin und hergerissen zwischen

Entsetzen und Hoffnung. „Sie hat jedoch keine Wahl!" Francesca wandte sich wieder zu Silvia. *„Ich schon!"* Sie drehte sich zu Francesco. „Und deshalb werde *ich* mit dir gehen!"
„Aber...?" Francesco konnte noch immer keinen klaren Gedanken fassen.

„Tun sie es nicht!" Eric war aufgesprungen und trat vor die Alte. Oh, es war nicht so, dass er es nicht mit all der Kraft seines Herzens wollte, doch war da etwas in ihm, dass es nicht annehmen konnte, wenngleich er sich im selben Atemzug auch dafür verfluchte, weil es ihm in der Seele wehtat, Talea wehtun zu müssen. Auch ohne, dass er es sehen konnte, wusste er, dass seine Worte seine Frau wie Hammerschläge treffen mussten.
„Er hat Recht!" Eric fuhr herum und sah Talea neben sich. Er hörte ihre Worte und sah ein so unendlich trauriges Gesicht dabei, dass er vor Verzweiflung hätte laut aufschreien können. „Sie dürfen ihr Leben nicht einfach so hergeben. Es ist zu kostbar!" fügte sie tapfer hinzu.
Doch Francesca lächelte sie beide nur an und schüttelte mehrmals den Kopf. „Ich gebe nichts her. Ganz im Gegenteil!" Sie schaute wieder zu Francesco. „Ich gewinne eine Ewigkeit!" Dann drehte sie sich zurück zu Talea und Eric. „Und selbst wenn, gibt es keinen würdigeren Menschen als dich...!" Sie sah jetzt Eric direkt in die Augen. „...dem ich es schenken könnte!" Wieder lächelte sie.
Und machte zwei Menschen mit dieser wundervollen und über alle Maßen hehren Geste absolut sprachlos.

„Aber es wird nicht funktionieren!" rief Francesco, der sich endlich wieder gefangen hatte. Er trat zu seiner Frau und forderte ihren Blick. „Du kannst nicht einfach so mit mir kommen. Dieser Weg ist für lebende Menschen nicht passierbar!"
Francesca erwiderte den Blick ihres Mannes gerade heraus. „Ich weiß!" sagte sie. „Aber es ist bereits beschlossene Sache!" Sie grinste beinahe, als sie sich umwandte und ihren Arm ausstreckte.
Alle schauten sie zunächst für einen Moment irritiert an, dann wandten sie sich um und blickten in die Richtung, in die sie ihre Hand gerichtet hatte.
Und waren im selben Moment noch mehr verwirrt, als sie plötzlich Arisagi vor sich sahen.

*

Sie alle starrten ihn an, als wäre er ein Außerirdischer, doch das war ihm jetzt vollkommen egal.
Arisagi war ziemlich außer Atem und hatte keine Lust auf lange Reden. Außerdem hatten sie alle da ja noch immer ein kleines, verschissenes Problem, das ihnen ganz sicher noch den Tag versauen konnte. „Raus hier!" rief er daher ohne Umschweife und trat vor die Gruppe.
„Was?" Christopher löste sich als Erster aus seiner Anspannung, als er erkannte, dass der Japaner wohl eher nicht wegen Francesca hier war.

„Der ganze Komplex!" erwiderte Arisagi. „Wir haben ihn geschrottet. Er wird in die Luft fliegen. Wir müssen weg von hier!" Er schaute in die Runde. *„Jetzt!"*
„Einen Moment noch!" sagte Francesca, die weiterhin ruhig und entspannt wirkte und noch immer ihre Hand ausgetreckt hatte.
Christopher schaute sie unsicher an, doch dann spürte er, dass sich hinter ihm etwas tat. Er wandte sich um und war noch überraschter, als er einen seltsamen Lichtpunkt erkennen konnte, der wenige Meter von ihnen entfernt am Boden pulsierte und jetzt sogar zu schweben begann. Auch alle anderen sahen ihn und schauten ihm wortlos zu. Für einen Augenblick schien er etwa einen Meter über dem Boden verharren zu wollen, dann aber setzte er seinen Weg fort – und kam direkt auf sie zu.
Plötzlich erkannte es Douglas. „Das ist…!" Er schaute nochmals genau hin, doch es bestand kein Zweifel. Der Lichtpunkt kam von dort, wo sich die drei Tore befanden. Und die beiden Pyramiden waren noch immer deutlich zu erkennen. „…oh warte!"
„Das Tor…!" stieß Cynthia hervor.
„…zum Himmel!" endete Silvia.
Und genau so war es auch. Jetzt, da es ganz dicht bei ihnen war und langsam in Francescas geöffnete, flache Hand schwebte, war das winzige, aber enorm intensive Strahlen im Inneren des Glaswürfels deutlich zu erkennen.
„Aber, das…!" Francesco starrte mit großen Augen auf den Würfel und musste demonstrativ schlucken. Dann blickte er seine Frau an.
Diese lächelte. „Deine Schuld ist beglichen. Unser Weg geht direkt nach oben!"
Francesco blieb stumm und seine Augen weit geöffnet, doch man sah ihm an, dass er begriffen hatte, wenngleich er mehrmals leicht den Kopf schüttelte.
„Allerdings!" bestätigte der Japaner säuerlich. „Wenn wir nicht machen, dass wir hier endlich wegkommen!"
Doch Francesca hatte auch für ihn nur ein Lächeln übrig. „Keine Sorge, alles wird gut werden!" Und dann grinste sie sogar, während ihre rechte Hand den Glaswürfel umschloss, ihr Arm gleichzeitig nach links zuckte, sie ihre Hand wieder öffnete und der Würfel in einem sanften Bogen über die Brüstung hinweg in die Tiefe rauschte.

Das Tor zum Himmel

Fast alle schrien gleichzeitig auf, denn sie hatten mit allem gerechnet, nur nicht damit, dass Francesca das Tor zum Himmel in die Tiefe warf.
Innerhalb eines Augenblicks waren alle zur Brüstung gesprungen, um ihm hinterher zu sehen.
„Ich hoffe, du hast das Richtige getan!" meinte Francesco mit besorgter Miene.
Francesca nickte und lächelte wieder. „Ja, hab ich!"
Und wie sie es hatte...

*

Der Glaswürfel fiel in die Flammen am Boden des Schachtes und verschwand aus dem Blickfeld.
Wieder waren einige leise Aufschreie zu hören, dann herrschte für einen Augenblick atemlose Stille, als nichts zu geschehen schien.
Doch er dauerte nur so lange, bis der Würfel am Boden aufgeschlagen war, zerbarst und das Tor zum Himmel damit aktiviert wurde.
Dann zeigte sich, welch unglaubliche Macht in ihm steckte:
Ein tiefer, dumpfer Knall ertönte aus den Flammen, dann war es, als würde sich eine sichtbare Schallwelle ausbreiten, gerade so, wie die Wellen eines Steins, den man ins Wasser geworfen hatte. Innerhalb eines Wimpernschlags erloschen alle Flammen. Der dichte Qualm zuckte zunächst auseinander, bevor er vollkommen pulverisiert zu werden schien und wie Regen zu Boden prasselte, nachdem die Druckwelle vorüber war und jetzt gegen die Fundamente des Laborkomplexes krachte, wie die geballte Faust eines Riesen. Stahl und Beton stöhnten und ächzten und die Erschütterungen waren auch fünfzig Stockwerke darüber noch so deutlich zu spüren, dass alle sich instinktiv in das Brüstungsgeländer krallten.
Wieder ertönte ein tiefer, dumpfer Knall und vom Boden des Schachtes her zuckte eine dünne, gleißend weiße Lichtsäule etwa fünfzig Meter in die Höhe, wie die Wasserfontäne in einem Springbrunnen. Sie hatte am Fuß sicherlich einen Durchmesser von fünf Metern und verjüngte sich zur Spitze auf etwa einen Meter. Dann schien ihrer weiteren Ausbreitung die Schwerkraft entgegen zu wirken und die Säule verharrte für einen winzigen Moment senkrecht in die Luft, bevor ein weiterer, dieses Mal jedoch sehr heller Knall ertönte und sich die Lichtsäule blitzschnell auf ihrer gesamten Länge kreisförmig ausdehnte. Während sie mit einem schrillen Pfeifen den Rand des Schachtes erreichte und dort erneut mit unbändiger Wucht gegen die Aufbauten des Laborkomplexes krachte und ihn ein weiteres Mal zum Erzittern brachte, dass Christopher und die anderen bereits Mühe hatten, sich auf den Beinen zu halten, wurde sie zunehmend dunkler, aber auch durchsichtig. Als sie auf die Aufbauten traf, hatte

sie bereits ein kräftiges Rot angenommen, einige Gänge weiter war sie schon dunkelblau.
Ihre komplette Ausdehnung dauerte weniger als eine Sekunde, dann verklang auch das schrille Pfeifen, das Licht erlosch und fiel quasi in sich zusammen. Nicht aber die dünne Lichtsäule in der Mitte des Schachtes, die präsent blieb, deren äußerste Spitze sich mittlerweile aber deutlich ausgedehnt und einen Durchmesser von fünf Metern erreicht hatte. Ein tiefer, dumpfer Knall ertönte und aus ihrer Mitte schoss eine weitere Lichtsäule, wieder fünfzig Meter senkrecht in die Höhe, wieder verjüngte sie sich zur Spitze hin. Dann verharrte sie für einen Wimpernschlag, bevor sie sich blitzschnell auf ihrer gesamten Länge ausdehnte, dabei dunkler, aber auch durchsichtig wurde und mit einem schrillen Pfeifen gegen die Aufbauten krachte. Die Wucht riss an den Armen der Gruppe, einige schrien auf, andere Gesichter waren schmerzverzerrt.
Dann verging das Pfeifen, das Licht fiel in sich zusammen und aus der mittlerweile breiteren Spitze der noch immer komplett vorhandenen Lichtsäule, schoss ein weiteres Teil senkrecht in die Höhe und die Prozedur begann von neuem.
Dieses Mal aber erreichte sie das Stockwerk, in dem sich alle befanden und aus der Nähe erkannten sie, dass das Licht nicht nur Licht war, sondern dass es pulsierte und wogte, wie Flammen und Lava. Allen wurde bei diesem Anblick ganz anders, doch war ihnen auch klar, dass eine Zeit, in der sie hätten flüchten können, längst vorbei war. Schon ertönte das Pfeifen und die Lichtsäule breitete sich aus, schoss auf sie zu, krachte gegen die Aufbauten und erfasste sie mit schier unbändiger Wucht. Jetzt schrien alle, einige Hände wurden von der Brüstung gerissen, andere griffen beherzt zu, um zu helfen, am Ende aber konnte sich keiner von ihnen dort halten und sie polterten brüllend und hilflos über den Boden.
Dann ebbte das Pfeifen ab, das Licht erlosch, schien zu erschlaffen und löste sich schließlich auf, während ein neuer dumpfer Knall die Fortsetzung der Prozedur im Schacht anzeigte.

*

„Was zum Teufel...?" platzte Arisagi hervor, während er sich mit mühsamen Stöhnen auf die Beine wuchtete. Sofort blickte er sich um und als er Francesca fand, die gerade zusammen mit ihrem Mann ebenfalls wieder auf die Füße kam, trat er vor sie. „Verdammt Lady, was haben sie getan?" Er blickte sie zornig an. „Wir hätten noch fliehen können, aber jetzt...?" Er verstummte, weil er im Gesicht der Alten nur ein sanftes Lächeln sehen konnte. Das machte ihn noch wütender. „Verdammt...!" rief er und deutete mit der rechten Hand in die Aufbauten. "Das Ding zerlegt hier alles und wir sind mittendrin!"
Jetzt zog Francesca überrascht ihre Augenbrauen in die Höhe. „Ehrlich? Wo denn?"
„Wo...?" Arisagi stoppte ab und drehte dann seinen Kopf zur Seite. Im selben Moment spürte er, wie ihm das Blut in den Kopf schoss. „*Fukata!*" rief er erstaunt

aus, denn um sie herum war alles in bester Ordnung. Vor nicht einmal fünfzehn Sekunden war hier eine irrsinnige Druckwelle durch den Komplex gerauscht und hatte alles und jeden zum Erzittern gebracht und jetzt blickte Arisagi auf vollkommen intakte Aufbauten, die noch dazu so sauber glänzten, als wären sie noch nie benutzt worden. Der Anblick machte ihn sprachlos, doch dann wurde sein Blick wieder ernst und er rannte grummelnd zur Brüstung zurück. Die anderen folgten ihm.

Die Lichtsäule war mittlerweile um weitere vier Teile zu je 50 Meter angewachsen und breitete sich an ihrer Spitze gerade über ihnen wieder aus, dass es erneut rüttelte. Doch als sie auf die gegenüberliegende Seite des Schachtes sahen, konnten sie keinerlei Schäden dort erkennen sondern es sah im Gegenteil auch dort alles neu und funkelnd aus.

Arisagi machte große Augen und blickte dann in die Tiefe. Und als er dort weder Flammen, noch Rauch, noch die geringste Zerstörung sehen konnte, sondern nur intakte Rohrleitungen, rief er nochmals höchst erstaunt. *„Kuso imaimashii!"*

Einen Augenblick später endete hoch über ihnen das Pfeifen der sich ausbreitenden Lichtsäule, doch ein weiterer dumpfer Knall blieb dieses Mal aus. Das registrierte in diesem Moment jedoch niemand. Erst als sich die Spitze der mittlerweile rund fünfhundert Meter hohen Lichtsäule immer weiter ausbreitete, als würde sie dort oben gegen eine unsichtbare Decke stoßen und ein immer lauter werdendes Knistern zu vernehmen war, schauten die ersten unter ihnen auf. Sie blickten auf einen Flammenherd der mittlerweile den kompletten Radius des Schachtes ausfüllte und mit schnell zunehmender Geschwindigkeit zu rotieren begann. Das Knistern vermischte sich allmählich mit einem Rauschen und Blitze zuckten wie statische Entladungen durch die Flammen. Mit jeder weiteren Sekunde wurden die Flammen irgendwie durchsichtiger, gaben einen Raum über ihnen frei, der in schwachen, konturlosen Pastellfarben schimmerte und von einem Licht im Hintergrund erfüllt wurde, dass greller zu sein schien, als die Sonne selbst.

Solange die Flammen noch nicht vollkommen durchsichtig waren, wirkte es diffus und milchig, dann aber durchdrang es den Schleier und erhellte den gesamten Laborkomplex unter ihm wie eine Flutlichtanlage ein Stadion. Und als wenn all dies noch nicht ausgereicht hätte, verfärbte sich die Lichtsäule in der Mitte des Schachtes und erstrahlte in halbdurchsichtigem, funkelndem Silber.

„Wow!" entfuhr es Heaven und nicht nur sie betrachtete das Schauspiel fasziniert und beeindruckt.

*

„Es ist soweit!" Francescas Worte waren klar und deutlich und wieder von einem Lächeln begleitet. Sie schaute dabei ihren Mann an. Francesco war für einen Augenblick erschrocken, dann aber entspannte er sich und nickte ihr zu.
Es folgte die Verabschiedung.

„Danke!" sagte Eric und war sichtlich glücklich, als Francesca zu ihm trat.

Talea neben ihm war schon wieder zu Tränen gerührt, brachte daher kein Wort heraus, sondern umarmte die Alte einfach nur mit einem Schluchzen.
Francesca erwiderte diese Geste sehr gern. „Du warst immer unser Antrieb gewesen!" sagte sie, nachdem sie sich wieder getrennt hatten. „Du hast nie nachgelassen und stets motiviert! Ohne dich hätten wir Christopher *niemals* in die Hölle gebracht!" Sie lächelte aufrichtig. „Du hast dir dein Glück mehr als jeder andere verdient!" Sie umarmte die junge Frau noch einmal kurz, aber sehr herzlich, dann wandte sie sich Eric zu, während Talea stumme, aber glückliche Tränen vergoss.
„Danke für alles!" Der Schwarze umarmte sie ebenfalls.
„Es ist mir eine Ehre!" erwiderte Francesca. „Du bist der selbstloseste Mensch, der mir je begegnet ist. Du wärest sicherlich ein **ganz** besonderer Engel geworden!"
Eric nickte stumm, sie umarmten sich nochmals, dann trennten sie sich.

„Sie werden mir fehlen!" meinte Christopher und lächelte die Alte an, während Silvia sich gerade von ihrem Großvater verabschiedete.
„Silvia hat uns immer viel von ihnen erzählt. Mir war sofort klar, dass sie einen Diamanten erwischt hatte!" Sie lächelte und als sie Christophers eher irritierten Blick sah, weil sie dann ja auch von seinen Eskapaden mit anderen Frauen gewusst haben musste, grinste sie beinahe. „Allerdings einen noch ungeschliffenen!" Jetzt nickte Christopher mit schuldbewusster Miene. „Doch das ist jetzt anders, nicht wahr?"
Wieder nickte ihr Gegenüber. „Oh ja!" Sein Gesicht wurde ernst und beinahe etwas traurig.
Francesca beugte sich zu ihm. „Vergessen sie es nie wieder!" Sie wartete, bis er sie direkt ansah. Ihr Blick war jetzt ebenfalls ernst und durchdringend. Doch Christopher verstand den Klang ihrer stummen Aufforderung. „Es lohnt sich!" Sie blickte zu Francesco neben ihr, dann lächelte sie wieder und ihre Augen strahlten wundervoll. „Glauben sie mir!"
Christopher nickte und auch sie umarmten sich schließlich. Dann tauschten die beiden Alten die Plätze.

„Das war ein verdammt hartes Stück Arbeit, was?" meinte Christopher mit einem säuerlichen Lächeln.
Francesco erwiderte es ein wenig traurig. „Danke, dass sie dabei an meiner Seite waren. Damals und auch heute!"
Jetzt lachte Christopher heiser auf. „Wir haben doch anfangs gar nicht gewusst, worauf wir uns da eingelassen hatten. Und als es klar war, war es zum Aussteigen ja wohl schon zu spät, oder?"
Francesco zog eine Grimasse und schüttelte den Kopf. „Viele andere aber hätten es vielleicht trotzdem getan!"
„Und die Welt diesen widerlichen Bastarden überlassen?" wieder grinste Christopher schief. „Unmöglich!" Er schüttelte vehement den Kopf.

„Dann vergessen sie das nicht!" Der Alte schaute ihn ernst an und Christopher war etwas irritiert, weil er nicht genau wusste, wie er das gemeint hatte. Bevor er jedoch nachfragen konnte, beugte sich der Alte zu ihm und sagte mit gedämpfter Stimme. „Und wenn sie die Sache mit meiner Enkelin nur halb so konsequent angehen, wie Dämonen zu jagen, werden sie die Höhepunkte in ihrem Leben noch lange in ihr finden!"
Christopher riss die Augen auf, sein Kopf zuckte zurück, doch der Alte grinste ihn derart schelmisch an, dass er nichts darauf zu erwidern wusste.

„Warum muss es immer ein Opfer geben?" fragte Silvia. Obwohl sie sichtlich gegen ihre Tränen ankämpfte, schaute sie ihrer Großmutter direkt in die Augen. Francesca erwiderte ihren Blick einen Moment lang stumm. „Ich bin kein Opfer!" Sie lächelte wieder. „Ich gebe den Stab nur weiter!" Und als sie sah, dass sie ihre Enkeltochter damit nicht wirklich überzeugen konnte, fügte sie hinzu. „Und im Gegensatz zu so vielen anderen, weißt *du* mit Sicherheit, wo wir sein werden!"
Silvia nickte mit einem gequälten Lächeln. „Aber es tut dennoch weh!"
„Ich weiß!" Francescas Lächeln wurde ein wenig wehmütig. „Aber ich kann nicht anders!" Sie schaute zu Francesco neben sich, der sich gerade zu Christopher gebeugt hatte. „Ich liebe ihn viel zu sehr!"
Jetzt musste Silvia glücklich lächeln. „Dann wünsche ich dir eine Ewigkeit voller Glück!"
Francesca sah sie eine Sekunde lang stumm an, dann wurde ihr Lächeln immer stärker. „Danke!" Im nächsten Moment umarmten sich die beiden Frauen.
„Ich liebe dich!" sagte Silvia und Tränen rannen über ihre Wangen.
„Ich liebe dich auch!" erwiderte Francesca mit geschlossenen Augen. Als sie sich wieder trennten, fügte sie hinzu. „Und ich will Urenkel!" Sie wartete bis Silvia sie ansah und lächelte. „Und ich hoffe, du erzählst ihnen von uns!?"
„Ja!" Silvia nickte sofort. „Ja, natürlich!"
„Dann kann ich in Frieden gehen!" Sie beugte sich vor und küsste ihre Enkelin auf die Stirn. „Leb wohl!" Und damit wandte sie sich ab, nahm Francescos Hand und gemeinsam gingen sie zur Brüstung.

An dem Bild im Schacht hatte sich nichts verändert. Es gab die silbern glänzende Lichtsäule und das gleißende Licht, das durch den durchsichtigen Flammenteller an der Spitze schien. Francesca kletterte über das Geländer und drehte sich dann zurück zur Gruppe. Francesco tat es ihr gleich. Dort verharrten sie für einen Moment.
„Gute Reise!" rief Christopher, trat vor und legte beiden je eine Hand auf die Schultern. Alle anderen folgten seiner Geste und am Ende berührte jeder von ihnen zumindest einen der Alten.
„Bereit?" Francesca sah ihren Mann lächelnd an und reichte ihm ihre rechte Hand. Was sie zu diesem Zeitpunkt nicht sehen konnten, war, dass sich ein dünner Fortsatz aus der großen Lichtsäule von unten her zu ihnen herauf schlängelte und sich dabei verbreitete, wie das Blatt einer Blume.

Francesco schien für einen Moment noch unsicher zu sein, doch dann atmete er sichtbar ein und gleichzeitig füllte sich sein Blick mit Liebe, Zuversicht und Vertrauen. „Ja!" sagte er klar und deutlich, nickte ebenfalls lächelnd zurück und legte seine linke Hand in Ihre.
„Dann los!" Francesca umschloss seine Hand fester, dann ließen sich beide einfach nur hintenüber fallen. Das silberne Blatt hatte sich mittlerweile direkt unter sie gesetzt und nahm sie auf wie ein weiches Kissen. Kaum waren sie gelandet, zog es sich wieder zurück zur Lichtsäule, wo es dafür sorgte, dass die beiden Alten in das silberne Licht eintauchten. Fortan waren sie nur noch als Schemen zu erkennen, die von einem grell-gelben Funkenregen umgeben waren. Dabei wanderten sie langsam die Lichtsäule hinauf zur Spitze empor.
Wenige Augenblicke später trafen sie auf den Flammenteller, durchstießen ihn und tauchten mit einem grellen Blitz in den Raum dahinter. Dort schienen sie sich noch ein letztes Mal umzudrehen und ihren Freunden zuzuwinken, dann umschloss sie das sonnengleiche Licht und ihre Konturen vermischten sich mit der Umgebung.
Einen Moment später begannen die durchsichtigen Flammen wieder Farbe anzunehmen, dunkler zu werden und schließlich war der Raum dahinter nicht mehr zu erkennen. Das grelle Licht im Schacht erlosch. Plötzlich war ein tiefes Rauschen zu hören, dass immer lauter werdend rhythmisch an- und abschwoll, während die Rotation des Flammentellers zusehends abnahm. Wenige Sekunden später fielen dicke Flammenzungen in die Tiefe, tropften wie dickflüssiger Sirup zu Boden, wobei sie von einem schrillen Pfeifen begleitet wurden, als wären sie Granaten, die durch die Luft sirrten. Innerhalb eines Augenblicks waren es Dutzende von Feuerzungen, die herabregneten, einige davon so dicht an der Gruppe vorbei, dass sie ihre Hitze spüren konnten und zurückschreckten. Dann schlugen die ersten von ihnen zu Boden und zerplatzen dabei wie mit Wasser gefüllte Luftballons, doch richteten sie keinerlei Schäden an, sondern lösten sich, wenn auch mit lautem Getöse, einfach nur auf.
Kaum hatte sich der Flammenteller an der Spitze der Lichtsäule so vollständig aufgelöst, erklang ein tiefes Brummen, das schnell in ein lautes Rauschen mündete. Dabei quoll aus der Spitze immer mehr Licht, bis schließlich ein lautes Plopp zu vernehmen war, ein letzter gewaltiger Schwall Licht aus der Spitze schoss und die Lichtsäule abrupt fünfzig Meter in die Tiefe stürzte, wo sie für einen winzigen Augenblick verharrte, bevor, begleitet von einem Rauschen, immer mehr Licht aus ihrer Spitze quoll, dann ein Plopp eine weitere Lichtexplosion verursachte und die Lichtsäule wieder fünfzig Meter zusammensackte, wo sich die Prozedur wiederholte.
Der jeweils letzte gewaltige Schwall Licht ergoss sich in den Schacht wie eine riesige Welle, klatschte mit lautem Getöse gegen die Aufbauten des Laborkomplexes und als sie auf die Gruppe herab sauste, schrien alle auf, weil sie befürchteten, sie würden von ihr umgerissen werden. Doch das geschah nicht. Nichts und Niemand wurde davon in Mitleidenschaft gezogen.
Ganze zehn Sekunden dauerte das beeindruckende Schauspiel, dann sackte die Lichtsäule ein letztes Mal in sich zusammen. Als sie dann auf den Boden des

Schachtes klatschte und sich vollständig auflöste, ertönte ein gewaltiger Knall und ein grelles Licht flammte auf, aus dem ein dünner Blitz, gleich einer Sternschnuppe, in die Höhe sauste und sich in einem sanften Bogen hinter die Gruppe senkte, wo er direkt neben den beiden Pyramiden zu Boden fiel. Das Licht erlosch und zurück blieb lediglich der kleine, unscheinbare Glaswürfel, in dessen Innerem ein winziger, aber enorm intensiver Lichtpunkt pulsierte.

Dann herrschte absolute Stille und das Tor zum Himmel war wieder geschlossen.

Die Trennung

„Oh Mann!" stöhnte Douglas teils fasziniert, teils beeindruckt, teils aber auch ziemlich geschockt und außer Atem hervor, während er auf den Glaswürfel starrte, als befürchtete er, dass er doch noch keine Ruhe geben und der ganze Zores weitergehen würde. „Das war krass!"
Christopher neben ihm nickte nicht minder bewegt. Dann musste er heiser auflachen. „Und wir dachten immer, die Pyramiden wären heftig!"
Ice trat neben sie und hatte ein Grinsen auf den Lippen. „Die Mächte des Himmels sind mit nichts zu vergleichen!"
„Wissen sie, wer diese Tore einst geschaffen hat?" fragte Silvia.
Doch Ice schüttelte den Kopf. „Sie waren irgendwann einfach...!" Er zuckte die Schultern. „...da!"
„Es ist immer irgendwo einfach etwas da!" fügte Steel, der jetzt mit Rose ebenfalls zu ihnen kam, säuerlich hinzu.
„Und dann erheben sich die Mächte der Finsternis...!" sagte Rose.
„Tod und Verderben drohen die Welt zu überrollen...!" Das war Shadow, die Arm in Arm mit Peter stand.
„...und Leute wie wir reißen sich den Arsch auf, um das verhindern!" brummte Steel.
„Immer und immer wieder...!" fügte Rose an. „Tag für Tag!"
„Ein Ende dabei wird es nie geben!" sagte Shadow. „Denn das Böse ist bekanntlich immer und überall!"
Ice nickte. „So ist es!" Dann ließ er seinen bohrenden Blick auf die Personen vor sich wandern. „Und es ist eine einfache Rechnung: Je mehr sich uns anschließen, desto weniger Chancen hat das Böse, zu siegen!"
Für einen Moment war es wieder sehr still.
„Wollen sie uns etwa...?" Cynthias Blick war ernst, ihre Augenbrauen in die Höhe gezogen. Sie blickte die anderen um sie herum an. „...anwerben?"
„Warum nicht?" Ice sah sie geradeheraus an. „Sie haben sich im Kampf ziemlich gut bewiesen!" Er ließ seinen Blick wieder wandern. „Leute wie sie können wir immer brauchen!"

*

„Schlag mich mal!" forderte Douglas, als er Christopher ansah.
„Was soll ich?"
„Mich schlagen!"
„Warum?"
„Weil ich plötzlich so ein blödes Geschwätz im Ohr habe!" Er steckte demonstrativ einen Finger in sein rechtes Ohr, schüttelte ihn und musste doch danach mit säuerlichem Blick den Kopf schütteln.

Christopher, der bereits wusste, worauf sein Freund hinauswollte, verpasste ihm dennoch eine schallende Ohrfeige.
„Aua, verdammt!" schrie Douglas auf und hielt sich die Wange. „Nicht so fest!"
„Und?"
Douglas riss sich wieder zusammen. „Warte!" Er lauschte. „Hm, ich glaube jetzt ist es weg!"
Ice, der die Szene mit angesehen hatte, verzog säuerlich die Mundwinkel und schüttelte den Kopf. Dann wandte er sich wieder an die anderen. „Also, was ist? Oder hat Jemand was Besseres vor?"
„Nein!" rief Douglas plötzlich. „Da ist es wieder!" Er schaute erst Christopher an, dann Ice direkt in die Augen. Sein Blick war dabei sehr ernst, fast ein wenig zornig.
„Heißt das jetzt ja, oder was?" Ice ließ nicht locker.
„Nein!" zischte Douglas. „Das heißt ganz eindeutig: Halt die Fresse Alter oder der Rabats geht hier gleich in die nächste Runde!"
Ice grinste fast mitleidig. „Von mir aus!" Er machte einen halben Schritt vor.
Doch Christopher fuhr dazwischen. „Stop!" Er schaute beide Streithähne an. „Aufhören!" Er warf Douglas einen mürrischen Blick zu, dann aber Ice einen sehr reservierten. „Aber Doug hat Recht!" Er blickte sich um, um zu sehen, ob er auch für die anderen sprach. Er sah Silvia und Cynthia, in denen er die gleiche Ablehnung im Blick erkennen konnte, die er selbst auch bei diesem Gedanken empfand. Und er sah Talea und Eric, die ganz sicher Anderes und weitaus Besseres zu tun wussten, als sich weiterhin im Kampf gegen teuflische Mächte zu verdingen. Und da waren Alfredo und selbst Peter, denen ein solcher Entschluss sichtlich widerstreben würde. Christopher sah sich bestätigt. „Wir haben unseren Teil zur Rettung der Welt beigetragen!" Während er auf eine Reaktion des Glatzkopfes wartete, fiel sein Blick auf Heaven und ihre Freunde. Sie schauten in einer Mischung aus Neugier und fast ein wenig Enttäuschung zu ihnen herüber. „Hat er euch auch gefragt?" Dieser Gedanke kam ihm gerade in den Sinn.
Bim nickte. „Ja, hat er!"
„Und?"
„Wir haben ihn für verrückt erklärt!" antwortete Heaven und Christopher wirkte irgendwie zufrieden. „Wer wäre auch schon so blöd, sowas gegen eine zweite Chance einzutauschen?" Plötzlich wurde Christopher misstrauisch. „Andererseits fühle ich mich noch ein bisschen zu jung für den Himmel!" Heaven lächelte kurz. „Milch und Honig im Überfluss! Wer kann so etwas schon eine Ewigkeit ertragen?" Jetzt kicherte sie sogar.
„Heißt das, du hast zugestimmt?" fragte Cynthia.
Heaven nickte und auch die anderen.
„Wir alle!" rief Horror und grinste.
„Denn eigentlich können wir doch schon gar nichts anderes mehr, als Dämonen jagen!" meinte Razor.
„Aber das ziemlich gut, oder?" Heaven schaute Christopher direkt an.

Jetzt musste Christopher grinsen. „Ja!" Er lachte leise auf. „Das könnt ihr allerdings!"
„Und außerdem...!" fügte Heaven hinzu.
„Außerdem was?" fragte Silvia.
„Können wir so zurück auf die Erde!" erwiderte Horror.
„Stimmt das?" fragte Douglas und schaute Ice an.
Der Glatzkopf nickte.
„Na dann haben sie ja ihre neuen Mitarbeiter!" meinte Christopher und grinste Ice an. „Voll das klasse Team! Ein bisschen chaotisch, ziemlich durch geknallt, aber äußerst effektiv!"
Ice lächelte. „Ich könnte sie trotzdem noch gut gebrauchen!" Er wartete, bis Christopher ihn ansah. „Also, was ist?"
Christopher schaute seine Freunde an, doch erneut sah er in keinem Gesicht Zustimmung. Daher schüttelte er den Kopf. „Nein, danke! Wir sind durch damit!"
Ice sah ihn einen Moment ausdruckslos an, dann nickte er mit ernster Miene. „Ich verstehe!"

*

„Und was machen wir jetzt?" fragte Peter.
„Ich würde sagen...!" hob Eric an. „...erst mal raus hier, oder?" Er schaute sich um und fand überall nur Zustimmung.
Innerhalb weniger Augenblicke waren alle zum Gehen bereit. Alle – außer Ice.
„Habt ihr nicht noch was vergessen?" fragte er und schaute Christopher an. Als der seinen Blick erwiderte, deutete er mit dem Kopf in Richtung der drei Tore, die noch immer am Boden lagen.
„Himmel, ja!" Christopher war sofort erschrocken. Er trat zu ihnen und betrachtete sie. Dann hob er seinen Kopf und fragte unbestimmt in die Runde. „Was machen wir damit?"
„Nehmen sie sie!" sagte Talea.
Doch Ice schüttelte sofort vehement den Kopf. „Kommt nicht in Frage! Die Tore müssen in dieser Welt bleiben!" Er schaute Christopher ernst an. „Das ist euer Problem. Wir müssen Dämonen jagen!" Fast schien es, als würde er lächeln.
„Aber...?" Christopher war sichtlich ratlos.
„Wir müssen sie zerstören!" rief Douglas und als ihn alle anstarrten, fügte er hinzu. „Ein für alle Mal!"
„Schatz?" Das war Cynthia, die ihn mit säuerlicher Miene ansah. „Du redest Unsinn!"
„Was?" Ihr Mann schien nicht zu verstehen.
„Die Tore können nicht zerstört werden!" meinte Eric. „Nichts in dieser Welt ist dafür stark genug!"
„Dann...!" Alfredo überlegte. „Dann müssen wir wieder dafür sorgen, dass sie unsichtbar werden!"
Douglas schaute ihn irritiert an. „Und wie?"
Cynthia stöhnte leise auf und verdrehte die Augen. „Indem wir sie verstecken!"

Douglas drehte sich zu seiner Frau um und schaute sie mit großen Augen an. „Okay! Und wo?"
Jetzt war Cynthia ratlos.
„Je weniger es wissen, umso besser!" sagte Peter.
„Und sie sollten an getrennten Orten versteckt werden!" meinte Talea.
„Dann sollten wir uns aufteilen!" sagte Douglas.
Cynthia wollte ihn gerade wieder rügen, als sie erkannte, dass das eine wirklich gute Idee von ihm war. „Stimmt!" sagte sie mit einem Lächeln. „Das sollten wir!"
„Okay!" Eric trat vor. „Ich und Talea kümmern uns um das Tor zur Hölle!" Niemand erhob Einwände, also bückte er sich und nahm die Pyramide an sich.
„Wir nehmen das Tor zur Erde!" Cynthia hatte gar nicht lang überlegt, trat vor, schien im ersten Moment etwas erschrocken, doch als auch hier niemand Einwände erhob, bückte sie sich und nahm die Pyramide an sich. Als sie zu Douglas zurückkam, schaute er sie mit einem Lächeln an, nickte ihr zu und schloss sie in seine Arme.
Hiernach trat Stille ein, in der sich alle gegenseitig anschauten, bis am Ende alle Blicke plötzlich auf Christopher und Silvia gerichtet waren.
„Na toll!" raunte Christopher. „Das war ja klar!"
„Ist schon gut, Schatz!" Silvia lächelte ihm zu, küsste ihn auf die Wange und trat vor den Glaswürfel. „Das ist unser Job!" Sie bückte sich und nahm ihn an sich.
„Können wir dann jetzt endlich raus hier?" fragte Bim etwas gereizt und als alle ihn ansahen, fügte er hinzu. „Ich kriege hier allmählich Depressionen!"

*

Ihr Weg hinauf zur obersten Etage verlief ohne jegliche Zwischenfälle und in einer so wohltuenden Ruhe, dass es allen beinahe unheimlich war.
Als die beiden Fahrstühle ihre Türen öffneten, traten sie hinaus in den Laborkomplex, durchquerten ein paar Gänge und gelangten schließlich zur Brüstung.
Arisagi beugte sich sofort darüber, starrte in die Tiefe und stieß erneut einen sehr zufrieden klingenden, aber japanisch unverständlichen Laut aus, denn er konnte auch in den oberen Regionen keine Schäden mehr erkennen.
Auch die große, gläserne Plattform, auf der das Unheil quasi seine nächste Stufe erreicht hatte, als sie sich der unförmigen, monströsen Hülle Samaels gegenüber sahen und Arisagi sie nur erretten konnte, indem er sie zerstörte, war auf wundersame Weise wieder intakt. Um zum Hauptausgang zu gelangen, mussten sie sie überqueren und nicht wenige blieben auf ihr stehen, schauten in die atemberaubende Tiefe von fast eintausend Metern und hingen ihren Erinnerungen nach.
Letztlich aber erklommen sie die Treppe hinauf in den kreisrunden Kontrollraum. Weder die Tür, noch der Raum selbst waren beschädigt, alles blitzte in funkelndem Metall, als solle die Anlage morgen überhaupt erst in Betrieb gehen.

Auch ihr weiterer Weg hinauf in die angeblichen Kellerräume von Lager 5 und von dort in die Eingangshalle zeigte, dass alle Zerstörungen, die hier je gewütet hatten, nicht mehr vorhanden waren.
Das machte mit jeder weiteren Minute Arisagi zu einem sichtlich glücklichen Mann.
Vollkommen erstaunt waren alle, dass letztlich auch die Eingangshalle, die nahezu vollkommen zerstört gewesen war und in der sie knietief Dämonenblut und – kadaver zurückgelassen hatten, dalag, als wäre nie etwas in dieser Richtung geschehen.

*

Wie alle anderen auch, stand Christopher in der Eingangshalle, drehte sich um seine eigene Achse und schaute hinauf zur Decke, als er plötzlich innehielt. Sein Blick verdunkelte sich für einen Augenblick, dann jedoch lachte er leise auf. „Ich habe eine Idee!"
„Sie wollen sich uns doch noch anschließen!" erwiderte Ice sofort.
„Was?" Christopher schüttelte den Kopf. „Nein, Blödsinn!"
„Und was dann?" fragte Talea.
Christophers Gesicht nahm einen wehmütigen Ausdruck an. Sein Lächeln war etwas traurig, als er zu Douglas schaute. „Bevor wir uns vor einem Jahr dem Dämon gestellt haben...!"
„Eurem *ersten* Dämon!" verbesserte Heaven.
„Unserem *ersten* Dämon!" Christopher nickte. „Da hatten wir uns Mut gemacht und vorgestellt, diesen Kampf überleben zu können!" Er lächelte wieder wehmütig, warf Douglas einen weiteren Blick zu und konnte in den Augen seines Freundes erkennen, dass er ahnte, worauf er hinaus wollte.
„Was soll das heißen?" fragte Bim jedoch.
„Wir dachten...!" begann jetzt Douglas. „....wenn wir diesen Kampf überleben würden, dann hätten wir uns eine Belohnung verdient!"
„Eine...!" Shadow hob die Augenbrauen. „...Belohnung?"
Christopher nickte. „Eine Riesenparty an einem wundervollen Ort. Feiern, lachen, tanzen, saufen bis zum Abwinken!"
Douglas nickte lachend und alle anderen schauten die beiden erstaunt an.
Bis Cynthia plötzlich sagte. „Verdammt, wir *haben* diese Scheiße überlebt!" Jetzt schauten alle sie an. „Vielleicht nicht so, wie geplant, aber...immerhin!" Sie lachte auf.
Wieder herrschte für einen Augenblick Stille.
„Also *was jetzt?*" fragte Christopher dann mit einem breiten Grinsen. „Party?"
„Klar!" stimmte Douglas zu und irgendwie schien dieser Gedanke jeden zu erfreuen.
„Dann mache ich mal einen Vorschlag!" sagte Christopher. „Wir treffen uns alle in vier Wochen wieder!"
„Warum erst in vier Wochen?" fragte Steel.

„Weil...!" Christopher atmete einmal tief durch. „...wir erst die Tore verstecken müssen. Das hat oberste Priorität!" Er blickte sich um und alle nickten. „Und dann...!" Er schaute Silvia an, schloss sie in seine Arme und lächelte glücklich. „...muss ich erst noch einiges nachholen!" Gelächter und dumme Sprüche folgten. „Und zu guter Letzt: Nehmt es mir nicht übel, aber ich kann eure Visagen jetzt erst einmal allesamt nicht mehr länger ertragen!"
Auch diesen Gedanken fanden die anderen durchaus gut und richtig.
„Dann raus hier!" meinte Eric.
„Wir gehen diesen Weg!" sagte Ice und deutete nach oben zur Decke. Um Steel, Rose und Shadow versammelten sich Heaven und die anderen. „Wir müssen uns um unsere neuen Rekruten kümmern, sie trainieren, ausrüsten und aufrüsten!" Er lächelte ein wenig müde. „Sie wissen schon!" Christopher und die anderen nickten. „Und dann...!" Er verzog die Mundwinkel. „...ist die Liste der nächsten Aufgaben sicherlich schon soooo...!" Er breitete seine Arme aus. „...lang!"
Christopher sah ihn ehrlich mitfühlend an, dann aber nickte er mit einem Lächeln und reichte ihm die Hand. „Vielen Dank für alles!"
Ice erwiderte die Geste und drückte fest zu. „Dito!" Dann grinste er breit. "Wir sehen uns!"
Christopher nickte, doch dann hielt er inne. „Wie erreiche ich sie, um ihnen zu sagen, wo das Fest steigt?"
Jetzt grinste Ice erneut. „Keine Sorge! Sobald die erste Dose Bier zischt, werden wir da sein!"
Christopher nickte zufrieden, dann verabschiedeten sich auch die anderen kurz, aber herzlich.
Hiernach trat Ice zu seinen alten und neuen Freunden. Sie legten alle ihre Hände ineinander und der Glatzkopf in ihrer Mitte streckte seinen rechten Arm senkrecht in die Höhe. Ein kaum sichtbarer Energiestrahl schoss nach oben, schlug gegen die Decke der Eingangshalle und machte sie an dieser Stelle durchsichtig. Einen Augenblick später hob die ganze Gruppe vom Boden ab und flog hindurch, wonach sich die Decke wieder verdunkelte.
Die anderen blickten ihnen noch kurz hinterher, dann machten sie sich auf den Weg zum Haupteingang.

*

Draußen sogen sie alle erst einmal die klare, kühle Nachtluft in sich auf, die für weitere Entspannung sorgte. Wie auf Kommando schob sich der Mond hinter einigen Wolken hervor und die Sterne begannen irgendwie heller zu leuchten. Überall lösten sich weitere Wolkenpakete auf und der Himmel wurde zunehmend klarer, als wolle auch er bestätigen, dass die dunklen Zeiten vorbei waren.
Für einige Momente sprach keiner ein Wort, während sie langsam die Eingangstreppe hinabstiegen.
Als sie dann vor den beiden Wagen standen, mit denen sie hierhergekommen waren, mussten sie erkennen, dass sie allenfalls nur noch Schrottwert hatten. Es

sah aus, als wären sie von Riesenfüßen platt gemacht worden, was angesichts der monströsen Kreatur, die hier aufgetaucht war, sicher auch der Wahrheit entsprach. Und die Rückgängigmachung der Schäden durch das Tor zum Himmel hatte wohl offensichtlich nur innerhalb des Gebäudes gewirkt.
„Wie kommen wir jetzt von hier weg?" fragte Eric.
Christopher wollte gerade antworten, dass er das nicht wusste, als Arisagi sagte: „Ich mach das!" und ihnen andeutete, zu warten. Der Japaner huschte in das Wärterhäuschen an der Geländeeinfahrt, kramte dort in einem kleinen Hängeschrank und kam nur wenige Sekunden später wieder heraus. „Hier!" Er hielt ihnen Autoschlüssel vor die Nase und als ihn alle fragend ansahen, deutete er mit dem Kopf in Richtung eines eingeschossigen Gebäudes keine zehn Meter von ihnen entfernt, vor dem eine ganze Batterie von weißen Chrysler Surburbian gleichen Modells stand. Schnell warf er Christopher, Douglas und Eric je einen Schlüssel zu, die ihn dankbar annahmen.
Als er das Gleiche auch bei Peter tun wollte, schüttelte der Blonde den Kopf. „Ich bleibe hier...!" sagte er. „..und helfe ihnen beim Aufräumen!" Er deutete auf die beiden Autowracks.
Dann folgte die Verabschiedung.
„Ich stehe tief in ihrer Schuld!" sagte Arisagi mit ernster Miene und verbeugte sich vor der Gruppe. „Jeder von ihnen hat Ehre bewiesen. Ich bin stolz darauf, sie zu kennen. Sie haben einen großen Fehler, der den Namen meiner Familie über Jahrzehnte hinweg beschmutzt hat, korrigiert. Mein Herz ist erfüllt von Freude. Wann immer sie etwas brauchen, lassen sie es mich wissen!" Er verbeugte sich nochmals, dann lächelte er. „Und die Party geht natürlich auf mich!"
„Klasse!" Douglas war sichtlich zufrieden. „Das ist doch ein Wort!"
Sie alle reichten Arisagi die Hand, dann verabschiedete er sich und ging zurück in das Hauptgebäude.

„Danke!" Cynthia stand vor Peter und reichte ihm die Hand. „Danke für alles!" Und schon umarmte sie ihn herzlich. Douglas sah es und nickte voller Zustimmung.
„Anfangs...!" erwiderte er, nachdem sie sich getrennt hatten. „...war es nur ein Job. Dann aber viel, *viel* mehr als das!" Er schaute die anderen an. „Ich habe nie für eine ehrenvollere Sache gekämpft und auch nie mit selbstloseren Menschen. Ich nenne euch meine Freunde und ich wäre stolz, wenn ihr ebenso denkt!"
„Alter!" lachte Douglas. „Natürlich!" Er trat zu ihm und schloss ihn in die Arme. Hiernach verabschiedeten sich auch die anderen.
„Wir sehen uns in einem Monat!" sagte Peter noch, dann winkte er ihnen zu, drehte sich um und folgte Arisagi.

Die verbliebenen sieben Personen gingen zu den SUV´s und stiegen ein. Alfredo würde natürlich mit Silvia und Christopher fahren.
„Moment!" sagte Talea plötzlich, als sie auf dem Fahrersitz ihres Wagens Platz genommen hatte und ließ die Seitenscheibe herunter. Alle bekamen ihre

Reaktion mit, taten es ihr gleich und schauten sie überrascht an. „Wo soll die Party eigentlich stattfinden?" fragte sie.
„Nun, ich denke...!" meinte Christopher am Steuer des anderen Wagens. „Da, wo sie ursprünglich auch geplant war!" Er schaute Douglas an, der ebenfalls am Steuer des dritten Wagens saß und sofort erfreut nickte, dann Eric, der jedoch unsicher war. „Weißt du nicht mehr?" fragte er deshalb nach. „In...!" Er nickte in Richtung Süden. „..Dings! Da wo dieser...!" Er beschrieb mit den Händen einen Kreis. „...mit den...!" Jetzt war er unsicher, wie er das, was er meinte, andeuten sollte. „Na du weißt doch...!"
Obwohl wohl Niemand etwas aus dieser Erklärung hätte schließen können, erhellte sich plötzlich Erics Gesicht. „Oh ja, ja!" Seine Augen begannen zu leuchten. „Ich weiß wieder...!" Ein breites Grinsen legte sich auf sein Gesicht. „Geil!"
„Aha!" Cynthia war alles andere als erfreut. „Und wo genau ist *geil*?"
Douglas lachte heiser auf. „An einem der schönsten Orte auf diesem Planeten!"
„Der da wäre?" wollte Silvia wissen.
„Ihr werdet es schon sehen!" sagte Christopher salomonisch mit einem Lächeln auf den Lippen und zwinkerte Douglas und Eric zu, die sich ebenfalls über ihr kleines Geheimnis freuten. „Lasst euch einfach...*überraschen!*"
Und mit diesen Worten gab er Gas und fuhr davon.

Epilog

Partytime

17° 18.912' nördlicher Breite, 87° 32.022' westlicher Länge
Ca. 80 km östlich von Belize City, Lighthouse Reef
Great Blue Hole

Vier Wochen später...

Die karibische See zeigte sich von ihrer allerbesten Seite. Von einem nahezu wolkenlosen Himmel strahlte die untergehende Sonne mit großer Kraft auf die Wasseroberfläche, die so glatt wirkte, wie ein Spiegel und in dem sie glitzernd und funkelnd widerschien. Eine sanfte Brise strich über das Meer und umschmeichelte die angrenzende Landmasse. Es war gegen 20 Uhr, die Temperatur lag noch immer bei fünfundzwanzig Grad und die Luftfeuchtigkeit bei 60 Prozent.
Die fast kreisrunde Landmasse, die kaum mehr als fünf Meter aus dem Wasser ragte, bildete die Spitze der unterirdischen *Doline*, die in ihrer Mitte 124 Meter tief war.
Unweit der einzigen offenen Stelle in diesem Ring aus Sandbänken, auf denen vereinzelt niedrige Grasbüschel wuchsen, lag die *Seasoul*, eine zwölf Meter lange Motorjacht, vor Anker. Es war jedoch niemand an Bord. Alles lag ruhig und still da.
Doch das täuschte. Im Inneren der Landmasse gab es durchaus Bewegung.

*

Erste Luftblasen kräuselten sich im Wasser und stiegen etwa zehn Meter vom Ufer des Sandstrandes entfernt an die Oberfläche, dann wallte das Meer dort etwas auf und schließlich stießen zwei Personen kurz nacheinander hindurch. Ihre Körper steckten in dunkelblauen Neoprenanzügen mit Kopfteil, auf dem Rücken trugen sie jeweils eine Pressluftflasche mit Sauerstoff, von der ein Schlauch zur Vollgesicht-Atemmaske führte.
Einen Moment später entfernten die beiden sie, während sie erste Schwimmbewegungen in Richtung Strand machten.
„Alles okay?" fragte Christopher etwas atemlos.
Silvia neben ihm stöhnte. „Klar!" Sie war bemüht, kein Wasser zu schlucken.

„Und?" Christopher schaute sie an und grinste erwartungsvoll.
„Das ist absolut irre da unten!" bestätigte Silvia sichtlich beeindruckt.
„Dann habe ich nicht zu viel versprochen?"
Silvia schüttelte ungelenk ihren Kopf. „Nein! Bestimmt nicht!"
Mittlerweile hatten sie Boden unter ihren Füßen und erklommen das recht steile Ufer bis zum sanft ansteigenden Sandstrand.
Dort befanden sich ein halbes Dutzend kleinerer Zelte für vier bis sechs Personen, sowie ein größerer, nach vorn geöffneter Pavillon so ziemlich in der Mitte.
Silvia und Christopher gingen die wenigen Meter zu einem der kleineren Zelte und legten dann ihre Tauchausrüstung ab. Als sie die Kapuze abzog, stöhnte Silvia auf.
„Was ist?" fragte Christopher.
Silvia lächelte müde. „Ich bin ziemlich geschafft! Vielleicht lege ich mich noch eine Stunde aufs Ohr, bevor die anderen kommen!?"
Christopher nickte. „Klar!" Er trat zu ihr und küsste sie auf den Mund. „Ich kümmere mich solange um die Ausrüstung!"
Jetzt nickte Silvia und verschwand in dem Zelt.

*

Während Christopher seinen Tauchanzug gegen ein schwarzes Bermudashort und ein dünnes, weißes Baumwollhemd tauschte, die er über eine der Befestigungsleinen des Pavillons gehängt hatte, fiel er für einen Moment in Gedanken. Er genoss wahrlich jede einzelne Sekunde mit Silvia so intensiv, wie er es noch niemals zuvor erlebt hatte. Er wollte sie schlicht beständig um sich haben, doch wusste er, dass dies noch immer die Reaktion auf die schlimme Zeit war, in der er diese wunderbare Frau für immer verloren glaubte. Auch Silvia empfand ähnlich, das wusste Christopher und so entwickelte sich in den letzten Wochen eine so unglaublich tiefe, intensive und erregende Beziehung zwischen ihnen, wie sie es vorher nicht gekannt hatten. Beide genossen es in vollen Zügen und fanden Kraft, Trost und Zuversicht darin.
Die Schatten der Vergangenheit begannen ganz allmählich etwas zu verblassen.
Als Christopher die Tauchausrüstung langsam und in aller Ruhe zum Beiboot mit Außenbordmotor brachte, das er halb an Land gezogen hatte, und ordentlich verstaute, verspürte er ebenfalls ein wenig Müdigkeit und so setzte er sich hiernach an den Strand, schaute hinaus auf das tiefe Blau innerhalb der Landmasse und hing seinen Gedanken nach.

*

Hier und heute würde der letzte Schlusspunkt unter eine in allen Belangen irrwitzige Odyssee gesetzt werden, die vor mehr als sechzig Jahren in Macchu Pichu ihren Anfang genommen und erst vor vier Wochen in dem riesigen

Laborkomplex unterhalb von Lager 5 der Mainstream Inc im Westen der USA ihr Ende gefunden hatte.

Unzählige, unschuldige Opfer hatte die Erweckung einer teuflischen Kreatur gekostet, deren Leid und Schmerz wohl niemand je würde sühnen können, aber auch einige Rechtmäßige gab es. Eines davon war sein Großvater gewesen, der Christopher seine Verfehlung quasi vererbt hatte und ihm ein Schicksal bescherte, das sicherlich seines Gleichen suchte.

Schicksal war es am Ende wohl auch, dass er Silvia getroffen hatte, deren Wurzeln das gleiche Übel in sich trugen, wie seine.

Schließlich hatten sie den Kampf, dem sie wohl niemals wirklich hätten entfliehen können, gemeinsam aufgenommen und waren dabei einer ständigen Achterbahnfahrt der Gefühle ausgesetzt gewesen, die sie von einem Extrem ins Nächste geschleudert hatte. Christopher war so froh, dass sie am Ende das gute Ende für sich behalten konnten.

Doch sie hätten diesen ungleichen und furchtbaren Kampf nie und nimmer überlebt, wenn ihnen nicht unglaubliche Menschen zur Seite gestanden hätten. Manche, wie Douglas und Cynthia, waren Freunde von Beginn an gewesen und hatten ihrem Namen weit mehr als alle Ehre gemacht. Andere, wie Talea, Eric, Peter und Alfredo, aber auch Arisagi, waren erst dazu geworden. Hinzu kam die Gruppe um Heaven und als er an sie dachte, musste er lächeln. Sie alle waren schon einmal gestorben und die Schuld, die sie im Leben auf sich genommen hatten, hatte sie in die Hölle geführt. Doch was immer sie hier in dieser Welt verbrochen haben mochten, in der Hölle waren sie zu aufrechten und ehrlichen Charakteren geworden. Ohne ihre Hilfe hätte Christopher dort nicht einmal den Weg aus dem brennenden See, geschweige denn je zu Silvia gefunden.

Und dann gab es da zu guter Letzt noch Ice und seinen kleinen Trupp. Christopher hatte keine Ahnung, ob sie auch bereits einmal gestorben oder ob es schlicht einfache Menschen waren, die für den Kampf gegen das Böse mit besonderen Fähigkeiten ausgerüstet wurden.

Sie alle waren absolut notwendig gewesen, damit Christopher und Silvia letztlich das erfolgreich beenden konnten, was ihre Vorfahren zu leichtfertig entfesselt hatten.

Ohne sie wäre all das nicht möglich gewesen – doch mit ihnen hatten sie tatsächlich den gewaltigen Mächten der Hölle getrotzt. Sie hatten es für sich getan, aber auch für alle Menschen auf dieser Erde. Für all diejenigen, die nicht wussten, was *sie* wussten, die noch glaubten, an das Gute, an einen Gott, aber zu schwach waren, um sich selbst den finsteren Mächten, die beständig und begierig nach mehr trachteten, entgegen zu stellen, damit sie alle ruhig schlafen konnten – und sei es nur für eine einzige, weitere Nacht.

Christopher konnte nicht drum hin und musste leise lachen.

Himmel, sie waren aber auch ein verdammt wilder Haufen gewesen, der sich erst im Laufe des Gefechts hatte finden müssen, aber auch bärenstark *gefunden hatte*. Denn nur so konnten sie am Ende erfolgreich sein.

Christopher verspürte Stolz auf jeden Einzelnen von ihnen und auf die Tatsache, dass er sie seine Freunde nennen durfte.

So furchtbar das gewesen war, was sie erlebt hatten, mit Menschen wie ihnen an der Seite, konnte man alles erreichen: *Den Himmel rocken oder eben die Hölle zum Erzittern bringen!*
Christopher hatte auch mit Silvia darüber geredet und er war überrascht, zu hören, dass sie ebenso dachte. Deshalb war das, was sie getan hatten, auch einfach nur die logische Konsequenz ihrer Erfahrungen gewesen.
Und Christopher bereute ihre Entscheidung keine Sekunde.

*

Als er letztlich wieder aus seinen Gedanken zurück in die Wirklichkeit kam, wusste er nicht mehr, wie lange er hier schon gesessen hatte. Da die Sonne jedoch bereits deutlich tiefer stand, schätzte er, dass es nicht nur einige wenige Minuten waren.
Er erhob und streckte sich und schaute dabei einmal in die Runde, doch er konnte nirgendwo – weder auf dem Wasser, noch in der Luft - Bewegung ausmachen. Also machte er kehrt und ging zurück zu den Zelten. Auch dort war alles noch ruhig und er beschloss, Silvia nicht zu wecken. Er betrat den großen Pavillon, wo es einen langen Tisch mit einer langen Holzbank auf jeder Seite gab, einige weitere Tische an der Rückwand, worauf sich etliche kleinere und mittelgroße Kisten stapelten, sowie zwei mannshohe Kühlschränke, mit einem seitlichen Aufkleber, die sie als Eigentum der Mainstream Inc. auswiesen. An der rechten Seite gab es noch einige Dutzend Getränkekästen mit Bier, Säften und nichtalkoholischen Marken, wobei die Bierkisten jedoch deutlich überwogen.
Als Christopher sie sah, verspürte er aufkommenden Durst. Er ging zum rechten der beiden Kühlschränke und öffnete ihn. Er war vollgestopft mit Flaschen und Dosen. Geschickt fischte er sich ein Bud heraus. Die Kühle der Flasche war sehr angenehm in seiner Hand und als er den Verschluss aufdrehte, zischte der Inhalt.
Er setzte an, ließ die kühle Flüssigkeit in seine Kehle laufen und leerte die halbe Flasche in einem Zug. Gerade als er sie mit einem wohligen Stöhnen wieder absetzen wollte, hörte er neben sich ein Geräusch. Er wandte den Kopf und sah, dass Silvia gerade aus dem Zelt trat. Christopher war sofort. Silvia hatte sich natürlich umgezogen. Sie trug jetzt einen wadenlangen, weitschwingenden, dunkelroten Rock und ein weißes Baumwolltop, das sie an der Taille vor ihrem Bauch zusammengeknotet hatte. Ihre lockigen, blonden Haare hatte sie an der linken Kopfseite hochgesteckt und eine Stoffblume eingeflochten. Der Zufall wollte es, dass die Sonne das Zelt direkt von hinten beschien und als Silvia einen Schritt näher kam, wurde sie in strahlendes Licht gehüllt und Christopher konnte die wundervollen Körperformen seiner Freundin erkennen.
„Hey!" hauchte sie mit einem sanften Lächeln, während sie zu ihm trat, ihre Hände auf seine Schultern legte und ihn zart auf die Wange küsste.
„Ich dachte, du wolltest dich ausruhen?" fragte er, als sie sich wieder trennten.
„Ich weiß nicht!" Sie rümpfte die Nase. „Irgendwie ist mir doch nicht nach liegen!" Dann verzog sie ihren rechten Mundwinkel. „Außerdem habe ich Durst!"

„Hier!" Christopher hielt ihr die Bierflasche hin. „Schön kühl!"
Doch Silvia schüttelte mit einem Lächeln den Kopf. „Ich will meine eigene!"
Bevor er reagieren konnte, ging sie sich an ihm vorbei in Richtung Kühlschrank. Dabei schob sie ihren Körper gerade nah genug an ihn heran, dass ihre Brüste seinen rechten Oberarm streiften und gerade langsam genug, das er dieses Gefühl auch realisieren konnte. Zusätzlich ließ sie die Fingerspitzen ihrer rechten Hand wie zufällig waagerecht in Höhe seines Bauchnabels über seine Taille streichen. Dabei konnte Christopher außerdem deutlich den überaus betörenden Duft ihrer Haut riechen. Und als wenn das noch nicht gereicht hätte, warf sie ihm für einen kurzen Augenblick einen solch flammenden, begierigen Blick zu, dass selbst die Polkappen zu schmelzen begonnen hätten, bei Christopher allerdings eine vollkommen andere Reaktion hervorrief.
Sein Adamsapfel zuckte einmal deutlich auf und ab. Seine rechte Hand mit der Bierflasche hob sich wie automatisch zu seinem Kopf und er drückte das kühle Glas auf die Stirn. Ein leises Stöhnen entfuhr ihm, während sich sein Körper wie von selbst herumdrehte, um Silvia nachzuschauen, wie sie zum Kühlschrank ging. Auch von hinten war ihr Anblick eine echte Augenweide und es schien Christopher, als würde sie etwas mehr mit ihrem Hintern wackeln, als sonst.
In seiner Hose wurde es allmählich ziemlich eng und als er nochmals ihren Blick vor Augen hatte, war ihm klar, dass weder er noch an sich halten konnte, noch sie wollte, dass er ebendies tat.

Mit einem leichten Grinsen auf den Lippen und begehrlich funkelnden Augen folgte er ihr.
Silvia hatte mittlerweile den Kühlschrank erreicht, öffnete ihn und holte ebenfalls eine Flasche Bier heraus.
Während sie die Tür wieder schloss, trat Christopher direkt hinter sie. Silvia registrierte es und lächelte unbemerkt, doch reagierte sie nicht darauf. Sie öffnete die Flasche und trank einen tiefen Schluck des herrlich kühlen Getränks. Christopher hinter ihr tat es ihr gleich.
Als Silvia die Flasche wieder senkte, stöhnte sie zufrieden auf, dann drehte sie leicht ihren Kopf, um Christopher zu zeigen, dass sie ihn bemerkt hatte und stöhnte mit einem Lächeln gleich nochmals auf.
Christopher seinerseits hob seine rechte Hand, krümmte seine Finger leicht, legte sie sanft in ihren Rücken und begann sie zu streicheln. Wieder stöhnte Silvia auf, während sie ganz leicht hin und her wogte. Sie spürte, wie eine wohlige Gänsehaut über ihren Körper strich und Wärme in ihren Unterleib sickern ließ. Christophers Hand bewegte sich großflächiger und etwas druckvoller, bis sie schließlich an ihrer rechten Seite inne hielt, er sie herum drehte und dann anfangs nur mit seinen Fingerspitzen, dann mit der gesamten flachen Hand um ihre Hüfte herum griff. Silvia stöhnte etwas lauter, dann drehte sie ihre rechte Hand soweit herum, dass Christopher zwar von ihr ablassen musste, ihr aber die Bierflasche abnehmen konnte. Während er sie achtlos hinter sich warf, tat er das gleiche mit seiner eigenen Flasche in der linken Hand.

Dann schob er die rechte Hand wieder an ihrer Taille entlang auf ihren Bauch. Silvia hob ihren rechten Arm an und legte ihre Hand auf seine rechte Wange. Christophers linke Hand wanderte zu Silvias Hals, wo er sie halb über ihr Kinn schob und ihren Kopf in seine Richtung drehte, damit sich ihre Zungen in einem heißen, feuchten Kuss treffen konnten. Beide stöhnten auf. Silvia spürte Christophers Erregung jetzt deutlich in ihrem Rücken und während er sich mit ihren Brüsten beschäftigte, ließ sie ihren linken Arm zwischen seine Beine treiben.
Wieder stöhnten beide auf, während sie sich immer leidenschaftlicher küssten und ihre Körper in einen sanften Rhythmus fielen, dem keiner von Beiden noch widerstehen konnte.
Silvia öffnete mit wenigen, geschickten Bewegungen erst den Gürtel von Christophers Stoffhose, dann den Reißverschluss. Christopher schob seine rechte Hand unter ihren Rock.
Für eine kurze Zeit genossen beide das erregende Fingerspiel des jeweils anderen, wobei sie immer tiefer und wollüstiger aufstöhnten.

In dem Moment jedoch, als beide bereit für mehr waren, hörten sie plötzlich über sich ein monotones Dröhnen, das sehr schnell näher kam und im nächsten Moment schon östlich über sie hinweg donnerte.
Ohne voneinander abzulassen, verfielen beide in eine Art Starre und drehten sich wie eine Person herum zum Wasser. Einen Augenblick später konnten sie ein Flugboot erkennen, das das Geräusch verursacht hatte. Es flog keine zwanzig Meter über der Wasseroberfläche. Der Pilot hielt die Geschwindigkeit, bis er die gegenüberliegende Landmasse passiert hatte, dann zog er die Maschine hoch und nach rechts, während er die Geschwindigkeit drosselte und letztlich zur Landung ansetzte.
„Wir bekommen Besuch!" sagte Silvia atemlos mit deutlicher Wehmut in der Stimme, dann stöhnte sie nochmals auf. Dabei drehte sie ihren Kopf so, dass sie Christopher anblicken konnte.
Der erkannte den Wunsch in ihren Augen. „Bis die hier sind, dauert das noch mindestens zehn Minuten!" Er ließ seine Hand ihr erregendes Spiel für einen Moment fortsetzen.
Silvia stöhnte heftig auf und bewegte ihren Körper lasziv. „Meinst du?" fragte sie, doch ihre Stimme sagte eigentlich: *Ja, das denke ich auch!*
Christopher nickte stöhnend, weil Silvias Hände ihm eine weitere heiße Welle der Erregung durch den Körper sandten. „Das reicht!" Ohne zu zögern, ließ er von ihr ab. Mit einem geschickten Handgriff, löste er seine Hose vollständig, sodass sie zu Boden fiel. Einen Augenblick später hatte er ihren Rock hinten gerafft und stopfte ihn in den Gummizug an ihrer Taille.
Silvia stöhnte auf und spreizte ihre Beine, dann drückte sie ihren Oberkörper nach vorn und ihren Unterleib nach hinten. Zufällig sah sie über sich eine Dachverstrebung des Pavillons. Sie hob ihre Hände, hielt sich daran fest und konnte so ihren Körper noch besser beugen.

Schon spürte sie, wie Christopher mühelos in sie eindrang. Silvia musste leise aufschreien, ebenso Christopher und für einen Augenblick verharrten sie in dieser Position. Dann begann Christopher einen langsamen, aber sehr tiefen Rhythmus, den beide mit langem, wollüstigem Stöhnen begleiteten. Es dauerte dann auch nicht lange und beide hatten ihre Umgebung vollkommen vergessen und genossen nur noch das Gefühl der körperlichen Vereinigung.
Allmählich steigerte Christopher seinen Rhythmus.
Silvias Stöhnen wurde immer intensiver und auch er spürte, wie er auf die Zielgerade gelangte.

Innerlich musste er grinsen. Hier und jetzt war nicht das erste Mal, dass sie wieder Sex miteinander hatten; der folgte schon einen Tag, nachdem sie Lager 5 verlassen und erst einmal gründlich ausgeschlafen hatten. Christopher war sichtlich nervös gewesen, denn schließlich war es über ein Jahr her, dass sie das letzte Mal miteinander geschlafen hatten. Und dass Silvia sich in der Hölle verändert hatte, war kaum zu übersehen. Ihre zuvor liebevolle und eher etwas zurückhaltende Art war verschwunden und an ihre Stelle eine spröde, selbstbewusste, fordernde Silvia getreten. In ihrer ersten gemeinsamen Nacht seit langem hatte sie dann auch mit einem Grinsen auf den Lippen das Kommando übernommen und es wurde ein langes, intensives, tabuloses und extrem heißes Erlebnis, wie Christopher es noch nie zuvor – und das wollte bei all seinen Eskapaden wirklich schon etwas heißen – empfunden hatte. Er genoss es in vollen Zügen und war sehr froh, dass ihr Sexleben sogar noch besser verlief, als zuvor.

Plötzlich aber hörten sie beide erneut ein Geräusch – wieder ein monotones Dröhnen. Kaum hatte es sie aus ihrer Ekstase gerissen, da konnten sie auch schon eine Motorjacht mittlerer Größe erkennen, die sich gerade dem Ufer näherte. Das war aber auch nicht verwunderlich, schließlich erwarteten sie heute noch jede Menge Gäste. Allerdings war es auch schon zu spät, um jetzt noch aufzuhören.
Während sich die Jacht näherte und sie auf dem Deck deutlich Cynthia und Alfredo und am Ruder Douglas erkennen konnten, setzte Christopher seinen zuckenden Rhythmus fort. Silvia schrie kurz auf, doch dann war auch sie wieder gefangen in der erregenden Ekstase seiner Stöße. Doch schon konnten sie sehen, dass die drei Personen auf der Jacht zu ihnen herüberschauten. Cynthia winkte sogar, hielt jedoch schnell inne. Ihr Lächeln auf den Lippen schien zu verschwinden. Auch die anderen starrten weiterhin in ihre Richtung. Plötzlich jaulte der Motor der Jacht auf, Alfredo drehte sich zu Douglas, der rief irgendetwas in aufgeregtem Tonfall, dann schauten beide Männer sofort wieder zu ihnen.
Scham überkam die beiden Liebenden, doch noch während Silvia spürte, dass Christophers Rhythmus nachließ, kam ein neues Gefühl in ihr auf, das die Scham überwog: Der Nervenkitzel zu wissen, dass sie bei dem beobachtet wurde, was sie gerade taten – und es dennoch einfach weiter zu tun.

„Nicht...aufhören!" stieß sie atemlos hervor und ihr Unterleib zuckte von selbst nach hinten, um einen weiteren Stoß zu empfangen. „Nicht...jetzt!" Ihre Worte wurden von einem tiefen Stöhnen überlagert.
Christopher zögerte nur einen Sekundenbruchteil.

*

Douglas hatte mittlerweile den Motor der Jacht ausgeschaltet und sie längsseits zum Ufer gebracht. Das Boot stoppte schließlich ab und Alfredo ließ den Anker sinken. Immer wieder starrten sie auf den Pavillon, während Douglas ein kleines Schlauchboot zu Wasser ließ.

Als die drei gerade hineinstiegen, spürte Silvia, dass sie den *Point of no return* erreicht hatte. Wie immer gab sie ihren Körper jetzt frei, ließ ihn los und gab sich vollkommen diesem berauschenden Gefühl eines wuchtigen und feuchten Orgasmus hin. Ihr Körper erzitterte dabei. Einen lauten, lustvollen Aufschrei konnte sie gerade noch verhindern, doch musste sie tief stöhnen, während auch Christopher heiser aufschrie und sein Körper plötzlich ekstatisch zu zucken begann.

Mittlerweile hatte das kleine Schlauchboot das Ufer erreicht und die drei Insassen stiegen aus.
Silvia und Christopher blieben noch einige Sekunden in ihrer Stellung, bis beide sich etwas beruhigt hatten. Dann erst trat Christopher einen halben Schritt zurück. Silvia nahm ihre Arme herunter und zog in einer schnellen Bewegung ihren Rock im Rücken aus dem Gummizug an der Taille, sodass er sich wieder entfaltete. Bei einem schnellen Blick auf den vor ihr befindlichen Tisch sah sie einige Servietten, von denen sie sich zwei schnappte. Eine gab sie an Christopher hinter ihr weiter, die andere nutzte sie selbst. Christopher tat es ihr gleich, dann zog er seine Hose hoch.

*

Genau in diesem Moment erreichten Cynthia, Douglas und Alfredo den Pavillon. Für einen kurzen Moment schauten sich alle fünf Personen einfach nur an und in den Blicken der anderen konnten Silvia und Christopher deutlich erkennen, dass sie sehr genau wussten, was sie gerade getan hatten.
„Hey!" rief Cynthia dann aber als erste und trat mit strahlendem Gesicht zu Silvia. Die beiden Frauen umarmten sich herzlich. „Heißer Ritt!" flüsterte sie ihrer Freundin dabei zu.
„Danke!" hauchte Silvia zurück.

„Ihr braucht nicht zu flüstern!" raunte Douglas im nächsten Moment und schaute sowohl die beiden Frauen, als auch Christopher mit ernster Miene an. „Das war ja wohl *zu* offensichtlich!" Er verzog seine Mundwinkel.

„Ehrlich?" fragte Christopher sofort gespielt schuldbewusst.
Douglas schaute ihn einen Augenblick säuerlich an. „Alter, das hat von draußen gewackelt, als hättest du den ganzen Pavillon gevögelt!"
„Oh!" Das kam sowohl von Silvia, als auch von Christopher und beide wurden tatsächlich ein wenig rot im Gesicht. Allerdings nur einen kleinen Moment, dann strahlten sie nur umso mehr.
„Dann haben wir es ja richtig gemacht!" meinte Christopher zufrieden.
„Ja!" entgegnete Douglas erst erneut säuerlich, dann aber huschte ein Grinsen über seine Lippen. „Wenn ich heute nicht schon genudelt hätte...!" Seine Augen funkelten vielsagend und als er zu Cynthia schaute, lächelte sie verschwörerisch und ihre Augenbrauen zuckten. „Mann, da sieht man euch nach vier Wochen wieder und das erste, was ich kriege, ist ein Ständer!" Er lachte heiser auf, dann schüttelte er den Kopf, schließlich trat er zu Christopher und umarmte ihn herzlich. „Schön, dass die Dinge wieder normal laufen!" Das konnte Christopher nur mit einem grinsenden Nicken bestätigen.
„Alfredo!" rief er aber dann und trat zu Silvias Onkel. Wieder wurde er etwas rot im Gesicht und man sah ihm an, dass ihm die Situation etwas peinlich war.
Doch der Italiener reichte ihm mit einem sanften Lächeln die Hand. „Sie brauchen wegen mir nicht zu glühen!" Er drückte Christophers Hand sehr kräftig und zog ihn zu sich. „Ich bin zwar schon etwas älter, aber noch lange nicht tot! Ich weiß noch sehr genau, wie das geht. Und woher glauben sie, kann sie...!" Er deutete auf seine Nichte. „...das, was sie kann?" Christopher zog überrascht die Augenbrauen in die Höhe. Alfredo grinste breiter. „Italienisches Blut! Pure *Amore*!" Er zwinkerte Christopher zu, dann umarmte er seine Nichte.

*

Eine Minute später hatten sich alle begrüßt, als ein neuerliches Motorengeräusch ihre Köpfe in Richtung Strand zog.
„Das müssen Eric, Talea und Arisagi sein!" meinte Douglas.
„Das war das Flugzeug, das wir gesehen hatten!?" erwiderte Christopher.
Douglas nickte und schon konnten sie ein weiteres, motorisiertes Schlauchboot erkennen, das auf den Strand rutschte und in dem sich drei Personen befanden. Gemeinsam verließen sie den Pavillon, um ihre Freunde zu begrüßen.

Ihr Wiedersehen verlief ausgesprochen herzlich und fröhlich, alle fielen sich nacheinander in die Arme. Talea und Eric sahen blendend erholt aus und selbst der eher zurückhaltende Arisagi wirkte ausgelassen und entspannt und sah in seinen kurzen Shorts, dem altmodischen Bermudahemd in quietschenden Farben und dem übergroßen Strohhut richtig niedlich aus.
Die ganze Zeit über aber hatte Christopher bemerkt, dass Eric fast beständig zu ihrem Pavillon hinüberschaute.
„Was hast du?" fragte er ihn, als sie sich schließlich begrüßten.
„Ich weiß nicht!" erwiderte Eric. „Das Ding hat vorhin so komisch gewackelt!" Er schaute seinen Freund an, der jedoch keine Reaktion zeigte. „Anfangs dachte

ich, das wäre der Wind, aber...!" Er schaute sich um. „...hier weht ja kaum ein laues Lüftchen!" Christopher nickte. „Also hast du da entweder einen Zitteraal filetiert oder...!"
„Genau!" Christopher nickte erneut und grinste mit vorgeschobenem Kinn.
Eric verstand sofort. „Ah ja, okay!" Dann schien er irgendwie zufrieden. „Das hatten wir heute auch schon!" Dann ging er weiter zu Douglas.

„Wie ich sehe, haben sie mein Geld gut investiert!" meinte Arisagi und schüttelte Christopher die Hand.
„Danke!"
„Wie haben sie das hingekriegt, dass wir hier feiern können?" fragte Cynthia. „Ich meine, das ist doch hier bestimmt ein Naturschutzgebiet, oder sowas?"
Arisagi schob den Unterkiefer vor und setzte eine unschuldige Miene auf. „Beziehungen, Geld...!" Er deutete an sich herab. „...Ausstrahlung!" Er musste selbst lächeln.
„Es hat sich gelohnt!" meinte Talea. „Hier ist es wirklich unfassbar...!" Sie blickte sich mit leuchtenden Augen um. „...schön!"
„Dann habe ich nicht zu viel versprochen?" fragte Christopher.
Talea schüttelte den Kopf. „Nein, absolut nicht!"

*

Christopher wollte gerade vorschlagen, zurück zum Pavillon zu gehen, etwas zu trinken und das Lagerfeuer und den Grill anzuzünden, als es hoch über ihnen am wolkenlosen, aber bereits dämmrigen Abendhimmel kurz hintereinander siebenmal knallte und dabei winzig kleine Punkte aufflammten, die wie Sternschnuppen in die Tiefe schossen. Innerhalb weniger Augenblicke hatten sie die kleine Insel erreicht und setzten donnernd am Boden auf. Nachdem sich eine kleine Wolke aus aufgewirbeltem Sand wieder aufgelöst hatte, kamen Heaven, Razor und ihre Freunde, sowie Steel und Rose zum Vorschein.
Sie wurden sofort herzlich begrüßt und es entstand für ein paar Minuten Smalltalk.
„Wo ist Ice?" fragte Christopher Steel.
„Er kommt etwas später!" antwortete der Hüne. „Er muss noch etwas erledigen!"
Christopher nickte. „Wer fehlt sonst noch?"
„Peter!" rief Silvia. „Ich hatte gedacht, er würde zusammen mit euch und Shadow kommen!"
„Er war auch bei uns!" erwiderte Rose mit einem sanften Lächeln. „Aber die beiden wollten ein bisschen allein sein und sind gestern schon vorausgegangen!"
„Und wo sind sie jetzt?" fragte Douglas.
Bevor Rose jedoch antworten konnte, dass sie das nicht wusste, deutete Alfredo mit ausgetrecktem Arm in nördliche Richtung, wo sich ein winziges Fluggerät hervor schälte, das sich alsbald als kleiner Tragschrauber für zwei Personen

entpuppte. Peter saß am Steuer, Shadow hinter ihm. Der Blonde landete einige Meter vom Lager entfernt.
Als Christopher erkannte, dass scheinbar alle zu ihnen gehen und sie begrüßen wollten, hielt er Douglas und Eric zurück. „Los Leute, lasst uns das Lagerfeuer und den Grill anschmeißen. Ich krieg langsam Kohldampf!" Er schaute seine beiden Freunde an. „Außerdem hab ich Lust auf eine Dose eiskaltes Bier!"
Jetzt blickte Douglas zufrieden. „Ich dachte schon, du fragst gar nicht mehr!" Er grinste und auch Eric war sehr angetan von dieser Idee. Während die anderen also Peter und Shadow begrüßten, machten die drei sich nützlich.

*

Eine Stunde später brannte ein herrliches Feuer in der Mitte des Lagers, daneben glühten die Kohlen eines großen Grills und der wunderbare Duft von brutzelndem Fleisch lag in der Luft. Die Frauen hatten sich um die Zubereitung von Salaten gekümmert, die Männer um die Getränke. Rund um die Feuerstelle gab es genügend Platz für alle und als auch das Fleisch fertig gebraten war, wurde ausgiebig und in wundervoll fröhlicher und ausgelassener Stimmung gegessen, geredet und gelacht, was für ausnahmslos jeden echter Balsam für ihre geschundenen Körper und Seelen war.

Dann erkannte Christopher, dass es Zeit wurde.
Er blickte sich um und wusste, er stand inmitten guter Freunde. Einige kannte er schon viele Jahre, andere waren es erst kürzlich geworden. Der Weg durch die Hölle hatte sie fest zusammengeschweißt. Er wusste, er konnte jedem von ihnen sein Leben anvertrauen.
Doch einer Person unter ihnen ganz besonders.
Ein kurzer Blick zu Douglas und Cynthia reichte aus, um den beiden zu signalisieren, dass die Zeit gekommen war. Natürlich hatte er sie lange zuvor schon eingeweiht (dass sie sich erst jetzt wiedersahen, stimmte nämlich nicht) und natürlich schienen sie jetzt ebenso nervös zu sein, wie er selbst es war.
Denn obwohl er sich seine Entscheidung reiflich überlegt hatte und nun nicht mehr zweifelte und sich auch ihrer Gefühle sicher war, wusste er dennoch nicht, wie sie reagieren würde. Nur, dass er es tun musste.
Das Schicksal hatte sie getrennt und wieder zusammengeführt. Christopher würde nicht zulassen, dass dies noch einmal geschehen konnte.
Christopher wollte mehr – denn endlich hatte er erkannt, wo er hingehörte und was er wollte. Und das sollte jetzt endlich auch die ganze Welt erfahren.

Und als Douglas unbemerkt den kleinen Gegenstand aus seiner Hosentasche holte und ihn, abgewandt von der Gruppe, Christopher in die rechte Hand drückte, der ihn sogleich fest umschloss, fiel plötzlich jede Nervosität, jede Unsicherheit und jeder Zweifel von ihm ab und eine wunderbare, kraftvolle und wärmende Ruhe breitete sich in ihm aus.
Ja, alles war so, wie es sein sollte.

Silvia war die wundervollste, schönste und atemberaubendste Frau, die ihm je begegnet war. Und er empfand nun auch endlich das, was sie so sehr verdient hatte: Tiefe, reine, bedingungslose Liebe zu ihr. Gott hatte ihm einen furchtbaren Fluch auferlegt, aber mit ihr auch den größten Schatz von allen gegeben. Eigentlich hatte er das schon immer gewusst, doch brauchte es eine lange Zeit voller Tränen, Schmerzen und Qualen, um es wirklich zu erkennen:
Silvia war alles, was er wollte. Und sie war alles, was er je brauchte!
Jetzt und für immer!

Christopher drehte sich zurück zur Menge.
Silvia stand mit dem Rücken zu ihm ein paar Schritte entfernt und unterhielt sich gerade mit ihrem Onkel Alfredo. Heaven und Razor standen ebenfalls bei ihr. Christopher schloss kurz die Augen und atmete einmal tief durch. Als er sie wieder öffnete, erschien ein sanftes Lächeln auf seinen Lippen. Dann machte er zwei Schritte auf sie zu. "Silvia?" sagte er sanft, aber doch laut genug, dass er die anderen Stimmen übertönte. Während Razor und Heaven sofort auf ihn reagierten, sank er hinter ihr zu Boden. Das rechte Bein winkelte er nach vorn ab und drückte das linke Knie in den Sand.
Silvia bemerkte davon zunächst nichts. Sie redete mit Alfredo und erst als der seinen Blick von ihr abwandte, auf Christopher starrte und dabei sein Lächeln verlor, wurde auch sie aufmerksam und drehte sie sich zu ihm herum. Für den Bruchteil einer Sekunde konnte Christopher ein sanftes Lächeln auf ihren Lippen, vor allem aber dieses glitzernde Funkeln in ihren Augen sehen, das er so sehr liebte.
 Doch als sie ihn vor sich auf den Knien sah, verschwand dieses Funkeln und wich Irritation und Erstaunen. "Chris? Was...?"
Zu diesem Zeitpunkt waren bereits alle Stimmen um sie herum verstummt und alle Blicke auf sie gerichtet. In vielen Gesichtern konnte Christopher Erkenntnis, gepaart mit Wohlwollen sehen, in einigen Überraschung.
"Ich weiß...!" Christophers Stimme klang sanft, ruhig und dennoch so unglaublich emotional, dass Silvia sofort eine Gänsehaut über den Rücken kroch, die sie erzittern ließ. "...dass ich das hier schon so viel früher hätte tun sollen! Du bist der wundervollste Mensch, den es nur geben kann. Umwerfend schön, atemberaubend attraktiv, wahnsinnig intelligent. Witzig und schlagfertig, dabei aber so empfindsam und liebevoll!" Chris spürte, wie seine Stimme erzitterte. Jedes Wort, das er sagte, kam so tief aus seinem Herzen, dass er gegen Tränen ankämpfen musste.
Tränen, die Silvia offenbar schon nicht mehr zurückhalten konnte. Natürlich hatte sie längst erkannt, worauf all dies hinauslaufen würde. "Oh mein Gott!" hauchte sie voller Ergriffenheit und tiefe Emotionen ließen stumme Tränen des Glücks aus ihren Augen kullern.
"Eigentlich habe ich all das schon immer gewusst, doch jetzt erst erkannt! Ich will es nie wieder vergessen! Und deshalb frage ich dich...!" Chris hielt einen winzigen Moment inne, um Silvia direkt in ihre tränenfeuchten Augen zu schauen, während er seine rechte Hand öffnete und ihr den funkelnden Ring

entgegenstreckte. "Würdest du mich zum glücklichsten Mann im gesamten Universum machen?" Er lächelte sanft. "Willst du mich heiraten?"

*

War es zuvor schon still gewesen, so trat jetzt beinahe Totenstille ein. Ja, fast schien es, als wäre selbst das Prasseln des Lagerfeuers verstummt.
Während Christopher seelisch vollkommen nackt vor Silvia kniete, sah die ihn einfach nur stumm an, während weitere Tränen aus ihren Augen rannen. Es war nicht zu erkennen, ob sie lächelte, denn ihre beiden Hände verdeckten Mund, Nase und Wangen. Doch Silvias Augen schauten direkt auf ihn herab und sie blickten so intensiv, dass Christopher eine Gänsehaut nach der anderen über den Rücken kroch. Für einen Moment glaubte er, sie würden voller Freude leuchten, im nächsten, sie würden ihn mustern, dann wieder, sie würden zornig funkeln.
Die Sekunden vergingen für ihn wie Ewigkeiten, doch Chris war so sicher, wie noch niemals zuvor in seinem Leben, dass Silvia jede Unendlichkeit wert war.

Und dann nickte sie. Erst kaum merklich, dann immer deutlicher, bis sie schließlich die Hände hinab sinken ließ. "Ja...!" hauchte sie mit zittriger Stimme, während ihre Augen sichtbar vor Glück funkelten und ein strahlendes Lächeln auf ihren Lippen erschien. "Ja, ich will!"
Christopher strahlte ebenfalls, als er ihr den Ring an den Finger steckte.
Silvia betrachtete ihn voller Freude und sein Funkeln spiegelte sich auf ihrem Gesicht wider. Im selben Moment zog sie ihn zu sich hinauf, legte ihre Hände auf seine Wangen und küsste ihn voller Leidenschaft. "Ich liebe dich Chris!" hauchte sie. "Ich liebe dich so sehr!"
"Ich dich auch!" erklärte Christopher. "Und ich will, dass es die ganze Welt weiß!"

Dann endlich war es vorbei mit der Stille und der freudige Aufschrei der Menge hallte über den Strand. Silvia und Christopher waren sofort eingehüllt in eine Menschentraube voller Zuneigung, Liebe und Glückwünschen, die das kleine Fest erneut beflügelten und wieder ausgelassen gefeiert wurde.

*

Später holte Douglas zwei weitere Flaschen Bier aus dem Kühlschrank im Pavillon und ging damit zurück zur Gruppe. Sein ziellos anmutender Weg war es jedoch nicht, denn er steuerte ziemlich direkt auf Christopher zu, der zusammen mit Silvia bei Heaven und Razor stand.
„Es freut mich, dass es mit euch beiden klappt!" sagte Christopher zu Heaven gebeugt, sodass es Razor und Silvia, die gerade über etwas lachten, nicht mitbekamen.

Heaven lächelte ihn an, doch ihre Augen blickten für einen Moment etwas forschend. „Danke!"
„Ich wünsche euch, dass ihr beide immer genügend Zeit findet, um eure Liebe zueinander zu leben und zu nähren!"
Jetzt strahlte Heaven wirklich. „Das hast du sehr schön gesagt!" Sie beugte sich vor und küsste Christopher auf die Wange, dann wandte sie sich zu Razor um.

Das war Douglas Chance. Da Silvia noch mit Razor beschäftigt war, trat er vor Christopher und hielt ihm das Bier hin. Der zögerte nicht lange – auch weil er im Moment kein eigenes Bier hatte - prostete seinem Freund zu und trank einen Schluck.
Douglas tat es ihm gleich, doch zog er Christopher dabei ein wenig weg von den anderen. Als der ihn daraufhin etwas irritiert ansah, fragte er. „Und?"
„Und was?"
Douglas antwortete nicht sofort, doch sah man in seinen leuchtenden Augen, dass er zum Platzen neugierig war. „Habt ihr einen guten Platz für den Glaswürfel gefunden?" Kaum hatte er die Worte ausgesprochen, schien er sich zu schämen, weil er wusste, dass seine Frage nicht rechtens war.
Jetzt zögerte Christopher mit seiner Antwort, während ein sanftes Lächeln seine Mundwinkel umspielte. Seine Augen jedoch sahen Douglas forschend an und das rechte war sogar ein wenig zusammengekniffen. „Ja, haben wir!" sagte er dann schlicht.
„Und...?" Douglas warf alle Beherrschung über Bord. „...wo?"
Christopher Augenbrauen zuckten zwischen Misstrauen und Belustigung. „Alter, das ist doch geheim! Wenn ich dir das sagen würde, müsste ich dich danach umnieten!"
„Ach komm schon!" beharrte Douglas jedoch. „Nun hab dich nicht so!"
Was keiner der beiden wusste: Sowohl Cynthia, die vor einigen Augenblicken ihr Gespräch mit Bim beendet hatte, als auch Silvia, die sich von Razor verabschiedet hatte, wurden sofort auf die beiden aufmerksam, weil ihnen ihre Haltung zeigte, dass etwas nicht wirklich stimmte.
Als Cynthia Douglas letzte Worte hörte, war ihr sofort klar, worum es ging. „Du weißt schon, dass, wenn er es nicht tut, ich es tue, oder? Sie schaute Douglas geradeheraus in die Augen und es war mit keinem Deut zu erkennen, dass sie es anders als todernst meinte.
„Was?" stieß Douglas jedoch hervor. „Wieso?"
Seine Frau musterte ihn scharf. „Weil es vielleicht keinen Sinn macht, etwas zu verstecken, nur um dann zu verraten, wo?"
„Aber...?" Douglas blickte gequält. „Wir hatten nie gesagt, dass das ein Geheimnis bleiben soll!" Er blickte in die Runde und musste überrascht feststellen, dass auch noch andere ihre Gespräche beendet und sich zu ihnen gesellt hatten.
Darauf wusste Cynthia im ersten Moment auch keine Antwort, denn so explizit hatten sie das tatsächlich nicht vereinbart.

„Dann tun wir es jetzt!" meinte Talea und als alle sie ansahen, nickte sie mehrmals. „Keiner von uns...!" Sie sah Silvia, Cynthia, Douglas und Christopher an. „...wird je verraten, wo wir die Tore versteckt haben! Okay?" Nacheinander nickten alle Angesprochenen und Talea war zufrieden.
„Bist du dir da auch sicher?" fragte Christopher jedoch und schaute Douglas direkt an.
Bevor sein Freund aber etwas erwidern konnte, meinte Cynthia trocken. „Keine Sorge!" Sie trat vor ihren Mann, hob ihre rechte Hand an seine Wange und streichelte sie sanft. „Ich habe Mittel und Wege...!" Sie sah ihm liebevoll in die Augen und hauchte ihm einen zärtlichen Kuss auf die Lippen, während sie ihre linke Hand zu seiner Brust führte und am Ende fest in seine Brustwarze kniff. „...das zu verhindern!"
Douglas schrie auf. „Au!"
Doch Cynthia ließ nicht locker und lächelte nur. „Siehst du!?"
Dann drückte Douglas ihre Hand weg. „Brustwarzenkneifen ist gemein!"
„Dann behalt unser Geheimnis für dich!" sagte Cynthia und lächelte nochmals. „Sonst mach ich das gleiche mit deinen Eiern!" Douglas erschrak sichtlich, als die Hand seiner Frau gerade an besagter Stelle auftauchte und er zuckte mit einem kurzen Aufschrei einen Schritt zurück, was allen Umstehenden ein breites Grinsen auf die Lippen brachte.

*

„Was ist eigentlich mit euch?" fragte Eric und schaute Heaven und Razor an.
„Was soll mit uns sein?" fragte sie.
„Seid ihr schon ordentlich gedrillt worden? Wart ihr schon im Einsatz? Habt ihr schon besondere Fähigkeiten erhalten?"
„Ja!" erwiderte Razor und nickte.
„Und ja!" fügte Bim, der mit den Zwillingsbrüdern daneben stand, mit einem säuerlichen Grinsen an.
„Und...!" rief Heaven mit einem leisen Lachen und ließ dabei ihre Augenbrauen auf und ab zucken. „...oh ja!"
„Und welche?" fragte Douglas sofort.
„Das ist wie mit deinem Geheimnis, Doug!" meinte Horror. „Top secret!"
Douglas verzog sofort die Mundwinkel, sah Horror und die anderen einen Moment säuerlich an und raunte dann. „Ach, ihr könnt mich mal. Ihr seid doch alle nur doof!" Kopfschüttelnd wandte er sich ab.
„Apropos Feindkontakt!" meinte Christopher dann. „Wo bleibt denn Ice?" Er schaute Steel, Rose und Shadow an, doch die zuckten alle mit den Schultern.
„Hat er euch eigentlich nochmal kontaktiert, so wie er es vorhatte?" fragte Talea und schaute Silvia an.
„Ähm...!" Silvia warf Christoper einen kurzen Blick zu, den dieser ausdruckslos erwiderte. „...nein!" Sie lächelte kurz. „Und euch?"
Talea schüttelte sofort mit einem Grinsen vehement den Kopf. „Auch nicht!"
„Und euch?" Silvia schaute Cynthia an.

Ihre Freundin blies überrascht Luft in ihre Wangen und schüttelte den Kopf. „Nee!"

Für einen Augenblick schauten sich die drei Frauen stumm, aber forschend an.

„Der hätte sich den Weg auch schenken können!" meinte Douglas, trat neben Cynthia und legte einen Arm um sie. „Stimmt´s?" Er schaute seine Frau an und sie nickte.

„Eben!" bestätigte auch Christopher, trat hinter Silvia und umarmte sie. „Wer noch immer nicht die Nase voll von diesem Scheiß hat, ist entweder tot oder vollkommen bescheuert!"

„Genau!" Das war Eric, der zu seiner Frau trat, die ihn sofort in ihre Arme schloss. „Wir haben unseren Teil getan. Jetzt will ich meine Ruhe haben und einfach nur noch…!" Er verzog die Mundwinkel. „…leben!"

„Gut gesprochen!" stimmte Douglas lächelnd und nickend zu.

„Wie wahr!" erwiderte auch Christopher.

Für einen Augenblick entstand eine tiefe Stille zwischen ihnen, in der sich die jeweiligen Partner in die Augen schauten und stumm ihr Bündnis erneuerten, welches sie gemeinsam geschmiedet hatten. Und obwohl sie sehr dicht beieinander standen, schien es in diesem Moment, als wäre jedes Paar für sich unendlich weit entfernt von den anderen.

*

Das plötzliche Piepen eines Handys war zunächst kaum zu hören, denn es ging im allgemeinen Gemurmel der unterschiedlichen Unterhaltungen einfach unter. Selbst Steel, als Besitzer des Telefons, bemerkte es erst mit der Verzögerung einiger Sekunden und auch dann nur, weil mit einem Male bei drei weiteren Handys der jeweilige Klingelton zu hören war. Sie gehörten zu Rose, Shadow – und zu Razor.

Kaum hatte Steel seine Unterredung mit Arisagi und Alfredo unterbrochen und nach dem kleinen Gerät in seiner Hosentasche gegriffen, ertönten plötzlich auch die Geräte von Heaven, Bim und den beiden Zwillingsbrüdern.

Mittlerweile waren sie kaum noch zu überhören und alle Gespräche verstummten schlagartig. Während die entsprechenden Personen ihre Geräte hervorholten und nachschauten, wer sie zu kontaktieren versuchte, konnten die anderen Unbeteiligten nur zuschauen.

Als Steel auf das Display seines Handys schaute, sah er, dass er eine Nachricht von Ice erhalten hatte. Die Tatsache, dass er ihn nicht angerufen, sondern ihm nur eine SMS geschickt hatte und offensichtlich nicht nur ihm, ließ ihn den Grund schon erahnen und er konnte sich ein missgelauntes Brummen nicht verkneifen.

Die Party ist vorbei! musste er dann auch lesen. *Es gibt Ärger in Südafrika. Sofortiger Abflug. Genaue Koordinaten folgen P.S.: Kümmert euch um die Neuen!*

„Was ist los?" fragte Talea, doch ihr Blick sagte bereits, dass sie es wusste.

Razor sah von seinem Handy auf, auf dem die gleiche Nachricht, wie sie auch Steel erhalten hatte, zu lesen war – natürlich aber ohne den P.S.-Zusatz. „Ich befürchte, wir müssen gehen!"

„Wer war das?" fragte Christopher, doch auch ihm war anzusehen, dass er die Antwort bereits kannte.

„Na, wer schon?" Shadow zog die Augenbrauen in die Höhe.

„Wo?" fragte Cynthia.

„Südafrika!" erwiderte Bim.

„Das ist ein langer Ritt!" meinte Douglas.

Heaven lachte heiser auf. „Seitdem wir Samael zurück in die Hölle geschickt haben, scheint es, als würden die da unten alle verrücktspielen!"

„Heaven hat Recht!" bestätigte Steel. „Noch nie gab es so viel Bewegung zwischen den Welten. Irgendwie scheint jeder versuchen zu wollen, es Samael gleich zu tun!"

Eric nickte. „Dann solltet ihr keine Zeit verlieren, um das zu verhindern!"

Dem hatte keiner etwas hinzuzufügen und es gab eine kurze, aber herzliche Verabschiedung.

Dann schossen Steel, Rose, die beiden Zwillingsbrüder und Bim in den Himmel.

Heaven trat zu Christopher. „Auf ein nächstes Mal!" Sie lächelte.

„Natürlich!" erwiderte Christopher.

Dann flogen sie und Razor davon.

„Peter?" Das war Shadow, die den Blonden mit einem sanften Lächeln ansah und ihm ihre rechte Hand entgegenstreckte.

„Ich komme!" Peter lächelte ebenfalls, jedoch etwas nervös.

„Was wird das?" fragte Douglas.

„Ich gehe mit ihnen!" erwiderte Peter.

„Heißt das...?" Douglas war sichtlich überrascht. „...du bist jetzt auch ein Dämonenjäger?"

Der Blonde nickte mit einem verschmitzten Lächeln.

„Aber...?"

„Ihr hattet gesagt, *ihr* seid raus aus der Sache!" entgegnete Peter in freundlichem Ton. „*Ich* nicht!"

„Aber...?"

Der Blonde schüttelte den Kopf. „Es ist, als habe ich meine Berufung gefunden!" Wieder lächelte er. „Wir haben eine Schlacht gewonnen. Eine verdammt Wichtige, aber nur eine Schlacht. Der Krieg aber geht weiter. Und ich habe mich entschlossen, die Linien der Verteidiger zu stärken!" Dann sah er Shadow an und sein Blick wurde liebevoll. „Außerdem haben wir so deutlich mehr Zeit miteinander!"

Shadow lächelte zurück und küsste ihn auf die Wange.

„Und sie haben ihm das erlaubt?" fragte jetzt auch Christopher und schaute Arisagi fordernd an.

Der Japaner lachte heiser auf. „Er ist mein Mitarbeiter, nicht mein Eigentum. Er kann tun und lassen, was er will! Und ich finde, er tut *das Richtige. So* sehr, dass ich es ihm gleich getan habe!"

„Moment mal!" hob Talea an. „Soll das etwa heißen...?"
„Ach was!" wehrte Arisagi mit einem Grinsen ab. „Wir...!" Er deutete auf Alfredo neben sich. „...sind viel zu alt, um Dämonen zu jagen. Aber ich habe jede Menge Geld und mich dazu entschlossen, einen Teil davon auch weiterhin der Jagd nach Dämonen zur Verfügung zu stellen!"
„Was heißt *wir*?" Silvia trat einen Schritt auf ihren Onkel zu und sah ihn wie erstarrt an.
„Keine Sorge!" Alfredo wehrte sofort lächelnd ab. „Ich mache nur das, was ich am besten kann!"
„Genau!" bestätigte der Japaner. „Ihr Onkel ist ein hervorragender Buchhalter. Er verwaltet das Vermögen der neuen Firma, um das Maximum für den Trupp heraus zu holen!"
„Der neuen *Firma*?" fragte Talea.
Arisagi nickte. „*Shield Enterprises!*" Er verzog die Mundwinkel. „Der Name ist vielleicht noch nicht ganz ausgereift!"
„Und *was* genau soll diese *Firma* tun?" fragte Eric.
„Unterstützen!" erklärte Arisagi. „Kämpfen müssen sie natürlich allein, aber ich denke, es kann nicht schaden, wenn sie die beste Logistik, die beste Computer- und Kommunikationstechnik und die besten Waffen zur Verfügung haben, die es gibt!?"
Für einen Augenblick entstand Stille, denn alle waren viel zu beeindruckt, als das sie noch etwas dazu sagen konnten.
Dann hob Christopher seine Bierflasche an. „Darauf trinke ich!" sagte er, prostete dem Japaner zu und trank einen Schluck.
„Alles Gute!" Douglas prostete Shadow und Peter zu.
„Bis zum nächsten Mal!" rief der Blonde noch, dann schoss er mit Shadow in den Himmel.
Alle sahen ihnen hinterher, bis sie nicht mehr zu erkennen waren.

*

Silvia blies die Luft in ihre Wangen. „So schnell löst sich eine Party in Luft auf!" Sie verzog ihre Mundwinkel und wirkte ziemlich enttäuscht.
„Ach was!" erwiderte Douglas mit einem etwas erzwungenen wirkenden Lächeln. „Wir haben doch noch uns!"
„Genau!" stimmte Eric zu. „Will Jemand ein Bier?" Er schaute in die Runde, erntete einiges Kopfnicken, drehte sich um, wollte in Richtung Pavillon gehen – und erstarrte in seiner Bewegung, denn in der allgemeinen Stille war es deutlich zu hören: *Das Piepen eines Handys!*
Seine Augen zuckten sofort zu Talea, denn er kannte den Piepton nur zu genau. Das Gesicht seiner Frau wirkte etwas erschrocken. Ihre rechte Hand zuckte hinab in die Seitentasche ihres Rocks und fischte das Gerät heraus. Sie drückte eine Taste, warf einen Blick auf das Display und steckte es dann wortlos wieder zurück.
„Was ist?" fragte Cynthia und schaute ihre Freundin mit großen Augen an.

Talea schien für einen winzigen Moment etwas nervös. „Unser Babysitter!" Sie verzog das Gesicht zu einer gequälten Grimasse. „Er hat Probleme, die Kiddis ins Bett zu kriegen!" Sie versuchte ein Lächeln, während sie den Blick ihres Mannes suchte.
„Das sind Kinder!" rief Douglas sofort amüsiert. „Die nutzen das schamlos aus!" Er schaute Cynthia an. „Unsere waren da nicht anders!"
„Sicher!" Eric kam zurück zu ihnen und in seinem Blick lag Sorge. „Aber die beiden haben auch eine schwere Zeit hinter sich und kommen damit noch nicht ganz klar!"
„Vielleicht ist es besser, wir sehen nach ihnen!" meinte Talea.
„Ja!" Silvia trat zu ihr und lächelte ihr zu. „Ja, natür…!" Mitten hinein in ihren Satz ertönte ein weiteres Piepen. Sie drehte ihren Kopf und erkannte, dass Cynthia überrascht zusammenzuckte, weil es offensichtlich ihr Handy war. „…lich!" endete Silvia schließlich, während sie weiterhin beobachtete, wie ihre Freundin das Gerät aus ihrem Rock zog und auf das Display schaute. Augenblicklich verdunkelte sich ihr Gesicht. Sie wechselte einen kurzen Blick mit Douglas und zeigte ihm die Nachricht, die sie erhalten hatte, woraufhin er ebenfalls nervös wirkte. „Was ist los?" fragte sie daher.
„Das…!" Douglas Blick zuckte unstet umher, als wüsste er zunächst nicht, was er sagen sollte. „Das war Ben!" Er sah Silvia jetzt direkt an und ein kurzes Lächeln huschte über seine Lippen.
„Ben?" fragte Christopher überrascht. „Dein Sohn?"
Douglas nickte.
„Was will er?"
„Wir hatten den Kindern erlaubt, heute Party zu machen!" Douglas Blick wurde säuerlich.
„Und?" Christopher schien etwas genervt zu sein.
„Ein paar ihrer Freunde haben sich sinnlos besoffen und Randale gemacht!" Sein Blick wurde noch finsterer. „Die Bullen sind gekommen und haben sie mitgenommen!"
„Ben sitzt im Knast?" Christopher lachte auf.
Douglas nickte betroffen. „Wir müssen ihn da rausholen!"
„Natürlich!" Christopher nickte, als plötzlich neben ihm ein weiteres Handy piepte. Für einen Wimpernschlag war er wie erstarrt, weil er wusste, dass es Silvias Gerät war. Seine Freundin holte es schnell aus ihrer Rocktasche, drückte eine Taste, schaute auf das Display, wobei sich ihr Blick verdunkelte und steckte es dann wortlos wieder ein. Als sie jedoch bemerkte, dass alle sie ansahen, wurde sie förmlich aus ihren Gedanken gerissen und erschrak ein wenig. „Blöde Werbung!" stieß sie mit einem Lächeln hervor. „Ich weiß immer gar nicht, woher die meine Nummer haben?" Sie schüttelte den Kopf.
„Na ja!" hob Douglas dann nach einer Sekunde an. „Wie dem auch sei, wir müssen los! Sorry!"
„Ja, wir auch!" fügte Eric hinzu.
Beide Männer streckten ihren Frauen die rechte Hand hin, die sie annahmen und gemeinsam gingen sie zum Strand.

„Hey, das tut uns echt leid, dass wir gehen müssen!" sagte Cynthia, als sie die Motorboote erreicht hatten.
„Ist schon okay!" erwiderte Silvia mit einem Lächeln und umarmte ihre Freundin.
„Ehrlich?" fragte Eric ziemlich besorgt.
Doch Christopher nickte. „Klar!" Er gab seinem Freund zum Abschied die Hand. „Macht euch keinen Kopf. Was muss, das muss. Dann saufen wir den Rest eben allein!" Er grinste breit. „Und wenn die beiden Alten schlafen…!" Er beugte sich vor und sprach leiser. „…wackelt hier bestimmt auch noch mal das Zelt!" Er zwinkerte Eric zu, der jetzt ebenfalls grinste.
Plötzlich ertönte weit über ihnen am Himmel ein dumpfer Knall, der sogar den Boden unter ihnen ganz leicht zum Vibrieren brachte und für einen kurzen Moment flammte ein kleiner Lichtpunkt am Firmament auf, der sich in eine Art Sternschnuppe verwandelte und rasend schnell auf sie zukam.
Wenige Sekunden später setzte, wiederum mit einem dumpfen Knall, eine Gestalt direkt vor dem Pavillon auf dem Boden auf und wurde für einen Moment in eine kleine Wolke aus aufgewirbeltem Staub eingehüllt. Es war Ice!

*

Der Glatzkopf blieb unbewegt stehen, schaute sie alle direkt an und sein Blick war absolut finster. Fast hätte man damit rechnen können, dass er ein Schießeisen hervorholen und sie alle umnieten würde. Zusätzlich war ein deutliches, tiefes, grollendes Brummen zu hören.
Dann aber zuckte sein Körper einmal und er kam mit offenen Armen und einem Grinsen auf sie zu. „Also Leute, *Leute!*" Er schüttelte den Kopf. „Das fängt ja wirklich gut an mit euch!" Doch sein Tonfall sagte deutlich, dass er genau das Gegenteil davon meinte. Allerdings erhielt er von keinem der sechs Personen vor ihm eine Reaktion auf seine Worte, sodass er für einen Moment etwas irritiert blickte und dann fortfuhr. „Wenn ihr mich schon beim ersten Mal wegdrückt, wie soll ich mir dann unsere gemeinsame Zukunft vorstellen, was?" Er schaute fragend in die Runde.
„Ice?" Christopher blickte ziemlich entsetzt drein und war sichtlich nervös. „Was machst du denn hier? Warum bist du nicht bei den anderen?"
Der Glatzkopf grinste schief. „Ach, *das* ist nur ein kleiner Zwischenfall. Das kriegen Steel und die Mädels auch allein hin. Außerdem ist es eine gute Gelegenheit für die Neuen, um zu lernen!"
„Okay!" Silvia nickte. „Aber warum bist *du* jetzt hier?"
Ice trat direkt vor die junge Frau, verlor sein Grinsen und schaute ihr mit ernster Miene direkt in die Augen. „Das solltest *du* wohl wissen, oder?" Er drehte seinen Kopf zu beiden Seiten und schaute auch die anderen an.
„Aber…!" Silvia wurde nervös. „Ich dachte, wir hätten noch Zeit!"
„Was?" platzte Douglas plötzlich hervor, machte einen Schritt auf Christopher zu und starrte ihn in einer Mischung aus Verärgerung und Entsetzen an. „Verdammt, was soll das heißen?"

„Silvia?" Auch Cynthia war sichtlich geschockt und suchte den Blick ihrer Freundin.
„Wir...!" Christophers Stimme klang krächzend, daher musste er sich zunächst räuspern, bevor er antworten konnte. Aber auch dann waren seine Worte eher leise und schwach. Außerdem versuchte er, die anderen dabei nicht anzusehen. „Wir haben uns entschlossen, Ice Vorschlag...!" Er schaute Silvia an, die ihm aufmunternd zulächelte. „...anzunehmen!"
„Was?" rief Douglas geschockt. „Seid ihr vollkommen irre, oder was?"
„Nein!" plötzlich fand Christopher sein Selbstvertrauen wieder. Er atmete einmal tief durch, straffte seinen Körper und schaute seinen Freund geradeheraus an. „Nicht vollkommen!" Er lächelte kurz. „Aber sicherlich ein wenig!" Er blickte auch die anderen an. „Vor einem Jahr waren Dinge wie Dämonen, die Hölle und Tore, mit denen man in andere Welten gehen kann, für uns alle noch Fantasie. Jetzt aber nicht mehr. Und deshalb wurde uns bewusst...!" Er schaute Silvia an, reichte ihr seine rechte Hand, die sie sofort, lächelnd und dankbar annahm. „...dass wir nicht einfach so tun können, als läge das alles jetzt hinter uns oder es gehöre in einen anderen, abgeschlossenen Teil unseres Lebens. Das alles ist nur zu real und beständig in Gefahr. Und wir haben festgestellt, dass wir uns nicht davor verschließen können – und es auch nicht *wollen*. Und da wir, anders als ihr...!" Er schaute die beiden Paare vor sich an. „...keine Verpflichtungen haben, haben wir uns entschlossen, Ice Vorschlag anzunehmen!" Er lächelte, doch gelang es ihm kaum und plötzlich schien auch sein Selbstbewusstsein wieder etwas zu schwanken. „Wir verlangen nicht, dass ihr es versteht, aber...!"
„Darauf kannst du wetten, dass wir das nicht verstehen!" unterbrach ihn Douglas rüde. „Himmel Herrgott Chris!" Er starrte seinen Freund an, doch sein Blick war nicht zornig, sondern hauptsächlich besorgt. „Das könnt ihr nicht tun!"
Plötzlich lachte Ice auf. „Warum nicht?" rief er und als Douglas ihn überrascht ansah, fügte er hinzu. „*Ihr habt es doch auch getan!*"
„Was?" Das war Eric, dessen Gesichtszüge förmlich entgleisten.
„Wie bitte?" Christopher Augenbrauen zuckten herab und sein Blick verdunkelte sich augenblicklich.
„Verdammt Ice, das gehört doch jetzt nun wirklich nicht hierher!" protestierte Douglas, doch sah man ihm an, dass er wusste, dass es bereits zu spät war.
„Wenn nicht jetzt, wann gehört es denn dann deiner Meinung nach sonst auf den Tisch?" hob Christopher mit harter Stimme an und funkelte seinen Freund an.
„Soll das etwas heißen, dass ihr auch...?" fragte Silvia Cynthia deutlich sanfter.
Ihre Freundin nickte. „Uns geht es ähnlich. Jetzt wo wir alles wissen, können wir es nicht mehr verdrängen. Es ist eine Verpflichtung, der wir uns unmöglich noch entziehen können!" Sie lächelte ein wenig traurig und Silvia erwiderte es auf gleiche Art.
„Ach!" platzte Christopher hervor. „Und deshalb ziehst du uns hier über den Tisch von wegen *Seid ihr denn irre?* und *Das kann doch wohl nicht euer Ernst sein?*, oder was?"

Douglas verzog die Mundwinkel und brummte. „Ja, tut mir leid, aber wir hätten ja auch nie gedacht, dass ihr euch umstimmen lassen würdet! Außerdem: Wie war das mit *tot oder bescheuert*? Du hast doch genauso gelogen, wie wir!"

„Aber was zum Geier ist mit euren Kindern? Ihr wisst doch ganz genau, was ihr riskiert! Ist es das wert?"

Douglas wartete mit seiner Antwort, bis Christopher ihn direkt ansah. „Das wissen wir nicht!" Seine Worte waren klar und fest. „Aber als wir damals noch den Henker des Teufels gejagt haben, hatte ich eine Todesangst um meine Familie. Und ich hatte mir jeden Tag gewünscht, dass es Jemanden gebe, der dieses Monstrum zur Strecke bringen würde, damit die Morde endlich aufhörten, es keine weiteren Opfer mehr gab, dass meine Familie wieder in Sicherheit leben konnte!" Er atmete einmal tief durch. „Und du weißt genau, was dann geschehen ist!"

Plötzlich schien es, als wäre Christophers Zorn verraucht, denn er senkte den Blick und nickte. „Niemand ist gekommen. Die Einzigen, die es beenden konnten, waren wir selbst!"

Jetzt nickte auch Douglas. „Und mir...!" Er schaute zu Cynthia, die ihm zulächelte. „...uns ist klar geworden, dass *wir* diejenigen sind, die es richten müssen. *Wir* sind diejenigen, an die andere denken, in der Hoffnung auf Rettung!" Douglas lächelte traurig. „Ben und die anderen sind schon fast erwachsen! Und irgendwie tun wir es ja auch für sie und für unsere Enkelkinder! Damit sie alle nachts ruhiger schlafen können!"

Für einen Moment trat Stille ein, in der Christopher leise vor sich hin lachte und den Kopf schüttelte. „Oh Mann! Wer hätte das gedacht? Ich war mir ziemlich sicher, dass ich keinen Bock mehr darauf hatte, aber ich war mir *ganz* sicher, dass *ihr* die Schnauze voll davon hattet!"

Douglas lachte auf. „Tja, aber so ist es nun mal!"

Christopher hob den Blick und schaute Talea und Eric an. Seine beiden Freunde schauten ziemlich geschockt zurück, sodass er wieder lächeln musste. „Glückwunsch! Damit ist jetzt endgültig und amtlich bewiesen, dass ihr die einzigen *Nicht*-Vollirren hier seid!"

Er bekam keine Antwort, zumindest nicht von ihnen.

Ice aber sagte mit beinahe gequältem Gesichtsausdruck. „Das stimmt *so* nicht ganz!"

„Häh!" Christopher glaubte sich verhört zu haben.

„Oh nein!" rief Cynthia jedoch sofort mit großen Augen. „Ihr auch?"

Talea und Eric nickten.

„Ihr auch *was*?" Christopher hatte noch immer nicht begriffen und schaute zu Douglas neben ihm.

„Vollirre!" erwiderte sein Freund jedoch nur knapp.

„Was?" Christopher war sichtlich geschockt. „Aber...?" Er suchte nach Worten. „Warum denn *ihr* auch noch?" Er schien fast heulen zu wollen.

„Diese Welt wird beständig bedroht!" begann Talea. „Und sie kann nur überleben, wenn es Jemanden gibt, der das verhindert!"

„Kurzum!" Erics Blick war sehr ernst. „Wir haben gesehen und erlebt, was geschehen könnte. Somit haben wir das Wissen und die Macht, dagegen zu wirken. Und deshalb ist es auch unsere Pflicht, genau das zu tun!"
„Aber…eure Kinder?" Christopher war noch nicht überzeugt.
„Wir haben eine wirklich gute Nanny und zwei liebevolle Großeltern!" erklärte Talea. „Sie kümmern sich um die beiden, wenn wir nicht da sind. Und Dank Mr Arisagi werden sie eine erstklassige Ausbildung erhalten!" Sie blickte zu dem Japaner, der zustimmend nickte. „Und wir haben mit Ice die Abmachung getroffen, dass wir uns ausklinken können, wann immer es notwendig sein sollte!" Sie schaute zu Ice und auch der Glatzkopf nickte.
„Natürlich werden wir nur selten eine normale Familie sein!" fuhr Eric fort. „Insoweit müssen unsere Kinder darunter leiden!" Er nickte. „Und natürlich können wir jederzeit den Tod finden und sie als Waisen zurücklassen. Aber…!" Er atmete kurz tief durch. „Aber wenn wir uns zurücklehnen würden mit dem Wissen und der Macht, die wir haben, ohne zu helfen, könnten wir ihnen niemals frei und offen in die Augen schauen!"
„Seinem Schicksal kann man nur selten entfliehen!" sagte plötzlich Arisagi. Überrascht blickten ihn alle an.
„Sie glauben, dass hier ist Schicksal?" fragte Christopher.
Der Japaner nickte. „Die Taten ihrer…*unserer* Vorfahren haben es vor Jahrzenten dazu gemacht!"
„Oder diese kahle Bastard…!" rief Douglas und blickte zu Ice. „…hat uns alle mit einem widerlichen Zauber belegt, der uns zu seinen Marionetten macht!"

Jetzt blickten alle Ice an, der sofort breit grinste. „Wer weiß das schon?" Er zuckte mit den Augenbrauen. „Aber mal ehrlich: Was regt ihr euch eigentlich so auf? Noch hat mir keiner von euch eine feste, definitive Zusage gegeben!"
„Wieso?" Eric zog die Augenbrauen herab. „Klar haben wir!"
Doch der Glatzkopf schüttelte den Kopf. „Ihr habt gesagt, ihr wollt es tun, aber wir hatten auch vereinbart, es hier und heute zu besiegeln!"
Douglas brummte genervt und zog eine säuerliche Miene. „Na los dann, bringen wir es hinter uns!"
„Seid ihr euch wirklich sicher?" fragte Ice jedoch.
„Wie sicher kann man sich bei dieser Scheiße denn schon sein?" meine Talea.
„Dieser Job ist *gefährlich*, das wisst ihr, ja?"
„Ach was?" erwiderte Cynthia ziemlich gereizt. „Das hätten sie aber auch ruhig mal vorher sagen können!"
Ice lächelte schief. „Aber er ist die meiste Zeit über eigentlich eher *langweilig*, denn es ist ja nicht so, dass jeden Tag die Hölle aufbrechen will. Da gibt es auch jede Menge Leerlauf!" Er schaute Talea und Eric an. „Also auch genügend Zeit für Kinder!" Die beiden nickten ihm zu. „Ach, und gut leben kann man davon auch nicht! Also entweder *verzichtet* ihr auf Vieles oder ihr sucht euch noch einen anständigen *Nebenjob*, denn sonst war das hier die *letzte* Party im Paradies!" Niemand sagte etwas. „Seid ihr also *wirklich* sicher, dass ihr *nichts* Besseres mit eurem Leben anzufangen wisst?"

„Ich fasse es nicht!" rief Christopher. „Kann es sein, dass sie gerade versuchen, uns den Job wieder madig zu machen?"
„Ich wollte nur sicher sein!"
„Na hören sie mal!" protestierte Silvia. „Sie haben uns doch damit die ganze Zeit in den Ohren gelegen. Und jetzt, wo wir endgültig zustimmen, sind *sie* sich nicht mehr sicher?" Sie zog ihre Mundwinkel nach unten und schüttelte den Kopf.
„Mann Ice!" sagte Cynthia. „Wir sind uns sicher!"
„Wir wissen, was auf uns wartet…!" fügte Douglas an.
„…aber wir wissen auch, was wir können!" meinte Christopher.
„Und wenn es öfter mal Leerlauf gibt…!" sagte Talea und lächelte kurz. „..umso besser!"
„Und was die Partys angeht!" meinte Arisagi. „Ich werde euch alle einstellen!" Er nickte mit einem Lächeln. „Dann können wir nebenbei versuchen, die Situation zu verbessern. Bessere Waffen, bessere Technik, vielleicht ein Frühwarnsystem, sodass schwere Kämpfe am Ende kaum noch nötig sind!"
„Das hört sich verdammt gut an!" stimmte Christopher zu. „So machen wir das!"
„Also, dann nochmal zum mitschreiben, mein Bester!" Douglas sah Ice an. „Wir wissen, was wir können…!"
„…und worauf wir uns einlassen!" vollendete Christopher und beide Männer nickten sich entschlossen zu.
„Und jetzt nehmen sie uns…!" fügte Eric an. „…oder lassen es!"

Ice antwortete nicht sofort, sondern ließ sich einen längeren Moment damit Zeit, während der er die sechs Personen vor sich, die ihn höchst erwartungsvoll anschauten, mit einem schwer zu definierenden Blick ansah. Deutlich war zu erkennen, dass er sie musterte, während er im Inneren überlegen und abzuwägen schien, doch da gab es auch Spuren eines Lächelns, ja sogar Freude in seinen Augen, die fast ein wenig an Belustigung grenzte. „Okay!" sagte er dann. „Wenn es so ist, dann soll es so sein! Mitkommen!" Er drehte sich um und ging in Richtung Pavillon. Dabei schaute er zu Arisagi und Alfredo. „Sie kommen zurecht?"
Die beiden Alten nickten. Christopher und die anderen folgten ihm etwas überrascht.
„Wo soll es denn hingehen?" fragte Eric.
Unvermittelt blieb Ice stehen, drehte sich in einer schwungvollen Bewegung herum und schaute sie erneut mit diesem schwer zu deutenden Blick an, der sie alle erschrocken erstarren ließ. „Lasst euch überraschen!" Jetzt lächelte er, drehte sich wieder um und machte mit dem rechten Arm eine ausladende Halbkreisbewegung, die ein dünnes, geschwungenes Lichtband erzeugte, dass vor ihnen in der Luft schwebte und sich sofort veränderte. Als bestünde es aus einer zähen Flüssigkeit, bildete es Fäden, die herabsanken. „Eins noch…!" Ice wirbelte erneut unvermittelt herum und wieder erschraken alle, weil sie gebannt auf das sich verändernde Lichtband starrten. „Zu dem, was ihr…!" Er schaute Talea und Eric an. „…zu wissen und…!" Sein Blick wanderte zu Cynthia und Douglas. „…zu können glaubt!" Jetzt schaute er Silvia und Christopher an.

„Vergesst es!" Fast schien es so, als würde er ein wenig sauer werden, weil er nur die geteilte Aufmerksamkeit der sechs Personen vor sich hatte, doch war ihm klar, dass sie lediglich von dem abgelenkt waren, was sich hinter dem immer größer werdenden Lichtband auftat, weil er wusste, dass sie etwas Vergleichbares noch nie zuvor gesehen hatten. Er drehte sich selbst kurz dorthin und als alle ihre Gesichter plötzlich in intensives, klares und strahlendes Licht getaucht waren, erschien ein breites Grinsen auf seinen Lippen. „Ihr habt…!" Er konnte sich ein helles Auflachen nicht verkneifen, als er sie alle mit hochgezogenen Augenbrauen und einem Kopfschütteln ansah und ihr fast kindliches Erstaunen in den Augen erkennen konnte. „…nicht die *geringste* Ahnung, worauf ihr euch da einlasst!"

The End…

…maybe to be continued by Others

Hymne

Eine Milliarde Galaxien im gesamten Universum. *Wie jetzt, nicht nur die Milchstraße?*
Und jede von ihnen besitzt eine Milliarde Planeten. *Das ist ein Scherz, oder?*
Welch absolut unvorstellbare Anzahl! *Gibt es dafür überhaupt einen Namen? Fantastilliarde? Oder Unfassbarilliarde? Oder einfach nur einen gottverdammten Arschvoll?*

Und jetzt kommt es!
Von all den unzähligen Planeten sind wir der einzige, auf dem sich intelligentes Leben entwickelt hat!
Ehrlich? Bist du sicher? Du machst Witze!?Das kann doch niemals stimmen, hör mal!
Okay!
Richtig, wir müssen da wohl ein ganzes Stück zurückrudern.
Denn zunächst erst einmal ist es ja nicht so, als würden wir mit einer Lupe auf einen Teller schauen, sondern eher, als würden wir versuchen durch das Schlüsselloch der Vordertür in jeden Winkel eines Hauses zu sehen. *Wer kennt den Witz mit dem arbeitslosen Frauenarzt beim Maler?* Das uns bekannte Universum ist daher eher ein winzig kleiner Fleck – *wie ein Fliegenschiss?* - gegenüber dem gesamten Universum. Es ist also noch mehr als hinreichend Platz für Spezies jeder nur erdenklichen Art. *E.T? Oh wie süß! – Aliens? Oh, wie widerlich! - Vulkanier? Logisch! - Tyradische Amazonen? Heiß!*
Und außerdem sollten wir das, was wir für intelligent halten, nun wirklich und weiß Gott nicht überbewerten. Nur weil wir uns – *zumindest in der Öffentlichkeit* – nicht mehr am Arsch kratzen, linksdrehende Milchsäurebakterien von rechtsgerichteten Extremisten unterscheiden können und beim Sex nahezu perfekt die Brunftgeräusche eines Wapitihirsches auf Extasy – *und noch dazu herrlich artikuliert und in allen Dialekten* - nachzumachen im Stande sind, haben wir mit Mister Spock wohl so viel gemeinsam, wie der Weiße Hai mit einer Kieler Sprotte. Also kann es gut sein, dass wir mit unserer sogenannten Intelligenz auf einem anderen Planeten nicht mehr als ein Furunkel am Arsch der Gesellschaft bilden würden – *schön entzündet und eitrig!*
Deshalb sollten wir eigentlich – *vielleicht* – ganz froh sein, dass wir noch nicht auf eine andere – *wirklich* – intelligente Lebensform gestoßen sind.

Warum? Ganz einfach:

Es geht doch hier nicht darum, dass irgendwelche mega-angepissten Alienärsche den weiten Weg durch das Universum gemacht haben, nur um die Erde und alles, was auf ihr lebt in einem globalen Vernichtungsfeldzug

auszulöschen. *Nicht? Ach, wie schade! Ich finde diese Katastrophenschinken immer so mitreißend!*
Diese Denke ist ziemlicher Quatsch, entbehrt jeglicher Logik und zielt letztlich nur auf Sensationspopulismus ab. Daher sind Geschichten über die Invasion aggressiver Außerirdischer ziemlich sinnlos. *Alter, jetzt haust du dich aber echt gerade selber in die Pfanne! Bist du Masochist, oder was?*

Nein, vielmehr ist eigentlich genau er umgekehrte Fall der, vor dem wir uns wohl alle am meisten fürchten sollten: Der Besuch friedlicher, friedliebender Wesen. *Hallo, wo gibt es denn so was?* Dass diese dann deutlich und vielleicht einzig und wirklich wahrhaftig intelligent sind – zumindest aber unserer Möchtegern-Intelligenz weit überlegen – versteht sich von selbst – *Wie jetzt? Warum?* – da sie sonst wohl nicht die Technologie besitzen würden, die es ihnen ermöglicht, Lichtjahre an Entfernungen schnell zu überwinden, um überhaupt erst in unseren abgelegenen Winkel des Universums zu gelangen. *Und ich dachte immer, wir liegen an der Mainstreet von allem!*

Und warum sollten wir uns vor einem derartigen Szenario fürchten?

Weil diese Besucher dann womöglich…*vielleicht*….*wahrscheinlich*….nein, eher sogar *ziemlich sicher* erkennen würden, dass die Spezies der Menschen wirklich und wahrhaft allesamt einen an der Waffel hat…*haben muss*…weil wir eine so unfassbar wundervolle, faszinierende und unglaubliche Schöpfung, wie unseren Planeten, so vollkommen rücksichtslos, würdelos und unverantwortlich behandeln, dass wir seine prachtvolle Existenz jeden Tag gnadenlos aufs Spiel setzen. *Alter, so wie du das jetzt ausgedrückt hast, könnte ich mir jetzt glatt einen Strick nehmen und mich erschießen…!*

Von daher ist die Vision der aggressiven Invasoren vielleicht doch gar nicht so weit hergeholt. Allerdings kommen diese eigentlich in friedlicher Absicht und kriegen erst eine so richtig miese Hassfresse, wenn sie sehen, wie wir unseren Planeten misshandeln und sehen sich am Ende förmlich dazu gezwungen, ihn uns wegzunehmen, damit wir ihn nicht endgültig zum Teufel jagen. *Alles klar, du hast Recht. Ich erschieß mich jetzt…!*

Wir haben wohl vergessen, welch unverschämtes Glück wir gehabt haben – damals, als unser Planet erstanden ist. Nur ein Stückchen weiter an die Sonne heran oder von ihr weg und schon sähe es hier vollkommen anders aus. Oder warum sonst ist kein anderer der Planeten im Sonnensystem bewohnt oder überhaupt bewohnbar?
Bei 167 ° Grad Celsius, wie etwa auf dem Merkur, würden wir allenfalls als blubbernde Schlabbermasse…*Bäh!*... umherkriechen – allerdings bräuchten wir dann auch keine Kleidung…*Alle nackt? Geil!*
Bei -108 ° Grad Celsius, wie etwa auf dem Jupiter, würde wohl jedes Grillfest ausfallen und wir wären Vegetarier. Es gäbe zwar keine Potenzprobleme, da alle

Männer ständig mit einem Steifen umherlaufen würden, doch wäre Geschlechtsverkehr dennoch unmöglich, weil Frauen nicht feucht, sondern nur gefroren wären.
Oder bei der 50-fachen Schwerkraft, wie etwa auf der Venus, würden wir alle zur Spezies der Flunder gehören. *Da biste platt, was?*
Auch haben wir vergessen, dass zwar mittlerweile schon sieben Milliarden Menschen auf der Erde leben, dass es aber mehr als eine Trillion (1 mit 18 Nullen) Lebewesen hier gibt...*Unvorstellbar!*...und das alle Ressourcen auf diesem Planeten uns allen zusammen gehören.
Wir haben vergessen, dass wir nur *eine* Atmosphäre haben, die uns vor den tödlichen Strahlungen der sonst lebensspenden Sonne, schützt und ihre Zerstörung unser aller Ende sein wird.
Wir haben vergessen, dass wir absolut nicht das Recht haben, auch nur irgendetwas auf diesem Planeten auszurotten – weder eine Tierart, noch eine Pflanzenart, noch Teile von uns selbst.
Wir haben vergessen, dass Wasser kein nachwachsender Rohstoff auf der Erde ist, sondern nur dann beständig unser Überleben sichern kann, wenn wir es nicht nachhaltig verschmutzen, verdrängen oder gar verseuchen.
Wir haben vergessen, dass Ressourcen, die dieser wundervolle Planet bisher hervorgebracht hat und noch hervorbringen wird, nur besonnen und friedlich genutzt werden dürfen.
Wir haben vergessen, dass wir Menschen nur Teil einer Gruppe von Lebewesen sind – und nicht deren Anführer.
Eigentlich haben wir alles vergessen...

Was ist?
Mir ist schlecht.
Warum?
Warum wohl?
Tut mir leid, aber die Lage ist wirklich ernst...
Was du nicht sagst?
...aber noch nicht hoffnungslos!
Was? Wie kannst du das nach diesen Worten behaupten? Ich sitze hier in einem tiefdunklen Keller und du redest von Hoffnung!? Wo bitte soll denn hier noch ein Licht sein?

Dieser Planet ist so wundervoll, so faszinierend und so atemberaubend. Alles an ihm: Seine Fauna, seine Flora, also auch wir Menschen.
Und wir alle wussten es einmal, haben es aber vergessen.
Deshalb müssen wir uns eben einfach nur wieder daran erinnern!

Wir dürfen mit unseren Augen nicht einfach nur sehen, sondern müssen uns daran erinnern, wie es ist, die Dinge auch zu erkennen!
Wir dürfen mit unseren Ohren nicht nur auf die Geräusche dieser Welt achten, sondern müssen uns daran erinnern, dass man auch die Stille hören kann.

Wir dürfen durch unsere Nasen Gerüche nicht nur einatmen, sondern müssen uns daran erinnern, wie es ist, den ganzen Körper damit zu erfüllen.
Wir dürfen mit unseren Mündern Worte nicht nur sagen, sondern müssen uns daran erinnern, wie es ist, wenn sie auch etwas aussagen.

Gott, das hört sich aber echt kompliziert an...

Der Mensch besitzt alle Veranlagungen, um dieses fantastische Geschenk, welches wir Erde nennen, für Milliarden von Generationen zu erhalten, aber auch, sie in weniger als einhundert Jahren vollkommen zu zerstören. *Himmel, so schnell? Da mache ich mir wohl besser eine Liste, was ich noch alles erleben will, oder?*

Die Evolution hat uns etwas Wundervolles gegeben, ein magisches Dreieck: Herz, Verstand und Seele.
Doch nur, wenn wir lernen, diese Gaben auch im Einklang zu nutzen, wird es zum Wohle der Menschheit sein, andernfalls bedeuten sie unseren Untergang. *Muss ich jetzt etwa nochmal zur Schule gehen?*

Der Witz bei der Sache ist: Die weitaus meisten Menschen wissen bereits, wie das geht... *Ich doch wohl auch, oder???*
Doch leider besitzen viele, von denen, die es nicht wissen, zu viel Geld und/oder Macht und sind deshalb in der Lage, die Existenz aller Menschen zu gefährden.

Noch aber ist es nicht zu spät, das Ruder noch herum zu reißen, allerdings höchste Zeit dafür... *schönes Wortspiel!*

Die Uhr für den Menschen läuft gnadenlos ab... *ich hab doch aber gar keine!...*, denn dieser prachtvolle Planet braucht uns – ganz sicher – nicht... wir aber ihn!
Wollen wir am Ende wirklich in die Geschichte dieses Universums eingehen, als die Spezies, die es tatsächlich geschafft hat, ihre einmalige Chance auf einem über alle Maßen wunderbaren Planeten so gründlich und nachhaltig zu versauen?... *das wäre wohl echt peinlich, was?*

Nein!
Nein!
Ich hab Recht?

Und soweit muss es auch nicht kommen.

Wenn sich Jeder jeden Tag nur ein einziges Mal bewusst wird, in welchem Wunder wir leben und nur eine einzige Tat tut, um dieses Wunder zu schützen und zu erhalten, wird die Summe aller Energien dafür sorgen, dass nichts von den Horrorszenarien eintreten wird, die für uns schon vorbereitet scheinen.

Stattdessen wird sie erstrahlen, als das, was sie war, ist und immer sein wird: Unser aller Mutter!...*oh Mama, ich liebe dich!*

Also lasst uns alle zusammenstehen...*das könnte aber eng werden!*..., damit wir dieser Welt und ihrem Leben darauf einen Rhythmus geben, der auch bis in die entferntesten Winkel dieses Universums zu hören ist und Jedem nur eine Botschaft vermittelt:

Dieses ist unsere Welt...erstrebt unser Sein!

Bereits erschienen

Erhältlich als Druckversion und als E-Book

Dämon I

New York
The Big Apple
Die Stadt, die niemals schläft – auch nicht das Böse!

Hier leben Christopher und Silvia. Sie sind ein Paar. Er ist Privatdetektiv und selbsternannter Frauenversteher, sie ist seine Sekretärin.
Christopher glaubt, Silvia wirklich zu lieben, doch gelingt es ihm nicht, ihr treu zu sein.
Silvia weiß, dass sie Christopher wirklich liebt, auch wenn sie ihn zu Beginn ihrer Beziehung eigentlich nur benutzt hat.

Dass es das Schicksal war, das sie wirklich zusammen geführt hat, können sie noch nicht wissen.
Denn Beide sind untrennbar miteinander verbunden. Durch etwas, das ihre Großväter als junge Männer in ihrer Suche nach dem großen Abenteuer getan haben.

Etwas, das sie besser nicht getan hätten. Etwas, das sie besser niemals geweckt hätten.

Doch jetzt ist es zu spät. Jahrzehntelang gejagt und schließlich scheinbar für immer gefangen und gebändigt, kommt das Böse wieder zum Ausbruch und nichts Geringeres als ein Handlanger des Teufels kehrt zurück in ihre Stadt.

Wie schon vor Jahren, so werden Christopher und Silvia erneut in den Strudel der schrecklichen Ereignisse hineingezogen und dieses Mal erkennen sie, dass weder diese noch die damaligen Ereignisse zufällig geschehen sind, sondern dass sie eine Schuld einlösen müssen, die andere vor langer Zeit begangen haben.

Zusammen mit einigen Freunden stellen sie sich den Mächten des Bösen, die gnadenlos eine furchtbare Spur des Todes und der Verwüstung durch die Stadt ziehen.

Je länger die Jagd andauert, desto tiefer dringen sie in die grausame Wahrheit ein, bis sie schließlich erkennen müssen, dass es ihr Schicksal sein wird, sich dem Bösen in einer finalen Schlacht entgegen zu stellen und dabei nichts geringeres, als ihr eigenes Leben einsetzen müssen.

Die Jagd nach den Mächten der Finsternis führt sie in Abgründe, die sie nie zuvor gesehen haben. Ein unglaublicher Kampf entbrennt, ein wahnsinniger Kampf, aussichtslos, jederzeit am Rande der Vernunft, am Rande der Vorstellungskraft.

Bis ein letzter, fulminanter Showdown über Sieg oder Niederlage entscheidet.

Doch kann es in diesem gnadenlosen Kampf überhaupt einen wirklichen Sieger geben...?

Dämon II

Es war die furchtbarste Nacht seines Lebens gewesen. Die Nacht, in der er alles gegeben und doch alles verloren hatte. Die Nacht, die er nun krampfhaft versucht, zu verarbeiten und an deren Schrecken er doch täglich immer mehr zu scheitern droht, dass das Leben selbst keinen Wert mehr für ihn zu haben scheint.

Bis Christopher Jeremiah Freeman in seinem selbstgewählten Exil in Los Angeles auf seinen alten Freund Douglas trifft und sich die grausamen Schatten der Vergangenheit sofort wieder erheben.
Innerhalb weniger Stunden gleicht sein Leben erneut einer wilden Hetzjagd am Rande des Wahnsinns gegen einen noch unbekannten Feind.

Alte Bekannte, aber auch neue Freunde stehen ihm hierbei zur Seite und erklären ihm, dass sich dennoch keine Finsternis, sondern Hoffnung vor ihm ausbreiten könnte.

Alles, was dazu nötig ist, ist ein klarer Kopf – und Mut, einen Weg zu gehen, den niemand vor ihm je gegangen ist.

Denn all die Dinge, die so klar zu sein schienen, sind es urplötzlich ganz und gar nicht mehr.

Ihre Verfolger treiben sie vor sich her und schließlich auseinander und es wird klar, das auch die Mächte der Finsternis erneut ein Auge auf sie geworfen haben.

Doch während die Einen überwältigt werden, nur um zu erkennen, das sie einer Illusion aufgesessen sind, gelingt es den Anderen, ihr Ziel zu erreichen und das Unfassbare tatsächlich in Gang zu setzen.
Somit kann sich Christopher auf die Suche nach Silvia, der Liebe seines Lebens machen, muss aber schnell erkennen, dass die Hölle – und nicht nur die - vollkommen anders ist, als er es sich vorstellen konnte.

Seinen Freunden sitzt derweil der Teufel im Nacken und urplötzlich wird klar, dass die Absichten der finsteren Mächte weit über die Grenzen der Vorstellungskraft hinausgehen und sich Christopher in einer nie geahnten Gefahr befindet.

Mit letzter Kraft gelingt ihnen ein verzweifeltes Manöver, um ihrem Freund zur Seite zu stehen, denn längst geht es hier nicht mehr nur um die Rettung eines geliebten Menschen, sondern mehr denn je um die Zukunft allen Seins.

Doch sind Menschen allein wirklich in der Lage, sich diesen gewaltigen Mächten zu stellen?

Twice

Sie sind unsterblich und leben unerkannt unter uns.

Und doch sehnt sich jeder von ihnen nach einem endlichen Leben.

Das aber können sie nur zurückerlangen, wenn sie den *Kristall der Herzen* wiederfinden und damit ein uraltes Ritual rückgängig machen, dass ihnen die Unsterblichkeit erst beschert hat.

Ihre quälende Suche führt sie über viele Jahrhunderte und durch alle Kontinente, bis sie den *Kristall der Herzen* schließlich tatsächlich wiederfinden können.

Doch alles geht schief und anstatt sich ihr Leben zurückzuholen, kommt es zu einer unfassbaren Katastrophe, mit der niemand je rechnen konnte und die ihnen die Tür zur Sterblichkeit für immer verschließen kann.

In einem letzten, verzweifelten Versuch gelingt es ihnen jedoch, die Grenzen der Realität zu sprengen und die Zeit, die so lange ihrer größter Feind war, wird plötzlich zu ihrem stärksten Verbündeten.

Dafür wird Einer, den sie immer auf ihrer Seite wähnten, zu ihrem gnadenlosesten Gegner.

Jetzt geht es nicht mehr nur darum, die Sterblichkeit zurückzuerlangen, sondern zu verhindern, dass die uralte Warnung Realität wird und einem einzigen Menschen unvorstellbare Macht verleiht, die die Welt in eine dunkle Zeit stürzen würde.

Die Hoffnung ruht auf einigen wenigen Mutigen, die sich der scheinbar unüberwindlichen Übermacht stellen.
Ihr großer Verbündeter ist die Zeit, denn die Lösung liegt nicht in unserer Gegenwart!

Aber am Ende stellt sich doch die Frage, wieviel Zeit noch bleibt, um die Katastrophe zu verhindern...

Demnächst...

Arena

Der Kaiser ist tot – es lebe der Kaiser...

Das Reich – Lichtjahre von der Erde entfernt – ist gewaltig und scheint zu blühen.

Doch der gewaltsame Tod des Herrschers bringt alles ins Wanken.

Und die scheinbar klare Regelung über seine Nachfolge ist alles andere als genau das.

Am Ende tritt ein uralter Passus in Kraft, wonach der Thronfolger in einem Turnier als stärkster und mutigster Kämpfer ermittelt werden muss.

Ein perfider und heimtückischer Plan sorgt dafür, dass die Erde als Arena hierfür auserwählt wird.

Als Celica, eine junge Scheme, erkennt, dass auch ihr Bruder Argoras in die Geschehnisse rund um das Turnier hineingezogen wird, schwört sie, ihm zur Seite zu stehen.

Doch sehr schnell muss sie erkennen, dass dieses Versprechen weit mehr von ihr abverlangt, als sie sich je hätte träumen lassen und sie viel tiefer in das Spiel um Macht und Ruhm eindringt, als ihr lieb ist.

Und dass die bösen Mächte, die für den Tod des Kaisers verantwortlich sind, auch den Ausgang des Turniers beeinflussen wollen und vor weiteren Morden nicht zurückschrecken.

Am Ende muss Celica eine Entscheidung treffen, die nicht nur ihr eigenes Leben grundlegend verändern wird.

Doch alles wäre viel einfacher für sie, wenn da nicht auch noch dieser Mensch namens Nicolas wäre, für den sie viel mehr empfindet, als sie sich eingestehen will.

Und niemand kann zu diesem Zeitpunkt auch nur erahnen, dass er nicht das ist, was er vorzugeben scheint...

Genesis

Jorik ist absolut zufrieden mit seinem Leben.

Er hat seine Traumfrau geheiratet und er ist beruflich sehr erfolgreich.

Auch bei seinen besten Freunden kann er sehen, dass sich ihr Liebes- und Lebensglück hervorragend entwickelt.

Als sich dann auch noch Nachwuchs bei ihm einstellen will, ist er sicher, dass es nirgendwo im Universum einen besseren Platz zum Leben gibt, als auf diesem wundervollen und prächtigen Planeten namens *Santara*, den er stolz sein Zuhause nennt.

Doch das Böse ist bereits auf dem Weg zu ihnen und die Gier Einzelner nach Macht und Ruhm verhindert eine rechtzeitige Reaktion.

Und so gelingt den Fremden ein furchtbarer Überraschungsschlag.

Es sind so unendlich viele und mit ihren Maschinen fegen sie gnadenlos über den Planeten hinweg.

Niemand weiß, wer sie sind oder woher sie kommen.
Sie stellen keine Fragen, sie wollen keine Antworten.
Alles, was ihnen wichtig scheint, ist die vollständige Vernichtung einer ganzen Rasse.

Aber ihre Opfer ergeben sich nicht kampflos.

Der Überraschungseffekt bringt ihnen den Gewinn der ersten Schlacht, doch der Krieg soll viele Jahre andauern.

Ein furchtbarer Krieg, indem es weder Ehre, noch Mitleid gibt.

Nur Blut und Tränen...

Am Ende bleibt für Jorik nur das, was stets zuletzt stirbt: Hoffnung!
Doch wie soll man hoffen, wenn Alles, woran man je geglaubt hat, scheinbar für immer verloren ist...?